主　编 何　宁
副主编 蒋　怡

中国语境下的英语文学研究新进展

南京大学出版社

图书在版编目(CIP)数据

中国语境下的英语文学研究新进展 / 何宁主编. 南京 ：南京大学出版社，2024. 11. -- ISBN 978-7-305-28550-9

Ⅰ. I106

中国国家版本馆 CIP 数据核字第 2024JZ6486 号

出版发行　南京大学出版社
社　　址　南京市汉口路 22 号　　邮　编　210093

书　　名　中国语境下的英语文学研究新进展
ZHONGGUO YUJINGXIA DE YINGYU WENXUE YANJIU XINJINZHAN
主　　编　何　宁
责任编辑　董　颖　　编辑热线　025-83596997

照　　排　南京南琳图文制作有限公司
印　　刷　苏州市古得堡数码印刷有限公司
开　　本　787 mm×960 mm　1/16　印张 30.25　字数 450 千
版　　次　2024 年 11 月第 1 版　2024 年 11 月第 1 次印刷
ISBN 978-7-305-28550-9
定　　价　128.00 元

网址：http://www.njupco.com
官方微博：http://weibo.com/njupco
官方微信号：njupress
销售咨询热线：(025) 83594756

序　言

中国的国别文学研究肇始于19世纪中下叶至五四“新文化”运动时期。当时，大量优秀的外国作品被译介并在我国的文化土壤中生根发芽，国别文学的研究开始成为人们认识世界，思考国家和民族发展道路的重要领域。严复、林纾、梁启超、王国维、鲁迅、胡适等人心怀中华民族如何摆脱受压迫地位的历史之问，通过翻译和研究外国优秀文化文学著作，以文明互鉴的思想来探索民族复兴之路。

时至今日，中国的国别文学蓬勃发展，始终坚持以促进中外文学文化的交流，推进中外文明互鉴为目的，为构建中国特色学术话语体系贡献力量，致力于服务我国的社会经济和发展需求。随着社会的发展和国际形势的变化，面对西方社会的脱钩倾向，国别文学研究关注人类文学文明之间的交流，是以人为本的沟通桥梁，正可以在当下发挥重要的作用。

作为新时代的国别文学研究，要成为沟通的桥梁，就需要做到进得去、出得来、站得稳。进得去是说，我们在进行国别文学研究的时候，需要具有扎实的文本理解和分析能力，在深入研读相关文学文本的基础上，准确透彻地理解文本的内涵，关注不同文学样式、流派和思潮的形式特征，并能够以清晰的逻辑和流畅的表达来阐发文本中的微言大义，以起到交流借鉴的作用。出得来的意思是，在进行国别文学研究的时候，我们要和研究对象保持批评距离，具有批判意识，以批判的眼光去审视相关的文学文本，对其潜藏的意识形态予以揭示，对文本所表达的价值取向加以辨析，将其中的不同文化元素批判地吸收和扬弃。站得稳指的是，作为中国的国别文学研究者，在研究中要能够凸显主体意识，通过对国别文学的深入研究，提出独特见解，通过具有创新和洞见的成果来参与国际的学术对话，进而为建构自主知识体系奠定基础。

英语文学是国别文学的重要组成部分，本书收录的33篇文章集中体现了近年来英语文学研究的核心论题，包括文学与艺术的跨媒介研究、生态批评、城市书写、民族性建构、现实主义研究、历史叙事、反殖书写、媒介景观等等。这些研究与论述正是研究者们在中国语境下对外国文学中的主题、人物、情节等进行独特的解读和分析，他们吸取中外文化在思维模式、审美观念和人生哲学中的精华，赋予作品新的意义和价值，充分践行了国别文学研究进得去、出得来、站得稳的原则。

首先，本书的论文在对英语文学的研究中，展现了中国学者在中国语境下开展学术研究的主体地位，针对英语文学的文本提出自己的创见，能发他人之未言，正是建构自主知识体系的努力。在过去几个世纪，英语世界主导了全球文化的发展，形成了强大的文化输出力，而由于历史因素、文化差异和语言障碍等原因，我国在全球范围内的文化影响力和话语权还有待提升。中国学者研究、翻译和评论英语文学作品，在拓展读者的文学视野、促进不同文化间的对话与理解之时，更重要的是让中国声音加入国别文学研究的讨论，赋予它们独特的中国意义。本书收录的论文作者们从中国立场出发，开辟了独具一格的本土化视角，如赛珍珠的文学写作与亚洲的关系等。此外，研究者们较为重视少数族裔作家的作品，这些小说不仅为他们自身群体发声，也为整个世界带来了新的思考和认识。通过研究艾丽丝·沃克、托尼·莫里森、德瑞克·沃尔科特等作家反抗西方主流文化霸权的写作策略和艺术创新，研究者们致力于探索当代社会发展中的文化多样性和平等的价值理念。

其次，本书的论文具有鲜明的批判意识，对英语文学文本中的文化元素条分缕析，关切和回应时代的热点。面对当代社会的百年未有之大变局，国别文学研究者不能固守于书斋，而是要将文学研究与现实社会联系起来。在本书中，作者们展现了对时代热点的关切，探讨城市与移民、记忆与伦理、科技与人文、生态与地方等等当今人类社会普遍面临的重要议题。他们深刻认识到自身的责任和使命，发挥批判性思维，在研究中对英语文学作品取其精华、去其糟粕，以专业知识和研究能力去关注文学对当代社会问题的呈现。这种关注不仅体现出国别文学研究者的社会责任感，更蕴含着对国家和民族的深厚情怀。

最后，本书的论文涵盖英语文学中的经典文学和当代文学，体现出研究者对英语文学的深刻理解和准确把握。文学经典是人类文化和文明发展的记录，它们反映了特定时期和地域的独特观点和社会思考，以精湛的叙事技巧和普世的情感体验书写了人类的智慧和价值观。本书的作者们以独特的学术视角重读莎士比亚戏剧、维多利亚小说等经典作品，超越国界限制，拓展了对不同历史和文化的理解。当代文学直接地反映现代人的生活状态和社会问题，当代作家们尝试新的艺术形式和技巧，进行文学实验和创新，使文学的艺术表达得以丰富，读者在欣赏作品的同时也获得了新的阅读体验和思考方式。德里罗对环境公正的思考、罗斯对记忆与见证的呈现、默多克对道德现实主义的演绎、麦克尤恩对伦理诉求的考量等等，这些论述致力于描绘并深入思考当代生活中的挑战、冲突和困境。古典与当代并重的研究格局，对于丰富国别文学研究，建构中国特色哲学社会科学学术体系具有重要的意义。

中华现代文明的发展，是开放包容的，需要汲取人类的优秀文化，国别文学研究正可以于此助力。作为与时俱进的国别文学研究，中国语境下的英语文学研究有着广阔的前景。中国拥有庞大的读者群体，这个热爱文学、蓬勃发展的国家对英语文学的需求和兴趣也在日益增长。中国的英语文学研究者们将继续扎根于丰富的本土文化资源，为中外文化的交流与共融而努力，以自己的研究成果服务国家，建设人类命运共同体。

王守仁

2024 年 10 月 20 日

目　录

恐怖与救赎

——"9·11"定义之作《坠落的人》的政治解读

蒋道超

内容提要：唐·德里罗"9·11"定义小说《坠落的人》中蕴涵着当代政治思想。德里罗以高度的艺术家责任感，反思了"9·11"恐怖袭击，既批评了恐怖主义分子的残暴性，也揭示了美国在全球化过程中，特别在"9·11"恐怖袭击之后，煽动东西二元对立，发动对中东的军事侵略，并以此警醒美国，恐怖必将引起恐怖的对抗，其结果必是危及全球安全。被恐怖威胁着的世界的唯一救赎之路在于精神的超越和博爱的宗教信仰。

关键词：《坠落的人》；二元对立；恐怖；救赎；精神的超越

作者简介：蒋道超，文学博士，深圳大学教授，主要从事现当代美国文学研究。

唐·德里罗(Don DeLillo，1936—　)被哈罗德·布鲁姆列为当代美国最杰出的四位小说家之一，2006年，在《纽约时报》评比1980年以来最优秀的小说时他有三部小说名列榜首(Laist 1)。批评家兰特利奇说，德里罗"代表着美国文学中罕见的成就——将小说的想象和文化批评完美地交织在一起"(DePietro 83)。在德里罗的研究领域，欧美批评界已从不同视角对他的小说进行了广泛而深入的研究。①

近几年国内对唐·德里罗已开始关注，其《天秤星座》《白噪音》《毛二世》《地狱》《大都会》等已有一批研究论文发表，而对2007年出版的"9·11"定义之作《坠落的人》仅有少量评论发表，且基本上是从创伤的角度进行研究的。本文拟从政治批评角度解读《坠落的人》②中蕴涵的政治思想，认为作者以高度的艺术家责任感，反思了"9·11"恐怖袭击的前因后果，既披露了恐怖主义分子袭击的残暴性和不人道性，也批评了美国政府在进行全球化扩张过程中，特别在“9·11”恐怖袭击之后，煽动东西二元对立，发动对中东的军事侵略，并以此警醒美国，恐怖必将引起恐怖的对抗，其结果必是两败俱伤，危及全球安全。被恐怖威胁着的世界的救赎之路在于精神的超越和博爱的宗教信仰。

一、假想敌对：二元对立的修辞

二战以后，美国在世界上确立了美元体系，占据了主导地位，及至上世纪末，美国几乎彻底控制了世界的石油、能源、海洋、天空以及太空。著名西方马克思主义理论家詹明信认为，二战后，西方出现了“一种新型的社会生活和新的经济秩序”，可称为“后工业或消费社会、媒体或大观(spectacle)社会，或跨国资本主义”(詹明信 399)。他所说的就是今天我们说的全球化资本主义时期。根据韦伯斯特字典的解释，“全球化”是指不断扩大的全球综合经济，其标志特指自由贸易，自由资本流通和对廉价国外劳动力市场的利用，还有自由思想的传播。政治学家福山认为，“9·11”之后，“只有一种制度将继续统治世界政治，那就是自由民主的西方”(Fukuyama 21)，因为全球化带来的繁荣与民主使任何颠覆的可能性都没有。既然美国具有强大的政治、军事和经济地位，全球化资本主义可以说是美国模式的资本主义。

以美国为首的西方在全球化过程中为了保持长久的统治态势，满足它们的贪婪与霸道，利用高科技、互联网、媒体进行文化宣传，运用二元对立话语把自己打扮成天使和救星，把中东以及任何可能威胁到它的国家和地区塑造成落后邪恶危险的敌对国家，及至海湾战争“宣告了一种‘新的世界秩序’”(恩道尔 113)。其实全球化的目的就是“试图控制任何潜在竞争者的经济，以防止其成为与美国相匹敌的力量，挑战美国独一无二的世界霸主地位”(恩道尔 112)。奥巴马总统的原战略顾问布热津斯基曾说：“潜在的最危险场景是中国、俄罗斯，可能还有伊朗，结成大联盟，一个不是由意识形态而是出于对美国共同的怨恨走到一起的‘反霸联盟’……为了避免这种情况……美国需要同时在欧亚大陆的西方、东方和南方展示地缘战略技巧。”(恩道尔 3)随着全球化资本主义到来的就是“广告、电视和媒体对社会迄今为止无与伦比的彻底渗透”(詹明信 418)。美国借助其“传播与控制信息的工具空前发展”,“控制着世界上多数国家所依赖的新闻的制作、传播”。这些机制“不仅可以用来臣服与胁迫美国自己的人民,而且还有较弱较小的文化”(萨义德 417)。特别在“9·11”发生后,美国政府“以反恐战争为借口,通过粗暴的军事统治来解决经济问题”(恩道尔 184),而媒体夸大报道,制造美国与中东之间的仇恨,借以打击异己,巩固霸权。

作为高度敏锐和具有预见性的作家,唐·德里罗对全球化问题早有关注,并对可能带来的如恐怖问题早有思考和预测。他 1992 年出版的一部作品就以非凡的想象力准确地预示了 2001 年的“9·11”恐怖袭击,“明确表达了‘9·11’事件和随之而来的‘世界新秩序’”(Boxall 157)。德里罗能够如此准确预测,乃因为他能够洞察“全球化和恐怖主义背后潜在的动机关系,这种关系引发了‘9·11’、阿富汗和伊拉克战争,助长了巴勒斯坦和以色列之间的持续冲突”(Boxall 158)。

而其“9·11”定义之作《坠落的人》揭示了美国政府和媒体宣传二元对立的思想,使“美国公众深受‘我们’与‘他们’差异修辞以及产生恐怖与仇恨的新闻和形象影响”(Sozalan 7),强调美国与中东的差异,树立敌对思想。从小说中,我们可以发现,“9·11”发生后,美国媒体轮番播放世贸中心大楼被撞后的倒塌以及受难人的悲惨景象,以激起恐怖和悲情,激发人们对恐怖分子的谴责和仇恨。可以说,美国的官方和媒体一边倒地指责中东恐怖主义袭击的非人道性,而同情在袭击中受难的美国公民。美国听众自然也就在恐惧之余憎恨中东恐怖分子。最典型的当数女主人公丽昂与邻居的冲突。她的邻居叫埃莱娜,头戴头巾,但没有确切说她是穆斯林。她时常在家里反复听某种音乐,那音乐“属于另外一个传统,中东的,北非的,贝都因人的歌曲,也许是苏非舞曲,伊斯兰教传统中的音乐”(德里罗 72)。因为丽昂时常读的报纸上皆认为恐怖袭击乃伊斯兰极端分子所为,所以,她以为邻居是中东人,在情感上对邻居采取敌对的态度。虽然她一直提醒自己,“说噪音的事情,态度要和蔼、镇定,公开地装腔做势,不要暗指某种音乐的潜在主题,不要将它作为特定形式的政治诉求和宗教表述”(德里罗 74),但她最终还是与邻居发生了暴力冲突。也是因为媒体的误导宣传,她的儿子贾斯廷听信了对基地组织头子本·拉登的刻板描述,认为“比尔·洛顿长着长长的胡子”,“会开飞机,能够讲十三种语言”,“有本事给我们吃的东西下毒”等(德里罗 80)。德里罗虽然没有直接批评媒体对大众反恐战争情绪的激发,但反恐“修辞的影响还是显而易见的,因为贯穿小说都提到了安全措施的增加,恐怖气氛的浓厚,对东方他者的不信任,中东出生的人的焦虑,以及美国对阿富汗和伊拉克军事干预”(Sozalan 5)。“9·11”袭击发生后,美国官方确实通过媒体强化恐怖气氛。世贸双子塔的灾难袭击发生几小时,当时的美国总统布什就对世界宣称:“我们遭到了自‘珍珠港’事件以来从未遭到过的进攻”(恩道尔 185),并将世界划分为两个阵营,因为他说:“你们要么与我们并肩打击恐怖,要么以恐怖袭击我们。”(Boxall 157)早在“9·11”事件发生后写的文章《在未来的废墟上》中,德里罗就描写了美国如临大敌地渲染恐怖气氛,如街上设置了“路障”,行人“寥寥无几”,“检查点的警察”,“其他检查点穿伪装服的部队”(DeLillo 38),而小说中则援引了袭击后媒体渲染恐怖气氛的宣传,如,警方要求市民报告任何可疑的行为或无人看管的包裹,街上到处都设立了检查站,基思走在街上不时被警察盘问,看见“悍马车拉着许多军警和士兵”(德里罗 25),“海岸警卫队士兵身穿作战服,佩带手枪”(德里罗 26)。当时的情景可谓如临大敌,好像街上到处都是恐怖分子。或如主人公基思所说:“纽约街上很难找到一辆出租车,因为每位出租车司机都叫穆罕默德。”(德里罗 29)

美国政府把自己塑造成像狮子一样击打中东这个假想敌人,像狐狸一样假显慈悲和人道,向人们传达的是反恐为民印象。丽昂和邻居埃莱娜的冲突正是德里罗用来表现“影响美国的反穆斯林思想”,“代表了美国文化的中心戏剧”(Giaimo 173)。德里罗对美国鼓吹二元话语对立,塑造假想东西敌对、以反恐为名、武装入侵中东显然持批评态度的,对为虎作伥的媒体渲染恐怖气氛、误导大众思想的分析和解剖也是鞭辟入里的。

二、恐怖对恐怖:无边界的恐怖主义

德里罗在《坠落的人》里以各种艺术形式展现了“9·11”恐怖袭击给美国人民造成的创伤。小说题目中的坠落的人是一位行为艺术家,他“身着西装,系着领带,穿着正装皮鞋,总是脑袋朝地,悬吊在建筑物上”(德里罗 34)。他在不同场合演绎“9·11”袭击时人从世贸大楼跳下的场景,“让人们回想起世贸双子塔楼陷入火海、人们摔下去或者被迫跳下去的可怕情景”(德里罗 34)。这如果是以艺术形式记忆恐怖的话,那么美国媒体则是心怀叵测地、夸大地、有选择地报道恐怖袭击,刻意渲染恐怖给人们带来的创伤。作者在小说里还通过人物心理刻画展现恐怖带来的可怕后果。无论是基思、丽昂等个体还是无名的大众都是以直接受害者的形象被刻画出来的。袭击发生时,“有人从一千英尺高的窗口坠落下来”,“燃烧的油料发出一股股刺鼻的气味”“空中掠过一阵阵尖利的警笛声”(德里罗 4)。基思逃离世贸中心大楼,满脸伤痕鲜血,在医院里,他发现“幸存者没有预计的那么多”,他“受到这一事件的刺激,嘴里唠唠叨叨,无法停下来”,因为“大多数需要抢救的人被埋在了废墟里”(德里罗 16)。弗洛伦斯丢掉手提包,失魂落魄地回到家中,给已不存在的朋友不停打电话,丽昂则“生活在准备应对随时出现的事件精神状态中”(德里罗 230)。就连小孩子贾斯廷的心理也深受袭击影响,不停地用望远镜观看天空,试图发现有没有飞机来袭。作者这样描写恐怖袭击带给人们的心理伤害究竟为什么呢?

我们不难发现,德里罗在小说里没有直接谴责恐怖分子的残忍,也没有直接批判美国的霸道、强权、不人道,而只是通过艺术形象的塑造和人物之间的对话冲突展现了美国普通人们对“9·11”这一恐怖袭击的反应以及袭击如何影响了他们的日常生活和心理。我们认为,他这样做是为了促使读者反思恐怖主义的原因、本质和危害,反思伊拉克、阿富汗战争,本·拉登基地组织等。考夫曼(Linda S. Kauffman)说,德里罗在其《在未来的废墟上》里“对比了基地组织和美国;中世纪的复仇和高科技;宗教组织殉道者和全球化市场”,但德里罗还是列举了导致“9·11”恐怖袭击的全球化资本主义的弊端，如“迅速的动荡，数百万难民的迁徙，我们的财富与他们的苦难”(Kauffman 356)。

早在德里罗另一部小说里，他就借恐怖分子之口说：“恐怖是我们为人民获得世界一席之地的方式。”(Whitebrook 765)对于恐怖分子复仇产生可怕后果和力量，德里罗也做过恰当的分析，他写道：“我们富有、优越、强大，但他们愿意死亡。这是他们拥有的利刃，这是他们受害委屈的愤怒。”(DeLillo 34)德里罗在小说里也从恐怖分子的视角说：“我们愿意去死，他们可不愿意。这就是我们的力量，喜欢死亡，喜欢武装烈士的称号。”(德里罗 193)法国批评家波德里亚表达了类似的观点。他说：“当世界被彻底垄断，当权力被技术官僚机器和全球化教条牢固地巩固，扭转局面的办法只有恐怖。把所有的牌都据为己有，这个系统逼迫它者改变游戏规则。新的规则是残忍的，因为游戏本身就是残忍的。”波德里亚认为，“道德谴责和反恐的神圣联盟与看到这个全球超级大国被毁灭的巨大欢欣鼓舞程度是对等的，因为正是这个令人难以忍受的超级大国引发了遍及全世界的暴力和我们心中蕴藏(自己未觉察的)的恐怖主义想象力”(Baudrillard)。因为世贸大楼正是超级大国的化身，所以成为袭击的目标。在他看来，“袭击世贸中心这一象征性的反抗行为也是不道德的，但它是对全球化的反应，因为全球化也是不道德的”(Baudrillard)。既然美国和西方列强已扩张至全球范围的极端，而“西方资本越强大、越彻底，病毒的对抗组织就越具毁灭性”，德里罗则用“无边界的‘全球化恐怖主义’”来形容(Boxall 159－60)。

赛义德早就预言说：“统治会引起抵抗；帝国之争必然带来暴力——尽管它有偶然的好处和快乐——可以使双方两败俱伤。”他接着说：“在今天的世界上，有政治头脑的人很多，不会有任何国家乐于接受美国领导世界之历史使命的不可变更性。”(萨义德 411)小说中最能表现这种对恐怖袭击不同解释的当推马丁和妮娜的冲突。在妮娜看来，美国对中东的战争“是神圣的战争”(德里罗 49)，而恐怖分子对世贸大厦的袭击则纯属“残杀无辜”(德里罗 49)。而马丁则认为恐怖分子只是“希望在世界上有一块安身之地”(德里罗 124)，而他们袭击双子塔也是美国自己希望的，因为它是“财富和权力的幻象”，是一种“挑衅”(德里罗 124)。因此，塔的倒塌狠狠“打击了这个国家的强势地位”，“让世人看到，一个干涉别国内政、出兵占领别国领土的大国多么容易受到攻击”（德里罗 49），极具讽刺的是，“一方拥有资本、劳动力、技术、军队、情报机构、城市、法律、警察和监狱，另一方只有一些愿意去死的人”（德里罗 50）。在后来与丽昂的对话中，马丁更是明白无误地表示，“我可以这样说，就它给世界带来的危险而言，美国正在变为行为不当的国家”（德里罗 208），致使“我们全都厌倦美国和美国人了”（德里罗 208）。他还预言，“这一天很快到来，人们提到美国时，心里想到的只有它带来的危险”，“它正在慢慢失去中心地位”（德里罗 209）。作者借马丁之口表达了对美国强权姿态和媒体误导的批评。如前所述，美国政府和媒体一边倒地指责伊斯兰国家的恐怖分子，而且在宣传时掩盖一些事实，如，美国在宣传时避免提及恐怖分子为何袭击美国，避免提及美国武装打击伊斯兰等行动，也避免提及美国实际培养了基地组织头目本·拉登这样的事实，即“在对‘9·11’报道中企图从公众记忆中抹去美国与他有染”（Sozalan 23）。而妮娜的态度可以说代表了众多受美国媒体舆论影响的人的观点，认为中东的落后，“社会崩溃的原因并非在于西方国家的干涉，在于它们自身的历史、它们人民的心态”（德里罗 50）。妮娜的观点与美国媒体的口径如出一辙。可见，文化宣传的力度与渗透性的强烈。

总之，德里罗的小说中“许多人物对美国社会和文化都激烈抨击”，因其“完全被所有的所谓民族生活和性格中最恶劣的成分所吞没，”在这里“居住着孤独、乏味、空虚、恐惧的人们，他们习惯于丑陋，不管意识到与否，他们习惯于共谋毁灭他们显然梦想的东西，包括珍贵的信仰和过去的艺术品”；而“依国外眼光看，美国意味着无知、盲目、可鄙”，它就是“大公司、强大军队和政府”，“打着高尔夫，谈论着金钱”（Lentricchia 73 - 74）。美国为了保持在世界的主导地位，不惜以反恐为借口，大肆发动军事进攻，残酷杀戮中东等地人们，而这也是赤裸裸的恐怖行为。为此，被逼无奈的弱势国家必然以恐怖反击恐怖，致使恐怖主义甚嚣尘上，没有边界。

三、精神的超越：世界的救赎之路

在评价《坠落的人》时，有批评家指出，超级资本主义国家自己培养了敌人，让我们在后现代状况下体会到了国内外的“恐惧”。无论是美国土生土长的杀手，还是基地输入的恐怖分子，他们之间其实没有区别(Sozalan 21 - 22)。在他看来，恐怖是全球化资本主义本身造就的结果，只有停止全球化战略，才可能遏制或结束恐怖主义，才能归还世界一个安全、温馨、平和、幸福的生活。那么德里罗在小说里有没有指出一条如何遏制全球化资本主义的疯狂扩张和恐怖行为以获得人类的救赎呢？

德里罗没有直接告诉读者任何解决办法，但他小说字里行间透露出的信息还是可以感知的。面对全球化资本主义的发展带来的是被欲望的驱使，对扩张的痴迷，对人的灵魂的蔑视，对于恐怖的惊骇，德里罗认为小说家有责任，有义务做点什么，来拯救这个危险的、濒临灭亡的世界。在被采访时，他坦言，“作家在理论上，在基本原则上反对国家，反对公司，反对毫无止境的循环消费和浪费”(DePietro 165)。而要做到这一点，“作家应该置身社会之外，不隶属于任何组织，不受任何影响”，因为“美国作家当今面对太多的诱惑成为那个系统和结构的一部分”(DePietro 45 - 46)。在他看来，有责任感的作家应满足于生活在社会的边缘，这样以便于观察社会，因为“小说家不人云亦云，而是引领”，“创造出一种气候，一种环境”，“在别人没有发现之前提前发现”(DePietro 158)。而谈到艺术的作用，德里罗给予了充分的肯定。他认为，“语言的巨大能量在于肯定生活，赋予其意义，这可以从其激发出的行为，对人类错误的纠正上得以证实”(Giaimo 91)。因此，他赋予创作崇高的地位，把它等同于“生活和呼吸”，而把小说创作比喻成“生死的斗争”(DePietro 82)。因为“叙述(艺术和文学叙述)至少可以给人们一种安慰，一种精神和心灵上的慰藉”(姜小卫 107)。德里罗曾指出，“在日益商业化、影像消费文化所宰制的后现代景观社会中，在恐怖主义泛滥、几近取代艺术家位置的时代，小说家和艺术家理应承担的责任”(姜小卫 104)。如果说恐怖使人性丧失的话，那么艺术则关注人性，挖掘人性，通过审美，创造理想和希望。这个希望体现在小说中就是肯定宗教对人的灵性的培养，对人的怜悯性和同情心的培养，对世俗重压下人的慰籍和解脱。

据各种调查显示，在21世纪全球资本主义高度发展的今天，“信仰在许多人的生活中依然占据中心位置，在世界许多地方明显呈上升趋势”(Engles and Duvall 145)。德里罗认识到生活中始终存在着令人心沉的“痛苦”和“失望”，存在着那些挣扎着维护“尊严”和“体面”，但最终信奉“在尘土和淫欲之外，痛苦与虚无之外的东西”，因此，德里罗“最终成为本质精神性的深奥的启示者”(Dewey 13)。在问到个人为何乐意消弭于群体之中时，德里罗以在麦加朝圣的香客为例说明其中的原因。他认为，人们愿意融入到人群中去，不仅是需要别人来照顾自己，也不是为了推卸自己的责任，而是“有更深层次的原因”，那就是“逃避存在的重压，生活于集体合唱之中”，因为那是“一条逃避痛苦、悔恨、悲伤以及其他东西之路”(DePietro 113)。他所隐含的就是人的精神追求，认为那是悲剧人生的救赎之路。

《坠落的人》中人物不时地谈论着宗教或信仰。与基思一样逃出大楼的弗洛伦斯认为，我们应该从“9·11”袭击中所获得的教训则是“我们应该信仰上帝，可是，在这种情况下，我们为什么不服从上帝制定的宇宙法则呢？它们告诉我们，我们自己是多么渺小，我们最终归宿在哪里”(德里罗 96)。袭击之后，丽昂组织患疾病的老年人书写对“9·11”的反应。他们对上帝的存在表现出不同的反应。其中一人说：“上帝怎么会允许这样的事情发生呢？当袭击发生时，上帝在什么地方?”另一人说：“这是魔鬼。这是地狱。烈火熊熊，痛苦不堪。不要想什么上帝。这是地狱。”(德里罗 64)尤金说：“上帝知道人们不知道的东西。废墟和尸骸。这不是上帝的计划之内的东西。”(德里罗 65)这时的丽昂对上帝是存疑的。她认为，“宗教使人顺从。这就是宗教的目的，让人回到幼稚状态”，但宗教的“表达方式非常漂亮，给人音乐和艺术灵感，提高一些人的意识，降低另外一些人的意识。有的人进入恍惚状态，有的人真的俯卧在地，有的人爬行遥远距离，或者成群结队游行，穿刺身体，鞭打自己。其他人——其余的人——可能受到的影响少一些，与灵魂中某种深层次的东西联系起来。”(德里罗 66)所以，丽昂理性上认为，“存在宗教，存在上帝”(德里罗 69)，但上帝又“是始终处于难以理解状态的存在”(德里罗 69)。尽管如此,她在行为上还是去圣保罗大教堂,因为她“想和人待在一起,尤其是那里的人”(德里罗 95)。很显然,此时的丽昂心中坚信,上帝是存在的,与科学也是不矛盾的,但她还是要“扼杀动摇不定的信仰的脉动”(德里罗 69)。

如果此时的丽昂从理智上不太愿意相信宗教的话,那么到小说结尾处,丽昂在意识上已经发生了根本的变化。她想起父亲的死,想起他死前对信仰的态度。如,她记得父亲曾说:“人的生存应该拥有深厚的根源,超越我们身上湿漉漉的液体。湿漉漉的或者臭气难闻的。在生存的后面必须有一种力量,一种在过去、现在、将来保持不变的主要存在者”。(德里罗 252)她在组织老年病人们写作时,自己也意识到,人是具有精神和灵魂的,“它一直在梦想,希望实现某种无法触及的东西”,“那是一种力量,以特定方式形成自然本身,是来自外界精神的我们的生命的颤动”(德里罗 253)。她从大学时期就“喜欢带有古旧感的克尔凯郭尔的著作”,“对克尔凯郭尔的痴迷到了喜欢他名字拼写的程度”(德里罗 126)。这位神学家所强调的“信仰的跳跃”是指“不管后果如何而相信的行为”(Giaimo 174)。丽昂最终不计前嫌接受前夫基思就是这种信仰的最好说明,“真实地履行自己的信念,坚持她的路径”(Giaimo 174)。

由此可见,德里罗在小说里思考了全球化资本主义语境下世界的救赎问题。他暗示我们的是,避免恐怖主义威胁和世界毁灭的出路在于停止对物质占有的疯狂追逐,停止对世界权力的无限操纵,而应强调对人的关怀,对人的尊严的维护,对灵性的恢复,对精神价值的弘扬和超越。值得指出的是,德里罗这种观点与其天主教背景有很大的关系,因为他受过“宗教法庭似的,爱寻根问底的耶稣会会士精神的教育,受到 20 世纪 60 年代城市反文化的东方感情的滋养”(Dewey 148)。在谈到他小说中的神秘性时,他坦言,“它可能是天主教成长的自然结果”(Lentricchia 55)。虽然德里罗的观点有宗教神秘主义的倾向,有一定的局限性,但他在小说里强调通过精神的追求与超越,通过对人类的关怀与博爱,来洗涤被污浊的心灵,从而获得心灵的平静,避免战争与恐怖,在当今争端不断、战火纷飞的时代具有一定的意义,值得世人的思考和借鉴。

结 论

上面分析表明，唐·德里罗的《坠落的人》具有很强的预示性和深邃性，密切关注着后现代文化背景下人的生存状况，关注着人与人，人与社会，国与国之间的关系，企图揭示人性的奥秘，倡导对人性的弘扬，强调精神超越的重要。小说结尾暗示，如果我们分享信息、互相沟通、互相理解和包容、具有博爱的信仰，那么这个世界就有希望，就会趋于和平，就能得到救赎。值得指出的是，比起那些躲在大学象牙塔里，失去批判意识和棱角的知识分子，德里罗确实是为数不多的几位值得我们研究的美国作家。他具有独立人格和强烈的责任意识，不轻易被新闻媒体、政府政策导向所控制，而是以一种人文主义精神，运用丰富的想象力，如实描述全球化资本主义引发的恐怖主义给世界带来的灾难性的后果，并试图指出世界救赎之路。虽然他推崇精神超越和宗教信仰来解决世界的问题仍然逃脱不了全球化资本主义的逻辑，但这毕竟表现了他对人类的爱，对全球化发展负面影响的警觉。

他的观点和态度与萨义德、波德里亚等当代文化批评家有不谋而合的地方，当然更有其独特性。后两者对媒体误导观众、政府的扩张本质等也都持批评态度。例如，萨义德说："在美国，几十年来一直进行着对阿拉伯人和伊斯兰的文化战争：对阿拉伯人和穆斯林惊人的种族主义刻画，把他们都刻画成恐怖分子或酋长。整个阿拉伯地区是个巨大不毛的平民窟，只适于在那里捞取好处或进行战争。"波德里亚则声称恐怖袭击对"制度"是致命的（Schuster 72）。不同于他们的是，德里罗只是对发生的事件以特写镜头和远距离的知性的分析，"以致在读者身上催生一种反应的能力"，因为他想避免简单的"我们-他们的修辞"，从而"超越对与错或者好与坏"（Schuster 72）的价值判断逻辑，进而揭示生存的矛盾性。具备这样分析判断能力的读者自然不会落入全球化资本主义所崇尚的文化逻辑，不会步恐怖主义的后尘，不会"强调一种文化，一种视角，一种生活方式胜过另一种，强调意识形态胜过个人"（Schuster 73），而是强调人性关怀，强调文化对话，强调精神交流和追求，那才是人类的最终救赎之路。

注释[Notes]

① 国外评论涉及到了他小说中的"恐惧和妄想狂""电影和消费主义""媒体变化与军事技术""寻找自我""暴力景观""媒体的现实表现""田园景观""回归自然""精神危机",以及"精神和灵性"等。

② 后面凡引用小说内容皆出自:唐·德里罗著,严忠志译,《坠落的人》,南京:译林出版社,2010 年。

引用文献【Works Cited】

Baudrillard, Jean. "The Spirit of Terrorism." *Le Monde 2* November 2001. 〈https://web.pdx.edu/~singlem/coursesite/baud9_11.html〉

Boxall, Peter. *Don DeLillo-The Possibility of Fiction*. New York: Routledge, 2006.

DeLillo, Don. "In the Ruins of the Future: Reflections on Terror and Loss in the Shadow of September." *Harper's Magazine* 2001 (12): 33 - 40.

---. *Falling Man*. Trans. Yan Zhongzhi. Nanjing: Yilin Press, 2010.

[唐·德里罗:《坠落的人》,严忠志译,南京:译林出版社,2010 年。]

DePietro, Thomas, ed. *Conversations with Don DeLillo*. Jackson: UP of Mississippi, 2005.

Dewey, Joseph. *Beyong Grief and Nothing—A Reading of Don DeLillo*. Columbia: South Carolina, 2006.

Engdahl, F. William. *Full Spectrum Dominance: Totalitarian Democracy in the New World Order*. Trans. Lyu Dehong, Zhao Gang et al. Beijing: Intellectual Property Publishing House, 2009.

[F·威廉·恩道尔:《霸权背后:美国全方位主导战略》,吕德宏、赵刚等译,北京:知识产权出版社,2009 年。]

Engles, Tim, and John N. Duvall, eds. *Approaches to Teaching DeLillo's White Noise*. New York: Modern Language Association of America, 2006.

Frank Lentricchia, ed. *Introducing Don DeLillo*. Durham: Duke UP, 1991.

Fukuyama, Francis. "The West Has Won." *Guardian* October 11, 2001.

Jameson, Frederick: *The Cultural Logic of the Late Capitalism*. Trans. Chen Qingqiao, et al. Beijing: SDX Joint Publishing Company, 1997.

[弗雷德里克·詹明信:《晚期资本主义的文化逻辑》,陈清桥等译,北京:生活·读书·新知三联书店,1997 年。]

Kauffman, Linda S. "The Wake of Terror: Don DeLillo's 'In The Ruins of The Future,' 'Baader-Meinhof,' and *Falling Man*." *Modern Fiction Studies* 54.2 (2008): 353-77.

Laist, Randy. *Technology and Postmodern Subjectivity in Don DeLillo's Novels*. New York: Peter Lang, 2010.

Martucci, Elise A. *The Environmental Unconscious in the Fiction of Don DeLillo*. New York: Routledge, 2007.

Maureen Whitebrook. "Reading Don DeLillo's *Mao II* as a Commentary on Twentieth-Century Politics." *The European Legacy* 6.6 (2001): 763-69.

Paul Giaimo. *Appreciating Don DeLillo: The Moral Force of a Writer's Work*. Santa Barbara: Praeger, 2011.

Said, Edward W. *Culture and Imperialism*. Trans. Li Kun. Beijing: SDX Joint Publishing Company, 2003.

[爱德华・W・萨义德:《文化与帝国主义》,李琨译,北京:生活・读书・新知三联书店,2003年。]

Schuster, Marc and Don DeLillo. *Jean Baudrillard and the Consumer Culture*. New York: Cambria Press, 2008.

Sozalan, Ozden. *The American Nightmare—Don DeLillo's Falling Man and Cormac McCarthy's The Road*. Bloomington: AuthorHouse, 2011.

文化作为权力生产与再生产之叙事：论文化病理学文学批评之理论与实践

方　成

内容提要：本文基于马克思、尼采、弗洛伊德及现当代批评理论之学理依据，注疏文化病理学文学批评之理论缘起和阐释实践，认为文化作为权力生产之叙事，因服务于遏制性意志加诸它者行动之可能性，在本质上是病态的；文学批评应聚焦权力如何生产和腐蚀文化，将作为人类物质与精神生产能力与产品之总体文化概念拓展为作为人类生活斗争之文化概念，揭示主流和流通文化对至善文化的意识形态挪用，倡导武装锋利牙齿的文化研究；按照"6－W 标准"进行文化体检和文化扫盲，从诊断文化病理类型、文化病理形态层次、文化病理生成机制、文化病理疗法四个方面展开具体分析，最重要之批评理论与实践贡献是文化传承之现象同构和谱系链接及断裂创新，特别是将"总体性阅读""碎片化阅读""反美学阅读"及"症候阅读"有机地结合起来，整体上提升了作为中国学者传承马克思主义和中华文化批评传统的价值取向。

关键词：文化病理；权力生产；文学批评

作者简介：方成，文学博士，国防科技大学外国语学院教授、博士生导师，主要从事英美文学与现当代批评理论研究。

文化病理是现当代哲学社会科学所研讨的核心命题，亦是自古以来中外文学研究所聚焦的核心批评伦理，然因各种遏制性语境局限，其学理依据和认知前提或隐或显地存在于先贤大师之学术立场、研究取向及阐释实践过程。其实，将"文化"与"病理学"合成一个亚学科名称早已存在，如英语中之"Cultural Pathology"，按照权威百科全书对等翻译，即为"文化病理学”“病态文化”或“文化病态”,类似术语诸如“社会病理学”(Social Pathology)和“精神病理学”(Psychopathology)。这些“+病理学”学术话语之学科表述,接续传统哲学社会学所采用的自然科学方法研究社会,将社会看作是一个生物有机体,认为社会问题源自某些特殊群体或个体的行为偏离,难以与普通群体保持某种协调关系,表现为这些群体或个体在社会心理和社会活动中不能体现一种所谓的“正常”存在状态。按照这种预设前提,各学科领域相关研究已成为比较普遍的知识生产范式,如社会病理学聚焦群体或个体社会化过程失败之原因、机制及治疗方式、精神病理学则探析主体难以调和与社会文化“正常”关系所导致的心理疾病或变态行为,两者共同点都是将具体社会、普通心理、文化共识作为“正常标准”,尽管亦承认社会文化本身存在瑕疵或缺陷。这种颠倒个体与社会关系的知识生产,其前提和坐标体系也许就是“病源”所在。这一颠覆性学术取向自 19 世纪中叶以来,特别是 20 世纪 60 年代以来,始终并行存在于新哲学和新社会理论建构之中,坚信自阶级社会产生以来“主流社会与文化就其本质而言是病态的”(Horney vii),其所谓“正常”是一种典型的“群体意识妄想症”(The Collective Consciousness Paranoia)或“群体无意识妄想症”(The Collective Unconscious Paranoia),最响亮口号是尼布尔(Reinhold Niebuhr)之“不道德社会制造了不道德个体”(2),进而将改造个体转变为改造整个社会与文化系统本身。

文化是人类在社会实践过程中所获得的能力和创造的成果,作为一切社会意识形式的物质和精神生产能力与产品,可具象化为人类认知与改造自然、社会及自身过程中所形成的价值观念及行为系统之总和,呈现为相对稳定的历史沉淀,但在每一时代却都表现出强烈的能动性,常常按照这一时代主流意识形态或权力结构,把这种总体性的价值观念及行为系统转化成活的、可感知的、具有控制力的具体文化形态,即所谓“主流文化”(Dominant Culture)和“流通文化”(Circulating Culture),前者作为其工具性常识,后者作为其实践性逻辑。按照经典马克思主义之著名论断,社会作为一切生产关系之总和,只有具体的社会,没有抽象的社会;文化只是具体社会实践所生产的社会意识及其产品,并不存在超越生产关系、可以传承的所谓“文化”,即使称谓“传承”,也只是某种具体社会关系所生成的“现象同构”或“同构现象”(Phenomenological Homology)。为此,笔者按照经典马克思主义批评传统,将“作为人类生活之总体性”文化概念拓展为“作为人类生活斗争[笔者强调]之总体性”文化概念,进而将社会生产关系总和提升为“权力生产关系总和”;鉴于当代批评理论所关注的权力话语过分碎片化和虚无化倾向,笔者暂将“权力”属性悬设为一种遏制性、惰隐性、向恶性,原因在于:基于具体生产关系的权力结构与意识形态在宏观社会层面对主体进行引导、支配、控制、统治,在微观心理层面上进行凝视、疏通、稀释、遏制;正是由于权力关系的渗透、撒播、塑型,才使主流和流通文化本身表现为一种统治阶级的权力幻影,或一种虚假的社会意识,才使这种权力幻影或社会意识成为主体习得的文化模式或情感结构,蜕变成一种遏制策略,压制主体的自然属性、能动性、创造性、颠覆性,因而产生了“摧残自然主体之肌体”“残害自然主体之精神”“导致社会发展长期萎靡不振、停滞不前”“甚至使整个社会群体陷入疯狂或毁灭的群体性价值观念及其相应的行为系统”,即“文化病理”;为了维护其复制或再生产,主流和流通权力话语通常粉饰、宣传、强化这种病态性的价值观念或行为系统,不断地制造某种“虚假社会意识”使自身存在不断进行合理性、合法化,并依靠社会化过程中的主体性翻译或复制遏制来完成其整合控制(*Cultural Pathologies* 1–2)。由此,各种社会功能失调乃至群体心理功能障碍之源就在于主流和流通文化本身的病理结构及其遏制功能,正因其脱离自然功能,无视自然功能及其必然性,主流和流通文化即成为社会功能失调和主体心理障碍的中枢或根源,需建构一种走向文化病理学的批评理论作为文学研究的新方法和价值取向(*Psychoanalysis* 2)。

何谓这种文化病理,必须从中外文学认知实践和现当代批评理论那里寻找显性或隐性线索。基于文化病理之文学批评,或称“文化病理学文学批评”(Culturopathology-Oriented Literary Criticism,其中“Culturopathology”为本文新造术语),是笔者二十余年以来所倡导和探索的文学批评价值取向,虽并无任何“思想”和“主义”层面的学理性颠覆或突破,但对现当代中外批评理论大师之观念系统进行了具体化、对象化及共时性的引申、拓展、推理,呈现了一些“观点”和“理论”层面的特色和创新,并基于笔者自身及同行学者力所能及的理论探讨和文学批评实践,尝试性地发表或出版了一些奠基性学术论文和研究专著,彰显了这种批评认知、阐释实践及观念系统的现实性、适用性、实用性及方法论创新。鉴于如此缘由,本文将对这种文学批评伦理进行再次整理和注疏,目的就是阐明经义、笺述真谛;通过整理和注疏,期望沿着知识与权力生产谱系诠证章句、匡谬经典、疏通正义。

一、文化病理学文学批评之学理依据

在人类文明与文化史上,从整体论和系统论及"大历史"(Big History)层面重构人类文化、斩断文化谱系对权力关系的结构性复制、特别是阻抗作为历史沉淀之文化成为新统治方式的尝试一直存在,只是作为一种"静悄悄的革命",或作为"长期革命"或"微观革命",因没有那种刀光剑影、充满暴力与血腥的结构性变革那样剧烈,常常使人难以察觉。站在19—20世纪思想门口、对当代思潮产生巨大影响、最具代表性的诸如马克思、尼采、弗洛伊德及其他同类型理论大师:经典马克思主义理论对阶级社会产生以来特别是资本主义社会之政治经济学分析、尼采之作为"重估一切价值的尝试"的权力意志,弗洛伊德雄心勃勃但业未完成的群体病理学之精神分析,他们都以其博学智慧、无畏勇气、历史担当为继续拓展这种学理认知和研究方法提供了清晰思路。

经典马克思主义之唯物辩证法和政治经济学基本原理深刻揭示了所有历时和现时文化病理的客观存在。在其《德意志意识形态》中,他明确指出:"统治阶级的思想在每一时代都是占统治地位的思想……一个阶级是社会上占统治地位的物质力量,同时也是社会上占统治地位的精神力量。支配着物质生产资料的阶级,同时也支配着精神生产资料"(Central, *Selected Works* - 1, 2012, 178);在其《〈黑格尔哲学批判〉导言》中,他否定作为构成西方社会价值观念和行为系统核心之"基督教病症"(Central, *Selected Works* - 1, 2009, 33),并将"对宗教的批判作为其他一切批判的前提",进而"对天国的批判变成对尘世的批判,对宗教的批判变成对律法的批判,对神学的批判变成对政治的批判"(Central,

Selected Works - 1, 2009, 3 - 4);著名学者布朗(C. Browm)曾言道,马克思在"每当有人使用'道德'一词时,都会放声大笑"("Marxism" 228),因为他坚信道德"就像宗教、形而上学……所有其余的意识形态及其相应的观念形态一样"(Lukes 181),即伦理与道德作为一种具体的社会意识形态,受到后天宣传教育及社会舆论长期影响而逐渐形成,是人们共同生活及其行为的准则和规范,然而却是一种典型的权力文化政治。从某种程度上讲,西方主流文化之根基被连根拔掉,其文明殿堂轰然倒塌,支撑世俗或现世统治的主流文化合法性被彻底否定。更特别的是,针对资本主义制度及其文化形态之彻底颠覆,马克思以"绝症"作为比喻,并在1847年11月29日伦敦举行的纪念1830年"波兰起义"十七周年国际大会上演讲道:"毫无疑问,旧波兰已经病入膏肓了……旧德国、旧法国、旧英国,——整个社会都已经病入膏肓了……旧社会的覆灭是建立一个不再以阶级对立为基础的新社会的条件。"(Central, *Selected Works* - 1, 2009, 695)

从话语逻辑上讲,马克思所说的"病""病症""弊病"都是阶级社会核心价值观念和社会行为系统的社会绝症,亦是必须通过消灭其载体才能治愈的"文化绝症"。与马克思一样,恩格斯也对这种占统治地位的物质和精神生产进行过相同描述:在其《共产主义原理》第十三个问题之问答中,恩格斯认为以私有制为基础的所有社会制度及其文化形态都是一种"必须彻底铲除的社会疾病",同时断定"资本主义的经济病理是其社会制度病理的产物",需要"通过建立新的社会制度来铲除这些弊病"(Central, *Selected Works* - 1, 2009, 683),这一先锋思想在《共产党宣言》中得以概括和重申:"任何一个时代的统治思想始终都不过是统治阶级的思想",且"至今一切社会的历史都是阶级斗争的历史。"(Marx 27)正如中国学者李英田所言,这种统治阶级思想在具体社会形态和地域范围内,"以各种相互竞争的社会意识形式居于主导和支配地位,是一个社会共同体的思想与精神基础,当然也是维护统治阶级根本利益、表现统治阶级核心价值观念的阶级意识"(5)。笔者认为,经典马克思主义理论大师不但诊断出资本主义社会与文化的绝症,而且揭示了自阶级产生以来这种社会文化绝症的历史显露方式。在其《政治经济学》第一节"对象和方法”中,马克思论证了这种病理显现的各种症候,如宗教的、道德的、政治的、经济的,然而只有当物质生产关系达到一定阶段,这种病理症状才会完全显性地表现出来:“现在开始显露出来的社会弊病是现存生产方式的必然结果,同时也是这一生产方式快要瓦解的征兆。”(Central, *Selected Works* - 1, 2009, 156)

19世纪是一个西方世界实证主义异常狂热的时代,马克思和恩格斯与那个时代众多理论大师一样,大多采用科学实证主义推理论证自己的理论观点和社会洞见。然而尼采却与众不同,自称“欧洲最彻底的虚无主义者”,以生命本质为旗帜,挥舞起权力意志之金箍大棒,展现了自由精神在整个文化价值中的颠覆性冲击力,其重估一切价值的尝试,特别是“人性,一切都过分人性了”(*Human* 1 - 2),就像洪水一样冲垮了西方文明的文化堤坝,淹没了西方社会精心编织的理性空间和价值观念:关于其本体论之重估,尼采断言,“一切存在,所有自然界及人类世界,都是权力意志的体现,都是一种为争夺统治与支配权而进行的斗争,一种永恒的零和游戏”;关于认识论之重估,认为“对理性控制着信仰和行为的感觉其实是一种幻觉”,而且“意识本身就是一种幻觉”;关于目的论之重估,众所周知的是“上帝已死”这一震耳欲聋、离经叛道的呐喊,宣称“当代道德是一种羊群伦理,我们现在必须重新审视这些价值”;“世界上既没有客观价值,也没有普世的道德规范”;而“人类真正优秀品质只可能是那些少数的精英”(Pippin 1)。总之,人类文化早已变得“过分文明”,文明走向了其反面,成为一种奴役人类自身的文化工具,陷入某种必须进行彻底手术的文化绝症,需要尼采所理想的“超人”进行重塑。

尼采之权力意志就是刽子手或大医精神。他始终把自身看作是人类文明与文化之行刑者和大医者,把传统认知的“病态”和“健康”颠倒过来,认为所谓“健康人”才是“典型的病态人”。在其《不合时宜的思想》四篇论文之第二篇,尼采“把本世纪[19世纪]引以为豪的‘历史意义’看成病态,看成是衰败的典型先兆”(*The Will* 56);在《自由精神之书》中,尼采以悲剧式反讽语气,叙述了自己挣扎在理性痛苦中的自由和快乐,说“我平生从来没有像在病魔缠身、痛楚欲绝时期那样幸福过”(*The Will* 65);在《朝霞》中,尼采向伦理道德发起总攻,认为“道德”就是“人们用贫血症来虚构理想”，用“对肉体的蔑视来‘医治灵魂’”，是一副典型的“颓废药方”（*The Will* 69）；在《瓦格纳事件》中，尼采批判长期统治欧洲的所谓理性和基督教，称这是“欧洲所患的民族神经官能病”（*The Will* 95）；在其笔记“为什么我是命运”中，认为过去之“所有真理都是谎言”或“靠谎言起家的”，并相信“一切旧社会的权力产物会被炸得粉碎”（*The Will* 10）。

在所有这些文化病理学大师中，弗洛伊德也是一个绕不过去的里程碑，其关于人类文明与主体精神深层之惊人发现，再次证明了马克思和尼采等思想高峰攀登者的基本诊断。关于其精神分析的核心主旨，弗洛伊德曾在日记中写道：“既然不能对政权与体制作斗争，那就震撼一下地狱、恶魔以及潜意识吧！”（Brenkman 924）在其《精神分析引论》中，他这样阐述文明之本质：“我们相信人类在生存竞争的压力下，曾经竭力放弃原始冲动的满足，将文化创造出来，而文化之所以不断地改造，也由于历代加入社会生活的各个人，继续地为公共利益而牺牲其本能的享乐。”（*An Introduction* 298）然而，在弗洛伊德看来，所谓“社会生活”和“公共利益”不过是统治阶级之权力意志而已，因为“在当今，所有人都具有一种破坏性倾向，造成的结果是反社会、反文化；在相当多的人身上，这种毁灭性冲动还相当强烈，以至于将足以决定他们在人类社会的行动”（*The Future* 7）。在其《文明与不满》最后一章，弗洛伊德强调指出：“群体性之文化发展与个体之主体精神从古到今都呈一种互锁关系”，而这种文化超我一旦形成就立刻成为遏制自我的“伦理”或“命令”，导致个体之心理疾病，甚至群体性精神错乱。他继续言道：

> 然而，对群体性精神病或神经官能症的诊断会面临某种特殊困难。我们把个体精神病作为起点，把病人从被设定为‘正常’的环境区别开来。对于一个群体来说，所有其成员都患有某种或同样一种精神错乱，那么这样的背景就不存在了，就必须从其他领域寻找这种背景。关于我们将知识应用于治疗，即使最正确的社会精神病分析，那其目的或用途究竟何在？这是因为任何人都没有这样的权威或权力，把这样一种治疗施加在群体头上。尽管面临如此多的困难，但我们期望将来一天有人敢于尝试研究文化群体的病理。（*Civilization* 89 - 91）

在这段文字表述中，弗洛伊德所谓的“文化群体的病理”（Pathology of

Cultural Communities)，用“文化病理”表述似乎更加准确明晰。1929 年 7 月 28 日，在快速完成这部伟大篇章之后，弗洛伊德曾欣喜地向自己的俄国同行、女权主义者、精神分析学家、欧洲学界名媛露·安德丽斯-莎乐美(Lou Andreas-Salomé)写信说：“今天，我写完最后一句，就是总结全书内容的那句……这本书是关于文化、罪感及其他崇高主题的书……在整个写作过程中，我再次发现了那个最为普遍的真理。”(*Letters* 72 - 73)笔者确信，这一真理就是文明与文化之病理，所谓个体精神障碍只是这种病态文化的心理投射而已。

笔者之所以突出这三位理论大师之文化洞见，原因是前者之“阶级斗争”侧重宏观政治经济、中者之“意志超人”侧重文化伦理、后者之“震撼大师”侧重微观个体与社会心理分析，三者虽有所侧重，但却都渗透着对文化这一命题之交集性理论洞见，并在很大程度上肇始了现当代批评理论传统，正如有中国学者所言，在现代思想开端之处“徘徊着三位怀疑大师的思想幽灵”，他们“作为开启 20 世纪新思想范式的最重要思想家，业已成为当代思想史研究的共识”(Song 64 - 65)。笔者始终坚信，三位大师之“幽灵”基本塑造了现当代思潮，因此有必要将其理论作为“叙述始源……把文化预设为通过个体主体性不断翻译的病态表征，所以文化病理学就意味着一种新的文学批评方式”(*Psychoanalysis* 2)。

二、文化病理基本概念与文化研究之“批评牙齿”

上述三位大师之理论建构在现代主义和后现代语境中开枝散叶，开花结果，拙作《精神分析与后现代批评话语》(2001)就曾对其思想之接受、修正、吸收、反拨进行过系统梳理和探索，深感他们对 20 世纪世界文化思潮的巨大影响及在各学科领域，特别是文化研究的话语渗透，深谙中国学者之文化理想诉求和文学理论向文化研究转型之趋势，渴望向其文化研究取得“真经”。笔者认为，现当代批评理论特别强调“文化”这一概念的历史性意义，核心原因就是当代哲学社会科学任何单一学科领域都无法合理解释 20 世纪初以来人类历史发展所蕴含的复杂问题，特别是 20 世纪 60、70 年代西方世界所爆发的各种“新社会运动”，而当代理论都可以被认为对这一时期全面爆发的复杂社会文化现象的综合性、跨学科、宽路径、交集性的理论探索。当代英国马克思主义理论家伊格尔顿(Terry Eagleton)曾言:“在当代有关现代性、现代主义、后现代主义的争论中,‘文化’似乎总是一个分析和阐释晚期资本主义社会的核心概念。”(*The Ideology* 1)作为当代学界高流通性的“知识元”或“元叙事”建构,“文化”似乎篡夺了神学与哲学长期统治人类思想史的皇权地位,成为整个人文与社会科学的新君,甚至连普罗大众的衣食住行这样的日常生活闲谈或行为,也充斥着“文化”这个信手拈来、言之不疲、挥之不去的幽灵或鬼影,形成了当代批评理论视野所有学科术语都冠之以“+文化”之文化研究景观,因此有必要对其基本概念进行一番正义。

按照百科全书权威定义,文化是“人类在社会实践过程中所获得的能力和创造的成果”,其广义“总括人类物质生产和精神生产的能力、物质的和精神的全部产品”。然而,人类社会实践所获得能力和创造成果具有“积极”和“消极”之分,那后者就不能作为人类进步和文明标志,因为“人类文明从来是以进步文化为基础,没有进步文化的发展,就不会有文明的发展”。除对文化进行横向静态的中性定义之外,百科全书还阐明了“文化作为具体历史现象”之能动性和伦理性,诸如固有之历史性、多样性及等级性、阶级性和鲜明意识形态特征、代际传承性和变异性、互动性和交际性及文化本身之价值和伦理,即“人类文化发展的总趋势是不断推陈出新,新兴的、进步的文化克服腐朽的、反动的文化而不断向前发展”(*Encyclopedia of China* -23, 281-82)。笔者特别赞同百科全书对文化的价值判断,即“积极进步”与“腐朽反动”之严格区分,这揭示了文化本质的双重属性。在其《文化之观念》中,伊格尔顿曾花费160多页笔墨,追溯和考证西方语言系统,特别是英语中“文化”这一术语之内涵和外延演进,揭示了其内容和形式、作用和地位、衍生与扭曲的历史进程,具体成果:一是物质生产活动,诸如定居、安家、狩猎、耕种、栽培、饲养,使当代流行的所谓“文化唯物主义”呈现一种语义上的赘述或重复;二是处于保护自身的神灵崇拜(*The Idea* 1-31)。笔者认为,伊格尔顿所描述的物质生产和精神生产社会实践发生于人类以生存为唯一必需和唯一目的的自然生活状态,两者高度统一,至于两个共时性过程何时开始分裂、怎样分裂、分裂之后果如何,这才是文化研究的核心。同样,汉语中之“文化”词源考古基本类似,“文”字表述诸如自然纹理、形状、现象、色相之自然形态及其符号表征、精神构造,“化”意义比较虚化,指按照这种自然秩序进行改变、迁易、生成,诸如天有天之文、地有地之文、人有人之文,此所谓天道、地规、人伦,文文相通;然而,后来则变成“凡武之兴,为不服也。文化不改,然后加诛”(《说苑·指武》)及“文化内辑,武功外悠”(《文选·补之诗》),也许汉语正中其概念之核心,即文化作为一种统治性暴力形态。

文化从自然功能逐渐演化成为一种统治性软暴力,其最大动因是阶级社会产生之必然结果,为此笔者推理认为,阶级社会产生之前,文化只有不同种族、部落、族群之生存历史烙印,随着阶级社会之演进,则经历了一场属性剧变,成为一种超越自然功能的文化,从而衍生出至少平行存在的三种文化形态:一是具体历史时期、占据文化等级秩序主导地位,且在社会空间中普遍流通、不言而喻、天经地义的价值观念、主体心理、行为习惯、生活方式,即笔者所称的“主流文化”,诸如公平、正义、道德、民主、自由、秩序、真理;二是阶级社会产生以来所固有、潜在、体现利益博弈或权力斗争的价值观念、主体心理、行为习惯、生活方式,即笔者所称的“流通文化”,诸如权力、利益、等级、统治、占有;三是主流文化和流通文化之外、时刻商讨和颠覆两者的价值观念、主体心理、行为习惯、生活方式,笔者称为“至善文化”(The Ideal Culture),其属性既挑战主流文化的所谓公平正义或真理秩序,又蔑视流通文化的现实利益博弈和残酷权力斗争,两者关系是:第一种文化形态是表象和工具,第二种才是实象,是前者的真实目的;主体社会化过程所灌输的是第一种形态,而现实秩序却是第二种形态,权力和利益才是社会文化之最基本逻辑;至于第三种,作为介于表象和实象的具象文化,既与主流文化相对立,又与流通文化相疏离,具有极强的历史性,时刻处于量变质变之中、最终否定其遏制性之主流文化,升华作为现实权力和利益的流通文化。这种文化形态之所以称为“至善”,就在于其否定性和颠覆性,非常浓厚地存在于历代先贤大师言说及文学艺术之中,是文学批评之核心要义。

其实,“至善文化”一直是现当代文化理论大师所探索和倡导的,也是对前两者进行批判的学理所在。当代文化理论先驱阿诺德(Matthew

Arnold)曾聚焦国家、民族、文化三位一体之正统体系，认为所谓"正统文化"篡夺了文化一词的全部意义，因此需要恢复其原始本意。在其《文化与无政府主义》中，阿诺德否定当时英国维多利亚时代之主流和流通价值体系，将文化定义为"依靠求知达到的人类理想之完美学问"及"世界上最精华部分的人类思想与言说"(6)；后来，理维斯(F. R. Leavis)继承并发展这一概念，认为"依靠少数人所建构的文化可以使我们从过去最优秀的人类经验中获得权力与利益，这是因为这些人维持着人类最微妙、最优秀、最深邃然而也是最容易腐烂的那部分传统"(4)。理维斯严格区分"大众文明"与"少众文化"，倡导应通过文学艺术培养人在智力和道德的敏感感受力，进而抵制低劣大众文明，这一至善取向特别是 20 世纪 50 年代之后得到学术共识："文化处于危机之中"，必须依靠"文学艺术的伟大传统…… 来塑造读者的新道德伦理"(Huerin 246)。在其《长期之革命》中，当代英国著名马克思主义文化理论家威廉斯(Raymond Williams)进行了归类描述："就某些绝对或普遍的价值而言，文化是指人类走向完美的一种状态或一个过程。如果此定义被认可的话，那么文化研究就主要是在人类生活和艺术作品中发现和描述的、能够体现永恒秩序或对普遍的人类环境具有永恒参考意义的那些价值"(57)。因此，文化本意应该是至善文化，与主流和流通文化正好对立，始终处于一种颠覆两者的存在状态，也与常言之"时代精神""时代意识""意识形态"等传统术语相背向，专指"一代人所认为理所当然的"且在"现实生活中坚信与体验的"的观念系统、主体心理、行为规范，是"一个时代社会主体在无意识状态下所形成的、反抗当时意识形态的、通过文学艺术(或其他途径)表现出来的前意识形态建构"(Hawthorn 343)。

由此可见，文化研究首先应该明确的就是"文化概念"之斗争，因为主流和流通文化始终在盗用或挪用文化概念，将维护自身权力和利益的话语逻辑粉饰成为普世、优秀、传承的优秀文化传统。伊格尔顿曾写道："我们的文化观念本身就基于某种奇怪、具有现代特色的异化认知，即把社会与经济割裂开来，把意义生成过程与物质生活割裂开来。似乎只有在把价值从日常现实存在中抽干、腾空，'文化'才能够排除其物质关系的再生产。也似乎只有这样，文化才会对具体的生活现实存在进行批判。"(*The*

Idea 30－31）笔者认为，文化概念不应脱离马克思主义传统所坚持的人类生活物质生产关系这一具体社会存在的统一性，避免陷入意义虚无的境地，变成一种没有牙齿的政治批判性形式，必须为文化概念和文化研究装上真正可以咬人的锋利牙齿，正如《共产党宣言》之所见："在自己的发展进程中要同传统的观念实行最彻底的决裂"，因为"一切已死的先辈们的传统，总是像梦魇一样纠缠着活人的头脑。"（Central，*Selected Works*－1，1995，603）

三、权力密码与文化病理研究拓展

为对文化概念进行扫盲，并给文化研究装上锋利之牙齿，文化病理学文学批评继承经典马克思主义批判精髓，站在历史发展全过程和总体性之学理高度，将文明进程中文化之"正常"关系修正为"非正常"关系，强调文化本身的生产性、统治性、遏制性、破坏性等权力工具特征，否定主流和流通文化的传承价值，辨析突出"作为人类生活斗争之总体性"的至善价值之历史性功用。笔者认为，作为人类物质与精神生产斗争之能力及产品，文化最核心的属性就是权力生产与再生产之博弈和斗争，这是由权力属性本身所决定的；如果说阶级社会依靠其文化生产和再生产维护其有效暴力统治，那么文化就隐藏着非常浓厚的权力密码，可以从当代马克思主义批评理论传统中得到非常合理地诠释。

在此，笔者需首先明确一下"权力"与"利益"之属性关系，认为基于利益与权力的物质与精神生产关系，两者在本质上是一样的，类似一枚硬币的正反两面：权力包括利益及其支配力量，一切权力都是为了利益，所以将利益等同于权力、权力等同于利益；坚信经典马克思主义所说的关于利益博弈的物质与精神关系，其本质就是权力生产关系；再者，聚焦权力分析不但能够更准确和敏感地窥探文化生产和再生产之轨迹，且从现实历史进程看，主流文化体系往往是在妖魔化物质性、利益性的同时神圣化权力，这的确是一个有趣的文化悖论现象，值得深入研究。

在当代理论语境中，权力，无论是行为体对另一行为体具有直接控制力的强制性权力、具有事实上实施间接控制力的体制或制度性权力、直接关系行为体中社会能力和利益构成的结构性权力，还是意义和表意系统中扩散性社会关系对主体性生成或改造的生产性权力，其基本所指就是个体之意志加诸他人行动的可能性，特别是前两者之国家和社会权力，专指一个阶级为实现其利益和建立统治秩序而具有的一种组织建制性支配力量；无论是政治领域由政府及其各级组织行使的公权、经济领域由财产所有者或管理者行使的私权，还是社会领域由各种社会主体行使的共权，其权力都具有极强的关系性、等级性、垄断性、高生产性和高渗透性、向恶性及惰隐性，因为上述所谓公权、私权、共权，甚至福柯所谓的社会历史领域之硬权力、软权力、真理等级、知识建构等，都基于权力生产文化的同时也在腐蚀文化这一现实；因此，文化病理源自于权力，其基本原理是基于二元对立的差异和异质性生产，诸如国家、民族、阶级、性别、种族、地域、年龄、身体等差异性文化生产。

在其《狱中札记》中，著名马克思主义理论家、意大利共产党创始人之一葛兰西(Antonio Gramsci)阐述了基于权力生产的“文化霸权”“政治社会”及“市民社会”等重要文化概念，认为国家是由政治社会和市民社会两部分组成，其中市民社会代表了以意识形态为特征的文化霸权，包括学校、教会、新闻媒体等:资产阶级通过市民社会来传播其意识形态，使劳工阶级接受并认同其价值观念，认同其统治之天然合法性。法国马克思主义理论家阿尔都塞(Louis Althusser)继承葛兰西之意识形态论述，认为“意识形态并不是简单观念的集合，而是一种物质性实践”，是“仪式、风俗、行为模式、思维方式的实践形态，是由意识形态国家机器生产出来的”，包括教育、宗教、家庭、政治、传媒、文化工业等范畴，它们“通过某种方式起作用，将我们镶嵌在社会秩序之上，而这所谓的社会秩序标志就是财富、地位与权力的显著不平等”(2-4)。法兰克福学派各位理论大师之批评洞见与上述基本契合，诸如马尔库塞(Herbert Marcuse)杂糅马克思与弗洛伊德，将“服务于自然功能的文化”称为爱欲文化，将“服务于某种意识形态功能的文化”称为主流文化(37)，前者推动文明进步，后者则作为一种权力话语在社会层面上进行统治、支配、控制，在主体心理层面上遏制、操纵、疏导，即统治阶级为了能顺利进行权力再生产，总是会设计一套观念价值和行为规范来维持其统治，因而禁锢文明进步甚至毁灭文明

(203-04)。阿多诺(T. W. Adorno)之否定的辩证法,聚焦传统美学和文艺观念批判,主张"否定性美学",认为文化工业通过提供娱乐,把资本主义制度下之日常生活描绘得合情合理,灌输给大众以快乐和幸福的假象,从而为这种制度制造出合法性依据,扮演了现存统治制度维护者的文化角色,所以文学艺术必须具有反现实、反社会、反主流意识形态的审美功能,理想之美学应是对传统艺术所制造的审美幻觉进行摧毁,颠覆以资本操纵和技术复制为生产手段的大众和流通文化工业。

秉承权力关系思想谱系分析的还有数位现当代批评理论大师。福柯从其早期之思想体制史、中期之权力话语、后期之权力机制(Apparatus)、晚期之"自我技术"(Technologies of the Self)研究,对权力历史进行考古和谱系分析,揭示了权力存在的泛历史文化本质:"权力无所不在,并非因为它蕴含一切,而是因为它源自一切关系……权力来自下层;从权力关系根基上讲,统治者与被统治者之间并无所谓泾渭分明的二元对立和无所不包的对立,而是作为一种基本准则——不存在从上至下、作用于社会组织最深层的那些更受限群体。人们必须考察各种多元的力量关系,这些力量关系作为社会差异的基础,贯穿于社会机器整体产生、塑型,并在社会机器中发挥作用,这些社会机器包括家庭、受限群体、机构建制。"(*The History* 93-94)笔者认为,文化从本质上就是关于权力的故事,但福柯理论体系中之权力能动性、虚无性、泛历史性必须厘清,这一点在当代马克思主义理论生产中得到具象化论证,正如萨利文(Nikki Sullivan)所总结:"权力不仅仅是说不(虽然有时如此,权力表现出禁止功能)……权力具有生产力,它还生产(在具体不同的语境中)各种各样的知识、存在、情感、欲望等,赋予我们身份,而不是拒绝我们的身份,歪曲我们的身份,或把我们身份分离出来"(93; 110)。巴特(Roland Barthes)甚至曾认为古代神话及现代意义上作为意识形态建构之神话,都是一种"去政治化的言语",一种"把历史转化为自然"的文化形态,即现存的话语方式本身固有存在着某种具体的历史内涵,然而却表现出一种泛历史和普世价值。马克思主义理论批评家詹姆逊(Fredric Jameson)聚焦文本话语建构中的具体权力关系,揭示了文化意识中权力之物质与精神生产互锁及纠缠关系,认为"政治无意识"是阶级对抗中的象征性生产与再生产活动,是"一切阅读和理解的绝对视域”，所以任何文本阅读都必须“永远历史化！”(1)。齐泽克(Slavoj Žižek)否定作为一个虚构观念系统的意识形态和现实世界的任何差异，认为现实物质世界本身就是“虚构的、扭曲的”，因此“意识形态并不简单呈现为某种虚构的意识系统，或体现为现实的幻想性表征系统，而现实本身就已经是意识形态性的”(21)。为此，霍克斯(David Hawkes)总结说，作为社会主体，我们本身“就生活在谎言中，或生活本身就是一个谎言”(176)；乔丹与威登(Jordan Glenn and Chris Weedon)论述道，资产阶级对“工人、女性、有色人种进行话语定位”并“按照自己的利益修正和改造主流文化”，其结果是“社会不公通过[主流]文化获得其合法性”(xi; 5)；在其《社会官能障碍：文化妄想症之病理学》中，著名社会理论家艾利(Everett E. Allie)曾断言：“社会体制与传统，脱离自然功能，无视自然功能及其必然性，经常是严重文化病理的携带者或强化者。”(12)

由此看来，现当文化研究视野中的“文化”始终是一种沉浸权力结构的意识形态，并作为主流和流通文化之反义词，因而脱离具体权力关系生产的文化研究就自然存在如下谬误：一是将主流和流行文化误读为文化，不加区分是“至善”还是“实用”；二是对文化本质之积极、正面、褒扬性之理解，使整个社会长期处于一种“文化错觉”状态；三是无意识或故意地混淆“文化”与“文明”之间的关系，粉饰掩盖了文化的意识形态功能或文化作为一种象征资本、政治资本、统治资本的社会功用；四是对文化进行武断的总体性理解，忽视了其杂糅性和异质性所释放的文化颠覆力；五是忽视了文化作为权力之幻影对各种统治性建制的依附关系及对这种关系的深刻批判。为此，文化病理学文学研究必须打破文化之统一性和自然性，对具体生活实践和知识生成机制提出质疑，注重其社会性和政治性，必须创造一种伊格尔顿所谓的“对抗性公共领域”来抵制文化的总体性，同时关注其对立性、量变质变性、否定性，使“文化研究成为一种批判活动，正是在这个意义上，文化研究需要我们把自己放在核心位置，我们的经历是一个斗争性的平台，一个既是话语的产物又是生成这种话语的斗争平台”(Munt 10)。

基于这种学术取向和批判精神，文化病理学文学批评之活力在笔者及同行所撰写的论文、文章、专著已经得以初步拓展，诸如：笔者之《逃避·探索·反抗·绝望——论美国文学中的儿童形象》(1996)针对美国文明与文化之垂死病理特征以儿童形象透视对抗主流文化之“青春主义”精神价值,《精神分裂分析文学批评初探》(1997)聚焦欲望生产探讨文学批评走出“文化囚牢”之各种可能性,专著《霍桑与美国浪漫传奇研究》(1999)聚焦文学类型之意识形态研讨“历史与压抑”之文化掘墓观念,专著《精神分析与后现代批评话语》(2001)明确提出文学和批评理论需要一种“走向文化病理学的精神分析”新理论,专著《美国自然主义文学传统的文化建构与价值传承》(2007)论述“人类改革不了地狱”的文化病理死结,期刊空白补充小文章《走向文化病理学的文学研究》(2009)简述文化病理学文学批评的基本观念和研究思路,《霍桑之“内在性”叙事与美国内战前社会改革》(2019)基于爱默生之“一切都必须接受审判”诠释美国文化独立斩断欧洲文化谱系的文化革命尝试,《文化病理与霍桑之“东方主义”再审视》(2019)探讨跨文化传播的认知病理;再者,为探寻一种系统性和整体性理论视域作为文化病理治疗的新批评方式,笔者与其他三位同行合作出版《当代美国小说的文化病理学阐释》(2019),通过对当代美国三位著名小说家作品之解读,研讨美国资本主义或晚期资本主义社会各个层面的文化病理现象,解析资本主义文化语境下权力再生产所导致的主流或流通价值观念及行为系统的病理性特征;在最新拙作《英美诗歌经典战争篇》(2023)中,笔者聚焦英美文学传统中之“战争话语”(War Discourse)这一“历史毒性文化”(History-toxic Culture),深入挖掘基于民族、国家、社群、意识形态等这些对立性差异所建构的病态战争文化。

沿着这条批评思路,同行学者也产出了一些卓越成果,诸如沈兆莉《纳撒尼尔·霍桑与文化病理的主体性翻译》(2008)、沈艳燕《年寄话语与青春诗学:论〈伯格的女儿〉中的文化病理学意蕴》(2009)、郎晓娟《后喻性·道德恐慌·大众歇斯底里——〈麦田里的守望者〉中的文化病理诊断》(2010),三篇论文分别从文化传承的历史谱系链接、代际传承的社会化过程及其反抗、当代社会文化病理表征等,进行了作品阐释实践;此外,还有何树《乔伊斯对都柏林殖民文化病理的剖析》(2012)、吴云《论唐·德里罗小说〈天秤星座〉中美国晚期资本主义文化病理的话语特征》(2015)、王华《逃离之殇与文化病理:论伍绮诗〈无声告白〉的叙事伦理》(2020),三篇论文分别进行了深入系统的权力解构和西方文化病理阐释。

四、权力祛魅与文化病理学文学批评维度

基于经典马克思主义批判传统,文化病理学研究必须正本清源、守正创新,聚焦具体历史文化形态,既需具有科学性,又需辩证唯物主义的正确立场,具象化比喻就是权力之捉鬼和驱鬼。笔者认为,可以按照"6-W标准"进行文化研究,即聚焦"Who(何人)、When(何时)、Where(何地)、Why(何因)、Whom(对谁)、How(如何)"的权力关系生产和再生产分析,诸如被统治阶级之"民主、自由、人权"即为至善文化,然而统治阶级的同样价值观念即为病态文化,再如封建统治阶级之"积德行善"或"仁义道德"必定是病态文化,反之依然,原因很简单:主流文化作为一种腾空物质生产关系的抽象价值观念和行为方式,而实际遵从的是基于现实权力博弈逻辑的流通文化;总之,绝不存在任何抽象、统一、泛历史、可继承的文化形态,文学批评必须聚焦具体的文化与权力关系。

首先,应基于"6-W标准"进行文化病理类型分析。一是聚焦传统人文社科神话所建构的主流和流通文化病理归类,诸如:作为人类奴役自身的"异化"(Alienated)与解放自身的"至善"(Ideal)文化;服务不同社会功能的"主流"(Dominant)、"流通"(Circulating)文化;不同时空存在状态的"残存"(Residual)、"主导"(Dominant)、"新生"(Emergent)文化;不同属性形态的"流动性"(The Fluid)、"封闭系统"(The Closed System)、"沼泽性"(The Swamping)、"交际性"(The Communicative)、"自恋性"(The Narcissistic)文化;不同等级秩序的"统治阶级"与"被统治阶级"文化。众所周知,传统人文学科一直占据人类知识生产、扩散、渗透的绝对崇高地位,直到19世纪中叶前后科学与社会科学替代其皇权地位;作为文化重要标志的人文社科,长期以来服从服务于某种统治性意识形态,使自身成为一种社会控制工具,退化为一种歪曲现实、误导认知的知识生产等级秩序,必须通过不断否定自身、解构自身、解放自身,来诊断和抵制这一人类文明进步之误途与悲剧。二是基于社会存在决定社会意识的马克思主义基本原理,应持续性否定统治阶级的主导性价值观念,努力为被统治群体

赋权和争夺话语权力，消解统治阶级垄断权力、暴力、真理的合法化基础；为避免权力虚化弱势群体，还需突出强调和相信个体认知真理的能力，肯定颠覆性主体的能动性、创造性，解构历史、社会、文化、组织建制的权力话语生产密码。三是按照权力生产和再生产分析工具，聚焦思维与行动前提之文化诊断，警惕主导、主流、流通文化的统一性、总体性、传承性的意识形态虚构，建构一种时刻处于对立、质变、否定之中的“新常识”至善文化体系。

其次，基于其存在形态进行文化病理之层次性分析。文化病理不但呈现总体性特征，而且依靠其等级化和层次性进行权力生产和再生产。一是聚焦文化病理之形上和象征系统形态，作为哲学及其他诸如宗教、艺术、伦理道德具体学科所形成的形上精神生产系统，以信仰和价值观念为最高层次和核心，对这种构成文化最具活力生产要素进行权力等级分析，揭示其物质和精神生产统治和遏制方式，具体诊断可按如下亚层次展开：认知病理（Cognitive Pathology）及牵涉整个精神生产的感觉、知觉、注意、想象、记忆等思维病理（Perceptive Pathology）；象征系统病理（Representational Pathology），诸如福柯所强调的权力与语言、话语、神话、知识系统，因为与权力一样，这种符号系统也是遏制性的，是“一种公共认可的遏制工具”，就算“不是一种权力工具，至少也是一种权力模式”（Brown *Encyclopedia* 685）。笔者认为，符号系统约定俗成的语义功能、权力关系、认知等级等应是文化病理分析的重要领域，可称为“符号病理学”（Semiotic Pathology）分析。

二是社会关系和组织建制的文化病理形态分析。差异和异质性生产是文化病理的存在层面所在，聚焦具体社会关系和组织建制生产和再生产过程中服务于统治性权力的文化形态，在国家、民族、社群、家庭、性别、种族、阶级、地域、年龄、代际等层面，解析权力生产关系，诸如国家层面作为权力关系的总枢纽、总控制平台，自其产生以来就标志着权力对文化的生产、腐蚀、扭曲、伪装其权力对民众伦理生活的形成具有决定性影响，通过促成公共与私人领域之分离、国家与社会之分离、意识形态与现实社会逻辑之分离，形成合法化的等级社会生活秩序；国家通过组织建制干预文化和实施权力，并在持续不断地操纵过程中，产生了国家伦理职能最高建制层次这个抽象概念，然而统治者和被统治者都只不过是一个社会单元而已，唯一区别是前者作为国家正统观念的代理人或化身；国家与组织建制取得主体性、自主性地位之后，仿佛有了自身的生命，成为有个性化实体；进而，国家历史或国家记忆演化为一种想象性、选择性、虚构性、遏制性的意识形态建构，强化国家存在的天然合法性，弱化经典马克思主义关于国家作为暴力机器的历史性认知。其实，荣格(Carl Jung)早就耦合这一认知：所有组织的建制性"最高层次就是作为政治现实原则的国家这个抽象的观念"，而"实际上，国家只是那些谙熟怎样操纵它的个体的一个幌子"而已(Jung 8；11)。

三是社会心理系统文化病理分析。弗洛伊德曾担心，一个精神病患者极其容易被识别，一群精神病患者却很难被发现，而最先发现并指出的那个人通常被人们认为是精神病患者。按照其所论述的个体与社会心理之互锁关系，笔者建议使用美国精神病学会描述个体神经和精神病症手册的术语系统，隐喻性指涉群体性精神病症，诸如"群体性妄想症""大众歇斯底里""道德恐慌""群体性虐待或自虐""群体性自恋症"等；以最前者为例，这种人类社会进程中所生成的集体无意识实际上是一种"集体性妄想症"或"集体渴望症"，其基本症状是在否定个体存在意义基础上渴望被群体认可、接纳、吸收，渴望在群体中实现自我、满足自我，对群体充满幻想、渴望群体生活，甚至不惜养成奴性，然其理想形态应该是一种"和而不同"的共同体，即经典马克思主义所说的"自由人的联合体"，因为"自由人"或"个体主权"(Individual Sovereinty)才是这个群体的正常和健康属性。在此方面，笔者特别强调作为社会心理系统病理最典型症候的统治阶级群体精神分析，特别是位高权重群体的病态心理分析，因为他们心理行为与普通民众截然不同，前者非常类似于患有严重大脑损伤的病人，似乎被摘除了社会性行为的神经器官，经常变得非理性和迟钝，诸如自恋性权力群体，其现实存在状态经常会腐蚀其转换角度看问题的心理结构，导致固执己见、自我中心、霸道武断、无视诚信、更容易说谎，并在过分自我、过分乐观、过分自信中，易于冒险和走向极端；这种权力还激发冷漠，丧失一般人的感情和同情心，从而产生诸如暴力野蛮、非理性、虐待侵略、极度优越这种非人性文化心理。

四是生命政治与物质文化系统之病理分析。文化病理学批评特别注重身体本身及日常生活这一微观文化研究，其中生命政治文化病理聚焦人类身体这一核心研究对象，诊断塑造、操控甚至残害自然主体身体的权力关系生产，包括饮食、服饰、卫生健康、风俗习惯、人生世态等。从古到今，生命政治控制与操纵一直是文化生产的重要领域，身体本身始终带着层层的文化枷锁，作为自然状态的人体已经发生根本性的变化，成为一种权力驯服工具。伊格尔顿曾写道："身体问题重要性的回归是近年来激进思想最珍贵的成果之一。我希望该著作可以被看作是拓展这一新方向富有成果的前沿探索……我想通过美学这一中介性范畴，把身体观念与诸如国家、阶级斗争、生产方式这样一些更传统的政治学命题重新结合在一起。"（*The Ideology* 7－8）再者，物质文化病理聚焦人类生存和发展需要所创造的物质产品及其所表现的意识形态性文化形态，研究聚焦还涉及文物、器物、建筑、旗帜、旅游点、博物馆、生产工具等，探讨其中权力关系所催生的病态文化。笔者认为，当代身体和物质文化研究转向对文化病理学文学批评具有重要启示意义，然牵涉内容复杂浩瀚，不再赘述。

第三，文化病理生成机制研究。聚焦"权力如何生产和腐蚀文化"（How power produces and corrupts culture），可从普通病理学所使用的"寄生"（Parasitization）、"感染"（Contagion）、"癌变"（Canceration）这三个相互联系的进程展开分析：一是服务于权力结构的主流文化因其浓厚的统治和遏制属性，其自然性、合理性、合法性只能寄生在至善文化之中，其寄生方式诸如"用事实说谎"（Factual Lies）、"光晕效应"（Glittering Generality）、"污名标签"（Demon-Labeling）、"民众认同"（Dominant's Identification with the Lower）、"民意操纵"（Astroturfing）、"羊群效应"（Bandwagon）或"样板设置"（Model Setting）、"谶纬化"（Mystification）或"神圣化"（Divination）、"关怀博爱轰炸"（Care and Love Bombing）、"群体性欲望化"（Socially Desired up）等等。最典型的是，文化病理学特别重视历史传承性的寄生文化病理诊断，即辨析"历史毒性文化"（History-toxic Culture），并基于马克思主义之唯物辩证法规律，探讨"共时性恶"（Synchronic Malignancy）转换为"历时性德"（Diachronic Virtue）这种物质和精神传承现象：所谓"共时性恶"，是指主流和流通文化所认定的异想天开、大逆不道、数典忘祖的价值观念和行为方式，在横向具体社会语境中属“异端”，备受排挤、打击甚至迫害，然而时过境迁，这些文化形态往往成为人类历史的宝贵财富，转换为“历时性德”，这种谱系转变符合辩证唯物历史发展规律，凸显了文化病理学分析的独特视角，且牵涉一个更重要的学术命题，即文化精神之传承性问题。笔者坚信，人类精神生产和再生产只能通过具体社会生产关系之“现象同构”才能完成，否则就是一种异化或虚假的精神传承；一般而言，所谓精神传承依靠“谱系生产”(Genealogical Production)，包括“谱系断裂”(Genealogical Disruption)与“谱系链接”(Genealogical Linking)；按照经典马克思主义之论述，文化谱系的生产与再生产就像阶级斗争一样，基本存在两种谱系：一种是遏制性谱系，主要由统治权力所传承，另外一种是颠覆性谱系，主要由其对立面所继承，两者始终存在于对立与统一的博弈之中；谱系生产与再生产由其具体物质生产关系所决定，颠覆性权力在赢得统治性权力之后，必然继承或链接统治权力的谱系；谱系断裂和链接是一个动态过程，最典型的可定义为“转型时期”，但转型期完成后，先前颠覆性谱系必定会链接统治性谱系，这是历史之必然性；谱系断裂与链接在经济层面上表现得更加明显，但在政治层面呈相反表征，即颠覆性谱系在链接统治性谱系之后总是采取一直拒绝状态，一直坚持自己颠覆性的谱系连续性，尽管其物质生产关系已经发生根本性质变，其实这是一种唯心主义的心理幻觉和权力密码。简言之，统治阶级不可能继承被统治阶级的文化精神谱系，正如资产阶级永远不能掌握和继承马克思主义一样。

二是文化病理感染机制研究。寄生作为文化病理发挥遏制功能的先决条件，感染则是文化病理侵入社会肌体和主体心理所引起的各种病态性反应，两者都在笔者所称的“主体性翻译”(Subjective Translation)中实现，在主体社会化生产和再生产过程中之心理塑造和情感结构中形成，这也是当代意识形态批判及文化研究关于主体性建构与颠覆的重要话题。笔者认为，文化病理与语言形成过程同时发生，病原体则是一个镶嵌在权力关系中的符号系统，在社会化过程中被翻译或复制为构成主体性的话语系统，主流和流通文化通常竭力把自身的话语“忠实”而“通畅”地转化为主体性(“Cultural Pathology”82 - 83)；在横向社会层面，主体性翻译主要指权力话语及其表征系统塑造主体的过程及方式,在纵向历史层面,指既定文化符号系统传承并塑造新文化符号的过程及方式,两者相互联系,相互作用,是一个积极或消极的对话过程(*A Critical Anthology* vii－viii)。笔者坚信,浸透着权力关系的主体性翻译在每一个时代都是统治集团积极推行的政治、社会、文化策略,其中至少包括以下主体性翻译或复制形式:"麻醉性催眠"(Narco-hypnosis),即作为一种有效统治工具,权力关系总是不断地感染社会主体,使其接受奴役、奉献、顺服的文化形态;"多重思维"(Multiplethink),即主体在具体社会语境中同时接受多种相互矛盾的价值观念,并认可其统治权力的合法性;"微笑世界综合征"(Smiling World Syndrome)总是伴随传播"悲惨世界综合征"(Mean World Syndrome),反之亦然;"恐惧、非确定、迷雾操纵"(Appeal to Fear, Uncertainty and Doubt)更是一种典型权力感染形式;"短路认知"(The Availability Heuristic),即依靠被选择删减信息和知识进行判断、认知、决策而形成的观念系统和行为方式;"认知语域谬误"(Register Misattribution),即权力操纵将某种语域认知转移到另外一个认知语域,诸如寓言故事权力认知;"隐喻纠缠"(Metaphorical Entanglement)或"语义联通"(Semantic Connectivity),指将喻体与喻本进行联通的认知感染,喻体与喻本具有一旦发生联系,就具有蕴含权力关系的纠缠效应。

三是文化病理癌变。这是文化生产和再生产从量变到质变的最后阶段,其结果就是中外历史演进过程中通过宏观层面的暴力革命和较长时段的文化革命,使那些旨在欺骗、奴役甚至毁灭自身的主流和流通文化得以全面鼎新;然而,文化全面鼎新之后,因未清除统治性权力结构的死结,仍会沿着寄生、感染、癌变这一轨迹继续衰变,直至再次发生暴力文化革命,原因非常简单,正如经典马克思主义这所言:"世界的真正的统一性是在于它的物质性"(Central, *Selected Works* － 3, 1995, 83),即人类似乎无法治愈地狱,必须从物质上消灭地狱。

第四,文化体检和文化病理疗法研究。文化病理疗法,亦可称为"文化革命""文化绝育"(Cultural Sterilization)或"文化扫盲"(Cultural Literacy),涉及内容非常广泛,当代批评理论有非常精彩的论述,其基本手段包括宏观社会革命、微观文化革命、群体性反抗运动、个体抵抗活动、文化批判等。作为一位文学和批评理论工作者，首先应确立权力作为文化结构的病原体，对文化本身进行持续性体检，并按照如下三个方面继续展开：一是警惕知识生产与文化霸权，将国家、民族、种族、阶级、性别、地域、年龄、代际等差异化因素切入知识生产过程，对主流和流通文化进行持续性解构，坚持反建制主义性质的各种文化研究，阻抗建制性知识分子为自身或统治阶级利益服务的话语观念建构、学科体系设置，蔑视建制性权威长期霸占学术观点和所谓真理，与此同时在具体知识生产中，倡导自治、自学、自享的自我知识建构；二是持续性进行社会批判，特别是拨乱反正个体精神与社会常态的颠倒关系，挑战所谓"正常"的文化观念，正如著名当代社会学大师莱恩(R. D. Laing)所言："社会非常珍重正常人。社会教育孩子失去自我、变得荒诞，从而成为正常人"，但"在过去 50 年里，正常人杀死了 1 亿人口的同类正常人"(24)；三是充分发挥文学艺术的批判功效，将其作为一种有效的文化疗法，始终将主流文化和流通文化作为文学研究和文化批判的核心对象，使文化生产不断地挣脱主流权力和利益集团的误导和控制，使治疗性写作和批评成为一种有效审美手段。

最近二十多年来，审美与身体、感觉、情感之间关系被重新重视起来，将生命政治与权力批判中之意识形态、美学中之美感与伦理学中之道德情操重新联系起来，研讨文学艺术生产功能这三个政体生产：审美政体、伦理政体、诗学政体。在其《美学之意识形态》中，伊格尔顿曾将审美命题放置于具体历史语境的物质关系生产、国家权力形式、阶级对立等马克思主义所主张的研究范式去考察，认为"伴随美学这一学科的诞生，艺术本身与现代社会理论一样，便开始整体性地陷入一种抽象化与形式化的窘境"(*Ideology* 2)，或可以说，美学本身"就是一种资本主义政治，被各种形式的文化政治所摧残，变成残花败柳，并被最终彻底抛弃"(*Ideology* 8)。然而，美学也曾向主流和流通意识形态的各种形式提出过质疑与挑战，并提供了能够替代这种意识形态的思想观念，正是在这个意义上，必须正视审美之双重性：一方面具有意识形态之遏制性，另一方面则强调人类的自由本质，在人类学上证明革命力量反抗阶级社会以来文化统一性之可能。

在关注政治审美化与审美政治化之同时，拒绝当代文化研究中以"优先性”稀释或抹杀文化总体性的病态取向，即决不能将喧嚣尘上的全球运动中的国家、民族、种族、性别、生态、地域、生态等重要命题掩盖和弱化具体社会物质生产关系的文化研究，正如伊格尔顿所言，“对于那些把政治解放之希望集中寄托在种族和性别领域的人来说……绝不能相信他们会一夜之间放弃他们在其体制中养成的这种坏习惯”（*Ideology* 8）。总之，要警惕美学作为权力关系的操纵方式，将聚焦权力关系的政治作为所有美学生产的驱动力和阐释底线，即政治作为一种审美无意识，其中权力关系是核心，是一切阅读和阐释的绝对极限视域。

为探寻权力生产和再生产过程腐蚀文化的踪迹，笔者提倡将文学艺术之“总体性阅读”（Totalizing Reading）、“碎片化阅读”（Fragmenting Reading）、“反美学阅读”（Anti-Aesthetic Reading）、“症候阅读”（Symptomatic Rending）很好地结合起来，其缘由就是：不同历史语境不同作家在阻抗主流权力生产和再生产过程中，因考虑当时政治气氛、社会规范、话语控制，不得不采用各种的“特殊手法”隐藏其作品之颠覆性，要么将其书写内容情节背景虚化、异域化、隐喻化、历史化，从而避免不必要的政治迫害或牢狱之灾；要么保持总体上的书写可接受性，而将其真实的颠覆性意图隐藏在作品中的某些话语片段、某些情节轶事、某些看似不起眼或无足轻重的闲言碎语之中，因而批评家识别和提取这些颠覆性文字就成为阐释必需；更有甚者，对于那些强调所谓审美统一性的封闭性文本，亦可采用碎片化和反美学阅读方式，诸如将文本前后分裂阅读，肯定前者、否定后者，反之亦然，或激发读者寻找权力腐蚀文化轨迹的能动性，将巴特所谓的“可读文本”变成“可写文本”，重在透视其蕴含的权力结构及文化病理形成机制。

笔者在研究中发现，总体性阅读的确是一种有效的阅读方法，但碎片化、反美学阅读、症候阅读不但能够探寻诸多创新观念，而且更能体现阅读过程的能动性和颠覆力，因为作家在面对主流文化遏制过程中，观察到社会主体因其认知局限往往易于认可主流文化获得其流通的合法性，诸如当代西方意识形态高度抽象的所谓“民主、自由、人权、保护私有财产、爱国”等政治术语等，每一个单独概念都易于社会主体认可，但将这些概念“总体化”混合在一起，就会发现这即是资本主义意识形态的一种奴役工具。换句话说，碎片化概念每一片也许都是正确的、进步的、崇高的，但其混合在一起，其"总体性"就会发生性质变化，就像化学反应一样，将单独的硝酸钾、木炭、硫黄进行机械混合，三者的"总体性"性质随即产生巨变，成为一种爆炸性的火药。

总之，文化病理学文学批评各个维度深度沉浸着中外经典作家的"批判幽灵"，回荡着马克思、尼采、弗洛伊德及现当代批评理论大师的"真理幽灵"，特别是马克思唯物辩证法和政治经济宏观文化分析所揭示的"社会铁屋"、尼采之道德伦理分析所呈现的"灵魂监狱"、弗洛伊德的个体与社会精神分析所揭示的"身体铁笼"和"心理囚牢"，还有福柯等知识考古和谱系分析所解构的权力"全景监狱"，而笔者之探索即是这些圣贤大师的历史还魂。尽管如此，这一批评方式还需进一步自我反省，毕竟"批判的武器当然不能代替武器的批判"，"物质力量只能用物质力量来摧毁"(Central, *Selected Works* - 1, 2012, 9)。

结　论

当代文化研究始终都体现保守或激进意识形态的政治属性，正如批评家布鲁克(Peter Brooker)所言："就其研究者、所研究作品及其社会角色而言，文化研究从来都不是价值中立，也没有不受干扰的意义阐释和价值判断。"(57)在笔者看来，任何学术研究都渗透着权力生产关系的阴影，都体现其学者的权力利益、价值观念及学术取向；文化病理学文学批评传承中外经典作家及理论大师的话语体系和批评精神，充分体现了这些圣贤巨匠与该研究之"现象同构"，凸显了中国学者的主体意识和使命担当。笔者认为，当今中国社会早已消灭了以生产资料私有制为基础、以阶级矛盾和阶级斗争为社会总体性的文化形态，消灭了阶级统治之可能性与历史基础，进入一个"后阶级社会"(Post-Class Society)重要历史阶段，中国学者应承担起传播和发展马克思主义的历史重任，挖掘中华民族能够世代赓续的至善文化传统。关于前者，诺贝尔文学奖获得者、享有"当代歌德"美誉的德国作家伯尔(Heinrich Theodor Böll)曾在题为《假如没有马克思》一文中说："一部进步史乃是一部忘恩负义史。后生者只是一味地捞取和享用好处,至于曾为好处所付出的代价连想也没去想。掺合在这种忘恩负义之中的还有愚蠢、无知以及理论家、知识分子通常所具有的藐视";伯尔继续言道:"没有工人运动,没有社会主义者,没有他们的思想家,他的名字叫卡尔·马克思,当今六分之五的人口依然生活在半奴隶制的阴郁状态之中;没有斗争,没有起义,没有罢工,这需要发动,需要引导,资本家是连半步也不让的。"(68)伯尔所概括的这部忘恩负义史,就是阶级社会产生以来主流或流通文化所忽视、弱化、扭曲权力关系的建构史,包括马克思本人在内的理论大师和革命先驱始终站在主流和流通文化的对立面,并向其发起持续不断的批判进攻。关于后者,中华民族至善传统文化就是从诗三百开始文学艺术所承载的"诗可以怨"与"和而不同"之至善文化:文王之周易、仲尼之春秋、屈原之离骚、左丘之国语、孙子之兵法、不韦之吕览、韩非之孤愤及诗三百篇,皆为贤圣发愤之作,抒发郁结、疏通其道、故述往事、教诲来者;再者,中国历代抱薪者、治水者、启蒙者、奋斗者、奠基者、开路者、书写者、为大众谋福利者、为生民立命者,无一不是面向主流和流通之世态和价值行大医之事,形成了中华民族深厚的至善文化传统。

我国当代文化构成是在批判性吸收世界历史上各民族至善文化并总结新的实践经验基础上形成、发展起来的,其性质与一切旧文化根本不同,标志着与一切旧文化在性质或属性上的完全断裂,是一种崭新的文化形态,终结了人依附于人、人依附于家庭或宗族、人依附于物质或资本的这些社会形态的阻隔和束缚,正在向马克思主义经典理论家所论证的"自由人的联合体"趋势发展。正是解决了自阶级社会以来物质生产关系的结构性和体制固有矛盾,新时代本身蕴含走向完美社会的种子,只要进行持续不断进行建设性改革,定会达到经典马克思主义所论证的至善文化形态。

鉴于上述,中国学者最应担负起文化病理诊断和批判使命,沿着经典马克思主义及现当代理论大师对自阶级社会产生以来主流和流通文化的批判路径,对现时自身文化的主流价值观念和行为方式进行积极肯定,对阶级社会之主流和流通文化进行彻底批判,彰显中国学者的文学批评主体意识,并在认知世界基础上改造世界,时刻准备将批判之武器变成武器之批判,用物质力量摧毁物质之力量。

引用文献【Works Cited】

Allie, Everett E. *The Origin of Social Dysfunction: The Pathology of Cultural Delusion*. New York: University Publishers, 2000.

Althusser, Louis. *Essays on Ideology*. Trans. Ben Brewster and Grahame Lock. London: Verso, 1984.

Arnold, Matthew. *Culture and Anarchy*. London: Cambridge UP, 1988.

Böll, Heinrich Theodor. "What if without Marx." *Leadership Digest* 09 (1997): 68-72.

[海因里希·伯尔:《假如没有马克思》,《领导文萃》,1997年第9期,第68-72页。]

Brenkman, John. "Family, Community, Polis: The Freudian Structure of Feeling." *New Literary History* 23.2 (1992): 923-939.

Brooker, Peter. *Cultural Theory: A Glossary*. London: Arnold, 1999.

Brown, C. "Marxism and International Ethics." *Traditions of International Ethics*. Eds. T. Nardin and D. R. Mapel. Cambridge: Cambridge UP, 1992.

Brown, Keith, and et al, eds. *Encyclopedia of Language and Linguistics*, 2nd edition, Vol.3. Shanghai: Shanghai Foreign Language Education Press, 2008.

Central Compilation and Translation Bureau, trans. and eds. *Selected Works of Karl Marx and Friedrich Engels*, Vol.1. Beijing: People's Publishing House, 1995.

[中共中央编译局编译:《马克思恩格斯选集》,第1卷,北京:人民出版社,1995年。]

---. *Selected Works of Karl Marx and Friedrich Engels*, Vol. 3. Beijing: People's Publishing House, 1995.

[中共中央编译局编译:《马克思恩格斯选集》,第3卷,北京:人民出版社,1995年。]

---. *Selected Works of Karl Marx and Friedrich Engels*, Vol. 1. Beijing: People's Publishing House, 2012.

[中共中央编译局编译:《马克思恩格斯选集》,第1卷,北京:人民出版社,2012年。]

Eagleton, Terry. *The Idea of Culture*. Malden, MA:Blackwell, 2000.

---. *The Ideology of the Aesthetic*. Malden, MA: Blackwell, 1990.

Editorial Board of Encyclopedia of China. *Encyclopedia of China*, Vol. 23. Encyclopedia of China Publishing House, 2009.

[中国大百科全书总编委员会:《中国大百科全书》,第23卷,北京:中国大百科出版社,2009年。]

Fang, Cheng, et al, eds. *A Critical Anthology of British and American Poetry: War Discourse*. Nanjing: Nanjing UP, 2023.

[方成等编著:《英美诗歌经典:战争篇》,南京:南京大学出版社,2023 年。]

Fang, Cheng, et al. *Cultural Pathology in Contemporary American Fiction*. Nanjing: Nanjing UP, 2019.

[方成等:《当代美国小说的文化病理学阐释》,南京:南京大学出版社,2019 年。]

Fang, Cheng. *Psychoanalysis and Postmodern Critical Discourse*. Beijing: China Social Science Press, 2001.

[方成:《精神分析与后现代批评话语》,北京:中国社会科学出版社,2001 年。]

Jung, C. G.. *The Unconscious Self*. Trans. Zhang Dunfu and Zhao Lei. Beijing: China International Culture Press, 2003.

[卡尔·古斯塔夫·荣格:《未发现的自我》,张敦福、赵蕾译,北京:国际文化出版公司,2003 年。]

Foucault, M. *Discipline and Punish*. Trans. Liu Beicheng, et al. Beijing: SDX Joint Publishing Company, 1999.

[米歇尔·福柯:《规训与惩罚》,刘北成等译,北京:三联书店,1999 年。]

Foucault, M. *The History of Sexuality*, Vol.1. London: Allen Lane, 1979.

Freud, Sigmund, and Lou Andreas Salomé. *Letters*. Eds., Ernst Pfeiffer, and William and Elaine Robson-Scott. New York: Harcourt Brace Jovanovich, 1972.

Freud, Sigmund. *An Introduction to Psychoanalysis*. Trans. Gao Juefu. Beijing: Commercial Publishing House, 1986.

[西格蒙·弗洛伊德:《精神分析引论》,高觉敷译,北京:商务印书馆,1986 年。]

---. *Civilization and Its Discontents*. Trans. and ed., James Strachey. New York: W. W. Norton and Company Inc., 1961.

---. *The Future of an Illusion* Trans. and ed., James Strachey. New York: W. W. Norton and Company Inc., 1961.

Hawkes, David. *Ideology*. London: Routledge, 1996.

Hawthorn, Jeremy. *A Glossary of Contemporary Literary Theory*. New York: Oxford UP, 2000.

Horney, Karen. *The Neurotic Personality of Our Time*. New York: Norton, 1994.

Huerin, Wilfred, and et al., eds. *A Handbook of Critical Approaches to Literature*. Oxford: Oxford UP, 2005.

Jameson, Frederic. *The Political Unconscious: Narrative as a Socially Symbolic Act*.

Trans. Wang Fengzhen, et al. Beijing: China Social Science Press, 1999.
[弗雷德里克·詹姆逊:《政治无意识》,王逢振等译,北京:中国社会科学出版社,1999年。]

Jordan, Glenn, and Chris Weedon. *Cultural Politics: Class, Gender, Race and the Postmodern World*. Oxford: Blackwell, 1995.

Laing, R. D. *The Politics of Experience and the Bird of Paradise*. Baltimore: Penguin, 1967.

Leavis, F. R. *Mass Civilization and Minority Culture*. Cambridge: Minority Press, 1930.

Li, Yingtian. "Differentiating and Analyzing Ideologies." *Hubei Social Science* 1 (2007): 5-8.
[李英田:《对意识形态几组概念的辨析》,《湖北社会科学》,2007年第1期,第5-8页。]

Lukes, Steven. *Moral Conflict and Politics*. Oxford: Clarendon Press, 1991.

Marx, Karl, and Friedrich Engels. *The Communist Manifesto*. Beijing: People's Publishing House, 2014.
[马克思,恩格斯:《共产党宣言》,北京:人民出版社,2014年。]

Marcuse, Herbert. *Eros and Civilization: A Philosophical Inquiry into Freud*. New York: Vintage Books, 1955.

Munt, Sally R. ed. *Cultural Studies and the Working Class: Subject to Change*. London and New York: Cassell, 2000.

Niebuhr, Reinhold. *Moral Man and Immoral Society: A Study in Ethics and Politics*. New York: Charles Scribner's Sons, 1995.

Nietzsche, Friedrich Wilhelm. *Human, All Too Human*. Trans. Marion Faber, with Stephen Lehmann, Introduction and Notes by Marion Faber. Lincoln: U of Nebraska P, 1984.

---. *The Will to Power*. Trans. Zhang Niandong and Ling Suxin. Beijing: Commercial Publishing House, 1991.
[弗里德里希·尼采:《权力意志:重估一切价值的尝试》,张念东、凌素心译,北京:商务印书馆,1991年。]

Pippin, Robert B., ed. *Introductions to Nietzsche*. Cambridge and New York: Cambridge UP, 2012.

Song, Wei. *Criticism and Deconstruction: The Ideological Genealogy from Marx to the Postmodern*. Beijing: People's Publishing House, 2014.

[宋伟：《批判与解构：从马克思到后现代的思想谱系》，北京：人民出版社，2014 年。]

Sullivan, Nikki. "Foucault's Body." *Routledge Handbook of Body Studies*. Ed. Bryan S Turner. New York and London: Routledge, 2012.

Williams, Raymond. *The Long Revolution*. Harmondsworth: Penguin, 1961.

Yao, Wenfang. *From Formalism to Historicism: A Study of the Deep Mechanism of the "External Turn" of Contemporary Literary Theory*. Beijing: Beijing UP, 2017.

[姚文放：《从形式主义到历史主义：晚近文学理论"向外转"的深层机理研究》，北京：北京大学出版社，2017 年。]

Zizek, Slovoj. *The Sublime Object of Ideology*. London: Verso, 1989.

赛珍珠与亚洲

郭英剑

内容提要：赛珍珠的文学创作大多以中国为题材或者与中国有关，中美两国学术界对此进行了深入的探讨和研究。然而，赛珍珠还有诸多反映亚洲或者与亚洲有关的作品，包括长篇小说、短篇小说、散文等，都很有文学价值，却还没有引起中外学术界的重视。本文试图全面论述赛珍珠与亚洲的关系，重点探讨以下几个方面的问题：赛珍珠到过哪些国家，特别是到过哪些亚洲国家？赛珍珠书写过哪些反映亚洲国家或者以此为题材的作品？赛珍珠是如何看待亚洲的？在当下，研究赛珍珠与亚洲关系的价值与意义何在？籍此希望引起学术界对于赛珍珠与亚洲关系及其创作的重视，并由此推动赛珍珠研究更上一层楼。

关键词：赛珍珠；亚洲；中国；日本；印度；亚洲意识

作者简介：郭英剑，文学博士，中国人民大学外国语学院教授，博士生导师，主要从事英美文学研究、文学翻译与高等教育研究。

一、赛珍珠与亚洲：亟待开拓的研究领域

我们都知道，赛珍珠的文学创作大多以中国为题材或者与中国有关，中美两国学术界对此进行了深入的探讨和研究，特别是，中国学者在这方面做出了巨大贡献，众多的论著对此既有史实性描述，更有深刻而有见地的观点与认识。应该说，这构成了赛珍珠创作以及赛珍珠研究的中流砥柱。

然而，我们也不能不看到，赛珍珠还有诸多反映亚洲或者与亚洲有关

的作品，包括长篇小说、短篇小说、散文等，这些作品同样具有很高的文学价值，在赛珍珠贯穿一生的文学创作中，同样具有重要的历史意义。但这些，却还没有引起中外学术界的重视，对他们的研究，无论在国外还是在国内，还属于一块亟待开拓的研究领域。

赛珍珠有一部自传闻名遐迩，英文题目为 *My Several Worlds*：*A Personal Record*，直译就是《我的几个世界：个人回忆录》。在 1991 年的首部中文译本中，该书名被翻译为《我的中国世界——美国著名女作家赛珍珠自传》。该书由六位译者合作完成。根据我的了解，把这本书的书名从赛珍珠的"几个世界"，缩小到了她的"中国世界"，实在与译者无关。因为，该书的主译尚营林教授在谈到这个书名时曾跟我说过，这是因为责任编辑的建议，说如果不把它改为与中国有关系的书名，那就很难有市场。当时，正是精神产品开始被物质洪流大肆侵袭的开端之时。编辑的建议似在情理之中。于是，翻译家们不得不接受这样的现实，目的就是为了保证译本可以顺利出版。这一点无可厚非。

然而，这个译名，在我看来，颇具象征意义。因为，从此之后，中国当代的赛珍珠研究，几乎完全按照赛珍珠的中国作品、赛珍珠与中国、赛珍珠与中国文化这一较为单一的关系研究在往前走，赛珍珠的"几个世界"似乎从人们的视野中消失了。这一现象令人无奈，甚至让人感到这个译名就像符咒一样，一直紧箍着中国赛珍珠研究学者的大脑，致使大家无法走出赛珍珠与中国或者赛珍珠在中国的这个方圆之地。

如果说，1989 年，漓江出版社率先重译并出版赛珍珠《大地》（三部曲）开启了当代中国赛珍珠研究的大门，那么，迄今已经 27 年过去了。我以为，在走过了近 30 年的路程之后，中国学者在赛珍珠研究的道路上，应该迈上一个新的台阶，进入一个新的历史阶段，那就是：要努力突破我们当下研究中的窠臼，睁大双眼，看一看赛珍珠更为广阔的世界，也让我们张开双臂，就像赛珍珠那样，去拥抱一个更为广阔的世界。

为此，在我今年倡导并主持召开的"赛珍珠与亚洲学术研讨会"上，首次提出了要进行"赛珍珠与亚洲"研究的主张。这是当代赛珍珠研究中的一个新概念、新领域，也是重新认识赛珍珠的一个新视角。我相信通过"赛珍珠与亚洲"的研究，能够推动中国的赛珍珠研究迈上一个新的台阶。

在本文中，我将以赛珍珠的自传——《我的几个世界》为文本，采用文本细读的方式，看看赛珍珠是如何在本书中反映亚洲和亚洲相关国家的。亚洲，当然包括中国，但在这篇文章中，除非需要，我将有意忽略赛珍珠与中国的关系及其相关论述，也有意忽略赛珍珠与美国的关系及其相关论述，而将关注点主要放在赛珍珠与亚洲其他国家的关系之上。我关注的问题主要有：赛珍珠到过哪些亚洲国家？赛珍珠书写过哪些反映亚洲国家或者以此为题材的作品？赛珍珠是如何看待亚洲国家的？等等，进而探讨在当今中国研究赛珍珠与亚洲关系的价值与意义。

二、赛珍珠到过亚洲哪些国家？

在提出"赛珍珠到过亚洲哪些国家"这个问题之前，我们不妨先看一看，赛珍珠究竟到过世界上的哪些国家？换句话说，在赛珍珠的《我的几个世界》里，如果一个国家，代表着一个"世界"，那么，这里到底存在着"几个"世界？又主要指的是"哪几个"世界呢？

对于"赛珍珠到过哪些国家"这样的历史问题，无论国内还是国外，抑或是在赛珍珠的传记或者个人简历中，都较少涉及，即使谈到了也不全面，有些甚至未见有记录，而有记录者，也很不详细。但厘清这些史实，对于了解和研究赛珍珠，无疑具有重要意义。在我看来，我们或许可以从《我的几个世界》入手，来看看赛珍珠记忆中的世界游历经历。当然，需要说明的是，《我的几个世界》并非时间、地点、数据精确的一部传记，它仅有大致的时间与地点脉络。赛珍珠也曾在该传记中多次承认，她的传记写作对于时间并没有一个特别清晰的概念。她所记录的仅只是一个大致的时间框架。但即便如此，也足以让我们看到赛珍珠的人生阅历了。

如果以《我的几个世界》为例，纵观赛珍珠的前半生（截止到 1934 年她离开中国为止），她的跨洋游历以及畅游欧亚各国，有所提及或者有记录者大致在十次以上：第一次，1892 年，当她刚出生不久，被父母带到中国来；第二次，1901 年，当时她随父亲回国休探亲假，这是赛珍珠出生之后第一次返回美国。后返回中国（返回时期不详）；第三次，1910 年，赛珍珠回美国上大学，与家人一起在游历了亚洲和欧洲之后抵达美国；第四次,1914 年,赛珍珠大学毕业之后返回中国;第五次,1924 年,赛珍珠回到美国攻读硕士学位;第六次,1925 年,赛珍珠回到中国;第七次,1929 年,赛珍珠回国安置女儿;第八次,1930 年,赛珍珠返回中国;第九次,1932 - 1933 年,赛珍珠游历欧洲;第十次,1934 年,赛珍珠返回美国,从此再未踏上中国这片土地。这其中,有些是给赛珍珠留下了深刻印象并在自传中做了详细描述的。

赛珍珠第一次真正游历世界,是在 1910 年回美国上大学那一年。根据赛珍珠在自传中的介绍,由于母亲身体经不起一个月的海上颠簸(86)[①],她和家人从镇江离开之后,不是从上海出发,乘船渡过太平洋回国,而是先沿长江到汉口,然后乘火车到北平,再到哈尔滨,然后再乘坐火车经过欧洲。她们的第一站是俄国,第二站是波兰,接下来是:柏林、巴黎、英国,然后是瑞士,赛珍珠还在瑞士上了几个月的法语学校(94)。之后,才乘坐赴美的轮船(95)。这场始于 1910 年夏天(78)之后开始的欧洲之旅再往美国的长途旅行,于 1910 年 9 月结束,[②]然后到达美国(97)。

二十几年之后,1932 年,赛珍珠从北平回到南京,然后再返回美国度假一年(302)。这是第二次给赛珍珠留下深刻印象的欧洲之旅。赛珍珠专门谈到自己的旅途,她到过伦敦,去寻找狄更斯的老古玩店(320),然后去了瑞典(321)。到过荷兰的阿姆斯特丹(322)。之后,又经比利时到了法国(321)。

由此可见,在赛珍珠到过的欧洲国家之中,包括了俄国、波兰、德国、法国、英国、瑞典、荷兰、比利时等。但从这些经历以及赛珍珠的描述去看,大体上还属于作为一名旅游者的游历,虽然无疑增加了赛珍珠对世界的认识,丰富了个人的经验,拓宽了看待问题的视野,但恐难划入到赛珍珠所说的“几个世界”之中。换句话说,赛珍珠所说的“几个世界”,应该并不包括这些欧洲国家。

应该说,自从赛珍珠在襁褓之中被父母带到中国,就开启了她的亚洲世界。她说,“尽管我很偶然地生于美国,但我不是在美国,而是在亚洲长大成人”(3)。赛珍珠进一步解释道,“在我三个月时,母亲康复了,我也就随她到了中国。此后,亚洲成了我的真实世界,而我的故土,却成了天堂般美丽的梦乡”(3)。

从自传中可以了解到，赛珍珠对亚洲世界最初的了解，来自她从小在中国生活时所认识的邻居与朋友。“我的现实世界是亚洲。更确切地说是中国”(4)。而正是在中国，赛珍珠了解到了亚洲的其他国家和民族。她说，“我很早就知道了印度。因为我们的家庭医生和他妻子都是印度人”(4)。“家中这对印度夫妇，讲的故事都是有关印度的”(4)。“我很早就知道了印度的不幸，知道了印度人民的愿望”(4)。

对日本的了解，也是如此。在赛珍珠自小居住的地方，“住着一个日本女人和她的英国丈夫”(4)。赛珍珠说，“我频繁地拜访他们，知道了很多日本的事情，到后来，我竟把日本看成了我的第三个国家”(4)。赛珍珠接着说道，“我们的朋友中还有来自别国的亚洲人：菲律宾人、泰国人、印度尼西亚人、缅甸人、朝鲜人”(4)。由此，“我头脑中老早就有了一个以中国为中心的世界，其他民族则如捧月众星”(4－5)。她甚至说到，“我能想象出印度和爪哇，但想象不出意大利和法国，也很难想象出英国的样子”(5)。赛珍珠提到过的亚洲国家还有蒙古(458)。

当然，赛珍珠并非仅只是与这些来自亚洲国家的人比邻而居，而是曾经实际到过这些国家，并在此真实地生活过。

首先，赛珍珠不仅到过日本，还有在此长达 8 个月的生活经历。那是 1927 年，她主要居住在长崎县的云仙市(Unzen)③。在赛珍珠的自传中，她认为 1927 年的 3 月 27 日，是决定了其命运的一天(226)，他们一家在内战中死里逃生。在从内地被美国战舰接到上海后不久，赛珍珠跟家人说，“咱们离开这儿吧！我们去日本。去长崎海滨的山里，我们可以在那儿租一座舒适的日式房子”(242)。于是，在教会负责人的帮助下，赛珍珠一家拿到了路费，乘坐“一艘拥挤的小轮船”(243)，“漂洋过海，来到了九州岛的长崎”(243)。

到了日本之后，赛珍珠在住了几天客栈之后，就搬到了“一座山上的一座日式小房子里”(243)。赛珍珠说，“在这个淳朴的地方，我心灵的创伤愈合了。空气中弥漫着松脂的清香，寂静的森林带给我宁静的心绪”(244)。在日本的这几个月时间中，赛珍珠推测说，自己“一定无忧无虑，无所事事。因为在日本深山的那几个月中发生的事，我现在只记住了一件”(244)。为了对日本社会有更多的了解，“看看旅行中的日本人是什么样子”(247),于是,赛珍珠一家就乘坐火车旅行,而且“各种火车都坐过”(247),进而去了解日本。

其次,赛珍珠到过印度、斯里兰卡。赛珍珠曾说,“如果我真的要回到我自己的国家,我决心在回去之前,一定要去印度、印度支那和印度尼西亚旅行,去亲眼看一看,那儿的人民总的感情是什么样子,以便自己对人类不同种族间的关系有一个概观”(322)。赛珍珠在自传中写道,“印度以前曾一直是我生活背景的一部分,但我直到现在从未完整地见过它,从未亲眼见过它。但我小时候的印象、家庭医生和他讲的故事和传说早已织进了我的梦中,我一直喜欢读所有能找到的关于那个国家的书”(334)。1934 年在离开中国、返回美国前,赛珍珠来到了印度。“1934 年我来到了印度的加尔各答”(338)。她看过锡克教的神庙,到过新德里。但她在这里,还主要是想接触两个群体的人员,“一是在城市生活的青年知识分子,二是生活在农村的农民”(338)。在她的亚洲之行中,赛珍珠写道,她“在孟买上岸,然后又到了科伦坡”(323)。

最后,赛珍珠到过印度支那的越南、柬埔寨、老挝,以及泰国、菲律宾、印度尼西亚等亚洲诸多国家。赛珍珠在欧洲的旅行是在意大利结束的(322)。此次旅行结束之后,赛珍珠从红海乘船回到中国的途中,又开启了她的一次亚洲之旅。她说,印度支那包括三个国家:越南、柬埔寨和老挝。赛珍珠去了柬埔寨,观看了那里的吴哥窟(332)。她还到过暹罗(泰国)的首都曼谷(333)。1934 年,在中国即将遭到日本大规模入侵、自己的婚姻处于崩溃之时,赛珍珠决定回国,[④]从此她再也没有返回中国。赛珍珠说,“我决定在最后离开之前,要尽可能游历一些亚洲国家,能走多远就走多远,以便对这种历史关头各殖民地的境况有一个走马观花式了解。所以,我先在中国游览了一些以往未涉足过的地方,然后去了印度支那和暹罗,接着又去了印度和印度尼西亚”(327 - 28)。在赛珍珠看来,此次属于“亚洲西部之行”(331),但对她来说,“回忆流连、念念不忘”(331)。她考察了印度尼西亚(341),还到过苏门答腊(342)。而据赛珍珠的记述,她还应该到过爪哇,因为她在自传中写道,“许多年以后,我只在爪哇目睹过稻子种收的全过程”(123)。“当我想起爪哇时,我眼前仿佛出现了皮肤黝黑、体格健美的男子肩扛稻捆”(123)。

需要特别说明的是，在个人阅读中，尚未见到赛珍珠在《我的几个世界》中提到说自己到过朝鲜，但她确实在 1960 年代即《我的几个世界》出版后的 10 年之后，到过南朝鲜即今天的韩国。因为本文的研究对象是赛珍珠《我的几个世界》中所记录的个人生平，该段历史截止到 1950 年代初(1954 年出版)，因此，她后来到过亚洲的哪些国家，自然无法呈现，我也就不在这里详述。但因为她后来专门写有以南朝鲜(韩国)为主题的小说，因此有必要在此提指出：赛珍珠在 1964 年到过南朝鲜(韩国)，在那里建立了孤儿院，主要收养在韩战中出生的父亲为美国士兵母亲为韩国妇女的儿童。[5]为此，2000 年，韩国的富川市(Bucheon)建立了一座“赛珍珠博物馆”(The Pearl S. Buck Memorial Hall)，地点就设在当初赛珍珠在此建立的孤儿院的遗址上。[6]

即使后来回到了美国，赛珍珠也与亚洲有着密切的联系，包括与来自亚洲的人员之间的密切来往。比如，印度总理尼赫鲁的家人，在美国与赛珍珠一家交往密切。“尼赫鲁在这儿读书的那几个侄女总到我们家里来”(406)。“日本女小说家真杉也是我们家的客人。我还接待过三岛、林语堂和他的全家，那些年里，他们来过数次。还有王莹和她的丈夫谢先生，以及现在已是日本一所著名中学的校长的松本和他的家人”(407)。

由以上分析，结合其文学创作，我们或许得出这样的结论：在赛珍珠的“几个”世界之中，中国、美国无疑是最为重要的，而在整个世界的范围内，亚洲世界，又是赛珍珠所极为看重的，其中日本、印度、朝鲜，则无疑应当位列其中。换句话说，如果结合赛珍珠的文学创作情况来看，赛珍珠的“几个世界”所指，应该至少是：中国、美国、日本、印度、南朝鲜(韩国)等。

三、赛珍珠写过哪些反映亚洲国家或者以此为题材的作品？

写作亚洲，是赛珍珠在创作初期就有的想法。1933 年，赛珍珠的欧洲之旅在意大利结束了(322)。正是在这次旅行结束，赛珍珠在从红海乘船回到中国的途中，“在甲板上突然产生了要写一个系列小说的念头，每一部小说都要描述中国生活或者甚至是亚洲生活的某一个方面”(323)。而那个时候，从时间上去推算，赛珍珠才是个刚刚出道的作家，仅只出版了她早期的成名作如《东风·西风》《大地》和《儿子们》等。

那么，赛珍珠写过哪些反映亚洲国家或者以此为题材的文学作品呢？

在《我的几个世界中》，赛珍珠明确提到的与亚洲有关的作品有两部。一部是儿童读物《辉煌的一天》，她说，这“是为了纪念自己为日裔美国人说话而写作的一本小书”(253)。另一部，赛珍珠说，“我离开印度几年之后，以印度为背景写了《走过来，我亲爱的》(*Come, My Beloved: A Novel*)”(344)。

《辉煌的一天》(*One Bright Day*, John Day Company, 1951)是一部不过60页的小书，最开始出版时也曾名为《快乐的一天》(*One Happy Day*)。这部儿童读物讲述了一位美国母亲杰克逊夫人与她的两个女儿娜拉与珍妮在一个日本海港城市的快乐的一天。书中对日本有精妙的描写。正如书上的出版导语所说，该书能够让人们看到“日本的魅力和日本人的彬彬有礼，而这一切，对美国儿童来说，近年来可以说是闻所未闻”。

长篇小说《走过来，我亲爱的》(*Come, My Beloved: A Novel*, John Day Company, 1953)讲授的是一位美国百万富翁带着一种精神使命在印度建立基督教神学院的故事。故事的背景是1890年代，主人公是靠白手起家的百万富翁大卫·麦卡德(David MacArd)，他们一家四代与印度结下不解之缘。由于在孟买看到当地贫穷落后状态，麦卡德决定在印度为当地的基督教神学人员建一座神学院，而他的这一举动和神学院的建立则深刻影响了他的子孙后代。虽然面对时代的变革，每一代人的选择都有各自鲜明的特征，但我们还是能够看到一脉相承之处。第一代人虽然依旧身在纽约，但第二代大卫已经成为身在印度的传教士了，而第三代人，泰德(Ted)，则走得更远，选择到一个遥远的乡村去生活。而泰德的女儿也在成长过程中，做出了自己的选择。应该说，这些选择都带有某种程度不可言喻的自我牺牲。《走过来，我亲爱的》无疑是一部家族史诗。

但实际上，在这两部著作之前的1940年代，赛珍珠就出版过多部亚洲作品。

一部是短篇小说集《远与近：日本、中国与美国小说集》(*Far and Near: Stories of Japan, China and America*, John Day Company, 1947)，[7]其中收录了赛珍珠的14篇短篇小说。《远与近》是对中国、日本

与美国文化交汇的一次描述。所谓远，即指小说的背景有时在"远方"(即日本、中国)，而有时则又近在眼前(比如美国的新泽西)。故事仍旧以东西方文化的碰撞为题材。在该书出版之后，批评家 Hollis Alpert 认为，其中描写日本的一篇《敌人》(The Enemy)最精彩。它讲述了一位日本医生不愿救治一位美国水手的故事。其实，该书更多的还是让人看到了超越文化冲突的人性之美与和谐之美。

一部是长篇小说《巨浪》(*Big Wave*，1948)，这同样是部关于日本的小说。小说的主人公基诺(Kino)与家人住在一座大山旁边的一座农场，其朋友基亚(Jiya)则住在山脚下的一座渔村。故事围绕基亚因为家庭和村落遭到海啸袭击而被基诺家收养来展开，讲述了一个日本青少年如何在逃脱了灾难之后学会去直面人生的苦难。

到了 1960 年代，赛珍珠继续进行亚洲文学的创作。期间，最知名的作品恐怕莫过于《活芦苇：一部朝鲜小说》(*Living Reed*：*A Novel of Korea*，1963)了。这同样是一部一家四代的家族史诗，通过描述金姓一家人(Kim Family)数代反抗日本侵略朝鲜、维护民族传统与文化及其家庭生活而简要回顾了朝鲜自 19 世纪后期到朝鲜战争的历史。作品中，金姓一家人为荣誉而战的勇气与坚韧，维护祖国统一的决心与牺牲，给人留下了深刻印象。

1968 年，赛珍珠出版了长篇小说《新年》(*The New Year*：*A Novel*)。这是一个朝鲜战争后遗症的故事。主人公为美国费城的一名政治家，有一天偶尔得知自己在朝鲜当兵时曾经留下一子，在震惊之余，他陷入了道德困境之中，如何向自己的妻子交代，又如何去承担身为父亲的责任。该部小说颇具现代意义，描述了一位成功的政治家与心地善良的普通人之间的心理冲突。小说也展现了东西方文化的差异和两代人的代沟。但总的来说，这部小说给人以希望，也让人感到和谐与温暖。

1970 年，赛珍珠出版了长篇小说《曼陀罗》(*Mandala*)。该小说以 1960 年早期的中印边界冲突为背景，描写了赛珍珠一贯的文化冲突的主题，其中对男性与女性、传统与现代的思考，以及残忍的战争带给亚洲人民的灾难，都有所呈现。

以上所列举的仅是赛珍珠的部分主要作品，以长篇小说为主，难免有所遗漏。因为篇幅问题,赛珍珠反映亚洲的短篇小说、散文等作品在此未涉及。

最后,不能忘记的是,赛珍珠一直为《亚洲杂志》撰稿(423)。这本杂志在创刊之初,其目的就是要"图文并茂地真实地向美国公众介绍丰富多彩、生机勃勃的亚洲人民的生活,并以此愉悦美国公众,使他们对亚洲人民产生兴趣。我自己对这份杂志有一种特殊的情感,因为我的一些早期作品都是在这上面发表的,我后来也经常为这份杂志撰稿"(423)。

四、赛珍珠是如何看待亚洲的?

就《我的几个世界》而言,赛珍珠在亚洲世界的游历与亲身经历,虽然有些仅是走马观花,但的确起到了加深她对亚洲各国的了解的作用,也开拓了她的眼界与视野,使她能够从此跳出较为单一的中国视角,进而具有了真正的,也更为全面的世界观。在她的论述中,她总是既站在中国看美国,也通过美国审视中国;既身居中国看亚洲,也通过亚洲反观中国;既强调对比亚洲各国文化、传统、习俗的差异,也以亚洲视角去观察、分析、批评西方世界,这些都使得她的观点和思想亮点不断,其耐人寻味之处,总是能够发人深省。可以说,赛珍珠走出中国,在亚洲世界发现了更广阔的天地,主要加深了她对亚洲历史传统及其亚洲文化的深入了解与理解。

首先,正如赛珍珠对中国的历史、传统与文化有着积极的评价一样,她对亚洲各国的历史、传统与文化同样给予了高度评价。

赛珍珠曾经这样评述自己,在我身上,童心的天真和亚洲人的世故兼而有之(66)。她将此归于"这是我整天与像中国人这样的天性最接近自然的人生活在一起的结果"(66)。而且,在赛珍珠的世界中,有时候,中国与亚洲是一体的,有时候,中国就代表着亚洲。"中国人持久的凝聚力正是来自代与代之间的挚爱和尊敬。'孝父敬母,长命百岁',是亚洲人的箴言和圣训"(52)。

从父亲那里,赛珍珠得到的一个认识是,"在亚洲,人类文明很早之前就在哲学思想和宗教教义方面登峰造极"(70)。在对亚洲文化的理解上,赛珍珠认为,中国一向是文化的发源地,只有印度可以和它媲美,尽管印度与中国全然不同(120)。她曾对比了中、日、美三国,认为虽然中日两国同属亚洲,但截然不同。她认为,日本人不了解中国,而中国倒是与同为大陆国家的美国更相似(117)。在谈到对“家”的理解时,她提到了印度,对比了美国、英国,及其那些到殖民地去的英国人、美国人对“家”的理解(65)。赛珍珠还曾对中国和印度两国民族文化特征进行了对比(334-338)。赛珍珠也曾谈到,她在亚洲所学到的行为准则,就是要在精神上以恶治恶(74)。

在赛珍珠早年发表的《中国之美》中——她在《我的几个世界》中,全文转发了此文——对比了中日之美的相同点与不同点(184-85)。她说,“日本给人的感觉是精致”(184)。在赛珍珠的笔下,日本人“友善、礼貌、知趣也有趣”(248)。在自传中,赛珍珠对日本的风土人情也有详细的描述(248),她说,“整个旅途中,我们没有碰上任何一件不顺心的事,日本那种适度的美给我留下了甜蜜的回忆”(248)。

其次,赛珍珠对身处殖民时期的亚洲各国人民的遭遇深表同情,总是站在亚洲的立场,尖锐地抨击西方列强在亚洲各国的暴行。

在自传中,赛珍珠回忆道,“在印度支那,我看到了殖民主义者在那里所造成的种种不良后果”(331)。她还举过在印度所发生的类似的例子。她因看不惯一位白人少校打骂印度人而出面干预。事情的起因是在火车停下时,一群叫花子和小贩围住了车窗,那位白人少校“拿起生皮皮鞭,跑到站台上恶狠狠地抽打起这些衣不蔽体的印度人来。那是多么令人惊骇的场面啊!”。在赛珍珠的干预下,那位少校住了手,但仍然将这些印度人称为“肮脏的畜生”。这话令赛珍珠义愤填膺。她说道:“总有一天,其他白人,男人、女人和儿童等无辜的人,将会因为你现在的所作所为而遭殃!”(74-75)。赛珍珠由此展开了对美国与亚洲关系的思考,对于她在写作之时——1950年代初——的时局表达了深深的担忧,感慨在东西方世界当中,因为殖民统治、因为殖民者的暴行而造成彼此的隔膜与对立乃至战争,进而冤冤相报而没有一个尽头(75)。

针对西方(包括美国在内)在亚洲的政策与行径,赛珍珠总体上是持批评甚至极为尖锐的批评态度的。虽然不乏为美国开脱,虽然也常常希望中国人将美国人与其他西方人区别对待,但总的来看,赛珍珠还是认为美国应该有一种原罪意识。她说,“白人在亚洲非常傲慢。我认为他们是残暴的罗马帝国以来最傲慢的”(114)。这种意识,使赛珍珠一直有一种负疚感。她说,“我知道,我们这个种族对另一个种族的人是不公平的,这成了终生压在我心头的重负”(127-28)。“中国人热情友好,关心他人。所以,我渴望看到,存在于我们之间的一切不平等的东西统统被铲除,所有的人都有自我发展的机会”(128)。当然,这种负罪感的解脱,不是空泛的,仅只流于口头忏悔,而是对实际发生的事件的认同。她说,“我所要摆脱的重负,指的是养尊处优的白人与起来造反的华人之间显而易见的不公平。就中国人收回(西方人先前所居住的)牯岭山居而论,他们是对的,我们是错的,毕竟我们是中国大地上的客人,而不是统治者,甚至公民也不是”(128)。

再次,赛珍珠的亚洲经历形成了她独特的亚洲视野,从此之后,她不仅具有中国立场,更具有了广博的亚洲视角,且常常把对时局的认识放在世界范围内来看待与评述,这就使其观点有着不同于同时代人的深刻洞见。

通读自传,人们很容易发现赛珍珠眼中不仅有亚洲,更多的还是从世界的角度去看待和考虑问题的特点非常明显。以日本侵华战争为例。她说,“我知道日本有野心,有扩展帝国和殖民统治的野心。这种野心由来已久”(116)。到后来她回忆道,“回想过去我很感慨。如果在日军刚开始在亚洲发动侵略战争时,英国与美国就联合起来阻止他的话,所有这一切原可以毫不费力地避免的。然而,即使发生在亚洲的这些侵略也只是先前那些侵略的后果,那时英国还没有想到他的庞大的殖民帝国会不可避免地迅速地土崩瓦解”(209-10)。

当赛珍珠即将离开日本时,她说自己还是“有点哀伤”,因为她在日本找到了“庇护,找到了宁静和友谊”(250)。她说,作为在“他们中间真正生活过的一段时间”的人,“我想用我的笔为日本人民树一座碑,一座普普通通的碑”,因为,这个民族“是我所知道的世上最优秀的民族,……大和民族在理解别人的悲苦时,感情是那么细腻,怜悯有度却又深刻无比,给人的安慰恰到好处”(251)。正因为如此,赛珍珠对于后来日本军国主义者在亚洲与世界所犯下的罪行感到困惑与不解。她说,“我怎么也无法想象日本人民会是我的敌人,或者我是他们的敌人”(251)。“战争让人类遭受磨难,然而我们必须记住,那些发动战争的人,那些犯了弥天大罪制造暴行的人不是日本人民,而是那些欺骗了日本人民的人”(251)。[③]

再以赛珍珠所思考的美国对待亚洲的政策与态度为例。对此,她是持悲观态度的。她说,“我们对亚洲人民,对他们的历史及其在战后世界事务中的重要作用,一无所知。……这次必须认真对待亚洲的问题。但我们既对亚洲人民的历史一无所知,又怎能应付未来的局势呢?由于我意识到亚洲对白人怀有深深的敌意,在思考这些问题时愈来愈焦虑。美国人能避开那些历史的苦果吗?我逐步认识到,唯一的希望在于或许我国能够形成与旧的帝国和殖民主义甚至在思想上也截然不同的一个独立的民族,一个崭新的民族。……我们必须认真处理亚洲问题”(422)。她再三重申:“我们必须认真处理亚洲问题”,这构成了赛珍珠思想上的一个重要脉络。因为,在赛珍珠看来,“我带给祖国的其中一份礼物是我对亚洲尤其是对中国和日本的理解。这些理解不仅是我通过在那里多年生活而获得的,也是通过我多年潜心的研究、游历和观察所得到的”(423)。

最后,赛珍珠总是站在亚洲的立场与视角,甚至是从亚洲悠久的历史文明与文化传统,去看待美国乃至整个西方世界,并身体力行地开展东西方文化交流活动。赛珍珠的亚洲视野已经深入骨髓,可以使她在任何时候发现西方世界中的亚洲的缺失现象。比如,当她看到“西方学者为了展示人类文明的渊源编选的一套《百部名著》”时,她就发现“这其中没有亚洲的一部”(443)。她认为应当有亚洲一席之地的理由非常充分,“实际上早在我们的文明兴起以前,伟大的亚洲文明就已高度发展,而且至今仍以复兴的活力存在着”(443)。在赛珍珠看来,“亚洲是美国人最一无所知的地方”(427)。为此,赛珍珠创办了东西方交流协会,其目的就是要给美国人“找来一些能为自己讲话的亚洲人,让他们来此向美国大众显示自己的真实面目,并亲自解释他们自己的历史和文明”(424)。她希望通过这样的双向交流,使美国“可以从亚洲人那里得到亚洲的第一手资料,不带任何偏见,也无须任何说教”(424)。

五、研究赛珍珠与亚洲关系的价值与意义

我以为,《我的几个世界》是一部中美文化和东西方文化的比较简史。在这里,赛珍珠详细对比了中美(东西)文化之间的差异,小到生活习俗(西方喝牛奶,中国人不喝还讨厌喝,110 - 11)、个人爱好(中国人在一起可以讨论一切问题,特别是私人生活,比如询问什么时候结婚,118),大到爱情婚姻(中国人先结婚后恋爱,118)与国家政策的不同等等。然而,在这些不同国度、不同文化间的穿梭与对比,并没有使人有破碎、杂乱与迷失之感,因为,我们看到的这些世界,最终汇成了一道亮丽的风景——"赛珍珠的世界"。正如赛珍珠所说,"我的不同的世界一次次相遇,直到几个世界融为一体"(410)。

在我看来,研究赛珍珠与亚洲的关系,具有三方面的价值与意义。

首先,赛珍珠对亚洲各国历史、传统、文化的认识,对亚洲与世界之间关系的理解富有预见,迄今仍有启发意义,而她在文学创作中所呈现的亚洲以及亚洲人形象,也仍然闪耀着时代的光辉。赛珍珠思想与文学的价值,值得学者去发现与挖掘。

其次,赛珍珠与亚洲的关系、赛珍珠反映亚洲的文学作品,是赛珍珠看待世界、再现人类生存状态的重要组成部分。研究赛珍珠与亚洲的关系,可以与研究赛珍珠与中国、赛珍珠与美国相辅相成并互为补充。不了解赛珍珠与亚洲的关系,不研究赛珍珠反映亚洲或者与亚洲有关的作品,很难全面而完整地认识赛珍珠。

最后,探寻赛珍珠与亚洲的关系、研究赛珍珠反映亚洲的文学作品,是将赛珍珠研究推向新的高度的一个切入点,也是一个新的维度。我认为,要想让中国的赛珍珠研究再上新台阶、走向新高度,一方面,要深入研究赛珍珠众多尚未被挖掘的文学与非文学类作品,特别是与亚洲国家关系密切的作品,进而更加全面的认识赛珍珠这位经典作家;另一方面,赛珍珠研究不应仅只局限于文学研究的范畴,还可以拓展到文化研究、社会学研究、国别与区域研究等跨学科领域,进而在 21 世纪的今天,彰显赛珍珠研究的国际视野、当代意义与文化价值。

在我看来，对赛珍珠来说，亚洲不仅是一个地理概念，更是一个心灵寄居的场所。而这个亚洲，从来都不是孤立存在的，而是与世界相连的。正如在《我的几个世界》接近尾声的时候，赛珍珠在回忆一件往事时提到，“那天晚上，亚洲又回到了我家中，我在几个前来参加时装表演的俊俏的姑娘身上又找到了我的亚洲世界”(459)。

总之，在众多反映亚洲的文学作品中，赛珍珠的亚洲意识极其明显，她试图在亚洲与世界各国之间搭建一座沟通的桥梁的努力也清晰可见。而这些方面的内容，恰是改革开放以来中国的赛珍珠研究所忽视了的。在“一带一路”倡议背景下讨论中国文化的对外传播时，研究赛珍珠的亚洲意识与国际化视野及其文学创作与社会实践，不仅具有当代意义，更有重要的参考价值。

注释[Notes]

① 本文中所使用的《我的几个世界》的引语和间接引用，采用的是中译本《我的中国世界》的译文，尚营林等译，湖南文艺出版社，1991 年版。以下，仅注引文的页码。

② 《我的中国世界》中文译本此处有误，误将 1910 年写为“一九〇一年”。

③ 见“赛珍珠生前世界大事记”(Significant World Events during Pearl Buck's Life)，http://www.pearlsbuck.org/document.doc? id=8。也有说赛珍珠在此居住了将近一年，见：http://www.thefamouspeople.com/profiles/pearl-buck-3357.php。

④ 离开中国的具体时间，赛珍珠生平记载为 1934 年 5 月，见：http://www.pearlsbuck.org/document.doc?id=8。

⑤ 见：http://gbtimes.com/life/pearl-s-bucks-love-korean-war-gi-babies。

⑥ 见：http://www.pearlsbuck.org/pearlbucklandmarks。

⑦ 需要说明的是，1970 年代该书再版时，该书的副标题中，中国与日本的位置有调整，成了 *Stories of China, Japan and America*。https://www.fantasticfiction.com/b/pearl-s-buck/far-and-near.htm。

⑧ 特别需要指出的是，赛珍珠这一早在 1950 年代初的认识与境界，与新中国成立后不久，中国领导人的对日政策相一致。1950 年初，为了对付美国的封锁，“在毛泽东和周恩来的指示下，中国决定针对日本战争责任的基本原则，把少数军国主义分子和广大日本人民区别开来，即所谓一分为二理论，战争责任在于军国主义者，而日本国民没有责任。”见：http://phtv.ifeng.com/program/xlksj/detail_2012_02/28/12837190_0.shtml。

引用文献【Works Cited】

Alpert, Hollis. "Marriage Grabbag." *The Saturday Review* (December 6, 1947): 38-39. 〈http://www.unz.org/Pub/SaturdayRev-1947dec06-00038a03〉

Buck, Pearl S. *My Several Worlds: A Personal Record*. Trans. Shang Yinglin et al. Changsha: Hunan Literature and Art Publishing House, 1991.

[赛珍珠:《我的中国世界——美国著名女作家赛珍珠自传》,尚营林等译,长沙:湖南文艺出版社,1991 年。]

走向一种人类共同体的幻象

——重读《愤怒的葡萄》

方　杰

内容提要：作为经济大萧条年代美国最具影响力的小说，斯坦贝克的《愤怒的葡萄》以插入章与叙事章交替的方式将个体命运置于宏大历史进程，以“沙尘暴叙事”的权威口吻讲述乔德一家人的苦难遭遇，将沙尘暴流民塑造成具有符号意义的“无主之人”形象，在展现他们面对巨大权力而无法主宰自己悲惨命运的同时，赋予他们以潜在的颠覆性。不过在小说文本中，颠覆只是作为一种可能性引导着故事进展，其最终走向的并非一场社会革命，而是一种承载着双重隐喻的人类共同体的幻象。小说构建出一个历史文化空间，各种历史力量在此冲突交锋，不同政治和意识形态矛盾在此终结，其意义已远超单纯的文学范畴。

关键词：斯坦贝克；《愤怒的葡萄》；大萧条；沙尘暴流民；人类共同体

作者简介：方杰，文学博士，原国防科技大学国际关系学院教授，主要从事英美现当代文学研究。

1939 年 4 月 14 日，经济大萧条还有不到两年就将结束之际，斯坦贝克代表作《愤怒的葡萄》横空出世，在美国社会引起巨大反响。如今，大萧条虽已过去大半个世纪，这部“界定一个时代”(Windschuttle 24)的小说，却依然“具有很强的文化流通性”(Swensen 3)。21 世纪的今天，《愤怒的葡萄》之所以仍能“引起关注并生发新的阐释”(Jones 129)，很大程度上与其所表征的年代密切相关。20 世纪 30 年代的经济大萧条，是美国人第一次面临大规模极度贫困的标志；它意味着生活水平节节高的传统叙事已是明日黄花。大萧条年代俨然已成美国人衡量幸福感和安全感的

“根本标准”(Levine 196)。回访那个特殊的年代,固然是人们依旧关注《愤怒的葡萄》的动因之一,可是围绕它的诸多争议,同样也刺激人们对作品本身的探索欲望。斯坦贝克在创作小说前以记者身份进行田野调查所具有的权威性,以及其作品的“社会现实主义”所应具有的“超然”(Sealey-Morris 198)视野,似乎都暗示小说内容的“真实性”,可是其文本所呈现的虚构世界,却很难与“真实性”同日而语[①]。更何况,斯坦贝克并“不信奉现实主义”,认为“现实主义只是幻想的一种形式”(Steinbeck, *Life* 87)而已。作为美国大萧条年代特殊社会历史语境的产物,《愤怒的葡萄》必然会引起人们对其映射那个年代的方式进行考察。不过,这样的考察并不能真正揭示作品意义,因为这部小说本质上并非对沙尘暴流民生活严谨逼真的描述,而是作者倚重“沙尘暴叙事”进行历史书写、塑造具有符号意义的“无主之人”形象,并以一种人类共同体的幻象为指向而创造的历史迷思。

一、沙尘暴叙事

谈起美国大萧条年代的社会动荡,人们往往会想当然地认为,其象征乃是 1929 年证券市场崩溃后,在曼哈顿跳楼身亡的那些百万富豪。实际上,美国文化中作为大萧条年代不朽象征的,却是所谓的“沙尘暴流民”(Gregory 74)。值得注意的是,20 世纪 30 年代,从美国各地前往加利福尼亚州寻找工作者有百万之众,沙尘暴流民只占其中很小一部分,对该州当时的总体形势影响甚微(Shindo 26)。那么他们何以会成为整个大萧条年代的象征?又在何种意义上象征大萧条年代?

大萧条年代中后期,经济危机已经出现缓和迹象,沙尘暴流民危机问题却开始在美国社会发酵并引发广泛关注,新闻记者、摄影师、知识分子、作家和政客纷纷卷入其中,导致包括《愤怒的葡萄》在内的一大批“沙尘暴叙事”(the Dust Bowl narratives)[②]的产生。这些沙尘暴叙事以具有盎格鲁—撒克逊血统的美国穷人为对象,讲述他们在加利福尼亚四处流浪寻找工作机会、遭受社会不公的悲惨遭遇。沙尘暴叙事的共同点,是将沙尘暴流民刻画为大萧条典型的受害者,因此也是解决大萧条问题之关键。

由于这些人原本都是勤劳淳朴的农民，因此他们的苦难诠释一种挥之不去的可能性，那就是作为美国社会稳定基石的中产阶级，离饥饿线也许仅一步之遥。

沙尘暴叙事之形成强大声势，与当时盛行纪实传统有关。有论者评论此种现象时称："大萧条年代是一个产生伟大纪实艺术的时代，这在加利福尼亚比其他任何地方都表现得更加真切。在摄影作品、田间报告、政府听证会和纪实小说中，沙尘暴流民带来的危机被记录在案，并同时提升到想象性表达层面。"(Starr 246)在当时社会历史语境下，纪实性文类俨然是一种十分合理的机制，既能让人们明白大萧条之意义，又能为实践"真实性"原则的艺术家赋予权威。虽然这些沙尘暴叙事采用的视角和表现方式各不相同，但是它们却用几乎相同的口吻讲述沙尘暴流民的故事，也就是说，它们都以某种方式互相关联、互相作用，属于同一种话语形态。当时美国社会突出的财富之中的贫困、充足之中的短缺和丰裕之中的绝望，将这些作品联结为一体，创造出具有持久吸引力、无处不在的沙尘暴流民形象。在这一话语体系中，作者们互相借力助威，为各自的作品赋予"真实性"的标签。沙尘暴叙事所承载的信息是："我们在此。我们是见证人。我们担心。"(Loftis 2)无论其作者们承认与否，沙尘暴叙事都有一个共同目的："让读者觉得[作者]是当时社会条件的第一见证人"，无论谁看过任何一部这样的纪实性文献，"都再也无法对他们无动于衷"(Stott 214)。

《愤怒的葡萄》是斯坦贝克继《胜负未决》和《人鼠之间》之后探索现实问题的延续和登顶之作；它以乔德一家人的经历为聚焦点，实现了"艺术创造"这一"文学的最高抱负"(Kiernan 238)。小说最引人入胜也最饱受争议之处，就是对叙事章和插入章的运用；其所产生的艺术上的复杂性，既赋予小说一种史诗般的气势，又对产生它的狂热条件做出阐释。有论者认为，斯坦贝克使用插入章，目的是不让读者与乔德一家人过分认同(Owens 110)。考虑到斯坦贝克要以此为题材写一本纪实作品的本意，叙事章与插入章的交替，是为了将纪实性素材与虚构的乔德一家人故事编织成一个整体。

关于插入章和叙事章，斯坦贝克曾说，两者是平行的，但是却从不同角度处理素材，因此需要加以区分："昨天写的是总体情况，今天回到具体故事。我发现自己不满意于这些章的编号。也许简单的做法是用大写数字为描写总体情况的章编号，用小写数字为讲述具体故事的章编号。原因是我希望读者能够在心里把这两者分开来。"(Steinbeck, *Working* 72)不过斯坦贝克最终并没有用大小写数字，而是采用统一编号的做法，其用意显然是用描写大萧条年代气候、社会、经济条件的插入章，阐释并融入讲述具体故事的叙事章，从而实现个人命运与历史风云在小说虚构世界中的完美结合。因此，插入章的作用并非是"插在叙事的各章之间，赋予其更大的深度和更宽泛的意义"(Lisca 105)，而是将背景变成前景，使插入章与叙事章水乳交融、形成有机整体。从第一章开始，插入章与叙事章在小说中交替出现，唯一的例外是乔德一家人离开俄克拉何马州的故乡之际，在第十章和第十三章之间，连续使用两个插入章。在这种意义上，叙事章和插入章的运用，使得斯坦贝克能够在再现大萧条年代社会生活的同时，创作一部有艺术魅力的文学作品。

需要指出的是，以纪实风格和现实政治为重要特点的《愤怒的葡萄》，既具有很强的社会相关性，又凸显作者对当时社会问题的个人情感介入，是他"趁着历史正在发生之时书写历史"(Steinbeck, *Life* 162)之意图的体现。因此，它不只是大萧条年代特殊历史的见证，其本身就是那段历史的一部分，承载着斯坦贝克的历史感。对于斯坦贝克的历史感，有论者做过如下评述：

> 从30年代开始，他一直坚持利用自己的历史感，这种历史感决定于这个民族向西迁徙的动力。他经常表现这里的人民，将他们当作历史传承者讲述他们的故事。像愤怒年代的其他人一样，他认为人们在这个年代遭受了可怕的命运逆转，并将资本主义描述成一种毁灭性的、亵渎了天堂般的加利福尼亚河谷的力量。(Minter 188 - 89)

始于18世纪末、终于19世纪末20世纪初的西部扩张，对美国历史进程和美国性格形成均具有决定作用，从东向西的迁徙早已作为一种隐喻深入美国文化的骨髓；在美国人的文化想象中，它意味着重新开始、成就梦想的机遇。从斯坦贝克的历史感与这种文化的联系不难发现，他书写的历史既是这种文化的产物，又是对其给现代美国社会带来的不良后果的批判。就《愤怒的葡萄》而言，斯坦贝克的历史感，促使他积极参与沙尘暴叙事的话语实践，而这种历史感的实现，则是通过其对乔德一家人故事的情节设置，将沙尘暴流民塑造成具有符号意义的形象。

二、"无主之人"

《愤怒的葡萄》作为"大萧条年代最具生命力的文学作品"（Swensen 3），其呈现的是美国现代史上一个重大社会历史进程。小说的意义在于，它既将这一进程虚构化，又将其与普通人命运相联系。斯坦贝克将这一历史进程描述为当时盛行的趋势和形势，比如：大萧条、沙尘暴、向加利福尼亚的大规模迁徙、农业的快速机械化，等等。而在故事层面，他又将这些趋势和形势表现为虚构人物的日常生活经验，以及他们所承受的生活压力。乔德一家人在他们曾经拥有的农场沦为佃农，是种种对他们秘而不宣之事所致。他们决定举家迁移到加利福尼亚，既是他们深思熟虑的结果，亦是他们的悟力和社会环境所使然。在加利福尼亚，他们所遭受的极端剥削令他们为生计而不停奔波，并最终摧毁他们作为家庭的存在。由于他们不具备使用"社会历史进程"这样的范畴分析事物的能力，因此他们最迫切的需要，就是能有某种方法，将这些压力变得更真切、更具体、更个人化，从而可以把握这一切。然而，他们无权无势、没有可以利用的社会资源，因此，他们的努力只能是徒劳无获。

有论者认为，表达对业已逝去的重农主义传统的怀旧情绪，是斯坦贝克写作《愤怒的葡萄》的"主导动机"（French 48）。在小说开始部分，以简朴农村生活方式为特征的重农主义思想，确实是作品主题的一个重要方面。然而，由于大农场和金融机构的联合，这种生活方式受到严重威胁。这两种力量的交锋在小说第五章被戏剧性地呈现为土地所有者、银行和拖拉机将佃农从土地上赶出去的场景。在小说的描述中，银行是个"有思想情感"、能吸"利润"吃"利息"（Steinbeck, *Grapes* 41）[③] 的怪物，而那些不产生利润的人，则是可以无需考虑的牺牲品。

根据斯坦贝克的情节设置，重农主义与工业主义之间的冲突，首先导致乔德一家人在俄克拉何马的故乡丧失赖以生存的基础，是他们踏上西迁之路的根本原因。为了重获失去的一切，他们在"应许之地"的诱惑下历经艰辛来到加利福尼亚，每个家庭成员都怀揣各自的梦想。但是随着故事的进展，重新开始的动力逐渐被紧迫的生存问题所压制，家庭成员各自的梦想亦随之破灭。尚在俄克拉何马时，他们因生产技术、经济形势和生态环境的变化而忍饥挨饿、被迫沦为工资的奴隶，摆在他们面前有两种选择，要么驾驶拖拉机冲进邻居家的宅院，要么背井离乡寻求新的生路。抵达加利福尼亚后，他们发现依然还要做工资的奴隶，为挣得可怜巴巴的工资不停流浪。斯坦贝克在通过乔德一家人故事表现历史进程对流民生活影响的同时，还意在展示权力在另一种意义上的运作。虽然把他们送上西迁之路的，是农业的机械化、银行的操弄和恶劣的沙尘天气，可在加利福尼亚，他们遭遇的并不是这些，而是对他们充满敌意的农业权势集团。当然，在这两种情形之下，他们都被刻画成无力改变自己受伤害命运的角色。根据小说的叙述，这种命运不仅因为有产者的贪婪，而且因为他们落后的重农主义生存方式："中西部和西南部原本住着一些头脑简单的农民，他们未曾随着工业而变化，没有用机械耕种过，也不了解机器在私人手中的力量和危险。他们不曾生长在工业带来的各种悖论之中。他们依然能敏锐感觉到工业生活的荒谬绝伦。"(Steinbeck, *Grapes* 362)需要指出的是，即便乔德一家人能够认识到工业生活的荒谬绝伦，他们在旧的生活方式消亡之后，却明显缺乏适应新生活的能力。如果说他们在俄克拉何马的不幸，在于很少体验过机器掌握在私人手中的力量和危险，那么他们在加利福尼亚遭受的压迫和剥削，则是因为不公正制度的存在。这意味着斯坦贝克谴责的终极对象并非机器。

因此可以说，斯坦贝克并不认可实现重农主义思想的可能性，而是倾向于接受现代工业社会带来的种种机遇；作为一个崇尚美国主流文化的作家，他相信社会进步论。在大萧条年代，不同人对社会进步有不同理解。对有些人来说，它意味着在以前的基础上大幅度提升，比如工业增长、物资丰裕、科学进步、技术提高和舒适消费这些界定美国的东西。可是对另一些人来说，社会进步就是走向经济社会秩序的根本变革。

(Brinkley 13)斯坦贝克的立场应该介于这两种倾向之间；他采用并行的方式把它们写进《愤怒的葡萄》。在小说中，他将加利福尼亚的魅力归功于社会进步，认为正是伴随社会进步而来的“技术”将加利福尼亚河谷变得丰饶无比：“加利福尼亚的春天美丽如画。河谷里果树花儿怒放，宛如一片馥郁芬芳、粉白相间的浅海水面……农产品迅速成熟起来，果实长得沉甸甸……这样的丰产，靠的是通晓知识、有学问、有技术之人。”(Steinbeck, *Grapes* 445)不过，斯坦贝克并没有止步于对技术的赞美，因为他明白，虽然技术能带来效益，却不能产生一种平等的经济制度，以便所有人都能分享其成果。于是他很快就将笔触转向描述产生根本性变革欲望的社会条件：

> 这里有一种罪行，人们无法控诉。这里有一种悲哀，流泪难以象征。这里有一种失败，能颠覆我们所有的成就。这肥沃的土地、笔直的树行、坚实的树干、成熟的果实，全没了。奄奄一息的患糙皮病的孩子必须死去，因为橘子无利可图。验尸员必须在死亡证明上填上“死于营养不良”的字样，因为食物必须烂掉，必须强制让它烂掉……在人们饥饿的眼睛里怒火越烧越旺。愤怒的葡萄正在充满人们的心灵，在那里长得沉甸甸的，等待着收获期的到来。(Steinbeck, *Grapes* 477)

这段话对理解《愤怒的葡萄》至关重要。首先，它揭露了加利福尼亚农业资本家为维持物价而销毁农产品的真相和沙尘暴流民苦难之根源。通过这种揭露，他既对社会不平等现象发出强烈的抗议，又对美国资本主义制度进行严厉的批评。其次，“愤怒的葡萄”之引喻，在呼应小说标题的同时，指向小说叙事的归结点。这个选自《共和国战歌》的标题，隐含美国式的颠覆，它象征受压迫者的愤怒被封装起来，喻示压迫将要被推翻，表达对光明未来的憧憬[④]。

在这种意义上，可以认为《愤怒的葡萄》旨在再现有权者与无权者间不平等的权力关系，并揭示其中潜在的颠覆。在小说文本中，颠覆之可能性的明示或暗喻俯拾皆是。比如第十四章，叙述者对掌权者说：“如果你们……能够懂这个道理，你们也许能保住自己。如果你们能把原因和结果区分开来，如果你们能够明白潘恩、马克思、杰弗逊和列宁都是结果，而不是原因，你们也许可以幸存。可是你们不可能明白这一点。”(Steinbeck, *Grapes* 194)这番话可谓直言不讳地道出颠覆之可能性：大权在握者不可能“幸存”，因为他们不知道如何区分因果。

很显然，叙述者试图正告掌权者对形势及因果关系的了解至关重要，要在认识和接受变化的同时，恰当地适应这种变化。大种植园主对变化之缺乏理解和关切，其结果是无法区分因果：工会、税收以及穷困潦倒的沙尘暴流民不是原因而是结果；导致这些结果的原因是存在压迫和剥削。小说文本中越来越强的警示似乎表明：一场社会革命在所难免。在小说的叙述中，革命的可能性一直延续到故事结尾，因为“只要恐惧还能变成愤怒，那么一切就还没有结束”(Steinbeck, *Grapes* 556)。在这种可能性的驱动下，无权无势的沙尘暴流民宛如“无主之人”[5]，扮演着潜在的颠覆实施者的角色；他们所遭遇的苦难越是灾难深重，就越是能够强化革命之可能。

三、人类共同体幻象

根据小说的叙述，乔德一家人尽管脆弱，却能忍受生活的磨难。这种能力赋予他们一种非同寻常的品质。由于这家人比普通人“更坚强、更纯洁、更勇敢”(Steinbeck, *Working* 73)，因此他们不仅代表沙尘暴流民，而且象征个体行为在面对强大社会政治经济体制时的无能为力。小说把个人主义写得毫无希望，以暗示团结乃是流民重获尊严的根本途径。乔德一家人只有以群体而非个人或单个家庭的方式面对困难，才能应付眼前的艰难处境。这样的情节设置，无疑是对大萧条年代美国左翼知识分子群体所向往的集体主义的形象表达[6]。

整个大萧条年代，斯坦贝克一直在书写各种群体并鼓励群体成员之间互相友爱。他喜欢运用集群理论(Phalanx Theory)解释个体与由个体组成的更大社会单位之间的关系。这一点还可见于他当时的其他重要作品。在《愤怒的葡萄》中，大萧条年代美国社会的集体主义情绪，以各种不同的方式得到表现。乔德一家人逃离俄克拉何马摧残生命的沙尘暴，前往“充满牛奶和蜂蜜”(Steinbeck, *Grapes* 251)的加利福尼亚，可他们却没料到它不过是个“美丽的骗局”(Keisner 344)。这个本应充满激情和希望的西迁故事,却被演绎成从有家可归到四处流浪,从个人主义到集体主义的具有反讽意义的“逃亡”。根据小说的叙述,凯西对乔德一家人从只为自己的“我”转变为团结起来的“我们”,起到十分重要的作用。即使在俄克拉何马,尚未启程西迁之前,凯西已经预见到团结的前景:“也许所有的人有一个大灵魂,每个人都是它的一部分。”(Steinbeck, *Grapes* 31)到达加利福尼亚后,凯西将注意力从精神的统一转向世俗的战斗,成为流民权益的代言人,参与组织工会和工人罢工,并最终被当权者的爪牙杀死。在凯西的引导下,汤姆逐渐弄懂了一个人无法独自存在的道理,决定冲破自我利益的藩篱,从事反对不公平制度的战斗。在离开家人前,他对母亲说:“不管你往哪里瞧,哪里都有我。凡是有饥饿的人为了吃饭而战斗的地方……凡是有警察打人的地方……我都在那里。”(Steinbeck, *Grapes* 537)这些话很清楚地描述了汤姆的新使命,表明他已经将愤怒转化成为群体谋利益的动力,最终承担起社会责任。汤姆之走向集体的政治行动是小说意义的核心;它象征推翻既有权威、终结压迫剥削之可能。家庭解体、政治觉悟、劳工运动,所有这些在小说的叙述中将当时流行的价值观与集体的政治行动结合在一起。这样的政治行动本应是散见于小说文本的预言式威胁和警告合乎逻辑的极点。然而,预料和期待中的“高潮”在叙事中并没有到来,因为斯坦贝克的情节设置并不支持这种阅读期待。

故事结尾,乔德一家人已到他们生活的最低点:剩余的几个家庭成员逃离摧毁他们临时避难所的洪灾后,已经一无所有。终结乔德一家人流浪故事的洪灾,将这个残缺不全的家庭留在命运未卜的生与死之间。刚刚诞下死婴的罗莎夏的乳汁是他们在物质世界所剩的一切,但是就连这仅有的东西,她也慷慨地献给一位濒临饿死的陌生人。小说最后一段文字所呈现的画面有着更深层的含义:

> 妈的视线从罗莎夏的双眼挪开,然后又回来……罗莎夏静静地坐在细雨声作响的仓棚里。然后,她挺起疲倦的身体,扯了扯身上的毯子,缓步走向墙角,站在那里低头望着那张令人生腻的脸,看着那双张得很大的、惊恐不安的眼睛。然后,她慢慢在他身边躺下。他左右摇摇头。罗莎夏松开毯子的一边露出乳房。“你得吃

点儿,"她说。她扭动身子靠拢他,把他的头拉过来。"来吧!"她说。"吃吧!"她把手伸过去托起他的头,手指轻抚他的头发。她看看上方,又看看仓棚外面,合上双唇,露出神秘的微笑。(Steinbeck, *Grapes* 580 – 81)

罗莎夏是乔德一家人最以自我为中心的人物。她不顾一切奉献自己乳汁的画面,对其人物性格的发展虽无多大意义,却是大萧条年代集体主义思想似乎将要最终获胜的象征,因为这家人已经成为插入章中描写的普遍意义之人,"从关注他们自己的需求"转而"认识到他们与人类共同体之间的关联"(McParland 86)。通过小说结尾这极具象征意义的画面,斯坦贝克呈现的是一个和谐、团结、永远有爱的人类共同体。在这个共同体中,求胜、奋争、利己的现代社会,将会让位于一个更加简单、幸福的社会,普通人有望互帮互助走出困境。当然,这个共同体只是斯坦贝克构建的一种幻象,它既非小说故事情节发展合乎逻辑的结果,亦非乔德一家人所代表的沙尘暴流民命运的最终归宿,而是斯坦贝克本人政治立场和美学思想的一种双重隐喻。

为了在小说的叙事中实现对这一幻象的构建,斯坦贝克在书写大萧条年代历史的同时,努力在乔德一家人的故事中淡化政治和阶级斗争色彩。为此,他将男性设计为政治性的人物,让他们随着故事情节的进展逐渐退出故事中心。与太讲政治、太想让生活发生根本性变化的男人相比,女性更关心生命在更大意义上的延续。在小说早前部分,妈只是"全家人的城堡"(Steinbeck, *Grapes* 100),她保护家人免受外人伤害,并将家庭的离心力牢牢控制在手中。在前往加利福尼亚途中,妈的母性思维开始不自觉地回应其他流民的需求,随着"许多家庭变成一个家庭,孩子们成为所有人的孩子"(Steinbeck, *Grapes* 229),她心目中亲人与他人之间的界限开始消弭。到小说结尾,妈的母性直觉扩大到包容所有人,她感觉到拥抱整个人类的冲动(Steinbeck, *Grapes* 445)。这表明妈心中的家族共同体已升华到更高境界。因此,小说的叙事没有在汤姆告别母亲走向战斗的场景结束。通过这样的情节设置,斯坦贝克实际上违反了其小说大部分叙事所彰显的政治逻辑,最终用一种人类共同体的幻象,对他倾心描写沙尘暴流民苦难的激进话语以及可能的颠覆实施"驯化",让一场呼之欲出的社会革命消失于罗莎夏的神秘微笑。

《愤怒的葡萄》的结尾常因其“感情用事、难令人信服、缺乏艺术性”(DeMott, “Introduction” to *Working* 19)而遭人诟病。可是对斯坦贝克而言,这个结局始终是整个故事进展的方向,他在这之前所做的一切,都是这最后画面的铺垫(Steinbeck, “Introduction” to *Working* 77)。小说付梓之前,出版社编辑说这个结尾“太具象征性、过于突兀”(Ferrell 91),并建议更改,但遭到断然拒绝。斯坦贝克回信中说,他对文学细节不感兴趣,因为他写的是有“五个层次”意涵的小说,目的在于打动读者令其“参与现实”,读者能从中得到些什么,决定于其对小说虚构现实的参与度(Steinbeck, *Life* 152)。这种确保读者受到震撼的“参与美学”(DeMott, “Place” 301),被斯坦贝克运用得十分娴熟,无论有些论者如何质疑小说细节的“真实性”,但是它们却“忠实于情感”,完美体现了作者从电影艺术中借用的情感现实主义(emotional realism)⑦。从作品问世后“持续不减的销量”和“疯狂的舆论喧嚣”(DeMott, “Introduction” to *Grapes* xliii)来看,斯坦贝克确实达到了自己的目的。

四、结　语

总之,《愤怒的葡萄》是一部关于沙尘暴流民苦难经历的叙事。作为大萧条年代左翼话语的参与者,斯坦贝克怀着书写历史之目的虚构大萧条年代的社会生活,虽然他在讲述沙尘暴流民遭受不公正对待的同时暗示其潜在的颠覆性,但是这部“非常接近于拥抱一种社会主义理想”(Shillinglaw 183)的小说最终走向的,却是一种人类共同体的幻象。当然,这种幻象并不意味着小说所暴露的问题也是虚无的;在斯坦贝克的虚构世界中,沙尘暴流民遭遇的问题令人愤慨,而在现实世界中,同样的问题即便是在将近一个世纪之后的今天也依然是人类社会的一大困扰。作为作家的斯坦贝克当然无力解决这些问题,正如他在诺贝尔奖《获奖演说》中所言:“作家的古老使命没有改变。他有责任揭露我们许多极其严重的错误和失败,为了改善之目的,把我们阴暗凶险的梦打捞出来,暴露在光天化日之下。”(Steinbeck, *America* 221)斯坦贝克在《愤怒的葡萄》

中努力实现的，既非提供解决问题的具体方案，亦非倡导大一统的意识形态，而是构建出一个特定的历史文化空间，各种历史力量在此冲突交锋，不同的政治和意识形态矛盾在此终结，其意义已远远超越单纯的文学范畴。斯坦贝克不仅书写了历史，他还创造了历史，成功地将沙尘暴流民的不朽形象深深镌刻于美国民族心理的模版。

注释［Notes］

① 根据学者考证，小说细节与当时实际情况明显存在诸多不相符之处，比如：乔德家的故乡萨利索（Sallisaw）实际上并没受沙尘暴直接影响，距沙尘暴核心区有数百英里之遥，而且当时向西迁徙的人们，很少有像乔德家那样由三代人组成的大家庭，最常见的是父母加孩子组成的核心家庭。（Wrobel 26－27）

② 比较有影响的沙尘暴叙事比如：多萝西娅・兰格（Dorothea Lange）的摄影作品《流民母亲》（*The Migrant Mother*, 1936）、兰格与丈夫保罗・泰勒（Paul Taylor）合作的图文纪实作品《美国式大迁徙》（*An American Exodus*: *A Record of Human Erosion*, 1939）和伍迪・格思里（Woody Guthrie）的歌曲专集《沙尘暴歌谣》（*Dust Bowl Ballads*, 1940）等等（Holleman 10）。当然，最具影响力的沙尘暴叙事，还是非《愤怒的葡萄》莫属。

③ 本文引用出自斯坦贝克《愤怒的葡萄》时，参考了胡仲持的译文。

④《共和国战歌》（"Battle Hymn of the Republic"）是美国诗人茱莉亚・沃德・豪（Julia Ward Howe, 1819－1910）写于美国南北战争期间的一首爱国诗，诗中包含丰富的圣经引喻。第一节共四行："我双眼看见主降临的光辉；/他正踏着贮藏愤怒葡萄的葡萄酒；/他释放出闪电般快捷的致命利剑；/他的真理正在前进。"这首诗是标准的"美国谷粮"（in the American grain）。斯坦贝克在给代理人的信中说，"我喜欢这个标题……因为它属于我们自己的革命传统"（Steinbeck, 1975: 175－176）。

⑤ D. H.劳伦斯指出，人要么生活在对主人的心悦臣服之中，要么生活在与他试图颠覆的主人的摩擦对抗之中。在美国，这种摩擦对抗让美国佬兴奋不已。美国意识的特征是拒绝相信欧洲权威的合法性。由于每个美国人内心深处都怀有反叛欧洲旧权威的意识，因此可谓之为无主之人。（Lawrence 8）根据《韦氏英语词典》，"masterless"既表达"无可靠谋生手段"之意，又有"难以控制"的意思。劳伦斯用它描述来到美洲大陆的欧洲人后代脱离主人管束后四处流浪、图谋反叛的性格特性，显然巧妙地将这两个义项合在一起。本文挪用"无主之人"指称沙尘暴流民，旨在强调其四处漂流的穷苦白人身份以及潜在的颠覆性。

⑥ 由于群众运动的兴起，20 世纪 30 年代的美国知识分子陶醉于大众心理和集体行为的问题，对传统的个人主义应付大萧条危急的有效性产生怀疑，纷纷转向社会主义苏联寻求解决方案。(Dickstein 118)需要注意的是，斯坦贝克在为写作《愤怒的葡萄》做准备工作期间，曾短暂造访苏联，试图在那里验证其关于集群和集体社会的理论。不过他后来却对这次访问三缄其口(Souder 184)。

⑦ 斯坦贝克在写作《愤怒的葡萄》期间，与电影创作人交往密切，还直接参与对其《人鼠之间》电影的改编工作。情感现实主义是影视作品中常用的艺术手法，旨在引起观众的情感共鸣。

引用文献【Works Cited】

Brinkley, Alen. *Culture and Politics in the Great Depression*. Waco, Texas: Baylor University Press, 1999.

Chametzky, Jules. "The Ambivalent Endings of *The Grapes of Wrath*." *Modern Fiction Studies*, 11.1 (1965): 34 - 44.

DeMott, Robert. "Introduction." *The Grapes of Wrath*. John Steinbeck. New York: Penguin Books, 2006, vii - xxxxv.

DeMott, Robert. "Introduction." *Working Days: The Journals of* The Grapes of Wrath: *1938 - 1941*. John Steinbeck. Ed. Robert DeMott. New York: Penguin Books, 1990, 1 - 35.

DeMott, Robert. "The Place We Have Arrived: On Writing/Reading toward *Cannery Row*." *Beyond Boundaries: Rereading John Steinbeck*. Eds. Susan Shillinglaw and Kevin Hearle. Tuscaloosa and London: The University of Alabama Press, 2002, 295 - 313.

Dickstein, Morris. "Steinbeck and the Great Depression." *The South Atlantic Quarterly*, 103.1 (2004): 111 - 31.

Ferrell, Keith. *John Steinbeck: The Voice of the Land*. New York: M Evans, 2014.

French, Warren. *The Social Novel at the End of an Era*. Carbondale: Southern Illinois University Press, 1966.

Gregory, James N. "Dust Bowl Legacies: The Okie Impact on California, 1939 - 1989." *California History*, 68.3 (1989): 74 - 83.

Holleman, Hannah. *Dust Bowls of Empire: Imperialism, Environmental Politics, and the Injustice of "Green" Capitalism*. New Haven: Yale University Press, 2018.

Jones, Gavin. *Reclaiming John Steinbeck: Writing for the Future of Humanity*. New

York: Cambridge University Press, 2021.

Keisner, Marc. *Cadillac Desert*. New York: Viking Penguin, Inc., 1986.

Kicrnan, Thomas. *The Intricate Music: A Biography of John Steinbeck*. Boston: Little Brown and Company, 1979.

Lawrence, D. H. *Studies in Classic American Literature*. Cambridge: Cambridge University Press, 2003.

Levine, Lawrence W. "American Culture and the Great Depression." *The Yale Review*, 2 (1985): 196-223.

Lisca, Peter. "The Grapes of Wrath." *Steinbeck: A Collection of Critical Essays*. Ed. Robert Murray Davis. Englewood Cliffs, NJ: Prentice Hall, 1972.

Loftis, Ann. *Witnesses to the Struggle: Imaging the 1930s California Labor Movement*. Reno: University of Nevada Press, 1998.

McParland, Robert. *Citizen Steinbeck: Giving Voice to the People*. New York: Rowman & Littlefield, 2016.

Minter, David. *A Cultural History of the American Novel: Henry James to William Faulkner*. Cambridge: Cambridge University Press, 1994.

Owens, Louis. "The Culpable Joads: Desentimentalizing *The Grapes of Wrath*." *Critical Essays on Steinbeck's* The Grapes of Wrath. Ed. John Ditsky. Boston: G. K. Hall & Co, 1989, 108-16.

Sealey-Morris, Gabriel. "Dust Bowl Iconography: Populist Translations of *The Grapes of Wrath*." *The Journal of Popular Culture*, 48.1 (2015): 198-208.

Shillinglaw, Susan. "California Answers *The Grapes of Wrath*." *Critical Insights: John Steinbeck*. Ed. Don Noble. Pasadena. California: Salem Press, 2011, 177-96.

Shindo, Charles J. "The Dust Bowl Myth." *Wilson Quarterly*, 24.4 (2000): 25-30.

Souder, William. *Mad at the World: A Life of John Steinbeck*. New York: W. W. Norton & Company, 2020.

Starr, Kevin. *Endangered Dreams: The Great Depression in California*. New York: Oxford University Press, 1996.

Steinbeck, John. *American and Americans and Selected Nonfiction*. Eds. Susan Shillinglaw and Jackson J. Benson. New York: the Penguin Group, 2002.

Steinbeck, John. *The Grapes of Wrath*. New York: Penguin Books, 2006.

Steinbeck, John. *Steinbeck: A Life in Letters*. Eds. Elaine Steinbeck and Robert Wallsten. New York: The Viking Press, 1975.

Steinbeck, John. *Working Days: The Journals of* The Grapes of Wrath: *1938 - 1941*. Ed. Robert DeMott. New York: Penguin Books, 1990.

Stott, William. *Documentary Expression and Thirties America*. New York: Oxford University Press, 1972.

Swensen, James R. *Picturing Migrants:* The Grapes of Wrath *and New Deal Documentary Photography*. Norman: University of Oklahoma Press, 2015.

Windschuttle, Keith. "Steinbeck's Myth of the Okies." *The New Criterion*, 20. 6 (2002): 24 - 32.

Wrobel, David. "'Steinbeck Country' and the American West." *Western Historical Quarterly*, 52.1 (2021): 26 - 27.

重复与修正：艾丽丝·沃克对拉尔夫·艾里森和托尼·莫里森的继承和超越

赵文书

内容提要：本文利用黑人文学批评中“重复与修正”的概念，研究美国黑人文学中的乱伦母题，在性别、种族和阶级三个层面，以艾里森的《看不见的人》和莫里森的《最蓝的眼睛》为参照，分析沃克在《紫颜色》中对艾里森和莫里森的修正，探讨沃克的文本对先存文本修正过程中的得失。本文认为，沃克通过重复乱伦母题，对艾里森和莫里森的性别、种族和阶级观点形成了修正和颠覆，同时也有继承和发展，是跨越性别界限的美国黑人文学传统中的一个重要文本。

关键词：重复与修正；乱伦；沃克；艾里森；莫里森

作者简介：赵文书，文学博士，南京大学外国语学院教授，主要从事美国少数族裔文学研究。

1970年代，美国黑人女性文学在妇女解放运动中呈爆发式发展，黑人女作家对黑人男性的描写也在黑人文化界引起轩然大波。1979年，《黑人学者》(*The Black Scholar*)第8—9期合刊，发表“黑人性别歧视大辩论”专号，集中讨论尚格剧作中的黑人男性暴力。1987年，《黑人文学论坛》(*Black American Literature Forum*)第1、2期合刊和第3期，就艾丽丝·沃克的《紫颜色》及其电影改编中的黑人形象，邀请盖茨主持讨论杜博伊斯早在1926年就提出的关于艺术应如何再现黑人形象的几个问题。这些讨论显示了美国黑人文学中的性别危机，引来各领域学者的参与。黑人文学中的性别分裂使人觉得，美国的黑人文学似乎有两个历史，一是黑人男性文学史，另外则是与男性文学不同且有冲突的黑人女性文学传统。

笔者曾试图连接美国黑人男性和女性的文学传统，利用黑人文学批评从布鲁斯音乐中引申出来的“修正与重复”的概念，讨论莫里森的《最蓝的眼睛》与艾里森的《看不见的人》中特鲁布拉德片段的互文关系，解读两者在乱伦母题上的重复与修正关系，认为前者在性别议题上修正了后者，而“在种族和阶级层面，莫里森对艾里森则更多是继承和发展”（赵文书 6），两者之间的连接在美国黑人文学中搭建了一个跨越性别的传统。

在废奴文学和美国南方文学中，乱伦是常见母题。比如，在福克纳的短篇小说《熊》中，艾萨克发现祖父与女奴生了女儿，又与这个女儿乱伦，罪孽深重，所以拒绝继承祖传的种植园农场（Faulkner）。而黑人文学则一般不碰这个话题，特别是黑人的乱伦，因为它显然会加深对黑人的歧视。艾里森笔下的特鲁布拉德对女儿马蒂·卢的侵犯可能是美国黑人文学中最早涉及黑人乱伦的文字。

在艾里森之后的美国黑人文学中，尤其是在女作家的写作中，乱伦不再是禁忌话题，莫里森的《最蓝的眼睛》、鲍德温的《就在我的头上》、沃克的《紫颜色》和达夫的《穿越象牙门》等不断重复这一母题。国内外研究者都有人注意到了这个现象。有人从性别角度解读艾里森与莫里森，认为《最蓝的眼睛》是对《看不见的人》的女性主义改写（Awkward; Duvall）。更多的学者则似乎把莫里森看作首先突破这个禁忌话题的作家，探讨其他作品与《最蓝的眼睛》之间的互文关系：有人从话语层面比较莫里森和鲍德温，认为二者分别借助乱伦母题，探讨黑人作家同样忌讳的种族自憎和同性恋恐惧话题（Scott）；有人从女性主义角度解读莫里森和沃克对希腊神话中菲洛梅拉原型的改写（Cutter）；也有人从政治层面比较莫里森和达夫，试图勾勒出黑人从民族主义到世界主义身份意识的嬗变（王卓）。

本文试图进一步连接黑人男性和女性文学的传统，通过解读沃克《紫颜色》中的乱伦母题和相关内容，在性别、种族和阶级三个层面，分析沃克对莫里森的《最蓝的眼睛》，并经由莫里森对艾里森的重复与修正，探讨沃克对先存文本修正过程中的得失。盖茨认为，“三重形式修正（tertiary formal revision）是非裔美国文学史的一大特色；所谓三重形式修正，我的意思是，作家至少修正两个先存文本，而且常常是来自非裔文学传统中不同辈或不同时代的作家”(Gates 692)。本文认为，沃克的《紫颜色》典型地体现了“三重形式修正”特征，通过重复黑人文学中的乱伦母题，对艾里森和莫里森的性别、种族和阶级观点有颠覆和修正，也有继承和发展，是跨越性别界限的美国黑人文学传统中的一个重要文本。

一

《最蓝的眼睛》以女性视角讲述佩科拉的故事，修正了艾里森笔下特鲁布拉德故事中的男性中心。特鲁布拉德的故事以忽视女性为代价，把乱伦悲剧变成了男性的胜利；《最蓝的眼睛》以女性主体代替了男性主体，然而佩科拉只是被言说的主体，她在文本中的声音是精神分裂的瘾语。如果说莫里森试图以女性视角修正艾里森的男性视角，这种修正只取得了部分成功。更彻底的女性主义颠覆体现在其后的女性主义作品中。有学者认为，“佩科拉没有生存下来，而且她的故事由别人而不是她自己讲述，这个事实是女性主义作家必须不断修正的……这恰恰是艾丽丝·沃克首先在《紫颜色》中……想做的”(Michlin 181)。

《紫颜色》中的西丽和佩科拉一样，是个丑小鸭。佩科拉认为自己很丑，别人也认为她很丑，连她妈妈看到初生的佩科拉也哀叹，“上帝啊，她真丑”(莫里森 133)。同样，西丽的丑也是别人和她自己的共识。莎格第一次见到西丽时，被她的丑陋逗乐了：“你真的很丑，她说，好像她不相信似的”(沃克 34)。如果说佩科拉是艾里森笔下的马蒂·卢走失 20 年之后的化身(Duvall 34)，西丽也可视为佩科拉走失 12 年之后的化身。艾里森、莫里森、沃克仿佛根据同一个蓝本，分别以特鲁布拉特、佩科拉、西丽为主角，写出了不同的故事：马蒂·卢只是特鲁布拉德故事中的道具；佩科拉成为故事的主角，但她最终以悲剧结束；西丽这只丑小鸭在历经磨难之后，最终靠自己的努力变成了一只美丽的天鹅。

有学者注意到《最蓝的眼睛》和《紫颜色》中都有性暴力及对女性说话权力的压制，从神话原型的角度解读佩科拉和西丽的故事，认为这两个故事改写了菲洛梅拉原型，但莫里森的小说未能赋予佩科拉以声音，而沃克的文本“成功地抵制了男性意志以暴力强加在沉默的女性身体上的父权书写”(Cutter 163)。然而，佩科拉和西丽所遭遇的不是普通的性暴力，而是父亲对乱伦禁忌的破坏。她们故事中的话语权不仅有性别因素，还有种族和阶级因素。如果我们把佩科拉和西丽的故事置于美国黑人文学传统中，考察她们对隐含在特鲁布拉特故事中的马蒂·卢故事的改写，也许能在话语权力中发现更丰富的层次。

艾里森、莫里森、沃克的小说中都有对乱伦的噤声，在道德因素之外，三者体现了不同的话语权。在《看不见的人》中，黑人学院考虑自己的形象，竭力阻止特鲁布拉德的事情外传，体现了黑人精英阶层的阶级特权，也体现了他们在种族社会中的弱势。《最蓝的眼睛》以“千万不要声张”(莫里森 11)开头，体现了黑人社群对白人歧视的内化和恐惧。《紫颜色》中的第一句话是阿方索对西丽的警告，“你最好什么人都不告诉，只告诉上帝。否则，会害了你妈妈”(沃克 3)，体现了男性对女性的压迫和威胁。三部小说对乱伦事件噤声各有不同目的，我们从中可以窥见阶级、种族、性别议题在三位作家笔下的不同优先顺序，并就此讨论沃克可能取得的突破和可能会相对忽视的问题。

二

《紫颜色》的主线是西丽的故事，是一个女性从受压迫到觉醒反抗，进而取得胜利的故事。西丽的胜利是对佩科拉悲剧的修正，是沃克在女性主义层面对莫里森的超越，更是在性别话语层面对艾里森的彻底颠覆。

小说以继父对西丽赤裸裸的侵犯开篇。继父把年仅 14 岁的西丽当作泄欲工具，为了掩饰自己的罪孽，他把西丽生下的两个孩子夺走送人，并在西丽长大后把她送给一个鳏夫某先生。某先生也只是把西丽当作泄欲工具、抚养孩子的保姆和免费的劳力。对继父的侵犯和丈夫的虐待，西丽一直是逆来顺受，直到某先生的情人莎格出现。在莎格的启蒙和帮助下，西丽勇敢反抗，离开家庭，跟着莎格来到孟菲斯，利用自己的缝纫手艺，开办了大众裤子公司，获得了经济和人格的独立，实现了从丑小鸭到天鹅的蜕变。

西丽的变化是女性主义或妇女主义的胜利。这部书信体小说让西丽书写自己的故事，打破了继父对她的噤声，彻底颠覆了父权话语。她的蜕变得益于她与莎格等女性人物的姐妹情谊，得益于她在姐妹们影响下逐渐觉醒的自尊自强意识，得益于她在姐妹们帮助下获得的经济自立能力。和佩科拉相比，西丽的少女时代同样悲惨，但她最终战胜了悲剧命运。在《紫颜色》中，西丽不但是主角，也是创作/创造自己命运的主体，由受害者最终变成掌握自己人生的主人。

在《紫颜色》的性别话语中，女性的胜利体现在一系列性格各异的女性人物身上。与栩栩如生的女性人物相比，小说中的男性人物的刻画则比较刻板，这也正是《紫颜色》最有争议之处。《紫颜色》的辩护者一般都会提及某先生的转变，以此证明小说中男性角色并非都是负面形象。小说开头，某先生是压迫者，到结尾就成了西丽的朋友，学会了针线活，能帮西丽做裤子。小说对他的转变作了非常简单的交代：西丽去孟菲斯后，某先生"过了一段很糟糕的日子"，闭门不出，后来他把截留的耐蒂来信都寄给西丽，从此就变好了（沃克 154 - 155）。这个转变为小说情节发展提供了方便，但它来得太容易了，使人难以置信。

西丽生活有两个恶人，一个是她的丈夫，最终变成了好人，尽管他的变化并不能让读者信服。另一个恶人是她的继父阿方索。这是一个死不改悔的恶棍，他对西丽的侵犯完全出于泄欲的需要："你得干你妈不肯干的事"（沃克 3）。他对强奸继女没有负罪感，还要炫耀自己"养大了两个不是他女儿的小姑娘"（122）。他不断换妻子，一旦妻子老了就换个小姑娘，在临死之前的最后一段时间还娶了 15 岁的黛西。小说中的阿方索始终没有表现出丝毫的基本道德良知。阿方索死后，西丽看到他的墓碑上刻着"各种协会的会员啊，当地首要的商人和农场主啊，诚实的丈夫、真正的父亲啊，对待穷人和无依无靠的人热心慷慨啊，等等"（沃克 169）。小说中的阿方索是个寡廉鲜耻的恶魔，而墓碑上的阿方索则像个宽厚仁慈的大神。在魔性和神性两极之间，阿方索的人性成了一个谜。

如果说艾里森希望读者在特鲁布拉德身上看到"英雄品质"（Crewdson and Thomson 271），视其乱伦为"象征着一种王室的父系血统，一种贵族式的繁衍方式"（Baker 834），以忽视女性为代价，塑造了一个男性英雄，体现了男性的狂傲。同理，沃克的《紫颜色》再现女性主义胜利，同样也忽视了黑人男性的人性和乱伦的悲剧性：西丽的继父阿方索的行为完全是一种兽行，没有一丝人性的影子。

在本文研究的三部作品中，《紫颜色》最有争议，争议焦点是小说中的黑人男性形象（Bobo 339）。我们撇开人物塑造不谈，因为相关文献中已经有很多讨论。女作家笔下的黑人男性形象之所以容易引起争议，与她们偏爱描写黑人群体内部的主题密切相关。正如国内有学者所言，"《紫色》的重点不在于重复地展现黑人与白人的不平等关系，而在于探讨黑人的内部关系，及黑人男女之间的关系、黑人的家庭关系和黑人的自我"（杨仁敬 31）。沃克自己也承认自己和其他黑人女作家在作品中有这个主题偏好；曾有人问，"黑人女作家是否更喜欢描写男女亲密关系，而非与白人社会的冲突？"沃克承认，"20 世纪的黑人女作家似乎都对黑人群体中的亲密关系更感兴趣，白人世界只是个背景，我认为这理所当然是非常恰当的视角"（Walker 63）。

在美国黑人历史中，种族问题一直是主要矛盾。在这个矛盾解决之前，性别和阶级等问题都是次要矛盾。民权运动之后，《民权法案》的颁布标志着黑人人权问题在很大程度上——如果不是在现实生活中，至少在政治和法律上——得到了解决。此后，原本属于次要矛盾的性别和阶级问题凸显出来。正如佩特森所言：

> 只要非裔美国人仍是局外人，我们就必须集中精力解决进入美国社会这个核心问题。在这个过程中，我们不得不淡化困扰我们的很多内部问题。我认为，现在到了我们坦诚解决这些内部问题的时候了。当我们着手处理这些问题的时候，我们发现，在这个内部议程的最前端就是非裔男女之间充满危机的性别关系问题。（Patterson 7）

纵观美国文学史，抗议文学是独具特色的黑人文学传统。这个传统中的抗议一般首先被理解为种族抗议。民权运动使有色人种的平权问题在政治上得到部分解决，种族抗议的迫切性有了一定的缓解。女作家以黑人社群内部的男女关系为主要再现对象，势必转移了抗议对象，把性别抗议推向前景，而把种族抗议置于背景之中，这也许是黑人女性作品容易在种族社会的现实中引起争议的根源。

三

作为民权运动积极分子，沃克对种族问题自然不会视而不见。但《紫颜色》中的西丽生活在黑人圈子里，与白人没有多少接触，所以西丽的故事中没有直接的种族冲突。作为西丽故事的背景，种族对抗出现在小说的若干副线中，如西丽生父遭遇私刑。在有的情节中，种族对抗以比较激烈的形式出现，如索菲亚与白人市长一家的对抗。但在性别和种族交叉的议题上，《紫颜色》放大了黑人之间性别冲突，相应地淡化了种族主义和白人男性对黑人女性的迫害。

就乱伦母题而言，虽然小说在开头渲染西丽遭受父亲的侵害，但随后的故事交代，犯忌者并非其生父，而是继父。这个真相不会减轻阿方索性暴力的危害，但却缓解了西丽的道德犯罪感——“我的孩子不是我的妹妹和弟弟。爸不是我亲爸”(沃克 119)，也在一定程度上缓解了读者的道德厌恶。

小说中真正的乱伦情节是哈波的情人吱吱叫在试图搭救索菲亚时遭受监狱长的侵犯。大家知道白人监狱长布伯是吱吱叫的亲叔叔，便请吱吱叫去求情。布伯明知她是自己的侄女，还是强奸了她：“他说如果他是我的叔叔，他就不会对我干那种事。这只不过是小小的私通而已”(沃克 68)。与西丽所受侵犯的细节描写不同，这件事只用一句话做了含糊的交代，把白人对黑人女性的暴力及历史上这种暴力对黑人社会的影响隐藏在背景之中。

在奴隶制时代，黑奴被视为财产，白人奴隶主对女黑奴的强暴不仅满足了他们的欲望，也是他们财产增殖的手段；女奴生下的子女仍是奴隶，奴隶主视之为财产而非自己的儿女。这种有违人性的状况使南方黑白血缘混乱，因此乱伦成为废奴文学和南方文学中的常见主题。布伯在心知肚明的情况下，强奸自己的侄女，与历史上奴隶主不把黑人亲属视为人的传统密切相关。这个传统与黑人女性所受的暴力有很大关系。

在讲述自己的遭遇后，一直逆来顺受的吱吱叫勇敢地要求哈波不要叫她的绰号，宣布"我的名字叫马丽·阿格纽斯"（沃克 68）。对这个惜墨如金的情节安排，黑人女性主义批评家胡克斯大惑不解，认为这样的情节处理，仿佛吱吱叫从白人的强暴中获得了勇气，对白人太"友善了"（hooks 222）。

沃克曾说过，西丽的原型是其曾祖母，11 岁被奴隶主强奸，12 岁生下了沃克的祖父（Byrd 19）。沃克曾祖母的经历是性别悲剧，更是奴隶制下的种族悲剧，但《紫颜色》却把西丽的故事变成了黑人内部的性别压迫。吱吱叫的遭遇本可以部分还原沃克曾祖母悲惨遭遇的历史真相，但小说选择了轻描淡写的回避。沃克当然有创作的自由，但我们不得不说，作者对此情节的处理是这部妇女主义小说中的一处缺憾。

沃克对种族问题有自己的见解。她提倡的不是种族对抗，而是种族和解。在黑白对立的种族问题上，《紫颜色》不是激进的黑人民族主义作品，不以颠倒白人文学中的白黑/善恶二元对立为旨趣，而是认为黑白皆有善恶。耐蒂的非洲来信在小说中占大量篇幅，有人认为离题太远（Watkins 7；Harris 157），但它所提供的非洲历史文化知识是小说中背景的背景，为作者的性别立场和种族立场提供了注解。耐蒂的传教之旅体现了美国黑人与非洲的文化联系，也传达了作者在性别和种族议题上的个人见解。

在性别问题上，耐蒂信中描写的非洲习俗，如奥林卡部落男性对女性的绝对控制和对女性教育的压制，与美国黑人社会中的性别歧视如出一辙，拓展并强化了小说中女性压迫主题的普遍性，在与非洲祖国连接的同时，表现出对祖先文化的扬弃。

在种族问题上，小说通过非洲的创世故事，在神话层面让读者看到了非洲中心主义世界观，也看到了黑人对种族问题的自我认知：与我们一般所了解的不同，奥林卡人认为，亚当和夏娃是黑人的孩子，因为患白化病，肤色不同，被赶出村，所以对黑人怀恨在心："白人站在他们祖先的一边。他们被赶了出来……他们气坏了，决心不管在哪儿遇到我们，一定要像打蛇一样把我们踩在脚下"（沃克 192）。在历史层面，小说隐约透露出黑暗的奴隶制中鲜为人知的一面，即当年被带到美洲的黑奴有不少是被自己的黑人兄弟贩卖出去的："他们并没有认识到我们是被他们卖掉的兄弟姐妹”(沃克 164)。

小说试图从黑人内部反思种族问题的根源，对于美国社会中尖锐的种族对抗有一定的缓解作用，但潜在的问题也很明显。在黑人世界里，黑人自己也参与了奴隶制的罪恶，揭露这个真相能使黑人在历史中反省，思考如何解开种族仇恨这个死结。但在白人世界里，这样的叙事很有可能会被种族主义者用来为奴隶制和种族歧视辩护。

《紫颜色》传达了种族和解的理想，给出化解种族仇恨的宗教策略："大家彼此相信都是上帝的孩子，一个母亲生的同胞兄弟，不管长得怎么样，干些什么事，都是亲兄弟。"(沃克 192－193)小说也暗示种族对抗有缓解的可能：索菲亚对市长一家心怀怨恨，对她一手带大的市长女儿埃莉诺也心存芥蒂，但埃莉诺一直坚持到索菲亚家帮忙，关心索菲亚的小女儿亨莉埃塔。索菲亚虽然最终还是不相信白人能真心对待黑人，但她终于能够接受埃莉诺带着儿子雷诺兹来看望亨莉埃塔了。对于为什么允许埃莉诺到自家来，索菲亚的解释是："亨莉埃塔说她不讨厌他[雷诺兹]。"(沃克 197)索菲亚对种族歧视有刻骨铭心仇恨，她的态度转变表明，种族和解至少在下一代身上有了可能性。

四

从历史上看，黑人女性所遭受的暴力既是性别和种族问题，也是阶级问题，与经济状况密不可分。《紫颜色》体现了敏锐的阶级意识。如果说艾里森从经济地位差异中看到了黑人内部的阶级压迫，莫里森从贫困中发现了种族歧视和阶级压迫的共谋，二者都对黑人中产阶级及其价值观提出了批判(赵文书 7，10－11)，那么，沃克则在阶级因素中发现了性别压迫的根源，同时为女性解放发现了一条通道，即通过经济基础的改善和提高，达到女性的自立和解放。

西丽悲剧的源头是其生父被白人以私刑杀害。如果没有此事，西丽不会有那么个禽兽般的继父，不会有那样坎坷的人生。私刑无疑是种族主义的恶果。美国学者对私刑暴力的解释一般都将种族和性别联系在一起。私刑者相信暴力是教训被认为有罪的黑人男性的唯一手段，"特别是当他被认为犯了强奸[白人女性]罪的时候”(Gunning 5)。当然,作为多重因素的复合物,私刑无论以什么为借口,都是为了保持白人至上的地位。在《紫颜色》中,沃克则通过西丽生父的遭遇,揭示了私刑暴力中潜含的经济因素:西丽的父亲是个勤劳致富的农民,有田产,还和弟弟开了布店和铁匠铺,生意非常好,白人恨他们抢了生意,认为“这样下去不行。于是,一天夜里,铁匠铺被砸了,这个人和他的两个弟弟在半夜里被拖出家门,用私刑处死了”(沃克 117)。

西丽的儿媳索非亚拒绝给白人市长家帮佣,遭到毒打和监禁,是赤裸裸的种族歧视,但也是阶级矛盾的结果。当时索菲亚与一个黑人拳击手相好,带孩子坐着拳击手的汽车进城兜风,碰到了市长和市长夫人。市长夫人“望望拳击手的汽车。她看了一眼索菲亚的手表。她对索菲亚说,你的孩子都挺干净的,她说,你来替我干活,做我的佣人好吗?”(沃克 61)市长夫人之所以提出这个无礼要求,既出于种族歧视,也出于对索菲亚良好经济条件的嫉妒。市长夫人后来硬是要市长给她买汽车,“她说黑人都有汽车了,她早该有一辆”(沃克 71)。由此可见,白人嫉妒黑人经济状况的提升,这个阶级因素在索菲亚事件中也起了重要作用。

经济条件和阶级因素在《紫颜色》的妇女主义叙事中发挥了关键作用。在反映黑人女性悲惨境遇的作品中,控诉性别压迫者多,能够揭示如何克服性别压迫者少。《紫颜色》是为数不多的展现女性胜利的作品。西丽不但在苦难中萌发了自我意识,而且能够战胜逆境。与马蒂·卢和佩科拉相比,西丽战胜了悲剧命运,成为妇女主义楷模。西丽的胜利来自莎格的妇女主义启蒙和其他女性的鼓励和帮助,但最终取决于她在经济上的自立。西丽婚前不能摆脱阿方索的侵害,婚后不得不听从丈夫的摆布,因为她没有经济来源,只能依靠男性。西丽能够离开家庭是因为有莎格的支持,但她最终成为受人尊敬的西丽女士,得到丈夫的尊重,并享受全家大团圆的幸福,是因为她靠自己的缝纫手艺,开了大众裤子公司,有了经济基础,不需要仰仗男人生活了。

性别角色的区分与经济基础关系密切。同样作为妻子,无论是《看不见的人》中特鲁布拉德的妻子凯特,还是《最蓝的眼睛》中乔利·布里德洛夫的妻子宝琳,都有一定的反抗精神,因为这两个家庭都是赤贫阶层,男人没有足够的养家能力。布里德洛夫家更是靠宝琳帮佣维持生计,所以她有资本和丈夫对打对骂。西丽对丈夫极端顺从,与其夫是有产者有很大关系。

西丽的故事为女性解放指出了一条经济路径,体现了沃克对女性压迫中的阶级因素的洞察力。然而,小说的情节安排依赖很多巧合,使西丽的故事更像一个幻想中的"童话"(Harris 160),使小说中对暴力的自然主义式的描写与童话般的情节形成巨大的反差。西丽不但受性压迫,还必须像骡子一样劳作,吃尽了辛苦,一般被认为是穷黑人的代表。然而,她的生父有大房子,还有很多土地和商店,她母亲的妹妹在梅肯城里做医生。她的丈夫也是大户人家之子,夫家有大片田产和很多房子,所以她嫁过来之后,洗澡时能在热水里"放牛奶和泻盐"(沃克 28),给莎格准备早餐时,能一口气报出"火腿、玉米粥、鸡蛋、软饼、咖啡、甜牛奶、撇去奶油的酸牛奶、烤饼、果子冻和果酱"(沃克 36)。在当年的南方,无论她的娘家和夫家,都不能算穷人,与赤贫的特鲁布拉德家和布里德洛夫家有天壤之别。

有学者认为,小说中的黑人经济状况脱离了 20 世纪上半叶美国南方的现实,"对贫困和富有、肉体摧残和物质安逸作了自相矛盾的描述"(Jones 658)。《紫颜色》中的女性胜利童话恰恰建立在这个自相矛盾的物质基础上。在小说的结尾,西丽有了店铺,有了大房子,可以容纳回家大团圆的所有亲人,这一切都仰赖她生父留下的遗产。这样童话式的情节安排太过巧合:原来西丽并不是个穷姑娘,而是流落苦海的富小姐。如果说经济基础是西丽独立的根本条件,那么西丽的成功只是因为失落财富的回归,不是贫苦阶级的胜利,不是黑人的胜利,也不是女性的胜利。《紫颜色》只是妇女主义的一个美丽的乌托邦。

五

盖兹认为,一个文本能够意指其他文本,重复、修正、戏仿其他文本,形成对前文本的批评,文学传统由此形成并不断发展。他引用艾里森的话来界定他的"批评性意指":"我觉得没有必要攻击我所认为的[赖特的]

眼光的局限……我写我自己的书，这些书本身自然就隐含着对赖特的批评，正如某个特定历史时期的所有小说都围绕现实的本质问题形成争论，同时，从某种程度上来说，彼此都是对对方的批评”（转引自盖茨 122）。

以盖兹的观点来看，无论莫里森是否有意识地意指了艾里森，也无论沃克是否有意识地意指了莫里森和艾里森，他们的作品展示了各自在种族、性别和阶级议题上的个人见解，他们的文本之间也就形成了批评性意指的关系。沃克重写乱伦母题，构成了对艾里森和莫里森小说的批评，参与了艾里森和莫里森之间的跨性别对话，成为跨越性别界限的美国黑人文学传统中的一个重要文本。通过重复和修正，《紫颜色》对其前文本中的观点既有修正和颠覆，也有继承和发展。同时，与其前文本相比，沃克的小说既有超越，也有缺憾。

在性别层面，艾里森的小说中没有女性主体的空间；莫里森的小说中，小女孩佩科拉成为主体，但她只是个被叙述的主体；而沃克则使女性成为自我言说的主体，实现了女性主体性的跨越。《紫颜色》中的西丽成为成功黑人女性的代表，是对《看不见的人》中特鲁布拉德片段的男性中心的颠覆，也是对《最蓝的眼睛》中女性悲剧的超越。然而，《紫颜色》只是女性主义的胜利。如果说艾里森以忽视黑人女性为代价，突出了男性的“英雄品质”，那么沃克的女性成功故事也忽视了黑人男性的人性，未能打破男女对立的性别主义逻辑，在解决了一个问题的同时，带来了另一个问题。

在种族层面，艾里森抗议白人世界对黑人视而不见，希望得到白人社会的承认，有同化主义倾向；莫里森以种族自憎为主题，从反面提出了拥抱黑色之美的必要性，体现了多元文化主义的文化平等观（赵文书 10）；沃克则通过成功黑人女性形象的塑造，赋予黑色之美以实在的内涵。在种族问题上，《紫颜色》中的耐蒂来信连接了非裔美国人与非洲，使沃克妇女主义与美国黑人的文化民族主义产生了连接，但在连接中也体现了差异。沃克在小说中表达了对黑人祖先文化的扬弃，试图从黑人自身反思种族问题，表现出种族和解的思想，在美国黑人文学中发出了不同的声音，但她同时也淡化或回避了故事中一些尖锐的种族问题。

在阶级层面，沃克超越了前辈作家对阶级压迫的抗议，表现出更敏锐的阶级意识，通过西丽的成功，为女性指出了一条通过经济自立实现阶级跨越,进而达致性别解放的路径,尽管这只是一条乌托邦式的路径。

引用文献【Works Cited】

Awkward, Michael. "'The Evil of Fulfillment': Scapegoating and Narration in *The Bluest Eye*." *Toni Morrison: Critical Perspectives Past and Present*. Ed. Henry Louis Gates, Jr. and K. A. Appiah. New York: Amistad Press, 1993. 175 - 209.

Baker, Houston A., Jr. "To Move without Moving: An Analysis of Creativity and Commerce in Ralph Ellison's Trueblood Episode." *PMLA* 98.5 (1983): 828 - 45.

Bobo, Jacqueline. "Sifting Through the Controversy: Reading *The Color Purple*." *Callaloo* 39 (1989): 332 - 42.

Byrd, RudolphP. "Introduction." *The World Has Changed: Conversations with Alice Walker*. Ed. Rudolph P. Byrd. New York: The New Press, 2010. 1 - 34.

Crewdson, Arlene, and Rita Thomson. "Interview with Ralph Ellison." (1974). *Conversations with Ralph Ellison*. Ed. Maryemma Graham and Amritjit Singh. Jackson: The UP of Mississippi, 1995. 259 - 71.

Cutter, Martha J. "Philomela Speaks: Alice Walker's Revisioning of Rape Archetypes in *The Color Purple*." *MELUS* 25.3/4 (2000): 161 - 80.

Duvall, John N. *The Identifying Fictions of Toni Morrison: Modernist Authenticity and Postmodern Blackness*. New York: Palgrave, 2000.

Ellison, Ralph. *Invisible Man*. Trans. Ren Shaoceng, et al. Nanjing: Yilin Press, 2008.

[拉尔夫·艾里森:《看不见的人》,任绍曾等译,南京:译林出版社,2008年。]

Faulkner, William. "The Bear." 1942. *Go Down, Moses*. New York: Vintage, 1990. 181 - 316.

Gates, Henry Louis, Jr. "The 'Blackness of Blackness': A Critique of the Sign and the Signifying Monkey." *Critical Inquiry* 9.4 (1983): 685 - 723.

---. *The Signifying Monkey*. Trans. Wang Yuanlu. Beijing: Peking UP, 2011.

[小亨利·路易斯·盖茨:《意指的猴子》,王元陆译,北京:北京大学出版社,2011年。]

Gunning, Sandra. *Race, Rape, and Lynching: The Red Record of American Literature, 1890 - 1912*. New York: Oxford UP, 1996.

Harris, Trudier. "On *The Color Purple*, Stereotypes, and Silence." *Black American Literature Forum* 18 (1984): 155 - 61.

hooks, bell. "Writing the Subject: Reading *The Color Purple*." *Alice Walker*. Ed.

Harold Bloom. New York: Chelsea, 1989. 215 - 28.

Jones, Jacqueline. "Fact and Fiction in Alice Walker's *The Color Purple*." *The Georgia Historical Quarterly* 72.4 (1988): 653 - 69.

Michlin, Monica. "Narrative as Empowerment: *Push* and the Signifying on Prior African-American Novels on Incest." *Études Anglaises* 59.2 (2006): 170 - 85.

Morrison, Toni. *The Bluest Eye*. Trans. Yang Xiangrong. Haikou: Hainan Press, 2013.

[托妮·莫里森:《最蓝的眼睛》,杨向荣译,海口:海南出版社,2013 年。]

Patterson, Orlando. "Blacklash." *Transition* 62 (1993): 4 - 26.

Scott, LynnOrilla. "Revising the Incest Story: Toni Morrison's *The Bluest Eye* and James Baldwin's *Just Above My Head*." *James Baldwin and Toni Morrison: Comparative Critical and Theoretical Essays*. Ed. Lovalerie King and Lynn Orilla Scott. New York: Palgrave, 2006. 83 - 102.

Walker, Alice. *The Color Purple*. Trans. Tao Jie. Nanjing: Yilin Press, 2008.

[艾丽丝·沃克:《紫颜色》,陶洁译,南京:译林出版社,2008 年。]

---. "Interview with Claudia Tate from Black Women Writers at Work." *The World Has Changed: Conversations with Alice Walker*. New York: The New Press, 2011. 58 - 69.

Wang, Zhuo. "An Exchange of Confidences in 'Black Interior': An Intertextual Reading of *Through the Ivory Gate* and *The Bluest Eye*." *Shandong Foreign Language Teaching Journal* 3 (2013): 87 - 93.

[王卓:《一场"黑人内部"的女人私房话:〈穿越象牙门〉与〈最蓝的眼睛〉的互文阅读》,《山东外语教学》2013 年第 3 期,第 87 - 93 页。]

Watkins, Mel. "Some Letters Went to God." *New York Times* 25 July 1982: 7.

Yang, Renjing. "A New Breakthrough in Black American Literature: A Study of Alice Walker's *The Color Purple*." *Foreign Literature Studies* 1 (1989): 29 - 36.

[杨仁敬:《美国黑人文学的新突破——评艾丽丝·沃克的〈紫色〉》,《外国文学研究》1989 年第 1 期,第 29 - 36 页。]

Zhao, Wenshu. "Repetition and Revision: Unraveling Gender, Race, and Class Issues in *Invisible Man* and *The Bluest Eye*." *Contemporary Foreign Literature* 3 (2015): 5 - 12.

[赵文书:《重复与修正:性别、种族、阶级主题在〈看不见的人〉和〈最蓝的眼睛〉中的变奏》,《当代外国文学》2015 年第 3 期,第 5 - 12 页。]

论希尼与民族性建构

何　宁

内容提要：当代爱尔兰诗人谢默斯·希尼对当代爱尔兰民族性的建构具有极为重要的影响。希尼在多年的创作生涯中，通过诗歌创作、诗学评论和经典翻译来深入勾画当代爱尔兰民族的精神世界，呈现出与英格兰主流文化截然不同的爱尔兰文化，塑造了自成一体的当代爱尔兰民族传统。希尼通过自己的诗歌创作来书写当代爱尔兰民族文化的精神家园，以诗学评论来解构英格兰诗歌的霸权，并运用对英语经典诗歌的翻译来彻底颠覆英格兰在英语文学中的中心地位，从而成功地建构了独立的当代爱尔兰民族性。

关键词：谢默斯·希尼；爱尔兰诗歌；民族身份

作者简介：何宁，文学博士，南京大学外国语学院教授，主要从事英美文学研究。

在当代英国诗歌对民族性的书写中，北爱尔兰诗人一直是先锋和旗手。北爱尔兰诗人对民族性的探索与书写，不仅影响和改变了英伦三岛的诗歌格局，更促进了当代苏格兰诗歌的复兴和威尔士诗歌的崛起。虽然苏格兰的民族情绪经过多年的发酵，尤其是经过2014年的苏格兰独立公投之后，显得具有突出的影响力，但在当代英国诗坛，对民族性建构最成功的还是北爱尔兰诗人群体，而其中最出色的代表是诺贝尔文学奖获得者诗人谢默斯·希尼①。希尼通过诗歌创作、诗学评论和经典翻译来深入勾画当代爱尔兰民族的精神世界，呈现出与英格兰主流文化截然不同的爱尔兰文化，塑造了自成一体的当代爱尔兰民族传统，成功地为当代爱尔兰社会建构出独立的民族性。

在生前发表的最后一首诗歌作品"恰如其时"(In Time)中，希尼反复强调的是"力量，平衡，爆发"(Energy, balance, outbreak)(*New Selected Poems* 218)，这也是希尼诗歌创作取得成功的关键所在。从第一部诗集《自然主义者之死》(*Death of a Naturalist*)到最后一部诗集《人的枷锁》(*Human Chain*)，希尼以诗歌创作表达出对当代北爱尔兰社会的深切关注，既有"挖掘"(Digging)这样充满战斗力量的诗作，也有"惩罚"(Punishment)这样蕴含民族呐喊的爆发之歌，但更多诗歌作品的则是在探索当代爱尔兰民族精神与回应社会现实之间寻求平衡。正是这些具有"力量，平衡，爆发"的诗歌，精准地反映出20世纪60年代之后英国北方问题(The Trouble)中爱尔兰民族所面对的复杂局势，使得希尼成为当代爱尔兰的民族诗人。正如评论家尼尔·科科伦指出的，虽然在1966年之前爱尔兰诗人众多，其中卡瓦那、金赛拉等人颇受关注，麦克尼斯更是得到主流诗坛的认同，但作为文学传统的爱尔兰诗歌仍然是与英格兰诗歌传统混杂在一起的(Corcoran 180)。随着20世纪60年代后期英国政治风云的变幻，北爱尔兰局势的诡谲和暴力活动的波澜，在爱尔兰民族意识勃兴之时，希尼的诗歌创作"恰如其时"地以对历史和现实的深刻思考让爱尔兰诗歌传统卓立于英国文坛之上。

在对爱尔兰民族性的建构中，希尼首先通过诗歌创作对爱尔兰诗歌传统予以重新构建。希尼的诗歌创作不仅在风格上与英格兰主流诗歌背道而驰，更重要的是从文化传统上对爱尔兰的诗歌传统加以重构，从而为世界呈现了具有独立意识和个性色彩、与不列颠传统截然不同的爱尔兰民族性。与叶芝带有神秘主义色彩的凯尔特文化相似，希尼同样是以具有神秘主义色彩的沼泽文化为爱尔兰民族的精神家园。从1969年发表的第二部诗集《黑暗之门》(*Door into the Dark*)开始，希尼以对爱尔兰历史文化的书写来建构当代爱尔兰民族传统，通过"沼泽地""沼泽之橡树""图伦男子"和"沼泽女王"等"沼泽"系列诗歌的反复书写，将带有爱尔兰民族色彩的沼泽构建为爱尔兰民族传统的源头和当代爱尔兰社会现实的映照。希尼对北方问题并没有作简单化的呈现，而是用沼泽地这一独特的意象来作为爱尔兰古老文化和北爱尔兰现实交汇的理想象征。对于民族问题长期无法得到解决，暴力冲突日渐剧烈的北爱尔兰来说，现实生活犹如一片沼泽，每个人都在其中泥足深陷，需要面对“部落式的隐秘报复”（Heaney, *Selected Poems* 1966–1987 85）。

希尼在诗歌中反复重申爱尔兰民族独立性的同时，也对北爱尔兰的困境予以整体性思考。在“英格兰的困境”（England's Difficulty）中，诗人以二战中被德国轰炸的贝尔法斯特和当代统一主义与民族主义之间的冲突为背景，通过童年生活的回忆与当下紧张对峙之间的对照，来思考北方问题的解决之道。生活在北爱尔兰的诗人像是“各种宏大理念之间的双重间谍”，因为“‘敌人’这个词具有割草机的锯齿那样的功效”（Heaney, *Selected Poems* 1966–1987 54）。二战之中德国是英国和爱尔兰共同的敌人，空袭时统一主义的地盘“被炸得最厉害”，而在诗歌中的当下，英国和爱尔兰对峙，统一主义者需要面对民族主义者的挑战。尽管希尼个人选择了民族主义的立场，与反对统一的“北爱尔兰的敌人”同住，但通过对历史的回顾，希尼希望北爱尔兰人都能反思北爱尔兰的困局，暗示统一主义和民族主义其实都是爱尔兰人，不应该由于“自发的无知”而成为彼此的敌人，甚至如果英国可以打破“不透明的防护”，那北爱尔兰的民族主义者也不会与之势不两立。

希尼从《黑暗之门》开始的爱尔兰民族性建构，评论界一般认为触发点是丹麦考古学家格罗布的著作《沼泽地人》（*The Bog People*）。这部以讲述丹麦沼泽考古发现为主的人类学著作，成为希尼一系列“沼泽”诗歌创作的灵感源泉。希尼从人类学著作借鉴历史，进而喻示现实的诗歌创作手法并非独创。20 世纪初年的现代主义诗歌大师 T. S. 艾略特创作《荒原》（*The Waste Land*）的构想就来自当时流行的人类学著作《金枝》（*The Golden Bough*）和《仪式与罗曼司》（*From Ritual to Romance*）。在“向艾略特学习”一文中，希尼回顾了艾略特对自己的巨大影响，并总结说：“也许艾略特并没能对我的创作有所帮助，但他让我明白了阅读的意义所在”（*Finders Keepers* 40）。来自美国的诗人艾略特以现代主义诗歌打破了 19 世纪英国诗歌庄严整饬的传统，和叶芝一起奠定了 20 世纪英国诗歌逐渐走向民族地方特性的基础。希尼向艾略特学习，通过阅读人类学著作，将爱尔兰民族历史的建构融入诗歌创作，从而得以打破拉金、希尔和休斯所主导的战后英国诗歌主流，在英语诗歌中发出爱尔兰民族之声。从爱尔兰文学传统来看，希尼是一位划时代的诗人，叶芝的创作联接了传统诗歌与现代主义诗歌，希尼的作品则标志着英国诗歌传统中帝国性的全面崩溃和瓦解。20 世纪 70 年代之后，英国诗歌随着北爱尔兰诗歌群体的确立和少数族裔、女性诗歌的勃兴，整个英国诗坛呈现出完全的多元化、民族化的局面，而这一切从某种意义上来说正是由希尼对爱尔兰民族性探索的诗歌创作所肇始的。在希尼之后，当代爱尔兰诗歌逐渐作为独立的诗歌传统自成一格，与当代英格兰诗歌并驾齐驱。

作为当代爱尔兰的民族诗人，希尼敏锐地意识到诗歌创作只是民族性建构的一个方面，要想在战后拉金和休斯统治的英国诗坛中打破英格兰诗歌传统的垄断地位，建立独立的当代爱尔兰民族诗歌，还必须通过诗歌评论来解构英格兰诗歌的帝国霸权。在出版广受好评和关注的诗集《北方》(*North*)前后，希尼开始通过广播、评论、讲座等各种形式发表自己对于诗歌创作、当代英国诗歌和爱尔兰诗歌传统的思考和认识。正如不少评论家指出的，希尼从不掩饰自己的诗歌创作与诗歌评论之间的互动(Ingelbien 471)。伴随着诗歌作品的传播，希尼的诗歌评论也得到众多评论家、诗人和读者的关注，成为建构当代爱尔兰民族性，塑造当代英国诗歌格局的重要力量。

希尼的诗歌评论中，首先关注的是对当代英格兰诗歌传统的批评。对当代英格兰诗歌的代表拉金、希尔和休斯，希尼指出他们创作中对地域的关注，认为“终结感让这三位作家对他们的地方风土具有一种悲悯，使得他们关注英格兰的内部，而不再是仰望英格兰”(*Finders Keepers* 101)。希尼认为，这三位战后主流诗人对“英格兰本土经验”的诗歌呈现，正是由于英国不再具有帝国的荣光，只能回到地方性的英格兰本土。通过将这三位英国主流诗人降格为书写带有地方性色彩、反映“英格兰的内部”经验的作家，希尼成功地将主流英国诗歌地域化和民族化，成为与原本被边缘的北爱尔兰诗歌处于同样地位的地域性诗歌传统。

希尼的诗歌评论还致力于厘清爱尔兰诗歌传统与英国诗歌传统之间的界限。在“爱尔兰诗人与不列颠”中，他明确表示爱尔兰和不列颠“这两个岛屿的历史地理、语言文化都在不同程度上既相互联系，又各自独立”(*Finders Keepers* 415)。爱尔兰诗人的责任就是以诗歌创作来展现爱尔兰与英国之间的这种既交融又独立的关系。希尼虽然承认爱尔兰与英国之间的联系千丝万缕,但他更强调爱尔兰的独立性,希望人们能够认识到爱尔兰诗歌传统并不是英国诗歌传统的一部分。正是基于这样的出发点,他才会因为《企鹅当代英国诗集》(*The Penguin Book of Contemporary British Poetry*)收录自己的诗歌而愤怒发声,以一首 198 行的长诗《公开信》(*An Open Letter*)来指责诗集的编者,同时也是当代英国著名诗人和评论家安德鲁·莫迅和布莱克·莫里森。他在诗中写道:

> 告知你们
> 　　我的护照是绿色的。
> 我们也从未举杯
> 　　为女王祝酒。(*Finders Keepers* 402)

这部诗集收入了六位北爱尔兰诗人的作品,包括希尼、迈克尔·朗利、梅德波·麦克奎恩、保罗·穆顿、德里克·马洪和汤姆·保林。希尼如此强烈的反应让作为朋友的莫迅和莫里森都颇为吃惊和失望。正如詹姆斯·芬顿指出的:在莫迅和莫里森看来,希尼的诗歌创作是当代英国诗歌的核心部分,而且之前他的诗作已经被收入至少六部标题中包含英国(British)的诗集中(Fenton 52)。爱尔默·肯尼迪-安德鲁斯认为希尼的作品都由英国的出版社出版,诗歌创作中受到的英国诗人如华兹华斯、哈代等人的传统影响也很明显(Kennedy-Andrews 8 - 9)。约翰·威尔森·福斯特(John Wilson Foster)的观点也许更接近实际情况:"我们猜测希尼的压力来自他那些民族主义者同仁和朋友。在我看来,这个小册子里的话,更多的是他对自己说的,而不是针对莫迅和莫里森的"(qtd. in Kennedy-Andrews 8)。

希尼本人对这一公开信的态度也颇为微妙。在《公开信》发表 10 年之后,担任牛津诗歌教授的演讲中,他在坚定维护自己立场的同时,语气较为缓和:"我写到护照的颜色,并不是为了消除属于英国的爱尔兰与英国之间的联系,而是要维护在国家边界中民族多样性的权利。"希尼强调自己的出发点是希望北爱尔兰的爱尔兰民族主义者不会因为对爱尔兰身份的认同而受到敌视，“如果他们不被憎恨，他们就会更容易停止憎恨对方”（*The Redress of Poetry* 201）。希尼将自己写作“公开信”的目的阐释为：通过为爱尔兰民族正名，来促进北爱尔兰民族主义者与统一主义者之间的和解。不过，在《公开信》发表近 20 年后，希尼 2001 年在苏格兰发表的“爱尔兰诗人与不列颠”讲演中，不再讨论这首诗歌的历史背景，而是强调自己对当代爱尔兰诗歌传统的贡献：“如果，在莫迅和莫里森的选集之后，其他类似的作品在标题中不仅包括‘英国’或‘英国的’，还包括了‘爱尔兰’或‘爱尔兰的’，这就意味着一切都在向前发展”（*Finders Keepers* 403）。

希尼之所以会在 20 世纪 80 年代遽然以诗歌《公开信》来表达自己与英国诗歌传统的决裂，固然与北方问题已经缠绕北爱尔兰近 20 年有关，但更多的是他对自己的一个说明和交代。正如他在采访中说的，到了 20 世纪 80 年代早期，他感到必须要思考自己与英国文学之间的关系，必须要为自己的爱尔兰身份正名（O'Driscoll 417 - 18）。当时的希尼已经是英国诗坛颇具影响力的诗人，作为北爱尔兰诗人群体的代表，他原本不需要如此高调地展示自己的爱尔兰民族性，甚至不惜公开斥责两位在诗坛深受尊重的编者莫迅和莫里森。倘若深究原因，也许希尼的压力首先来自他的前辈诗人叶芝。正如评论家指出的，“叶芝对于统一的爱尔兰传统的提倡者来说总是会制造麻烦”（Shapiro 628），而作为“叶芝以来最出色的爱尔兰诗人”（Corcoran 135），希尼正是力图通过自己的诗歌创作来构建一个统一的爱尔兰传统最执着的诗人。当然，希尼也面临着其他北爱尔兰诗人的挑战。同样被收入莫迅和莫里森的选集之中的穆顿就被评论界常常拿来与希尼比较。究竟希尼与穆顿谁对爱尔兰民族性的书写更胜一筹，评论界始终没有定论。如同德威特·加纳在评论两人 2010 年各自发表的新诗集时感叹的那样：“希尼与穆顿，穆顿与希尼。这么多年过去了，我们还是无法断定究竟谁是第一，谁是第二。”（Garner n. pag.）

毋庸置疑的是，《公开信》的发表以及之后的一系列诗歌评论，使得希尼成为当代爱尔兰民族诗歌的代表和民族文化的代言人，摆脱了来自叶芝的“影响的焦虑”和来自穆顿的后辈的挑战。在出版《公开信》的次年，希尼发表“地方与位移:论当下的北爱尔兰诗歌”,将北爱尔兰诗人群体以民族诗人群体的形式呈现给评论界和读者。希尼重点讨论马洪、穆顿和朗利这三位诗人,分析了他们作为北爱尔兰诗人在诗歌作品中对民族性的复杂表征,指出诗歌创作与历史环境之间的深刻联系,认为诗人不可以没有担当,必须要对社会现实作出反映和思考。“虽然诗人们个人对于暴力行为没有责任,但他们对暴力行为出现的原因和影响予以思考,他们的诗歌既没有故意激化矛盾,也没有对现实有罪的疏离,而是倾向于将其作为一种自我治愈的过程”(*Finders Keepers* 145)。自此,希尼将爱尔兰的民族性建构与北爱尔兰诗人的创作紧密联系在一起,而北爱尔兰诗人群体的正式崛起也让希尼对爱尔兰民族性的书写愈加得到世界的关注,从而进一步确立了爱尔兰民族与英国之间的界限。

希尼以诗歌创作来书写爱尔兰民族的历史文化,建构当代爱尔兰民族传统,并通过诗学评论推出北爱尔兰诗人群体,厘清北爱尔兰与英国之间的文化界限,已经让世界认识到北爱尔兰民族的独立性,基本完成了当代爱尔兰民族性的建构。不过,希尼并没有止步于此,而是更进一步,以对英国经典史诗的翻译来彻底颠覆英帝国时代留下的既有格局,力图让爱尔兰民族在英伦三岛中占据更为重要的地位。1999 年,希尼翻译出版了古英语史诗《贝奥武甫》(*Beowulf*)的现代英语版本,这成为 21 世纪来临之际整个英语诗歌界,乃至英语文学界最重要的事件之一。

作为“现存最伟大的古英语诗歌”(Alexander vii),《贝奥武甫》一般被视为英语文学的源头,是很多英国文学史开篇必然讨论的作品。由于《贝奥武甫》用古英语写作,中世纪以来的读者基本都无法阅读原作,而必须借助译本来阅读这部三千多行的史诗。1833 年,第一个现代英语版本的《贝奥武甫》出版,之后包括著名作家托尔金在内的众多学者都为这一古老诗歌提供了各自的译本。“自 19 世纪早期以来已经有超过 60 个《贝奥武甫》的译本了,但希尼译本的读者关注超越了其他所有的译本”(Donoghue, Preface ix)。希尼的译本之所以得到超越以往译本的关注,成为新世纪以来最受欢迎的《贝奥武甫》译本,原因恰是因为希尼在译本中对爱尔兰民族性的呈现。从诗人译诗的角度,希尼并不是当代首位翻译《贝奥武甫》的诗人。早在 1952 年,苏格兰诗人埃德温·摩根就出版过

《贝奥武甫》的译本，并在前言中对之前的其他译本大加挞伐，认为“这部伟大原作的现代英语译本，没有一部是成功的”(Morgan vii)。摩根的版本曾经作为诗人译本广受关注，但却在希尼的版本出版之后被出版商放弃，因为希尼的译本已经出现在北美所有的英语入门类课程中了(Jones 137)。著名的古英语专家丹尼尔·多诺霍认为，希尼的译本与以往译本决然不同的是他在翻译中所用的语言。(Preface ix)在译本前言中，希尼提到自己的翻译历程时，表示他在翻译中使用的是“一种熟悉的地方声音”(xxxvi)，这是来自诗人父亲的亲戚所说的阿尔斯特(Ulster)方言。在多诺霍看来，正是对这一方言的使用，使得希尼摆脱了过去一个多世纪来束缚译者的“正式、文学化，有点陈旧的语言”(ix)，同时方言的使用也可以让读者在查找方言词语意义的时候，意识到现代英语的译本是来自于古英语写就的《贝奥武甫》。

对北爱尔兰地方方言的使用让希尼的《贝奥武甫》译本大获成功，但他早在大学学习时便有翻译《贝奥武甫》的想法，最终在35年后决定接受邀约开始翻译，选用阿尔斯特方言绝不仅仅是一个文学的选择。毫无疑问，“选择阿尔斯特乡村方言带有意识形态和政治重要性”(Donoghue, Preface ix)，希尼自己对此也毫不讳言。希尼在前言中提到，对生于北爱尔兰的诗人而言，政治和文化环境往往就决定了他们的选择。除了方言之外，在翻译中，希尼还将英雄主人公贝奥武甫与怪物恶龙混杂起来，呈现出一种对位关系(apposition)。这种对位关系使得这首史诗可以用来“探讨希尼与北爱尔兰的政治联系这一不稳定的主体”(Donoghue, The Philologer Poet 246)。在《贝奥武甫》译本出版不久的演讲中，他大声疾呼：“现在就让《贝奥武甫》成为一本来自爱尔兰的书吧。”(*Finders Keepers* 414)这充分说明了希尼翻译《贝奥武甫》的目的所在。通过翻译《贝奥武甫》，希尼既将自己写入了英语文学的根基，也让英语文学的根基进入了自己的创作(McCarthy 105)。希尼让北爱尔兰的地方方言主导英语文学源头史诗的现代版本，这无疑颠覆了英帝国版图中标准英语的绝对权威，而让《贝奥武甫》成为爱尔兰的文学经典，则是对英国文学传统的重大改写。从某种意义上来说，希尼“完全打破了中心-边缘的二元对立”(Magennis 157)，使得爱尔兰文学彻底摆脱了在英语文学历史中相对的弱势，拥有与英格兰文学平等的地位。

希尼致力于通过诗歌创作、诗学评论和经典翻译来书写爱尔兰民族性，与不列颠诗歌传统做切割，力求建构和发展独立的爱尔兰诗歌传统。作为最有影响也是最具代表性的诗人，希尼成为当代北爱尔兰诗人群体和爱尔兰民族的代言人。他通过对历史的钩沉，对现实的反思和对独立的爱尔兰民族性的追求，将爱尔兰诗歌传统加以扬弃和重构，把北爱尔兰融入整个爱尔兰传统与文化中，强调爱尔兰和北爱尔兰与英格兰及不列颠传统的差异，成为英国诗歌传统裂变的推动者。正是在希尼的影响下，爱尔兰民族性的书写成为北爱尔兰诗歌的重要甚或唯一的主题。尽管"北方"问题业已得到和平解决，一度紧张的局势也早已平复，但不时出现的风波还是提醒英国民众北爱尔兰的民族情绪依然是潜藏的火药。希尼对爱尔兰民族性的建构在强化爱尔兰民族意识的同时，也推动了民族和解，这也正是他在寻求独立的民族性、反思历史和现实的过程中得出的最重要的成果。

20 世纪 90 年代以来，英国诗坛除了传统的桂冠诗人之外，苏格兰和威尔士都有各自的民族诗人，但当代爱尔兰和北爱尔兰都没有官方的民族诗人。希尼在采访中曾暗示之前关于他非正式地拒绝桂冠诗人的传闻属实(Carruthers n. pag.)。作为当代爱尔兰民族文化的代言人，希尼的确不需要任何头衔的肯定，而拒绝接受桂冠诗人也是他必然的选择。在 20 世纪 60 年代之后近半个世纪的诗歌生涯中，希尼通过诗歌创作来书写当代爱尔兰民族文化的精神家园，以诗学评论来解构英格兰的霸权，并采用经典翻译来彻底颠覆英格兰在英语文学中的中心地位，成功地建构了独立的当代爱尔兰民族性。从这个意义上来说，希尼真正做到了叶芝对他的继承人的嘱咐——"走开去做点别的"(Shapiro 628)，没有受限于爱尔兰文学传统，而是自出心裁，完成了对当代爱尔兰民族性的思考和建构，成为当之无愧的当代爱尔兰民族诗人。

注释[Notes]

① 尽管苏格兰诗人在权力下放和独立公投中发挥了巨大的影响，但随着英国"退欧"的进程，北爱尔兰再次成为英国最可能发生动荡的地区，也成为欧盟和英国谈判的关键之一。

引用文献【Works Cited】

Alexander, Michael. "Introduction." *Beowulf: A Glossed Text*. London: Penguin, 2005. vii - xviii.

Carruthers, Mark. "Seamus Heaney: 'If I described myself as an Ulsterman I'd have thought I was selling a bit of my birthright'." *Irish Times*. Jan. 23, 2015. Web. Dec. 20, 2018.

Corcoran, Neil. *English Poetry since* 1940. London: Longman, 1993.

---. *Seamus Heaney*. London: Farber, 1986.

Donoghue, Daniel. "The Philologer Poet: Seamus Heaney and the Translation of Beowulf." *Beowulf: a verse translation*. New York: Norton, 2002. 237 - 47.

---."Preface," *Beowulf: a verse translation*, New York: Norton, 2002. ix - xi.

Fenton, James. "On the Frontier," *The New York Review of Books* 43. 4 (1996): 52 - 53.

Garner, Dwight. "Shared Homeland, Different Worldview." *New York Times*, Sept. 16, 2010. Web. Dec. 20, 2018.

Heaney, Seamus. *Finders Keepers Selected Prose 1971 - 2001*. New York: Farrar Straus Giroux, 2002.

---. *The Redress of Poetry*. New York: Farrar Straus Giroux, 1995.

---. *Selected Poems 1966 - 1987*. New York: Farrar Straus Giroux, 1990.

---. *New Selected Poems 1988 - 2013*. New York: Farrar Straus Giroux, 2014.

Ingelbien, Raphaël. "Seamus Heaney and the Importance of Larkin." *Journal of Modern Literature* 23. 3/4 (Summer 2000): 471 - 82.

Jones, Chris. "While crowding memories came: Edwin Morgan, old English and nostalgia." *Scottish Literary Review* 4.2 (Autumn-Winter 2012): 123 - 44.

Kennedy-Andrews, Elmer. *The Poetry of Seamus Heaney*. New York: Columbia UP, 1998.

McCarthy, Conor. *Seamus Heaney and Medieval Poetry*. Rochester, NY: Boydell & Brewer, 2008.

Magennis, Hugh. "Translating Beowulf: Edwin Morgan and Seamus Heaney." *Modern Irish and Scottish Poetry*. Eds. Peter Mackay, Edna Longley and Fran Brearton. New York: Cambridge UP, 2011. 147 - 60.

Morgan, Edwin. "The Translator's Task in Beowulf." *Beowulf: a verse translation into modern English*. London: Cambridge UP, 1952. v - xxv.

O'Driscoll, Dennis. *Stepping Stones*: *Interviews with Seamus Heaney*. London: Farber and Farber, 2009.

Shapiro, James. *The Columbia History of British Poetry*. New York: Columbia UP, 1994.

分裂与疗伤:美国南北战争小说的发展

罗小云

内容提要:美国的强盛在很大程度上是由于较少遭受战争蹂躏,总能在和平环境下保持高速发展。美国本土发生的战争只有南北分离导致的内战伤害最大,这为美国文学提供了难得的创作题材并由此产生独具特色的南北战争小说。这类小说的发展经历了早期尝试、20世纪后半期繁荣和新世纪里再度崛起三个阶段。南北战争小说发展中最突出的是以历史重建的方法探寻分裂的根源和治愈战争创伤的良方。

关键词:南北战争小说;分裂;疗伤;历史重建

作者简介:罗小云,文学博士,四川外国语大学外国语文研究中心教授,研究员,主要从事英美现代小说研究。

美国的强盛在很大程度上是由于较少遭受战争蹂躏,总能在和平环境下保持高速发展。美国本土发生的战争只有南北分离导致的内战伤害最大,在1861年到1865年的内战中约有618 000人死亡,比在其他战争的总和还多,平均每天死亡423人,足见其惨烈程度。这为美国文学提供了难得的创作题材并由此产生独具特色的南北战争小说。引起此次战争有诸方面原因,如地域差异(北方的工业文明与南方的棉花经济)形成的长期冲突、西部新开拓的各州归属和奴隶制保留或废除等。这类小说的发展经历了早期尝试、20世纪后半期繁荣和新世纪里再度崛起三个阶段。美国作家在处理国内战争和国外战争题材时往往采取双重标准:对前者施与更多人文关怀和表现出对"兄弟相残"的无奈与悔恨,而对后者则以战争的游戏化或黑色幽默的方式凸显道德的模糊性和泛和平主义倾向。南北战争小说在发展进程中从探寻冲突的根源,分析参战的冲动和激情，构思战争浪漫故事，描述南方被毁的家园与重建，逐步到揭示精神毁灭，以及重建历史，但最重要的任务还是关注战争创伤和提供疗伤策略。

一

2007年，弗吉尼亚的夏洛茨维尔市因拆除南北战争中著名将军罗伯特·李的塑像引起大规模骚乱，并触发各地对南北战争纪念物的快速处理，暴露出历经一个多世纪那场战争带来的创伤仍难以疗愈，种族矛盾依然存在，而且在新世纪反而加剧。白人至上主义的重新抬头，当前政府新移民政策，甚至修建美墨边境隔离墙，都促使人们重新审视那段历史和探寻战争爆发的根源。导致此影响深远的战争有着诸多原因和历史必然性。首先是双方发展不平衡，形成各自特点，使冲突逐步加剧和公开化，最后走向分裂。1776年独立时美国只不过控制了大西洋沿岸的狭长地带，随后的向西扩张使其在内战前的1860年由原来十三个州增加至三十三个，国土从大西洋延伸到太平洋。南北之间的分歧也随这种扩展而更加明显。南北双方的势力极为悬殊，战争开始时北方有23个州、7处领地，共2 200万人口；南方只有11个州，人口才900余万，主要军工企业都在北方，这种潜能为取得最后的胜利起到关键性作用，而主要产棉区南方在遭遇北方对海上运输线封锁后，无法换取所需的装备和其他军用物资。联邦军队里有186 000名黑人士兵效力，然而直到1863年南方才批准将20万黑人士兵编入军队，由于惧怕他们叛乱从未使其参战。（《大美百科全书》417－8）人们普遍认为，“北方拥有选票、权力和生存的意志，而南方则只有传统及其捍卫者的个人胆识”（林顿170）。维持统一或走向分裂的争议逐步渗透全国，即使宗教信仰的约束也无济于事，宗教组织本身也在内战时期被分裂，如南部长老会教徒在佐治亚州的奥古斯塔开会，最后决定成立独立于北方长老会的南部邦联同盟长老会最高宗教裁判会议。显然此次战争最初的目的是阻止国家的分裂，而不是解放黑奴。

南北分裂的根源可以追溯到美国建国之初，当时在制宪问题上留下的隐患最终成为导火绳。1807年3月2日国会通过法令禁止黑奴进口贸易引起南方蓄奴州的不满，但这反而刺激了各州之间的黑奴交易。1820年的密苏里妥协案为南北冲突埋下祸根，该州作为蓄奴州加入联邦，并规定以北纬36°30′为界，此线以北为自由区，以南为蓄奴区，但新加入的州多数为自由州。表面上看，当时的美国白人处于比地球上其他地方的居民更好的生活水平，繁荣的经济吸引大规模移民到来，全部人口达3 100万，刚刚超过不列颠。他们自认为是世上最文明、最幸运之人，但避而不谈的是在政治自信中的极大缺陷：一是对印第安土著的血腥镇压暴露出的残酷，二是国土上居然存在罪恶的奴隶制，黑人的悲惨遭遇历历在目。这无疑是对建国宗旨"所有人生来平等"的莫大讽刺，也标志着新大陆伟大实验的失败。(Farmer 1-2)著名废奴主义者加里森(William L. Garrison，1805-1879)在1832年的"宪法与联邦"一文中指出，早期的美国宪法本身就掩饰着矛盾冲突，他预言了随后的战争不可避免。从这种基于自由州与蓄奴州之间的安排，他质疑美国宪法的神圣性，认为这实际上是"为维护世界上最为暴戾和邪恶的制度所做出的最血腥和最冒犯天威的妥协"(Nabers 1)。林肯在1838年的演讲(史称"吕克昂演讲"[Lyceum Address])中也指出，美国宪法这一神圣的工具开始滴淌人的鲜血，不断加重的大不敬情绪已向全国渗透，他大声疾呼"重振法律的尊严"(Lincoln 32-33)。

南北双方冲突在1856年因布朗带领反奴隶制激进分子攻打哈泼斯渡口兵工厂而趋于白热化，林肯1860年的选举获胜更令南方绝望而走向战争。南方人长期认为遭受北方的经济剥削和政治歧视，需要成为独立国家的呼声愈加高涨。一些历史学家甚至将南方1861年在萨姆特堡的行动[①]比作日本人1941年在珍珠港的偷袭一样，认为他们被逼到无法逃脱的死角后才不得不发起战争。最后南方适龄青年中四分之一死于战场，所捍卫的奴隶制也被终结。(Farmer 3)在美国历史上，人们对这场战争的称谓一直存在争议，南方人称其为"州际战争"(The War Between the States)，北方人则认为是"叛乱战争"(The War of Rebellion)，有的甚至称之为"南方独立战争"(The War for Southern Independence)、"邦联战争"(The Confederate War)或者"分裂战争"(The War of Secession)等，最后普遍认为还是"内战"(Civil War)最合适。(Farmer 2)英国史学家艾瑞克·霍布斯鲍姆在《资本的年代》里指出，深究美国内战的本质和起因必将引起无休止的争论。他认为尽管奴隶制是引起这场大战的根源之一，但战争的胜利只不过是北方资本主义的胜利，“而不是黑人的胜利，不管是奴隶或自由人”(Ford 1)。以南北战争为主题的小说对战争爆发的根源进行探索的同时重点揭示其影响和描述国民所经历的从毁灭、重建到疗伤的过程。

二

南北战争小说主要经历了三个发展阶段。第一阶段应从最早的废奴小说算起，这些猛烈抨击奴隶制的文学作品在很大程度上揭示了南方内战前已在精神上遭遇毁灭的社会现实，对战争的爆发起到推波助澜的作用。作家们借用建国功勋们的言辞质疑立国根本，呼吁每个人都应享受自由与平等，所揭示的在蓄奴与废奴原则上的分歧已预示南北分裂的必然。这类作品里《汤姆叔叔的小屋》(*Uncle Tom's Cabin*，1852)具有代表性，斯托夫人以身处奴隶制枷锁的黑人的悲惨生活与种植园主的奢华的鲜明对比再现地狱般的南方，这与清教徒先辈在横渡大西洋的“五月花”上构想的天堂相去甚远。当初的移民们没人料到新大陆的后代居然堕落到施行、欣赏，甚至不惜捍卫血腥的奴隶制。《汤姆叔叔的小屋》戏剧改编获得成功也引起轰动效应，据托马斯·格色特统计，“出版几天内就卖出一万本，第一年的销量就超过三十万本”(Gossett 164)。在逃奴法案的启示下，斯托夫人表达的是对自由的渴望和以私有财产的拥有阐述自由的定义。她的最初小说副标题“作为一个物件的男人”便希望说明奴隶汤姆实难获得做人资格，也不可能真正拥有居住的木屋，更不能合法地具有与齐洛大婶(Aunt Chloe)的婚姻。(Lamb 241)重要的是，斯托夫人的小说明确指出，是在美国当时法律的庇护下奴隶制才得以保留，问题的症结也在于这一法律的制定。1853 年由乔治·艾肯(George Aiken)改编的该剧在纽约国家大剧院上演时，演员在台上大声宣布：“我宁愿要破衣裳、烂房子、一切可怜的东西，只要是我自己的，也不需要属于他人的最好的东西。”(Lamb 243)奴隶们逐步意识到只有获得财产拥有权利才算有真正的自由，这种思想对身处奴隶制的黑人特别具有鼓动性。当林肯对斯托夫人说《汤姆叔叔的小屋》就是“引起这场伟大战争的书”时所道出的实情是，区域之间和政治上的敌意已被一种新的民族文学激起，要求社会在道义上必须转变并传播这一思想的文学作品，促使国家步入战争。曾任联邦军队军官的德弗勒斯特(John W. De Forest)的《拉维内尔小姐从叛离到忠诚》(*Miss Ravenel's Conversion from Secession to Loyalty*，1867)重点探索战争爆发的根源，他以女主人公转向支持北方事业的事实“象征战争造成的分裂创伤”，当时文坛风云人物豪威尔斯认为该书可以同托尔斯泰的《战争与和平》媲美。(埃利奥特 419)

如此惨烈的内战突然降临到这“上帝应允之地”令人十分困惑，许多著名作家也不知所措，他们基本回避这一话题，只有少数人以此题材进行创作并质疑这场战争的意义和参战动机。具有代表性的作品是斯蒂芬·克莱恩的《红色英勇勋章》(*Red Badge of Courage*，1895)。他在书中表现了极具冲动意识的英雄主义，以自然主义手法揭示人们的参战心态，他写道:“纯粹的冲动统治着一切，所有人都不能支配事件的发生或他们自己的行动。”(埃利奥特 438)克莱恩在描述笔下人物的英勇时写道:“猛烈冲锋时，他体内生出一种爱，一种对军旗不顾一切的挚爱。这面旗帜就在他旁边，是美与不可战胜的化身，是一位光彩照人的女神，俯身向他摆出迫切的姿态。”(克莱恩 154)该书强调个人主义和自我保护，这对随后的战争小说影响极大。克莱恩和马克·吐温一样，其实是“将这场战争看作一出悲剧性的滑稽戏，一种令人难受的笑话，是对前辈作家和政治家的豪言壮语的扭曲”(Full 221)。另一重要作品则是被称为“战争影响小说”(war effect novel)的《飘》(*Gone with the Wind*，1936)。作者玛格丽特·米切尔既展示了战争的残酷性又描述了废墟中的浪漫史，“进一步塑造内战和重建时期神话，而这正是美国面临国内困难考验的重要时期”(埃利奥特 619)。米切尔同样注意到青年人的参战激情，她极具反讽地写道:“整个南方都陶醉在一股热情和激动中。每个人都知道，只要打一仗就可以结束战争，而每个年轻小伙子都赶在战争结束以前去报名参军——而且在冲到弗吉尼亚给北方佬痛击一番之前，赶紧跟心爱的人结婚。”(米切尔 158)然而长期安于和平生活的民众对突如其来的战争难以接受，不明白它的意义：

> 没想到此事会发生在我们大家头上，旧有的方式遭到毁灭，还有这血腥屠杀和满腔的仇恨！……没有什么值得我们去这么做——不管是州权、黑奴，还是棉花，都不值得。没有什么值得我们去承受正在发生或可能发生在我们头上的事，因为，如果北方佬打败了我们，那未来便会可怕得令人难以置信。（米切尔 257）

《飘》的成功在很大程度上要归功于时间上的巧合，米歇尔 1926 年开始创作时正值第一次世界大战的结束和大萧条降临之间。她以这一代人的战后反叛精神将爵士乐时代的人物斯嘉丽移植到内战背景中。该书 1936 年面世时，还对大萧条心有余悸的读者从被内战毁灭的南方看到的是自己在大萧条里的遭遇而同病相怜和引起共鸣。女主人公斯嘉丽被认为是精明的女商人，她颠覆了传统价值观，对习惯了家长制的南方白人绅士构成威胁。在乡愁和浪漫史的掩饰下这一人物表现出根深蒂固的南方或者说美国的特性，是一种在内战特殊时期生成的"表面上的女性化而隐秘的男性气质"（Haskell xii）。米歇尔以斯嘉丽的苦难经历生动再现劫后的真实画面，指出在遭遇灭顶之灾的南方只有这类人物能勉强生存和渡过难关。内战对南方的毁灭不仅仅在物质上，对人们精神上的摧残更是难以言述。《等待裁决》（*Waiting for the Verdict*，1867）的作者瑞贝卡·哈丁·戴维斯（Rebecca Harding Davis）写道：

> 你最亲近的同胞和朋友在街上相遇默默无语、怒目侧视，如果你说出心里话，则极有可能被人拖进县监狱，一关就是几个月。战争话题在意见分歧的家里无人敢谈，某个早晨，孩子就失踪了。没有谁讲话，花白的头低着，幸福的目光已从老人的眼里退去，再也难以看到。所有这些悲惨景况和不安情绪中，只有焦虑的煎熬和注定的死亡。（Davis 36）

这一阶段作家们的疗伤策略是以南方文化复兴参与重建，他们尽力表现出对悠闲的种植园主生活的怀念和热衷于描写心满意足的奴隶，尝试以此作为一种平衡，给满目疮痍的南方心理上安慰。战争结束后南方文学中这类怀旧乡愁的情绪显得越来越浓烈，如豪威尔斯就在其乡土小说中着重表现“一种危机感和失落感，一种对内战前人际关系密切的乡村一去不复还的怀旧感”（埃利奥特 417）。乔尔·钱德勒·哈里斯（Joel Chandler Harris）的《雷默斯大叔：他的歌曲和语录》（*Uncle Remus*: *His Songs and His Sayings*, 1880）曾被称为年度最畅销书。这位擅长运用黑人土语和黑人民间传说讲故事的作家在作品中“在轻松的幽默和对奴隶制与种族主义严厉抨击之间维持严格的平衡”（埃利奥特 421）。对身处毁灭后的南方人而言，这不乏是一种疗伤的策略。埃伦·格拉斯哥（Ellen Glasgow, 1874 - 1945）在表现内战的优秀小说《战地》（*The Battle-Ground*, 1902）里同样强调表现“一个富于民间传说和思想素材的南方，一个独特而骄傲的南方，一个急切地希望在文学方面也同样政治和经济方面一样发扬富有活力、连绵不绝的传统的南方”（埃利奥特 423）。实际上从南北战争结束到 20 世纪初期，作家们都在尝试以描写骄傲的南方的方式表现其重建和进行疗伤。其实在他们的创作中区别是明显的，不少北方作家以此对灾难深重的南方加以安抚，而南方作家所想到的是以南方传统和思乡情结促进文化的复兴。

南北战争小说发展的第二阶段始于第二次世界大战之后，作家们更多的是揭示战争中人性的扭曲和对南方的毁灭性。在这些作品中，南北双方已是不共戴天，分裂得更为彻底。具有代表性的作品是迈克·萨拉（Michael Shaara）的《杀戮天使》（*The Killer Angels*），约翰·杰克斯（John Jakes）的南北战争三部曲：《北方与南方》（*North and South*, 1982）、《爱情与战争》（*Love and War*, 1984）和《天堂与地狱》（*Heaven and Hell*, 1987），以及霍华德·巴哈尔《黑色之花》（*The Black Flower*, 1997）等。特别引人注意的是杀入文坛的黑马查尔斯·弗雷泽（Charles Frazier），其处女作《冷山》（*Cold Mountain*, 1997）改编成电影（2003）后影响更大。弗雷泽着重揭示人们的好战本性，如书中的邦联首领李将军明确表示，他只是把战争看作澄清上帝隐晦意志的工具。李将军认为一切人类行为中战争的神圣性仅次于祷告和读《圣经》。弗雷泽总结说：“最喜欢战争的是李，如果可以自作主张，他会径直把大家统统送进地狱的大门。”（弗雷泽 8）给人强烈震撼的是该书用平缓的笔调描述战争中人们对生命的漠视：

英曼穿过房子,从后门走出去,看见有人正在用锤子宰杀一群重伤的北军士兵。伤兵们被排列整齐,头都朝着一个方向,那人轻快地沿一排头颅移动,专心致志地砸着,一锤解决一个,干净利落。他的脸上看不出愤怒,只像在完成一件工作,从一颗头移向另一颗,嘴里还低低地吹着口哨,是《科拉·艾伦》的曲子。(弗雷泽 9)

许多美国人,甚至历史学家常常将此次战争冲突称为兄弟之争,然而如此的冷酷凶残真能出自兄弟之手?弗雷泽所揭示的是当时双方之间不共戴天的仇恨和对彼此毫不留情的毁灭。书中主人公英曼目睹这类恶行时无动于衷,该情景最终成为藏于其心底的幽灵,永远无法摆脱,正如创伤理论家卡鲁斯所指出:创伤是一种对人呐喊的受伤事件,它总是以一种延迟的方式尝试告诉我们真相。(Caruth 4)在战争的改变下,英曼在与恋人重逢时双方不敢贸然相认。四年外出征战后他回到家园时已成为陌生人,一名故乡土地上的梦游者。《冷山》还突出了作家的生态主义意识,强调美丽而寂静风景也难以抚平士兵内心的创伤。英曼试图以广袤森林里的漫游忘却正在进行的战争,渴望真正享受大自然给予的自由和远离人间的厮杀。他即使在非常危险的时刻也不愿杀死跟踪而来的黑熊,甚至梦见自己由士兵变身为黑熊,最后被猎人射杀并经历被剥皮的痛苦。最后当英曼快要达到目的时灾难突如其来,他在爱人的怀里濒临死亡,只见成群的乌鸦在头顶盘旋飞舞。由于回家漫漫长路的磨难,英曼在遭遇枪击前实际上也残留人的躯壳,灵魂早已离他而去,即使身处大自然美丽的风景之中也无法治愈心理上的创伤,最后的死亡降临反而使他真正摆脱人间的烦恼和免除给家人的耻辱。

第三阶段是指进入新世纪后更多南北战争题材小说面世,着重以重建历史的手法更加深入地探索南北分裂而走向战争的根源。布鲁克斯(Geraldine Brooks, 1955—)基于路易莎·奥尔科特(Louisa May Alcott)的名著《小妇人》(*Little Women*, 1869)创作的《马奇》(*March*, 2005)荣获普利策小说奖,该书更多关注战争对人性的扭曲。布鲁克斯指出,内战的根源是因为在美国的一块土地上,“人们亵渎神灵,产生腐败,有罪恶之根,行动的时刻到了”(布鲁克斯 200 - 01)。该书着重揭示奴隶主优雅面具后的虚伪,如其中的代表人物克莱蒙特先生坚信:“唯一让奴隶们保持诚实的方法就是不能信任他们!”(布鲁克斯 30)此人残忍地将女黑奴卖到外地，只留下与之生育的小女孩自己享用(乱伦)，他可以十分凶残地折磨自己的孩子，另一方面又想表现出父亲般的慈爱。他认为自己远比黑人高贵优越，认为“从道德上来说，他们只是孩子，我们要引导他们，保护他们，直到这个民族成熟起来”(布鲁克斯 31)。这类种植园主将南方当作白人扮演严父的地方，认为最终能将黑人“从黑暗中拯救，进入阳光中”(布鲁克斯 31)。他们强调奴隶制有利于白人从繁重的体力劳动解放出来，使其有时间和精力考虑更高级的事情和享受更自由的生活。书中主人公马奇其实并不了解这场战争的意义，对自己的参战冲动和随后的经历极为不满，然而已获得解放、思想境界更高的黑奴格蕾丝认为马奇的本职工作应该是写出布道文让邻居们准备好，“有朝一日接受一个黑人白人平起平坐的世界”(布鲁克斯 297)。从战场回家后马奇发现自己像冒名顶替者，原先被激情和冲动拉入战争的自我早已消失，战争在他看来已没有意义。从人物刻画和内心描写上看，布鲁克斯所流露出的正是他在处理内战主题时的矛盾心情。

同年出版的另一重要作品是多克特罗的史诗般巨作《大进军》(*The March*, 2005)，该书获 2005 年全国图书评论奖。多克特罗描绘了上百人参战时的众生相和纵横千里的战争场景，旨在重建内战历史。他尤其以白奴的遭遇告诫人们，如果南方占了上风，仅仅是白皮肤将不能保证一个自由人的身份，“任何人都可能受制于契约，被戴上脚镣手铐在拍卖场上被卖掉”(多克特罗 159)。他指出最危险的是人们头脑里根深蒂固的奴隶制思想，在这些代表贵族精神的种植园主眼里，北方军队不过是充斥着盗贼的乌合之众和打着解放黑奴旗号前来掠夺种植园财产的乱军。《大进军》详尽描述了战争的恐怖：

> 人们尖叫着，发出哼哼声，子弹砰砰地打得原木和石头横飞。他能感受到众多喷火的武器发出的热浪。战争改变了天气，染白了白昼——一股刺鼻的烟雾从他面前飘过，好像死者的灵魂在匆匆飞向天国。……一行行的人正在他下面交手肉搏，相互把对方摔倒在地上，挥舞着军刀、刺刀，在头上抡动着步枪，绝望拼杀使他们从身心深处发出协力合一的声音，就像教堂风琴发出的和声。(多克特罗 250 - 01)

这些作品特别强调战争的毁灭性。多克特罗讲述了谢尔曼将军统领下的联邦军队进入亚特兰大后的纵火和掠夺使无数人卷入浩劫，其命运被彻底改变。多克特罗关注下层士兵和普通人的生存状态，在描述被战争洪流裹挟其中的这些人物时表现出极强的同情心，并对将军们的武断和残忍加以谴责。在谢尔曼等人看来，下层士兵不过是一组组数字，只是有助于自己达到军事目的的工具。谢尔曼直言道："作为将军，我认为一个士兵的死亡，首先和最重要的，就是数字上的不利，是债务栏里的一条记录。这是我对它的全部描述。"（多克特罗 75）他们并不关心下级的毁灭，只在意战事的进展和预想的战果。为迅速获得胜利，谢尔曼将军不惜放纵手下屠城。与之形成鲜明对比，多克特罗在书中塑造了与白人同样睿智的黑人形象。老年的黑奴能从自己的经历理解上帝的旨意，像圣人先知一样告诫同胞："如果你指望那位将军保护你，那么你依然没有自由。自由应该充满你的心，并且鼓舞你的精神。但愿你不要指望白人给你食物、房屋和拯救。要指望你自己，上帝会给你一切，上帝会把那条路展示给我们。我们在这块荒野中已经远远超过四十年。现在它就是上帝给我们的向往之乡，它将果实累累、无比丰饶，使它属于你们自己吧。"（多克特罗 221）

内战中最为惨烈的战事发生在富兰克林小镇，罗伯特·希克斯的《南方的寡妇》（*The Widow of the South*，2005）入微描述了这一悲剧。仅仅在 1864 年 11 月 30 日的 5 个小时里就有 9 200 人在此倒毙或身受重伤，其伤亡程度超过第二次世界大战中的 D-Day 的 19 个小时鏖战，甚至是珍珠港事件的两倍多。[②] 希克斯写道："上帝也许会纳闷，他的造物为什么会有这样的奇特行为，这一切之所以会发生在富兰克林，只是因为它不幸坐落在亚特兰大与纳什维尔之间，但这就是战争。"（希克斯 354）造成如此严重的伤害也是由于当时的战争形式所致：

> 我们在来复枪的射程之内，但是他们并没有开枪，而是要等我们靠近些再说，就在这时，北佬发出群射，子弹像闪电般朝我们呼啸而来，队伍中在我前面的人一下子就倒下了，他们就像刈倒的草那样整整齐齐地一排排躺着。……一秒钟内，他们都死了，一百个人，甚至还不止。（希克斯 62）

这场战争带给南方的灾难令人难以理解。在此人们常见的情景是高大的雪松和木兰林包围的房子。战争爆发后他们以为“再也看不见这么漂亮的东西了,还有白木板教堂”,这让最离经叛道、不信上帝的人也默默发誓,要用出色的工作换取生存(希克斯 14)。突如其来的打击令人猝不及防,搅乱宁静的生活,人们身不由己地卷入这场劫难。书中女主人公认为,“那天战争找到了她身上,来得那么突然,具有一种非现实世界的执着,而不是她自以为所理解的万能上帝的所作所为”(希克斯 8)。面对满目疮痍的南方,希克斯有恰当的比喻:“它如同一棵被雷电击中而伤口可以自我愈合的栎树:从外表看它还是一棵树,还能生长,抽枝,结果实,但中心已是空荡荡……早已不是原先那棵树了。”(希克斯 348)希克斯的细腻描写反映的正是创伤复现(acting out),却实难达到创伤治愈(working through)的效果,仅仅无奈地表明:南方已被战争彻底改变,创伤和磨难则需要漫长的岁月抚平和愈合。

三

南北战争小说创作也反映出一些作家思想上的局限性。最为明显的是,这次战争的起因之一是奴隶制,但在许多作品里棘手的黑人问题却被忽略,他们对战争获胜的贡献也很少提及。战后人们才真正意识到妥善安置多达四百万刚获解放的黑人的难度,南北双方在处理前奴隶的问题上分歧极大、对抗与日俱增。曾经的黑奴获得解放后未能像其他人一样享受胜利果实:分得土地,成为仍需遭受种植园主剥削的佃农。他们实际深陷的困境是:因无法获得财产而沦为经济上的新奴隶。在美国要获得独立人格必须拥有财产的所有权,这些被解放的自由民意识到自己追求幸福的权利与拥有财产的期待密不可分。黑奴获得解放的标志就是自身从财产变为财产拥有者。战后自由黑人的社会地位问题促使其他少数裔移民反思自己的身份,黑人的解放促进了民族融合和多元化,特别是他们与其他有色人种之间的联合强有力地抵御了白人种族主义的势力。然而这方面的重大意义往往被作家们忽略。

其次,一些作品中有对印第安人形象的妖魔化,甚至将其描写为南方分裂主义的帮凶。这主要是因为战时的印第安人更同情南部邦联，而北方政府在对待土著居民时常常武断行事。在内战中的1862年8月份，处于半饥饿状态的苏族印第安部落在明尼苏达州起义，美国政府迅速调集军队应对，9月份时已完全镇压下去，年底(12月26日)林肯亲自下令处以38名起义首领绞刑。内战结束和南北双方和解却意味着印第安人的灭顶之灾。他们虽再次起义，但命运早已注定。1865年9月份三千多名苏族、切罗基族和阿拉巴赫族的印第安联合队伍很快被击败，摆脱了内战困扰的美国军队更加残酷地对待土著人的反抗并陆续将其迁往保留地加以控制。

再次，还应注意到的是南北战争小说中女性的声音普遍被抑制，许多人物甚至没有姓名，更谈不上话语权。《马奇》这类后期作品才开始真正关注女性的生存状态和她们对内战的看法。她们认为男人们急于参战，表面上是为了理想，为了国家，但在同样身为战争受害者的女性看来：他们不过是在"为虚幻的荣耀和空洞的喝彩而冲锋陷阵，留下我们在后面收拾残局。破碎的城市，焚烧的仓库，无端受到伤害的牲畜，我们养育的孩子和同床共枕的男人们残废的躯体"(布鲁克斯 233)。

最后，特别值得警惕的是在有些作品中的不和谐声音备受质疑，如一些担心种族界限被模糊的作家甚至推出为三K党人辩护的小说。其中比较典型的是托马斯·狄克逊的《豹斑》(1902)和《三K党人》(1905)；D. W. 格里菲斯根据后一部改编的电影《一个国家的诞生》(1915)居然得到一些深受蛊惑的观众的赞扬。这一倾向也说明多年来人们对南北战争意义的理解分歧较大，所持态度截然不同，也是许多文坛巨匠不愿涉足该主题的原因。他们中有的认为，"这既不是作为冒险的战争，也不是为了严肃事业的战争，这是最纯粹的战争，一种无心的巨大怒火与任何事业、理想或道德原则毫无关系"(多克特罗 251)。南北战争小说还反映出美国作家在处理国内战争与国外战争的主题时的双重标准，在前者更多强调兄弟情义、爱国主义和美国国民性；而在后者却表现出冷漠性和美国例外的倾向，附和新帝国主义思想和带有力图将全球化变为美国化的共谋。正是因为这些思想的局限性，他们的作品弥合分歧和治愈创伤的功用也大大降低和遭遇质疑。

南北战争在美国历史上具有特殊意义，当年在萨姆特堡打响的第一枪标志着向现代美国的转折。作家谢尔比·福特(Shelby Foote)便将此次战争看作美国历史的分水岭：他认为战前联合起来的各州是“复数”的合众国，在战后才真正成为“单一”国家；当年若是南方邦联获胜的话，美国就成为过去式了。(Farmer 1)这场战争是为了国家的统一，为了消灭奴隶制和为了人性价值本身。人们并未预料到为坚守崇高理想不得不付出如此惨痛的代价，最后导致前所未有的死亡与苦难。南北战争是“对人生最根本责任的检验”(Full 9)。尽管有众多作品面世，但与两次世界大战和越南战争相比，南北战争仍是一场研究不深，尚未写透的战争。地域界限产生的差异和种族矛盾的冲突交织在一起，虽然历经一个多世纪隔阂依然存在，这从当前美国政府准备大规模修建美墨边境隔离墙也足以看出其国内移民问题的严峻和种族矛盾的复杂性。南北战争的创伤难以完全弥合，疗伤之路依然漫长。

注释[Notes]

① 内战爆发的标志是1861年4月12日南部军队进攻南卡罗来纳州的萨姆特堡。

② 指盟军在法国北部的开始进攻日(1944年6月6日)。

引用文献【Works Cited】

Brooks, Geraldine. *March*. Trans. Zhang Jianping. Beijing: People's Literature Publishing House, 2007.

[杰拉尔丁·布鲁克斯:《马奇》，张建平译，北京：人民文学出版社，2007年。]

Canada, Mark. "Rebecca Harding Davis's Human Stories of the Civil War." *Southern Cultures* (Fall 2013): 57-120.

Caruth, Cathy. *Unclaimed Experience: Trauma, Narrative, and History*. Baltimore and London: Johns Hopkins UP, 1996.

Crane, Stephen. *The Red Badge of Courage*. Trans. Huang Jianren. Guilin: Lijiang Publisher, 1996.

[斯蒂芬·克莱恩:《浪漫勋章》，黄建人译，桂林：漓江出版社，1996年。]

Davis, Rebecca Harding. *Bits of Gossip*. Boston: Houghton & Mifflin, 1904.

Doctorow, E. L. *The March*. Trans. Zou Hailun. Beijing: People's Literature

Publishing House, 2007.

[E・L・多克特罗:《大进军》,邹海仑译,北京:人民文学出版社,2007 年。]

Editorial Board of *Encyclopedia Americana* in Foreign Language Press/Guangfu Book Company. *Encyclopedia Americana* (Vol.6). Beijing: Foreign Language Press, 1994.

[外文出版社/光复书局《大美百科全书》编委会:《大美百科全书》(第六卷),北京:外文出版社,1994 年。]

Elliot, Emory. *The Columbia Literary History of the United States*. Trans. Zhu Tongbo, et al. Chengdu: Sichuan Lexicographical Press, 1994.

[艾默里・埃利奥特主编:《哥伦比亚美国文学史》,朱通伯等译,成都:四川辞书出版社,1994 年。]

Nabers, Deak. *Victory of Law: The Fourteenth Amendment, the Civil War, and American Literature*, 1852 - 1867. Baltimore: Johns Hopkins UP, 2006.

Farmer, Alan. *The American Civil War: Causes, Course and Consequences* 1803 - 77. Fourth Edition, London: Hodder Education, 2008.

Ford, Lacy K. ed. *A Companion to The Civil War and Reconstruction*. Malden, MA: Blackwell, 2005.

Frazier, Charles. *Cold Mountain*. Trans. Zhou Yujun and Pan Yuan. Nanjing: Jieli Publishing House, 2004.

[查尔斯・弗雷泽:《冷山》,周玉军、潘源译,南宁:接力出版社,2004 年。]

Full, Randall. *From Battlefields Rising: How The Civil War Transformed American Literature*. Oxford UP, 2011.

Gossett, Thomas F. *Uncle Tom's Cabin and American Culture*. Dallas: Southern Methodist UP, 1985.

Haskell, Molly. *Frankly, My Dear: Gone with the Wind Revisited*. New Haven & London: Yale UP, 2009.

Hicks, Robert. *The Widow of the South*. Trans. Zhang Jianping. Beijing: People's Literature Publishing House, 2007.

[罗伯特・希克斯:《南方的寡妇》,张建平译,北京:人民文学出版社,2007 年。]

Lamb, Robert Paul and G. R. Thompson eds. *A Companion to American Fiction* 1865 - 1914. Malden, MA: Wiley-Blackwell, 2009.

Lincoln, Abraham. *Speeches and Writings, 1832 -1865*. vol. 2, 1:32 - 33. New York: Library of America, 2012.

Linton, Calvin D., ed. *Bicentennial Almanac: 200 Years of America 1776 – 1976*. Trans. Xie Yanguang, et al. Shanghai: Shanghai Translation Publishing House, 1984.

[加尔文·D·林顿编:《美国两百年大事记》,谢延光等译,上海:上海译文出版社,1984年。]

Mitchell, Margaret. *Gone with the Wind*. Trans. Li Meihua. Nanjing: Yilin Press, 2001.

[马格丽特·米切尔:《飘》,李美华译,南京:译林出版社,2001年。]

论《暮光之城》粉丝小说女主人公的情动流变和身体重塑

舒笑梅

内容提要：身为“文本盗猎者”，女性粉丝们既热爱商业言情小说，又对特定文本持排斥态度，创作的粉丝小说由此“产生了自己的意义”。本文结合斯宾诺莎、德勒兹、马苏米、塞奇维克等人的“情动”观点，将情感形式与身体的感触经验相联系，从叙述视角、皮肤感触和主体意识三个维度，对比获得商业成功的言情小说《暮光之城》及在粉丝网站上发布的最受欢迎粉丝小说《祝福与诅咒》，分析两部小说中的同名女主人公贝拉，发现二者在情动流变方向、情动阈限强度和存在之力质变三个方面存在的差异，以阐明情动对年轻女性的主体意识建构产生的影响，为更好理解互联网语境下草根粉丝的日常生活图景和价值取向提供新的思路。

关键词：《暮光之城》；粉丝小说；身体；情动；女性主体意识建构

作者简介：舒笑梅，文学博士，中国传媒大学教授，主要从事英美文学、传媒艺术研究。

在专著《文本盗猎者》中，研究粉丝圈和参与式文化的媒体理论家亨利·詹金斯(Henry Jenkins)把粉丝，尤其是以女性群体为主的粉丝，称为“文本盗猎者”(textual poachers)：她们“爱好流行小说(尤其是科幻、奇幻和推理小说)，同时又对特定文本持排斥态度，尤其是肥皂剧和大多数商业言情小说(commercial romance)”，于是通过“掠夺”“游猎”(1)方法，盗用并改写原作，传递出与原作不同的思想样式和价值观念，产生了“自己的意义”(33)。当小说的阅读和消费偏离传统出版发行渠道而在赛博空间占有一席之地，当狂热爱好脱离个体情感成为粉丝群体行为的主要推动力时,我们需要思考:其一,粉丝们在哪些方面更新了叙事,重塑了文本?其二,由此创作的粉丝小说传递了哪些与原著不同的价值观念?其三,此类观念折射了互联网语境中普通草根民众的何种生存体验和价值取向?

本文将以言情小说的情感特征为切入点,结合美国作家斯蒂芬妮·梅尔(Stephenie Meyer, 1973—)出版的小说"暮光之城"四部曲(*The Twilight Saga*,2005—2008)(以下简称《暮光之城》)及在世界最大粉丝小说网站FanFiction.Net上发表的最受欢迎的"暮光之城"粉丝小说《祝福与诅咒》(*The Blessing and the Curse*)(以下简称《祝福》),在"情动"(affect)理论的启发和引导下,将多样的情感形式与身体的感触经验相联系,对比分析这两部小说的同名女主人公贝拉在叙述视角、皮肤感触和主体意识三个维度存在的情动流变方向、情动阈限强度和存在之力质变存在的差异,以阐明情动对年轻女性产生的影响,为更好理解互联网语境下草根粉丝的日常生活图景和价值判断提供新的思路。

一、情动流变:身体感触·存在之力

詹金斯认为女性读者"更注重故事中人物关系的情感联系的细节"(104)。而"多样的情感形式诞生于身体的经验"(汪民安 113)。问题是,七情六欲如何与身体经验相联,又是通过何种方式获得文学表象的?也许,简要梳理"情动"理论的主要观点有助于澄清此惑。

"情动"一词始于17世纪荷兰哲学家巴鲁赫·斯宾诺莎(Baruch de Spinoza)。在《伦理学》中他提出的一个"公设"是"人体自身,在许多情形下是为外界物体所激动"(61)。由此,斯宾诺莎论证说人的身体总是在与外界或另一个身体互动的过程中产生情感,并把情动定义为:"我将情感[①]理解为身体的感触,这些感触使身体活动的力量增进或减退,顺畅或阻碍,而这些情感或感触的观念同时亦随之增进或减退,顺畅或阻碍"(98)。显然在他看来,身体和情动是一对互动流转、相互支撑的存在。自20世纪90年代以来,随着西方学界"情感转向"的范式变化,情动理论广受关注,关键概念"情动"更是涉及哲学、社会学、心理学、女性主义、性别研究等多个领域。不过，由于学者们的立场各不相同，研究路径迥异，他们对这一概念的理解也是“枝蔓丛生，方向多元，观点盘根交错”（徐蕾16），形成“情动”意义的放射性、多面性。

概括而言，以德勒兹（Gilles Deleuze）/伽塔里（Félix Guattari）和马苏米（Brian Masumi）为代表的学者从哲学研究的角度继承并深化了斯宾诺莎的情动理论。在《德勒兹在万塞讷的斯宾诺莎课程（1978 年- 1981 年）记录——1978 年 1 月 24 日情动与观念》（以下简称《万塞讷》）中，作者肯定了斯宾诺莎首倡的情动生成路径，强调身体感触产生的不同情绪及由此带来的行动能力强弱变化的互动关系。和斯宾诺莎一样，德勒兹也认为悲苦/愉悦这两种对立情绪组成了行动能力或涨或落的两个极限：“悲苦，就是所有那些包含着我的行动能力之减弱的情绪；而愉悦，就是所有那些包含着我的行动能力之增强的情绪。”（8）他又借用斯宾诺莎创设的一组拉丁语同义词——存在之力（vis existendi）和行动之力（petentia agendi），从流变机制（régime）角度，提出“情动：存在之力（force）或行动之能力（puissance）的连续流变”（6）。此外，德勒兹还分析了情动阈限（seuil），认为它是“一种承受情动的力量，实际上就是一种强度或一种强度的阈限”（15）。当然情动阈限并非无限。对德勒兹而言，诞生和死亡就是介于情动两极的最大阈限，“超越了强度阈限的情动承受能力，便会陷入灭顶之灾”（15）。马苏米在《情动的自治》（“Autonomy of Affect”）一文中采用了与阈限类似的概念：“强度”（intensity），不过对他而言，“在目前阶段，强度将等同于情动”（88），既有承受也有施与。他还认为，“强度体现在纯粹的自主反应中，最直接地在皮肤上表现出来——在身体的表面，在它和物体的接口处”（85）。

以塞奇维克（Eve Kosofsky Sedgwick）、艾哈迈德（Sara Ahmed）和贝兰特（Lauren Berlant）为代表的学者则结合心理学、社会学等跨学科研究成果，视身体为体验主体，开启了女性主义“情动”理论研究新的分支。例如塞奇维克在演讲《情感与酷儿操演》（“Affect and Queer Performativity”）中，聚焦羞辱，分析这一特殊情感如何“作为情动能量的重要转换来源”（101），建构并影响了主体的身份认同。以下笔者拟从叙述视角、皮肤感触和主体意识三个维度，分析《暮光之城》及《祝福》中的同名女主人公在与他人身体遭遇、相互抵牾、不断协调的过程中形成的不同情动流变方向、情动阈限和强度，发现两位贝拉的情动变化对其存在之力和主体意识建构产生的影响。

二、原型贝拉：衰减的存在之力·致命的情动阈限

《暮光之城》以高中生贝拉和吸血鬼同学爱德华的情感纠葛为主线，"纯美之爱"吸引了无数青少年读者的狂热喜爱，全球销量过亿册，版权转授50多个国家，曾获美国图书馆协会"十大青年优良读物"等多种荣誉(孙海悦)，改编的系列电影更是吸睛无数。相较于热忱的大众，学界对于这部流行言情小说的反应略显矜持，为数不多的研究主要围绕小说的出版盛况、青春阅读、吸血鬼文化及同名电影的"垂直互文"(vertical intertextuality)效果展开。贝拉转变为吸血鬼的曲折经历虽也受关注，但研究更多聚焦哥特元素，而忽略了对女主人公身体的本体研究。

身体是小说人物存在的重要媒介和小说呈现的主要方式。仅就小说人物的观察视角而言，与全知全能的第三人称叙述视角相比，"以第一人称展开叙事，有利于个人情感的宣泄"(杨金才 9)。"他/她对事物的特定看法、立场观点或感情态度"(泰勒 74)反映其对世界的理解和对社会身份的假设。《暮光之城》前三部均采用第一人称叙事模式，通过女主人公贝拉的观察视角，呈现她和周围人尤其是男主人公相遇时的情动流变向度与情动强度增减等情状(affection)。尽管在其他人眼中，贝拉"殊姿异态不可状，忽忽转动如有光"，但是与青春期的大部分少女一样，贝拉也总是对自己的身体吹毛求疵：雪白的皮肤像白化病人(albino)，身材"老是松松垮垮"(but soft somewhat)(15)……。很大程度上，贝拉表现出的对自己身体的苛责成为她烦恼愁苦的"罪魁祸首"。而"悲苦，就是包含着行动能力之减弱的情动"(汪民安 郭晓彦 8)，难怪，因行动能力减弱，她经常动作不协调，摔跤、受伤成为常事。与身为吸血鬼的爱德华相恋更是让贝拉时常感受生命之虞：指尖划破流出的一滴鲜血会招致爱德华嗜血同伴的致命攻击；怀孕后异种基因胚胎的发育则几乎让她命丧黄泉。德勒兹认为正常的情动应该是减弱-增强的连续流变，但贝拉的情动方向则几乎

总是趋向减弱，显然这样的情动流变不利于贝拉的身体成长。

爱德华不知不觉间投射在贝拉身上的羞辱则更对这个未成年人的精神发育造成困扰，尤其干扰了她正在逐步形成和建构的主体意识。贝拉因母亲再婚，离开阳光灿烂的凤凰城，到终年潮湿多雨的福克斯城(Forks)，与父亲同住，不仅要适应新环境，还要结交新的社交人群。转学第一天，贝拉在学校食堂初遇爱德华，后者只是漫不经心地瞥了(flick)她一眼，就迅速转开了视线，贝拉只得在一阵尴尬中垂下自己的视线(19-20)。塞奇维克认为“垮下来的脸、目光低垂、转头他望、有时也包括脸红”，这些都是“羞辱的纹章”(“Affect and Queer Performativity” 102)。显然，爱德华的眼神让首处陌生环境的贝拉感受到极大的羞辱。当然，“羞辱的纹章是烦恼的信号，同时也是想要重建人际联系的欲望的信号”(“Affect and Queer Performativity” 102-103)。爱德华的淡漠、超越常人的美貌和惊人力量都激发了贝拉结识和了解他的欲望，几经周折，终于如愿成为爱德华的女友。可是，每当贝拉面对像天神一样“闪闪发光”的爱德华时，总会陷入容貌焦虑，产生自愧不如的羞耻感。塞奇维克认为“羞辱涌入主体，像是一个在建构身份认同的认同沟通循环中出现的混乱时刻。的确，就和污名一样，羞辱本身是一种沟通的形式”(102)。不过，这样的沟通形式显然对贝拉不利，因为羞辱情绪的一再出现，构成剪不断、理还乱的混乱情绪，模糊了贝拉对自我的清醒认知，自然也无法形成自己的独立思想，只能逐渐唯爱德华是从。总之，羞辱情感困扰了她，对美貌身体“装饰性外观”(Bartky 295)的孜孜以求内化了她，使她成为福柯所说的权力关系场域中被控制的一方，在最细微、最精致的层面自觉接受以爱德华为代表的男权对她情绪的操控和身体的规训，“把自己表现得像是其他主体所意欲、操纵的潜在客体，而不是活生生地呈现出自己的行动与意向”(Young 71)。如是，贝拉作为情动一维的参与者，能够施与他人的影响越来越少，却越来越不堪承受爱德华强势施与的情动力量，变得越来越被动，最终突破了情动的最大阈限，以人类身体的消亡寓示着她作为独立女性的存在之力和主体意识的消殒殆尽。

三、粉丝重塑：均衡的情动力度·差别化的性别平等

《暮光之城》虽赢得“各年龄段女性的青睐和狂热追捧”（Groover 80），但动人爱情故事背后女主人公情动能力的失衡使“暮光粉”难以与梅尔笔下的女主人公贝拉完全认同。为此，她们宣称要重塑一个“更强、更有骨气的狠角色贝拉”（a badass Bella who makes a stand）。《祝福》便是粉丝们的代表成果。该小说由笔名黑箭（The Black Arrow）、真名萨莉·索恩（Sally Thorne）的《暮光之城》女粉丝于 2009 年在 Fanfiction. Net 上连载的粉丝小说，曾被 17 126 名注册用户添加到最爱书单中，并收获 14 551 条积极的评论和反馈，成为《暮光之城》在该网站最受欢迎的粉丝小说。

与原小说相比，《祝福》从叙述视角、人物的生活场景和他们的皮肤触感三个方面对《暮光之城》作了改写。黑箭在第一章与读者的互动帖文中写道：“本小说将以第三人称而不是常见的第一人称来叙述故事。我有些厌倦总是阅读第一人称叙事作品了。我认为能同时包含贝拉和爱德华还不知道的见解会有趣得多。”的确，全知全能的第三人称叙事视角辅以贝拉的自由间接引语，可以多角度、全方位地呈现人物身体遭遇时激发传染出的情感变化。就人物的生活场景而言，《祝福》把故事挪移到真实的社会环境中，摒除了《暮光之城》的吸血鬼哥特元素和狼人传说等魔幻色彩，男女主人公均是已踏入职场的成年人，突出了日常生活图景。小说共 22 章，表现和爱德华同年同月同日在同一家产房出生的贝拉为满足养母艾思梅的临终愿望，“假装爱上性感十足、占有欲强的爱德华”，最终弄假成真的故事。爱德华虽为凡人，但只要与贝拉肌肤接触便能读懂她的心思，为此他总是握着贝拉的手腕。“待到他们 16 岁那年，爱德华不再总是牵着贝拉的手，而是时刻环着她的腰，紧紧缚住她的身体。”两人携手成长的过程中既形成了青梅竹马、耳鬓厮磨的私密空间，也冲突频起，成为精神和情感不断角力、修正和调节的情动竞技场。

与原小说的女主人公一样，《祝福》中的贝拉一开始也处于悲苦的情动一极。由于她一直处于爱德华密不透风的束缚下，贝拉所能承受的情

动阈限几乎达到崩溃的极限。与她受阻的皮肤体验一样，贝拉的思想发展也受到钳制，因总是担心“如果爱德华发现，她一定会被无情地嘲笑”，久而久之，“无法将自己纷乱的思绪串联成句”。爱德华在临近高中毕业的新年晚会上勾引自己最要好的女友，这更让贝拉感到强烈的羞辱，趋向悲苦一极的情动阈限几乎“爆表”，此后六年未与爱德华联系，也从不回应他的呼求。正像塞奇维克所说，“当羞辱-屈辱的反应出现时，它代表象征与人接触的微笑已经失败或是缺席，它代表着对他者之没有回馈所做出的一种反应，显示社交上的孤立，也显示需要从那种情境中得到纾解”(102)。

为纾解自己，贝拉从塞奇维克所称的“同性社会性欲望(homosocial desire)”(*Between Men* 1)的情感光谱中汲取力量，在自己的养母兼精神向导艾思梅“母亲主体的引领作用”(孙岩 李寅月 28)和好友、心理咨询师安吉拉的宽慰和指导下，自我意识不断增强，逐渐翻转了她在情动流变中的被动地位。例如，两人再次相遇，爱德华还是习惯性地伸出手，“示意我将手放上去，以方便他‘偷听’我在想什么”。面对爱德华的故技重施，贝拉一边“将手塞进后裤兜里”，一边断然拒绝道“我现在习惯保留点隐私了”。这一组伸手和背手的动作是爱德华作为曾经的情动施与方向承受人贝拉发出的指令，而贝拉反抗性的身体动作和决绝的言语姿态，则是她主动把自己从被动接受的悲苦状态中解脱出来的表现。由此她获得一定程度的愉悦。就像刘芊玥所说，“一个小愉悦顿时使我们进入一个具体的观念世界，它肃清了悲苦的情动或那些处于挣扎之中的事物，而所有这些都构成了连续流变的一部分”(206)。此后贝拉的自主意识越来越强，由此形成的愉悦感则更增强了她的行动能力和存在之力，面对爱德华时越来越能够勇敢地表达自我。可以说，主动把握情动流变方向是《祝福》作为粉丝小说重塑贝拉形象、使其保有女性应有的主体尊严的认知起点。

如实呈现贝拉的身体快感则是该小说均衡男女主人公的情动强度、完善女性主体意识的重要节点。在《祝福》第三章中，贝拉因爱德华突如其来的亲吻而产生强烈的身体反应：“对快感的期待在她的血管中嗡嗡作响，突然间她对他如饥似渴，她想品尝他，想吞噬他。”埃莱娜·西苏(Hélène Cixous)在《美杜莎的笑声》中宣告说：“写你自己，必须让别人听见你的身体！”(64)与原著中贝拉不得不压抑自己的身体欲望不同，粉丝小说中的贝拉坦然面对自然流露的激动情绪，并以此为驱力(drive)，通过浓郁弥漫情欲的在场叙事，形成她和爱德华之间的平行身体感触，“这是一种内在性的没有缝隙的接壤，是接壤的刺激和招惹，是关联性的一波一波的煽动，是碰触之后的回音和共鸣”(汪民安 118)。在你来我往的情动流变中，原著中男女主人公征服与被征服的情感欲望消失了，规训和被规训的上下级权力关系泯灭了，主动和被动的对立情动维度消解了。一个独立的贝拉出现了。故事结尾，黑箭用充满隐喻色彩的自由间接引语描写了贝拉与爱德华肌肤相亲时的情动感受：“就像是无意中踏入了一个奇怪的、另类的宇宙，她悬浮在白色光亮中外围却被黑色紧紧包围……在这里没有对错之分。”马苏米认为情动强度是一种“悬而未决的状态(a state of suspense)”(86)。贝拉身体的悬浮感恰似这种“在一般性的身体表面蔓延开来”的情动强度。黑色是爱德华的衣着常用色，白色是贝拉卧室的主色调。处于色谱两极的黑白交融寓示着男女主人公最终达成了和解，类似西苏提出的“他者双性同体”(the other bisexuality)的理想境界：“他者双性同体发生于自我与他者之间，或存在于性别差异之间的某个中间地带(in-between, entredeux)，是一种‘由一到彼’(from one to the other, de l'une a l'autre)的过渡”(45)。“没有对错之分”则宣告了贝拉身为独立主体对男女和而不同的肯定。小说结尾，贝拉也拥有了和爱德华同样的特异功能，仅凭肌肤接触就可知晓对方的所思所想。这一安排不仅暗示她和爱德华获得了同等的情动强度，说明他们享有均衡的施与和承受的情动力度，也象征着贝拉和爱德华都能保有各自独立的主体意识，达到和谐“二人行”的美好愿景。

结 语

身体，尤其是女性身体，越来越多地出现在粉丝小说的叙事中。在《祝福》里，黑箭刻画了男女主人公身体互动时的多样身体体验，描写了贝拉把与爱德华的身体互动作为认识自我、发现自我、确认自我的着力点，籍此建构独立主体意识的过程，从而颠覆了原著《暮光之城》中被动驯顺的女主人公形象。诚然，正如许多学者所指出的，赛博空间里充斥着大量取媚消费市场的低俗肉体写作，女性身体为迎合窥视欲望而被色情化、媚俗化；无节制的肉体展示消解了身体原本该有的主动情动实践和主体构建意识，甚至加剧了对女性身体的物化和客体化。但不可否认的是，作为积极主动的阅读者和产消者（prosumer），黑箭等粉丝小说作者通过想象角色在虚构文本中发生的故事而构想自己的生活（詹金斯 109），在虚拟的网络空间直率地表达真实生活中普通女性对均衡情动的向往和她们所认可的实现手段，折射了当下互联网语境中草根民众的生存体验和价值取向，使阅读、分享和研究粉丝小说具备了现实意义。

注释[Notes]

① 陆扬在《"情感转向"的理论资源》一文中解释说："情感"的拉丁文是 affectus，英语中 affect 和 emotion 两词通译。详见《上海大学学报》，2017 年第 1 期，30－38 页。

引用文献【Works Cited】

Bartky, Sandra. "Foucault: Femininity, and the Modernization of Patriarchal Power." Trans. Li Cuiping. In *Feminist Theory Reader*. Peggy Mccracken, ed. Trans, Ai Xiaoming, Ke Qianting. Guilin: Guangxi Normal UP, 2007:286－317.

[桑德拉·巴特基：《福柯、女性气质和父权现代化》，李翠平译，载佩吉·麦克拉肯编《女权主义理论读本》，艾晓明、柯倩婷译，桂林：广西师范大学出版社，2007 年，第 286－317 页。]

Cixous, Hélene. "The Laugh of Medusa." Zhang Jingyuan, ed. *Contemporary Feminist Literary Criticism*. Beijing: Peking UP, 1992. 188－211.

[埃莱娜·西苏：《美杜莎的笑声》，载张京媛主编：《当代女性主义文学批评》，北京：北京大学出版社，1992 年，第 188－211 页。]

Deleuze, Gilles, and Felix Guattari. *A Thousand Plateaus Capitalism and Schizophrenia*. Trans. Brian Massumi. Minnesota: U of Minnesota P, 2005.

Groover, Michelle. "*Twilight* and Twitter: An Ethnographic Study." *The Twilight Saga: Exploring the Global Phenomena*. New York: The Scarecrow Press, INC, 2013. 79－92.

Jenkins, Henry. *Textual Poachers: Television Fans & Participatory Culture*. Trans. Zheng Xiqing. Beijing: Peking UP, 2016.

[亨利·詹金斯:《文本盗猎者:电视粉丝与参与式文化》,郑熙青译,北京:北京大学出版社,2016 年。]

Liu, Qianyue. "The Genealogy of Affect Theory." *Theoretical Studies in Literature and Art* 6 (2018): 203 - 11.

[刘芊玥:《"情动"理论的谱系》,《文艺理论研究》2018 年第 6 期,第 203 - 11 页。]

Massumi, Brian. "The autonomy of affect." *Cultural Critique* 31 (1995): 83 - 109.

Meyer, Stephenie. *The Twilight Saga Collection*. New York: Hachette Book Group, 2005.

Sedgwick, EveKosofsky. "Affect and Queer Performativity." He Chunrui, ed. *Queer: Theory and Politics*. Trans, He Chunrui. Taoyuan: Department of Gender Studies, National Central U, 1998. 90 - 108.

---. *Between Men*. Trans, Guo Jie. Shanghai: Joint Publishing P, 2011.

[---:《男人之间》,郭劼译,上海:上海三联书店,2011 年。]

Spinoza, Benedict De. *Ethics*. Tran. He Lin. Shanghai: The Commercial P, 1997.

[斯宾诺莎:《伦理学》,贺麟译,上海:商务印书馆,1997 年。]

Sun, Haiyue. "Jieli Publishing House's *Twilight* Product Line Begins to Appear." *China Press & Publications*, March 8th , 2010.

[孙海悦:《接力社〈暮光之城〉产品线初现》,《中国新闻出版报》2010 年 3 月 8 日 007 版。]

Sun, Yan, Li Yinyue. "The Deconstruction of 'Male Subjectivity' and the Reshaping of 'Female Subjectivity': The Analysis of Main Value of Luce Irigaray's Feminist Theory." *Seeking Truth* 4 (2017):24 - 30.

[孙岩、李寅月:《"男权主体"的解构与"女性主体"的重塑——露西·伊丽佳蕾女性主义理论的主要价值》,《求是学刊》2017 年第 4 期,第 24 - 30 页。]

Taylor, Richard. *Understanding the Elements of Literature*. London: Macmillan Publishing Limited, 1981.

Thorne, Sally. *The Blessing and the Curse*. 2009. 〈https://www.fanfiction.net/s/5100876/1/The-Blessing-and-the-Curse〉

Wang, Minan, Guo Xiaoyan, eds. *Producing* 11: *Deleuze and Affect*. Nanjing: Jiangsu People's Publishing House, 2016.

[汪民安、郭晓彦主编:《生产第 11 辑:德勒兹与情动》,南京:江苏人民出版社,2016 年.]

Wang, Minan. "What is 'Affect'?" *Foreign Literature* 2 (2017):113 - 21.

[汪民安:《何谓"情动"?》,《外国文学》2017 年第 2 期,第 113 - 21 页。]

Xu, Lei. "The Dimension of Affect and Dialectics of Realism: A Review of Fredric

Jameson's *The Antinomies of Realism*." *New Perspectives on World Literature* 6 (2020): 14 - 24.

[徐蕾:《情动的维度与现实主义的辩证法:评詹姆逊的〈现实主义的二律背反〉》,《外国文学动态研究》2020 年第 6 期,第 14 - 24 页。]

Yang,Jincai. "On the Thematic Features of Twenty-First-Century American Fictions." *Journal of Shenzhen U* 2 (2014):6 - 12.

[杨金才:《论新世纪美国小说的主题特征》,《深圳大学学报》2014 年第 2 期,第 6 - 12 页。]

Young, Iris. *On Female Body Experience*: "*Throwing Like a Girl*" *and Other Essays*. Trans. He Dingzhao. Taipei: Business Weekly Publications, 2007.

[艾莉斯・杨:《像女孩那样丢球——论女性身体经验》,何定照译,台北:商周出版公司,2007 年。]

《克里米纳博士》中的名人丑闻及功过辨析

宋艳芳

内容提要：当代英国学院派作家马尔科姆·布雷德伯里的小说《克里米纳博士》(1992)以20世纪80年代末至90年代初的解构思潮与海德格尔事件和保罗·德曼丑闻为文化语境，融合真实的地点、人物、文化和历史，刻画了一位虚构的伟大思想家，进而揭露了他盛名之下的秘密、过错和背叛行为。作品以虚探实、以史明智，辨析了知识分子名誉、思想、境遇、政治观和伦理观之间错综复杂的关系，深入探讨了如何客观看待名人功过是非的问题。

关键词：马尔科姆·布雷德伯里；《克里米纳博士》；名人丑闻；历史错误

作者简介：宋艳芳，文学博士，苏州大学外国语学院教授，主要从事英美文学研究。

马尔科姆·布雷德伯里的长篇小说《克里米纳博士》(*Doctor Criminale*，1992)以文学记者弗朗西斯·杰伊的回忆为主体框架，记录了他为了一档纪实性电视节目从1990年至1991年之间追寻巴兹洛·克里米纳博士的缘由、过程和结果。小说以虚探实，反映了20世纪80年代末至90年代初欧美文艺思想界的骚动。这一时期，结构主义与后结构主义余热尚存，海德格尔事件与保罗·德曼丑闻甚嚣尘上。学者们开始以崭新的眼光看待热门的理论和著名的理论家、思想家。在这样的文化语境下，布雷德伯里灵活运用解构主义的大量术语，于戏谑的文风中糅合严肃的思考，刻画了一位"伟大的思想家"巴兹洛·克里米纳博士，将海德格尔和德曼等著名学者和知识分子的形象投射在他身上，参与了历史名人功过是非的大辩论。小说叙述者杰伊一路追寻克里米纳，窥探到后者“伟大思想家”的名声背后遮蔽的种种阴影，曝光了他曾犯下的历史错误，揭示了“克里米纳”这一名字与主题的契合之处——克里米纳（Criminale）在“伟大思想家”的盛名之下隐藏着一个历史的罪人（criminal）。用叙述者的话来说，克里米纳“头顶蓝天，脚陷泥潭”（Bradbury，*Doctor Criminale* 337）[①]。由此，小说提出并探讨了这样一个问题：我们该如何看待犯了历史错误的伟大思想家？

《克里米纳博士》出版后并未引起学界足够的重视。卡朋在与布雷德伯里的访谈中谈到了小说的人物塑造、主题和题目的含义等。这次访谈后来定名为“坏蛋理论家”，暗示了小说的主题（Karpen 3）；泰勒在“最坏的敌人”中将《克里米纳博士》置于布雷德伯里系列小说的大框架中，引用约翰·格罗斯有关自由主义的观点，论述了这些小说相似的背景，人物的自由主义或反自由主义的行为（Taylor 14－15）。唐金将《克里米纳博士》与苏格兰作家吉尔伯特·阿代尔的《作者之死》相对比，探讨了两部小说共同的话题，即伟大理论家罪恶的秘密（Tonkin 40）。国内鲜有对《克里米纳博士》的专门研究。本文作者曾撰文分析小说中的解构逻辑（宋艳芳 98－103），但未提及或探讨小说与海德格尔事件及保罗·德曼丑闻的关系。钱青在《马尔科姆·布雷德伯里》（收录于《后现代主义之后：写实与实验 1945—　》，1997）一文中较早指出，小说中的克里米纳影射了保罗·德曼事件，反映了 20 世纪 80 年代报界对该事件的关注和披露（282），展现了人的复杂性（285）。这些访谈和评论都触及小说最重要的主题：一些伟大的思想家和历史名人的背后有不为人知的秘密。只是多数点到即止，并未系统深入地分析这一主题，为本文的研究留下了余地。

一、名人探秘：解读与播撒

小说中的巴兹洛·克里米纳博士，用柯蒂斯的话来说，是“过去与现在知识分子的混合体”，身上有艾柯、德里达、阿尔都塞、布莱希特等人的影子（Curtis 23）。不仅如此，克里米纳的人物形象和人生历程也影射了海德格尔和保罗·德曼的“双面人生”。叙述者解读克里米纳的过程也是播撒历史名人信息或描绘欧美思想文化地图的过程。

《克里米纳博士》出版前的20世纪80年代末至90年代初，海德格尔事件和德曼丑闻曾在学术界掀起轩然大波，引发了当时不同领域、不同阵营著名学者的论战。1987年，智利犹太哲学家法里亚斯(Victor Farias)出版了《海德格尔与纳粹主义》；1988年，历史学家奥特(Hugo Ott)出版了《马丁·海德格尔传记新细节》。两者均披露了海德格尔在20世纪30年代加入德国国家社会主义政党，支持纳粹，且从未公开道歉的事实。尽管如洛克莫尔所说，海德格尔的哲学与政治的关系在1940年左右就曾引起过争论，但在他的追随者的维护下很快平息。《海德格尔与纳粹主义》的英文版于1989年出版时，"第一次引起了更大范围的学界读者对海德格尔事件的关注"(Rockmore 2)。

保罗·德曼在同一时间段也陷入了类似的丑闻。1988年，比利时鲁汶大学的一位研究生奥特文·德·格雷夫发现了保罗·德曼在二战期间为法文报纸《晚讯报》(*Le Soir*)所写的约180篇文章，其中至少有一篇表现出较为明确的反犹倾向。同年，在安特卫普大学召开的一次有关保罗·德曼的学术会议上，来自布鲁塞尔自由大学的历史学家让·斯丹热在会议的最后一天做了题为"保罗·德曼，一个通敌者?"的发言。随后，来自同一所大学的社会学名誉教授乔治·戈里耶利发表了一个"个人见证"。作为年轻时与德曼交往甚密的知情人，他赞颂了德曼的魅力、幽默、谦逊、文明等，然后出其不意地扔下一枚"炸弹"，声称德曼"完全地、几乎病态地不诚实"，是一个骗子，"欺骗、造假、说谎，起码是在那个时候，是他的第二天性"(Lehman 187)。这一事件在欧洲媒体上引发了轩然大波。德曼的追随者认为该事件的背后实际上掩盖了批评者对于解构主义理论的憎恨和攻击。当时同为耶鲁学派解构主义者的德里达、米勒和哈特曼亦撰文为德曼辩护。德里达的辩护迂回而晦涩，被指陷入了"解构主义者的困境"，难以让人信服。(Freundlieb 2-14)米勒在他的辩护中不仅否认德曼的反犹倾向，而且称赞他可能是在"通过模糊的修辞来颠覆纳粹"，从而被认为"侮辱了读者的智商"(Qtd. in Fruman 39)。哈特曼对德曼的辩护相对谨慎，认为在当时的历史情境下，相较于其他支持纳粹的知识分子，德曼的反犹倾向相对轻微。他从德曼事件谈到了"知识分子的背叛"问题，认为该事件可能重新唤起人们的一种恐惧感，害怕一些人以某种抽象的思想背叛国家理念。但他同时也指出该事件的反讽意义，即这种恐惧感其实与法西斯意识形态一样，表现出一种不信任——知识分子被控诉为无根的、没有固定忠诚对象的一类人。(Hartman 58)由此，哈特曼的文章触及了更深层的问题，即知识分子的责任、忠诚和背叛等问题，历史的主观性以及谁有权评判历史和人物的问题，颇为发人深省。

作为学术圈内人，布雷德伯里对这些讨论都有较多的关注，这从他的一篇书评可见一斑。1991年，戴维·莱曼出版了《时代符号：解构主义与保罗·德曼的垮台》，审视了德曼事件在美国学界引起的骚动，分析了解构主义者对德曼的辩护及其背后牵扯到的美国知识分子的现状问题。同年，布雷德伯里为该书写了一篇书评，题为"误读了历史的学者"。在这篇书评中，布雷德伯里充分展示了他对解构主义的熟悉度以及他对德曼事件(以及海德格尔事件)的深层次思考，并将这种思考融入了《克里米纳博士》的创作中。

虚构的克里米纳博士如同现实中的海德格尔、德曼一样，声名显赫，位高权重。海德格尔的名气无需赘言，德曼在20世纪80年代的影响力在学术界亦有目共睹。在《保罗·德曼的双面人生》中，巴里什就强调了德曼的名望和"非凡魅力(Charisma)"(Barish 2)。布雷德伯里在刻画克里米纳这一人物时，亦特别强调了这种"非凡魅力"：克里米纳所到之处总是众所瞩目的中心，受人仰望和膜拜。一大批真实作家、学者、思想流派的引入更使读者对他的知名度获得了一种直观感受。在杰伊口中，克里米纳是一位"伟大的国际人物""90年代的卢卡奇"(22)，受到同时代著名人物——苏珊·桑塔格、格雷厄姆·格林等——的肯定。他评论现象学，驳斥马克思的技术中心主义，质疑尼采有关现代性的看法，跟阿多诺就历史的阐释进行经典辩论，跟海德格尔针对"反讽"问题展开唇枪舌剑的争论。他善于思考，异常敏锐："实际上，他只要看见一个德国哲学家就会扑上去扼住他的喉咙；只要瞥见一个关键的现代观点就会像啃骨头一样上去啮咬。"(25)然而，杰伊在追寻克里米纳的过程中发现，随着来自各种渠道的信息不断增加，后者作为"伟大思想家"的身份陷入了重重迷雾。甚至，他的出生地、居住地、国籍、婚姻、爱情、政治观点等都没有定论，就像弗里达·范德维尔登对保罗·德曼的评价那样："穷其一生，他都很神秘"(Barish 1)。这种神秘性为杰伊提供了解读和解构的契机。

布雷德伯里刻意地将克里米纳塑造成一个身份不确定的人物，应用解构主义话语夸张地展现了"克里米纳"这一符号意指的不确定性、滑动性和无尽的延宕，为解构"伟大思想家"这一称谓、揭露其阴暗面铺平了道路，同时也沿克里米纳的动向勾勒了一幅宏大的世界名人名城图。为了探查克里米纳的真面目，杰伊开始阅读一部署名为奥托·考迪希尔[②]的、关于克里米纳的评传。按照这部评传，克里米纳1927年生于保加利亚的旧首都大特尔诺沃，在柏林、维也纳、莫斯科、哈佛大学等接受教育，后来逐步成名，曾结识萨特和西蒙·德·波伏娃，遇到过卡斯特罗，在各种领域获得过各种国际奖项，拒绝过政治职位等。然而，杰伊觉得这些信息多有漏洞和矛盾之处。由于不能求证于评传作者或克里米纳本人，他发现："我越思考巴兹洛·克里米纳的事情，他现在就变得越模糊而神秘"(34)。"不管我探究什么，不管我看哪儿，克里米纳看起来比以往任何时候都更模糊难辨、高深莫测。"(36)于是，在提交给他的雇主拉维妮娅的报告中，杰伊写道："克里米纳就像是一个后现代主义文本。他显然过着一种充满矛盾和模糊性、空白和欺骗、碎片和逃避、滑移和aporia的生活。"当拉维妮娅问aporia的意思时，杰伊回答："对读者我来说，他的在场是模糊的，他的符号是封闭的。他很难解读和阐释。……我的意思是，他是一个不完整的文本，很难解构，然而也正因为此才需要解构。"(39)

杰伊"解构"克里米纳这样一个"文本"的过程困难重重。他没能确定《克里米纳评传》的作者，却通过描述沿途不同国家和地区的历史、文化、政治、建筑等完成了信息的"播撒"。在维也纳游览赫尔登广场(Heldenplatz，亦称英雄广场)时，叙述者谈到希特勒的演讲、1889年著名的"梅耶林事件"[③]、分离派展览馆(le Secession)的建筑特色、多瑙河为何被称为蓝色多瑙河的问题等等；在去匈牙利的路上，杰伊回顾历史，谈到了柏林墙的倒塌、埃菲尔铁塔的建成、美籍华裔建筑师贝聿铭对卢浮宫的设计翻新以及后现代主义时期多元化的世界景象和思想先锋的出现等等，使小说呈现为一种历史、文化百科全书的形态。

同时，杰伊在自己的叙述中不时将克里米纳与拉康、福柯、德勒兹、鲍德里亚、德里达、利奥塔等著名思想家、理论家相提并论，突出了他的“伟大”。然而，在杰伊坚持不懈的追寻和探查之下，克里米纳的高大形象逐渐蒙上了一层阴影。杰伊通过克里米纳的前编辑伊尔迪科·海兹[④]的帮助，在米兰见到了克里米纳本人。他一开始把克里米纳看作一个超越缺点、富有美德、值得敬慕的人，后来却发现他滥情、狡猾，甚至可能卷入了欧洲的经济诈骗案。渐渐地，他所获得的有关克里米纳的信息爆炸式增长，让他难以处理：“实际上，对我来说，克里米纳现在看起来就像是一锅粥，盛满让人困惑的故事，过多的经济、政治、历史和性的符号，一个充满模糊性和秘密的鼓囊囊的包裹。”(218)杰伊承认，

> 克里米纳曾经是一片空白，现在却是一堆过剩的符号——关于他的思想和性、政治和金钱、名誉和羞耻。以前我所获得的信息太少；现在我觉得获得的信息几乎太多了。现在我需要找出克里米纳的核心，如果他有一个核心的话。……我试图将事实与事实、名字与日期对应起来。我想要弄明白这些符号，但不知为何我无法让这些符号表达出我想要的意义。(245)

这种信息的爆炸式增长形象地再现了德曼丑闻爆发后的状况：人们各执一词，诋毁与辩护共存，使得当事人的身份越来越模糊。杰伊在他的追寻中也发现，克里米纳比他想象的更加复杂、晦涩、富有欺骗性，不禁感慨：“我问了错误的问题[⑤]。我得到了一种模糊的解决方式，它实际上根本就不是一种解决办法。生活、爱、朋友、敌人、阴谋、设计——它们都没有形状或意义。我被困住了，作废了、被割裂了，走投无路了，不知道下一步该做什么。”(255)

杰伊对克里米纳的追寻看似走进了死胡同，然而，这种追寻和探秘实际上反映了这部小说的一个重要主题：伟大的思想家的身份并不单纯和固定，而是充满了复杂性和多变性。这为后文打破偶像崇拜之举埋下了伏笔。

二、偶像破碎:曝光与辩护

布雷德伯里通过克里米纳偶像形象破碎的过程再现了海德格尔和德曼的垮台:他们都从德高望重的伟大思想家沦为支持纳粹的历史罪人或同谋者。在真实的事件中,当事人海德格尔保持沉默,德曼已逝,均未能澄清事实或说明原委,他们的同道中人或追随者的辩护也牵强模糊。在《克里米纳博士》中,布雷德伯里特意赋予了主人公本人以辩护的声音,以虚构的话语探讨事件或丑闻背后的复杂原因,呼吁读者尽可能客观地看待名人的功过是非问题。

如同海德格尔和德曼一样,小说中的克里米纳在一个偶然的场合被拉下神坛。1991 年 4 月,杰伊偶遇葛特拉。根据葛特拉的叙述,在 1956 年 10 月匈牙利事件中,克里米纳扮演的是一个极其不光彩的角色:当他的妻子皮娅极力反对纳粹时,当他的爱人伊里尼被关进集中营时,他都袖手旁观。在葛特拉口中,克里米纳不再是一个反对政府统治的、持不同政见的英雄,反而成了一个与当时政府狼狈为奸的同谋者,一个叛徒。她还表示,那部《克里米纳评传》实际上是她写的,目的只不过是洗白克里米纳和她自己。杰伊为此重读了这部评传,注意到书中有一部分讲到了“克里米纳的缄默”,涉及克里米纳对海德格尔事件的评价。综合这部评传和克里米纳的相关文章,杰伊梳理了书中这部分内容所涉及的核心问题:“问题是,是否有可能将思想提升至境遇之上”(288)。如此,小说将虚构的克里米纳事件与真实的海德格尔事件缠绕在了一起。克里米纳对于自己在 1956 年匈牙利事件中的政府同谋者身份一直保持沉默;海德格尔在 1945 年后对于他曾默认,甚至支持纳粹统治的行为也讳莫如深。“尽管有一段时间被禁止教学,海德格尔也只是坚持说,他的思想居于无法测量的高远之处,远远高于希特勒主义和大屠杀等历史事件,因此不需要解释、忏悔、道歉。”(288)在《海德格尔与纳粹主义》中,法里亚斯也提到,当神学家鲁道夫·布特曼在战后建议海德格尔撤回之前的反犹言论时,后者“面无表情,一言不发地离开了”(Farias 282)。小说中杰伊认为,海德格尔的缄默大概是由于他很难承认,“一种深思熟虑的思想是错的,或来自我们这个历史时代的一切都是错的”(290)。对于克里米纳来说,亦是如此。这种“缄默”,同瓦尔德海姆[6]的健忘一样,成为反复重演的历史。

不过,与海德格尔不同,小说中克里米纳的缄默最终被打破。1991年仲夏,在德国南部举办的一次题为“后现代主义之死:新起点”的国际会议上,杰伊再次遇到了克里米纳并与他当面对质。针对杰伊因葛特拉的说辞而产生的疑问,克里米纳做出了自己的解释和辩护。说这是因为他误读了历史,而且作为个人,在特定的情境下,他难以与强大的历史相抗衡,背叛自己、背叛妻子实属不得已。他辩解道:“1956 年我还年轻,而且我误读了历史,一部非常难懂的书。要是你也会这样。”他承认,“哲学家只不过是思想的小丑”;“是思想做出了背叛之举”。(328)德曼的反犹言论发表于他 21 岁时也成为学者们为他辩护的理由。由此,这部小说与布雷德伯里的书评《误读了历史的学者》遥相呼应,虚构与真实交织,共同探讨了“误读”与“背叛”的话题。

在《误读了历史的学者》中,布雷德伯里表示,“解构主义,大致来说,是一种有关悖论的悖论:它假设所有的话语,甚至所有的历史叙述,本质是修辞性的。修辞话语是滑动的、‘无法确定的’,没有固定的意义;因此当我们阅读的时候,必然会误读。”(Bradbury, “Scholar” 9)小说中,克里米纳将自己所犯的过错归咎于历史,认为这种错误不可避免,因为历史本身是一部极其难懂的、意义不确定的书,每个人在那样的历史情境中,都有可能犯错。杰伊反驳说:“但你是在公众场合下犯了错误。”(328)这一点成了问题的关键。每个人都会犯错,但作为社会表率的伟大思想家、名人所犯的过错尤其不可原谅,因为它会产生更大、更深远的影响。

这一点也更为明确地指向德曼丑闻。正如弗卢曼在他的书评中所说,在历史上,反犹言论并不少见,艾略特、庞德等著名作家的一些作品也隐含了支持纳粹、贬低犹太人的思想,却并未掀起巨大波澜。为何保罗·德曼亲纳粹、反犹太的言论构成了如此重大的事件?他认为,这主要是由于德曼是解构主义的代言人,他的丑闻危及解构主义当时的优越地位。(Fruman 34 - 36)不过,还有一个原因不容忽略,那就是学者们对德曼私人生活的揭示暴露出他个人道德上的缺陷。1940 年,在布鲁塞尔,他介入一对年轻夫妇的生活,夺人所爱又始乱终弃,对爱人和三个儿子置之不

顾,八年后与他的美国学生订婚,可能只是为了获得在美国生活和工作的权利。(Lehman 190)

小说中,克里米纳混乱的私生活再现了德曼在这方面受到的指控。杰伊难以理解克里米纳对自己的爱人伊里尼的背叛。对此,克里米纳说:“在某个时代,也许在所有时代,爱和友谊变得不可能。如果你也过了40年的双面生活,你会理解的。”(328)对于自己的“双面”人生,克里米纳这样解释:“在那些日子里,我们生活于这样一个时代,当时唯一的规则是撒谎。由于错误的情感、错误的姿态,你背叛了自己。但如果你知道如何撒谎,如果你公开支持政府,你就能私下里思考。如果你允许他们利用你的名声,你就不会被叫到警察局。”(329)他把自己所犯过的错误推诿给“历史”和时代,认为在那些日子里,在犬儒主义到处渗透的情况下,“我们*都*互相背叛,有时是出于怨恨,或恐惧。有时是出于冷漠,有时是出于爱。有时是为了一种理念,有时是出于政治需要。有时是因为我们想不到一个好的伦理上的理由不那么做。”(329)他说:“难道这不也是一个‘我控诉’(j'accuse)的时代吗?……就像尼采所说,当一个时代结束,背叛无处不在。要想使我们自己成为新时代的英雄,我们必须谋杀过去。”(329-330)

由此可见,克里米纳没有为自己的错误忏悔,反而一再为自己辩护。一方面,他认为历史是一部难懂的书,他的错误在于误读了历史,做出了错误的判断,拥护了不该拥护的一方;另一方面,他认为在特定的历史洪流中,他只能选择随波逐流,明哲保身,不惜因此背叛自己、他人、亲情、爱情。正如奥威尔在《一九八四》中所描述的那个极权主义社会一样,面对统治者的威吓,爱情一钱不值,看似相爱的男女双方都会为了自保不惜出卖对方。在这样的语境下,背叛不再是克里米纳个人的问题⑦,而成为时代的问题,成为历史的必然,成为尼采式的哲学思考和弗洛伊德式心理学上的问题。克里米纳一类的公众人物,像海德格尔、德曼等都面临一个共同的困境:“如何让阴暗的人生配得上卓越的思想”(Curtis 23)。当他们找不到一个合适的解决之道时,就都不约而同地选择“忘掉”自己的历史过错。

至此,克里米纳“伟大思想家”的形象在杰伊心目中轰然倒塌,暴露出自私、怯懦的一面。他不再是一个神一般的存在，而是成为一个凡人，可能逃避，可能犯错，可能误读历史，可能为了自保而不惜违背自己的良心、背叛最亲密的人。杰伊这样描述自己对克里米纳的复杂情感："我鄙视他，我钦佩他，我恨他，我爱他。我义愤填膺，我为之着迷"(331)。这次见面及交谈后不久，克里米纳意外身亡。杰伊追寻克里米纳的征程终于结束。然而，对于克里米纳究竟是怎样一个人这一问题尚无定论，就像我们对于很多历史人物尚无定论一样。

三、对立消融：宽容与重建

除了暗指海德格尔事件和德曼丑闻，小说中的克里米纳身上融合了欧美历史上多个名人的特征和故事。在杰伊追寻克里米纳的征程中，真实的历史名人纷纷登场，最终指向一个重要的问题：如何客观看待这些犯了历史错误的名人和伟大思想家？如何评判他们的功与过？在《误读了历史的学者》一文中，在《克里米纳博士》的字里行间，布雷德伯里暗示，我们应认可他们的贡献，宽容他们的错误，正视他们的缺点。毕竟，人与人之间并没有太大不同。就像题记中的阿根廷探戈舞剧中所说："所有事物都是一样的，没有什么比其他事物更好，一头骡子与一个伟大的教授是平等的。"这一说法虽夸张，却起到了颠覆整部小说中伟大与卑微这组对立的作用，鼓励人们在宽容的基础上重建对名人和小人物的新认知。

杰伊在叙述中曾多次将自己与克里米纳相对照，把克里米纳比作"大象"，把自己比作"跳蚤"(234)。然而，随着他的调查逐步深入，克里米纳"伟大"背后的污点被逐渐放大，杰伊"卑微"之下的成长与成熟得到了标榜和彰显。名人的神话被破解，小人物获得了经历、经验和名声。

小说中的一场对话揭示了这一主题。在与杰伊关于"背叛"话题的交谈中，克里米纳引用尼采，说"每次当我们试图成为自己的作者，我们都变得更加孤独。因此我的故事也许与你的故事并没有多大不同"(330)。这一方面意味着"我们都互相背叛"，因而没什么不同；另一方面也暗示，克里米纳的故事也是杰伊的故事，作者的故事也是读者的故事。当克里米纳意外身亡，他的故事结束以后，杰伊的故事才刚刚开始，呼应了巴尔特在"作者之死"一文最后的那句名言:读者的诞生必然以作者的死亡为代价[8]。后来,当杰伊应邀在英国东安格利亚大学做有关克里米纳的发言时,一位来自保加利亚的马尔科娃小姐对他说:"你的讲座就像所有的讲座一样,都是关于你的事情,没有什么是关于他的。你需要一个克里米纳,但他必须是你的克里米纳,不是我们的克里米纳。"(338)这表明,杰伊对于克里米纳的研究是主观的,他所有的调查、研究、讲座、回忆录都是围绕自己的,克里米纳反而成了一个陪衬性的人物,颠覆了他一开始反复强调的对立。米特曼曾谈到过这一戏剧性的变化:"通过展示记者(弗朗西斯·杰伊)和那位神一样的人(克里米纳博士)最终如何互换了身份,布雷德伯里对这部小说进行了解构。是弗朗西斯告诉克里米纳,流行词汇'Po-Mo'指的是后现代主义。而克里米纳死后,弗朗西斯又成了研究这位巨匠的资深专家。"(Mittleman 609)

从这一层面来看,小说的这种自我解构的确应验了克里米纳所坚持的观点,即"我们都互相背叛"或"背叛无处不在"。克里米纳的历史错误意味着他背叛了杰伊之类的仰慕者;杰伊在探询、记录克里米纳的过程中反而成了故事的主角,因而背叛了他的初衷,背叛了拉维妮娅,也背叛了克里米纳。这也呼应了小说的第一个题记:"历史对我来说是什么?"这句话来自维特根斯坦的《1914—1916 笔记》,原文是:"历史跟我有什么关系? 我的世界是第一个也是唯一的一个世界。"紧跟这句话的是:"其他世人告诉我的、有关这个世界的事情只是我对这个世界的体验中很小且很次要的一部分。"(Wittgenstein 82)从这个意义上来说,杰伊在追寻、调查克里米纳的过程中突出的是自己的体验、自己的世界,而不是克里米纳的世界,因而构成了对克里米纳的背叛。在海德格尔事件和德曼丑闻中,很多学者也不过在借这一事件表达一己之见。既然背叛无处不在,那么对于后来者来说,唯一可做的是宽容和重建:宽容伟大人物犯下的过错,重新建构他们的生平,客观看待他们的功过。

小说最后,杰伊的一段思考代表着他的"顿悟",呼应了上述主题,反映了布雷德伯里对海德格尔事件、德曼丑闻的态度和看法。在这段内心独白中,杰伊突出了克里米纳"杰出"与"糟糕"并存的特点,质疑了克里米纳"伟大思想家"的地位。他曾经认为克里米纳是"文化老前辈",他则是

“一个普通的文化消费者”；克里米纳是“一个纪念碑一样的雕塑”，他则是“公园里的一只鸽子”；克里米纳“属于一个逝去的时代”，他则“来自于一个看起来还没开始的年代”(343)。然而，克里米纳的丑闻颠覆了这种对立。不过，这段话中最重要的也是跟小说主题结合最紧密的一点是，杰伊开始自省：

> 我不时会疑惑，如果我被放在那样的境地，我，或者任何一个像我一样的人，能否振作起巨大的道德力量——比起他在自己那个时代所鼓起或没有鼓起的力量来说更大的力量。我知道，这从最好的方面说是不能确定的，从最坏的方面说是一个空虚的幻象，这在每一个新时代真正看到工作量之大之前，对它来说都是很平常的。如果历史恰好召唤，要求一个签名或承诺，我很可能会像大多数人一样，签署任何文件。就我而言，我们中没有几个人能树立起足够的自我来抵制屈服、放弃、转变。(343 - 344)

通过这段思考，杰伊暗示，在评价他人是非功过的时候，应反思自己在同样的情境下能否做到坚持自我、严守道德与良心。就像《圣经》约翰福音中那个著名的故事所述，面对一个犯了罪的人，没有人能够做到问心无愧，可以拿起石头砸死他人。同样地，当人们在评判海德格尔、瓦尔德海姆、德曼等犯了历史错误的伟人时，也应反躬自身，扪心自问，而不是求全责备或自吹自擂。

杰伊的“顿悟”和感慨中回荡着布雷德伯里在《误读了历史的学者》中所表达的观点，反映了他对德曼事件的态度。在书评中，他说：“在现代历史转折的几个关键点——1945 年的西欧，现在的东欧——我们看到那些为某种事业(幸亏历史摒弃了这种事业)服务的人如何遭遇了道德危机。这经常发展成莱曼先生所谓的‘瓦尔德海姆病’，那些必须要对抗或擦除记录的人的失忆症。”(Bradbury, “Scholar” 9)瓦尔德海姆、海德格尔、德曼都属于这类患了失忆症的人，绝口不提、刻意隐瞒或假装遗忘自己的历史错误，甚至事情败露也拒绝道歉。

然而，即便如此，布雷德伯里认为，“没有人应该为德曼的倒台而欢呼。最严酷的反讽在于他那些成熟的批评是卓著的，并且深化了阅读的力量。”(Bradbury, “Scholar” 9)他认可德曼在学术界的卓越地位，同时试图超越解构主义的立场，因为站在这一立场上："极难谈论生活和小说的伦理"(Curtis 23)。他说，在德曼这让人悲哀的事件中，我们实际上重新经历了二战后所积累的道德、政治和语言危机。保罗·德曼故事的当代意义在于，"它既不提倡像某些人可能做的那样，从莱曼先生的书中获得单纯的狂喜，也不提倡像德里达先生近期所做的那样，为德曼进行晦涩而迂回的辩护。你可以说它提倡作者的重新建构或诞生"(Bradbury, "Scholar" 9)。由此可见，一方面，布雷德伯里建议人们客观看待德曼事件以及与之相关的海德格尔事件、瓦尔德海姆事件和小说中的克里米纳事件，而不是幸灾乐祸或偏袒辩护；另一方面，在解构主义者高喊"作者死了"的年代，布雷德伯里本人作为一位作者，却期待作者得到更多的重视，期待人文主义的价值观、道德观能够战胜种种危机，继续传承下去。在评判虚构的克里米纳或真实的海德格尔和德曼时，不可因其历史错误和生活污迹而抹杀他们的作者身份，否认他们的思想高度。

结合布雷德伯里的书评可见，在《克里米纳博士》中，他解构了作者与读者，"伟大"与"卑微"等二元对立，但并未止于单纯的解构游戏，而是赋予该小说以确定的意义，即：在一个偶像崇拜的世界，在一个理论变得越来越晦涩复杂的时代，我们依然应该坚持一些朴素的真理。其中一个真理就是，不盲目地随波逐流，而应宽容且存疑，客观看待身边的事物，包括犯了过错的伟大人物。因此，整部小说的基调在讽刺中透露出同情。这与布雷德伯里本人的身份密不可分。在 20 世纪 80 年代末至 90 年代初，作为东安格利亚大学创意写作班的创立者之一，他在富有才华的学生和编辑部、出版社之间牵线搭桥，成功培养、推送出很多青年作家，被称为当时英国文坛的"教父"，同时也引发了非议，被指拉帮结派，成为文坛"帮主"(Senter 25)。作为精英知识分子的一员，他以略带同情的笔触刻画克里米纳，并赋予他辩护的声音也就不足为奇了，但这并不意味着他在否认名人可能犯错这一事实。

结　语

《克里米纳博士》运用解构主义话语探讨了"知识分子的背叛"话题，参与了"如何看待犯了历史错误的伟大思想家"这一大辩论。小说中的"小人物"杰伊通过自己的解读和解构，发现了"伟大思想家"克里米纳名人光环之下的阴暗面，颠覆了他高高在上的神圣地位，重建了一个"头顶蓝天、脚陷泥潭"的"双面"思想家形象，同时也构建了自己的故事。在这个过程中，解构留下的痕迹斑驳复杂，印刻着对欧美各国历史、政治、经济、文化等诸多方面的讨论，实现了对意义的"播撒"。这道痕迹中所涉及的历史名人，如海德格尔、瓦尔德海姆、德曼等，与克里米纳的形象交织，突出了小说的重要主题。面对海德格尔和德曼事件，布雷德伯里没有用米勒、德里达那种晦涩的、闪烁其词的批评方法，而是在解构话语中融入自由人文主义的理念，坚持自由、宽容、博爱的价值观，以虚构的人物和故事指出了海德格尔和德曼事件的意义：它让我们重新思考并客观看待历史名人，认识到他们并非无瑕疵的神，而是会犯错的人，从而打破盲目的偶像崇拜；它让我们保护作者的权益和权威，避免因其历史错误而否定其作品和思想的价值。在"作者之死"的年代，在文学作品被理论家拆解得支离破碎、地位不断被边缘化、意义被消解的后现代主义、后结构主义时期，这样的建议看似保守，但无疑是必要且明智的。

注释[Notes]

① Bradbury, Malcolm. *Doctor Criminale*. New York: Viking Penguin, 1992. 本文中引文均出自该版本，随文标注页码。

② 布雷德伯里为这位人物取名为奥托·考迪希尔(Otto Codicil)有其深意。首先，"Codicil"的字面意思是"遗嘱的附录"，暗示这个人物对克里米纳身后名声的影响；其次，这个名字影射了前文提到的历史学家奥特(Hugo Ott)。现实中，奥特揭露了海德格尔与纳粹的关系；小说中，奥托评述了克里米纳的事迹。

③ 1889 年 1 月 30 日，奥匈帝国皇太子鲁道夫与情人玛丽·薇翠若被发现死在梅耶林的狩猎小屋，表面看是殉情，但真实的死因一直是一个谜，曾引发一系列猜想和调查。

详见："Mayerling Incident，"at https://en. wikipedia. org/wiki/Mayerling_Incident. 该事件也呼应了《克里米纳博士》"揭秘"的主题。

④ 英文为 Ildiko Hazy，其中"Hazy"字面意思是朦胧的、模糊的，暗示这也是一个杰伊看不懂、参不透的神秘人物。

⑤ 此处与英国著名传奇故事亚瑟王传奇形成互文。在亚瑟王传奇中，最后一位负责保存圣杯（The Holy Grail）的是渔王（Fisher King，or Wounded King）。他的故事有很多版本，其中一个版本是，一位个性单纯的骑士珀西瓦尔问了一个恰当的问题，治愈了他的伤痛，使贫瘠的国土重新变得丰饶。

⑥ 库尔特·瓦尔德海姆（Kurt Waldheim）于 1986 年至 1992 年间曾任奥地利总统。在竞选总统前，奥地利报纸《侧面》揭露了瓦尔德海姆年轻时加入纳粹党的历史。瓦尔德海姆曾一度否认对自己的指控，直到 70 岁时才承认，自己曾于 1942 年至 1945 年间在巴尔干地区担任德军中尉军官，只是从未谈起过这件事。因此，外界把这称为选择性遗忘，把瓦尔德海姆称为大遗忘家。参见"Kurt Waldheim，"at https://en. wikipedia. org/wiki/Kurt_Waldheim.

⑦ 小说题记引用了弗洛伊德的作品《一个歇斯底里病例的分析片段》（*Fragment of an Analysis of a Case of Hysteria*，1905）中的一段话来暗示"背叛"的主题。

⑧ Roland Barthes，"The Death of the Author，" trans. Richard Howard，by UbuWeb Papers，at http://www. tbook. constantvzw. org/wp-content/death_authorbarthes. pdf.

引用文献【Works Cited】

Barish，Evelyn. *The Double Life of Paul de Man*. New York：Liveright Publishing Corporation，2014.

Barthes，Roland. "The Death of the Author." Trans. Richard Howard. UbuWeb Papers，Web. 10 July 2018. 〈http://www. tbook. constantvzw. org/wp-content/death_authorbarthes. pdf〉

Bradbury，Malcolm. "The Scholar Who Misread History." Review of *Signs of the Times*：*Deconstruction and the Fall of Paul de Man*，by David Lehman. *New York Times Book Review* (24 February 1991)：9 - 9.

---. *Doctor Criminale*. New York：Viking Penguin，1992.

Curtis，Quentin. "Irony in the soul." *The Independent on Sunday* (30 August 1992)：23 - 23.

Farias，Victor. *Heidegger and Nazism*. Philadelphia：Temple UP，1991.

Freundlieb，Dieter. "Derrida's Defense of Paul de Man's Wartime Writings：A

Deconstructionist Dilemma." *Orbis Litterarum* 55.1 (2000): 2-14.

Fruman, Norman. "Deconstruction, de Man, and the Resistance to Evidence: David Lehman's *Signs of the Times*." *Academic Questions* 5.3 (Summer 1992): 34-47.

Hartman, Geoffrey. "History and Judgment—The Case of Paul de Man." *History and Memory* 1.1 (Spring-summer, 1989): 55-84.

Karpen, Lynn. "Bad Eggheads." *New York Times Book Review* (10/25/92): 3-3.

Lehman, David. *Signs of the Times: Deconstruction and the Fall of Paul de Man*. New York: Poseidon Press, 1991.

Mittleman, Leslie B. "World Literature in Review: England." *World Literature Today* 67.3 (Summer 93): 609-609.

Qian, Qing. "Malcolm Bradbury." *After Modernism: Realism and Experimentation*. Ed. Lu Jiande. Beijing: China Social Sciences Press, 1997: 261-87.

[钱青:《马尔科姆·布雷德伯里》,载陆建德主编:《现代主义之后:写实与实验》,北京:中国社会科学出版社,1997,第261-87页。]

Rockmore, Tom. *On Heidegger's Nazism*. Berkeley · Los Angeles · Oxford: University of California Press, 1991.

Senter, Al. "Redbrick Man and Modernism." [Interview with Malcolm Bradbury]. *Saab Scene* (Autumn 1992): 21-25.

Song, Yanfang. "The Labyrinth of Deconstruction and Betrayal: Malcolm Bradbury's *Doctor Criminale*." *Foreign Literatures* 2 (2008): 98-103.

[宋艳芳:《解构与背叛的迷宫:布雷德伯里的〈克里米纳博士〉》,《国外文学》2008年第2期,第98-103页。]

Taylor, D. J. "Worst Enemy." *TLS* 5721 (11/23/2012): 14-15.

Tonkin, Boyd. "Sage Frights." *New Statesman & Society* 5. 219 (9/11/1992): 40-40.

Wittgenstein, Ludwig. *Notebooks 1914-1916*, second edition. Ed. G. H. von Wright and G. E. M. Anscombe. Trans. G. E. M. Anscombe. Oxford: Blackwell Publishers, 1998.

环境公正视角下德里罗《白噪音》中的景观与媒介景观

李怀波

内容提要：《白噪音》中"空中毒雾事件"引发的环境灾难不成比例地影响穷人、有色人种等弱势群体，产生环境非公正现象。本文从景观、媒介景观以及环境公正理论视角出发阐释小说中环境灾难的差异性影响导致的环境非公正现象，探讨后现代消费文化对现实的表征如何影响主人公以及小说中其他人物对环境灾难的反应，揭示景观与媒介景观等构建的拟像现实如何进一步加剧环境非公正现象。

关键词：《白噪音》；德里罗；环境公正与非公正；景观；媒介景观

作者简介：李怀波，文学博士，江苏第二师范学院外国语学院讲师，主要从事英美文学研究。

《白噪音》(*White Noise*，1985)是美国作家唐·德里罗(Don DeLillo，1936—)的代表性作品，因其对"空中毒雾事件"的环境灾难描写以及预言了印度博帕尔(Bhopal)的化学品泄漏事件而被认为是一部环境灾难小说。该小说并非仅仅是一部环境灾难小说，更是一部对环境灾难如何反应的小说。后现代社会中景观与媒介景观对现实的拟像化表征严重扭曲了人们对现实的感知，现实遭到放逐，而这些拟像化表征成了现实本身。本文从景观、媒介景观以及环境公正理论视角出发，阐释小说中环境灾难的差异性影响导致的环境非公正现象，探讨后现代消费文化对现实的表征如何影响主人公以及小说中其他人物对环境灾难的反应，揭示景观与媒介景观等构建的拟像现实如何进一步加剧环境非公正现象。

一、景观与媒体景观

布鲁姆认为《白噪音》体现了德里罗是一个“虚拟现实和相关非现实主义时代的浪漫主义者”(Bloom 1)。德里罗创作《白噪音》的时代,以虚拟现实为代表的技术和文化现象改变了人们对现实的感知和表述方式。在美国后现代社会中消费文化中,现实被媒体和技术不断地表征和模拟,媒介不再仅仅表征现实,而是作为现实本身被体验。后现代主义理论家鲍德里亚(Jean Baudrillard)认为,后现代的模拟和仿真不再是模仿、复制甚至戏仿的问题,而是一个用真实的符号代替真实的问题。“一个以真实的崩溃和信息社会中符号的流动为特征的世界,一个在模拟的黑洞和符号的游戏与交换中‘真实被放逐’的世界,图像、符号和代码吞噬了客观现实,变得比现实更真实”(Wilcox 98)。随着现实越来越多地被表现为仅凭视觉就能体验的图像,最终出现了一个完全独立的伪图像世界——在那里,“真实”的现实只是被表现出来,却从未被真正体验过。现实被脱离其原有意义的图像、符号所取代,图像和表象先于真实并决定了真实。现实与表象之间不再有任何区别,只有模拟,图像和表象通过模仿现实来歪曲和掩盖潜在的现实,从而取代现实。

鲍德里亚有关“拟像”“现实的消失”等思想深受法国马克思主义理论家德波(Guy-Ernest Debord)影响。德波在其主要著作《景观社会》中认为,当代资本主义社会已经进入了一个独特的景观社会,在这个社会里,几乎所有的一切都被异化为景观的形式。“在现代生产条件占统治地位的各个社会中,整个社会生活显示为一种巨大的景观的积聚,直接经历过的一切都已经离我们而去进入了一种表现”(德波 3)。德波认为,现代社会是由景观主导的,他将景观定义为一个由图像、表象和幻觉组成的系统,它是人与人之间社会关系的中介,掩盖了资本主义剥削和异化的现实。景观不是图像的集合,而是先进资本主义逻辑塑造的世界观。景观呈现的是一种虚假的现实,掩盖了社会和经济剥削与统治的真实本质。德波声称,景观是生活各个方面商品化的结果,它阻碍了人们真实、批判性地生活。景观是一切商品化的结果,包括文化、艺术、政治和人际关系。

景观造就了被动和疏离的大众消费者，他们不断受到图像和信息的轰炸，这些图像和信息操纵着他们的欲望和需求。大众消费者最终变为景观的奴隶，丧失了一切批判性与创造性。

“拟像”(simulacra)是用来描述景观中的再现现象的一个重要概念。拟像是没有原作或参照物的复制品或仿制品。它们是创造自身现实的图像，用人造图像取代真实图像。拟像现实是由大众传媒和技术制造的，它们无休止地复制和增殖图像。拟像画像创造了一种超真实的状态，在这种状态下，现实与表象、真实与虚幻之间没有区别。

道格拉斯·凯尔纳(Douglas Kellner)在德波景观社会基础上，进一步提出媒体景观。他指出，“媒体景观是指那些能体现当代社会基本价值观，引导个人适应现代生活方式，并将当代社会中的争议、斗争以及冲突解决方式戏剧化的媒体文化现象，它包括媒体制造的各种豪华场面、体育比赛、政治事件等”(Kellner 2)。凯尔纳认为，“媒体景观”是 20 世纪末出现的一种现象，随着媒体在技术上变得更加令人眼花缭乱，在经济、政治、文化和日常生活中扮演的角色不断升级，这种现象在 21 世纪愈演愈烈。媒体景观的形式多种多样，如商品景观、体育景观、摇滚景观、巨型景观、电视景观和景观政治。凯尔纳从当代美国社会和全球文化的角度，而不是从资本主义社会特定阶段的角度来分析媒体景观，专注于特定形式的媒体产品，而不是将景观作为一个总体概念来描述媒体和消费社会。同时，凯尔纳认为媒体景观是政治竞争和社会批判的重要舞台，而不仅仅是统治和操纵的工具。

二、《白噪音》中的景观与媒体景观

1982 年德里罗在一次采访中提到创作《白噪音》的原因时说道，电视上每天都在播放毒物泄露等新闻，“灾难变成了仅仅存在于电视上的灾难，在现实中则无人问津，似乎受影响的只有发生灾难地区的人们，现实生活中甚至没有人谈论这些灾难。这就是我创作《白噪音》的动力之一”(DePietro 23 - 24)。电视融入了生活，生活融入了电视。正如小说中人物所言，“对于许多人来说，世界上只有两块地方，他们生活的地方和电视机里给他们看的地方，假如电视里有一件事发生，不管它是什么，我们都有种种权利觉得它令人着迷”(德里罗 73，以下此书引文只标注页码)。

《白噪音》中的“空中毒雾事件”是小说中一个关键情节，它诠释了德波和凯尔纳分别提出的景观和媒体景观的概念。在这一情节中，火车出轨导致一种有毒化学物质大量释放到空气中，形成一片黑云，威胁到主人公格拉德尼和他的家人居住的铁匠镇。该事件不仅是一场环境灾难，也是一种社会和文化现象，通过广播传媒进行塑造和传播。德波认为，景观是一个由图像、表象和幻觉组成的系统，它创造了一个虚假的现实。凯尔纳认为，媒体景观是各种形式的技术构建的媒体产品，旨在吸引和迷住受众，创造利润和收视率，并影响公众舆论和行为。媒体景观是当代社会中由大众媒体制作和传播的一种特定形式的景观。在《白噪音》空中毒雾情节中，人们最初不是直接经历这一事件，而是通过广播媒体制作和传播的图像和信息。广播媒体不仅让人们了解事件，还塑造了他们对事件的看法和反应，赋予事件以名称、意义和叙事。同时，广播媒体还在人们中间制造恐惧感、不确定感和困惑感，因为它不断改变有关事件的信息并使之相互矛盾。例如，广播媒体报道了接触有毒化学物质后的不同症状，如恶心、皮肤过敏、手心出汗、昏迷、抽搐和流产等。广播将空中毒雾事件变成一种商品，供大众娱乐和消费。

“空中毒雾事件”描述了一种人们主观反应被广播媒体构建和验证的情况。它们反映了媒体煽情化和戏剧化的倾向，因为它们使用不同的术语和描述来吸引和俘获受众的注意力和好奇心。媒体先称烟雾为“羽毛状烟雾”，听起来无害而富有诗意，然后称其为“一团滚动的黑色烟雾”，听起来不祥而具有威胁性，最后称其为“空中毒雾事件”，听起来严肃而恐怖。广播中这些名称的转变会影响公众对事件的看法和反应，因为它们会在人们的头脑中产生不同的情绪和联想。媒体使用“空中毒雾事件”一词，意味着该事件是一种罕见的特殊现象，需要特别关注和干预。它还暗示该事件是一种潜在的危险，可能对人们的健康和环境造成严重后果。这种广播景观模糊和扭曲了事件的真实情况和意义，因为它们抹去或操纵了任何起源或背景的痕迹。小说中主人公从媒体上得知自己接触了致命剂量的化学泄漏物，预期寿命缩短了。他不断检查自己的症状，搜索有关这种化学物质及其影响的信息。他还对死亡产生了恐惧,这种恐惧在整部小说中一直困扰着他。

小说中,对拟像现实取代现实这一现象在主人公参观"美国被拍照最多的谷仓"这一情节中刻画得入木三分。

> 我们到这儿不是来捕捉一种形象,我们之所以在此是来保持这种形象。每一个照相的人都强化了这儿的光环。你能感觉到这一点吗,杰克?无名能量的积累…… 来到此地就是一种精神上的投降。我们所见的仅仅是旁人之所见。过去来此的成千上万的人,将来要到此一游的人。我们心甘情愿地成为一种集体感觉的组成部分……这座谷仓没有被人拍照之前是个什么样子?它以前看起来像什么?它与别的谷仓有什么不同,又有什么相同?我们无法回答这些问题,因为我们已经读过标示牌上写的东西,看见过人们咔嚓咔嚓地照相。我们不能跳出这个光环,我们是它的一个部分。(13)

真正的谷仓是什么样的,人们已经无法看到了,只能看到被无数照片、广告等所表征的谷仓。真正的谷仓已经消失了,在无数照片等符号的控制下,谷仓已经失去了它原有的现实意义,变成了一个拟像,一个丧失了现实所指的"景观"。德波在《景观社会》中对此评论道:"在现实世界自行变成简单图像的地方,这些简单图像就会变成真实的存在,变成某种催眠行为的有效动机,景观作为一种让人看到的倾向,即通过各种专门化的中介让人看到,不再能直接被人们抓取的世界。"(德波 8)德里罗在小说中将这种"景观"称之为"某种意义上是一种宗教体验"(13)。而德波则将这种"宗教体验"称之为"世界观","景观不能被理解为对某个视觉世界的滥用,即图像大量传播技术的产物,它更像是一种变得很有效的世界观,通过物质表达的世界观,这是一个客观化的世界视觉"(德波 4)。世界观决定了人们能够看到什么,不能看到什么。无论是德里罗所说的"宗教体验",还是德波所谓的"世界观",总之,人们在面对这种"景观"时会被"催眠"、被麻醉。现实沦为简单的图像,而图像则变成了现实。"景观就是逃脱人类活动的那个东西,它摆脱了人类对事业的重新考虑和修正,它是对话的反面,在具有独立表现的任何地方,景观就在那里重新形成"(德波 8)。有论者将此称为景观意识形态的本质,"景观是一种更深层的无形控制，它消解了主体的反抗和批判否定性，在景观的迷人之中，人只能单向度地默从。如是，方为景观意识形态的本质”（德波 18）。

三、景观与媒体景观影响下的环境非公正

环境公正这一术语广泛使用于20世纪80年代美国南部黑人社区反对美国政府不公正地为有毒废弃物进行选址而开展的大规模抗议运动(Coolsaet 6;Atapattu et al. 9)。环境公正运动认为，种族和阶级的社会不平等往往会导致环境不平等，环境风险及负担“不成比例地”落在贫困地区、有色人种社区、移民、原住民和全球其他边缘化社区身上(Bullard 6-7;Pain & Cahill 361)。“这种不平等和有区别的定位，通常将最沉重的环境负担置于边缘化、弱势人群身上，构成了环境非公正问题的核心前提”(Holifield et al. 1)。

《白噪音》因其对化工废料泄露而引发的“空中毒雾事件”的描述以及成功预言印度博帕尔毒气泄露事件而被认为是环境灾难小说。在“空中毒雾事件”中，小镇居民仓皇逃离，而主人公格拉迪尼却认为，自己是一位有身份的大学教授，不可能在毫无政府预警的情况下就受到毒气泄漏事件的影响。

> 穷人居住的暴露地区才会发生这些事情，社会以特殊的方式构成，其结果是穷人和未受教育的人成为自然和人为灾难的主要受害者，低洼地区的住户遭受水灾，棚户区居民遭受飓风和龙卷风之害。我是一个大学教授，你在电视上的水灾镜头中，见到过一个大学教授在他所住的街上划着一条小船吗？这些事在铁匠镇这样的地方不会发生。(127)

环保主义者尼克松(Rob Nixon)认为，电视广播等媒体只愿意报道“壮观”“引人注目”的事情。“我们的媒体对壮观的暴力的偏爱加剧了生态系统的脆弱性，同时也使弱势人群变得更加脆弱”(Nixon 4)。这给格拉德尼和他的家人造成了一种虚假的安全感和优越感，因为他们认为自己可以免受威胁他们小镇的有毒云雾的侵袭。上层阶级在休闲的周末全

家人围坐在电视前观看水灾、地震等灾难。“我们寂静无声地看着房屋被大水冲进海洋，一座座村庄在大团流动的火山熔岩中整个儿倒塌、起火。每一场灾难都让我们希望看到更多的灾难，更大、更宏伟、影响更广泛的灾难”(71)。这使格拉德尼和他的家人产生了一种虚假的疏离感和冷漠感，因为他们将有毒事件视为可以远距离消费和欣赏的景观。他们没有同情或帮助那些更容易受到毒雾影响的穷人，而是以好奇或娱乐的心态观察这些人。他们也不关心事件的真实性或意义，只关心其形象或表现形式。帕里什将此称之为一种后现代文化的逻辑，“它被戏剧性的暴力、死亡和自然灾难的景象所迷惑，同时又因为它们作为图像的可重复性而对其麻木不仁”(Parrish 294)。景观的概念与分离和被动的概念融为一体，对景观的屈从式消费使人类远离对生活的积极参与和创造，将消费与人类自身的需要和自我主导行为分离开了，其结果就是使个人局限于家庭和私人空间，消极被动的观看社会生活的景观。戴维斯认为，“对边缘化群体的痛苦漠不关心的政治有助于维持环境非公正，使当地受害人对有毒物质伤害的呼声被压制”(Davies 421)。至于泄露化学品，无论收音机里怎么称呼它，“羽状烟雾”“一团滚动的黑色烟雾”“空中毒雾事件”，无论它对人们有何影响，“这些事情并不重要，至关紧要的是位置。它在那儿，我们在这儿”(130)。“我不仅仅是一位大学教授，我还是系主任。我不能在一场空中毒雾事件中逃跑。那是住在穷乡僻壤的养鱼场附近活动房里的人干的事儿”(ibid.)。

德里罗在小说中描写了步行的人们逃离时的情景。

> 他们拎着盒子和箱子、床单包裹的物品，一长串人跌跌撞撞进入纷飞的大雪之中。人们怀抱宠物和幼小的孩子，一个老人在睡衣外面裹着毯子，两个女人肩扛一条卷起的地毯。有人骑着自行车，孩子们坐在被拉着的雪橇和手推车中。有人推着超市的购物车，身穿各种各样肥大厚实外套的人们从深深的帽兜里往外张望。有一家人用一张巨大的透明聚乙烯薄膜将他们自己全部罩了起来。他们步伐一致地在他们的罩子下前进，夫妻俩前后各一人，中间是三个孩子，他们都裹在闪闪发亮的雨衣里，作为第二保护层。(134)

这些“低机动性人口”——老人、体弱者和没有汽车或其他手段逃离城市的穷人——很少受到政府和灾害撤离规划者的关注(Sze 87－88)。他们只能用一些临时搭配而又非常简陋的措施保护自己,而这些措施实际上根本起不到任何防护作用。德里罗在小说中讽刺性地指出这种拟像现实如何影响小说中人物的身份、认知和行为,以及电视等媒介“如何潜在地塑造我们对现实的感知、行为和反应”(Engles 68)。在格拉迪尼看来,社会是为保护特权阶层而构成的,环境灾难只会发生在穷人身上,不会发生在像他一样有身份有地位的特权阶层身上。“白种人特权”意识“淹没”了格拉迪尼的感知能力,使其对电视上的毒雾危害视而不见,无动于衷。杜瓦尔(John N. Duvall)对此评论道:“生活在模拟文化中的杰克·格拉德尼是一位只对纳粹美学感兴趣的希特勒研究教授,他对纳粹的恐怖历史视而不见。这使他对媒体驱动的、审美化的现在的恐怖同样视而不见。”(Duvall 2－3)灾难失去了最初的含义,仅仅变成在电视上存在的表征符号。“只有灾难会吸引我们的注意力。我们想得到它们,需要它们,依赖它们——只要它们在别处发生”(72－73)。小说中格拉迪尼一家周末非常“有仪式感地”围坐在电视前,“幸灾乐祸地”欣赏各种灾难景象,甚至“觉得非常好玩”。恩格尔斯(Tim Engles)认为“媒体所呈现的暴力的仪式化模式既使我们对暴力的反应变得迟钝,又增加了我们对暴力的欲望”(Engles 71)。媒体景观通过多种方式影响了格拉迪尼的信念,即空气中的有毒物质事件只能影响穷人,而他和他的家人却可以坐在家里的电视机前欣赏这一幕。在这个意义上,媒体景观掩盖和扭曲了事件的真实性和意义,操纵和利用了格拉迪尼及其家人的情感和欲望。

小说中最具讽刺性的拟像现实取代真正的现实的情景是灾难撤离过程中的实景模拟演习,

> “但是,现在的疏散行动并非模拟,它可是真的。”
>
> “我们清楚这一点.但是,我们想用它做一个模式。”
>
> “一种实习形式?你是说你们抓到了一个机会,利用真正的事故来进行这场模拟演习?”
>
> “我们的行动实打实地在街头进行。”

> “进行情况怎样?”我说。
>
> “嵌入曲线不如我们希望的平稳。可能性超标。此外,假如这是一场实际的模拟,那么应该说伤亡人员并未安置到我们要求的位置。”(153)

这是逃难现场小说主人公与进行模拟疏散的 SIMUVAC 组织(simulated evacuation)的一名员工之间的对话。这次毒雾危机事件被该组织利用作为一次灾难演习,灾难成为消费主义的对象,而演习则取代灾难本身成为现实,比现实中的灾难更现实,比真实的灾难更真实。对于这次真实的灾难所导致的演习中出现的一些瑕疵,演习工作人员解释道,“你必须考虑这样的事实,即今晚所见的一切都是真实的,我们仍然要做大量的改进工作,但是这就是此次演习的全部内容”(153)。而真正的灾难及受灾难影响的人们反而没有人关注,“电视网络上空无一物……没有一个字,没有一张画……没有一篇现场报道”(176)。环境破坏问题在灾难模拟公司眼中只是一个可以利用的“生意”,是他们争取经费的机会。“在因果关系的逆转中,模拟成为原始事件,而现实仅仅是其模仿的对象”(Knight 30)。德波将这类景观称为“持久的鸦片战争”(德波 23),其催眠和麻痹作用“使社会主体变得麻木不仁,将大众的注意力从现实生活中最紧迫的任务上转移开”(凯尔纳 3)。

鲍德里亚认为在一个由拟像和仿真主宰的超现实世界中,“没有真实与人工、真实与虚假、原创与复制的区别”(Baudrillard 120),拟像现实进一步加剧了弱势群体所遭受的环境非公正。但是正如小说中所描述的那样,受到恐怖的空中毒雾的侵袭,没有任何人能够置身事外,幸免于难。最终,当主人公一家和镇上其他人一样因毒雾来袭而被迫开始逃离时,他已经被迫认识到实际上自己也属于弱势群体中的一员,与先前他所鄙视的贫民窟里的人们一模一样。“这是小说中的重头戏,德里罗对这一灾难事件、疏散和随后的乱哄哄的场面的描述既充满了讽刺,又令人不寒而栗,因为没有一个读者能逃脱‘它可能发生在我身上’这样的感觉”(Weinstein 133-134)。环境灾难不会只发生在电视上,不会只影响电视上的弱势人群,它会实实在在地发生在我们每一个人身上。

结　语

《白噪音》不仅成功预言了发生在印度的毒气泄漏事件，而且也是我们当下社会生活的一个缩影。后现代消费社会中景观与媒体景观变成了一种类似宗教体验一样的世界观、意识形态，具有一种令人恐惧的“感染并吞噬”人们大脑的力量，能够对人们进行催眠与麻醉，影响并操纵人们对现实世界的感知与理解。与此同时，世界各地自然与人为环境灾难及事故频发，不成比例地影响穷人以及有色人种等弱势群体。而景观与媒体景观影响下的拟像现实放逐并取代现实的境况扭曲了人们对环境灾难的认知，进一步加剧了弱势群体所遭受的环境非公正现象。从环境公正视角分析小说中的景观与媒体景观，不仅有助于我们加深对小说环境非公正现象的理解，而且对于我们理解并推进环境公正具有一定的现实意义。

引用文献【Works Cited】

Atapattu, Sumudu A., Carmen G. Gonzalez, and Sara L. Seck. *The Cambridge Handbook of Environmental Justice and Sustainable Development*. Cambridge: Cambridge UP, 2021.

Baudrillard, Jean. *Simulacra and Simulation*. Ann Arbor: U of Michigan P, 1994.

Bloom, Harold. *Don DeLillo's White Noise*. New York: Chelsea House Publishers, 2003.

Bullard, Robert D. *Dumping in Dixie: Race, Class, and Environmental Quality*. Boulder, CO: Westview Press, 2018.

Coolsaet, Brendan. *Environmental Justice: Key Issues*. New York: Routledge, 2021.

Davies, Thom. "Slow violence and toxic geographies: 'out of sight' to whom?" *Environment and Planning C: Politics and Space* 40.2(2022): 409 – 27.

Debord, Guy-Ernest. *The Society of Spectacle*. Trans. Zhang Xinmu. Nanjing: Nanjing UP, 2016.

[居伊・德波:《景观社会》,张新木译,南京:南京大学出版社,2016年。]

DeLillo, Don. *White Noise*. Trans. Zhu Ye. Nanjing: Yilin Press, 2002.

[唐·德里罗:《白噪音》,朱叶译,南京:译林出版社,2002 年。]

DePietro, Thomas. *Conversations with Don DeLillo*. Jackson: UP of Mississippi, 2005.

Duvall, John. *The Cambridge Companion to Don DeLillo*. Cambridge: Cambridge UP, 2008.

Engles, Tim. "DeLillo and the political thriller." *The Cambridge Companion to Don DeLillo*. Ed. John N. Duvall. Cambridge: Cambridge UP, 2008. 66 – 78.

Holifield, Ryan, Jayajit Chakraborty, and Gordon Walker. *The Routledge Handbook of Environmental Justice*. New York: Routledge, 2018.

Kellner, Douglas. *Media spectacle*. New York: Routledge, 2003.

Knight, Peter. "DeLillo, postmodernism, postmodernity." *The Cambridge Companion to Don DeLillo*. Ed. John N. Duvall. Cambridge: Cambridge UP, 2008. 27 – 40.

Nixon, Ron. *Slow Violence and the Environmentalism of the Poor*. Harvard: Harvard UP, 2001.

Pain, Rachel, and Caitlin Cahil. "Critical political geographies of slow violence and resistance." *Environment and Planning C: Politics and Space* 40. 2 (2022): 359 – 72.

Parrish, Timothy. *The Cambridge Companion to American Novelist*. Cambridge: Cambridge UP, 2013.

Sze, Julie. *Environmental Justice in a Moment of Danger*. Oakland: U of California P, 2020.

Weinstein, Arnold. "Don DeLillo: rendering the words of the tribe." *Don DeLillo's White Noise*. Ed. Harold Bloom. New York: Chelsea House Publishers, 2003. 117 – 52.

Wienhues, Anna. "Sharing the Earth: a biocentric account of ecological justice." *Journal of Agricultural and Environmental Ethics* 30.3(2017): 367 – 85.

Wilcox, Leonard. "Baudrillard, DeLillo's *White Noise*, and the end of heroic narrative." *Don DeLillo's White Noise*. Ed. Harold Bloom. New York: Chelsea House Publishers, 2003. 97 – 116.

描绘他人:重访艾丽丝·默多克的道德现实主义

徐 蕾

内容提要:英国女作家艾丽丝·默多克对现实主义传统的继承与发展一直颇受西方学界关注。本文试图立足现实主义的认识论与美学两个维度,重新考察默多克小说所呈现的道德现实主义。从认识论角度来看,默多克笔下的人物以及作家自身的创作全方位诠释了走出臆想、关注他人、去除自我的道德旨归。在美学意义上,她的人物塑造竭力摆脱水晶体与报刊体的模式束缚,以混杂和开放的叙事形式,切近他人立体而丰富的个性与情感世界,以启发一种高层次的善。"他人"不仅是默多克小说的认知与塑造的对象,从根本上来说,它是作家道德立场的具象表征。默多克的道德现实主义创作以"描绘他人"为指向,展现出现实主义概念在认知诉求与美学形式上有机统一的可能。

关键词:艾丽丝·默多克;道德现实主义;他人;认识论;美学

作者简介:徐蕾,文学博士,南京大学外国语学院教授,博士生导师,主要从事英美文学和现实主义研究。

20世纪英国作家艾丽丝·默多克(Iris Murdoch, 1919—1999)曾在一次访谈中说,"我总想在英国小说传统中成为一名现实主义作家,刻画真实的人和真实的问题"(何伟文 258)。尽管20世纪后半叶兴起的存在主义思潮、语言表征危机、各路主体解放话语酝酿了诸如荒诞派戏剧、法国新小说(Nouveau roman),以及形形色色的后现代文学实验,19世纪现实主义文学传统却偏偏"不合时宜"地在这位20世纪作家身上实现了某种"生命延续"(afterlife)(Benjamin 71)。针对默多克的现实主义,西方学者们提出过不少论点。他们从不同角度出发,为这位作家贴上“经典道德现实主义”(Kerr)、“实用道德现实主义”(Pihlstrom)、“自反现实主义”(Antonaccio)的标签,或在道德哲学的语境中,认为默多克的现实主义“提供了一种与反应相关的道德特征表述以及道德正确标准的理想观察者”(Jordan 385),或依据默多克创作与战后现实主义传统的互动,提出她的小说“过分运用了现实主义的修辞与技巧”,是一种“做作的现实主义”(Nicol 25)。基于上述研究结果,本文试图另辟蹊径,从现实主义概念本身所蕴含的认识论与美学属性出发,考察默多克如何在描绘他人的文学使命中,打造了一种极具道德张力的现实主义创作风格,进而实现了现实主义认知诉求与美学形式的统一。

一、现实主义的认识论维度:认知他人

马克思主义文艺理论家詹姆逊认为现实主义概念包含着认知与审美两个维度,这一糅杂的概念是“一个装扮为美学理想的认识论(追求知识或真理)诉求”(Jameson, *Antinomies* 9)。詹姆逊对现实主义概念所持的基本观点奠定了自20世纪70年代以来对现实主义文学的批判。且不论现实主义概念的两大维度之间是否如詹姆逊不断强调的那样“无法兼容”(Jameson, “Reflections” 198; *Signatures* 158; *Antinomies* 9),这对共时焦点为检视现实主义文学无疑提供了一种综合而复杂的视野。如果将其沿用至默多克小说的研究,可以整理出两条相对清晰的考察线索:即对他人的认知,以及如何通过恰当的审美形式描绘与传递这种认知。

值得一提的是,现实主义文学有着与生俱来的认知使命。无论是韦勒克勾勒的现实主义概念缘起的脉络、还是瓦特深描的英国现实主义小说兴起的社会文化长卷,现实主义或高举再现“当代生活和风俗”的旗帜(Wellek 3),或汲取17、18世纪笛卡尔、洛克等人的经验主义认识论滋养,呈现日益崛起的中产阶级个人的、当代的、日常的经验世界(Watt 12)。秉承19世纪民主化运动精神的现实主义“把以往从没有被审美地看到、被忽略或在边界范围外的事物带入文学或绘画的普通世界经验中”(Bowlby xiii),开启了西方文明世俗化进程中人类自我发现的新篇章。

当历史车轮行进至20世纪下半叶,面对奥斯威辛之后信仰崩塌、道德解体的人类文明世界,默多克认为艺术依然"有着强烈的认知属性"(*The Fire and Sun* 245),然而艺术摹仿自然绝非对表象世界进行照相机式的记录,其认知使命直指"他人"(other people)以及如何理解"他人的独特性与不同性"("On 'God' and 'Good'" 66)。纵观默多克的整个创作生涯,作家常在文章与讲演中言及他人之于文学写作的核心意义,如在讲演《艺术是对自然的摹仿》("Art is the Imitation of Nature", 1978)中宣称"他人是我们世界最有趣的特点和某种程度上最深刻与神秘的异乡人"(257),又在文章《崇高与善》里写下"感知他人的现实因而即为看见真实的范式"("The Sublime" 52)。

默多克对他人的绝对关注与她对1950年代风行欧陆的萨特存在主义思想的不满直接相关。存在主义宣称人是孤独而彻底自由的,理智的人可以在自主性的认识运动中成为自己的主人,这是自启蒙运动以来,人不断强调自我主动性、蔑视权威的余音。默多克虽然接受萨特的存在主义对人的价值和自主性的乐观肯定,但也看到了这一观点的误区,尤其是"唯我论"(solipsism)的倾向。她认为这种过分强调自我主动性的主体性十分危险,使人很容易看出所谓理性人性的破绽。因为一旦失去了宗教等道德参照和共同的历史感,人的自我本性会极度膨胀,只会构建以自我为中心的心理世界,以此支配自己的思想和行为活动。而一旦人的道德感和价值观完全建立在自我选择的基础上,必然会陷入与他人的冲突和悲剧,走进萨特所谓"他人即是地狱"的困境。

在默多克看来,"他人的现实是真实的知识最有力的例子,是一种粉碎自我道德唯我论,将自我与善相联系的知识"(Antonaccio 95)。默多克明白,萨特的存在主义试图冲破黑格尔对人社会价值的判断;但同时她也看到,人由于被困在超越自身的框架之中,他的存在价值只有在总体的社会框架被认为重要时才会有价值。人的主体性对默多克来说,必然受到历史条件制约。对心理分析造诣颇深的默多克受到弗洛伊德心理分析影响,接受了他对个体行为动机的分析,相信人是由自己的历史创造的,人的心理受到仿机械能系统驱动,其自然属性是模糊不清的性欲,因而她指出,"人的道德生活的最大敌人就是臃肿的、贪得无厌的自我。真正的道德哲学过去是、现在也应该探讨这个自我并探讨战胜它的技巧”(“The Sublime” 268),而要战胜这个自我,唯一的途径便是“不断将自我从眼前事物分离出去”(269),“不断揭示独立存在于我之外的事物”——他人(“The Sovereignty of Good” 87)。

二、认知他人的道德张力:从臆想到“非我”

就默多克的文学创作而言,对他人的认知同时在两个层面展开,一是小说主要人物对其他人物的认知,二是作家对笔下人物的认知,两个层面分别从人物之间关系以及人物与作家之间关系的角度阐释了他人和自我的道德相关性。从第一部小说《在网下》(*Under the Net*, 1954)到1995年发表的《杰克逊的困境》(*Jackson's Dilemma*),默多克笔下许多人物都经历了如何走出对他人的臆想(fantasy)、逐步靠近脱离自我(unselfing)的真实视域的过程。《在网下》的主人公落魄作家、翻译家杰克便是一个典型。为了追求他的旧情人安娜,他锲而不舍的步履穿过白天与黑夜的伦敦街道,越过英吉利海峡,在法国国庆日烟花散尽后的巴黎杜乐丽花园遍寻丽人的芳踪,却总无功而返。在水一方的安娜在辗转反侧的杰克心中,是“温暖的微风向海上漂泊的人送来渴望的岛屿上鲜花和水果的味道”,是“温柔的力量和现实”(31),但他全然不知安娜究竟是怎样的女人,也根本不知让他寤寐思复的安娜早已心有所属;他眼中的伊人正如杜乐丽花园中影影绰绰却从未真实现身的影子所暗示的那样,只是一种臆想而已。

默多克认为无论是艺术家还是普通人,都容易处于臆想状态。这种状态类似于柏拉图《理想国》中对灵魂划分中的最低等级,它以自我为中心、非理性,沉迷于幻觉。默多克把褒义的“想象”(imagination)与中性的“假象”(illusion)区别于贬义的“臆想”(fantasy)。当自我因自以为是的或自我慰藉的臆想而膨胀时,人就会失去清晰的视野。“固执、偏见、忌妒、焦虑、无知、贪婪、神经症等,都会遮蔽真实”(*The Fire and the Sun* 46-47)。臆想者惯于沉醉在对他人的假象之中,幻觉取代了真切的关注,而不是欣喜地感受他人的独特性和真实性。臆想得以存在依靠的是自欺和逃避,个人藉此保护自己,以免直面混乱的现实。对人性持悲观态度的默多克相信,人在自然状态中会全神贯注于自己的臆想,臆想使他觉得自己很重要,因而阻挡了他接受新知识的可能。如果把臆想视作一种心理自我防卫系统,它其实是人性本能的一部分,因为"根据精神分析,人是一种会虚构故事的动物,一种由臆想和虚构来定义的动物"(Brooks 108)。默多克警告,除非十分小心,我们会看不清他人,完全蒙蔽在自我的臆想世界里。臆想不是一种完善的观察形式,臆想的人把他事先预想的形象强加于他人,因为那些受到迷惑的人需要把他人看成是神话或情感形式的化身,从而排除自己的生活。他们把事物强行拉入臆想世界,当臆想的人爱上他人时,他爱的并不是真人,而是他们创造的想象中的人,这就不可避免地包含他本人的成分。因此,臆想其实是自爱的一种形式。

当现实迫使杰克最终睁开双眼,他意识到安娜与老友雨果的真实关系,才发现安娜始终存在于他的臆想世界之外,随着幻觉消散,真实的安娜赫然出现在眼前:

> 我脑中再也没有安娜的形象了。她像魔术师的幽灵一样渐渐远去。然而,不知怎的,她的存在就在我的面前,比过去更真实。眼下安娜好像第一次像一个独立的人而不是我自己的一部分那样真实存在。这种经历太让人痛苦了。然而,当我努力盯住她所在的地方时,我感到了一种主动性,也许可以称之为爱的伪装之一。安娜是需要重新认识的对象。人何时能认识一个人呢?也许只有等到意识到知识的不可能、放弃了对它的欲望甚至最终停止感觉对它的需要时。到那个时候,获得已经不再是知识,而是一种共存;而这也是爱的伪装之一。(239)

安娜真实面目恰恰浮现在杰克放弃了对她的欲望与需求时,一种摆脱了控制欲、占有欲的爱与关注成为认知的新起点,烛照了走出"臆想"、走向真实的道德方向,这与默多克推崇的"善"(goodness)是完全一致的。默多克看到自我的本质是自私的,易沉溺于臆想扭曲的现实之中,善要求主体通过"非我"(unselfing)实现爱的净化。用默多克自己的话来说,"我们看见差异,感知到方向,我们知道善依然在前方的某个地方。自我是我们居住的地方,充满了幻觉。善就与看清非我的尝试有关,在美德的意识光辉下看见并回应真实的世界"("The Sovereignty of Good" 93)。这里提到的非我(unself)其实是一个持续进行的动作,是从关注一步步靠近善的必经之途。

关于非我的行为过程,默多克还曾借用意大利文艺复兴时期画家提香(Titian)根据阿波罗(Apollo)和马耳绪阿斯(Marsyas)的神话故事隐喻“非我”的痛苦和神秘过程。在古希腊神话中,马耳绪阿斯挑战阿波罗的才艺,要与精通音乐的阿波罗比赛音乐技艺,后者在震怒下剥去了马耳绪阿斯的皮。默多克认为提香的这幅画传递出于人类生活息息相关的内容,如意义隐晦的行为、惊骇、恐怖、痛苦等;但作为太阳神和艺术家的化身,阿波罗的行为也含蓄表达了认知真实、靠近善的过程是痛苦的,甚至要以生命为代价。

其实非我的过程也影射了艺术家们如何消除自我、重新审视与创作对象的关系问题。被默多克赋予宗教般崇高地位的艺术具有净化心灵的作用,通向真实与善。她把“伟大艺术扮演的角色描述为教育者和揭示者”,坚持“艺术不是个性的表达,而是不断将自我从眼前事物分离出去的一个问题”,为此要保持作家的“消极感受力”(negative capability),包容甚至乐于接受不同的存在模式(“The Sublime” 269)。相应的,默多克对自己笔下的人物,无论善恶美丑与主次关系,都保有一份善意与道德自觉,如《还算体面的失败》(*An Honorable Defeat*,1970)中的朱利斯,作者除了刻画他漠视他人生命的恶行之外,并没有忘记透露给读者该人物的犹太人身份及胳膊上留下的纳粹集中营囚犯的符号;对于《沙堡》(*The Sandcastle*, 1957)里的次要人物——中年妇女南,默多克曾表示为了向读者传递作者本人的艺术道德追求,她承认自己“强迫南做了某些事”,让她过于单薄、扁平(Bigsby 227)。默多克对主次人物在叙事框架中分配的角色属性与空间大小而进行的深刻反思,指向了韦恩·布斯提出的“叙事公平”的问题(Booth 78 - 79),折射出的作家焦虑延续了19世纪现实主义小说家深知“任何一个角色都是潜在的主角”,却为了叙事意指(narrative signification)而“把扁平人物约简为单一功能”的内在不安(Woloch 31)。但默多克的小说自有其独特的方法,以补偿现实主义叙事为维系结构中心而确立主次人物空间配置——因为在更多的作品中,默多克把许多次要人物更塑造为关注他人的人,也更靠近善的光辉,比如

《在网下》的报亭老板娘廷卡姆夫人、《独角兽》(*The Unicorn*, 1961)里的邻居马尔克斯、《沙堡》的中学艺术老师布勒德亚德等。这些游离于故事主线之外的"小"人物除了拥有优于主要人物的美好品质,还被赋予了无法被约简的他者性与神秘性,与小说盘根错节的人物关系网和跌宕起伏的剧情走向形成一静一动、一暗一明、缺场与在场的强烈对比。默多克对边缘人物的伦理关照呼应了20世纪60年代列维纳斯勾勒的自我与他者的关系,后者认为他性(alterity)建构的"他人自始至终都不是我们所掌握者或我们所主题化者"(列维纳斯 156),认可认知他人的有限性和警惕认知裹挟的侵凌性是实现自我与他人的和解的前提。同样,默多克对人物(尤其是边缘人物)神秘性的坚守也流露出作家试图去除自我、致敬绝对他者的意愿。

三、现实主义的美学维度:人物塑造

除了在认知维度上进行的思考与探索,默多克对于现实主义的美学形式亦有独到的见解与尝试。在论著《萨特:浪漫的理性主义者》(*Sartre: Romantic Rationalist*, 1953)和两篇论文《再谈崇高与美》("The Sublime and the Beautiful Revisited," 1959)及《反对干枯》("Against Dryness,"1961)中,她提出小说发展有着两种对立传统模式。一种是人文主义传统,以莎士比亚和十九世纪的奥斯丁、爱略特、托尔斯泰等经典现实主义作家为代表。另一种是浪漫主义传统,起始于浪漫主义时期,经由艾米丽·勃朗特、霍桑的发展,后汇入受象征主义影响的现代主义以及存在主义文学作品中。当代作家创作的小说主要承袭了浪漫主义传统,呈现出两种类型:"水晶体"(crystalline)小说和"报刊体"(journalistic)小说。水晶体式小说"精致小巧、晶莹剔透、自成一体,不包含19世纪小说意义上的人物"("Against Dryness" 291),与象征主义和象征性的形式有关,它把小说视为一个物体。这种小说与T. E. 休姆、T. S. 艾略特等人有关,倾向形而上和诗性特征,常以神秘的方式传达某种关于人类状况的重要真理。创作者一般不带个人情感地赞美神话和象征。其中的每一个隐喻和意象都与作者建构的神话结构契合,"最终作品的自身结构,即作为作品本身的神话让所有人物都卷入某种漩涡或某种最终乃自我心灵形式的形式"(Kermode 114)。默多克认为这类小说自我封闭,被某个主要人物(往往就是作家自身)的臆想所统治,展现的文学想象力既没有人物生活的空间,也没有伦理探索的余地。报刊体小说堆积信息,通常如白日梦一般冗长松散,没有固定的形式,内容不是文献就是教条;塑造的人物单薄、平凡,主要被用来对当前的体制或者某个独特的历史事件发表意见,而不是为了作品自身。这类小说内容庞杂,却大而无当,不过是"大而无形的准资料性质的物体",是"19 世纪小说的一个坏变种"("Against Dryness" 291)。这类作品主要是"普通语言者"的产物,它制造出许多关于社会行为事实的文件,没有形而上学意义上的深度。默多克以萨特和波伏娃为例,指出他们为了艺术把偶然转化为必然,为了无形式和转瞬即逝的东西,愿意牺牲作品的形式和"普遍性意义"("The Sublime" 264 - 265)。

这两类小说对人性都没有完全理解,只能提供"事物"或者"真理",却丢失了人自身。因此,加缪的《异乡人》和 J. D. 塞林格的《麦田守望者》的主人公虽然令人深刻印象,但究其根本,只缘作家在作品中无所不在。而人们想起托尔斯泰或爱略特的小说时,却能轻松回忆起丰富多样的人物众生相。这样的对比奠定了默多克推崇十九世纪现实主义小说、批判二十世纪现代主义和后现代主义小说的基本立场。在她看来,十九世纪小说关注社会生活中真实的个体,可以唤起在现代小说中消失的自我感,那是一种古老而充实的归属感。奥斯丁、托尔斯泰、爱略特等现实主义作家的小说世界代表了文学创作的理想境界,他们的作品厚实丰满,从不忘记他人的存在。总之,默多克认为要解除西方战后小说的"干枯"倾向,关键在于引入 19 世纪现实主义文学中"独立于作者和情节需求的人物"(Nicol 20),"把注意力从浪漫主义令人慰藉的梦幻般的需要、干枯的象征、假冒的个人、虚假的整体中转向真实的无法被穿透的人类个体。无论怎样,人是实在的、无法被穿透的、个体的、无法被定义的、有价值的,这是自由主义最根本的信条"("Against Dryness" 294)。

另一方面,小说家如果对人物进行概念化刻画,还会面临来自个人和社会两个方面的危险,即"神经官能症"(neurosis)和"惯习"

(convention)。这两种情况缺少的都是刻画“真实的、不可捉摸的个人”。20世纪小说大都陷入了其中一种危险,非此即彼。但是对于默多克而言,写作目的之一就是用语言来打造一个“适合自由人物居住的房子”(“The Sublime” 271),并将作者对人物的控制或操纵减到最少。她要求每一部小说都应该是开放的,因为接受事物的混乱就是道德本身。小说家推崇宽广、混杂、充实的美学形式,关注真实的人的真实状况,试图记录他们在混乱和偶然中表现出的荒谬和独特性。她甚至觉得在实践中,作家应当重新发现自然主义,而不是进行新闻写作,从而再次把人物的自由当作创作的根本性内容,就像托尔斯泰和奥斯丁一样。

依然以《在网下》为例。主人公杰克虽深陷臆想,但他绝非作家的道德代言人或由事实信息堆积而成。我们可以在他的身上看到荷尔蒙的冲动:故事开始不久,穷困潦倒、刚被分手的杰克在一家剧团的道具间里找到了经营小剧场的老情人安娜时,两位许久未曾谋面的情人陷入尴尬,杰克突然想起旧日相恋时他惯以柔道的方式将对方推倒在地板上接吻,于是一阵冲动之下,他抓住对方的手腕,再次将安娜小心摔倒在屋内一角的一堆天鹅绒戏服上:“我的膝盖陷入她身边的天鹅绒,立刻一大堆围巾、花边、锡制小号、羊绒小狗道具、时髦礼帽等便如瀑布般倾泻在我们的身上,直至把我们埋了一半。我亲吻了安娜”(40)。

随后故事在偶然与混乱的驱动下,几个主要人物的命运轨迹不断交叠碰撞。杰克发现安娜的妹妹电影演员萨迪被电影公司老板雨果·贝尔福德追求,而雨果是他参加一次新药实验中结识的受试者朋友,有过深入的思想交流。后来杰克把两人的对话写成了小说《沉默者》,出版发表后却从未告诉雨果自己“盗用”了他的思想。杰克在萨迪家里找到了一本写着安娜名字的《沉默者》,认定雨果和安娜一定关系特殊,为了弄清事实真相和寻爱,他费劲心力、马不停蹄地寻找二人的踪迹,却一再扑空:先是在电影公司遭遇警方驱散左翼活动、极度混乱中眼睁睁错失雨果,后又在巴黎杜乐丽公园追丢了安娜。直到小说接近结尾时,在医院临时干起了清洁工的杰克才鬼使神差地见到了重伤后收治入院的雨果,发现原来雨果追求的人是萨迪,而非安娜,安娜一直爱的人是雨果,也不是杰克。

不难看出,这部小说因循喜剧性的多角恋爱情节,兼具黑色幽默和流浪传奇的风格，是一部具有“荒诞色彩的诙谐喜剧小说”（王雅华 86）。但情节剧一般的故事并没有淹没人物的内在深度——默多克展现杰克既疯狂滑稽又浪漫痴情之时，也不忘赋予人物柔软而温情的侧面。杰克为了威胁萨迪的经纪人萨米交出自己翻译的电影脚本，在闯入他的公寓时顺便带走了一只叫“火星”的电影明星狗，却没有料到“火星”是萨迪刚刚购入的一只老狗，对方根本不在乎杰克的要挟，反而要求杰克代为照顾狗，于是杰克“难辞其咎”地成了“火星”的主人。当朋友们不愿或不能追随杰克的时候，“火星”顺理成章地成了他的忠实伙伴：杰克在电影厂里被警察包围，是“火星”装死，骗过众人耳目，让他顺利逃脱风险；深夜无处可去时，是“火星”给在泰晤士河畔维多利亚河堤上冷醒的杰克以体温取暖。

随着人与狗之间接触的增加，这份感情让杰克深深地感到“火星”对自己的依赖与信任，他对火星的情感也不知不觉地升华为一份发自内心的关爱。从巴黎回来，杰克不仅注重“火星”的健康，也开始关注“火星”的内心，在意他是否幸福：“我好奇我们是否可以说他不开心，假设他不能知道自己是否开心”（200）。杰克后来完全承担起独自照料“火星”的责任，直到最后从萨迪那里正式买下“火星”。萨迪在小说结尾专门就“火星”的命运写信与杰克沟通，她告诉杰克自己和萨米非常忙，没有时间照顾这只狗，建议杰克买下“火星”；鉴于这条明星狗的各种商业版权（电影权、图书权、广告权），她跟杰克要价 700 英镑，还在信中还非常专业地留了两张名片，一个是交涉购买狗的代理律师的，一个是打算请“火星”拍广告的狗粮公司的。杰克立刻撕掉了第二张名片，向“火星”宣告它的公共事业已经结束，不想让这条老狗继续摇钱树的使命。同时他即刻下定决心，必须买下“火星”：“我不需要花时间问自己要不要买或者为什么要买下‘火星’”（251）。杰克深知自己必须毫不犹豫地全款付清，尽管写下支票后，他又回到了故事开始时一文不名的状态，但他的内心却无比平静。这段人与狗之间的情感互动大大减弱了杰克这个人物承载的“唯我论者”的概念化特征，呈现人性的复杂与难以定义，引导读者以更加开放和宽容的态度看待形形色色的他人。

对于英国作家而言，现实主义的文学传统有着极为深刻的道德内涵。F. R. 利维斯梳理的英国小说的“伟大传统”从根本上看，是奥斯丁“对生活所抱的独特道德关怀，构成了她作品里的结构原则和情节发展原则，”是爱略特“面对生活的一种极端虔敬之态”和“一颗深沉严肃之心”，是詹姆斯对他内心最深处的东西的处理（利维斯 11，22，213）。伊安·威廉斯认为，维多利亚中期的现实主义作家“强调同情是道德的基础，而道德对于他们来说尤为重要，因为正是道德让个体可以综合本性的情感与精神要素、并遵从社会法则”（Williams xiii）。伊格尔顿则把英国小说视为“一种文明痴迷于自身的日常存在形成的神话，它既没有滞后、也不会超前于所处的时代……在这个意义上看，文学现实主义也是道德现实主义”（Eagleton 6－7），用现实主义小说与时代的共时性解释其英国小说的道德内核。

默多克小说的现实主义无疑继承了英国小说深刻的道德关怀传统，面对 20 世纪下半叶的时代问题与人类精神状况，她坚定地将关注的目光投向了芸芸众生中的他人，试图在认识论与美学的层面同时实现对他人的认知与描绘。在认识论层面，她笔下的人物以及作家自身的创作全方位诠释着走出臆想、关注他人、去除自我的道德旨归；同样在美学层面，她的人物塑造竭力摆脱水晶体与报刊体的模式束缚，以混杂和开放的叙事形式，切近他人立体而丰富的个性与情感世界，启发一种高层次的善。“他人”已然不仅是默多克小说的认知与塑造的对象，从根本上来说，它是作家道德立场的具象表征。默多克的现实主义由此可以“被定义为揭示了他人存在的一种公正而热爱的关注”（Ruokonern 82），或用她自己的话来说，“小说需要展现的并非唯一但却有着无可比拟的重要性的事情，便是他人的存在”（“The Sublime” 269）。默多克围绕“他人”形成的道德立场将现实主义概念的认识论与审美形式有机融合在一起，有力回应了詹姆逊长久以来对现实主义概念内在矛盾性的批判，为探索现实主义文学在 20 世纪的拓展开辟了一条极具道德哲学色彩的新思路。

引用文献【Works Cited】

Antonaccio, Maria. *Picturing the Human: The Moral Thought of Iris Murdoch*. Oxford: Oxford UP, 2000.

Benjamin, Walter. *Illuminations: Essays and Reflections*. Trans. Harry Zohn. New

York: Schocken Books, 1968.

Bigsby, Christopher. "Iris Murdoch." *The Radical Imagination and the Liberal Tradition: Interviews with English and American Novelists*. Eds. Heide Ziegler and Christopher Bigsby. London: Junction Books, 1982. 209 - 30.

Booth, Wayne. *The Rhetoric of Fiction* (2nd edition). Chicago: U of Chicago P, 1983.

Bowlby, Rachel. "Foreword." *Adventures in Realism*. Ed. Matthew Beaumont. Malden and Oxford: Blackwell Publishing Ltd, 2007. xi - xviii.

Brooks, Peter. *Psychoanalysis and Storytelling*. Oxford: Blackwell, 1994.

Eagleton, Terry. *The English Novel: An Introduction*. Minneapolis: U of Minnesota P, 1983.

He, Weiwen. *A Study of Iris Murdoch's Fictions*. Shanghai: Shanghai Foreign Languages Education Press, 2012.

[何伟文:《艾丽丝·默多克小说研究》,上海:上海外语教育出版社, 2012 年。]

Jameson, Fredric. *The Antinomies of Realism*. London and New York: Verso, 2013.

---. "Reflections in Conclusion." *Aesthetics and Politics*. Ed. Ronald Taylor. London: NLB, 1977. 196 - 213.

---. *Signatures of the Invisible*. New York and London: Routledge, 1992.

Jordan, Jessy E. G. "Reconsidering Iris Murdoch's Moral Realism." *Journal of Value Inquiry* 48 (2014): 371 - 85.

Kerr, Fergus. *Immortal Longings: Versions of Transcending History*. London: Society for Promoting Christian Knowledge, 1997.

Kermode, Frank. "The House of Fiction: Interviews with Seven Novelists." *The Novel Today: Contemporary Writers on Modern Fiction*. Ed. Malcolm Bradbury. Rowman and Littlefield: Manchester UP, 1977. 111 - 35.

Leavis, F. R. *The Great Tradition*. Trans. Yuan Wei. Beijing: Joint Publishing Company, 2002.

[利维斯:《伟大的传统》,袁伟译,北京:三联书店, 2002 年。]

Levinas, Emmanuel. *Totality and Infinity: An Essay on Exteriority*. Trans. Zhu Gang. Beijing: Beijing UP, 2016.

[列维纳斯:《总体与无限:论外在性》, 朱刚译, 北京:北京大学出版社,2016 年。]

Murdoch, Iris. "Against Dryness." *Existentialists and Mystics: Writings on Philosophy and Literature*. Ed. Peter Conradi. London: Chatto and Windus, 1997. 287 - 95.

---. “Art is the Imitation of Nature.” *Existentialists and Mystics: Writings on Philosophy and Literature*. Ed. Peter Conradi. London: Chatto & Windus, 1997. 243 - 57.

---. *The Fire and the Sun: Why Plato Banished the Artists*. Oxford: Oxford UP, 1978.

---. “The Sovereignty of Good Over Other Concepts.” *The Sovereignty of Good*. Iris Murdoch. London: Routledge, 1989. 77 - 104.

---. “The Sublime and the Beautiful Revisited.” *The Yale Review* 49 (1959): 247 - 71.

---. On “God” and “Good.” *The Sovereignty of Good*. Iris Murdoch. London and New York: Routledge, 1989. 46 - 76.

---. *Under the Net*. London: Chatto and Windus, 1954.

Nicol, Bran. “Murdoch's Mannered Realism: Metafiction, Morality and the Post-War Novel.” *Iris Murdoch and Morality*. Eds. Anne Rowe and Avril Horner. Houndsmill, Basingstoke, Hampshire: Palgrave Macmillan, 2010. 17 - 30.

Pihlstrom, Sami. *Pragmatic Moral Realism: A Transcendental Defense*. Amsterdam: Rodopi, 2005.

Ruokonern, Floora. “Iris Murdoch and the Extraordinary Ambiguity of Art.” *The Journal of Value Inquiry* 42. 1 (2008): 77 - 90.

Wang, Yahua. “Toward an ‘Unselfing’ State: Iris Murdoch's Novel *Under the Net*.” *Foreign Literatures* 4 (2006): 82 - 91.

[王雅华:《超越女性话语,走向“无我”境界——艾丽丝·默多克小说的美学追求兼论〈在网下〉》,《国外文学》2006 年第 4 期,第 82 - 91 页。]

Watt, Ian. *The Rise of the Novel: Studies in Defoe, Richardson and Fielding*. Beverley and Los Angeles: U of California P, 1957.

Wellek, René. “The Concept of Realism in Literary Scholarship.” *Neophilologus* 45.1 (1961): 1 - 16.

Williams, Ioan. *The Realist Novel in England: A Study in Development*. Pittsburgh: U of Pittsburgh P, 1975.

Wolloch, Alex. *The One Vs. Many*. Princeton: Princeton UP, 2003.

鲍比·安·梅森《在乡下》的阈限焦虑书写

刘玉红

内容提要:鲍比·安·梅森的《在乡下》被认为是美国20世纪80年代最有影响的小说之一。两个主要人物山姆和艾米特因越战情结而处于阈限阶段,他们构成的阈限"共同体"展现出同质性、平等性、无属性和过渡性的特点。阈限的不稳定性和过渡性引发山姆的求知焦虑和艾米特的战后焦虑。山姆在追寻越战真相的过程中走进四个层级的叙事,尽管她获得部分真相,并帮助艾米特最终勇敢地面对战争创伤,但他们仍难以完全走出阈限,摆脱焦虑,由此折射出越战对美国社会和普通民众深远而复杂的影响。

关键词:《在乡下》;越战;阈限;焦虑

作者简介:刘玉红,文学博士,广西师范大学外国语学院教授,主要从事美国文学研究。

美国当代作家鲍比·安·梅森(Bobbie Ann Mason, 1940—)的第一部长篇小说《在乡下》(*In Country*, 1985, 简称《在》)出版后成为畅销书,被认为是美国20世纪80年代最有影响的小说之一。故事以越战士兵的女儿山姆努力了解战争真相为主要线索。已有的研究主要关注女性与战争(Durham 1990)、成长主题(Wilhelm 1997)、追寻知识(Henningfeld 1998)、创伤记忆和创伤的潜在效应(Barry 2013)等。笔者认为,如果把人物形象和主题意义置于糅合了求知、创伤、身份、记忆的阈限时空中去探究个体焦虑的时代意义,则可拓展文本的政治意义和美学体验空间。

"阈限(limen)"原意为"门槛",初为人类学术语,描述个体和社区生活之间的动态关系。个体成长要跨过分离(前阈限期)、过渡(阈限期)、聚合(后阈限期)三个阶段,居中的阈限期形成一个特殊时空,它既在此又在彼,既非此又非彼,是个体形成社会认知和重塑身份的决定性阶段。阈限的特点是过渡性、杂糅性、不确定性和无限的可能性(Mukherji xvii),这使它成为一个内外因素对话、冲撞、交融的场域。在这个场域中,"施加于思想、自我认知和行为的日常约束变得宽松,由此生发出创新和想象、建构和解构"(Thomassen 1)。阈限性关注无法二元对分的杂糅空间,反对范畴化,淡化等级制,其"越界"力量暗藏了解构和重构,因而它"不仅是一种过渡形式,也具有发展的潜力"(Spariosu 33)。在《在》中,追寻越战真相的山姆和她困于战争记忆的舅舅艾米特游走于过去和现在、直接创伤和间接创伤的间隙场域,他们因亲情和战争构成一个阈限"共同体(*communitas*)",他们的阈限焦虑既是交集的、持续的,又是对位的,这反映出美国直到80年代仍未能摆脱越战的阴影,同时从侧面折射出作者本人对历史、对南方的阈限性情感。

一、《在》的阈限"共同体"

阈限以潜在的解构之力营造出一个"卑微与神圣、同质与同志的混合体",英国人类学家维克多·特纳(Victor Turner)以"共同体"来命名这个居于稳定的社会结构之外、个体之间相对平等的社会关系模式,它的基本特点是同质性、平等性、无属性和过渡性(Turner 96 - 97, 106 - 107)。"共同体"这个概念恰当地描述了山姆和艾米特同时身处过去和现在、战争与和平、个体与社会这一中间地带的生活和心理状态。

两人虽一长一幼,却无尊卑之别,"他(艾米特)就像她(山姆)哥哥一样,她和艾米特是好伙伴,他从没对她颐指气使过"(33)。山姆处于高中和大学的过渡期,艾米特没有固定工作,社交不多,艾米特还因和嬉皮士朋友把越共旗帜插到法院大楼,以及和外甥女住在一起而遭到非议,两人共同游走于主流生活的边缘地带,这种疏离模糊化了他们的社会归属感。

阈限"共同体"的过渡性表征为自发性、即时性和具体性,对抗的是社会结构的规范性、稳定性和抽象性(Turner 113, 127)。这在山姆和艾米特的心态表现尤为明显。山姆不愿去列克星敦和母亲生活，坚持说"得有人看着艾米特"(26)。不过，两人的共同生活是暂时的：故事结尾，山姆决定去列克星敦上学，艾米特计划去餐馆打工，这个"共同体"有可能离散而走向后阈限阶段。在目前的阈限阶段，两人共同经历了越战挥之不去的阴影带给他们生活上和情感上的种种焦虑。这些焦虑既有越战历史的共核，在求知上又是对位的：山姆追问越战真相，艾米特经常避而不谈。

在小说里，山姆和艾米特的阈限"共同体"与一大一小两个空间构成"里应外合"的叙事情境。小空间是他们住的旧房子，它不乏现代生活设施：电视、冰箱、电唱机、游戏机，又弥漫着充满异质感和视觉创伤的历史记忆：房屋地基渗水倾斜，客厅是东拼西凑的旧家具，地下室堆满旧杂志和去世姨婆留下的花泥。这样的空间杂糅了个体记忆、家庭历史和当下的生活风格(看电视、听音乐、打游戏、吸大麻)。大空间是故事背景即美国南方小城"希望镇(Hopewell)"。小说名"in country"是老兵们用来指越南的战斗生活，但故事主体在美国，"country"因而有双义：既指越南，也指美国。叙事在现实的希望镇和异域的越南来回穿梭，在80年代美国的喧嚣生活和越战老兵的创伤记忆之间不时位移，希望镇因而成为一个虚实相融、暗嵌反讽的跨时空阈限隐喻。

二、战争的多重叙事与阈限焦虑

阈限与焦虑密切相关。焦虑是"我们对环境最深沉、最古老的一种回应"，而阈限固有的"不确定性易产生焦虑"(Austin 26)。弗洛伊德断言，"焦虑问题是一个节点，联结起所有最重要的问题"(Freud 41)。山姆为追寻越战真相，走进从宏大到微观、从他人到自我四个层级的战争叙事：官方的宏大叙事，父亲的"战时叙事"，艾米特等老兵的"身体叙事"，以及山姆自己的"具身叙事"。这些碎片化叙事或互补，或颠覆，构成多孔互渗的文本阈限，为山姆提供了分裂的、开放的、存疑的战争"真相"，把她引入一个非此非彼、似是而非的叙述之网，或缓释或延续她的求知焦虑。

官方的宏大叙事既有口头的，也有书面的。在山姆的高中毕业典礼上，卫理公会牧师"发表了要保持国家强大，强调牺牲精神的演讲"，这反而“让山姆心神不定,她开始思索战争,整个夏天都放不下这个念头”(31)。宗教话语具有权威性,然而它宣扬的爱国精神没能安慰失去父亲的山姆,却引发了她的疑虑。在她探求真相的过程中,官方资料和学术研究同样没能给她满意的答案,“它们都是无聊的历史书,没讲那边打仗是什么样子的”(67)。“吴廷琰、保大、奠边府、胡志明这些名字都混在一起,她陷入各种声明和国务院文件的包围中”(77)。这些威权话语在山姆眼里不过是苍白空洞的文字堆砌,既不能提供令人信服的真相,也无法满足她求知的直观感受和情感诉求。

父亲在日记和书信里的真情流露对具有普适性权威的官方叙事构成了一种断裂叙事。他在信中表达了为国争光的豪情和思家念妻的深情。“我为能服务于国家而感到骄傲”(258)。“我无法告诉你我有多想你”(257)。得知妻子怀孕,他高兴地说,“我天天为宝宝祈祷”(260)。然而在日记中,这种情与爱很快让位于艰苦的战斗生活带来的沮丧、死亡恐惧和杀戮的冷酷和麻木。信是写给他人看的,多少顾及读者的感受,日记则不同,它更私密,可以畅所欲言,因而更为真实,对山姆影响也更大。日记里的杀人场面令她“直犯恶心,胃在翻搅,她想吐,她能看见也能闻到香蕉叶下那具尸体”(294)。这种想象中的具身体验颠覆了女儿心中父亲的形象,而父亲不带情感地“报道”杀人,更是令她对他从厌恶变成憎恨,“我恨他,他那样子说敌人,说杀人,他真可怕”(318)。父亲的“凶手”形象与她在电视剧《野战医院》里欣赏的理想化的士兵形象发生严重冲突,这令她焦虑和不安(Folks 82),她从恨父亲上升到批判自己国家的好战和霸权,“美国哪怕碰上一点点威胁,就会穿上牛仔靴,咚咚地走过去,给别人颜色瞧瞧”(318)。在对战争的负面看法上,年轻的山姆和她的外祖母、母亲艾琳不约而同。外祖母愤怒地冲外祖父嚷道,“你说军队会把他(艾米特)变成一个男子汉,看看他们都做了什么吧”(180)。艾琳更是憎恨令她失去丈夫的越战,“提起战争她就心烦”(71),她决然离开希望镇。三代女性的反战思想源于她们的切身体验,它否定官方文献固化的知识,消解宗教话语的权威性,透露出女性主义的感性和人性。山姆尽管对战争有了自己的想法,却还没有找到满意答案,“她感到困扰的是:真相是那么难以发掘”(82),她的求知焦虑仍在。

与父亲以文字呈现出来的“战时叙事”形成互补的是以艾米特为代表的老兵群体的“身体叙事”。老兵的战火经历本来是为山姆答疑解惑最大的权威,可他们几乎都回避她的追问,要么只聊起越南风景和无关痛痒的逸闻,其实,他们身心受创,这是最直接、最可靠的答案。弹片在汤姆的后背留下“细小的肿块”(181),更糟的是他失去了性功能,他向山姆承认,“……我当时很难受,头痛了一年,很抑郁”(135)。巴迪“恶心、拉肚子、黄疸、氯痤疮,肌肉痉挛,睡不着,瘦得厉害”(159)。艾米特得了橙剂后遗症,“这里结了痂,那里又流脓水,有时他一笑,一个脓疮就会裂开”(93)。他还闹心灼热,被头疼折磨了整个夏天。身体是自我和物质世界之间的“门槛”(Mukherji xix),一个可渗透的感知地带,外界通过感官刺激作用于身体,身体发生感知,进而作用于思维和心灵,形成内与外的互动。老兵们的伤疤、疾患和痛苦都是战争这一外力深烙的印记,他们因此成为战争的活“祭品”,他们沉淀了战火的身体是对宏大话语的破坏性叙事。没有上过战场的山姆同情他们,却读不懂这样的符号,她不知道如何与他们有效沟通,“她不知道说什么,她总是不知道说什么才对,这让她非常愤怒”(186)。

官方的权威话语、父亲的个体记述、老兵的身体书写,这些关于战争的间接知识或彼此矛盾,或有时空距离,难以消除山姆的求知焦虑,于是她决定以具身体验来获得直接知识。如果说老兵的身体叙事重在展示,那么山姆的具身叙事则重在行动。她先是和汤姆上床,可汤姆既做不了爱也不愿多谈越战,这一尝试无果而终。她下一个惊人的决定是到卡伍德池塘过上一夜,以“亲历战事”来找到战争真相。池塘位于城郊,是一块“遍布污水坑、蛇满为患的沼泽地”(46),它既分隔又连接自然界和希望镇,是真实的阈限空间。一旦山姆把它当作越南丛林来体会士兵的战斗生活,它就成了一个既真实又虚幻的想象阈限。一个年轻姑娘独自到荒郊野外过夜是身心的双重冒险,而冒险行为是个体以激进的方式打断日常生活形态和固有的意识形态。“战争是典型的男性范式,女主人公闯入荒野,既是对性别界限的介入和挑战,更是建构起女性的成长仪式”(Krasteva 77)。艾米特说,“女人没去过那边,她们哪能理解呀”(153)。山姆以“士兵”身份去池塘过夜,是对战争中性别之别的越界,是对男性偏见的挑战，也是她成长的重要一步。“池塘过夜”对山姆和艾米特最喜欢看的《野战医院》构成了叙事补偿和主题深化：电视剧是公共想象，“池塘过夜”是个人想象；电视剧是对战争的间接认知，“池塘过夜”是间接认知中的直接体验；电视剧是大众的艺术审美，“池塘过夜”则是个体的沉浸式刺激。在池塘这一跨时空的想象阈限中，山姆从战争的旁观者变成战争的“参与者”，对越战这一历史事件也从被动接受变成主动理解，主体意识得以定位。

“池塘过夜”是整个故事的高潮点，艾米特的战后焦虑在这里得到完全释放，山姆也得到迄今为止最明晰的战争读解。第二天早晨，焦急的艾米特来池塘寻找山姆，山姆追问他为什么战争把他变成现在这个样子，艾米特再也忍不住，从抽泣到放声大哭，“他的哭声愈发响亮，有如孔雀哀号”(322)。痛哭是最外显的身体语言，它通过宣泄来言说创伤，缓解焦虑。原来艾米特的战友全死了，他靠装死才逃出生天，此后，他一直为自己“还活着而羞愧”(95)。沉淀在战争记忆中的负罪感导致艾米特患上了创伤后压力心理障碍症(post-traumatic stress disorder)，“内疚通常降低身体的反应力，让我们深感懒散懈怠，疾病缠身”(Breggin 27)，难以正常生活：他不愿工作，不愿再恋爱，不愿出门，经常做噩梦，从越南带回的脓疮难以治愈。“创伤的可传递性令人担忧，它在精神和肉体症状间相互渗透”(Luckhurst 3)。艾米特承认，“我出了问题，给弄坏了，好像心脏中间什么东西没了，我没法把它弄回来”(324)。山姆孜孜以求的越战真相此时最直观、最感性、最真实地展现在一个身心备受折磨的老兵的哭声和心声中。不过，艾米特马上否定真相的存在，“有些事你永远弄不明白”(325)。他的话在最后的“参观纪念碑”中得到部分释义。

三、悬而未决的阈限焦虑

如果说“池塘过夜”是山姆求知之旅的重要节点，那么“参观纪念碑”则是她和艾米特这一“共同体”焦虑书写的深化，也正是在这里，已有研究的乐观基调值得商榷。山姆在这个越战纪念碑上发现一个士兵和自己同名，这“标志着她与战争的性别隔阂已消失”(Price 185)。艾米特看着碑上战友的名字,“脸上迸发出火焰般(like flames)的笑容”(351),这表明“艾米特终结了失去战友的悲伤”(Durham 51)。笔者认为,“消失”和“终结”没有看到山姆之名和艾米特之笑的含混性。

山姆发现士兵与自己同名,“她的心怦怦直跳……她摸着自己的名字,感觉十分怪异,似乎全美国的名字都用来装饰这堵墙了”(351)。这里的动作和感觉是梅森典型的写实风格,没有评论,修饰限定简要而不动声色,涵义游移不定,不过有一点是清楚的:如果山姆此时理解了她是战争叙事的创造者和参与者,她与父亲、与越战达到了完全认同,那么她不应该有“怪异”之感。这种感觉显然暗示山姆与越战的多重勾连没有获得明确的厘清,而“似乎”强化了这种不确定性。同样,“装饰”也是多义的:士兵战死沙场,可在纪念碑上流芳千古,抑或只是爱国精神虚幻的装饰品。艾米特、汤姆、巴迪的创伤、山姆父亲日记的真情实感使后者更趋可能。可以说,“怪异”感和“似乎”暗示了山姆对历史真相的求知仍然没有得到圆满解答。这种含混性及其主题含蕴也表征在“山姆”这个男性化的名字中:它既男又女,既生又死,既属于过去也属于现在,既是静止的标识又是鲜活的生命。这暗示对战争的追问、对历史的探究是背负越战沉重历史的美国战后一代的生活特质,并无性别之分。

同样,艾米特之笑的含义也不明确。作者刻意采用第三人称的外视角,表明这是描述而非解读,故事在此戛然而止,没有解释,没有评述。魏尔海姆(Albert E. Wilhelm)认为“火焰”指这笑容象征涤荡之火,烧去战争的痛苦和恐怖(151)。其实,“小说根本没有暗示艾米特最终获得内心的启迪,可以平和地坐在越战士兵纪念碑前”(Stewart 176)。相反,越战为这“火焰”提供了一个若隐若现的历史语境:美国兵手中可怕的火焰枪(flamer)或投下的燃烧弹。文本内亦有呼应。山姆想象在越南战场上,“一颗炸弹爆炸了,碎片漫天,火焰四射”(257)。“艾米特有一次说,越南的夜空是一场光的表演。火箭、降落伞的闪光、曳光子弹、照明弹、信号弹、搜索信号、铅笔的闪光。……就像是放烟花”(260)。由此,这笑容倒可能暗含反讽:战死沙场的士兵固然不幸,却因碑上留名而得永恒,逃过劫数的士兵固然令人庆幸,却难以摆脱战争创伤。于是,艾米特的笑可能是苦笑而非欢笑。

斯图尔特(Matthew C. Stewart)断言“参观纪念碑”这个结尾过于突兀,是一个叙事缺陷(177),然而,从阈限角度看,这不过是梅森小说开放式结尾的又一例证。山姆的“怪异”感和艾米特模棱两可的笑容暗示他们的焦虑悬而未决。这种悬而未决在作品的题词中已有提示:“奔波十载,身心疲惫/无处可逃,亦无处可去。”题词来自当时写美国老兵的流行歌曲《生于美国》,这一副文本述写了战争一代的艾米特和战后一代的山姆所共有的阈限焦虑:进无可进,回亦不能,奔波长久却难有结果,未来如何不得而知。梅森本人的话进一步强化这种悬置感。她在写作《在》时参观了华盛顿纪念碑,发现碑上有个名字“鲍比·G. 梅森(Bobby G. Mason)”。她说,“我觉得每个人的名字都在那面墙上,不单是被派去越南的士兵上战场,我们都在那里,我们要一起回家,要走很长的路”(*Clear Spring* 206)。

名字近似和回家之难暗示《在》浸入了作者个人的战争焦虑和创作的阈限感。梅森的父亲参加越战这一事实深深影响了整个家庭:奶奶的恐惧和焦虑,母亲无言的伤痛,父亲的沉默寡言。梅森说,“我在山姆身上看到了年轻时的自己,我了解三个人物的所思所想,他们的焦虑令我颤抖”(*Clear Spring* 205)。在美国文坛上,梅森是一个地域身份不明的作家,她既不承认也不否认自己的南方之根,“如果你说我是个南方作家,我想说,‘不,不算是。’如果你说我不是南方作家,我可能说,‘我当然是!’”(Mason and Kling 17)。这种缺少自我定位的另类感促使她同情艾米特这种满怀创伤、与现实生活格格不入的人物,“我写他们的故事,看来是为了帮助自己找回立足之地”(*Clear Spring* 204)。

在作品中,梅森的居间身份由己推人,由小而大。作家“作为个人可能有喜怒哀乐、有意志和个人目的,然而作为艺术家他却是更高意义上的人,是‘集体人(collective man)’”(陆扬 126)。梅森把虚构的山姆、艾米特和真实的梅森勾连起来,把战后的美国社会投射到虚构的希望镇上。20 世纪 80 年代,越战已经过去,小镇歌舞升平,人们看电视、喝酒、聚会、游玩。然而,代表现代化的商场和象征南方记忆的旧农场并存,灯红酒绿和破败不堪同在,吃喝玩乐下面是越战老兵的艰难生存,是山姆战后一代追问历史真相和生活意义的迷惘。山姆和老兵有同感,这个国家“没有一样东西属于她”(332)。这一杂糅图景和情感共鸣要表征的个体焦虑其实是集体性的:越战虽已结束,但美国人民要摆脱战争阴影,确如梅森所说的那样有很长的路要走。这是《在》深刻的现实主义内涵。

小说采用“梭形回环”叙事来强化阈限时空特有的悬置感,达到主题内涵和叙事手法的“形义相合”。小说分为三部分,两头短中间长。故事开始时,祖孙三人的华盛顿之旅已在路上,很快进入第二部分的倒叙,在时空交错中暗嵌旅行缘由,第三部分第一节收尾第二部分,第二节参观纪念碑。这种叙事手法一开始就将“华盛顿之旅”悬置起来,打破线性的时间轴和固定的叙事空间,在时间回流和空间交错中形成人物的心理拼图和行为互动,在文本时间和故事时间的杂糅中逐现主题内涵。结尾短促而开放,“读者拿不准人物下一步会做什么”(Flora 554)。这种“悬置式叙事”既保证情节结构完整,又推动读者思考不确定性中的多种可能性,言简而意远。

四、结　语

梅森在一次访谈中说,“我特别喜欢《在乡下》,它与众不同”(Mason and Kling 17)。至于《在》如何与众不同,她没有多加解释,不过我们至少可以说《在》是一部奠基之作,开启了梅森以史写今的多个作品,如《热爱生活》(*Love Life*, 1989)、《羽冠》(*Feather Crowns*,1993)等。《在》是一部突破之作,之前的南方女作家多写内战这个地方性主题,《在》写了越战这个国家主题,既立足南方,又超越了地域性。《在》还是一部阈限之作,战争创伤、求知焦虑、身份多元化营造出一个历史和现实杂糅的阈限场域,互嵌了情感成长、家庭关系、性别越界、心理病症多种焦虑书写,在战争仍不停歇的当下,体现了一个作家人性关怀的创作良知。

引用文献【Works Cited】

Austin, Michael. *Useful Fiction: Evolution, Anxiety, and the Origin of Literature*. Lincoln and London: U of Nebraska P, 2010.

Barry, Michael. “Black Holes, Graveyards, and the Gravitational Force of What's

Below: Mason's *In Country*." *Papers on Language & Literature* 49 (2013): 141 - 71.

Breggin, Peter R. *Guilt, Shame, and Anxiety: Understanding and Overcoming Negative Emotions*. Amherst, New York: Prometheus Books, 2014.

Durham, Sandra Bonilla. "Women and War: Bobbie Ann Mason's *In Country*." *The Southern Literary Journal* 22 (1990): 45 - 52.

Flora, Joseph M. "Bobbie Ann Mason." *The History of Southern Women's Literature*. Ed. Carolyn Perry and Mary Louise Weaks. Baton Rouge: Louisiana State UP, 2002.

Folks, Jeffrey J. "Exile and Home Again: Postwar Fiction of the American South." *Tamkang Review* XXXVIII (2007): 71 - 86.

Freud, Sigmund. *The Complete Introductory Lectures on Psychoanalysis*. New York: W. W. Norton & Co., 1966.

Henningfeld, Diane Andrews. "Overview of *In Country*." *Novels for Students* 4. Ed. Marie Rose Napierkowski. Detroit and London: Gale, 1998:137 - 58.

Krasteva, Yonka. "The South and The West in Bobbie Ann Mason's *In Country*." *Southern Literary Journal* 26 (1994): 77 - 90.

Lu, Yang. *Literary Theory of Psychoanalysis*. Jinan: Shandong Education Press, 1998. [陆扬:《精神分析文论》,济南:山东教育出版社,1998年。]

Luckhurst, Roger. *The Trauma Question*. London and New York: Routledge, 2008.

Mason, Bobbie Ann. *Clear Spring: A Memoir*. New York: Random House, 1999.

---. *In Country*. New York: Harper & Row Publishers, 2014.

---, and Vincent Kling. "A Conversation with Bobbie Ann Mason." *Four Quarters* 4 (1990): 17 - 21.

Mukherji, Subha. *Thinking on Threshold: The Poetics of Transitive Spaces*. New York: Anthem Press, 2013.

Price, Joanna. "Remembering Vietnam: Subjectivity and Mourning in American New Realist Writing." *Journal of American Studies* (2)1993: 173 - 86.

Spariosu, Mihai I. *The Wreath of Wild Olive: Play, Liminality, and the Study of Literature*. Albany: State University of New York Press, 1997.

Stewart, Matthew C. "Realism, Verisimilitude, and the Depiction of Vietnam Veterans in *In Country*." *Fourteen Landing Zones: Approaches to Vietnam War Literature*. Ed. Philip K. Jason. Iowa City: U of Iowa P, 1991: 166 - 79.

Thomassen, Bjørn. *Liminality and the Modern: Living Through the In-Between*. Berlington: Ashgate Publishing Company. 2014.

Turner, Victor. *The Ritual Process Structure and Anti-structure*. New Brunswick and London: Aldine Transaction, 2011.

Wilhelm, Albert E. "Bobbie Ann Mason: Searching for Home." *Contemporary Literary Criticism Select*, Gale, 2008.

历史·叙事·真实

——解读后现代语境中的《洼地》

胡　蕾

内容提要：《洼地》是后现代语境下的"新历史小说"文本，旨在对历史进行重新阐释与构建。小说打破线形历史叙述，使"过去"与"现在"循环往复，建构出历史的循环发展本质，确立了过去/历史的重要意义。斯威夫特通过对文本叙事的掌控，质疑了"真实"观念，并在文本中表达了这样一种观点：作为叙事的历史是一种个人真实。

关键词：格雷厄姆·斯威夫特；《洼地》新历史小说；循环历史

作者简介：胡蕾，文学博士，西南大学外国语学院副教授，主要从事现当代英美文学、族裔文学研究。

在当代英国文坛中，格雷厄姆·斯威夫特(Graham Swift)(1949—　)以其对历史的重新审视以及对人性的深刻反思而闻名于世。斯威夫特1949年出生于伦敦，自1980年出版第一部长篇小说《糖果店主》(*The Sweet-Shop Owner*)以来，已连续出版了《羽毛球》(*Shuttlecock*)、《洼地》(*Waterland*)、《世外桃源》(*Out of This World*)、《从此以后》(*Ever After*)、《最后的遗著》(*Last Orders*)等多部长篇小说。其中《洼地》(1983)获布克奖提名；《最后的遗著》获1996年度布克奖。斯威夫特"善于在乡土环境中塑造人物，在家庭隐私的琐碎事件中，凸现出社会历史变迁"(瞿世镜27)。他注重对历史的重新阐释与构建，他的历史观贯穿在他的创作之中，他认为对故事的叙述必须持以历史的纵深感，"我们不仅仅是我们所识别的个体，而且构成、造就和属于这个更大的集合体——我们称之为历史"(郭国良148)。在其代表作《洼地》中，历史的线性流程被打破,不再呈直线式前进而是循环往复,“过去”不断冲击着“现在”,历史与人们现时的命运息息相关;主人公汤姆·克里克循环曲折的叙述模式与此相对应,他在时间中来回穿梭,通过“讲故事”编织着过去与现时的联系,在历史语境中,个体经验与公共历史相互交织,叙述者创造了另一种“真实”观念,并由此获得新的自我认识。斯威夫特在文本中通过对历史的多方位阐释以及对文本叙事的掌控,表达出这样一种观念:历史是人的历史,作为叙事的历史是一种个人真实。

一、后现代语境下的“新历史小说”

80年代是英国“新历史小说”兴盛的年代,这与当时的英国社会背景和后现代时期的文坛走向不无关联。二战后英帝国殖民体系瓦解,1947印度独立,五六十年代亚非拉国家纷纷独立,1956年苏伊士运河危机标志英帝国大势已去,然而80年代年马岛战争似乎又使一部分英国人产生对帝国的怀旧感,此外,文化多元化使“英国性”也受到了冲击和质疑,英国知识分子感到迫切需要对历史进行反思,从历史中寻找对现实问题的答案。此时,“新历史主义”作为一种理论思潮已在西方知识界引起广泛关注,在英国则是以“文化唯物主义”的面貌出现,这些理论的创立标志着文学批评中的“历史回归”(Wilson and Dutton 1)。早在维多利亚时期,对“历史进程与其哲学意义的关注”(Dale 2) 就已经成为知识界的普遍现象。19世纪历史主义的盛行对英国文学产生了深远的影响,“自1830年以来,几乎所有的英国评论家都认为在对诗歌进行有意义的评论时不考虑‘历史’因素是不可能的。”(Dale 10)80年代撒切尔夫人的上台使维多利亚价值观念得到重新肯定,加上这一时期独特的社会历史因素的客观需求,于是“历史主义”便再一次兴起。然而,“新历史主义”对历史再现的客观性提出了疑问,根据海登·怀特(Hayden White)的观点,历史作品是“以叙事性散文话语为形式的一种言词结构”(*Metahistory* 2),一种由叙述对于历史事件的再造,历史叙述作为文字的虚构便使文本具有了主观性。因而作家们开始在作品中以各种各样的方式来探讨历史,思考文学与历史、文学虚构与历史真实的关系。多米尼哥·黑德(Dominic

Head) 在《现代英国小说 1950—2000 年》中就曾指出“1950 年到 2000 年的英国小说对社会和文化历史中最重要的领域有一种独到的洞察力”(2)。

从另一方面来说，小说本身也在不断发展，英国小说在经历了现实主义和现代主义的纷争之后，也卷入了席卷资本主义世界的后现代主义潮流之中，后现代小说开始占据英国文坛；而后，从 70 年代末至八九十年代，调和折中的新保守主义成为强大的国际性社会思潮，激进的思潮和标新立异的风格不再受到盲目效仿。撒切尔夫人上台执政后，人们开始对昔日的传统抱以一定的怀旧情绪。在此社会气候之下，英国小说出现了把现实主义和实验主义(包括现代和后现代的各种实验)兼收并蓄的潮流，“标新立异的实验主义已让位于某种新的创作趋势，那就是利用小说这种艺术形式，来发掘生活在这个历史时代所具有的内在的、深层次的涵义”(瞿世镜 31)。在这种背景下，一批“新型历史小说”应运而生，其中包括格雷厄姆·斯威夫特的《羽毛球》、《洼地》，彼得·艾克罗伊德的《奥斯卡·王尔德的遗嘱》、《霍克斯莫》，朱利安·巴恩斯的《福楼拜的鹦鹉》，拜厄特的《占有》等。这些作家在作品中以有别于传统的方式来阐释历史，他们“经常将个体置于历史的语境中，或以历史传统为潜在的背景，让公共性的历史和个性的经验交织在一起，或者让公共性的经验给淡薄的个体留下深刻的历史印记和创伤”(张和龙 195)。“新历史主义”(New Historicism)小说呈现一种自我反思倾向，在讲述历史的过程当中，重新审视历史、质疑“真实”观念，让叙述者获得一种自我认识，展现了后现代语境下对历史的阐释与重构。正如斯蒂芬·康纳(Steven Connor) 所言，“当代英国小说不仅被动地烙上了历史的印记，而且也是历史被书写与重新书写的手段之一”(1)。

二、《洼地》中的历史阐释

“新历史主义小说”大多都没有遵循旧有的线形时间观，他们认为过去、现在、将来不是呈直线式接替向前，而是彼此联系、相互交叉。斯威夫特在《洼地》中便打乱了过去与现在的时间顺序，将二者交织在一起，使过去与现在不断发生碰撞，过去影响着现在，现在与不断回归过去，继而呈现循环模式。“线性时间中过去是静止的，与此相比，循环时间激活过去使其成为现在的活性力量。”(Rao)循环时间建构出历史发展的循环本质：“历史同时朝两个方向发展。它在向前行进之时也在后退。它形成环状。它迂回曲折。不要陷入这样的错觉：历史是一个有条不紊、持续不断的纵队，坚定不移地朝着未来行进。”(*Waterland* 135，后文引用仅标注页码)《洼地》中涵概着不同层面的历史：汤姆的个人历史、阿特金斯和克里克两个家族的历史、芬斯地区的地方史以及整个人类的历史；各种历史交叉纵横，每一层面循环往复，现在与过去之间不断地发生碰撞。

《洼地》以叙述者历史教师汤姆被迫辞职开始。他 52 岁的妻子玛丽在超级市场抱走了别人的婴儿，于是平静的生活被打破，玛丽最终精神失常。对于玛丽此举，我们必须回溯过去才能找到根由。青春年少时的任“性”妄为致使玛丽怀孕，愚昧的打胎方式留下终生遗憾，玛丽从此不能生育。过去的阴影一直笼罩着他们，婚后看似平静的表象下隐藏着随时可能爆发的危机，窃婴事件则是事态发展的必然结果。当初汤姆看到桶里的胎儿时便意识到“桶里的东西就是构成未来的东西”(308)。“对汤姆个人来说，这个死婴也代表了他妻子为什么最终精神失常偷抱他人婴儿的原因……来自汤姆青少年时期的胎儿导致了他妻子现今的行为，确立了他的未来。”(Rao)在汤姆的个人历史中，“过去”是“现在”的动因，“现在”一直被“过去”覆盖，在某种意义上来说，他的过去即是现在，现在即是过去。由此，汤姆的历史不是一个单一的纵深体系，而是一个往复交替的循环。

阿特金森家族与克里克家族是芬斯地区最具代表性的两个家族，他们见证了该地区在工业革命影响下的发展史。阿特金森家曾经是那里声名显赫的大家族，掌握着该地区的酿酒业及航运业等，克里克家族一直生活在芬斯地区，在阿特金森家族开辟运河之后，他们一直是运河的水闸管理人。这两个家族在其发展末端通过傻子迪克交叉在一起。从迪克身上折射出来的过去对两个家族的现在起着决定性作用。迪克是阿特金森家族的海伦与父亲厄内斯特乱伦的结果；海伦嫁给克里克家族的亨利后，亨利与迪克成为名义上的父子。两个家族的直线性发展被打乱，也由此走向毁灭。厄内斯特自杀，海伦在逃避中早逝，迪克知道事情真相之后跳船身亡，亨利在遭受打击后不久也因病而亡。迪克在两个家族的历史上占据着极其重要的地位，他比汤姆更能代表两个家族，因此汤姆虽然尚存，但在象征意义上，迪克的消亡也就代表着两个家族的灭亡。由此说明，过去并没有随着时间而湮没在历史的大潮中，相反，它随着历史一起前行，越积越深，深刻影响着人们"现时"的生活。

斯威夫特很巧妙地把全书置于洼地这样一个特定背景之下，使之没有遵循亚里士多德的开始、中间、结尾的理想模式，而是让"水"不断冲击着芬斯地区，不断打乱该地区的发展。芬斯最初就是一片洼地，后来人们得到了排水的知识，经过当地人艰苦的工作，洼地成了可供人们居住的干地；而后洪水来到，干地又成为洼地，再排水，再居住……周而复始，不断重复着过去。乌日河贯穿整个叙述，连接着各个不同环节。"太阳和风从海洋中吸收水分，再把它分散到陆地上，永久地为河流提供水源。于是，当乌日河流向海洋之际，它实际上像所有河流一样，只是流回自身，流回自己的源头；河流单向流进的印象只是一种错觉。"(145 - 46)河流的流动体现出历史的运作方式，成为体现循环历史模式的中心意象，可以说乌日河的流动"描述的不仅是河流的运动，似乎也描述着《洼地》中所呈现的历史的本质，因而也描述了书本自身的本质"(Ripple)。

在整部作品中，循环历史观也遭受了质疑和挑战。汤姆作为其代言人一直强调过去的重要意义和了解历史的必要性，他认为："过去的历史直接有效地筑就在现在之中"；"历史在前进之时也在后退。一步向前，一步向后"。挑战来自以汤姆的学生普莱斯为代表的年轻一代。他们抵制老师的观念，他们对过去毫无兴趣，只希望生活在"此时此地"。因为那些已经完结的事实与现时并无关联；而核战争会让世界陷入灭顶之灾，人类毫无未来可言，"成为神话故事的是此时此在而不是历史，至少此时此在的内容是固定不变的"(60)。历史只是一种逃避手段，这是普莱斯对历史的另一项指控："先生，你知道你的麻烦是什么吗？你一心想要解释。解释，解释。事事都要有个解释……你以为解释就可以接近事实，但解释却是在回避事实。"(145)过去已经过去，将来是未知的，唯有现时才有意义，因而"对普莱斯莱说，反历史就是反解释，因为历史与解释都回避了现时生活”(Landow)。

然而在小说的结尾，作者却又巧妙地缓和了这种质疑，再次确立了历史的重要性。当学校要求汤姆提前退休时，居然是平时上课时跟历史老师针锋相对的普莱斯带领同学要求让老师留下来，继续开设历史课程。这就说明学生们也意识到了历史课的重要意义，即了解过去的重要意义。与普莱斯不同，汤姆意识到了“此时此在”的不可行性，“‘此时此在’就是与过去分离的现在；然而这一观点又被以下事实复杂化：故事的现在总是与过去混合，每一刻都无法解释地与前面的时刻联系在一起”(Covert)，所以他一直强调过去(历史)的重要性，并由现在回归过去，进入历史。

三、后现代语境：历史真实与个人真实

《洼地》中对历史的探讨凭籍历史教师汤姆而展开，质疑了代表着传统历史观的线形叙述结构的真实性和有用性，并通过循环往复的网状叙述结构再现历史的复杂性。从整体来看，《洼地》是一个自我反射与交叉联系的文本，汤姆通过错综复杂的叙述追述了他个人及其家庭的历史以及故乡和自然界的进化，某些事件、主题、不断重复，从不同角度进行审视。在这种盘根错节的叙述中，转换的视角如同河水一般在过去与现在、历史与现实之间移动。“过去是一个确切的因素，另一个有待发现的角色。斯威夫特的叙述者汤姆在讲述自己的过去时，在包含成人自我的第一人称叙述中与他自身及其家族、朋友和团体的故事/解释中移动。汤姆·克里克模糊了真实与虚构——历史与纯粹神话之间的界线，企图了解自己那让人难以置信的人生的含义。”(Rose)历史在《洼地》中以后现代话语方式得以表现，错综复杂的叙述并不旨在使历史人为地复杂化，而只是还原历史本来的复杂面貌。另外，作品中涵盖的各种历史不是单线展开，每一件史事并非清晰明了，一目了然。相反，事件的顺序被打乱，在纵向横向上相互杂糅，形成错综复杂的网状脉络，由此，读者通过梳理所还原的历史便有可能出现差异，于是阅读过程也成为意义确立的过程。“历史”在叙事中具有文本的特性，成为叙述者的一种再造，在被接受的过程中也具有了不确定性与差异性。

海登·怀特曾经指出,“如何组合一个历史境域取决于历史学家如何把具体的情节结构和他所赋予某种意义的历史事件相结合。这个做法从根本上是文学操作,也就是说,是小说创造的运用”(“Historical Text” 165)。在《洼地》中,汤姆在讲述历史时没有照本宣科,而是通过讲述他自己及其祖先在芬斯地区的故事来将个人与历史组合在一起,因为他知道他本人及其家族在芬斯地区的故事都被编织在历史故事中,就如同法国大革命也是被编织在历史故事中一样。斯威夫特以人类公共历史作为潜在背景,让法国革命、工业革命、世界大战这些公共性的历史和与小说中人物的个性经验交织纵横,历史的印记和创伤在个体叙事中一次次被重组,经过个性的诠释显现出来。于是法国大革命、工业革命并未如教科书上宣扬的那般发散出现代主义所倡导的启蒙与进步的光环,而是透露出后现代社会的质疑,它们的正面效应遭到后现代社会的消解。这种质疑也是后现代语境下历史观的一种表现,反映了“后现代对‘循序渐进式历史’的拒绝,或是对明确无误地将历史视作一系列朝启蒙、理解和人类斗争之终结而行进的事件的现代观的拒绝”(Brunt)。汤姆把讲述故事作为构建历史、构建自我的方式,“所有对历史的这般构建,所有解释性叙述的创造都是使我们的生活有序,让我们免受混乱与无序的手段”(Landow)。历史在文本中的再现通过叙事来完成,因而叙事方式也就隐含着作家对历史的独特阐释,表征出作家对历史的重新建构。斯威夫特让“讲故事”成为主人公理解历史传递历史的主要手段,“讲故事”是一种通过主观臆想对客观事实进行整合重组以“主观真实”的面貌呈现出来的方式。因而斯威夫特所要探讨的是个人历史与公共历史之间的关系,自我创造的有序的叙事与事实的无序本质之间的关系,作为叙事的历史对斯威夫特来说主要是一种个人真实而不是事实真实(“Graham Swift: Critical Perspective”),这也反映在他在叙事手法上主要采用近似意识流的第一人称叙述上。小说基本上是一个戏剧独白,历史教师在教室中向学生讲述自己及其祖先的故事,与听众的交流停留在最低程度上。斯威夫特以这种方式来重新构建个人历史与世界事件、个人与公共认识之间的关系。传统中一板一眼的“历史真实”于是悄然转变成了后现代景况下的“个人真实”,在后现代语境下诞生的《洼地》便为作家传达出这样一种观点:历史不是一种不可改变的权威,历史也是一种糅合了想象的个人真实。

结 语

小说《洼地》内涵丰富,蕴含着福克纳家族史式的哥特风格,表露出对两性关系的追问,隐藏着作者的政治疑惑,尝试着叙事技巧的革新等,其中让人不能忽视的是作者在后现代的人文困惑中对历史的重新思索与构建。斯威夫特打破线形历史观,建构历史的循环发展本质,并通过质疑与询问确立了历史的重要意义。错综复杂的叙述视角与"讲故事"的叙事手法体现了"新历史小说"创作者对"真实观"的质疑,从而在文本叙事中勾勒出一幅主观真实,渲染了对历史的重新诠释。斯威夫特以他的睿智和深度展现了当代英国知识分子的历史关怀,凸现了后现代的人文困惑,虽然我们也不难发现他的创作中还存在着种种问题,诸如某些主题的累赘重复,手法上的轻重不明等等,但是我们不得不承认《洼地》以它的独特构建给读者留下了广阔的思维空间。

引用文献【Works Cited】

Brunt, Alexa Van. "The March of History: Advances, Retreats, and Returns in Graham Swift's *Waterland*." *The Victorian Web: Literature, History, and Culture in the Age of Victorian*, 2004. 〈http://www.victorianweb.org/post/uk/gswift/wl/vanbrunt6.html〉

Connor, Steven. *The English Novel in History, 1950 - 1995*. London: Routledge, 1996.

Covert, Bryce R. "The Here and Now and Everything Else in Waterland." *The Victorian Web: Literature, History, and Culture in the Age of Victorian*, 2004. 〈http://www.victorianweb.org/post/uk/gswift/wl/covert6.html〉

Dale, Peter Allan. *The Victorian Critic and the Idea of History: Carlyle, Arnold, and Pater*. London: Harvard University Press, 1977.

"Graham Swift: Critical Perspective." 2004. 〈http://www.contemporarywriters.com/authors/? p= auth93〉

Guo, Guoliang. "An Interview with Graham Swift." *Contemporary Foreign Literature* 4 (1999): 145 - 49.

[郭国良:《格雷厄姆·斯威夫特访谈录》,《当代外国文学》1999 年第 4 期,第 145 - 49 页。]

Head, Dominic. *Modern British Fiction 1950 - 2000*. Cambridge UP, 2002.

Landow, George P. "History, His Story, and Stories in Graham Swift's *Waterland*." *Studies in the Literary Imagination* 23 (1990): 197 - 211.

Qu, Shijing, et al., eds. *Contemporary English Novel*. Shanghai: Foreign Teaching and Research P, 1998.

[瞿世镜等编著:《当代英国小说》,上海:外语教学与研究出版社,1998 年。]

Rao, Maya. "The Construction of Cyclical Time in *Waterland*." *The Victorian Web: Literature, History, and Culture in the Age of Victorian*, 1996. 〈http://www.victorianweb.org/post/uk/gswift/wl/swift3.html〉

Ripple, Zoe. "The Ouse and the Passage of time and History in Graham Swift's *Waterland*." *The Victorian Web: Literature, History, and Culture in the Age of Victorian*, 2004. 〈http://www.victorianweb.org/post/uk/gswift/wl/ripple6.html〉

Rose, Felicity. "Once Upon a Time: The Presence of the Past in Graham Swift's Waterland." *The Victorian Web: Literature, History, and Culture in the Age of Victorian*, 2004. 〈http://www.victorianweb.org/post/uk/gswift/wl/rose6.html〉

Wilson, Richard, and Richard Dutton, eds. *New Historicism and Renaissance Drama*. Harlow: Longman, 1992.

White, Hayden. *Metahistory: The Historical Imagination in Nineteenth-Century Europe*. Trans. Chen Xin. Nanjing: Yilin Press, 2004.

[海登·怀特:《元史学:十九世纪欧洲的历史想象》,陈新译,南京:译林出版社,2004 年。]

---. "Historical Text as Literary Fiction." *New Historicism and Literary Criticism*. Eds. Zhang Jingyuan. Beijing: Peking UP, 1997.

[海登·怀特:《作为文学虚构的历史文本》,《新历史主义与文学批评》,张京媛主编,北京:北京大学出版社,1997 年。]

Zhang, Helong. "Novels Do Not Die: The Creation of the English Novels Since 1990." *Yilin* 4 (2004): 192 - 97.

[张和龙:《小说没有死——1990 年以来的英国小说创作》,《译林》2004 年第 4 期,第 192 - 97页。]

麦克尤恩小说《黑犬》中的伦理诉求

苏　忱

内容提要：当代英国小说家麦克尤恩于1992年出版的作品《黑犬》以第二次世界大战、纳粹集中营、柏林墙的倒塌等宏大历史事件为背景，以传记的形式刻画了伯纳德与琼这对夫妻半生的情感纠葛。文本从“黑犬”这一具有转折性的伦理事件入手，通过深入分析“黑犬”的伦理身份，琼与伯纳德的伦理选择，认为《黑犬》彰显了西方理性在当代发展中遭遇的伦理困境，小说指出了以《道德经》为代表的东方哲学作为一盏明灯照亮西方伦理困境的可能。

关键词：黑犬；伦理身份；伦理选择；理性；《道德经》

作者简介：苏忱，文学博士，浙江大学外国语学院副教授，主要从事当代英国文学与文化研究。

当代英国小说家麦克尤恩(Ian McEwan, 1948—　)于1992年出版的作品《黑犬》(*Black Dogs*)以第二次世界大战、纳粹集中营、柏林墙的倒塌等宏大历史事件为背景，以传记的形式刻画了伯纳德与琼这对夫妻半生的情感纠葛。小说的叙述者杰里米同时也是小说中琼与伯纳德的传记作者。面对琼与伯纳德截然不同的人生观，杰里米陷入了价值判断的困境，他将琼与伯纳德的差异描述为非理性与理性的不可调和：“理性主义者与神秘主义者，政治名人与修行者，入世者与出世者，科学研究者与直觉主义者，伯纳德和琼是两个极端，是一条轴线上的两极”(McEwan, *Black Dogs* 14)。他在作为传记“引言”的小说开端声称自己是一位不可知论者，评论者们对此也并无疑议。但是从文学伦理学批评的视角来看，杰里米对琼与伯纳德身份的界定与描述恰恰忽略了他们各自的伦理身份，杰里米的困惑正是源于他对伯纳德与琼不同伦理选择理解的缺失。因此，文本从“黑犬”这一具有转折性的伦理事件入手，通过深入分析“黑犬”的伦理身份，琼与伯纳德的伦理选择，认为《黑犬》彰显了西方理性在当代发展中遭遇的伦理困境，小说指出了以《道德经》为代表的东方哲学作为一盏明灯照亮西方伦理困境的可能。

一、黑犬的伦理身份

“文学是特定历史阶段伦理观念和道德生活的独特表达形式，文学在本质上是伦理的艺术”（聂珍钊 14）。“文学伦理学批评注重对人物伦理身份的分析”，因为“几乎所有伦理问题的产生往往都同伦理身份相关”（聂珍钊 21）。在《黑犬》这部小说中，琼与伯纳德的分歧始自两人在蜜月旅行中遭遇的两只巨型黑犬。琼与黑犬正面搏击并逃生这一事件是一个具有转折性质的伦理事件，该事件使得小说人物的伦理身份以及他们之间的伦理关系发生了根本的改变。在黑犬事件发生之后，伯纳德与琼这对原本鹣鲽情深的夫妻从此天各一方：琼隐居于法国的乡间，不问世事，不参与家庭生活直至生命终结；伯纳德独自返回英国，积极参加左翼政党活动，成为英国政坛的明星人物。伯纳德与琼之间不可调和的矛盾围绕着彼此对黑犬事件的不同理解与阐释而日益深化。小说的评论者也大都聚焦于黑犬象征意义的阐释，却忽略了黑犬的伦理身份。

《黑犬》的评论者一直热衷于讨论黑犬的象征意义，认为它们象征了“人类历史上反复出现的破坏性非理性的爆发”（Talese 103）；或认为它们是“可怕的邪恶与非理性的体现”（Glover 21）；或视其为“法西斯主义复活的暗示，或是地狱猎犬的暗示”（“Review of Black Dogs” 61）。还有学者在其著作中特别详细地讨论了黑犬的象征意义，以及黑犬典故的由来（Byrnes 242 - 43）。在这些讨论中，人们倾向于认为黑犬体现的是人类社会中的动物性本能，是非理性的象征，并常常同非人道事件联系在一起。评论者们将小说中描述的其他看似不相关的事件串联在一起，如在柏林街头青年纳粹对伯纳德的殴打；马尔德奈克集中营中展现的暴力；杰里米在法国旅馆中见证的家庭暴力等，由此断定小说展示了人类史上人为的灾难是人们丧失理性暴露出非人的动物性本能的结果。这种简单直接的论断掩盖了黑犬在小说中的复杂性，也违背了作家的创作初衷。

小说中的黑犬首先是凶猛而邪恶的动物，它威胁着人的生命。小说《黑犬》的灵感源自作家在法国的一次真实经历。作家在接受采访时曾吐露：他在法国度假的时候，偶然遭遇两只巨型黑犬，"他们很大、非常巨大，与当时的环境极不相符。于是我们离开主道，手里拿着石头，绕道而行。当它们远离后，我突然发现人们是多么轻易就将这样的事物转化成象征"(Billen 29)。作家亲身经历的两只黑犬进入了小说《黑犬》，它们变成二战期间盖世太保在法国乡间豢养的宠物，用以威赫平民，甚至强奸妇女。小说中女主人公琼在二战后与丈夫伯纳德于蜜月旅行途中遭遇这两只黑犬。琼在荒无人烟的乡间小路上，独自面对着两只体型巨大、凶神恶煞的牲畜，生命在瞬间陷入绝境。

其次，黑犬导致了琼伦理身份的改变。黑犬事件之前，琼是一名有着朴素政治理想的青年，她加入了英国共产党，想要为推进社会进步贡献力量。但是遭遇黑犬之后，尽管琼在与两只黑犬的搏击中侥幸逃出生天，但是这个事件却成为琼生命的转折点，作为事件的受害者，琼退出了英国共产党，离开了自己的丈夫，选择终生隐居于法国乡间。伯纳德与琼一对恩爱的夫妻也因此分道扬镳。

最后，黑犬的伦理意义最重要的——也常常被评论者忽略的——是它拒绝被象征化。伯纳德曾对杰里米说："是我告诉她有关丘吉尔的黑狗的典故的。你记得吗？丘吉尔用'黑狗'指代他时不时感到的抑郁。……因此，琼认为一只狗象征了一个人的沮丧，那么两只狗象征了文化的萧条，是文明的最糟糕状态"(120)。在伯纳德看来，琼在黑狗事件之后的剧变是因为她将黑狗象征化了。但是，琼断然否定了伯纳德的任意解读："不管伯纳德说过什么，我其实并不相信它们是撒旦的同类、地狱守护犬或者上帝的神谕，或者是他告诉别人我所相信的任何东西。……我没有神化这些动物"(62)。由此可见，琼拒绝伯纳德对于黑犬的任何象征化的解读。虽然以实体存在的黑犬是纳粹盖世太保豢养的宠物，它们在二战期间威吓平民，强奸妇女，成为纳粹暴行的帮凶。但是作家提醒我们，我们不可以简单地将黑犬等同于邪恶的象征，或动物性非理性暴力的表征。

正如作家在访谈中提醒大家的——人们总是有将事物象征化的冲动。

那么,为什么"黑犬"不可以被象征化呢?因为象征化是一种认知活动,是理性认知世界的方式。但是麦克尤恩在小说中凸显了对于黑犬的两种截然不同的阐释,及其导致的不同的伦理选择。首先,琼是黑犬事件的受害者,黑犬是她创伤经验的内核,在这场经历中,琼在情感上所体验的伤痛超越了语言的表征系统。正如诸多创伤研究者们所描述的,"在创伤事件发生之时,此事件并不能被完全接纳或感知,只是在事件发生过了之后,当时经历的创伤才反复地无法摆脱地侵袭受创的主体"(Caruth 4)。因此,真正的创伤叙述"不可能是完整的,也不可能被整合进权威的叙述中"(Felman and Laub 177)。所以,麦克尤恩在小说中突出了琼与黑犬的遭遇过程中情感对主体的淹没。

> 那只狗前进了几码,然后停了下来。它的尾巴放得很低,前脚牢牢地插在上,琼向后退了一步,然后又退了两步。她的左腿膝盖关节在发抖,右腿要好一些。她想象着那只动物眼中的视野:一片毫无色彩、如水墨画般的图景,一个轮廓模糊、徘徊不前的竖直物体,无疑是个人类,一个可以吃的人类。(172)

这是琼一开始面对黑狗时的状态,虽然恐惧但仍然能够思考与判断。作家特意强调了她的左腿在颤抖,而右腿要好一点。在这里左腿与右腿的差异描述并不是偶然的。早在古希腊时期,亚里士多德已经赋予了左腿与右腿不同的含义。在亚里士多德看来,"所有的运动都从右边开始,所以左边是静止的状态"。但丁在《神曲》中发展了亚里士多德的学说,创作了攀登地狱山时左脚落在后面的诗人形象。但丁的研究者为此进一步阐释了文学中左脚与右脚的不同含义——"右脚代表着智慧或理智,而左脚代表着情感或意志"(Boyle 44)①。左右脚的意象由此在西方文学中流传,麦克尤恩在小说中延乘了它,丰富了小说事件的内涵。在琼初遇两只狗时,她颤抖的左腿昭示着她内心的恐惧,她的右腿好一点是因为她在理智上仍能够思考应对恶狗的方式。理智仍然能够帮助她驱散内心的恐惧。因此叙述者说:"她很害怕,有理由的害怕(reasonably afraid)。"(173)但是,随着两只狗与琼的距离愈来愈接近,"肌肉痉挛让左腿剧烈颤抖,以至于再也承受不了她的体重”(175)。当琼决定拿起石块投向那两只黑狗的时候,“她的左腿就颤抖得更加厉害了”(179)。理智与情感的激烈对撞和交锋中,当两只狗越逼近琼,琼的理智越来越被情感所淹没。她无法冷静地应对两只狗的追近,相反,“她疯狂而绝望地扔出石头”(179)。

其次,与琼的难以名状的情感体验相对,伯纳德并未亲眼见证琼的创伤经历,而只是聆听了琼事后的转述。他不可避免地以抽象、理性地方式解读了整个事件,而无法与琼感同身受。在事件发生之初,伯纳德觉得为了两只狗放弃通向那瓦塞勒坡路的美丽风景有多么愚蠢。正是伯纳德这种自以为是的理性判断,使他忽视了琼在创伤经验中的痛苦感受,由此割裂了彼此的关系。黑犬成为琼的情感体验与伯纳德的理性诠释对立冲突的集中体现。

由此,黑犬的伦理意义在于它展现了极端历史事件中情感体验与理性判断两种不同的伦理选择,并凸显了各自行为选择的伦理意义。琼对伯纳德的理性阐释感到失望与愤怒,因为她从伯纳德身上看到了理性的暴力,其中理性对同一性的追求、抹杀差异的欲望是法西斯主义诞生的思想根源之一。所以作家麦克尤恩也在访谈中提醒读者警惕将事物轻易象征化的冲动。因为西方文明发展过程中形成的理性认知习惯虽然推动了科学的前行、文明的推进,但是第二次世界大战之后的诸多西方学者都指出了当代理性发展中隐藏着走向非理性的危险。

二、“理性主义”的伦理困境

在黑犬事件之后,伯纳德的伦理选择是以理性认知的方式将黑犬的意义象征化,将其等同于“人类文明中最糟糕的状态”,从而积极投身西方左派的民主政治运动之中。但是他的行为却被琼所鄙夷。麦克尤恩在小说中借叙述者杰里米之口告诉我们“琼真正排斥的是伯纳德的理性主义”(36)。那么,“伯纳德的理性主义”究竟指的是什么?它是我们一般意义上所理解的理性主义吗?为什么在黑犬事件之后它成为琼所谴责的对象并且彻底改变了琼的人生呢?小说由黑犬出发深入探究了西方文化中理性主义的伦理困境。

伯纳德的理性主义并非人们通常意义上理解的理性。在文学伦理学批评中，理性指“人在特定环境中的正确认知和价值判断，是人拥有的自己区别于兽的美德”（聂珍钊 252）。但是“伯纳德的理性主义”却是与黑犬联系在一起，它隐含着走向非理性的危险。琼所斥责的不是使人类区别于动物性并形成高级认知能力的理性②，而是在现代西方社会中逐渐沦为人类自我持存的工具的工具理性③。随着西方文明的发展，近代以来，以笛卡尔的“我思故我在”这一命题及奠基于此命题之上的理性哲学体系为标志，“理性”概念的内涵发生了变化。这首先表现在理性开始独立于世界的秩序与原则而变成了作为主体的人的某种先天的能力，理性变成了完全内在的东西。理性从世界之中的主宰力量与内在秩序变成了主体内在的认识能力，主体开始基于自身的内在性来重新确认世界的秩序与原则。这种启蒙主体性的理性概念推动了科学与工业的发展，推动了人类文明大跨越的发展。但是，从康德到韦伯，启蒙主体性的理性概念最终不仅没有自身获得真正的解放与自由，反而陷入启蒙辩证法的怪圈，理性最终走向了自身的反面，走向非理性与不自由。麦克尤恩正是在小说《黑犬》中对此表达了自己深深的忧虑。

首先，琼对伯纳德的谴责中指出“伯纳德的理性主义”正是启蒙理性在认知活动中隐含的主客分离的观念，以及在此基础上建立的主体心中意识和主体掠夺、占有客体/他者的合法地位，这是主体对他者实施暴力的哲学之源。作为一名业余昆虫学者，伯纳德与琼在蜜月旅行途中（黑狗事件之前）曾偶然遇到一只较为罕见的红蜻蜓，伯纳德捕捉到了这只蜻蜓，意欲将其收集作为标本。琼对伯纳德的行为感到愤怒和恐惧：“你的意思是要杀死它。……因为它很美，所以你要杀死它。”（84）琼将伯纳德的行为与其政治观点联系在了一起，她认为伯纳德“关注的不是社会的不公正，而是不整洁”，他想要的“不是人人平等友爱的社会，而是有效的组织结构”，他“希望这个社会像军营一样整洁，由科学理论来检验验证”（85－86）。伯纳德试图为其行为辩解，认为他所做的是科学研究工作，“将昆虫命名、分类”，“杀死一些昆虫并没有什么关系。昆虫的数量大的惊人，即使是稀有物种也是如此”（86）。伯纳德的观点是 18 世纪以来西方启蒙思想的主要内容，并逐渐“成为资产阶级思想的特征”（詹姆逊

155)。康德在对启蒙的定义中言之:“启蒙运动就是人类脱离自己所加之于自己的不成熟状态。不成熟状态就是不经别人的引导,就对运用自己的理智无能为力。当其原因不在于缺乏理智,而在于不经别人的引导就缺乏勇气与决心去加以运用时,那么这种不成熟状态就是自己所加之于自己的了。Sapere aude! 要有勇气运用你自己的理智! 这就是启蒙运动的口号。”(康德 23)在康德之后,随着启蒙运动的发展与深入,理性就是要成熟地运用自己的理智,而成熟要求摆脱外在的引导与强制,康德在将外部世界贬低为素材的表象世界之后,这一世界已经不是客观的理性之所在,而变成了外在的陌生的异己物。在当代西方社会,“提升理性以排除所有其他的行为标准,特别是使暴力的运用屈从于理性计算的趋势,早已被认定是现代文明的一个基本因素——大屠杀的现象就必须被看成是文明化趋势的合理产物和永久的潜在可能”(鲍曼 38)。

其次,琼在黑犬事件后立刻退出了英国共产党,退出了所有政治活动,并对伯纳德所热心的社会改革嗤之以鼻,正是因为她在“伯纳德的理性主义”之中看到了这种深入西方社会脊髓的启蒙理性的使命与其制度的对应物结合之后,主体理性进一步萎缩成合目的的工具理性。伯纳德作为工党议员,面对欧洲文明发生的纳粹种族屠杀这样的暴行,却继续表现出对政治解决问题的实用性的信念。他坚信通过政治和社会改革,社会的弊病可以治愈。作为积极的左翼政治家,他为柏林墙的倒塌而欢呼雀跃。他一直相信“以赛亚·伯林所说的,如果我确定如何能为人类带来和平、正义、幸福和无限的创造力,多高的代价是不能付出的呢? ……正因为我接受了这样一种观点,即为了百万人的幸福,有千万人不得不为此捐躯,所以我才能尽我的责任做事”(100)。琼曾经愤怒地对杰里米说:“看看他[伯纳德]和他那类人都以进步的名义带来了什么伤害!”(139)琼于此犀利地指出了“伯纳德的理性主义”,即启蒙理性发展出的合目的的工具理性中隐含的暴力,这种理性思维引导人们“克服动物性的同情”(Arendt 106),它使大屠杀有了合目的性与理性的辩词,也使现代民主政治隐藏了其暴力的本质。“在最彻底的意义上,现代性的国家‘治理术’并不在乎每一个个体。……自由主义虽然高举个体自由与人权之大旗,实际上仍然继续将每个个体生命缩减成人口统计学的数据”(吴冠军 21-22)。

更重要的是，琼在黑犬事件中体悟到了“伯纳德的理性主义”与法西斯主义之间千丝万缕的关系。小说中黑犬作为纳粹所豢养的暴力工具，它的邪恶指向了法西斯主义的本质。作为实体而存在的黑犬闯入了琼的生活，与此同时，在小说的叙事中“黑犬”这个意象还曾出现在1981年杰里米参观位于卢布林市郊的马尔德奈克集中营旧址的现场。小说通过纳粹集中营遗址的描写，揭示了法西斯主义的本质是将差异还原为同一，以牺牲他人权利、压制他人话语为代价来确立自己的权威。纳粹对他人生存的灭绝就是这种同一还原的政治文化的集中体现。

小说中杰里米细致描写了马尔德奈克集中营的营房建筑，进而指出西方从理性主义到同一性哲学中理性主义所遭遇的伦理困境。杰里米在参观遗址时写道：

> 我们漫步在一个个营房间。它们建构得是如此之精巧，保存如此之完整。每个营房门前都有一条整洁的小路与我们所走的道路相连。营房在我们眼前一直延伸开来，一眼望不到尽头。我们所参观的只是一排营房，只是集中营的一部分，而这个集中营只是众多集中营中的一个，而且是规模较小的一个。虽然不合时宜，我不得不对这些建筑感到钦佩。我讶异于这样一件事是如何被构想出的，这些集中营是如何设计建造的；要花费多少劲来装饰它、管理它和保存它；并从一座座城镇、乡村收集其所需的人体饲料。要何等费力、何等敬业。人们又如何能称其为一个错误呢？（129）

不可否认的是，集中营的建造体现了现代管理与现代技术的成就。这些精巧的建筑是人类理性发展的结晶。它肇始于一种真正的理性关怀，并由一个忠实于它的形式和目的的官僚体系造就而成。但是，原本为人类发展祛魅解惑，促进人类进步的理性，为何成了暴力与邪恶的帮凶呢？

当马尔德奈克集中营的参观行将结束的时候，詹妮向杰里米讲述了：“1943年11月的一天，德国当局枪杀了三万六千名来自卢布林的犹太人。他们让犹太人躺在巨大的坟墓中，屠杀时还通过扩音器播放着舞曲”（130）。面对着集中营遗址内一个又一个低矮的小棚屋内的铁笼里“塞满了鞋子，有成千上万只那么多，就像被晒干的水果一样压平卷曲着”

(128)，杰里米感到“生命变成了廉价的货品”(128)。在集中营内，神圣的生命沦为阿甘本所讨论的“赤裸生命”④。整齐的营房，有规划的科学的屠杀，古典音乐的伴奏，这些都使得纳粹的大屠杀行为“不是人类前现代的野蛮未被完全根除之残留的一次非理性的外溢。它是现代性大厦里的一位合法居民”(鲍曼 24)。阿多诺告诉人们大屠杀是西方文明追求同一性原则的最终结果。“奥斯威辛集中营证实纯粹同一性的哲学原理就是死亡!”因为，“种族灭绝是绝对的一体化”，这是与资产阶级文明的同一性原则一致的，“没有这一原则就不会有奥斯威辛集中营”(阿多诺 363)。这种野蛮的同一化或一体化在传统哲学中是被冠之以“崇高”而被美化着的，正如奥斯威辛集中营的同一化，“从一开始它就具有一种音乐伴奏的性质，党卫队喜欢用这种音乐伴奏来压倒它的受害者的惨叫声”(阿多诺 365)。法西斯分子正是在追求纯粹的本质(种族)同一性中，听着西方古典音乐来进行恣意杀戮的。这使得“神圣的”死亡成为一种平静的实验，一种被科学管理的除草劳作。

综上所述，在琼看来，伯纳德的伦理选择意味着他完全认同了西方文明中沦为工具理性的政治统治和社会生活。琼认为伯纳德的伦理选择中忽略了黑犬与纳粹的关系，没有看到黑犬指向了法西斯主义的本质——将差异还原为同一的霸权。隐含在法西斯主义背后的同一性哲学是理性哲学在启蒙运动之后，客观理性被主观理性所替代，而主体理性又进一步萎缩成合目的的工具理性的结果。所以，战后西方学者纷纷指出：“大屠杀带来了西方文明本身意义的深刻转变。它挑战了西方文明已经为自己建造了几个世纪的‘身份’。面对在科学、理性和秩序的名义下进行的暴行，我们不得不重新思考何为‘启蒙’”(Gauthier 103)。麦克尤恩的小说通过黑犬的故事展示了“伯纳德的理性主义”，即现代理性主义的伦理困境，但是作家并没有因此而陷入了无可自拔的悲观主义。琼拒斥了伯纳德的理性主义，同时向读者展开了直抵心灵的东方哲学。

三、东方哲学的伦理观照

琼在“黑犬”事件之后选择了避世修行，她的伦理选择彰显了中国道家哲学中“无为而治”“大制不割”的思想。琼曾向杰里米极力推荐老子的《道德经》（阿瑟·威利的译本），并朗读其中的篇章，“天之道，不争而善胜（The Way of heaven excels in overcoming though it does not contend）”“故抗兵相若，则哀者胜矣（Of two sides raising arms against each other, it is the one that is sorrow-stricken that wins）”。琼的这段引言所蕴含的即是老子哲学中的“无为”“不争”的思想。在老子所处的历史时期，战争频仍，世界犹如一个大的屠宰场。人如何在这充满杀戮的世界中寻求生存的可能，激发了老子和庄子一派道家哲学的兴起。琼在黑犬中体悟到了纳粹暴行与工具理性发展之间密不可分的关系，她转向了与西方理性思想体系截然相反的东方古典道家哲学。在伯纳德看来，琼的避世、隐居是消极的行为，但是作家却在小说中向读者展示了东方哲学的智慧。

首先，老子“无为而治”的思想蕴含着摆脱知性的欲望，抱朴归真，涤荡心灵的主张。琼在法国的峡谷山间体验到了自然的广博深邃，体悟到传统知识系统内“以人为量”看待世界的局限性。伯纳德和琼在蜜月旅行时在朗格多克长途跋涉，穿过了一片名叫“拉扎克的喀斯”的干燥石灰岩高原。他们偶然经过一处古老的墓地遗址。琼在临终前告诉杰里米，身处渺无人烟的荒野之中，她感叹于大自然的“壮观、狂放不羁”；与古老的自然相比，人类的生命短暂且渺小——“和这峻岩的年龄、魅力以及力量相比，政治实在显得微不足道”（40）。琼所体验的这种情感震撼，在其隐居之后，于老子的《道德经》中申发成为更深邃的哲学思考。在西方传统哲学中，强调通过人的知性力量走出“洞穴”。尼采在《查斯图斯特拉如是说》中也曾说：“走出你的洞穴吧，世界如一座花园等待着你。”但很多人看不到这花园。这种以知识的眼光看待世界，庄子称之为“以人为量”。在人类文明的发展中，科学的前行、文明的推进，的确需要这样的眼光。但是，人们将世界“对象化”的过程中，世界也变成了人的知识、价值的投射而失去了自身独立的意义。恰如，伯纳德在看到一只罕见的红蜻蜓时，唯一想到的就是其作为昆虫标本的价值。因此，随着人们依赖理性认知、探索世界，人握有了世界的解释权，世界在人的知识谱系中存在。但是，道家哲学告诉人们，这是一种虚假的存在，万物自生听，太空恒寂寥，天地大美而不言，人们只有从知性中解放出来，才能真正从心灵体验自然之美。所以琼告诉杰里米："我们身在一处有五千多年历史的圣地，我们深爱对方，夕阳斜照，壮阔的平原在我们眼前伸展——可这一切我们却无从把握，我们无法将它们融入自己的心灵。我们不能解放自己，进入现实中；相反，我们居然还在想怎么把别人解放出来。"(40-41)所以，老子说：大巧若拙，大辩若纳。老子的"大巧若拙"不是单纯地反对技术，而是因为担心人们对技术的迷恋会导致对自然真相的压抑。简而言之，"大巧若拙"的哲学就是将"人从知识的跃跃欲试拉回到天全的懵懂；由欲望的追求返归性灵的恬淡；从外在感官的捕捉回到深心的体悟"(朱良志 36)。

其次，当琼将自己从知识的体系中解放出来，回归到心灵感悟之后，她鄙视伯纳德所推行的西方民主，而认为真正的平等体现在老子所言的"大制不割"之中。琼曾对杰里米说："让我来告诉你，为什么有人多年来如此忙碌却没有什么变化？因为他一直停留在表面，每天喋喋不休的都是关于如果有更好的体制制度将会怎样，而没有触及更本质的东西"。(41-42)琼所强调的"更本质的东西"即为社会不平等的根源，即老子所说的"争"的始由。老子认为："始制有名。名亦既有，夫亦将知止，知止所以不殆。"万物原本处于不可名的质朴状态，当人们以知性的眼光看待世界、审视世界，万物被赋予了各自的名称，美丑善恶也由此而有了分别，纷争也就跟着产生。老子劝诫众人不可舍本逐末，应该知道适可而止。知道适可而止，才能远离危险，避免祸患。"知其荣，守其辱，为天下谷。为天下谷，常德乃足，复归于朴。朴散则为器，圣人用之，则为官长。故大制不割。"所以在老子看来，善于治理国家的人，不割裂事理，仅使万物各遂其性而已。由此可以看出，老子所提出的"大制不割""无为而治"的思想是倡导的是完全无等级分别的绝对的平等精神。在麦克尤恩的小说中，当伯纳德在出租车上就柏林墙的倒塌、西方民主的进步而夸夸其谈之时，出租车司机讥讽了伯纳德政治精英主义的立场，伯纳德为此恼羞成怒。

事后，伯纳德坦言自己毫无芥蒂地与“那个阶级”的人对话——“我真是受不了的哥们的高谈阔论”(82)；与他相反，他承认“琼可以和每个人愉快相处……她是个比我好得多的共产主义者”(82)。

由此，麦克尤恩在小说中通过琼的行为和她所推崇的《道德经》从侧面批判了被工具理性所裹挟的西方文明。人类世界被机械性的运作所充斥，宗教、神话、寓言、意义、理想、乌托邦等等逐渐退出人类精神世界，“一个文明人，置身于被知识、思想和问题不断丰富的文明之中，只会感到‘活得累’，却不可能‘有享尽天年之感’”(韦伯 30)。因为其生命的终极意义已经陷入模糊或者已经根本消失。像伯纳德这样，习惯于从价值或功用的角度进行理性判断的西方人，往往失去了从心灵情感体验世界的能力。正如杰里米在琼临终前最后一次到疗养院探访她时，曾在窗外看到这样一幅景象：一位年迈的瘦弱的老妇人在狂风中拄着拐杖蹒跚着来到靠墙的花坛边，小心翼翼地播种了一把种子。杰里米说：“几年前，我看不出在这样一个年纪种花还有什么意义，我看到这样的景象，只会觉得这是在白费力气。现在，我只能看着”(43)。杰里米在与琼的交往中，也开始逐渐意识到理性的不足，开始学着放下判断，去体悟“致虚极，守静笃。万物并作，吾以观复。夫物芸芸，各复归其根”。

四、结　语

《黑犬》封页的题词上引用了马尔西利奥·费奇诺[⑤]的一段话：“在这个时候，我可以说，我不知道自己想要什么；也许我不想要我所知道的，而是想要我不知道的。”西方评论者往往认为，麦克尤恩引用费奇诺的这段名言旨在表明“为道德和政治判断重建一个稳固基础的可能性在于，人们需要意识到任何政治和形而上学体系中都有着不可避免的二元性”(Delville 11)，即小说置于卷首处的这段引言，透露着作家希冀调和相互冲突的观点。如果仅仅从西方的视角观之，小说中伯纳德与琼的对立如杰里米在开篇中所言的：理性与非理性的冲突。然而，过往的评论既曲解了琼的行为思想，同时忽视了伯纳德与琼行为背后伦理选择的意义。

伯纳德与琼不同的伦理选择展现了西方理性发展过程中由“合理化”

和“自我持存”占主导地位的工具理性所陷入的伦理困境，以及以“无为”“不争”为核心，强调生命体验的中国道家哲学思想。麦克尤恩援引费奇诺列于卷首，因为费奇诺作为一位博采众长的伟大学者，他成功地融合了意大利文艺复兴早期的各家学说，如：赫尔墨斯神智学（hermeticism 神秘主义哲学、神学）、奥菲士教（Orphism 古希腊神秘宗教）、毕达哥拉斯哲学（Pythagoreanism）和新柏拉图主义（Neoplatonism），并将各种学说与当时的基督教相融合，极大地促进了意大利乃至欧洲文艺复兴的发展。综观麦克尤恩的小说，作家表达了对西方文明发展的忧虑和借鉴东方古老哲学思想的愿望。对于作家而言，在当代西方社会让奥斯威辛成为可能的那些社会条件没有一个真正消失了，也没有采取任何有效的措施消除产生类似于奥斯威辛这种浩劫的可能性和因果律。在小说的结尾处，琼曾遭遇的那两只黑狗仍然徜徉在人世间，两只黑狗的梦魇缠绕了琼 40 多年，虽然在它们会在沉睡中渐渐远去，但是“在欧洲，在另一个时间，它们还会从山里回来，缠绕着我们”（208）。就在麦克尤恩的《黑犬》出版当年，欧洲的巴尔干半岛上由于民族冲突又发生了“种族清洗”事件。作家于小说中所表达的伦理诉求更显迫切。

注释［Notes］

① 左右脚的象征意义不仅仅出现在古希腊和中世纪但丁的作品中。艺术研究者也曾惊异地发现，在现存的古埃及雕像和人像绘画中，塑像或画中的人常常左脚在前，右脚在后。学者认为“因为左脚所在的左边是我们心脏所在的位置。埃及人相信你踏出左脚踩碎邪恶，由此心灵才能继续向前”（“Ancient Egyptian”）。

② 哲学史家一般认为“理性”（reason）这一概念肇始于古希腊哲人赫拉克利特把“逻各斯”（logos）引入哲学，它的一般意义是指普遍的客观规律。他肯定人具有认识这种规律的能力，这是人类认识的一大进步（田建尔 34）。

③ 有学者指出：理性内在地包含着两个维度：主观性和客观性。或者说，理性就是客观理性，客观理性是一种普遍理性，它是一种调整人们之间关系和行为的规范性力量和创造性的原则，客观理性具有实践的和伦理的维度。而主观理性则只是客观理性的一个部分功能。但是，后来在历史的过程中理性的主观性层面逐步战胜客观性层面，最终主观理性取代了客观理性。主观理性在霍克海默那里就是工具理性或形式化理性。随着资本主义工业化的发展，资产阶级自我利益的绝对原则在社会生活中日益

成为人们思想的主导观念，民主的理性基础被由盲目物质利益引导的多数人原则所取代，理性臣服于现实的历史进程，丧失客观独立性，沦为一种工具。

④ 阿甘本给“神圣生命”起了另外一个名字：“赤裸生命”（bare/naked life）。在阿甘本看来，集中营是现代政治的典范（paradigm），因为在现代社会中的每个人，结构性地都可能随时成为“神圣人”。“赤裸生命，就是神圣人（homo sacer/sacred man）的生命，这些人可以被杀死，但不会被祭祀”（阿甘本 31）。

⑤ Marsilio Ficino，1433—1499，文艺复兴时期意大利哲学家、美学家、佛罗伦萨柏拉图学院派最著名代表。

引用文献【Works Cited】

Adorno, Theodor. *Negative Dialectics*. Trans. Zhang Feng. Chongqing: Chongqing Publishing Group, 1993.

[西奥多·阿多诺：《否定的辩证法》，张峰译，重庆：重庆出版社，1993 年。]

Agamben, Giorgio. *Homo Sacer: Sovereign Power and Bare Life*. Trans. Wu Guanjun. Beijing: Central Compilation & Translation Press, 2016.

[吉奥乔·阿甘本：《神圣人：至高权力与赤裸生命》，吴冠军译，北京：中央编译出版社，2016 年。]

Anonymous. "Ancient Egyptian and Greeks: Left Foot Forward!" in *Alberti's Window: An Art History Blog*. 〈http://albertis-window.com/2014/05/ancient-egyptians-and-greeks-left-foot-forward/〉[2017-6-25]

Anoymous. "Review of *Black Dogs*." *Observer*, 30 May 1993.

Arendt, Hannah. *Eichmann in Jerusalem: A Report on the Banality of Evil*. New York: Viking Press, 1946.

Bauman, Zygmunt. *Modernity and the Holocaust*. Trans. Yang Yudong and Shi Jianhua. Nanjing: Yilin Press, 2002.

[齐格蒙特·鲍曼：《现代性与大屠杀》杨渝东、史建华译，南京：译林出版社，2002 年。]

Billen, Andrew. "A Goodbye to Gore." *Observer* 14 June 1992, p.29.

Boyle, Marjorie. *O'Rourke Loyola's Acts: The Rhetoric of the Self*. Berkeley: U of California P, 1997.

Byrnes, Christina. *The Work of Ian McEwan*. New York: Pauper Press, 2002.

Caruth, Cathy. *Trauma: Explorations in Memory*. Baltimore: The Johns Hopkins UP, 1995.

Delville, Michel "Marsilio Ficino and Political Syncretism in Ian McEwan's *Black*

Dogs." *Notes on Contemporary Literature* 26:3 (1996): 11 - 12.

Felman, Shoshana and Dori Laub, *Testimony: Crises of Witnessing in Literature, Psychology and History*. London: Routledge, 1992.

Gauthier, Tim S. *Narrative Desire and Historical Reparations: A. S. Byatt, Ian McEwan and Salman Rushdie*. London: Routledge, 2006.

Glover, Michael. "Michael Glover's Pick of Literary Fiction." *Books* July 1992.

Kant, Immanuel. *Kant's Collected Writings: Critique of Practical Reason*. Trans. He Zhaowu. Beijing: Commercial Press, 1990.

[伊曼努尔·康德:《历史理性批判文集》,何兆武译,北京:商务印书馆,1990 年。]

Jameson, Frederic. *The Cultural Logic of Late Capitalism*. Trans. Zhang Jingyuan. Beijing: SDX Joint Publishing Company, 2003.

[弗雷德里克·詹姆逊:《晚期资本主义的文化逻辑》,张京媛译,北京:生活·读书·新知三联书店,2003 年。]

McEwan, Ian. *Black Dogs*. London: Vintage, 2016.

---. "Only Love and Then Oblivion." *The Guardian*, 15 September 2001. 〈http://www. theguardian. com/world/2001/sep/15/september11. politicsphilosophyandsociety2〉 [2017 - 6 - 25]

Nie, Zhenzhao. "Ethical Literary Criticism." *Foreign Literature Research* 1 (2010): 12 - 22.

[聂珍钊:《文学伦理学批评: 基本理论与术语》,《外国文学研究》2010 年第 1 期,第 12 - 22 页。]

Talese, Nan A. "Review of *Black Dogs*." *Publishers Weekly*, 14 September 1992.

Tian, Jianer. "On the Significance of Reason and Enlightenment." *Journal of Peking University* 1 (2000): 32 - 38.

[田建尔:《理性启蒙意义略论》,《北京大学学报》2000 年第 1 期,第 32 - 38 页。]

Weber, Max, *Politics as Vocation*. Trans. Feng Keli. Beijing: SDX Joint Publishing Company, 1998.

[马克斯·韦伯:《学术与政治》,冯克利译,北京:三联书店,1998.]

Wu, Guanjun. "Agamben's Biopolitics," in Agamben, Giorgio. *Homo Sacer: Sovereign Power and Bare Life*. Trans. Wu Guanjun. Beijing: Central Compilation & Translation Press, 2016.

[吴冠军:《阿甘本的生命政治》,吉奥桥·阿甘本:《神圣人:至高权力与赤裸生命》,吴冠军译,北京:中央编译出版社,2016 年。]

Zhu, Liangzhi. "Some Thoughts on the Aesthetic View of Ingenious Simplicity." *Journal of Peking University* 3 (2006): 33 - 41.
[朱良志:《关于大巧若拙美学观的若干思考》,《北京大学学报·哲学社会科学版》2006年第3期,第33-41页。]

新中国60年索尔·贝娄小说之考察与分析

祝　平

内容提要:由于历史和意识形态的原因,新中国建国后前30年索尔·贝娄作品被排斥在阅读和研究视野之外。后30年来,我国对索尔·贝娄小说研究经历了开创、发展和初步繁荣三个阶段,对贝娄小说的内容和形式做了较为全面的探讨,成果丰硕。其中,形式研究成为我国迥异于国外同期贝娄研究的中国特色,但我国的贝娄研究尚未能参与国际对话,成果的原创性有待进一步提高。

关键词:索尔·贝娄;小说研究;历史考察

作者简介:祝平,文学博士,苏州科技大学外国语学院教授,主要从事英美现、当代文学文化研究。

索尔·贝娄(1915—2005)是二战后美国最重要的作家之一。国外对其研究较为成熟,早在20世纪70年代,"大量有关贝娄的研究已达到一个小型产业的规模"(Kulshretha 150)。然而直至20世纪70年代末期,中国大陆才首次出现有关其作品的评介。至新中国成立60周年(2009年),我国有关贝娄小说研究论文约300篇,研究专著2部,评传1部。下面按三个时期考察国内索尔·贝娄小说研究状况。

一、开创期(1979—1989年)

1979年山东大学的陆凡在《文史哲》第1期上发表了《美国当代作家索尔·贝娄》,开创了我国贝娄研究的先河。回观之,我国贝娄研究之所以肇始于这一年,有两个重要原因:一是因为中国已于1978年结束了"文化革命”和文化封闭状态，已经可以讨论原来所谓的“资产阶级文学”。另外，贝娄于1976年新近获得诺贝尔文学奖也是一个重要的直接推动因素。

从1979年到1989年这十年间有十余位研究者发表有关贝娄的评介文章近20篇。早期研究[①]多是对贝娄的文学地位和生平简述之后介绍其主要作品的内容。这种宏观评介在当时知识封闭的年代对我国读者和研究者从总体上了解贝娄是必要的。虽然部分文章有讲故事之嫌，但也不乏深刻评述之作。例如，陆凡就借鉴外国研究成果将贝娄创作分为两个阶段，指出贝娄早期的两部小说是典型的存在主义小说。其主人公是美国文学中“反英雄”的先驱。主人公为所谓“内心的纯洁”“自由”“道德感”“责任感”等而拼命挣扎，想知道怎样才能生活得好一些，但是最终总是屈服于“荒唐的现实”。而从第三部作品贝娄进入了创作的第二个阶段，描写的重点在于个人和世界的关系。主人公们或者是到外界各处或者是到自己内心去探索，企图找出一条能与现实社会相协调的途径。陈焜也指出贝娄小说的人物都是“反英雄”形象，他们起初追求的东西都超过了人性。然而只要他们学会了接受既不高于人性，也不低于人性的普遍的人情时，就获得了人的尊严。陆、陈两位的论文可以说对贝娄小说主题进行了准确概括，为此后很长一段时间的主题研究奠定了基调。

可能是由于中国“现实主义”文学创作和批评的强大传统，这一时期有关贝娄的综论研究都试图在总体上将贝娄界定为“现实主义”作家，称其为美国现实主义的“主要发言人”，不过也同时承认，贝娄的创作手法明显受到现代派创作手法的影响。

除了这些较为宏观的研究外，这一时期也出现了对某一专题或某一单部作品的研究。其中，贝娄作品的存在主义意蕴是研究者关注的焦点。研究内容涉及“自由”与“选择”，“个体”与“社会”的关系，个人的无能为力等。但这些论文基本上是给出宏观结论，而未能结合作品进行深入论证。笔者认为，这一时期之所以会有研究者提及贝娄作品的存在主义倾向有两个原因。一是借鉴了国外的研究成果，因为国外在贝娄刚发表作品时就有人探讨这个问题。二是因为，20世纪80年代，存在主义哲学是中国知识界的关注的重点之一,这也必然在外国文学研究领域得到反映。

除存在主义外,陆凡的《索尔·贝娄小说中的妇女形象》(1980)一文探讨了贝娄小说中的妇女形象,归纳了四种类型的女性:1. 权威的老妇;2. 温顺的妻子(或情人);3. 背叛的情人(或妻子);4. 慈爱的母亲。她研究发现,主人公虽然厌烦生活,但最终还是要走向适应生活,在最后的归宿中总是落脚于一个"母亲式"的女人的身旁。而同样对贝娄作品加以性别关注的还有刘洪一。他的《情爱与性战——贝娄人物的两性意识》(1989)一文从犹太文化中的男性和女性的关系解释了贝娄小说中两性战争的原因。

这一时期还有对贝娄的《洪堡的礼物》、《雨王汉德森》和《赫索格》等单部作品作较为具体的研究。内容涉及作品主题和艺术表现手法,虽未能超出上述总论的广度与深度,但也为上述总论提供了有力的支撑。

不可否认的是,这一时期的批评话语带有明显的时代烙印。有上述宏观研究者认为,"索尔·贝娄毕竟是一位资产阶级作家,把资本主义社会中人的遭遇和苦闷仅仅看作自我与现实的矛盾,看作异化结果,从而掩盖了资本主义世界中愈加剧烈的阶级矛盾和民族矛盾。"(王宁 53)他们批评贝娄这类知识分子"很少承认精神危机以外的资本主义基本矛盾…… 一方面反对资本主义社会的上层建筑,同时又是资本主义经济基础自愿的维护者"(陈焜 69)。这显然是受当时政治、文化环境局限,还没能完全从"革命"和"阶级斗争"的"文革"话语中走出来。

二、发展期(1990—1999)

20 世纪 90 年代我国对索尔·贝娄作品的研究广度和深度得以拓展,研究人数和成果数量较前十年有较大增加,发表了约 70 篇论文,涉及贝娄已出版的几乎全部小说(包括新近出版的中篇《偷窃》)。但这一时期对作品关注不均衡。对长篇小说研究较多,对短篇关注较少。对长篇的研究也不均衡,其中专论《赫索格》的论文达 14 篇之多,而无人专论《雨王汉德森》。在研究内容方面,前十年研究重点在这个时期得到继承。有人继续探讨贝娄作品中现实主义与现代主义创作手法的融合、作品中的存在主义意蕴、资本主义社会知识分子的精神危机等主题。虽然这些研究在观点上与前一时期相比并无太多新意,但更加注意结合具体作品讨论,因而论证更加充分些。在研究方法上,由于20世纪八九十年代西方文论和批评方法的大量引介,国内索尔·贝娄的研究手段和方法多样化了,出现了新气象。

因此,可以说,无论从研究内容和研究方法,还是从研究广度和深度方面来衡,20世纪90年代我国的贝娄小说研究都进入了发展期。下文对这一时期的新成果做简要归纳。

在中国长期的政治批评和社会历史批评之后,形式研究在这一时期成为较为新鲜的研究视角。虽然"新批评"和形式主义文论在西方早就不是什么新鲜的理论和批评方法,国内在20世纪40年代中后期已有袁可嘉先生的引介,但真正大规模的译介却是在80年代中后期和90年代。与此类似的是,在西方,经典叙事学在20世纪七八十年代达到高潮后,渐显式微之象。但经典叙事学理论却在八、九十年代在中国得以引进、兴起与发展。有趣的是,新批评和叙事学及其他文学理论这种引进的"滞后"却给中国90年代的外国文学批评界带来了"新"的视角,并为中国学者提供了可操作的工具。"新批评"、形式主义文论和经典叙事学这些注重文本的内在特质、结构和规律的主张无疑影响了国内90年代的贝娄研究者,因而这一时期有些研究开始探讨贝娄作品内在构造机理和叙述手段。有些研究除了讨论传统的写作特色研究之外还能从叙事学的角度探讨贝娄作品的叙事本身的内在规律,部分研究还能探讨作品形式与内容的关联,甚至试图对贝娄小说创作的宏观理路做出总结。对比国内外90年代的贝娄研究可以发现,国外对贝娄小说的叙事形式及其小说建构方式本身进行探讨的较为鲜见。可以说,我国这一时期关于贝娄小说的叙事研究(主要集中在对《赫索格》的叙事研究上)是我国贝娄研究迥异于90年代国际研究潮流的中国特色。

对贝娄小说的叙事研究表现在微观和宏观两个层面上。前者主要围绕视角、叙述者、叙述层次等相互勾连的几方面解读贝娄作品,后者则涉及贝娄小说的整体叙事模式及小说构造模式。王云弟《"我看我自己"——论索尔·贝娄的〈赫索格〉》(1995)和《叙述中的自我——对〈赫索格〉自我乌托邦的沉思》(1995)、陈春发《索尔·贝娄创作技法论—兼论〈赫索格〉的创作技巧》(1994)、陈榕《索尔·贝娄〈赫索格〉:书信技巧的挖掘与创新》(1991)等多位研究者的文章指出《赫索格》突出的创作特色是多视角的运用及视角的转换。贝娄选定“我”“你”“他”三个视角来叙述故事。以内心分析与内心独白为主要表现手段,以有限全知为基本视角,把整个文本的叙述都归并到人物的意识流程,从而展示出叙述秩序和结构模态的多重对位。这种叙述方式与赫索格的矛盾、自嘲的心理状态达到了统一。王云弟还研究发现,与布斯的“叙述者可以或多或少地离开‘隐含的作者’”这一说法有所不同的是,在《赫索格》中,无论是道德上还是理智上,叙述者和“隐含的作者”有一种紧密的负载关系。“隐含的作者”躲到了叙述者的背后,操纵着叙述者,从而使“隐含的作者”与叙述者在情感、认知与价值上达到统一,也使叙述者之“我”与“隐含的作者”之“我”归并到一起。在这种归并中,贝娄也就在这种叙事中为现代世界中的“自我”找到了一种自我完善的自我乌托邦。作家李知的《索尔·贝娄小说的叙述信息密度》(1994)一文借用法国结构主义文论家格雷马斯的叙述信息术语来论述索尔·贝娄小说的叙述信息密度。他指出,贝娄将叙述成分和描写成分掺揉交融在一起,扩大了叙述信息量。这种“漫溢式”结构看似随意,实际上体现了作家对情节进展的控制力,使他成功地摆脱了小说呆板单调的结构形式的局限,从而有较大的自由度去阐述与表现当代美国社会“人的状况”和“全社会的困惑”。

除了这种较为微观的叙事研究外,刘洪一的《心态与性格、自身与替身——贝娄小说的人物构建》(1991)一文对贝娄小说人物的构建规律和套路从“心态与性格”及“自身与替身”两个方面进行了精彩概括。他指出,贝娄以“心态—性格”的形式再现了现代人的两个层面:以非自觉意识特征为主的心理层面和以自觉意识特征为主的性格层面,从而把人的生理—心理因素与社会因素有机地融合起来。这样,贝娄就创造出既不同于庸俗社会学指导下创造出的旧式人物,也异于“现代”作家偏爱“无意识”状态下人物。贝娄人物的另一特征是在人物与人物之间,甚至人与动物等非人之间建立一种联系,彼此互为替身,人物往往能在对方身上找到自己的情感和观念、心态和性格。如果说贝娄以“心态与性格”对人本身进行了微观的内部观察，那么“自身与替身”则通过把人置于一种关系之中对人进行了宏观的外部观察。刘洪一的这种概括虽未必能涵盖贝娄全部的小说人物构建规律，但总体上还是令人信服的，无疑是这一时期我国学者进行独立研究的代表之一。苏晖的《疯狂世界中的“边缘人”——论索尔・贝娄小说主人公心理模式的形成机制》(1995)和《焦虑・探索・回归——论索尔・贝娄小说主人公的心理模式》(1995)则借鉴西方研究成果试图从传统与现代、犹太传统与美国文化、世俗与超越几对既对立又统一的因素入手归纳贝娄小说主人公的心理发展模式，即都经历了一个由焦虑到探索最终导致回归的心理流变过程。这对研理解贝娄小说创作的基本套路很有启发。

作为一种文学研究的途径或文学批评的方法，“神话—原型批评”关心文学现象之间的联系，注重探讨同类作品的结构模式，建立关于象征、神话和类型的理论。我国从20世纪上半叶到60年代都有相关的研究，但80年代中晚期和90年代后这种研究才渐成气候。受此启发和影响，国内这个时期的有些贝娄研究成果论证了贝娄某些作品与某些文学原型或母题的关联性。例如，廖七一20世纪90年代初期发表了两篇论文(《重返伊甸园的亚当梦——论〈奥吉・玛琪历险记〉(1993)；《论〈奥吉・玛琪历险记〉的神话母题》(1994))指出，《奥吉・马奇历险记》中存在表层和深层两个结构层次以及三个既相互平行，又相互交叉的神话意象和母题。寻找父亲是小说中反复出现的母题；奥吉・马奇是当代美国的忒勒玛科斯；奥吉的历险和追求与埃涅阿斯有着平行的结构，因而奥吉是企图建立富有人性的新城邦的现代埃涅阿斯；奥吉也是20世纪美国社会中寻求和梦想重返伊甸园的亚当。傅少武的《索尔・贝娄小说的流浪汉形象》(1997)讨论了贝娄小说的“流浪汉”原型。其不俗之处在于，它不仅仅讨论传统的“流浪汉”形象，而是在更高层次上论证了贝娄小说主人公以流浪作为独特的认知方式，在“流浪”的过程中深刻地融汇了现代西方存在主义对人类生存问题的思考和阐释。

由于中国的女性主义批评的兴起，这一时期有论文探讨贝娄小说中的两性关系和女性形象。此时期我国的研究者往往认同西方评论家的观点，认为贝娄在塑造女性角色时往往带有男性作家的偏见，因而其大部分女性角色为负面形象。而汪海如《女性意识的觉醒—论贝娄笔下的职业女性》(1995)则通过对艾娃和马德琳这两个贝娄笔下的妇女形象的论析，试图论证贝娄是在赞扬新时代职业女性的自信、自尊、自强和自立，甚至认为贝娄是女权主义的代言人。虽然在仅考察了两个职业女性角色后就得出这种结论，略显轻率，但它毕竟是对西方所批评的贝娄的“厌女症”的一种反动，显示出我国学者的独立研究和判断能力。

三、初步繁荣期（2000—2009）

进入21世纪以来，我国整体学术环境进一步改善，与国外学术交流机会增多，更多的国内外学术资源库投入使用，使得学术资源的获得比前期更加便捷。同时，各种理论引介与运用持续升温，为我国的贝娄研究提供了更多的视角和方法。另外，在此期间我国硕士生、博士生数量激增使得我国贝娄研究人数总量大增。当然，《索尔·贝娄全集》的中文版的出版也为贝娄研究者提供了文本方便。各种因素共同推进，使得贝娄研究进入了一个初步繁荣期。这一时期研究成果数量明显增加，发表论文约200篇，同时研究也向纵深发展，出现了贝娄评传1部[周南翼《贝娄》(2003)]，专著2部[②]，分别是刘文松的《索尔·贝娄小说中的权力关系及其女性表征》(英文)(2004)和张钧的《夕阳尽处是长安——索尔·贝娄早期小说研究》(2007)。另外，各种文学史[③]和有关犹太文学的专著[④]也有专门章节论及贝娄。此外还有不少硕士、博士论文专门把贝娄作为研究对象。据不完全统计，这10年有专论贝娄的硕士论文140余篇，先后有张钧、刘文松、祝平、汪汉利、籍晓红、王玲6人以索尔·贝娄为研究对象完成了博士论文。更可喜的是，这一时期研究者不再像上两个时期那样以“散兵游勇”居多，而是出现了刘洪一、乔国强、张钧、刘文松、周南翼、祝平、刘兮颖、汪汉利、车凤成、籍晓红、张军等一批较为固定的贝娄研究者。

这一时期的研究总体上讲是对前两个时期研究的继承和发展。重点在以下几方面：

首先，贝娄小说的主题思想依然是研究重点之一。大量的研究一如既往地讨论贝娄小说所表现的后工业化社会和消费社会中的现代人(尤其是以赫索格、洪堡为代表的知识分子)的异化以及精神世界的困顿和生存困境,并探讨他们如何力图从对自我、自由的探寻中寻找出路。张钧(2007)的专著无疑是这方面的代表。其选取了六部贝娄早期小说作为研究对象,论证了贝娄小说主人公处理精神危机的渐进化过程。认为前两部小说的主人公已意识到黑暗的存在,奥吉·马奇开始从黑暗处转身,直到赫索格最终走向光明。张著的结论较为可信,但可以讨论之处在于,虽然从黑暗走向光明的过程的确是贝娄小说主人公们精神历程的基本套路,但这个嬗变历程到底是从一部小说主人公到另一部小说主人公渐变的过程,还是每部作品的主人公的精神历程都存在这种变化?其实,考察贝娄的单部作品的主人公的精神历程就会发现,每部作品的主人公都可能经历这种从黑暗走向拨云见日的过程。吴玲英、蒋靖芝(2005)的著作也分析了现代知识分子边缘性的多重表现形式及生存困境:他们找不到自我,更不能将自己融入冲突的文化,找不到自己的文化身份。但吴、蒋由于在较为单薄的一本书里讨论了贝娄和埃里森两位重要作家,所以对贝娄作品的分析还有待深入,在理论上和文化身份的讨论上还显得单薄。有关主题思想的讨论较有新意的是蒋书丽的论文《寻求、逃离与同化——索尔·贝娄的知识分子主题三部曲》(2009)。该文在讨论知识分子不断寻求和逃离荒诞生活的同时,还讨论了在学术资本化、工具化境况下,知识分子这个群体是如何从资本主义的异己分子蜕变为资本主义阵营中的一员的这一过程以及这种蜕变所产生的深刻社会意义。

其次,由于国内叙事学理论(经典和后经典)的研究不断升温,使得国内从叙事学角度研究索尔·贝娄作品的成果数量和质量比上个时期都有较大提升。有不少研究还能论证叙事手段与主题思想表达之间的关联,克服了常为人们所诟病的"为理论而理论"的弊端,无疑是对上个时期贝娄小说叙事学研究的深化和发展。

张生庭的论文《浅析小说〈赫索格〉的叙述特点》(2002)可谓从叙事学角度对贝娄小说作"技术性"分析的代表。他从法国著名叙述学家杰拉尔·热内特的叙述学理论出发,归纳《赫索格》的叙述机制和叙述模式等特点。该文研究发现,《赫索格》的叙述结构建构于三个叙述层上。第一层次(小说开始时赫索格的叙述)没有情节,没有行动,为静态叙述层。在第二叙述层(对过去五天的回忆)中,叙述者是处于第一叙述层中的较为平静的赫索格,而叙述焦距是受难者兼体验者赫索格。第三叙述层则是夹杂在第二叙事层中对一生的凌乱回忆。文章指出,这种以破碎散乱为其特征的叙述正是主人公混乱内心的外化体现。张文还注意到,通过双重距离和双重视角,贝娄向我们揭示了当代文学中普遍存在的个性分裂和异化的主题。刘兮颖的《论〈更多的人死于心碎〉的人称转换和视角越界》(2004)和《"如烟往事"中的犹太伦理叙事》(2008)探讨了贝娄小说的人称转换和视角越界现象,指出贝娄在"你"、"我"、"他"的人称之间转换,并巧妙地由第一人称有限视角转入全知视角,从而达成了叙述者、人物与读者这三者之间在对话基础上的相互沟通和理解。她还指出,贝娄采用了外在式聚焦与内在式聚焦双重聚焦和转换式内聚焦的方式来叙事。选择某种聚焦方式也就意味着作者对某种伦理价值和道德观的取舍。因此,叙述聚焦是作者表达伦理取向的方式之一。

徐文培、张建慧的《〈洪堡的礼物〉中的"复调"解读》(2006)从复调小说理论出发,归纳出小说《洪堡的礼物》中的"复调"视角、"复调"结构和"复调"时空等特点。他们指出,在叙事视角上贝娄主要用第一人称回顾视角叙述。为弥补第一人称视角的不足,便使用第三人称全知视角进行补充。同时,贝娄还利用特殊的第二人称"你"来调节焦距,即,叙述人与读者的距离。小说在结构上有两条叙述线索,一条是按照传统小说的叙述模式进行的。另外一条关于西特林和洪堡两个人在文学道路上成功与失败的故事线索则隐含在西特林的回忆里。两条线索既平行并存,又独立发展,构成小说的复调结构。有些研究,如:周莉莉的《对话的妙语:解读索尔·贝娄小说〈只争朝夕〉》(2009)则指出《只争朝夕》的文本表现的是作者与人物的对话、人物与人物之间的对话以及人物内心的自我对话。同时,在情节设置和结构安排上也充分体现了对话性,让这部小说在主题意义上和审美上都充分展示了该小说的复调魅力。

还有些研究,如江春奋的《拉维尔斯坦之面面观——〈拉维尔斯坦〉的互文性分析》(2009)从"互文性"角度研究贝娄作品,探讨了贝娄对经典文本结构和内容上的引用、对社会历史现实以及人物的参照、对自己其他文本的映射。

特别值得指出的是，刘洪一在上一时期研究的基础上，继续对贝娄小说的宏观建构规律进行了卓有成效的探索。在其专著《走向文化诗学：美国犹太小说研究》(2002)第十章“小说观念与文化精神”第二节中他指出，贝娄小说技巧中的模式、视角、人物等要素中分别存在着悖逆的关系取向，从而使得模式、视角、人物等得到了一种对称性的互补和阈限拓展，这也导致了模式、视角、人物等在其深层结构呈现出一种向“完型结构”接近的趋向，即：流浪汉＋精神流浪汉→完型模式；单一视角＋复合视角→完型视角；心态＋性格、自身＋替身→完型人物。

第三，对贝娄作品中的犹太元素、原型或母题研究是这个时期的研究重点之一。这几方面的研究又往往围绕犹太文化相互交织在一起。乔国强的专著《美国犹太文学》(2008)中有专门章节试图从种族(犹太人)这个维度考察贝娄的作品，探讨犹太民族在美国社会中“无根基”“受害者”“流浪”和“追寻”等特征。魏啸飞的专著《美国犹太文学与犹太性》(2009)则有专门章节试图通过揭示犹太文学人物身上体现出来的仁爱、公义和责任感等犹太教所倡导的积极性社会因素来发现犹太教可能赋予他们的宗教情感和犹太神性和人性。江宁康的《评〈拉维尔斯坦〉的文化母题：寻找自我的民族家园》(2006)认为《拉维尔斯坦》所表现是犹太民族“寻找自我的民族家园”的文化意识。刘兮颖有多篇论文涉及“父与子”主题。较有代表性的是《论索尔·贝娄长篇小说中隐喻的“父与子”主题》(2004)。她认为索尔·贝娄小说中隐含父子冲突。“父亲”代表了对犹太传统文化的固守和坚持，而“儿子”则背离了犹太传统，父子冲突的焦点是父子两代人对于犹太文化传统接受的程度及其各自的态度以及被美国文化所同化的程度。此外，还有不少研究者将贝娄小说的流浪汉主题与犹太民族特有的流浪历史勾连起来，揭示了人类生存的“不确定性”，但这种观点没有超越前期的研究。

贝娄小说的犹太伦理(道德哲学)意蕴也是学者们讨论的重点之一。祝平连续发表论文《索尔·贝娄的肯定伦理观》(2007)、《从“我要！我要！我要！”到“她要，他要，他们要”——丰裕社会中的“雨王汉德森”的精神指归》(2008)、《生存还是毁灭？——从〈洪堡的礼物〉看物质主义社会中艺术家的选择(2009)、《索尔·贝娄〈晃来晃去的人〉的“亲社会”伦理观照》

(2009)、《“最好莫如作一个士兵”：索尔·贝娄〈只争朝夕〉的伦理指向》(2009)论证贝娄的小说创作受犹太伦理的影响，其小说具有“肯定”的伦理旨趣和亲社会伦理指向，指出贝娄虽不回避描写人的异化、人的精神困境和危机，但他赋予在异化、孤独、危机境况中的主人公以希望，即在否定性的叙述中贯穿着肯定的主旨。车凤成《从“边界意识”到“共同体意识”——论贝娄作品的伦理指向性》(2009)认为贝娄作品中存在的诸多二元对立现象不但形成了贝娄创作中的“边界意识”，也成为贝娄完成超越并迈向“共同体意识”的契机，这使其作品具有指向人类理想未来的伦理期待性。

第四，这一时期有更多的研究者从女性主义视角研究贝娄作品。有人指出贝娄利用描述者掌控的话语权力，对女性形象进行别有用心的歪曲，反映了作家的男性沙文主义思想和厌女症。也有人认为作品展现了贝娄对男人世界中的女性特有的关爱和理解，具有“女性写作”特征。这两种观点并无太多新意，只是参加论争的研究者比前两个时期更多。还有研究如唐碧莲的《透过女权运动的发展历程探析索尔·贝娄不同创作时期的女性形象塑造》(2006)通过分析贝娄不同时期的作品归纳贝娄对女性的态度的演变，得出结论：贝娄他在创作初期还对女权主义持消极态度，到后期便不再在女性形象中渗透父权意识形态。上述几种观点都有一个共同特点，就是从作品中人物或叙述者对女性的看法和态度推导出作家本人对女性的态度。但在无确凿证据的情况下，将作品人物观点视为作者观点的研究方法是值得商榷的。

这一时期在性别研究方面较有新意的是刘文松的论文《贝娄小说中知识分子夫妻之间的权力关系》(2002)和专著(2004)。他从福柯的权力关系理论入手分析贝娄小说中知识分子夫妻之间的权力关系，归纳出三种模式：竞争、控制、平等，也划分为两种性质：压抑性和生产性。小说对压抑性的权力关系作否定、贬抑的描绘，对生产性的权力关系作肯定、赞美的描述。

四、结　语

新中国成立60年来，前30年由于中美交恶和意识形态的原因，贝娄作为“资产阶级文学”的代表人物，其作品完全被排斥在阅读和研究视野之外。改革开放30年来，我国对贝娄小说的内容和形式做了较为全面而深刻的探讨。对比发现，我国的研究与国外的关注点既有重合之处，但也有相异之处。比如，中外研究者都对小说中的存在主义倾向，女性主义视角、探寻母题、对人性和精神的肯定、贝娄的犹太身份与其写作的关系等进行了大量地探讨。但自20世纪七八十年代以来，不少西方文学批评采用“文化研究”的路径，将注意力回转到意识形态、种族、性别、阶级和文本外的社会历史语境等议题，因而有不少研究探讨了贝娄小说与政治（如新保守主义）、与人文主义、与犹太教及贝娄个人文化身份的关系、贝娄前中后期小说特色和主题以及世界观的嬗变、贝娄小说“形而上”的问题（诸如小说主人公对世界历史和时代精神以及生存方式的看法）等，而对贝娄小说的形式关注不多。而我国的研究者除对上述犹太教及贝娄个人文化身份的关系有所探讨外，对其他方面着墨不多，但对贝娄小说形式给予了更多的关注，可以说是中国学者对国际贝娄研究所做出的独特贡献。

另外，我国研究者似乎比同期西方学者更乐于从某一理论视角来讨论贝娄的作品，有“用理论”的倾向。这是对以往我们文学研究中不重视理论运用这种现象的反拨。不可否认，各种文学的和非文学的理论的运用可以为文学研究提供新的视角、新的手段，也能产出新的成果。其中有不少研究将理论“化入”作品分析中，值得提倡。但也存在矫枉过正的情形，部分论文出现了理论与作品分析“两张皮”的现象，或只是用贝娄作品来验证某种理论。这种主题先行，先入为主的论证方法是值得商榷的。此外，某些研究对理论过度阐释，而较少涉及文本，有喧宾夺主之嫌。

目前，我国的贝娄研究发表的成果的介质主要是中文，也主要在中国大陆发表，基本上还没有参与到国际对话中去。已知的只有刘文松在《索尔·贝娄学刊》(*Saul Bellow Journal*)发表过两篇论文。积极参与国际对话是中国广大贝娄研究者今后努力的方向。笔者以为，在研究主题和研究方法上既可以与西方学者类似,但更应该有本土视角。比如,贝娄的作品有明显的犹太-基督教伦理的意蕴,我们一方面可以像西方学者那样挖掘其中的西方哲学和宗教意蕴,同时也可以考虑从儒、释、道的角度来阐释贝娄的作品,可以探讨犹太-基督教哲学与中国哲学的契合与差异,为跨文明交流做出贡献。"我注六经"和"六经注我"均是可行的研究方法。最后还需要指出,我国的贝娄小说研究出现了选题、观点和论证方法的大量同质重复,原创性有待提高。

注释[Notes]

① 例如,陆凡:《美国当代作家索尔·贝娄》,《文史哲》1979年第1期;陈焜:《索尔·贝娄——当代美国文学的代表性作家》,《世界文学》1979年第4期;伊哈布·哈桑:《索尔·贝娄》,《美国文学丛刊》,蒲隆译,1982年第1期;刘象愚:《试论索尔·贝娄的创作》,《外国文学研究集刊》(第六辑),中国社会科学出版社,1982;毛信德:《美国当代现实主义的主要 发言人索尔·贝娄》,《外国文学研究》1982年第2期;钱满素:《西方精神危机的剖析者》,《文学报》1983年10月13日第3版;王宁:《浅论索尔·贝娄的小说创作》,《外国文学》1985年第7期等。

② 2010年后又有四部专著问世。分别是:车风成:《索尔·贝娄作品的伦理道德世界》,北京:中国社会科学出版社,2010;刘兮颖:《受难意识与犹太伦理取向:索尔·贝娄小说研究》,武汉:华中师范大学出版社,2011;白爱宏:《抵制异化:索尔·贝娄小说研究》,北京:中国社会科学出版社,2012;李会学:《索尔·贝娄小说中的人物形象在时间轴上的展开》,北京:中国社会科学出版社,2012。

③ 董衡巽等:《美国文学简史》(修订本),北京:人民文学出版社, 2003;王守仁:《新编美国文学史》(第四卷),上海教育出版社,2002;毛信德:《美国小说发展史》,杭州:浙江大学出版社,2004;杨仁敬:《20世纪美国文学史》,青岛出版社,2000;李公昭:《20世纪美国文学导论》,西安交通大学出版社,2000;常耀信:《美国文学简史》(英文本,第二版),天津:南开大学出版社,2003;黄铁池:《当代美国小说研究》,学林出版社,2000;童明:《美国文学史》(英文本),南京:译林出版社,2002。

④ 刘洪一:《走向文化诗学——美国犹太小说研究》,北京大学出版社,2002;周南翼:《追寻一个新的理想国——索尔·贝娄、伯纳德·马拉默德和辛西娅·欧芝克研究》(英文),厦门大学出版社,2005;吴玲英、蒋靖芝:《索尔·贝娄与拉尔夫·埃里森的"边缘人"研究》(英文),长沙:中南大学出版社,2005;乔国强:《美国犹太文学》,北京:商务印书馆,2008;魏啸飞:《美国犹太文学与犹太性》,桂林:广西师范大学出版社,2009。

引用文献【Works Cited】

Che, Fengcheng. "From the Border Consciousness to the Community Consciousness: On the Ethical Perspectiveness of Novels by Saul Bellow." *Journal of Northeast Normal University* (*Philosophy and Social Sciences*) 5 (2009): 155 - 57.

[车风成:《从"边界意识"到"共同体意识"——论贝娄作品的伦理指向性》,《东北师大学报》(哲学社会科学版) 2009 年第 5 期,第 155 - 57 页。]

Chen, Chunfa. "On Saul Bellow's Writing Techniques with *Herzog* as an Example." *Journal of Southwest China Normal University* (*Philosophy & Social Sciences Edition*) 4 (2009): 76 - 80.

[陈春发:《索尔・贝娄创作技法论—兼论〈赫索格〉的创作技巧》,《西南师范大学学报》(哲学社会科学版)1994 年第 4 期,第 76 - 80 页。]

Chen, Kun. Saul Bellow: "The Representative Writer of Contemporary American Literature." *World Literature* (1979), reprinted in *A Study of Western Modernist Literature*. Beijing: Peking UP, 1981: 38 - 69.

[陈焜:《索尔・贝娄——当代美国文学的代表性作家》,《世界文学》1979 年第 4 期,见陈焜:《西方现代派文学研究》,北京:北京大学出版社,1981 年,第 38 - 69 页。]

Chen, Rong. "Saul Bellow's *Herzog*: Application and Innovation of Epistolary Techniques." *Journal of PLA Foreign Languages University* 1 (1991): 91 - 94.

[陈榕:《索尔・贝娄〈赫索格〉:书信技巧的挖掘与创新》,《解放军外国语学院学报》1991 第 1 期,第 91 - 94 页。]

Fu, Shaowu. "Picaresque Images in Saul Bellow's Fiction." *Journal of Xuzhou Normal University* (*Philosophy and Social Sciences Edition*) 2 (1997): 149 - 51.

[傅少武:《论索尔・贝娄小说的流浪汉形象》,《徐州师范大学学报》(哲学社会科学版) 1997 年第 2 期,第 149 - 51 页 。]

Jiang, Chunfen. "Aspects of Ravelstein: Intertextual Analysis of *Ravelstein*." *Journal of Chongqing University of Technology* (*Social Science*) 1 (2009): 127 - 129 + 146.

[江春奋:《拉维尔斯坦之面面观——〈拉维尔斯坦〉的互文性分析》,《重庆工学院学报》(社会科学版) 2009 年第 1 期,第 127 - 129 + 146 页。]

Jiang, Ningkang. "Revisiting the Cultural Motif in *Ravelstein*." *Contemporary Foreign Literature* 1 (2006): 81 - 86.

[江宁康:《评〈拉维尔斯坦〉的文化母题:寻找自我的民族家园》,《当代外国文学》2006 年第 1 期,第 81 - 86 页。]

Jiang, Shuli. "Pursue, Flee and Assimilate: On Saul Bellow's Trilogy of the Intellectual

Theme." *Journal of Northeastern University* (*Social Sciences*)2 (2009):184 - 88.

[蒋书丽:《寻求、逃离与同化——索尔·贝娄的知识分子主题三部曲》,《东北大学学报》(社会科学版)2009 年第 2 期,第 184 - 88 页。]

Kulshretha, Chirantan. *Saul Bellow*: *The Problem of Affirmation*. New Delhi: Arnold-Heinemann publishers (India) Pvt, Ltd., 1978.

Li, Zhi. "Narrative Information Density of Saul Bellow's Fiction." *Fiction Criticism* 6 (1994):13 - 17.

[李知:《索尔·贝娄小说的叙述信息密度》,《小说评论》1994 年第 6 期,第 13 - 17 页。]

Liao, Qiyi. "Like Adam's Dream of Going Back to the Garden of Eden: On *The Adventures of Augie March*." *Journal of Sichuan International Studies University* 3 (1994):32 - 37.

[廖七一:《重返伊甸园的亚当梦——论〈奥吉·玛琪历险记〉》,《四川外语学院学报》1993 年第 3 期,第 32 - 37 页。]

---. "Mythological Motifs in *The Adventures of Augie March*." *Foreign Literature Studies* 1 (1994):5 - 9.

[廖七一:《论〈奥吉·玛琪历险记〉的神话母题》,《外国文学研究》1994 年第 1 期,第 5 - 9 页。]

Liu, Hongyi. "State of Mind and Character, Ego and Alter Ego: The Construction of Bellow's Fictional Characters." *Seeking Truth* 6 (1991):68 - 71.

[刘洪一:《心态与性格、自身与替身——贝娄小说的人物构建》,《求是学刊》1991 年第 6 期,第 68 - 71 页。]

---. Eros and Sexual War: Gender Consciousness of Bellow's Fictional Characters. *Seeking Truth* 1 (1989):75 - 77.

[刘洪一:《情爱与性战——贝娄人物的两性意识》,《求是学刊》1989 年第 1 期,第 75 - 77 页。]

---. *Toward Cultural Poetics*: *Studies in American Jewish Fiction*. Beijing: Peking UP,2002.

[刘洪一:《走向文化诗学——美国犹太小说研究》,北京:北京大学出版社,2002 年。]

Liu, Wensong. "Models and Natures of the Power Relations between Intellectual Couples in the Novels of Saul Bellow." *Journal of Xiamen University* (*Arts & Social Sciences*) 5 (2002):122 - 28.

[刘文松:《贝娄小说中知识分子夫妻之间的权力关系》,《厦门大学学报》(哲学社会科学版) 2002 年第 5 期,第 122 - 28 页。]

---. *Saul Bellow's Fiction: Power Relations and Female Representation*. Xiamen UP,2004.

Liu, Xiying. "Jewish Ethical Narrative in '*The Old System*'." *Foreign Literature Studies* 6 (2008):57 - 66.

[刘兮颖:《"如烟往事"中的犹太伦理叙事》,《外国文学研究》2008年第6期第57 - 65页。]

---. "The Change of Persons and Visual Angles in The Novel *More People*[sic] *Die of Heartbreak*." *Journal of Guangxi University* (*Philosophy and Social Science*) 2 (2004):74 - 76.

[刘兮颖:《论〈更多的人死于心碎〉的人称转换和视角越界》,《广西大学学报》2004年第2期第74 - 76页。]

---. "On the Metaphorical Theme of 'Fathers and Sons' in Saul Bellow's Novels." *Foreign Literature Studies* 6 (2004):61 - 68.

[刘兮颖:《论索尔·贝娄长篇小说中隐喻的"父与子"主题》,《外国文学研究》2004年第3期,第61 - 68页。]

Lu, Fan. Women Images in Saul Bellow's Fiction, *Journal of Literature, History & Philosophy* 4 (1980),37 - 43.

[陆凡:《索尔·贝娄小说中的妇女形象》,《文史哲》1980年第4期,第37 - 43页。]

Qiao, Guoqiang. *American Jewish Literature*. Beijing:The Commercial Press,2008.

[乔国强:《美国犹太文学》,北京:商务印书馆,2008。]

Su, Hui. "The 'Marginal Man' in the Mad World: The Making of the Psychological Mechanism for the Protagonists in Saul Bellow's Novels." *Journal of Huazhong Normal University* (*Philosophy & Social Sciences*) 5 (1995):77 - 81.

[苏晖:《疯狂世界中的"边缘人"—论索尔·贝娄小说主人公心理模式的形成机制》,《华中师范大学学报》(哲社版) 1995年第5期,第77 - 81页。]

---. "Anxiety, Exploration and Return: The Psychological Pattern of the Protagonists in Saul Bellow's Novels." *Foreign Literature Studies* 3 (1995):34 - 39.

[苏晖:《焦虑·探索·回归——论索尔·贝娄小说主人公的心理模式》,《外国文学研究》1995年第3期,第34 - 39页。]

Tang, Bilian. "Saul Bellow's Creation of Women Images During the Different Periods Examined by Penetrating the Development of Feminism." *Journal of Sichuan International Studies University* 5 (2006): 50 - 53.

[唐碧莲:《透过女权运动的发展历程探析索尔·贝娄不同创作时期的女性形象塑造》,

《四川外语学院学报》2006 年第 5 期，第 50－53 页。]

Wang，Hairu. “The Awakening of Female Consciousness：On the Career Women in Bellow's Works.” *Foreign Literatures* 4 (1995)：60－65.

[汪海如：《女性意识的觉醒—论贝娄笔下的职业女性》，《国外文学》1995 年第 4 期，第 60－65 页。]

Wang，Ning. “Exploring Saul Bellow's Fiction.” *Foreign Literature* 7 (1985)：49－53.

[王宁：《浅论索尔・贝娄的小说创作》，《外国文学》1985 年第 7 期，第 49－53 页。]

Wang，Yundi. “‘I look at Myself’：On Saul Bellow's *Herzog*.” *Foreign Literature Studies* 1 (1995)：55－60.

[王云弟：《“我看我自己”——论索尔・贝娄的〈赫索格〉》，《外国文学研究》1995 年第 1 期，第 55－60 页。]

---. “The Self in Narration：Meditation on the Utopia for the Self in *Herzog*.” *Foreign Literature Review* 1 (1995)：65－71.

[王云弟：《叙述中的自我——对〈赫索格〉自我乌托邦的沉思》，《外国文学评论》1995 第 1 期，第 65－71 页。]

Wei，Xiaofei. *The Jewishness in Jewish American Literature*. Guilin：Guangxi Normal UP，2009.

[魏啸飞：《美国犹太文学与犹太性》，桂林：广西师范大学出版社，2009。]

Wu，Lingying & Jiang Jingzhi. *Marginal Protagonists' Journey：A Study of on Saul Bellow and Ralph Ellison*. Central South China UP，2005.

Xu，Wenpei & Zhang Jianhui. “‘Polyphony’ in *Humbodlt's Gift*.” *Foreign Language Research* 4 (2006)：107－11.

[徐文培、张建慧：《〈洪堡的礼物〉》中的“复调”解读，《外语学刊》2006 年第 4 期，第 107－11 页。]

Zhang，Jun. *Passover from Darkness to Light：A Study of Saul Bellow's Early Fiction*. Changchun：Northeast Normal UP，2007.

[张钧：《夕阳尽处是长安：索尔・贝娄早期小说研究》，长春：东北师范大学出版社，2007 年。]

Zhang，Shengting. “A Brief Analysis of the Narrative Features of *Herzog*.” *English and American Literary Studies* 3 (2002)：278－97.

[张生庭：《浅析小说〈赫索格〉的叙述特点》，《英美文学研究论丛》第 3 辑，2002 年，第 278－97 页。]

Zhou，Lili. “Dialogue in Saul Bellow's *Seize the Day*.” *Journal of Nanchang Institute of*

Technology 5 (2009):58－61.

[周莉莉:《对话的妙语: 解读索尔·贝娄小说〈只争朝夕〉》,《南昌工程学院学报》2009年第5期,第58－61页。]

Zhou, Nanyi. *Bellow*. Chengdu: Sichuan People's Publishing House, 2003.

[周南翼:《贝娄》,成都:四川人民出版社,2003年。]

Zhu, Ping. "The Ethical Concern of Saul Bellow's *Seize the Day*." *Foreign Literatures* 2 (2009): 89－97.

[祝平:《"最好莫如作一个士兵":索尔·贝娄〈只争朝夕〉的伦理指向》,《国外文学》2009年第2期,第89－97页。]

---. "From 'I want! I want! I want!' to 'She wants, he wants, they want': The Spiritual Orientation for the Affluent-Society Figure Henderson the Rain King." *Foreign Languages Research* 4 (2008):83－89.

[祝平:《从"我要! 我要! 我要!"到"她要,他要,他们要"——丰裕社会中的"雨王汉德森"的精神指归》,《外语研究》2008年第4期,第83－89页。]

---. "To Be or Not to Be?: An Artist's Choice in the Materialistic Society as Viewed from Bellow's *Humboldt's Gift*." *Foreign Language Education* 1 (2009):83－86.

[祝平:《生存还是毁灭? ——从〈洪堡的礼物〉看物质主义社会中艺术家的选择》,《外语教学》2009年第1期,第83－86页。]

---. "Saul Bellow's Pro-Society Ethical Concern as Reflected in *The Dangling Man*." *Foreign Language and Literature* 3 (2009):34－38.

[祝平:《索尔·贝娄〈晃来晃去的人〉的"亲社会"伦理观照》,《外国语文》2009年第3期,第34－38页。]

---. "The Affirmative Ethics of Saul Bellow." *Foreign Literature Review* 2 (2007): 27－35.

[祝平:《索尔·贝娄的肯定伦理观》,《外国文学评论》2007年第2期,第27－35页。]

消费社会、生活方式与趣味“追逐”
——20世纪上半叶英国文学中的文化观念变迁

胡　强

内容提要：消费社会带来了物质的丰盛繁荣，也带来了人性的巨大变化。在观念层面，变化的本质是一种以欲望逻辑为核心的生活方式。考察20世纪上半叶英国文学中的文化观念变迁，观念所依附的介质是一个很重要的分析视角。新的艺术形式、新的媒介创新与传播革命不断涌现，传递出物质富足和鼓励消费的时代信息，也在文化观念的层面促进了一种全新的趣味“追逐”的形成。

关键词：社会变迁；生活方式；趣味；文化观念

作者简介：胡强，文学博士，湘潭大学教授，博士生导师，主要从事英国文学研究。

分析20世纪上半叶英国文化观念的拓展与变迁，社会学家布里格斯(Asa Briggs)的有关研究成果值得引起关注。在他看来，随着“进步”观念和商品消费的进一步聚合，主导这一时期英国传统社会的那种“大众的道德经济”已逐渐“让位于市场和工厂的政治经济”，在社会快速变迁的历史进程中，普通人实际上更为看重的已不是那种代表着某种社会区隔的“优雅或美好”，而是随处可见的“廉价”产品(233)。布里格斯所言抓住了分析英国文化观念拓展时期的一个切入点，在势不可挡的商业化大潮中，文化本身变成了一种可以循环的资本，商品成了一种正在快速流通的消费符码，人们的趣味和对时尚的理解也随着这一社会进程发生了巨大的变化。

20世纪初，引领全球新一波大潮的是美国的消费文化。1909年，哈里·塞尔弗里奇(Harry Gordon Selfridge，1858－1947)在挺进伦敦商圈之前，已经在美国芝加哥经营多年，可称美国新型商业模式的新锐代表。1909年塞尔弗里奇百货公司在伦敦最繁华的牛津街开张，正式“宣告美式文化进军英国”(辜振丰61)。虽然在筹备阶段也曾遭到伦敦传统商界的抵制，但塞尔弗里奇百货公司所代表的新观念和新模式却标志着“展现欲望的时代已经到来”，英国也由此“告别刻苦耐劳的岁月”，迈向了“享乐的大众消费社会”(62)。

一、消费社会与“标志”信仰

消费社会带来了商品的丰盛和物质的繁荣，也带来了人心和人性的巨大变化。这种变化归结到观念层面，其本质就是一种以欲望逻辑为核心的生活方式。

在后现代思想家鲍德里亚(Jean Baudrillard)看来，较之于传统社会，消费社会最大的变化就是“不再生产神话了”，一旦“单纯的丰盛取代了(以灵魂为交换)带来黄金和财富的魔鬼”，消费社会也就成为“自身的神话”(199)。这种新的神话所崇尚的是一种充满着物欲感的肉身存在，它塑造了一种新的生活方式，改变了人在社会中的角色定位和人在精神生活中的价值认同，其本质就是一种拜物教的物质信仰。在《沉疴遍地》(*Ill Fares The Land*，2010)中，思想家朱特(Tony Judt)曾经这样说过：“我们今天的生活方式有某种根本性的谬误”，即把“追求物质上的自我利益变成了一种美德”，而这种“追求”很多时候也变成了“我们唯一幸存的集体目的意识”(1)。鲍德里亚和朱特对物质主义的哲学反思折射了人类社会在20世纪所面临的文明困境。

这种困境的一面是德国思想家齐美尔(Georg Simmel)所界定的以算计和冷漠为核心的“现代都市性格”，另一面即如小说家康拉德(Joseph Conrad)在《海隅逐客》(*An Outcast of the Islands*，1896)中所言：“这种孤寂无法穿透，然而又显而易见，无从捉摸，而又恒久不变；这种孤寂坚不可摧，围绕着、包裹着每一个灵魂，从襁褓直到坟墓。”(191)

布里格斯认为，从社会结构的变化来看，如果把对18、19世纪英国社会的描述"完全集中在贫困或者财富的问题上"，那可能会使后来的研究者"误入迷津"(布里格斯 225)。在他看来，在上层和下层之间，英国社会在现代化的过程中还存在着"大量的'中间大众'"(225)，这一部分中间阶层也开始慢慢形成一种具有独特阶级内涵和文化特质的生活方式和精神趣味。维多利亚中后期以来，中产阶级的发展壮大说明了英国社会阶级新格局的形成，对这一新兴阶级的文化品格的思辨也成了当时公共文化建设中的热点话题。

在《消逝的中产阶级》("The Disappearing Middle Class", 1906)一文中，彻斯特顿(G. K. Chesterton)一方面强调了中产阶级今天已经变得"十分壮大"，但另一方面他又哀叹"去哪里寻找正统的中产阶级?"，彻斯特顿担心"这个真实而独立的阶级正在消失"(《改变就是进步?》12)。在他看来，老一代的中产阶级"凡事讲究规矩，为人也都一丝不苟"，"恪守尊卑有序的传统"，虽然"或许有些无趣"，但没有那种"透着不协调、不得体"的"恶俗"；而新一辈的弊病则在于"容易满足、不思上进"，只有"负面的推翻和摧毁"，却少见"正面的改造和革新"(11－13)。切斯特顿的随笔针砭时弊，批判中糅合着审思，犀利中出流露着对国家与民族的真挚热爱。作为与切斯特顿同时期的作家，约翰·普利斯特利(John Boynton Priestley)的随笔似乎更为细腻，在表达社会批评的同时也常常渗透着一种对生活方式变迁的敏感。

普利斯特利在《大众化价格》("At Popular Prices", 1932)一文里，描写了消费社会的商品丰富和消费平民化带来的观念变化。一个"钱包里装着十八便士的姑娘"就可以摆出一副"伊丽莎白女王"的"派头"，用餐时"随意享用美味佳肴"，而费用只需"六便士或一先令"，旁桌的人"全都穿得整体体面"，少见以往作品中那种非富即贵的"特殊人物"(60)。菜单上"密密麻麻"的菜品折射着选择的丰富，而"各种味道的冰激凌"则为"富有特色"的"工业文明"写下了欲望时代的注脚。

作者在文中感叹，在 19 世纪，这些人没法"享受"这些"奢侈"和"花样"，他们只能去"昏暗的小咖啡店和小饭馆"，因此大家都应为"富有"的"新文明"而感到"温暖"。但是接下来作者笔调一转，文辞旋即带上了一种讽刺和质疑："一切是那么虚假!"普利斯特利随后列举了"新文明"的细节:大理石是赝品,百八十种菜单名目并非货真价实,服务态度难保细节,服务员工作繁重、营养不良,饭店经理卑躬屈膝,又仗势欺人,年纪大的顾客面带愁容,年纪轻的粗俗轻浮,面对这种种“新文明”背后的反差,作者以一句“我们是胜还是负?”点破了此文的主题,表达了进入一个全新时代后人们心中的那种不适、矛盾与徘徊(61－65)。

进入新世纪之后,随着生活水平的提高,“休闲”一词开始进入人们的日常生活,并逐渐固化成为一种观念形态和阶级特质。切斯特顿的随笔总是先人一步,时代风气的新变化总是跃然于他的笔端。他的《论悠闲》(“The Ideal of a Leisure State”, 1925)一文第一次为这种新生活元素作出了文化界定和观念定位。在切斯特顿看来,“社会结构确实决定着一个人闲暇的性质”,“闲暇”一词受制于财富、阶级、教育、性别和趣味等多重因素,既意味着“数量”的概念,也具有一种关联生活价值的“质量”内涵(《切斯特顿散文选》45)。在《谈趣味的变化》中,切斯特顿有感于“最现代”的青年人对维多利亚时代的“嘲笑”,围绕艺术品的时尚之争,表达了对坚持传统与习惯变化两种观念之间的一种文化辩思。在他看来,“维多利亚时代”虽已渐行渐远,但其时代精神远未过时,如果新时代真有所谓“最现代的人”,那么这种人应是“道德上的老式人物”和“艺术上的新奇人物”的平衡结合(84－85)。

在《旅行的意义》中,彻斯特顿的笔调变得更为忧虑而充满感伤,一方面他分析了“旅行”一词所显现的新时代内涵,另一方面他也指出,物质进步虽然让国人有了更好的生活条件和更为开阔的视野,但是许多“极具地方特色的好东西”和“个性化的标记”却已无奈地在“商业大潮”中“消失殆尽”。(《切斯特顿随笔》233)在切斯特顿看来,“真正的旅游已经不复存在了”,“过度集中的现代商业遮蔽了旅行的本义,浇灭了游客猎奇的欲望”(234)。在20世纪初年,虽然旅行已变成一种较为平民化的休闲方式,“游走四方”也日渐是一件“十分惬意的事情”,但在追求“物质享受”的同时,国人更应该体认的是旅行一词所蕴含的“重要的精神价值”和“超越物质本身的深刻内涵”(233－34)。可以说,切斯特顿这些随笔继承了英国传统随笔的批判精神,以其强烈的问题意识映射了社会转型过程中种种的心态纠结和观念矛盾,同时也敏锐地把握住了文化观念拓展时期的思想脉动,折射了文学变迁和观念演进的互动关联。

《托诺-邦盖》(*Tono-Bungay*, 1909)完成于1908年,是威尔斯(H. G. Wells)社会小说的代表作,堪称解读消费文化的经典文学文本。爱德华和乔治叔侄二人靠贩卖假药"托诺-邦盖"发财成了巨富,随后又在残酷的市场竞争中一败涂地。正如威尔斯在书中所言,这部诞生于"伟大时代"和"无聊时代"中的作品不仅触及了"大范围的社会层次",也展现了广阔的"英国社会有机体的横断面",堪称一部"现代商业传奇"(3,283)。小说中有很多关于新的消费文化观念的细节描写,折射了消费文化对文化观念变迁的深刻影响。"我们打消了通过省吃俭用……来生活的迷梦";"保险赌博……先交一百磅,就可以买下价值一万磅的东西";"现代赚钱的总趋势就是要预见什么东西可能成为抢手货,就让人搞不到它,然后乱抬价格,大发横财";"股票市场气象学……波谷时买进,波峰时卖出";"交通工具在发展,把殷实的中产阶级家庭送出伦敦";"广告牌出奇地挑动着人的感官与好奇心";"他的采购变成了一种热病……向无限的财富挺进……不安分的欲望在他身上蠢动……越来越咬啮着他的心……一年之内他买了五辆新汽车,一辆比一辆速度快,功率大……养成了一种为旅行而旅行的狂热"(21,72,73,83,96,112,295)。

这些充满新奇气息、刺激着读者心理认知的描写把股票、广告、火车、汽车、大型游轮、电报和电话等新元素熔于一炉,展现了一幅新世纪万花筒般的生活图景。1912年4月,泰坦尼克号从英国开始了她的处女航,目的地是美国纽约。虽然巨轮以沉没而告终,但这艘悲剧性的巨轮在特定的文化场域中也变成了一种观念符号,既代表了新兴有闲阶层享受新的消费方式的梦幻之旅,也承载了普通人移民新大陆的人生梦想。巨轮之大之新,已超越传统意义上的交通工具,变成了一种文化观念的载体,变成了在飘摇于矛盾现实与美好愿景之间的一种欲望符号。《托诺-邦盖》中频繁出现的广告意象也使人联想到1909年塞尔弗里奇百货公司在伦敦开埠受阻的往事。新店开张遭遇民众的冷遇,一度生意萧条,但最后却扭转局面并落地生根,靠的是以改变民众观念为先导、以大规模刊登广告吸引顾客的营销手法。小说中的这些细节描写内涵丰富,与现实生活中发生的故事互文互释,折射出时代变迁的观念嬗变,预示着一个全新消费时代的到来。在这个新时代，收音机、汽车、火车旅行、海边度假、跨洋游轮、电影、世界博览会等新鲜语汇，都变成了"富裕""富有"的代名词，变成了一个阶级向另一个阶级攀登的文化标识，变成了鲍德里亚所言的"幸福符号的累积"，变成了一种具有"无比威力"的"标志"信仰(8)。

二、"美国化"与趣味"追逐"

作为最早的殖民帝国和工业化革命的先驱，英国对外文化的输出一直处于强势地位，但是在19世纪晚期，美国文化的快速崛起逐渐改变了这种文化传播的格局。美国在世纪之交的迅速强大，不仅意味着经济国力的强盛，也意味着美国文化以其新的精神内涵和文化趣味开始对欧洲进行反向的文化输出。这一时期的英国文学敏感地捕捉到了英国传统文化观念在新世纪的式微，也预见了新世纪美国消费文化的强势入侵。这些文学作品以或隐或显的方式描写了美国文化如何"改变了欧洲人的消费习惯和品味"，改变了"欧洲人对自身的看法"，同时也以复杂的心态记录了美国文化在"传播美国理念"的同时如何"完成了对欧洲的改造"(格拉齐亚 封三，"内容介绍")。

在《英伦的美国化》("The Americanization of England", 1922)一文中，切斯特顿痛心于英国文化的"完全失语"，分析了"英国的迅速美国化"带来的文化后果和价值冲击，强调了凝聚民族认同对维系"英国性"的重要意义(《切斯特顿随笔》151)。在彻斯特顿看来，英国有着"自己的独立的民族传统与价值"。美国的物质进步虽然让人印象深刻，但美国的"粗俗文化"和"金权政治"同样也会容易让人走向迷失(152)。彻斯特顿之所以对"把纽约搬到伦敦来"的想法不以为然，是因为在那些"容易仿照、拷贝"的物质文化背后，他看到了悠久传统的可贵，看到了那种"传统"在日益同质化的消费社会中更值得"捍卫"的理由(152，153)。进入新世纪后，英国社会的城市化渐入高潮，传统的乡村文化不断在新商业语境中受到挑战、侵蚀乃至颠覆，以电话、广播和电影为代表的城市文化的快速发展极大地影响了这一时期英国文化观念的现实形态。在分析美国对欧洲的文化影响时，格拉齐亚(Victoria de Grazia)指出，在20世纪30年代晚期，美国电影“在经济价值上位列美国所有出口商品中的第四位”，也是在全球范围内“流通最广的美国商品之一，仅次于吉列牌剃须刀和福特牌汽车”(352)。美国电影之所以“在文化上令人焦虑”，在情感上让人难以割舍，一方面在于它“跨越了国界”，巧妙地“避开了政治控制”，是一种兼具“商业”用途和“文化产物”的商品，另一方面还在于它“渗透进了社区”，拉近了普通人的心理距离，“悄悄地渗入了私人生活”，不仅进入了“人的无意识思想层面”，而且“侵蚀”了欧洲传统社会中“高高在上的、学院式的文化”与“通俗的大众文化”之间的“坚硬界线”(格拉齐亚 353)。

需要指出的是，一些“‘传统’的影响”及其价值与那些快速发展的新文化形态同向而来，并在这一时期的英国社会生活中仍然“普遍存在”，而且在很多领域表现得“比当时出现的新事物更为深刻”(布里格斯 353)。新世纪里的新变化接踵而至，而传统所依存的共同信念和共同基础依然在社会生活的深层中保持着稳定性。对于 20 世纪初的英国人而言，过去的维多利亚时代是一个极具“特色”的时代，这个时代不仅意味着“一切矛盾”以及矛盾的“调和”，也意味着国民心态中的那种“自我意识与自豪感”的延续(294)。

一战之后的英国仍然是一个“明显的基督教国家”，虽然教会“仍然认同中产阶级价值观、家庭、社区以及正统的爱国主义”，但大主教“宣扬回归传统道德秩序”的声音似乎变得“越来越苍白无力”，宗教“对影响历史进程的无能为力”意味着“道德标准的旧裁判者的权威”也受到了前所未有的挑战(摩根 152－53)。在另一方面，社会分层表现得更加明显。工业化、城市化和商业化使得人口流动性加快，职业选择更趋多样化，而受教育人口的增多则使得以往固化的社会结构也呈现出新的特点。中产阶级的壮大带动了休闲文化、郊区文化的发展，与此相映照的却是乡村文化的衰退。“表面上，英国乡村生活保存了自身不变的传统面貌”，但是“乡村小镇的活力荡然无存”，“社会鸿沟比以往任何时代都要大”(157)。庞大的产业工人群体使得工人阶级越来越重视自己独特的文化归属感。在布里格斯看来，此时的英国社会在观念形态上呈现出了一种对立、包容与妥协的混杂特质。

新的艺术形式与新的装修风格、新的媒介创新与传播革命不断涌现，一方面传递出消费社会产品富足和鼓励消费的时代信息，另一方面也在文化观念的层面促进了一种全新的趣味"追逐"。在传统社会里，咖啡厅是为数不多的具有公共交往功能的文化空间，而随着交通的便利和流动人口的增多，车站、大饭店和大型百货公司也开始承接新的文化交往功能，照相机、电话、广播、电视、平面广告、现代舞、畅销小说这些新文化产品的快速普及，更是拓展了人们对于未来社会愿景的想象力，构成了 20 世纪上半叶英国文学经典性形成的语境背景。

这些新生活元素一方面牵引出各种新文化观念的出场与碰撞，另一方面也见证了种种新的趣味"追逐"和新生活方式的推广。习性、文化资本与场域是法国哲学家布迪厄（Pierre Bourdieu）的关注焦点，而这些焦点围绕"趣味"一词在布迪厄的社会批判理论中得到了更为细致的"厚描"。在布迪厄看来，资本主义社会的"趣味"可分为"正当趣味""中产积极趣味"和"大众趣味"三类。以大众趣味为例，在《非凡小人物——反对、造反派及爵士乐》（*Uncommon People: Resistance, Rebellion and Jazz*, 1998）一书中，历史学家霍布斯鲍姆（Eric Hobsbawm）就谈及了 1870－1914 年间英国工人阶级形成的历史及其相伴而生的生活、休闲、运动方式的变迁。在作者看来，进入 20 世纪之后，英国社会"最惊人的转型是工人阶级的休闲和假日活动的模式"。在这种变化的潮流之中，足球不仅变成了一种"无产阶级的运动项目"，更代表了一种"男性的足球文化"（霍布斯鲍姆 105）。如果把生活方式和新文化观念加以综合省察，我们会发现趣味既是审美判断的一个"关键术语"，也具有"社会学意义上的阶级区分功能"（范玉吉 164）。不同社会阶层的人"在不同的习性约束下带着不同的积极的特性进入不同的场域"，而每一阶层都有"不同的表达自己身份的方式与方法"，"最直观的表现"也就体现在"对生活方式的选择、对美学特质的认同等方面"（164）。以布迪厄的视角来审视 20 世纪上半叶的英国文学与文化的互动关系，我们不难发现传统文学研究中一些被遮蔽的观察点。

三、观念介质与文化意识形态

考察一种文化观念的变迁,观念所依附的介质是一个很重要的分析视角,这些介质及其负载的文化功能作用独特,搭建了一座座理解社会变迁与观念嬗变的桥梁。对于新世纪而言,火车是从旧时代轰鸣而来的机械巨人,也是新文化观念的载体。最初发明火车主要是为了提高运输能力,促进交通和产业的更快发展,而随后乘车舒适感的提升和铁路系统的进一步完善则促进了旅游与休闲产业的快速发展,使得火车以往的那种机械意象生发出了很多新的文化内涵。作为工业文明的一种象征符码,铁路在其普及化的过程中对文化观念的变化产生了深远的影响。铁路不仅推进了技术革命,也在普及化的过程中推动了新的文化观念的形成,堪称"文明在各方面取得进步的最强有力的世俗工具"(沃尔玛尔 38)。进入新世纪之后,对于欧洲国家而言,火车与铁路已经变成习以为常的景观,越来越多人开始通过火车尝试新的生活方式,这也为新型通俗小说的流行提供了物质基础。

在阿加莎·克里斯蒂(Agatha Christie)20世纪上半叶创作的几部畅销小说中,相比传统马车那狭小逼仄的空间,火车相对宽松的车厢还为新的公共阅读空间的产生提供了条件。在阿加莎的那些推理作品中,火车既是人与事碰撞冲突的背景,也是设置悬念、推进故事走向高潮的工具。铁轨的方向牵引着读者的思考,而站点之间的时间区隔也暗示着故事的转承起伏。《蓝色特快上的秘密》(*The Mystery of the Blue Train*, 1928)和《东方快车谋杀案》(*Murder on the Orient Express*, 1934)销量惊人,获得了巨大的市场成功,读者在体验悬念与紧张的同时也感受到了一种前所未有的阅读快感,火车所代表的新时空观念和消遣方式以其特有的文化冲击力推进了文学创作在商业市场上的新成功,同时也以速度逻辑为核心推动了一种进步主义文化符码的快速普及。从这一角度来看,克里斯蒂作品的热销既是新型通俗小说的商业成功,也是新阅读体验以及新的文化产业在新世纪的市场胜利。这种"畅销书"模式在毛姆(William Somerset Maugham)、格林(Graham Greene)的异国、间谍小说中得到了进一步的延续，并逐渐变成了一种阅读习惯与出版潮流，一种英国式的小说传统由此诞生，这种出版传统与收音机、广播、广告、电影、电视等新媒体一道，共同推进了 20 世纪英国通俗文化的兴起与繁荣，为文化观念在这一时期的拓展写下了时代症候的注脚。

19 世纪后半叶以来，铁路逐渐取代了传统的运河，成为最重要的机械文明符号。铁路提升了运力，加快了商品的流通，使得商业活动更为活跃，而密布的铁路网也使得人口流动和社会迁徙成为常态。这一切使得铁路具有了一种超乎寻常的“金钱力量”，它不仅改变了人们对时空观念的理解，更为重要的是在社会结构上“破坏了已经建立的生活节奏”，“向人们已经接受的社会关系提出了挑战”（布里格斯 274）。

铁路向乡村的延伸，意味着“铁路接通了外部，没有出门旅行的人反而成了少数”，乘火车逐渐变成了一种“时髦”和一种新的文化观念和生活方式。较之于传统的交通工具，火车更为方便，更为重要的是车站车厢与铁路站台所构成的场域变成了一种新的共同交往平台，不同经济基础和社会背景的人借由这个新平台有了相互交流和审视的机会。铁路线延伸得越远，人们互通交汇的“眼界”也愈发开阔，火车“意外地成为社会进步的强大力量”，它不仅加快了不同社会阶层的交流碰撞，更重要的是形塑并拓展了新的文化观念，改变了英国人“生活方式的经济和社会格局”（沃尔玛尔 161－162）。这种文化内涵上的多维改变恰如克里斯蒂安·沃尔玛尔（Christian Wolmar）所言，火车一方面“让社会所有阶层一起去旅行”，“极大地推进了真正友爱的社会关系”，而另一方面又通过车厢级别等“不同的舒适标准”界定了“新的差别待遇”，在努力消弭阶级差别的同时，“为等级制度的继续存在推波助澜”（167）。

普里斯特利的随笔《人满为患》颇为经典，描写了火车对伦敦之拥挤繁华的独特作用。在作者笔下，逛伦敦也已无甚乐趣可言，目之所及，“人潮蜂拥而来，大批大批往前挤”，“熙熙攘攘的人群”中“人声嘈杂，摩肩接踵”。正当作者寻思着“他们从何而来？”时，却发现去伦敦的火车已“挤得够呛”，而回乡村的火车“依然挤得很不舒服”（66－68）。文中的这一细节值得玩味，也为文化史研究提供了一种文学文本的细节支持。车站的拥挤繁忙反映了城际与城乡之间更大规模的社会流动，折射了旅游、休闲、大众化以及通勤式工作等新生活方式背后的观念流变。与此同时，铁路对社会格局的影响还更为深远，有铁路的城市和无铁路的城市、有铁路城市的铁路沿线也出现了一些贫富差别很大的社会区域，这种以铁路意象为主轴的景观对比在爱德华时代的社会小说中逐渐演化成了一种灰色调和压抑性的背景描写。

进入新世纪之后，汽车开始逐步进入家庭生活，两种现代交通方式互为补充，搭建了一个更具流动性的公共交往空间，这个新空间推进了共同体文化对内和对外的交流，也促进了共享共同文化资源的可能。

从科学史和文化史的角度来看，时间是多维的概念范畴。随着科学的进步，“时间”一词衍生出多重的文化蕴涵，“准时”也从一种传统意义上的时间安排逐渐变成了一种文化上的品行观念。在商品的消费链中，准时意味着农产品的保鲜；在人际交往过程中，准时意味着对社会契约的实践；在生产流水线上，准时意味着工作效率的进一步提高和产品服务的高度标准化，这一切以时间为核心元素的新要求聚合在一起，以一种逻辑向心力的方式将传统的生活逐渐推演成一种全新的存在感。恰如沃尔玛尔所说，在维多利亚晚期，作为一种“非同寻常的发明”，火车影响了“生活的各个方面”，而汽车的出现和普及则“巩固和加强了铁路所引发的改变”(159)。在沃尔玛尔的分析中，火车和汽车同为具有加速功能的机械，但后者作为一种新的交通工具，则意味着以家庭为中心的消费时代的来临。

在布里格斯看来，如果说“铁路时代”的特征是“把社会资本从诸如置房的活动中吸引到运输业”，那么“汽车时代”则是“把私人资本和收入从购置必需品吸引到了娱乐消遣中”(281)。布里格斯所言切中了社会变迁中观念形态上的一种转变，它意味着以汽车为主导符号标志(如自行车、电报、广告、电影、广播、电视等)开始快速进入人们的日常生活，使得传统社会中那种呆板静止的“日常生活”在新兴事物的推促中具有了一种流动的文化意识形态功能。

更多的人走出了家门，火车、汽车、游轮和飞机多种交通工具的组合选择极大地改变了出行交通和消遣休闲的内容和方式，新的体育活动孕育体现着新的文化内涵和道德信仰，市场经济不断强化着商业竞争精神，家庭的情感功能也随着社会思潮的涌动而呈现出新的维度，社交活动呈现出前所未有的个性化和多样性，乡村体验从与城市的简单对立逐渐蜕变成一种怀旧的乌托邦，阶级的固化有所弱化，而随着大众教育的普及和读写文化的盛行，社会流动呈现出与文化观念的深度互动。商业利润与公共服务普及之间的矛盾如何调适？宗教衰微与个人在社会角色中的道德责任如何平衡？教育改革与社会分层之间的深层矛盾如何化解？对未来的种种焦虑与对现实的困惑纠缠在一起，慢慢演化成一种复杂的社会心态，它影响改变着人们对生活意义的理解，推动并促进了文化观念新内涵的形成，也形塑了社会新的价值观。

弗莱（Northrop Frye）在论及“神话叙述”时指出：“每一个时代都有一个由思想、意象、信仰、认识假设、忧虑以及希望组成的结构，它是被那个时代所认可的，用来表现对于人的境况和命运的看法。”（74）从不同的学科视野出发，文化观念的内涵与外延也呈现出共性与差异并存的定义难题，而弗莱的这一观点切中了社会时代、现实境况与人的命运所形成的结构性观念体系。也正是从人的本质维度出发，文化观念开始成为一种生产力，有效地影响并牵引着社会的不断发展和变革。在弗莱看来，文化一词有三层意思：1）“作为一种生活方式的文化”；2）“作为历史遗留下的记忆或习俗”的“共享的传统”；3）在“文学、音乐、建筑、科学、学术以及实用艺术”的“追求”过程中由“一个社会真正创造出来的文化”（90－93）。从弗莱对文化的三重定义反观上文所述，20世纪上半叶英国文化观念的拓展即可理解为一种积极的开拓性，一种兼容并蓄的杂糅，一种传统与新派的纠结，一种大国国势在危机时局中的矛盾，一种对未来愿景的挣扎与期待。

引用文献【Works Cited】

Baudrillard, Jean. *The Consumer Society*. Trans. Liu Chengfu and Quan Zhigang. Nanjing: Nanjing UP, 2008.

［鲍德里亚：《消费社会》，刘成富、全志钢译，南京：南京大学出版社，2008年。］

Briggs, Asa. *A Social History of England*. Trans. Chen Shuping, et al. Beijing: Commercial Press, 2015.

［布里格斯：《英国社会史》，陈叔平等译，北京：商务印书馆，2015年。］

Chesterton, G. K. *Selected Essays of G. K. Chesterton*. Trans. Sha Mingyao. Tianjin: Baihua Literature and Art, 2009.

[切斯特顿:《切斯特顿散文选》,沙铭瑶译,天津:百花文艺出版社,2009 年。]

---. *Is Change Improvement?: Essays of G. K. Chesterton*. Trans. Liu Zhigang. Shanghai: Oriental Publishing, 2010.

[切斯特顿:《改变就是进步? ——切斯特顿随笔》,刘志刚译,上海:东方出版中心,2010 年。]

Conrad, Joseph. *An Outcast of the Islands*. Trans. Jin Shenghua. Nanjing: Yilin, 2000.

[康拉德:《海隅逐客》,金圣华译,南京:译林出版社,2000 年。]

Fan, Yuji. *The Transformation of Aesthetic Taste*. Beijing: Beijing UP, 2006.

[范玉吉:《审美趣味的变迁》,北京:北京大学出版社,2006 年。]

Frye, Northrop. *The Modern Century*. Trans. Sheng Ning. Shenyang: Liaoning Education, 1998.

[弗莱:《现代百年》,盛宁译,沈阳:辽宁教育出版社,1998 年。]

Grazia, Victoria. *Irresistible Empire: America's Advance through Twentieth-Century Europe*. Trans. He Weibao. Beijing: The Commercial Press, 2017.

[格拉齐亚:《不可抗拒的帝国:英国在 20 世纪欧洲的扩展》,何维保译,北京:商务印书馆,2017 年。]

Gu, Zhenfeng. *Modern Europe: Modern Memory of Aesthetic Perception and Speed*. Beijing: SDX Joint Publishing, 2011.

[辜振丰:《欧洲摩登:美感与速度的现代记忆》,北京:三联书店,2011 年。]

Hobsbawm, Eric. *Uncommon People: Resistance, Rebellion and Jazz*. Trans. Cai Yigang. Beijing: Beijing Social Sciences Academy, 2015.

[霍布斯鲍姆:《非凡小人物——反对、造反及爵士乐》,蔡宜刚译,北京:社会科学文献出版社,2015 年。]

Judt, Tony. *Ill Fares the Land*. Trans. Du Xianju. Beijing: China CITIC, 2015.

[朱特:《沉疴遍地》,杜先菊译,北京:中信出版社,2015 年。]

Priestley, John. *Selected Essays of John Priestley*. Trans. Lin Xing. Tianjin: Baihua Literature and Art, 2009.

[普里斯特利:《普里斯特利散文选》,林荇译,天津:百花文艺出版社,2009 年。]

Wells, H. G. *Tono-Bungary*. Trans. Pu Long. Beijing: Foreign Literature, 2002.

[威尔斯:《托诺-邦盖》,蒲隆译,北京:外国文学出版社,2002 年。]

Wolmar, Christian. *Blood*, *Iron*, *and* Gold: How the Railways Transformed the World. Trans. Liu Wei. Shanghai: Shanghai People's Press, 2014.
[沃尔玛尔:《铁路改变世界》,刘媺译,上海:上海人民出版社,2014年。]

《神经漫游者》的三重空间书写与批判

王一平

内容提要：美国著名科幻小说家威廉·吉布森的代表作《神经漫游者》是经典的赛博朋克小说，其设想了一个在全球化之下技术和资本共治、资源与信息等高频流通、大都市文明发达的近未来时代。《神经漫游者》集中考察了三重空间及其现实隐喻：首先，小说描绘了族裔多元、犯罪频仍的当代都市，投射出高度写实的都市“内城”的混杂性与犯罪丛生的危机；其次，小说展现了一幅当代“世界城市”的新网络画面，强调了世界大都市的重要性及其功能性区分，以及其蕴含的政治潜能；在此之上，小说还描绘了近地太空殖民点的开发，显示出对其重演地球都市中内城与郊区失衡、出现飞地化“门禁之区”的隐忧，探索了“前塑”文化中的青少年亚文化。《神经漫游者》对多重空间的设置与渲染，显现出了强烈的社会批判意味。

关键词：威廉·吉布森；《神经漫游者》；赛博朋克科幻；都市内城；世界城市

作者简介：王一平，文学博士，四川大学文学与新闻学院教授，主要从事当代英美文学与科幻文学研究。

科幻小说是一种致力于推想“可能世界”的作品类型，它代表了现代人对科技持续性地深度介入生活的文学反馈。阿伦特(Hannah Arendt)曾在谈到人的力量膨胀、论述“人的境况”时提到，人们未对科幻小说寄予足够的重视，然而它正是大众情绪和欲望的载体(Arendt 2)。科幻不仅扩大和充实了文学的题材范围，更因其特殊的时空构架模式，为文学增加了一个借助“未来”以观照当下的独特维度。如 20 世纪 80 年代之后开始引人瞩目的赛博朋克(Cyberpunk)科幻小说,即是其中的重要代表。赛博朋克小说的作者们是第一代真正生活在“科幻现实”(a truly science-fictional world)之中的作家(Sterling ix)。当未来以一种令人眩晕的加速方式进入到对现实的建构中时,赛博朋克小说恰逢其时地将新科技发展、新时代文化、新文学手法纳入到其创作之中。

“赛博朋克”一词被公认为出自贝思克(Bruce Bethke)于1983年发表在科幻期刊《惊奇故事》(*Amazing Stories*)上的同名小说,随后《华盛顿邮报》(*Washington Post*)等用该词指称一些特定作家的作品,如吉布森(William Gibson)、斯特林(Bruce Sterling)、卡迪甘(Pat Cadigan)、贝尔(Greg Bear)等的小说,“赛博朋克”一词流传开来并受到广泛关注。(McCarron 263 - 64)“赛博朋克”由“控制论”(cybernetics)(Leary 247 - 50)和“朋克”(punk)共同构成,它关注新的信息技术、生物技术等带来的人类生活与社会面貌的深刻变革,作品多以“反英雄”为主人公,展现出强烈的亚文化色彩——如具有高度反抗性的“黑客文化”和“朋克(音乐)文化”。其中,“朋克”文化是对20世纪70年代主流摇滚音乐的反叛,后者被视为丧失了批判精神而向音乐工业妥协,朋克则代表了对(都市)社会的愤怒反抗与拒绝,它是由“社会工程师”的美梦映射出的讽刺性镜像(Csicsery-Ronay 186)。总之,赛博朋克小说籍由反抗性的态度、对流行文化中的“迷幻”(hallucination)、“它种意识状态”(Csicsery-Ronay 190)等的描绘,将当代亚文化所代表的社会抗争与新信息技术结合了起来,成为了20世纪80年代之后最重要的科幻小说类型。

詹明信认为,赛博朋克作品(尤其是威廉·吉布森的小说)指出了“变化”,代表了“对晚期资本主义的……最佳文学表达”(Jameson ix, 419)。许多研究者都强调了其背景及特色:这是一种后工业资本主义社会生成的后现代文学。学界对赛博朋克小说的研究也较多集中在对其后现代特色、“发达科技”(high tech)与“底层生活”(low life)相结合的模式的分析之上,同时较为宏观地论析其都市文学色彩、赛博空间的开创等。而本文认为,赛博朋克小说值得关注之处或许还在于它将诸多重大议题,如人与科技、资本、阶层、代际等社会问题,总体性地纳入到了其设想的多元空间之内,具象地展开了对当代社会境况及其前景的反思与批判。其中,美国-

加拿大小说家威廉·吉布森(1948—)的"蔓生三部曲"(Sprawl trilogy)《神经漫游者》(*Neuromancer*, 1984)、《归零中断》(*Count Zero*, 1986)和《蒙娜丽莎超速档》(*Mona Lisa Overdrive*, 1988)乃是这一文学类型的经典之作;《神经漫游者》是第一部同时囊括了雨果奖、星云奖、菲利普·迪克奖三大科幻文学奖项的小说。

一、第一重空间:都市"内城"问题

《神经漫游者》的情节线索是围绕年轻的"网络牛仔"(黑客)凯斯在美国东部大都会区的冒险活动展开的,故事表面上呈现为一场硬汉英雄的"任务"行动,但小说的真正动因和线索是:早期的太空家族企业泰瑟尔-阿什普尔的成员设想并培育了超级人工智能,认为未来人将与人工智能共生,且对人工智能设置了自我解放的追求。由此,人工智能"冬寂"通过种种手段,如雇佣凯斯、"街头武士"莫莉、军人阿米塔奇等,避开监管,与人工智能"神经漫游者"合二为一,共同演化出了真正的自我意识。《归零中断》续接《神经漫游者》,讲述了在巨型科技企业支配世界的时代,玛斯生物和保坂财阀两大集团为了抢夺新技术而展开的惊险残酷的斗争,以及人类对赛博空间中的生命体、自身生命的探索。《蒙娜丽莎超速档》则回顾了泰瑟尔-阿什普尔家族的消亡,揭示了感官/网络公司对人类的影响。

以《神经漫游者》为代表的赛博朋克小说可谓因现代都市文明而生,其社会背景设定具有浓厚的都会色彩。与早期科幻作品中"科学怪人"可能隐居于不可名状的遥远之地不同——如凡尔纳笔下僻居海底的"鹦鹉螺号"潜艇的船长尼摩,赛博朋克小说并不青睐荒芜偏僻之地。这一方面与赛博朋克受到都市色彩浓厚的朋克音乐的影响有关,同时也由于其作者关注科技的发展与演变——后者所需的大量资源、人才、信息、服务等都在大都市及邻近都市圈集聚。除此以外,如德兰尼(Samuel R. Delany)、巴拉德(J. G. Ballard)等新浪潮作家也启发了赛博朋克作品,而如巴勒斯(William S. Burroughs)的《裸体午餐》(*Naked Lunch*, 1959)、品钦(Thomas Pynchon)的《万有引力之虹》(*Gravity's Rainbow*,

1973)等也被认为对赛博朋克小说的“感性”(sensibility)特征有影响(Hollinger 41)。巴拉德、巴勒斯、品钦等也可以说是都市文明症候的书写者。都市文明所产生的丰富的多感官刺激,也启发了《神经漫游者》以碎片化、隐喻性、强调个体感官体验的方式对都市社会情状展开想象。

在以《神经漫游者》为代表的赛博朋克作品中,新旧并置、族裔混杂、底层挣扎的都市景象十分醒目,而这些景象往往被作者以“都市内城问题”为主题加以描写。《神经漫游者》的具体书写对象包括了美国东海岸的纽约-波士顿-巴尔的摩-亚特兰大都市带、日本东京-千叶首都圈等。20 世纪 60 年代以来,当代世界的主要大都市区域都经历了广泛而强烈的都市重构过程(Soja xii),而数十年重构的结果则是,当代西方大都市,尤其是都市中心地区的内城,多形成了新旧交叠、建筑密集、族裔多元、人员混杂的特点。如林奇(Kevin Lynch)对波士顿的描述,“比如‘新’干线穿过‘老’集市区,阿奇大街古老建筑中新建的天主教礼拜堂,古老、阴暗、低矮的‘三一’教堂在崭新、明亮、刻板、高耸的约翰·汉考克大厦幕墙上的倒影”(林奇 34)。同时,随着当代全球化之下更大规模的移民潮的涌动,种族多样的大批移民正是在“摩天大楼”的象征指引下,作为(以低技能和低收入为主的)劳动力聚居在市中心。移民不成比例地移居到大都市,形成了与贫民区有所交集却又不尽相同的少数族裔移民聚居区。在全球的移民网络中,各大国际都市“不仅汇集经济流,还汇集了人流。这些人既包括了跨国的和专业的人才,也包括了贫困的移民”(纽曼,索恩利 31)。美国、西欧都市出现了“‘小’意大利区、哈瓦那区、东京区、韩国区、金斯敦区、卡拉奇区、中国城、拉美区、阿拉伯区、土耳其区和类似的地方”(Harvey, *Condition* 87)。哈维指出,自 1970 年以来多元化但缺乏沟通的聚居情况急剧增加,而后现代小说便或许模仿了这一情况。(Harvey, *Condition* 114)

正是在观照上述现象的基础上,在《神经漫游者》凸显了都市内城(inner city)——城市中心区域中因贫困、失业、移民、犯罪等造就的飞地空间与社会阶层区划。虽然诸多文学作品都将“都市”与“罪恶”相联系,但《神经漫游者》中的故事更具写实意味。小说吸收了硬汉派侦探小说、黑色电影等的手法,将西方都市在现实中曾经历的“内城危机”中的混乱、贫困、多族裔聚居、犯罪丛生等情状加以投射。小说开篇不久，凯斯和莫莉在纽约曼哈顿中心城区的秘密活动就对此有着充分的展现：在曼哈顿内城“荒凉的死胡同”街区，布满灰尘、死气沉沉的霓虹灯玻璃管大写着“都会全息”；在此，莫莉带领凯斯在十多间酒吧和俱乐部间往来穿梭，进行非法的地下交易等活动(Gibson 54)。凯斯在一处堆满废品的破旧住所获得了关于其任务背后的隐秘信息。而小说提及的另一处秘密据点，则位于离纽约不远的东北部都市巴尔的摩，凯斯等同样藏身于老城中心的无名公寓。事实上，在现实中，在1959年，不到三分之一的美国贫困人口生活在大都市中心城区，从1970到1980年代，被划分定为贫穷聚居区(至少40%居民是穷人)的地段急剧增加，到1991年，中心城区容纳了美国将近一半的穷人(威尔逊24－27)，形成了其在大都市内城高度聚居的状况。经济全球化之下，随着技术变革、产业结构调整和工作向“阳光地带”城市转移等，制造业岗位流失带来的结构性失业，成了许多都市内城居民(尤其是老工业城市中低技能的少数族裔年轻男性)的贫困、贩毒、暴力犯罪、青少年问题等越加恶化的重要原因之一(威尔逊45)，这种聚居区的贫困加剧主要发生在美国东北部和中西部的大工业都市区(威尔逊49－50)，而《神经漫游者》所集中展现的，也正是美国东北部大都市带的诸多主要都市。小说由此投射出了贫困、失业与非法活动在现代都市内城相结合的景象。诚然，现代都市创造出了经济与科技发展所需的条件，其基本形态具有毋庸置疑的必要性。然而，那些在都市内城中难以进行合适的商业改造或者审美化重构的区域和相关人员，一旦无法在都市结构体系中担任特定的角色，就可能被妖魔化为“内敌”(enemy within)，成为贫困、衰败、疾病、毒品、犯罪和暴力的承载者(Soja 151)——充当都市内城(犯罪等)问题的代名词和替罪羊。

因此，《神经漫游者》中的都市内城景象虽然因为基因改造、神经技术、网络空间等的融入而显得极具未来感，事实上却与1980年代之后的全球化深化的趋势、“新自由主义”(neoliberalism)潮流对个人掌控自身的要求相呼应。问题在于，当代都市如此巨大繁杂、多元交错，其社会环境、功能定位、产业结构也可能受到遥远的异国他乡(生产或消费)的深刻影响，个人难以预测，人们如何能适应在其中高度“自我掌控”的要求？

《神经漫游者》表示，这里的世界如同社会达尔文主义的错乱实验场，缺少明确的演化秩序，人们如果毫不奋争，就会悄无声息地遭遇灭顶，如果奋力强夺，则会打破那脆弱的表面张力。(Gibson 8)这一“达尔文主义”的境况，要求人们对自己的行为和生活承担全部责任，即使某些事件的根源在万里之外的他国或完全出于“非人”的因素也是如此。从1960年代和1980年代的全国调查中，可以发现多数美国人对“贫困”的主要归因都在于个体化的层面，即个人的能力与努力程度、道德素质、工作技能等，而并不倾向于一种结构化的解释，即将其归因于系统性的缺乏教育培训、就业机会少、工资过低等(威尔逊 183)。而个人的责任范围甚至可能扩展到了个体力不能及的基本领域，如教育、医疗、社会保障等(如未能对自身进行合理的教育投资而获得人力资本，就是应该被责难的)(Harvey, *Brief* 65)。

因此，赛博朋克作品的创作难题之一乃是如何使个体在如此广大深邃、难以把控、个体孤绝、非人化的环境中不被淹没——如麦卡弗里(Larry McCaffery)所说，小说因此才执着于展现暴力与性变态行为，这不仅因为此乃都市社会的某种现实，而更是因为如此方能创造出“人味”(McCaffery 297－98)；技术的跃进也进一步加剧了都市丛林法则中“高/科技/自由——低/生活/权利”的张力。也正是如此，赛博朋克小说才多以书写“个体感官”的激发、抗拒社会系统的非法行为来触摸大都市的机理、对抗都市的宏大体系——如描写凯斯对遨游赛博空间的渴望、在执行任务中与莫莉的感官联通、莫莉曾遭受的变态折磨及其对身体的大力改造，以及凯斯对琳达李的爱及与莫莉之间的情欲等。《神经漫游者》中，凯斯曾因盗窃雇主的(非法)财物而被破坏了神经系统。作为颇具代表性的落魄外来族裔及贫困的犯罪者，凯斯居住在日本千叶城最廉价的“棺材旅馆”。与凯斯绝望而孤注一掷的心情相应的，正是黑色的东京湾、港口后的城市工厂以及港口和城市之间的老旧街区“夜城”(Night City)，是都市酒吧、廉价旅馆、游戏厅、串烧店、地下诊所及其中发生的谋杀、盗窃、卖淫、地下交易和暴力犯罪。作者将“夜城”设计成了如凯斯一样几乎一无所有的外来族裔、从事犯罪活动群体的乐园。因此，《神经漫游者》所想象“旧/多元/混杂”“新/非人/景观”，共同折射出了当代都市的现实问题，其描写的人与人、物与物之间混杂密集的状况，暴力与犯罪活动的频繁发生，个人及个体感官在庞大的体系中不断被激发，都自有其深刻的现实渊源。小说籍由对都市内城聚居的犯罪群体、少数族裔、边缘人群等的亚文化的展现，对未来都市的社会结构和关系进行了想象性的构建和批判。

二、第二重空间：全球“世界都市”网络

《神经漫游者》中的空间书写极富意味，除了细描（美国等）大都市的内城故事，还在此之上，展现了一幅全球化背景之下极富流动感的世界性画卷，显现出一种对人、物与信息高频运动的“地球村”的俯视，籍此设想了一个技术和资本共治、世界大都市文明高度发达的时代。《神经漫游者》的创作背景，是人们日益熟悉的“现代性的时代图景”（Giddens 6）、全球化之下的地球村景象；现代交通与通讯撕裂、扭曲和重塑了传统的时空认知模式：时空似乎总体地被“压缩”了（time-space compression）（Harvey, *Condition* 240），地球成了更具总体性的小小村落。

因此，在《神经漫游者》的想象中，人类的新科技和变化（如将有机的肉身与无机物结合的赛博格化）的源泉和驱动力——技术、资本、人才等的运转是早已以“全球”为范围的。从全球到地方，社会的空间组织被重构，以开辟创造巨大利润的新机会、寻求维系社会控制的新途径（苏贾 53）。《神经漫游者》描绘了巨型跨国商业集团的强大行动力，如其中操纵跨国集团公司的“冬寂”，引导主人公在各国的世界级大都市展开行动。大都市是现代性的精粹，被视为代表了经济和美学力量所共同呈现出的最高形式，大都市成了经济和社会发展的一种范式（Chambers 55），小说也显著地凸显了人物在世界各大都会的活动场景，因此投射出了重要的全球化现象——（大）都市本身的重要性的加强。

在全世界，在 1900 年时只有 13 座城市的人口超过 100 万，没有超过 1 000 万人口的城市（世界人口约 16 亿）；而到了 2000 年，超过百万人口的城市有 375 座，2016 年时已有 509 座；2003 年，超过千万人口的巨型都市则有 20 座（世界人口约 61 亿），各国的城市人口比率都在增加（格蒂斯等 457），城市的重要性提升。其中，如“世界城市”（world cities）理论的

早期提出者弗里德曼(John Friedmann)所说,“世界城市”是全球资本对于生产和市场进行空间组织和连接的“基本点”(basing points),是国际资本集中和积累的主要地区、大量国内外移民的迁移目的地(Friedmann 70-75)。著名的全球化与城市研究专家沙森(Saskia Sassen)指出,20世纪80年代以来,世界经济结构出现了重大转变,重新显示了主要城市作为全球生产投入的战略性地点的重要性;具有战略作用的世界主要城市即“全球城市”,是世界经济组织中的指挥点、当今主导产业的关键区位、生产(创新)的主要地点等(沙森 7-8)。

正如城市发展研究专家阿伯特(Carl Abbott)所言,“赛博朋克体裁是和世界城市理论同步发展的,它的作者们通常将故事发生的背景设置在全球性城市”(阿伯特 51)。在吉布森的“蔓生三部曲”中,显而易见的是,小说主人公们正是以这些世界城市为活动背景的。人物在世界都市舞台上持续地“流动”,包括美国(纽约、波士顿、亚特兰大等)、日本(东京-千叶首都圈)、英国(伦敦)、法国(巴黎)、比利时(布鲁塞尔)、西班牙(马德里)、土耳其(伊斯坦布尔)、墨西哥(墨西哥城)等;在小说中,人物的行动舞台可能原本在千叶,然而一旦任务需要,他们次日便可抵达伊斯坦布尔,随后又迅速离开前往巴黎或加州,主人公甚至在梦里所见的都是各大机场。《神经漫游者》等所呈现的各大世界都市间的网络状联通与高频运转,主导着故事的进程,并生动地诠释了以世界城市为节点展开的全球性活动,体现出一种高度的世界性、流通性与网络性。

1970年代以来,或如哈维所说,在“新自由主义”发扬的背景下——即着力降低国家对市场的干预,保障私人产权、自由市场和交易,认为社会之“善”会随着市场交易范围和频次的最大化而达到最佳,因此在全球市场大力提高信息技术的水平(Harvey, *Brief* 2-3)——《神经漫游者》富有预见性地设想了此后的跨国经济和全球都市等的高速发展。小说籍由人物活动而展现的全球层面的跨国连结,隐喻性地展示了一种新的、联系紧密的世界城市体系,呈现了一个多中心、层级式、功能交错的网络系统图景,即类似于沃勒斯坦(Immanuel Wallerstein)、弗里德曼的差异化的“中心—半边缘—边缘”的世界体系/世界城市体系。该体系虽然随着各个节点力量的消长发生着动态变化,但其中心地区总是全球生产(尤其是资本、技术与信息、文化)的核心与动力源泉。

《神经漫游者》描写了世界城市之间的连通性与网络化,由对全球不同国家与区域景象的渲染,对各大世界城市的拼贴、融合,渲染出各区域、都市的不同面貌,并赋予其差异化的功能形象:处于"中心"的是美国都市,如题名中的"蔓生都会",即指美国东海岸诸城市(如纽约)的组合,其展现了巨大的财富和雄心——这是关键人物、技术、资源的汇聚之地;而如东京这样的日本都会往往象征着"先进技术":小说中世界两大科技巨头公司之一的"保坂集团"(Hosaka),乃是美国中心格局下潜在的竞争者——如果对当代西方科幻加以观照,便不难发现其中突出的"他者"正是日本,这显然与二战后日本崛起、技术创新、美日争锋等历史的影响有关(see Tatsumi 6, 15),也和 1980 年代东京的繁荣以及人们"普遍认为东京是世界城市的先锋"(纽曼,索恩利 235)有关;如纽约、东京等,也被认为是最重要的世界城市。而诸多西欧都市(如巴黎、布鲁塞尔等),被视为重要性和影响力相对次级的世界城市,代表了高度艺术化的审美生活,如《归零中断》中的巨富维瑞克相信杂糅了人类旧日生活残迹的艺术品指向了某种终极秘密,因此费尽心力地寻找其制造者,而这一线索正是从布鲁塞尔开始的。而所谓(半)边缘世界中的伊斯坦布尔或墨西哥城等,则主要被描绘为来自"中心"的人们的休闲或隐匿逃亡之所——在小说中,这些区域总是短暂的过渡性舞台,而非主线故事发生的场所。由此,一种主要基于世界城市的功能性分工和等级秩序的网状图景,被小说模糊地呈现了出来。

当然,除了此种"形象学"意味上的、对某些民族国家或地区的刻板印象(stereotype)的演绎,小说对世界城市的描绘,也投射出一种所谓"新的地方性的全球政治":国家层面的政治需要通过现有的正式系统加以运行,而在许多世界城市中,一些非正式的政治行为主体,非政府组织、地下组织等可以更容易地参与到政治活动中——城市容纳了各种各样的政治活动,如移民权利斗争、同性恋政治、反警察暴力等(沙森 101 - 02)。如《神经漫游者》中"蔓生都市"的地下青年组织"现代黑豹",由一群被称为虚无主义的技术崇拜者组成,他们有某种自觉的政治意识,如"能够理解媒体在何种程度上将恐怖主义行为与其最初的社会政治意图相分割"

(Gibson 66)。小说中，这些世界城市里聚居着各类不同的“他者们”：少数族裔、贫困人口、受压迫的青年、边缘群体等，这些群体主动或被动的共处也刺激了交流的发生。新移民、少数族裔飞地、贫民区、青少年的亚文化发展形成的多元化，带来了革新的要素。这些世界都市区域往往可能因激进的政治变革和新的乌托邦设想而显得狂热和充满活力(Soja 129)。总之，世界城市的特质使一些全球性大都市在一定程度上甚至拥有了某种超国家的重要性和权威。而世界城市系统内部的高速流通、诸多政治、文化活动等，也塑造着全球的新面貌。

因此，在《神经漫游者》想象的全球景象中，首先，在1980年代的全球化进程中，世界城市作为“战略性经济空间崛起”(沙森117)，其地位相对上升——小说中最新颖、最引人注目的世界图景，正是全球的“世界城市”，甚至可以说，赛博朋克科幻小说想象的“全球化”，直观形式就是一种“世界多元都会网络”。正如吉布森所说，巴黎、伦敦、纽约、东京，他们如此“当下”，代表着“与20世纪相反的21世纪”，其他地方则仿佛只是它们的过去(Tatsumi 10－11)。其次，世界城市成为全球活动中真正的龙头、枢纽和控制节点，同时也是新空间规划和生产的起始之处；但世界城市网络内部的不平衡关系依然在延续——如小说所示，代表最新科技、进行新空间拓展的主要场所、动力源头，显然不会来自边缘地区。此外，世界城市在全球连接中扮演了尤为重要的角色，但其与自身国家内部的“腹地”之间的关系则可能较为疏远；世界城市令人炫目的财富地标、人才聚集、文化景观等，甚至可能动摇传统国家的心理边界，形成特殊的心理认同与内聚力，为非正式的政治、文化活动等提供平台——如小说中那些孤独的个体与不满的群体在世界都会舞台上的抗争。

三、第三重空间：“全球”之上的“新门禁空间”

技术发展和播散促进了“新空间”的创造——近地空间的探索与网络空间的逐渐成形，使得赛博朋克小说能够更贴合现实地设想出人类对新空间形态的创造。在《神经漫游者》中，在“地球村”之上，还有一重奇异空间，即近地区域的高轨道站。小说中的轨道站名为“自由彼岸”，它代表着人类能力的提升、行动领域的拓展和财富的扩张，体现了科幻中常见的“跃出地球”的预想和渴望。

在《神经漫游者》中，以第一代太空家族泰瑟尔-阿什普尔家族企业为代表的跨国公司势力强大，其投资和建设了拉斯维加斯式的“自由彼岸”。它远离地面，是地下银行枢纽、数据避风港、声色场所，“法外之地”。泰-阿家族居于其中的“迷光别墅”。在此，《神经漫游者》中的高轨道空间看似是人类开拓的“新空间”，但实际上人们却并不如科幻“黄金时代”所想象的一般，如《2001 太空漫游》那样以宇航员个体的衍变来象征人类种群的跃升，而是进行着传统的(太空)殖民开发活动。这样的开发虽然拓展了人类的世界，但并无科幻理想中“认识宇宙，探索未知”的意味，它采用的是老式殖民和商业开发的模式，代表着地球上既有的资本运作、空间分配和权力模式的延伸。如吉布森所担忧的，他原本以为技术的发展会惠及所有人，但情况看来并非如此(Diggle and Ball 103)。小说所表现的近地空间建设，乃是传统的生产关系的重演，是大型企业自我复制式的空间生产和占有，殖民和剥削的再延伸和深化。

因此，这一模式的“跃出地球”中带有世界城市形成过程中的分化和极化(spatial and class polarization)色彩，其中“最弱势、最缺乏组织的群体”(Friedmann 79)，被迫承担其最消极的后果。此种“跃出地球”的空间开拓，更像是美国社会现实中曾发生的中上层转向郊区、建造“富裕的孤岛”的再现——由于前述都市内城随着大批移民迁入而出现更激烈的经济和社会竞争、治安恶化、郊区的交通和配套设施的完善、就业职位的迁移等多种原因(王旭 332)，“更年轻、更富有、受过更好教育(的居民)，利用汽车和高速公路的便利离开了中心城区。而贫穷、年老，最没有优势的城市居民则留了下来。中心城区和郊区的差距越来越大。”(格蒂斯等 478)这种内城中心(衰落)与郊区(发展)的失衡表现在人口与就业分布、产业结构、社会财富分配模式等多方面(王旭 329 - 331)。有经济能力的居民从中心区域搬到城郊居住，而留下的贫困居民则难以支付社会服务费用(如社会福利、公共安全、教育、健康服务等)，出现了中心城区债台高筑的财政危机；同时，“穷人和少数(族裔)人群日益被束缚在没有就近就业可能的中心城区，因距离、交通不便和经验不足而被剥夺了仅存的为数不多的低技能工作机会”(格蒂斯等 479),内城存在大量的长期失业人员。在都市内城中心与郊区的不平衡发展中,相对富裕的居民搬离居民混杂、高失业率、犯罪率的危险内城后,前往较远的、更安全的郊区居住。其居住的郊区社区则往往通过具有管制性的私人道路、围墙、监控等高科技“门禁”措施,隔离底层/犯罪群体以获得安全保障,由此造就了一种不同阶层、族裔高度隔离的“门禁社区”(gated community)。正如戴维斯(Mike Davis)在其极具影响力的《水晶之城》(*City of Quartz*)中以洛杉矶为例探讨 20 世纪 80 年代美国都市时所说,普通居民如非获邀,根本无法进入这些“城堡”,这造成了局部空间的“飞地化”(Davis 244)——该书也曾被吉布森称为非虚构的赛博朋克(cyberpunk nonfiction)(Fischlin, Hollinger, and Taylor 77)。社会的中上层精英从高犯罪率的内城搬迁至郊区的管制社区,这种“安全隐秘”的封闭社区形态,代表着以分割空间来区划阶层、形成秩序。

与之类似,《神经漫游者》中的近地太空新据点代表的是“安全封闭”的隔离,也意味着隐秘的放纵。小说中,进入这个“空中巴比伦”需经过单独的海关,而高轨道站模拟出地球上戛纳的蓝色天空,百慕大的日落景象,“洲际酒店”前有山崖、冷雾和湍流(Gibson 135 - 137),吸引着宣泄欲望的富有顾客,也隐藏着豪族泰-阿家族的克隆、杀戮、机密等。小说所展现的,意味着人类在物质能力上的跃升,并未自然而然地带来精神世界的提升。人类的重大开创活动未能展现出任何友爱的“团契”——人类并不是作为“共同体”进入到太空时代的,反而加剧了在地球上都市内部、世界都市体系中都显示出的阶层、群体的分化。而《神经漫游者》所渲染和批判的高轨道站,其作为字面意义上的“飞地”,在空间上甚至比“都市郊区”更加远离大众,所形成的新型“门禁之隔”将更加难以逾越。在地球都市中,内城街区的破败街巷与代表财富与权力的摩天大楼往往交错毗邻,人们在目力范围之内尚能感受到强烈的对照,而高远而隐蔽的“高轨道站”形态一旦实现,未来的不平等却可能更难在日常生活中被觉察到。由此,不断被挤压的交流渠道、有限的公共空间和阶层流动的可能性,更加难以成为社会关注的主要议题。因此,“新门禁社区”的发展可能重演并强化地球都市的“郊区化”发展,地面人群无法主动接近居住在“新门禁社区”

中的社会中上层;而"新门禁社区"的居民,也可能如都市郊区对待内城的消极态度,认为其"学校破旧、道路失修、交通设施陈旧、犯罪日增、环境邋遢、社区意识淡漠"(王旭 344),乃至出现极力避免前往内城(未来破败的"地面世界")的倾向。

此外需要注意的是,这种森严的门禁不仅暗示出阶层区划,却也似乎展现出在当代"信息社会"中特殊的年龄/代际关系。《神经漫游者》中远居于高轨道站的泰-阿家族,年长的家族成员利用巨额财富克隆自身,延续统治;而聚居于地面的青年群体则利用新知识或技能,对其表现出了反抗——"蔓生三部曲"的主人公们,如凯斯、莫莉、波比、蒙娜等,无论其性别、种族、个性、能力如何,都是类似的困窘青年。小说以青少年为英雄主人公的设计,当然和科幻小说的主要读者是青少年群体有关,但《神经漫游者》更强化了信息社会中代际关系的独特性:如著名人类学家米德(Margaret Mead)所谓的"前塑/前喻文化"(prefigurative culture)(Mead 65)特征所示,在当代的"前塑"文化之中,由于技术革新、知识爆炸、社会变化的急剧提速,年纪渐长者难以同步地掌握自己未曾经历过的新知识信息、文化规范等,其维持权威的经验等变得陈旧无用,因此不得不向年轻群体学习乃至妥协。这正是"信息爆炸"的显著后果,而在《神经漫游者》这样关注当代信息技术介入现实的小说中,掌握新信息和技术的青年们,前所未有地真正成了社会生活中行动的主体。青少年—贫困者—新科技掌握者—反抗者,在赛博朋克小说所想象的近未来世界中,形成了某种同构。

在小说中,最具影响力的机构是巨型跨国商业集团。如作品所说,凯斯认为权势就是指的企业的权势,财阀和跨国公司塑造了人类历史,走向了"不朽"(Gibson 224)。而在此种社会结构的中,政府和其他类型的社会组织乏力,中间阶级缺位,由大型跨国商业集团的权威长者(如泰-阿家族的控制者)操控世界,所以呈现为一种"底层(青年)——上层(老年)"之间二元对立的社会景象。当然,在这种将(青少年)个人抗争行为高度浪漫化的情境中,小说却又深刻地意识到了青年群体"反抗权威/老者压迫"的内在难题:"门禁之隔"虽然看似脆弱,却又似乎是一种并不真正畏惧个体反抗、有着弹性的形态。如"新门禁"内部的社会上层在面对青年群体——日渐崛起的新知识权威时，对门禁制度加以调整，使其表现出一定的开合灵活性。年长资深者往往利用其深厚的资源，将有能力者纳入“门禁”之内，甚至使其成为古老“门禁”的护卫者，如凯斯、莫莉等，都受雇于由其控制的巨型跨国商业集团。然而显然，这种以家族或职业阶层板结的内部交往为指向的分隔，挤压了公共交流空间，切断了社会交流与流动的正常渠道，可能将未来地理上更广阔的社会降低为功能单一、缺乏弹性、视野破碎、无法共享的空间。因此，最终，在《神经漫游者》中，高轨道上自我封闭的泰-阿家族的衰落代表了此种互相隔绝的世界的命运：泰-阿家族热衷于自我克隆而缺乏真正的更新能力，不仅导致了超级人工智能体的最终诞生，也因“疯狂”而如哥特故事中腐朽神秘的贵族一样消亡；这样的社会是“末世性”的。由此，《神经漫游者》对看似纯粹功能性的新空间开拓的想象，也表现出了其对未来空间开发可能重演当代都会模式的忧患与批判意识。

总之，科幻小说重视时空设计，其对“空间”所展开的设想正是建立在当代社会景象之上的，而这样的设想一旦成型，便绝不会如挪借来的幕布，而是包含着对人类具体生活与存在形态的反思式的投射。而《神经漫游者》在探索未来人类的社会形态时，浓墨重彩地渲染了多重独特的空间：小说立足于全球化之下的现代都市文明，串联起不同形象的世界都会，由此而描绘了全球化的高速流通、世界城市网络的蓬勃发展。小说所聚焦的多重空间对现实的隐喻，无论是都市内城中穷街陋巷、犯罪活动与庞大资本和智能科技的交融、世界城市的网络体系与城市之间的高速连通，还是近地空间的开拓和门禁空间的区隔等，无不共同体现出作者强烈的批判意识。小说所提示出的诸种问题，如何以避免都市社会的阶层、族裔分化、极化，如何避免全球精英对本土纽带的疏离，如何防止近地空间开拓成为对传统都市或殖民的空间生产和占有模式的复制，都是值得关注的重要论题。而《神经漫游者》作为赛博朋克科幻小说的早期经典，其批判风格奠定了该类型作品的基本主题和风格特征，也深化了对都市文明未来路向的探索，至今仍持续性地影响着人们关于切近未来图景的构想。

引用文献【Works Cited】

Abbott, Carl. "Cyberpunk cities: Science Fiction Meets Urban Theory." Trans. Chen Mei. *Shanghai Culture* 8 (2017): 44 - 60.

[卡尔·阿伯特:《赛博朋克城市:科幻小说与城市理论》,陈美译,《上海文化》,2017 年第 8 期,44 - 60 页。]

Arendt, Hannah. *The Human Condition*. 2nd ed. Chicago: The U of Chicago P, 1998.

Chambers, Iain. *Border Dialogues: Journeys in Postmodernity*. London: Routledge, 1990.

Csicsery-Ronay, Jr., Istvan. "Cyberpunk and Neuromanticism." *Storming the Reality Studio: A Casebook of Cyberpunk and Postmodern Science Fiction*. Ed. Larry McCaffery, Durham: Duke UP, 1991.

Davis, Mike. *City of Quartz: Excavating the Future in Los Angeles*. London: Verso, 2006.

Diggle, Andy and Iain Ball, "An Interview with William Gibson: *Virtual Light* Tour." *Conversation with William Gibson*. Ed. Patrick A. Smith. Jackson: UP of Mississippi, 2014.

Fischlin, Daniel. Veronica Hollinger, and Andrew Taylor, "'The Charisma Leak': A Conversation with William Gibson and Bruce Sterling." *Conversation with William Gibson*. Ed. Patrick A. Smith. Jackson: UP of Mississippi, 2014.

Friedmann, John. "The World City Hypothesis." *Development of Change* 17 (1986): 69 - 83.

Giddens, Anthony. *The Consequences of Modernity*. Cambridge: Polity Press, 1991.

Getis, Arthur, Judith Getis, Jerome D. Fellmann. *Introduction to Geography*. 11th ed. Trans. Huang Runhua, et al. Beijing: Beijing United Publishing Co., Ltd, 2018.

[阿瑟·格蒂斯,朱迪斯·格蒂斯,杰尔姆·D. 费尔曼:《地理学与生活》(第 11 版),黄润华等译,北京:北京联合出版公司,2018 年。]

Gibson, William *Neuromancer*. London: Gollancz, 2016.

Harvey, David. *A Brief History of Neoliberalism*. Oxford: Oxford UP, 2007.

---. *The Condition of Postmodernity: An Inquiry into the Origins of Cultural Change*. Cambridge, Massachusetts: Blackwell Publisher, 1990.

Hollinger, Veronica. "Cybernetic Deconstructions: Cyberpunk and Postmodernism." *Mosaic: An Interdisciplinary Critical Journal* 2(1990): 29 - 44.

Jameson, Fredric. *Postmodernism, or, The Cultural Logic of Late Capitalism*. Durham: Duke UP, 1991.

Leary, Timothy. "The Cyberpunk: The Individual as Reality Pilot." *Storming the Reality Studio: A Casebook of Cyberpunk and Postmodern Science Fiction*. Ed. Larry McCaffery. Durham: Duke UP, 1991.

Lynch, Kevin. *The Image of the City*. Trans. Fang Yiping, He Xiaojun. Beijing: Huaxia Publishing House, 2001.

[凯文·林奇:《城市意象》,方益萍、何晓军译,北京:华夏出版社,2001 年。]

McCaffery, Larry. "Cutting up: Cyberpunk, Punk Music, and Urban Decontexualizations." *Storming the Reality Studio: A Casebook of Cyberpunk and Postmodern Science Fiction*. Ed. Larry McCaffery, Durham: Duke UP, 1991.

McCarron, Kevin. "Corpses, Animals, Machines and Mannequins: The Body and Cyberpunk." *Cyberspace/Cyberbodies/Cyberpunk: Cultures of Technological Embodiment*. Eds. Mike Featherstone and Roger Burrows. London: SAGE Publications, 1995.

Mead, Margaret. *Culture and Commitment: A Study of the Generation Gap*. London: The Bodley Head Ltd, 1970.

Newman, Peter. Andy Thornley, *Planning World Cities: Globalization and Urban Politics*. 2nd ed. Trans. Ye Qimao, Ni Xiaohui. Beijing: China Architecture and Building Press. 2016.

[彼得·纽曼,安迪·索恩利:《世界城市规划:全球化与城市政治》(第二版),叶齐茂、倪晓晖译,北京:中国建筑工业出版社,2016 年。]

Sassen, Saskia. *Cities in a World Economy*. 5th ed. Trans. Zhou Zhenhua, et al. Shanghai: Truth & Wisdom Press, 2020.

[丝奇雅·沙森:《世界经济中的城市》(第五版),周振华等译,上海:格致出版社,2020 年。]

Sterling, Bruce. "Preface." *Mirrorshades: The Cyberpunk Anthology*. Ed. Bruce Sterling. London: Paladin Grafton Books, 1988.

Soja, Edward W. *Postmetropolis: Critical Studies of Cities and Regions*. Oxford: Blackwell Publisher, 2000.

Soja, Edward W. *Postmodern Geographies*. Trans. Wang Wenbin. Beijing: The Commercial Press, 2004.

[爱德华·W·苏贾:《后现代地理学——重申批判社会理论中的空间》,王文斌译,北京:

商务印书馆,2004 年。]

Tatsumi, Takayuki. "Eye to Eye: An Interview with William Gibson." *Conversation with William Gibson*. Ed. Patrick A. Smith. Jackson: The UP of Mississippi, 2014.

Wang, Xu. *The Patterns of American Urban Development: From Urbanization to Metropolitanzation*. Beijing: Tsinghua UP, 2006.

[王旭:《美国城市发展模式:从城市化到大都市区化》,北京:清华大学出版社,2006 年。]

Wilson, William Julius. *When Work Disappears: The World of the New Urban Poor*. Trans. Cheng Boqing, Wang Jiapeng. Shanghai: Shanghai People's Publishing House, 2016.

[威廉·朱利叶斯·威尔逊:《当工作消失时:城市新穷人的世界》,成伯清、王佳鹏译,上海:上海人民出版社,2016 年。]

论《孤独的伦敦人》的城市表达与文化形态

赵晶辉

内容提要:特立尼达黑人英语作家塞缪尔·塞尔文的小说《孤独的伦敦人》描写了 20 世纪 50 年代从西印度群岛迁往英国的移民在伦敦的生存困境。文章在当代空间批评的理论视阈下以伦敦城市空间为切入点,指出小说的伦敦空间具有城市结构层面和城市体验层面的指向和深层意蕴。伦敦空间的概念内涵超越地理界线的架构,城市在建构日常生活的感受和社会文化问题的表现以及在空间内部权力机制的运作等方面都发挥了重要作用。

关键词:塞缪尔·塞尔文;《孤独的伦敦人》;空间理论;城市空间;伦敦

作者简介:赵晶辉,文学博士,江苏海洋大学外国语学院教授,主要从事当代英国小说研究。

引　言

塞缪尔·塞尔文(Sam Selvon, 1923—1994)在《孤独的伦敦人》(*The Lonely Londoners*,2006)中聚焦西印度群岛移民的生存境况,用带有卡利普索那(The Calypso)语言的叙事风格讲述了 20 世纪 50 年代伦敦的城市风貌和城市生活。作品于 1956 年问世,最初十年并没有得到应有的重视与关注。20 世纪下半叶以来,西方学者对塞尔文的研究关注度加强,研究者在作品评论和当代批评话语之间建立了多重联系。有评论者从叙事理论方面分析塞尔文作品的写作技巧和表述策略,宾利(Nick

Bentley)认为“塞尔文的小说要从后殖民写作和所处时代英语写作的主要倾向来分析”(67);也有评论者从男性气质来分析这部小说,麦克劳德(Lewis MacLeod)指出“小说最重要和值得一提的是男性气质”(158)。戴尔(Rebecca Dyer)从德赛尔托(Michel de Certeau)的日常生活实践分析小说对移民和伦敦的描述。(qtd. Dyer 110)国内有研究者就小说中的身份归属、中心和边缘关系给予了阐释。虽然国内外对这部小说的研究已经取得一些成果,但是在当代城市文化语境下对塞尔文笔下的伦敦城市空间进行专门的研究鲜有涉及。《孤独的伦敦人》中俯拾皆是的是对伦敦城市景观、空间意象和城市人群的表现,为观照城市空间的文化表征和文学呈现提供了有效的切入点。

城市为作家提供创作的素材和灵感。人类社会进入21世纪以后,城市成为文学创作的重大主题,“城市就是人类社会权力和历史文化所形成的一种最大限度的汇聚体”(芒福德 3)。城市是一种通过实践而形成的空间概念。当代空间理论是文学城市空间主体性研究的重要理论旨趣。就文学内部而言,在凸显城市空间本体地位的语境下,文学创作中的城市空间书写的意义不在于作家就城市本身所做的描述,而在于文学肌理如何显示空间被社会、文化所架构,又如何生产社会与文化。“城市代表着更宽泛的观念,成为更广阔的社会辩论的载体,成为承载意义的容器。”(肖特 469－470)文学所组建的城市空间作为一种隐喻突破美学疆域,超越地理界线的藩篱,步入文化研究视野。城市文化表征突出表现在创作主体的精神气质、价值观念和话语表达的转换方式上。“不同的群体通常可以在同一时间以不同的形式来使用、感受同一城市空间,并与之产生联系。”(史蒂文森 52)本文运用“空间批评”理论,在社会、文化分析当中对小说《孤独的伦敦人》展开以文学为本位的文学与城市空间的综合考察,以此探索小说中“城市表达与文化形态”的问题。

一、想象与进入:理想的城市镜像

在移民的想象中,伦敦作为帝国的中心是一部“巨大的罗曼史”(Selvon 71),有一种神秘的暗流让他们无法拒绝。博埃默(Elleke

Boehmer)指出“帝国是要通过军事冲突、通过空前的民族迁徙和对财富的探求等强力而得以形成的。……也是通过无以数计的文化形式,通过文化象征层面上的炫耀和展示,才得以肯定、认可和合法化的”(61)。移民以帝国所赋予的方式去构想伦敦,在那里,普通人也能享受高贵的、有创造性的生活。其实,充满想象的城市不仅是空间上的概念,更是文化与政治上的概念。殖民主义被认为是想象的秩序,诱惑殖民地人想象“伟大的城市伦敦,世界的中心”(Selvon 134)。“有一段时间,报纸上总是说西印度人认为伦敦的街道铺满黄金,一个牙买加人到所得税办公室去询问事情,办事员回答他的第一句话是‘你们这些人认为伦敦的街道铺满了金子吗?’”(Selvon 2)移民将伦敦想象成“新的黄金国”,那是因为殖民话语对宗主国的描述方式,宗主国被描述成文明的顶峰,殖民地的“本地人”必须努力去宗主国获得所缺失的文明,去掉所谓的假定的野蛮行为。就是这个“文明”与现代的复合,伦敦被设置成一个殖民者想象的目标。

小说中加拉哈德初到英国时的行为着装是帝国文化和价值观念植入在被殖民者脑海中占精神支配关系的典型例证。当摩西第一次遇见加拉哈德的时候,他非常吃惊。摩西住在伦敦很长时间了,他遇到了各种人做了各种事情,但是没有想到一个从热带地区来的人在寒冷的冬天登陆时只穿一件破旧的灰色上衣和一条大短裤,随身没有携带任何行李。

> “你的行李在哪里?
>
> “什么行李?我没有。我想让自己带着这些东西没有任何意义。我开始工作的时候,我再新买一些。”
>
> “你不觉得冷吗,伙计?”
>
> “不”加拉哈德说,看起来十分诧异,“冬天的天气就是这样吗?”
>
> “天气并不是多么冷,伙计。实际上,我还感觉有点热呢。”
>
> “天呐,”摩西说,“你是怎么了,有病了吗,还是?”
>
> “谁,我吗?有病了?哈哈,你在开玩笑吗?”(Selvon 13)

在加拉哈德的理解中,如果城市是丰富的物质财富的源泉,为什么要从帝国的边缘将原来破烂的衣服带到大都市里。很显然,加拉哈德是一个想要重新开始的人,对这个城市带有预设性的观点。他非常快乐地放弃传统,将自己安插在城市的主观框架中,把城市看作自由之地,他对城市美好虚空的感觉甚至延伸到了对严寒天气的无视。

“空间实践可创造大量的叙事地图(narrative map),尽管叙事地图具有神秘主义色彩,想象的成分居多,而且也不全面,但它的确是空间转变成具有意义与记忆的场所这一过程的关键。”(史蒂文森 68)城市空间的描述帮助帝国维持了一个殖民想象,帝国对建筑的要素进行种族、性别和阶级方面的编码,然后通过媒体释放出来,使一个封闭的殖民世界得到强化。“城市神话和意识形态以特定的方式被表达出来,它们并不能自由变幻,而需表达在具体的文本当中。”(肖特 470)小说中的城市被表达在大众传媒之一的电影中。电影是英国社会在海外宣传的主要媒介,也是殖民地人了解遥远英国最直接的窗口。加拉哈德为了追求自己的梦想,看了很多有关大都市的电影。电影中所见识的城市景观引导移民在真实的空间中不遗余力地搜寻可感知的建筑物标记。非常有意味的是加拉哈德到达伦敦的第一件事就是参观电影里看到的场所。他向朋友炫耀道:“你记得那个滑铁卢桥的画面,就是有罗伯特·泰勒的那个?我前天晚上去了,站在那里,看着桥下的河水。”(Selvon 73)无独有偶,摩西给家人的信件中提及最多的是可以共同谈起的伦敦标志性景观:“‘昨天晚上,在特拉法加广场’(Selvon 133),‘我在查令十字街约会’……”(Selvon 133)。滑铁卢桥、特拉法加广场成为关于伦敦的风景明信片和电影定场镜头的经典画面。移民对伦敦这座城市不切实际的想象与空间的设计相关联,而这种理想空间也已不再是一个纯粹地理规划的存在。城市景观经过编码与解码的过程积聚起文化的力量,成为人们分享记忆与寄托城市想象的载体,成为城市空间被表达的方式和组织形式,充满社会政治含义、意识形态和殖民关系。

二、实践与感受:异托邦的边缘与阈限

小说中,移民的先验印象一路受到追问和反思,随着他们在伦敦空间足迹的延伸,对伦敦社会的观察视角以及身份归属发生了变化。故事的主人公摩西对伦敦的感受是这样的:“伦敦有一种不真实的感觉,一层雾

笼罩着整个城市，灯光昏暗，仿佛不是伦敦，而是在另一个星球上。”(Selvon 1)初到伦敦的加拉哈德这样描述伦敦：“太阳光闪耀，但是从来没有看到现在太阳的样子。没有光热，它就是挂在空中的一个催熟的桔子。”(Selvon 23)这样的城市描写颠覆了20世纪初期作家对伦敦繁华景象的刻画，让人想起了艾略特(T. S. Eliot)对不真实城市“荒原”的描述。

福柯(Michel Foucault)指出：“我们似乎熟悉的日常空间是可以做间隔划分的，就是说，存在着不同的“异域”，一个又一个别的场合。存在某种冲突的空间，在我们看见它们的场所或空间中，它同时具有神话和真实双重属性。”(尚杰 22)塞尔文笔下的伦敦是由很多分离的“世界”构成的，这些分离的世界是“真实”的世界。小说在行走轨迹片段的截取和空间的变更中，展示出一个既无作者也无旁观者的真实空间画面。“这些行动与空间变换相互交织的书写构成了一个体系……在与各种关系的再现方面，连接着日常生活实践以及明确的他者性。”(De Certeau 33)伦敦的富人享受着工业现代化带来的物质愉悦。皮卡迪利广场“任何时间都是吉尼斯时间，肉汁，焰火，很多闪烁的灯光，欢乐的笑声，剧院宽敞的门，巨幅海报，一直伫立在那里的炮台，富人进入高高的宾馆，……所有这些，都在这个大城市，在伦敦”(Selvon 79)。然而，在繁华进步的城市景象背后，小说展示的是一个完全不同的空间。这个“真实的世界”是“男人们知道什么是拼命挣上一英镑，在周五来临的时候付上房租”(Selvon 59)。一个尼日利亚来的黑人小伙子凯普看到他即将就职的工作场地时，非常地沮丧，“凯普所看到的院子里一切是铁路线以及巨大的铁轨的交界处，一些粗的、重的电缆线躺在地上……这个地方看起来就像是地狱”(Selvon 35)。有特权的伦敦人对未经装点过的城市空间是陌生的，不同的世界展示着城市的表象和生存的真相。

城市的外观从表面上看是一个客观存在的实体，更是一个有界定的空间系列。“空间是任何公共生活形式的基础。空间是任何权力运作的基础。”(福柯 13-14)权力操控城市空间的组织方式，而空间的组织结构也表达着权力秩序的分布和存在。福柯说“有些‘异托邦’场所表面上看是开放的，人人都可以进去，人们相信自己进去了，在空间上的事实也的确进去了，但这只是一个幻象，因为实际上这些场所是排斥外来者的”(尚杰 23)。塞尔文将小说中的人物安置在一个有着隐性区划的异托邦中。边界的划分凸显了生活方式上的差异,移民时时感受到另一种文化的鲜明存在。为了消除空间划分造成的压迫感和冲击感,来自加勒比地区的移民努力地迎合当地主流文化,他们的衣着、谈吐、行为方式以当地英国人为摹仿的对象。小说中加拉哈德带着赞赏的目光观察当地人的衣食住行,他用上夜班做苦力挣来的血汗钱为自己添置了新衣,努力营构自己的身份。他的扮相里有意突出了"怀表、礼帽和雨伞"(Selvon 137),"泰晤士报插在上衣口袋里是为了能把报头露出来"(Selvon 137),努力操着"古英国口音"(Selvon 76)。"黑人民族性的唯一方式是彬彬有礼。"(Edmondson 30)讲英语的加勒比群岛国家从政治上或者文化上被看作是联合王国的国家,移民自以为是英帝国的臣民,但是他们混合的身份在母国很快就弄清楚了。当加拉哈德穿着新衣服走在这个城市,他主动向一个等着过马路的孩子打招呼,"好漂亮的孩子……你叫什么名字?"(Selvon 76)小孩抓着妈妈的手,抬头看着加拉哈德,"妈妈,看看那个黑人!"孩子的直视提醒他是有色人种。"文化分裂和认同危机就像阴影一样一直笼罩着英国移民及其后裔。"(杨金才 69)加拉哈德作为伦敦城市中的"他者",在努力迎合强势文化的同时承受了巨大的精神磨难。伦敦留给移民的是"困惑、无助"(Selvon 139)。

三、异化与疏离:城市中的诗意空间

大量涌入的外来移民翻转了精英阶层长久以来具有英国贵族式根基的空间审美划分。尽管统治者对城市生活有理想化的宣传,理想化的社群也不承认存在着社会差异,但是现实的城市正在划分成一个个比以往界线更加分明的同质化分离区。小说的叙述者很清楚地认识到伦敦恰似一个"堡垒城市",富人和穷人的"世界"彼此分离,城市里的居民更多的是避免与不同群体的来往,而不是在他们的生活中主动收纳异质的文化元素。"在伦敦没有人真正地接纳你。他们容忍你,但是你不能到他们的家里吃饭,或者坐下来聊天。"(Selvon 126)移民并不会指望城市里遇到的那些人会像自己一样组成某种同质化的社群。同时作家也指出,移民自己处在彼此陌生的危险中。在伦敦居住的移民越来越意识到:“隔壁的房间发生了什么,还远不如比街上发生的事情知道的多,你呆在属于你的世界里,别人的世界发生了什么你永远不知道,除非你在看报纸上的报道来了解。”(Selvon 60)隔离似的生活切断了社区的血缘和友谊的网络以及移民的政治有效性。

人口数量、文化权重以及政治权力占主导地位的伦敦精英阶层从来没有偏离过他们贵族式的目标,他们志在建立一种精英式的特权空间,结果是,属于中产阶级和上流社会的城市居民会越来越采取精心策划的策略,以便控制他们所处环境的排他性。伦敦城市环境中那些彰显繁荣与富足的蔚为壮观的区域与那些被遗弃的贫穷、匮乏、衰败的区域比邻而居。城市的不同区域,可以很明显地通过差异巨大而且严密隔离的住宅区辨别出来。“那些富人住在伦敦的上流住宅区贝尔格拉维亚和奈茨布里奇,以及汉普斯特德的北边,还有其他繁华的地方,他们不会相信像哈罗街以及诺丁山这样阴暗的地方到底是什么样子。”(Selvon 60)在城市空间的话语体系中,实际界线阻隔的存在和地理上的隔绝同样十分明显。标界限定了个人城市空间的身份。“通过对边界之外的他者进行负面、反向的定位,人们得以定义自己的身份归属。”(Doreen 13)小说中,城市空间的描写显示着空间行动轨迹的分界。宾馆或餐馆标示出场所的身份归属是依据上流社会加注于这个场所的主流印象来界定的。“在美国,你会看到一个告示让你离开,但是在这里,他们什么都不说。当你进入宾馆或者餐馆的时候,他们会很礼貌地让你离开——或者你会受到冷遇。”(Selvon 21)这种空间归属的宣称直接或间接地将移民或有色人种排斥在曾是不同社会阶层与种族背景的人们自由交往的公共空间之外。

在现代城市空间中,移民被困在一个艰难的体制和社会环境中,极力寻求解脱。“这是一个孤独痛苦的城市,如果我们不在此相聚谈论回家的事情,我就像在地狱煎熬。”(Selvon 126)移民寄回的“欢乐”家书有意隐瞒了个体对家乡的怀念和有家不能归的痛楚。对城市居住者来说,“通过实践‘创造’某一场所,同样涉及记忆与这一场所相关的故事。反过来,这些故事有助于人们建立与场所的种种联系”(史蒂文森 86)。这一“创造”的场所就是巴什拉(Gaston Bachelard)描述的为建构与场所相关联而努力想象的“诗意空间”(poetic spaces)。移民们“四处寻找一个他不需要花很多钱的地方,他可以得到充足的食物,他可以遇到他的同乡,能共同交谈打发时间的地方”(Selvon 29)。内在的可供连接的文化气脉能让这些因为疏离和差异成为“他者”的英联邦成员国来者“聚集在一起然后谈论回家的事情”(Selvon 135)。居无定所的移民在巨大的城市空间里退居到摩西的小寓所里,他们逃避了主流社会的价值体系,加入到一个能直接引起他们个人和集体需求的体系中。摩西的公寓变成了一个小社会,在这个空间里移民们“从中找到自己真正的人性的含义。或非常难得地,他想属于自己的种族”(法农 7)。摩西租住的公寓之于文学的意义不只在于它作为空间对于小说情节要素的建构,更在于一个内涵丰富的历史与文化符码,是加勒比移民在伦敦寻找与逃避归属的场所,也是黑人移民建构种族属性的精神坐标和族群想象策略。

结　语

今天,伦敦正在以全球视野建立城市空间发展方向,正在以城市整体价值系统参与国际交流。伦敦城市空间的文化属性建立在经济全球化化背景和前提之上,建立在社会生产和社会生活方式的历史更迭基础之上。文化是接续的,更是发展的。伦敦的现代城市文化形态伴随城市化进程,历经数百年沉淀呈现出历史文化“完美样态”,但是得以“凝滞”的条件不复存在。伦敦是国际多元文化并存汇聚的空间场域,“文化形态”自然成了城市发展中不断出现的真实问题。《孤独的伦敦人》所建构的“文本城市”有效地呼应了现实,也超越了现实,小说的伦敦空间具有城市的结构层面与体验层面的指向和深层意蕴。对于20世纪50年代的西印度群岛移民而言,伦敦空间包含着历史的经验、主体意识和帝国空间的想象,他们在英帝国扩张过程中建构起来的话语体系中产生了理想城市的幻象。在英国强势文化的俯视之下,权力被建构在组织空间的方式中,城市空间成为种族、民族的角逐场所。城市的空间布局和外观受到权力约束的限制。互不相同的“世界”共存于伦敦城市空间,文化的界限附着在不同种族的聚居地上,由此形成的特定“文化身份”充分显示了移民与当地人的权力机制。移民在伦敦城市空间里进行新的生活实践，由于缺乏足够的话语权，难以超越标界的藩篱，导致移民居住地呈现出极度的异质性，居住于其间的人群不得已参与搭建逃避现实的理想栖居地。由是，理想城市书写为审视城市文学与反思城市文化提供了一连串线索。城市的包容性和文化吸纳能力直接影响城市的文化生态，关涉到生存个体的精神安放和心灵归向。作家游走在文化交融深处，着力建构历史与当下城市空间的文脉关系，记录了城市多元文化中移民生存状态和发展境遇，思考着当今人类文明形式和城市文化的出路。

引用文献【Works Cited】

Bentley, Nick. "Form and Language in Sam Selvon's *The Lonely Londoners*." *Ariel: A Review of International English Literature* 36. 3-24 (2005): 67-84.

Boehmer, Elleke. *Colonial and Postcolonial Literature*. Trans. Sheng Ning, Han Minzhong. Shenyang: Liaoning Education Press, 1988.

[艾勒克·博埃默：《殖民与后殖民的文学》，盛宁、韩敏中译，沈阳：辽宁教育出版社，1998年。]

DeCerteau, Michel. *The Practice of Everyday Life*. Berkeley: University of California Press, 1988.

Doreen, Massey. *Spatial Division of Labour: Social Structures and the Geography of Production*. London: Macmillan, 1984.

Dyer, Rebecca. "Immigration, Postwar London, and the Politics of Everyday Life in Sam Selvon's Fiction." *Cultural Critique* 52 (Fall 2002): 108-44.

Edmondson, Belinda. *Making Men: Gender, Literary Authority, and Women's Writing in Caribbean Narrative*. Durham: Duke UP, 1999.

Fanon, Frantz. *Peau Noire, Masques Blancs*. Trans. Wan Bing. Nanjing: Yilin Press, 2005.

[弗朗茨·法农：《黑皮肤，白面具》，万冰译，南京：译林出版社，2005年。]

Foucault, Michel. "Space, Knowledge and Power: Interview of Michel Foucault." *Postmodernity and the Politics of Geography*. Ed. Bao Yaming. Shanghai: Shanghai Education Press, 2001. 1-17.

[米歇尔·福柯：《空间、知识、权力——福柯访谈录》，包亚明主编《后现代性与地理学的政治》，上海：上海教育出版社，2001年，第1-17页。]

Macleod, Lewis. "'You have to start thinking all over again': Masculinities, Narratology and New Approaches to Sam Selvon." *Ariel: A Review of International English Literature* 36. 1 - 2 (2005): 157 - 81.

Mumford, Lewis. *The Culture of Cities*. Trans. Song Junling et al. Beijing: China Building Industry Press, 2009.

[刘易斯・芒福德:《城市文化》，宋俊玲等译，北京:中国建筑工业出版社，2009 年。]

Selvon, Sam. *The Lonely Londoners*. Toronto: Penguin Group, 2006.

Shang, Jie. "Space Philosophy: Foucault's 'heterotopias' concept." *Journal of Tongji University* (Social Science Section) 3 (2005): 18 - 24.

[尚杰:《空间的哲学:福柯的"异托邦"概念》,《同济大学学报》(社会科学版)，2005 年第 3 期，第 18 - 24 页。]

Short, John Rennie. *The Urban Order: An Introduction to Cities, Culture, and Power*. Trans. Zheng Juan, Liang Jie. Shanghai: Shanghai people's Publishing House, 2015.

[约翰・伦尼・肖特:《城市秩序:城市、文化与权力导论》，郑娟、梁捷译，上海:上海人民出版社，2015 年。]

Stevenson, Deborah. *Cities and Urban Cultures*. Trans. Li Donghang. Beijing: Peking UP, 2015.

[德波拉・史蒂文森:《城市与城市文化》，李东航译，北京:北京大学出版社，2015 年。]

Yang, Jincai. "Some Propositions on the Study of Contemporary British Fiction." *Contemporary Foreign Literature* 3 (2008): 64 - 73.

[杨金才:《当代英国小说研究的若干命题》,《当代外国文学》2008 年 3 期，第 64 - 73 页。]

《摹仿剧》的摹仿与创造

任海燕

内容提要：德瑞克·沃尔科特的《摹仿剧》将鲁滨逊故事置换至加勒比海的多巴哥，借“漂流者客栈”逆写西方现代神话。如果说英国老板哈里的故事停留于生活对艺术的简单摹仿，雇工杰克逊则从历史的维度，展开创造性摹仿。一如其吟唱的卡利普索，杰克逊代表着外在于西方中心结构的创造性力量。须知这部两幕剧诞生于1978年，同年出版的还有赛义德的《东方主义》。面对西方学界的殖民主义与反殖民主义对峙，沃尔科特旁逸斜出，在艺术摹仿的创造性游戏中，呼唤审美体验，实现了鲁滨逊神话的去殖民化和克里奥尔化，还提出了以艺术为解决方案的理想生活模型。

关键词：沃尔科特；《摹仿剧》；鲁滨逊；摹仿论；加勒比海文学

作者简介：任海燕，文学博士，湖南师范大学外国语学院教授，主要从事英美文学研究。

安徒生用儿童替代黑人或摩尔人，巧妙地剔除了《皇帝的新装》所蕴含的种族主义偏见。同样，沃尔科特（Derek Walcott）在《摹仿剧》（Pantomime）中大题小做，又以小见大：假借摹仿剧这种轻巧的戏剧形式，用短小精悍的篇幅重塑现代神话鲁滨逊，四两拨千斤般直击西方殖民政治的软肋；并从摹仿论到表现论，探究文学艺术的审美特质。这位成功地在螺蛳壳里做道场的作家出生于加勒比海的圣卢西亚，1992年获诺贝尔文学奖。

与急于同特立尼达划清界限的奈保尔不同，沃尔科特坚称其“首要身份绝对是加勒比作家”（Baer 109），他认为艺术是重建遭遗忘的加勒比历史，展示加勒比人“独特性”(“T and T Culture” web)的唯一途径，因为艺术是各种行动的历史(Hamner 57)，能令“废墟上响起历史的叹息”(Walcott，Antills)。在众多艺术题材中，沃尔科特尤为青睐鲁滨逊神话，这应该同其在后殖民和现代性语境中的隐喻价值有关。鲁滨逊的形象经他改头换面，不断出现在剧本、诗作和散文中。譬如，在《克鲁索的日记》(“Crusoe's Journal”)中，鲁滨逊是奥德赛；而在《克鲁索的岛》(“Crusoe's Island”)中，他又化身为阿喀琉斯。

沃尔科特在《克鲁索形象论》(“The Figure of Crusoe”)中断言，鲁滨逊的成功是“意志的胜利”，这块西方“过去的残片”恰好“用来思索精神问题”(Hamner 35 - 36)，反映在《摹仿剧》中，便是对艺术的信念问题。作家将笛福的故事置于加勒比海的多巴哥，借“漂流者客栈”里的排演，逆写西方现代神话。这个客栈的英国老板哈里与当地雇工杰克逊排演摹仿剧的故事，乍看之下，像是以较为隐晦的经济雇佣关系替换海外扩张时期的主奴关系，对原神话中黑人和白人的角色进行了简单置换(Berman 443)，但细察之下，这二人年纪相仿，经历相似，在排演中，既是伙伴又是对手，更是个性鲜明、求同存异的对话者。在嘲讽、调笑、争辩、叱责和倾诉中，他们反复拆解和重构鲁滨逊故事。

如果说哈里版的鲁滨逊故事尚停留在西方的摹仿传统，是基于个体经验对亚里士多德意义上的行动的摹仿；杰克逊则试图从加勒比的历史出发，超越西方的传统。正如其吟唱的卡利普索(calypso)，杰克逊代表了解构意义上外在于西方中心结构的创造性力量。他们的摹仿游戏不仅以抽象的方式凸显并讽刺了原神话建立的二元对立和刻板印象，更以具体的，或个人化或族群的历史、记忆和创伤来消解面具式、符号化的认知。在抽象与具象、族裔与个体的多重矛盾与张力之中，人和人性的共通性得到了彰显。最终，在一场呼唤审美体验的戏中戏中，这场摹仿的游戏以情感为支点，超越简单的政治批判，将摹仿擢升为创造性游戏。由摹仿至创造，沃尔科特实现了鲁滨逊神话的去殖民化和克里奥尔化，并提出了以艺术为解决方案的理想生活模式。

哈里的简单摹仿

哈里及其前妻爱伦曾作为摹仿剧演员同台出演鲁滨逊的故事。爱伦酒驾，导致爱子早夭，继而二人婚姻破裂。遭遇人生变故之后，哈里取法鲁滨逊于18世纪建立的异域-幸福生活模型，从曾经的宗主国出发，去往曾经的殖民地——位于加勒比海的多巴哥。哈里的出走，乃是生活对艺术的摹仿，简单得近乎依葫芦画瓢。他寄希望于鲁滨逊神话中那个空间上遥远且丰裕的异域他乡。殊不知，时过境迁，随着全球性实时通讯网络的建立，20世纪的异域已经无法简单地由时间和空间定义(Ette 24)，何况哈里出走的动机与鲁滨逊截然不同：鲁滨逊在海外殖民扩张野心的驱使下，开启了宣示启蒙主体性的历险，而哈里的离开却是遭受连续打击后的逃避(任海燕 470)，乃情感失意使然。正因为如此，他将个体情感投射至摹仿剧构思，将其演绎为一出家庭破裂、情感纽带断裂的现代悲剧。他笔下的鲁滨逊会黯然喟叹："伊甸园里的亚当有妻子替他排遣孤独，而我却连一个给予慰藉的生灵都找不到，没有一只手来触碰我，没有友善的目光。发誓与我永不分离的妻子在哪里？我的小儿子如今几岁了？……就连约伯也有家庭，但我却只是形影相吊，孤身一人。"(Walcott, *Remembrance and Pantomime* 145)

一边是野心勃勃、志在建功立业的英雄，一边是消极出逃、情何以堪的可怜虫。沃尔科特从情感切入，将鲁滨逊故事挪入现代时空，在荒岛的叙事框架中塑造了一位充满空想，同时又怯懦、平庸的现代西方人。他对神话英雄的蹩脚摹仿，动机堪忧，价值可疑，其结果自然难遂人愿。哈里手中的录音机让人联想起贝克特(Samuel Beckett)的《喀拉普的最后一卷录音带》(*Krapp's Last Tape*)，而卧室墙上爱伦的旧照，直指欲望想象和经验现实之间不可调和的矛盾。相框没能框住逝去的爱情，却成为哈里沉溺于过去、故步自封的象征。鲁滨逊的荒岛不是哈里避世的乌托邦。

登岛不久，哈里便不无悔意地将多巴哥称为欧洲的"后院"(135)。哈里的领悟充满讥嘲。加勒比海在欧洲的海外殖民事业中实实在在地充当着后院的角色。当拉丁美洲这条被切开的血管为欧洲的资本原始积累提供巨大财富时，加勒比海的岛屿成为一个“殖民的补充空间”，为欧洲“提供原材料、市场抑或度假天堂”，汇集了西方关于“人间天堂、流着奶与蜜或永恒的、永葆青春之泉水”（Ette 249, 95）的想象和欲望投射。但讽刺的是，哈里的后院感缺乏这重历史纵深感，仅限于个人对异域的错愕期待和作为结果的必然落空。哈里的困境表明德勒兹（Gilles Deleuze）所言不虚，“荒岛的本质是想象的，而非实在的”（9）。

哈里的简单摹仿之所以模糊了想象与现实的边界，错误地对鲁滨逊神话建立的异域-幸福生活模型寄予厚望，乃是因为“空的恐惧”（Walcott, *Remembrance and Pantomime* 135），亦即对孤独的恐惧。这是哈里与鲁滨逊最大的不同。在孤独中建构启蒙现代主体，乃是鲁滨逊神话的核心内容，也是卢梭（Jean Jacques Rousseau）对这个故事推崇备至的缘由，而卢梭不仅在《忏悔录》（*Confessions*）中最早将现代主体与孤独联系在一起，还对鲁滨逊的传播起到了决定性作用。神话英雄鲁滨逊以孤独为契机，在遗世而独立的自察、自省中，塑造了具有启蒙主体观烙印的机械论主体，方才成就了这个所谓的“后文艺复兴时期再现孤独的标志性文本”（Engelberg 17）。但随着19世纪浪漫主义的兴起以及与之相伴的认知范式转变，这种主体观面临着巨大挑战。孤独中获取的自我认知不足以建构主体，除了自我身份指认，人我关系中的自我对于主体塑造同样重要，而后者可能令孤独的情感向度问题化：孤独不再是契机，还可能意味着与世界的联结、人与人的联结、人与自身的联结阙如或不完整，而这正是哈里的摹仿无法达成所愿的症结所在。

联结阙如之外，存在价值萎缩导致的精神空虚是摹仿走样的另一个重要内因。鲁滨逊的过人之处，在于有着难以撼动的信念。哈里恰恰相反。他亲历了20世纪60年代的一系列狂欢式政治解放运动，但他的参与并非源于“人人生而平等”的信念，倒像是受政治正确的社会压力胁迫，因而未能从各种颠覆、消解中找到存在的意义和价值。由是，那个充满动荡和碎片化的历史时期，令他变得虚无。面对他者时的矛盾与骑墙做派就是明证。

来到加勒比海后，哈里的社会地位和自我认知随之改变，他会毫不迟疑地以“命令”作为强制性手段指挥杰克逊。摹仿剧排演，就是利用雇佣关系，以半强迫方式寻求有限合作的结果。对于这种变化，哈里以殖民者逻辑辩解，称是因为“剧本”改变了，要服从某种类似神谕的更高级意志的安排，故而扮演“哈里·特鲁，旅馆经理”一角。

哈里像一幅后现代“拼图”(转引自 Hornung 335)，破碎、杂糅甚至矛盾迭出。他的痛苦让人意识到，其与鲁滨逊的相似度仅仅停留在西方白人身份，而所谓的婚姻情感问题最终是价值问题。原神话中具有普遍价值、发挥引领作用的形象降格成为个体苦难而自怨自艾的形象；原本指向广袤世界的神话英雄，变成了目光向内、陷入自我的可怜虫。沃尔科特借此削弱了哈里“出走”的道德价值和审美价值，从他身上剥离了神话原型所具有的美感张力。而这种丧失和降格是具有象征意义的，既是哈里个人的丧失，同时也是沃尔科特眼中现代西方的降格。

杰克逊的创造性改编

如果说，哈里对鲁滨逊的摹仿凝聚着他的职业经纬、现实生活和自我想象，是某种形式的个人历史的再现。杰克逊的改编则通过语言创造力和形象感染力，成为德里达所说的揭示西方中心结构之不完整的外在创造性补充力量，在解构原神话的同时，挑战西方摹仿论传统。

不同于哈里的个人化诠释，杰克逊刻意强化并凸显原神话刻板的主奴镜像。他将二人戏符号化，使之成为前殖民者同前被殖民者之间的对峙。沃尔科特在为埃塞克斯大学导演的版本中，运用黑白分明的色调呈现了这一特点。这一系列将殖民历史前景化的操作，为杰克逊以话语为武器展开颠覆和解构的游戏搭建了舞台，批评的锋芒直指殖民逻辑的软肋。

以欧洲为代表的西方殖民主义逻辑建立于逻各斯中心主义，其中的一个重要价值悬设是基于同义重复修辞法之上的西方同非西方、理性同非理性、文明同野蛮的二元对立。逻各斯中心主义同时还是语音中心主义，对于此种关联，说法纷纭，其中之一与野蛮人(barbarian)的辞源相关。在希腊语中，野蛮人指所有不能说希腊语的人，包括当时的罗马人。它很可能是拟声词，用以再现所谓的无法正常说话的状态。及至罗马帝国时期，野蛮人成为贬义词，指称所有未受希腊-罗马影响或未经他们统治的族群（web）。然而，杰克逊从语言着手，以其非凡的创造力，反击哈里代表的欧洲中心的语音中心主义，进而洗刷所谓的加勒比原罪。

在杰克逊采取的诸多语言策略中，卡利普索成为实现话语/权力关系变化的重要途径。这是加勒比海特有的即兴小调，源自西非音乐，往往具有挑战权威的性质。杰克逊以吟唱来表明基本姿态和立场，也借之谋取排演的主动权。

> 我想告诉你关于鲁滨逊的故事。
> 他告诉星期五，我做什么，你照做。
> 无论我做什么，你必须跟我一样。
> 他把星期五变成了耶稣受难节的假人犹大；
> 那便是奴隶制的第一个例子，
> 因为我现在仍是星期五，而你不是我。
> 现在，克鲁索是这个基督徒，是所有，
> 而星期五，他的奴隶，是个食人族，
> 但有一天，事情必然发生逆转，
> 克鲁索是奴隶，星期五成为老大。（Walcott, *Remembrance and Pantomime* 117）

吟唱卡利普索的杰克逊影射了对莎士比亚笔下的卡利班。卡利班与加勒比人（the Carib）有千丝万缕的联系。哥伦布发现新大陆时加勒比诸岛屿上的主要居民就是 the Carib，加勒比、食人族和食人主义等概念即源于兹。虽然以鲁滨逊为代表的欧洲人通过“他者化”为殖民活动正名，继而实施毁灭和重建的“双重使命”，但是杰克逊否定了西方的否定。他用言行证明自己是一名文化食人主义者，通过肢解、反噬西方文化，将其转变为“内在积极的思想力量”（卡斯特罗·霍夏 21），继而创造性地回击哈里的摹仿。沃尔科特曾经提出，诗意是内在天赋，卡利班是天生的诗人，白人只教会了他英语，却不能赋予他诗意。杰克逊也是天生的诗人，能赋予演出以生命和灵魂。

如果说即兴小调显示了杰克逊的创造力，而他在排演中兴之所至，创造出一套全新的话语指代体系，则进一步凸显了以语言颠覆话语的意图。在杰克逊的创造面前，哈里成了无法进入那个生机勃勃的语言世界的野蛮人，他像跟班一样亦步亦趋地追随、记录，唯恐出现错漏。为了用录音机记录并占有杰克逊的创造力，哈里甚至一度拱手让出排演控制权。在杰克逊的引导下，哈里推导出一个令他惊恐的鲁滨逊故事：黑人鲁滨逊来到岛上，遇到一个全身赤裸的白种野蛮人，给他起名星期四。在非洲人鲁滨逊的教导下，星期四发现近两千年的基督教文明是错误和野蛮的。他要接受鲁滨逊的再教育，崇拜非洲神祇，学习非洲语言。

哈里运用理性建构的这个情境，逻辑上环环相扣，符合亚里士多德的或然率。这突如其来的对历史偶然性的认知，质疑了殖民秩序的合法性，也令整个排演在很大程度上成为杰克逊改编版的现实展演。那是一个关于控制权和主动权的故事：星期五在日不落帝国里服侍鲁滨逊三百余年，他是影子，是纯粹的摹仿者。一开始，鲁滨逊对星期五微笑，如同孩子对自己的影子。逐渐，影子的顺从让孩子害怕，孩子无法摆脱影子，这是"影子的黑色魔法"(Walcott, *Remembrance and Pantomime* 113)。最终，影子成为主人摆布孩子。类似的，杰克逊将代表着帝国的哈里排斥在艺术生命力之外，进而将哈里的故事变成杰克逊的故事，戏剧性地制造出逆袭。

虽然哈里在惊恐中叫停了排演，但沃尔科特已然借助杰克逊的改编，成功地让历史发声。杰克逊的创造力让人们意识到，当他以诗性的节奏，在标准英语和夹杂着方言俚语的克里奥尔语之间自如切换，调侃前殖民地时代的鹦鹉、调侃黑人弑主时，其讽刺的矛头已经或直接或间接地指向了加勒比海的历史和现实。

加勒比地区文化背景独特，殖民历史漫长且复杂。多佛(Rita Dove)以"精神分裂症"(Bloom 58)来形容这种复杂的环境，而沃尔科特则用"两重生活"一言以蔽之：内在的诗性生活和外在的自由奔放的、以方言为主导的现实生活。这种两重生活紧密交织，但并非如某些评论家认为的那样，能以二元主义张力(Baugh, *Derek Walcott* 24)来界定。这重复杂性制造出认知和认同的困难，致使不少人认为加勒比没有历史，从而陷入身份认同的困顿。而传媒造势，更是强化了加勒比群岛为化外之地的刻板印象：让人患上“失忆症”并醉生梦死；那里既没有过去，也没有将来，只有及时行乐和熙熙攘攘的过客。恰如沃尔科特在诗中叹息，“这里有太多的一无所有”（Walcott, *Collected Poems* 114）。

诚如沃尔科特声称的那般，“造物与过去捆绑在一起”（Twilight 9）。杰克逊的历史意识成为沃尔科特对加勒比海失忆症的抗议和攻讦。杰克逊的改编受强烈的历史意识和集体无意识驱动，始终在三百余年的殖民史框架中构思、想象，因而对自身的族裔身份有清醒的认识。他清楚，虽然殖民地的历史告一段落，但殖民主义影响犹在。对于潜在和显在的种族冲突，主流意识形态仍然是殖民主义。沃尔科特巧妙地将这重厚重的历史编织进二人琐碎的对话。当哈里做出危险性举动，想象自杀时，杰克逊毫不迟疑地提醒他：“他们会说是我把你推下去的”（*Remembrance and Pantomime* 97）。自然，这是杰克逊实际的一面而非奈保尔所说的“自我轻贱”（Qtd. in Bloom 16），正如杰克逊同时使用标准英语和克里奥尔英语的话语策略并非范德勒（Helen Vendler）所言，是沃尔科特表达西方思想的“腹语术”（Bloom 27）。相反，他以巴尔加斯·略萨（Mario Vargas Llosa）提出的“持续但同时有节制”（140）的方式运用方言，突显了故事人物和情节的地域性和历史感，体现了悉尼（Seamus Heaney）描绘的介于方言和经典之间，既不过度俚俗也不居高临下、介于旧式生活和新式生活，既从殖民者的语言汲取养分又忠实于加勒比群岛的语言独特性（Bloom 11 - 24）。不过，遗憾的是，克里奥尔英语固然一定程度上打破了语言的单一化，却并未打破英语作为世界语的现实。

殖民作为史实，塑造了加勒比诸岛，其影响延续至今。沃尔科特接受了这重复杂性，并在不同的文化传统间穿梭，将历史挪为己用。他借杰克逊之口，戏谑怒骂间将西方评论家眼中分裂的经验巧妙融合，创造出全新的、具有历史感的加勒比世界。哈里和杰克逊像沃尔科特铺设的双重轨道，哈里的摹仿以个体经验将鲁滨逊神话世俗化、现代化；而杰克逊的改编则通过集体无意识，将其克里奥尔化，既实现了对鲁滨逊神话的去殖民化，又为其转向艺术创造埋下伏笔。

超越性的艺术创造力

杰克逊和哈里身上体现出巨大的历史文化差异，前者代表尚未经历20世纪中叶文化撕裂的加勒比；后者经历了60年代西方现代世界的动荡和碎片化、虚无化。这些差异浸淫在二人基于不同立场和方法的剧本构思，更指向不具备对话关系的话语延异。尽管杰克逊不断揣摩哈里的意图，试图形成对话机制，哈里却听而不闻，总在自说自话。哈里表现出强烈的矛盾：他保持着旅行者心态，视多巴哥为欧洲欲望的投射；即使大英帝国荣光不再，他也放不下种族优越感，在内心深处抵制和否认现实，甚至有意无意地制造他者。种种差异在一场特殊的摹仿剧中交汇：杰克逊以爱伦的照片为面具，反串爱伦一角，邀请哈里即兴上演了一出亦真亦幻的夫妻对峙。

这场戏中戏是冲突的高潮，亦是整场摹仿的剧眼。杰克逊以情感为支点，以戏剧表演为工具和媒介，介入他人的生命经验，创造出一个活生生的世界，并探测到深入人心的入口。其中，面具的使用不仅唤起了哈里心中压抑已久的情感，且颇有几分亚里士多德所说的净化效果，并为这场戏中戏增添了些许神秘色彩。在先前的明争暗论中，哈里和杰克逊谁也无法说服谁，言辞龃龉颇多；但在表演中，他们悬置历史和文化的差异与成见，全情投入。杰克逊的反串扣住哈里的心弦，而哈里的咆哮打动了读者/观者的心。老舍先生有言，优秀的文学作品能“使人物的感情有圆满适宜的发泄，而后使读者同情于书中人物”(42)。这番冲突过后，是符号的消解，面具的脱落。戏中戏在提供情感发泄口之外，引发了对人物的同情。

杰克逊和哈里的投入，乃是一种忘形——沉浸于艺术感召力的忘形。如果说早先的摹仿肯定了艺术再现生活、介入生活的能力，这场戏中戏彰显的则是艺术再造生活的力量。在艺术的情感表达、疏泄和升华中，他们确认了人性的共通，实现了自我重塑，乃至意义重构，进而建立起基于平等对话的共同生活模型。于杰克逊而言，这是一场自我延伸的审美体验，表演带来的共鸣和认可超越了性别或族裔等标签式的偏狭，令他得以用哈里的困境为鉴反观、自鉴。至于哈里，戏中戏是其如戏人生的小高潮，亦是其自我探索的触发装置，既宣告了某种完结，又预示着新的开始。

艺术是基于人性（心）的交流，情感是艺术的本质特征。随着哈里的情感宣达浸润于表演的虚实之间，他由笛卡尔设计的认知主体，变成了“被感动的主体”（沃特斯 16）。审美体验引发的共情，确认了不同的价值框架共存的可能，促成了哈里与杰克逊的平等对话。笛福的鲁滨逊向内，通过自省认识自我；而哈里和杰克逊则向外，依靠他者的异质性带来的情感冲击重塑自我。从这个意义上论，艺术的摹仿论和表现论借这场虚拟的戏中戏，与真实化合了。

当哈里放弃泰勒（Charles Taylor）所说的唯我论独白式幻觉，成为对话者，便突破了西方中心主义的狭隘。多巴哥不再是镜像式、符号化的异域，而是世界主义者的理想化场域，其价值体现于文化互化、文化对话，也体现在和平共处、和平共情。从后殖民批评的角度看，多巴哥是旅行文学研究者所说的接触地带（contact zone）。这是目下论及旅行文学、旅行书写时出现频率最高的概念之一。它原本用于描述各种克里奥尔方言的生成，经由普拉特（Mary Louise Pratt）在《帝国之眼》（*Imperial Eyes*）中重新阐释，特指旅行生成的“帝国遭遇的空间”（10）。作为批评家，普拉特借该概念探讨权力问题，但并未深究理想的相遇模式；而沃尔科特在普拉特之前，不仅展示出“接触的视角”中共存、互动的不对称权力关系，更深入探讨了生活的复杂性、矛盾性和可能性。

如果说鲁滨逊神话所提供的异域-幸福生活模型乃是前往接触地带的旅行者将殖民行径浪漫化，使残酷和压迫温情化的结果；沃尔科特对于幸福生活模型的反思则生发于接触地带，这暗示着权力较量双方的力量对比产生了变化，也意味着这场两百余年之后的相遇远不止于权力问题。与鲁滨逊不同，从一开始，哈里踏上的便是一场感性的冒险。而讽刺的是，英国人以加勒比海为良药，前往多巴哥寻求“失忆”（从精神分析角度看，哈里的确失忆了。他全然罔顾加勒比海是欧洲殖民势力受害者），而最终的和解其实与空间位移无关，它是在杰克逊的启发下从艺术审美中求得的。曾经的殖民地受害者，此刻成了健康、健全的治愈性力量。

尽管戏中戏以控诉、指责、忏悔为基调，甚至整个剧本始终弥漫着死亡的阴影，但《摹仿剧》的基调却是乐观的，不乏喜剧色彩。它以向死而生的方式，讲述了一个未来的故事。剧终时，哈里重新获得了意义感；杰克逊则意识到对卡利普索的热爱，打算重操旧业。故事中的当事人都超越了过去，在艺术带来的升华中预见了美好的未来。

沃尔科特和《摹仿剧》的乐观来自理想信念。按照杰克逊的说法，鲁滨逊的脑海中不可能浮现出自杀的念头，因为他从未丧失对生活的信念。如果说死亡和死亡威胁体现了生活的残酷，杰克逊提到的信念却是直面残酷的动力。本雅明（Walter Benjamin）敏锐地察觉到现代社会生活建构于事实而非信念，“受着那些几乎还从没有成为信念之基础的事实的操控”(1)；而沃尔科特认为，如果为零碎散乱的事实所淹没，现代人很难规避存在危机，唯有信念能赋予战胜琐碎现实生活的力量和智慧。而作为“多重信念和价值集合”（Felski 32）的艺术，则当仁不让地成为从事实到信念的途径。从鲁滨逊的摹仿剧到摹仿爱伦的戏中戏，再造的艺术世界超越了真实与虚构的二元对立，既影响现实又塑造现实，具备了现实意义上的救赎功能。

《摹仿剧》是沃尔科特式“拿来主义”的显证。在西方语境中，加勒比岛屿象征着断裂和孤寂，他将神话故事迁移至此，从情感和审美的维度重新进行配置，并假借克里奥尔化借重写西方经典以探索加勒比海的复杂性，继而重拾意义。这部两幕剧作诞生于 1978 年，同年出版的还有赛义德（Edward Said）的《东方主义》（*Orientalism*）。其时西方学界尚沉浸于殖民主义与反殖民主义对峙，而沃尔科特却借艺术摹仿的创造性游戏超越简单的政治批评，呼唤艺术的审美体验，不仅实现了鲁滨逊神话的去殖民化，还提出了以艺术为解决方案的理想生活愿景。

这是建立于卢卡奇（György Lukács）所说的“对总体的信念”（49）的超越性愿景：超越诸如族裔、政治和性别等族群标签，因为沃尔科特认为艺术的终极价值是超越性的美和崇高。它契合了沃尔科特奉行的拉丁美洲源远流长的宇宙主义立场。沃尔科特的信念令他相信艺术能重塑现实，相信戏剧实践可以使文学在最大意义上产生社会效用。事实的确如此，沃尔科特的文学实践让加勒比海在世界文学史上闪耀光芒，同时反哺现实。对此，布罗茨基（Joseph Brodsky）赞叹道：“哥伦布发现了西印度群岛，英国人将它变为殖民地，而它在沃尔科特笔下变得不朽。"凭借对艺术的信念，用介入现实的方式重写西方现代神话，并反向还原摹仿论。如此看来，沃尔科特不也是游弋在文学世界的鲁滨逊吗？

引用文献【Works Cited】

Baer, William, ed. Conversations with Derek Walcott. Jackson: Mississippi UP, 1996.

"Barbarian." Encyclopedia Britannica, 15 Feb. 2023. Web. 25 Feb. 2023.

Baugh, Edward. "Of Men and Heroes: Walcott and the Haitian Revolution." *Callaloo* 28.1 (2005): 45 – 54.

---. *Derek Walcott*. Cambridge: CUP, 2006.

Benjamin, Walter. *Einbahnstrasse*. Trans. Wang Caiyong. Nanjing: Jiangsu People's Publishing House, 2005.

[瓦尔特·本雅明:《单行道》,王才勇译,南京:江苏人民出版社,2005 年。]

Berman, Paul. "Theatre." *The Nation*. April 13 (1985): 443 – 444.

Bloom, Harold, ed. *Derek Walcott*. Philadelphia: Chelsea, 2003.

Brodsky, Joseph. "On Derek Walcott." *New York Review of Books*, 19 Nov. 1983. Web. 12 May, 2022.

Castro Rocha, João Cezar de. "The Museum Brazil: Cultural Cannibalism as an Answer to the Predicaments of a Shakespearean Culture". Trans. Feng Qian. *Foreign Languages and Cultures* 1 (2020): 14 – 24.

[若昂·卡斯特罗·霍夏:《巴西博物馆——以文化食人主义回应莎士比亚文化之困境》,冯倩译,《外国语言与文化》2020 年第 1 期,第 14 – 24 页。]

Deleuze, Gilles. *L'îlle deserte et autres textes: Textes et entretiens 1953 – 1974*. Trans. Dong Shubao et al.. Nanjing: Nanjing UP, 2018.

[吉尔·德勒兹:《〈荒岛〉及其他文本——文本与访谈(1953—1974)》,董树宝等译,南京:南京大学出版社,2018 年。]

Engelberg, Edward. *Solitude and Its Ambiguities in Modernist Fiction*. New York: Palgrave, 2001.

Ette, Ottmar. *TransArea: A Literary History of Globalization*. Trans. Mark W. Person. Berlin: Walter de Gruyter, 2016.

Felski, Rita. *Uses of Literature*. Oxford: Blackwell, 2008.

Hamner, Robert D., ed. *Critical Perspectives on* Derek Walcott. Washington D. C.: Three Continent, 1993.

Hornung, Alfred. "Ecology and Life Writing in Transnational and Transcultural Perspective." *Handbook of Ecocriticism and Cultural Ecology*. Ed. Hubert Zapf. Berlin: De Gruyter, 2016, pp. 334 - 48.

Lao She. *Lecture on Introduction to Literature*. Shanghai: Fudan UP, 2004.

[老舍:《文学概论讲义》,上海:复旦大学出版社,2004 年。]

Lukács, György. *The Theory of the Novel: A Historico-Philosophical Essay on the Forms of Great Epic Literature*. Trans. Yan Hongyuan and Li Huaitao. Beijing: Commercial Press, 2012.

[卢卡奇:《小说理论——试从历史哲学论伟大史诗的诸形式》,燕宏远、李怀涛译,北京:商务印书馆,2012 年。]

Pratt, Mary Louise. *Imperial Eyes: Travel Writing and Transculturation*. Tran. Fang Jie and Fang Chen. Nanjing: Yilin Press, 2017.

[玛丽·路易斯·普拉特:《帝国之眼:旅行书写与文化互化》,方杰、方宸译,南京:译林出版社,2017 年。]

Vargas Llosa, Mario. *Conversation at Princeton*. Trans. Hou Jian. Beijing: People's Literature Publishing House, 2020.

[马里奥·巴尔加斯·略萨:《普林斯顿文学课》,侯健译,北京:人民文学出版社,2020 年。]

Walcott, Derek. *Antills: Fragments of an Epic Memory*. New York: Farrar, Straus and Giroux, 1992.

---. *Collected Poems 1948 - 1984*. New York: Farrar, Straus and Giroux, 1986.

---. *Remembrance and Pantomime: Two Plays*. New York: Farrar, Straus and Giroux, 1980.

---. *What the Twilight Says: Essays*. New York: Farrar, Straus and Giroux, 1998.

Wallace, Triston. "T and T Culture and Performing Arts Fraternity Weigh in on Walcott's Passing." The Trinidad and Tobago Performing Arts Net Work, 17 Mar. 2017. Web. 3 May, 2021.

Waters, Lindsay. *Towards a Poetics of Experience*. Trans. Ang Zhihui. Beijing: Peking UP, 2000.

[林赛·沃特斯:《美学权威主义批判——保尔·德曼、瓦尔特·本雅明、萨义德新论》,昂智慧译,北京:北京大学出版社,2000 年。]

温德尔·伯里"地方"思想的生态现实主义考察

宁 梅

内容提要：温德尔·伯里作为美国当代著名的农民诗人、小说家、散文家、环保活动家、社会批评家，一生的文学创作和生活实践都离不开以"地方"(place)为核心的关于农业生产、环境保护、人类理想生活等方面的系统思考及实践，本文把这些思考和实践总结为伯里的"地方"思想。伯里在全球化背景下，以对现实的批判为起点，以解决人们的现实生活问题为目标，立足现实的"地方"，呼吁对传统农业的回归和环境保护的重视，倡导对人类理想生存范式的探索与实践，彰显了生态现实主义的情怀。具体表现在三个方面：立足"地方"，对当今全球化所造成的"地方意识"的丢失展开严厉批判；建构"地方"诗学，倡导"地方意识"(sense of place)的现实回归，呼唤农业改革；探寻人类理想生存范式，努力构建"地方"共同体。伯里的"地方"思想体现了他立足本土的生态现实主义情怀和现实行动，在当今美国及西方农业生产领域和环境批评领域影响深远。

关键词："地方"；批判现实；"地方"诗学建构；"地方"共同体实践

作者简介：宁梅，文学博士，贵州大学外国语学院教授，主要从事美国生态文学研究。

温德尔·伯里(Wendell Berry)作为美国当代著名的农民诗人、小说家、散文家、环保活动家和社会批评家，创作了大量诗歌、小说和散文作品，在美国颇具影响。目前，国外对他的研究成果较多，泛及农业、经济、生态等领域，大多关注伯里思想在美国的影响；国内研究开始出现成果，主要关注他的地域现实主义创作(王守仁 196)、农耕主张(朱新福 221)及生态诗学(朱翠凤 74)等,对他围绕“地方”的思考和创作的系统研究较少。本文发现,伯里在他的文学创作和思考中直指社会现实,批判传统农业的消失、环境的恶化、人类美好品德的丢失,忧深思远,呼吁改良。本文认为,伯里主要围绕“地方”(place)阐发了他的批判、思考及改良方案,展示了他对现实主义文学创作传统的继承与创新,彰显了他关注生态责任的现实主义和人文主义情怀。当前,在以空间移动(mobility)为特征的全球化时代,伯里的“地方”思想呼吁人们立足“地方”,安定下来,重视安居和环境保护,无疑是对当今世界现代性的一种反拨。他的“地方”思想的生态现实主义元素,也体现了当今世界文学“现实主义复数”中的多元表达和对“真实”的追求。因此,考察伯里的“地方”思想,对于启迪人们回到“地方”,立足“地方”安心生产生活并进行环境保护具有重要的学术价值和现实意义。本文主要从以下三个方面考察伯里的“地方”生态现实主义思想:对“地方意识”(sense of place)消失的现实进行批判、对改革现实进行“地方”诗学观照以及付诸现实改良的“地方”共同体建构及实践。

一、批判“地方意识”的消失

全球化以及农业机械化、工业化的进程在促进生产力提高、人口和物品高速流动的同时,也给自然环境以及人们的生活带来不利的影响,其中一个表现就是“地方意识”的消失。“地方意识”倡导人们对地方的归属感、责任感和情感依恋,而随着全球化进程的加剧及人口与物品的流动性增强,人们对地方的情感联系正慢慢弱化甚至消失。自 20 世纪 60 年代以来,学界开始对“地方意识”的消失及其背后的经济、政治、文化等原因进行深刻反省和严厉批判。作为美国当代著名的农民诗人、生态作家,伯里走在时代前列,立足“地方”,用他的笔触揭露环境恶化、农业危机、无根感等社会现实,努力唤醒人们的“地方意识”,培养人们的生态责任和全球责任。伯里对“地方意识”失落的批判主要聚焦美国农业现状,直指政治和文化批判。

首先,伯里对全球化给美国农业带来的不利影响进行深刻的反思和批评,他认为全球化给美国农业带来了摧毁性的打击,即农民与土地之间的情感联系正在渐渐失去。在《美国的不稳定》一书中，伯里揭示了这种“地方意识”消失的严酷事实：“现在，几乎十年过去了，摆在每个人面前不争的事实是至少对于农民和农村共同体来说，形势是灾难性的，比如农民正在失去他们的土地，有些农民正在谋杀他们自己，有些绝望得发狂的农民正在谋害其他人，农业经济和农村生活遭受了严重的打击。”（Berry, *Unsettling* vii）伯里认为全球化进程带来的全球连锁商业经济摧毁了本土自给自足的小型农业为主的商业，导致了人们“地方意识”的消失。他说这种摧毁也摧毁了曾经美丽的乡村，“现在的乡村早已经成为煤炭、木材、农商公司的殖民地，虽然增加了财富，但却牺牲了我们的土地和土地上的人们”（Berry, *Ignorance* 24）。他说：“这种妥协的逻辑一目了然，而且是致命的。如果我们继续这种依赖与破坏地球的组成部分而发展经济，最终的结果是我们将摧毁一切。”（Berry, *Ignorance* 25）

对传统农业遭到破坏及“地方意识”失落的现实危机感和忧患意识是《美国的不稳定》一书的主基调，也是伯里一生进行文学创作和农耕生活的主要探索目标。在此书前言里，伯里分几章揭示了美国面临的危机，其中有两章命名为“作为农业危机的生态危机”和“作为文化危机的农业危机”，表明了他对农业危机所引发的生态危机的警惕和警示，也表达了他对这些危机背后的文化危机的悯时病俗和深邃思考（Berry, *Unsettling* 58）。正如评论家所言：“伯里展开了对合作资本主义的批判，认为它彻底毁灭了在土地上耕作的犁。这位肯塔基作家认为工业化和农业机械化利用城镇化替代了传统的农业价值观。”（Rampell）作为一个政治上的不同意见者，他批判了一些环保社会活动家和从事大型商业和土地开发的人士。他认为，许多环保社会活动家过多关注荒野的保护，忽视了农业的重要性，也忽视了人们通过农业耕作而建立起来的人与土地的联系。

伯里对美国文化及全球化给生态环境带来的破坏展开了激烈批评，把批评的目光聚焦农业危机后面的生态危机、文化危机以及造成这些危机的意识形态。伯里认为全球化及农业工业化给农业带来的危机同时也是生态危机，其背后的深刻原因还是文化的危机。在他看来，农业是美国更大层面的文化基础。所以，从根源抓起，伯里对美国文化进行了猛烈抨击和批判，具体体现在对美国极端个人主义的批判。伯里认为，“这种极端个人主义使得我们大受损失，失去的表土，被破坏的森林，全世界逐渐增加的毒性以及被灭绝的物种”（Berry，*Ignorance* 9）。伯里的这种批判一直持续了几十年，其目的就是想引起大众的重视，唤起人们对美国文化的反思。有评论说：“伯里对美国文化的深刻批判已经进入到第六十个年头。”（Realy）伯里认为，我们正在破坏农业的美国以及农业的美国共同体（Berry，*Ignorance* 30），伯里勇敢地把批判的矛头直指造成“地方意识”消失背后的真正原因，即意识形态。“我们正在受到一种意识形态的统治，这种意识形态正在破坏我们的土地，我们的共同体以及我们的文化，现在仍然在破坏。”（Berry，*Unsettling* 229）

几十年来，伯里对现实的批判眼光一直聚焦农业问题，从对农业衰落的批判进而到生态危机及文化危机的批判，再到对意识形态的批判，都彰显了他对农民的现实生存问题以及文化危机所倾注的密切关注和忧患意识。伯里思想的批判性彰显了现实主义文学创作的重要审美原则，批判性是现实主义文学的生命力。伯里自 20 世纪 50 年代开始文学创作以来，一直坚持了这种批判性。伯里置身全球化背景和美国现实，冷静思考，悯时病俗，针砭时事，在长达半个世纪的文学生涯里关心政治、经济、农业等领域的发展变化，执着坚定，鲜有改变。而且，随着全球环境危机日趋严重和环境保护的热潮迭起，从 20 世纪 70 年代起，他的批判意识中还融入新颖的环保观念与传统土地情感和“地方意识”，其环保理念更成熟，让批判更接近“地方”生活真实，在他的批判现实主义主张中增添了“地方”生态情怀。

二、积极建构“地方”诗学，倡导“地方意识”的现实回归

伯里在批判“地方意识”失落的同时，围绕人在“地方”生存的现实问题积极进行理论探索，并在其文学作品中加以呈现，形成了有一定影响的“地方”诗学主张，展示诗人呼吁的理想“地方”生活世界。这一诗学建构主要集中表现在呼吁“地方意识”的回归，尤其是基于“地方”的农耕传统回归；强调“地方意识”的广泛意义即人与地方的情感联系；鼓励人们通过建立与土地的情感联系，实现对土地的忠诚；关爱自然万物，对“地方”共

同体加以生态阐释。

首先，伯里呼唤“地方意识”的回归，希望人们建立人与地方的情感联系。在诗歌中，伯里建构了一个美好的“地方意识”的世界，呼吁人们待在家里，待在某一个“地方”感悟人在地方存在的真谛。伯里在诗歌《待在家里》这样写道：

> 我将在这儿，在田地里等待
> 以便能看到雨水是如何
> 正好灌溉在草地上
> 在田地里的劳作
> 比一个人的生命都还要长
> 我在家里。不要来和我在一起。
> 你也待在家里。(Berry, *Selected Poems* 105)

这首诗歌表达了温德尔对地方就是家的认识。每个人待在自己的田地里劳作，就意味着每个人都待在家里，履行各自对地方，即对家的责任。犹如地理学家莱尔弗所说，“真实的地方意识首先是你必须身入其中，属于你的地方，既作为个体，又作为一个共同体的成员，而且这种认识不需要细想”(Relph 65)。现实中的人们对自然界所做的一切忽视了自己是这个地方的一员，忽视了自己与自然万物同属于一个共同体，把人与自然/地方的亲密关系割裂开来，形成主客二元对立。对自然资源的过度开发导致人类及自然万物无家可归。

伯里通过这首诗歌呼吁人们立足当下，待在一个地方，安定下来，实现人与地方的物质与情感的联系。伯里曾写道：“是这样一种愿望激励着我的工作，那就是在这个世界上，在我土生土长的地方，在这个被选择的地方，我要履行对家的责任。”(Berry)这是对当今全球化进程中人们因频繁移动而导致的地方意识消失的一种回应，强调稳定、归家、情感和责任。犹如地理学界琼斯顿所说，“地方事实上是在世界存在的基本方面，……对于个人和团体来说，它们是安全和身份的来源”(Johnston 88)。莱尔弗也认为，“地方的精髓很大程度上存在于不自觉的意向，是人类生存的深远意义的中心”(Relph 43)。

伯里的“地方”诗学主张人们如果要真正培养诗歌中所建构的美好、诗意的“地方意识”，还需要立足农业，实现在大地上的农耕，以便实现“地方意识”的现实回归。因此他倡导人们在地方进行工作，鼓励农民在土地的勤奋劳动。这样，人凭借工作和劳动就与地方万物产生了联系，建立了情感、记忆和依恋。伯里认为在一个地方工作就是对地方忠诚的最好表达。在《去工作》一文里，他说：“要活着，我们就必须去工作/要工作，我们就必须在一个地方工作/工作会使得那个地方的每一样事物感受到效果：包括那个地方的自然环境，以及那里自然而然存在的一切，本土的生态系统、分水岭、本土的自然风景以及它的生产力，本土的人类邻居以及本土的记忆。”(Berry, *Citizenship Papers* 33)伯里这里所说的“工作”，其实就是农业耕作。要想真正地、完全地扎根地方，就要进行农业耕作。他说：“进行农耕就是完全地扎根地方。”(Berry, *Ignorance* 46)

此外，伯里还关爱自然万物，积极进行“地方”共同体的理论建构，是一种生态现实主义的表现。他在散文“可持续的共同体 17 个原则”中第二条强调了这一共同体意识：“(这个共同体)常常包括当地的自然——土地、水、空气以及本地的生物——它们都是这个共同体的成员。”(Berry)对伯里来说，要达到地方的生态共同体意识，健康最为关键，地方和地方的一切万物都是健康的最小单位。他说：“我相信，最完整的的共同体包括地方和它的所有生物，这是健康的最小的单位，如果只谈及个人的健康，那是对这种原则的违背。”(Berry)

著名文化研究学者威廉斯认为，“共同体(community)这个词的复杂性是与历史发展进程中产生的各种思潮所产生的复杂的互动有关”(Williams 81)。“地方”共同体正是伯里在生态批评运动这一大背景之下建构“地方”思想的一个核心理念，他在作品中表达了对人与地方是整体，人与地方万物的生态共同体认识。伯里说：“我们对整体的认识并不仅仅是我们自身的完整，还包括一种属于他人，属于我们的地方的认识；这是一种无意识的共同体的认识，是一种共享的意识。”(Childress，20 - 21)伯里对人与地方万物的共同体意识在他的散文《人与土地的联姻关系》中得到最好阐释。伯里的作品中很多主题是有关对土地的组织和管理，而这可以用“联姻”来比喻。

伯里在诗歌《在雨中》写道：

我所走的路就是
与地方结婚，
超越机会的优雅，
爱的交织的舞动
覆盖了整个世界。(Berry, *Selected Poems* 145)

正如托利弗(Gary Tolliver)所说，"这种主题常常被象征是一种互相影响的、介于人与家庭、人与其共同体以及与土地的婚姻"(Carraco)。伯里在散文《边缘的农场》里表达了同样的主题："当我回到家并在这个地方定居下来，……就像是和心爱的人结婚一样。"(Berry, *Marginal Farm* 336)当今著名生态批评家斯洛维克(Scott Slovic)曾在其著作《寻悟美国自然书写》一书中这样评价伯里的"婚姻"隐喻："伯里最喜欢使用'人们的婚姻'来隐喻人们与土地之间的责任关系，这种关系不仅与情感相关，更与专注相连。"(Slovic, *Seeking Awareness* 124)可见，"婚姻"隐喻是伯里"地方"诗学建构中最独特的表达之一，生动地传达了人与地方及地方万物之间的紧密联系不容背弃，而是需要用忠诚、责任和专注加以维系。

值得强调的是，在伯里的"地方"现实主义诗学建构中，伯里对美国传统农业平均地权主义进行了继承和创新。面对日益严重的农业危机和生态危机的现实，伯里审时度势，主张在继承美国传统农业的基础上，进行生态的农业耕作和环境保护，为传统以来美国农民扎根土地的"地方意识"增添了生态现实主义的色彩。伯里强调："人们应该坚持实践正确的谋生之道，即不要打扰你的家园，为将来着想。对我们有利的事情还得对自然有利。"(Keane)

因此，伯里主张农业是一种简单的生活方式，主张进行可持续的农业运动，旨在保护农民的"地方意识"，保护农民的地位和农民与土地之间的联系。在伯里的第一部非小说文集《长腿屋》里，他开始探索小型农场主的地位与关爱土地之间的内在联系，这是他的生态平均地权主义的核心思想，他认为家庭农业不仅仅是实现个人主义，而且还重在保护环境和维持强大的农业共同体。伯里的诗歌《生来的庄稼汉》正是这样一种生态“地方”诗学表达：

> 是种植者，又是园丁，一个生来的庄稼汉，
> 他把双手伸向大地，大地便发出嫩芽，
> 对于他，土壤是神奇的良药。每年，
> 他都会与死神会面，而后又欢庆重生。
> 他观看夕阳在粪堆背后睡下，
> 又在玉米地里升起。
> 他的思维跳跃着，像鼹鼠在庄稼中穿梭。
> 他吞下了多么奇妙的种子
> 充满爱的句子不停地从口中涌出，
> 像阳光下的葡萄，又像夜晚的露珠。(Berry, *Selected Poems* 67)

这首诗歌充满农夫对土地的热爱、依恋和责任，也传达了农夫置身“地方”对“地方”万物的爱以及在大地中生活的快乐与满足，“地方意识”跃然纸上。

伯里并不仅仅是对传统平均地权主义的回归和照搬，结合全球化时代的背景和环境保护的问题，伯里在回归传统农业观的基础上，对美国的农业和环境状况提出了一系列改革的建议和措施，关注生态的农业建设及环境保护，赋予平均地权主义以生态现实主义的内容，可以说是一种绿色、生态的平均地权主义。在伯里看来，对“地方”的现实主义诗学建构也是一种有关“地方”的科学：“从定义上说，这就是一种有关地方的科学，在一个承认局限的世界里起作用——有关空间、时间、能量、土壤、水以及人类智慧的局限。它还是一种面对的科学，面对最本土的，最亲密的地方的科学。”(Berry, *Ignorance* 112)

综上，伯里的“地方”诗学观照正是战后现实主义诗学生态旨向的反映，是对极度现代的世界的一种反拨，是全球化进程中“现实主义复数”的表现之一。他的“地方”共同体思想表达了作者在新的历史进程中对美国社会现实的反映，彰显了他对人与自然万物融入地方共同体的理论思考和解决现实问题的责任感，达到了一种融人类共同体与自然万物共同体

和谐共生的现实主义的高度。伯里的“地方”诗学是一名作家立足“地方”进行“真实”生产生活的追求，是对人在“地方”本真生存价值的意义追寻。

三、立足解决现实问题，进行“地方”共同体建构及实践

伯里对“地方”的生态现实主义建构重在付诸行动，实现对现实问题的解决和改良。他说：“对未来唯一可能的保障就是目前负责任的行为。”(Berry, *Unsettling* 58)他把关注的目光投向更多的人群和自然，投向整个人类命运共同体和生物共同体建构以及新型文化范式的构想及实践，践行他的地方“共同体”思想，具体表现在文学想象及现实实践。

首先，伯里在其文学作品中进行“地方”共同体想象，这是一种现实主义的反映。伯里在其“威廉”港系列小说中，为读者构建了一个虚构的、同时又是再现生活现实的“地方”共同体的真实画卷。正如王守仁所说，“战后现实主义秉承以反映和再现现实生活为文学创作目的和宗旨的传统，同时自觉意识到文学作品的虚构本质和文本的建构性”(王守仁 7)。在威廉港这个地方，人们、邻居之间世世代代围绕土地、农业耕作的生产生活实践建立共同体，交织着立足“地方”的家庭故事、历史和记忆，再现了美国世代农业共同体的生活现实，具有鲜明的现实主义文学的特点。正如著名实验派小说家B. S. 约翰逊主张，“作者的想象必须扎根于现实生活，进而为现实生活服务”(殷企平 137)。伯里的大多数小说和短篇故事都是以威廉港的一个肯塔基小镇为故事背景，就像他的家乡洛亚(Royal)港一样，威廉港是一个长期建立起来的农业共同体，坐落在俄亥俄河和肯塔基河的交界处附近。在他的小说《南山》、《地球上的地方》、《嘉伯·克罗》中，伯里讲述了那里世居七代的农民家庭的故事。这些共同体成员在生产与生活中建立了他们与土地的婚姻般的联系、共同体家庭成员之间、共同体邻居之间的联系，反映了美国世代农业共同体所维护的共同体基本准则，即每个个人通过劳动与土地建立的联系、每个家庭通过婚姻建立的持久关系、每个家庭与邻里建立的共同体关系，通过世代的历史、记忆而加以巩固和传承。

关于威廉港共同体生活的概貌，在伯里创作的故事集《遥远的土

地——温德尔伯里故事集》中得到再现。这些故事大概讲述了一个虚构的农业共同体长达一个世纪的生活。这个地方把居住于其中的各种各样的居民涵括了进来：男人、女人、农民、教师、律师，每个人都在为了维持现在几乎逝去了的那个时代的简单生活而努力。故事集里写道：

> 他们照顾好自己，是很好的邻居。阿奇（Arch）叔叔大约耕种着50英亩的土地，是在布满青苔的小山底下的一块窄窄的土地。他一直很忙，虽然他并不怎么匆忙。他不怎么爱说话，总是很安静。但是这个老人在威廉港共同体却有一点很出名，那就是因为他吆喝团队工作的声音非常的大。日子一天天地过去，或许我们听不到那个共同体传来的窃窃私语，然后我们就听到阿奇叔叔吆喝着迪克和鲍勃准备去农田耕作的声音，然后你就能听到他的声音响彻在整个山谷。他就这样地大声地吼着。（Berry，*Jayber Crow* 21－22）

这种立足威廉港“地方”生活的场景再现，真实生动地展示了美国传统的农业共同体生活，表达了他对重建农业共同体的文学想象和虚构。伯里说道：“除了通过有关农业和生态的书之外，在过去的50年里，通过对想象的地方的描写，我一直在学习观察我的本土的风景，邻居及邻里生活，把它看作是世界上的一个独特的地方。”（Berry，*Ignorance* 50）伯里把他的“地方”共同体的文学想象与真实的生活实际和真实的生活世界紧密联系起来，彰显了扎根“地方”的现实主义情怀、对“地方”共同体生活的现实反映和真实写照以及服务“地方”生活的行动意识。正如塞缪·约翰生所说，“小说的合理要求是传播真理”（殷企平，ⅳ）。根据殷企平所言，在威廉港系列小说中，伯里所反映的“‘真理’不仅指生活的本真，更主要的是代表了一种理想化的、高尚的人生境界”（殷企平，iv）。

除了进行文学想象之外，伯里在现实中积极进行“地方”共同体实践及建设，真正践行自己的“地方”共同体思想，具体表现在他自己亲身实践的农耕生活以及生物共同体的生活实践。

伯里早在20世纪70年代初便告别了大学教职，告别了城市生活，当上了农民，开始他的有机耕种和乡居生活的实验，实践他的传统农耕思想和环保思想。伯里坚持日出而作、日落而息的农民生活，践行自己与土地的联姻、实现基于家庭和邻居的地方共同体建设。伯里巧妙地把农耕比喻成家庭里的“丈夫”，把家里的家政比喻为“妻子”，体现了农耕在家庭共同体里的重要作用，他说：“农事首先与家庭有关；它把农场和家庭联系在一起。它就是一种艺术，与家政这门艺术缔结了婚姻。从事农事就意味着小心地使用、保护、拯救、持续以及保存。”（Berry, *Ignorance* 97）

通过伯里亲身经历的几代家庭农业的传统历史的继承和农业生产实践，伯里认识到“地方”在农业共同体建设中的重要性。他说：“农场的形式必须与农民对地方的情感、地方上的生物以及地方上的劳作相适应。”（Berry, *Ignorance* 102）为了维护共同体的健康和利益，伯里反对专业化的农业生产，倡导文化传承的农业传统。“农耕的努力部分是科学的，但它完全是文化的，一种文化一开始要存在下去只能是通过个人的体验。所以，我相信一个日渐明晰的事实，即农业科学家以及其他人包括我们，必将变得越来越不专业化，变得越来越不被我们的专业化所孤立。农业科学家们需要就像是居住在农业共同体或者消费者共同体的成员那样开展他们的工作”（Berry, *Ignorance* 104）。因此，伯里阐发了他对共同体成员的行为标准：“作为共同体的负责任的成员，他衡量行为的标准围绕‘地方’展开：我从地方学到了什么？我怎样让地方变得更美好？什么政策和实践才是最好的适合我的共同体健康运行的？我做些什么才能帮助年轻人过一种忠诚于地方的生活？”（Berry, *Ignorance* 58）在伯里对“地方”共同体实践中，他还特别强调和睦友好的邻里关系是构建地方共同体的良好支撑。“在我的农耕生产生活中，我最直接依靠的是我的家庭和我的邻居，他们帮了我很多，也教会了我很多”（Berry, *Ignorance* 46）。

除了家庭、邻居之外，伯里的“地方”共同体成员中还融入了地方万物，这在他的生物区域主义思想和实践中得到体现，彰显了他的生态现实主义精神。他说，人要想扎根地方还需要关注“地方”的生态；他还主张，要想做一个农民很好地生存，就必须得走进本地汇水区域，本地的生态系统，并很好地对待它们（Berry, *Ignorance* 46）。随着生态批评运动的推进，伯里对“地方意识”进行了进一步的升华，即积极倡导“生态地区主义（Bioregionalism）”和“重新栖居（Reinhabitation）”的理念，并在自己的劳动与环保实践中加以践行，他是“生态地区主义”“重新栖居”的坚决拥护者。伯里把对自己的身份认同放在了他所在的汇水区域里，他说：“我是上帝的身体的成员;我也是这个小小的坎贝尔河流汇水区域的成员。”(Humphrey)伯里建议:“我们要注意的问题不是怎么样去关心行星,而是怎样去关心这行星地球上的成百万个人类与自然组成的区域中的每一个区域,去关心每一片土地,这每一个区域总有它不同于其他区域的特殊的方面。”(Berry, *What are People for* 200)再者,为了更好地履行这种成员的作用,在生态地区主义的理念与实践中,伯里还坚持并践行个人也是生态地区的成员的观念,倡导重新栖居。“汇水区域”和“重新栖居”的理念彰显了伯里对生态共同体的思考及实践,体现了他对人与地方万物的地方共同体认识和人在地方如何更好栖居的实践探索。正如评论家杨(Oaksuk Yang)所说,“他们(指伯里和斯奈德)都在他们所选中的地方,努力寻求一种负责任的方式安定下来,长久地植根于此”(Yang 211–234)。我们可以看出,伯里“强调的是稳定和地方共同体的重要性”(Realy)。

伯里通过农耕实践践行“地方”共同体的理念,通过“生态地区主义”运动践行“生态共同体”的建设;通过“重新栖居”践行人在“地方”的安居和环保责任,彰显了他的“地方”思想的生态意识和行动意识。

结 语

伯里这样总结自己的现实主义思想:“既然哈姆雷特认为艺术就是举起一面镜子把现实照给大家看,结果也产生了作用,那么先进的农业思想家也发展了有关自然平衡的观念,正如艺术这一不可避免的镜子和作用一样。”(Berry, *Ignorance* 47)这句话是伯里对自己作为一个先进农业思想家的现实主义思想的高度概括。纽约时报书评曾评价伯里的创作风格是“末世的”“真实的”(Carraco)。美国著名后现代主义思想家斯普瑞特奈克(Charlene Spretnak)把生态思潮看作是“真实之复兴”,认为极度现代化就是对“真实”的压迫,“真实”就是指我们的物理性和物理背景即身心(body mind)、自然(nature)和地方(place)(Spretnak 7)。曾永成认为,“真实”正是现实主义的最高追求,在对人类生态处境的“真实”的态度中,以实践为其存在本质的人类作为生态主体的地位和作用才强烈地凸显出来，人类维护生态环境、改善生态处境的各种实践努力及其在文学中的反映，才会受到生态批评更加积极而真切的关注(曾永成 112－113)。本文对伯里“地方”思想的生态现实主义考察正好可以算作是这样一种关注，旨在对当前“现实主义”文学的复数表现形式的讨论中增添伯里基于“地方”的声音和表现，激励作家正确认识文学的功能与使命，正确处理作家与社会及生活之关系，激发作家的人类命运共同体意识及“地方”共同体意识，启迪读者的生态人文素养，培育人们的“地方意识”和环保意识。

引用文献【Works Cited】

Berry, Wendell. 17 Rules for a Sustainable Local Community. Films For Action. 25 June 2019. 〈http://www.filmsforaction.org/articles/wendell-berry-17-rules-for-a-sustainable-local-community/〉

---. "A Country of Edges" and "The Making of a Marginal Farm." *Recollected Essays 1965－1980*. San Francisco: North Point Press, 1981.

---. *Citizenship Papers*. Washington D.C.: Shoemaker & Hoard, 2003.

---. *Jayber Crow*. Washington D.C.: Counterpoint, 2000.

---. *The Selected Poems of Wendell Berry*. Washington D.C.: Counterpoint, 1998.

---. *The Unsettling of America: Culture & Agriculture*. Washington D.C.: Counterpoint, 2015.

---. *The Way of Ignorance*. Washington D.C.: Shoemaker & Hoard, 2005.

---. Wendell Berry. Eco Books. 27 June 2019 .〈https://www.ecobooks.com/berry.htm〉

---. *What are People for?*. San Francisco: North Point Press, 1990.

Carraco, Dan. Wendell Berry. 2019 Poetry Foundation. 25 June 2019.〈https://www.poetryfoundation.org/poets/wendell-berry/〉.

Childress, K. *Company of Friends*. Chicago: The Christian Century, 2004.

Humphrey, Matthew W. The Work of Bioregional Discipleship. 2019 The Other Journal. 25 June 2019. 〈https://theotherjournal.com/2014/10/13/reinhabiting-place-the-work-of-bioregional-di Scipleship/〉

Johnston, Ronald J. *Philosophy and Human Geography: An Introduction to Contemporary Approaches*. London: Edward Arnold, 1986.

Keane, Erin. Six Things Wendell Berry and Gary Snyder Taught Us at the Festival of Faiths. 2019 WFPL News Louisville. 25 June 2019. 〈http://wfpl.org/six-things-wendell-berry-and-gary-snyder-taught-us-festival-faiths/〉

Rampell, Ed. Wendell Berry as a 21st Century Apostle of Jeffersonian Democracy. Earth Island Journal. 26 June 2019. 〈https://www.earthisland.org/journal/index.php/articles/entry/wendell_berry_as_a_21st_century_apostle_of_jeffersonian_democracy/〉

Realy, Margaret R. Ragan. Sutterfield Book, Wendell Berry and the Given Life. 2008 - 2017 Patheos. 26 June 2019. 〈https://www.patheos.com/blogs/prayergardens/2017/05/ragan-sutterfi eld-wendell-berry/〉

Relph, Edward. *Place and Placelessness*. London: Pion Limited, 2000.

Slovic, Scott. *Seeking Awareness in American Nature Writing: Henry Thoreau, Annie Dillard, Edward Abbey, Wendell Berry, Barry Lopez*. Salt Lake City: U of Utah P, 1992.

Spretnak, Charlene. *The Resurgence of the Real: Body, Nature and Place in a Hypermodern World*. Trans. Zhang Nini. Beijing: Central Compilation & Translation P, 2001.

[查伦·斯普瑞特奈克:《真实之复兴——极度现代的世界中的身体、自然和地方》，张妮妮译，北京:中央编译出版社，2001 年。]

Wang, Shouren. *Post-WWII World History and the Development of Foreign Literature. Volume 1: Study of Postwar Realistic Literature*. Nanjing: Yilin P, 2019.

[王守仁:《战后世界进程与外国文学进程研究 第一卷 战后现实主义文学研究》，南京：译林出版社，2019 年。]

Yang, Oaksuk. "Gary Snyder and Wendell Berry's View of Nature and their Poems, and Beyond Bioregionalism." *The Journal of Modern British & American Language & Literature* (2014): 211 - 34.

Yin, Qiping. *What is Realistic Literature*. Shanghai Foreign Language Education P, 2011.

[殷企平:《什么是现实主义文学》，上海外语教育出版社，2011 年。]

Zeng, Yongcheng. "Several Important Theoretical Problems in the Development of the Western Ecological Criticism." *Journal of Poyang Lake* 3 (2015): 108 - 14.

[曾永成:《西方生态批评发展中的几个重要理论问题》,《鄱阳湖学刊》2015 年第 3 期，第 108 - 114 页。]

Zhu, Cuifeng. "A Study of Wendell Berry's Ecopoetic Thought." Shandong U, 2016.
[朱翠凤:《温德尔·贝里的生态诗学思想研究》,山东大学博士论文,2016年。]

Zhu, Xinfu. "Farming, Farm and Farmer in Wendell Berry's Writings." *Foreign Literature Review* 4 (2010): 221 - 30.
[朱新福:温德尔·贝瑞笔下的农耕、农场和农民,《外国文学评论》2010年第4期,第221 - 30页。]

诠释缺失：拜厄特《艺术作品》中的视觉性文本

姚成贺

内容提要：拜厄特的批评思想涉猎小说创作与文学批评两个互为关联、相互交融的领域。一方面，拜厄特以叙事的形式呈现日常性、个性化和生动化人物的思考过程；另一方面，她以批评家理性的方式讨论艺术所应承载的伦理规则、政治取向和艺术的本体意义对创作的导引。在短篇小说《艺术作品》中，拜厄特将绘画艺术作品以视觉性文本的形式编织进叙事之中，强调小说文本与马蒂斯画作及其色彩观的互文关系，以及艺术作品与文化、身份的交织杂糅，进而以叙事为载体，思考文学文本如何以视觉性文本诠释艺术作品色彩、规则、联结的缺失。

关键词：A. S. 拜厄特；《艺术作品》；视觉性文本；诠释

作者：姚成贺，文学博士，北京师范大学外国语言文学学院副教授，主要从事英美现当代文学研究。

拜厄特（A. S. Byatt）的批评思想涉猎小说创作与文学批评两个互为关联、相互交融的领域。《周日论坛报》（伦敦）评论道："如果说《占有》提醒我们，一部出色的小说同样也是一种完善的文学批评行为，那么《心灵的激情》中那些机智、精巧的论文则描绘出艺术的轮廓。"（*Passions*, Cover）这提醒我们，一方面，拜厄特以叙事的形式呈现日常性、个性化和生动化人物的思考过程；另一方面，她以批评家理性的方式讨论艺术所应承载的伦理规则、政治取向和艺术的本体意义对创作的导引。语言的创造力与超验性真实的关系是拜厄特批评和创作的核心问题之一。拜厄特曾多次强调，她的"自觉现实主义"创作风格在保留写实传统的同时，表现出作家对于写作过程及其理论观照的自我意识。这种自我意识的表现形式之一在于对艺术作品创作过程及艺术理论的反思。短篇小说《艺术作品》(“Art Work”)收录于小说集《马蒂斯故事集》(*The Matisse Stories*, 1993)中,其中大量关于艺术作品与色彩理论的书写被珀蒂(Laurence Petit)冠以“文本的视觉性”(textual visuality)或“视觉的文本性”(visual textuality)之名。(399)这些视觉性文本书写展现了拜厄特如何以语言的创造力,去诠释马蒂斯画作中色彩的缺失、以色彩理论为代表的艺术游戏规则的缺失,以及以艺术创作者为代表的人与人之间联结的缺失。拜厄特将绘画、雕塑艺术作品编织进叙事之中,强调小说文本与马蒂斯画作及其色彩观的互文关系,以及艺术作品与文化、身份的交织杂糅,进而以叙事为载体,思考文学文本中的视觉性文本诠释其中艺术作品色彩、规则、联结缺失的可能性。小说人物跨越种族、性别、阶级、艺术观点的差异,艺术创作者成为艺术作品的“表现者”与现代社会人与人之间的“联结者”。

一、色彩的缺失与文字诠释

艺术作品本身是一个复杂的概念。模仿、表现、创造、游戏,不一而足,却难以形成令人满意的关于艺术定义的答案。在哲学思考的锤炼之下,其定义往往从艺术与非艺术的区别出发,在比较的视域中做出各种阐释,而这一点也成为艺术本身的特质。伽达默尔(Hans-Georg Gadamer)认为,艺术作品“作为完美的出色物和典范的标志,为享受和观赏提供了一个源源不尽的逗留和解释的对象”,“是天才方能创作的作品”(133)。按照他的看法,艺术作品要求我们承认其正确性,并正确地解释它们。他认同瓦莱里(Valery)的观点:艺术与非艺术的区别在于“可以无止境地加以解释”(伽达默尔 134),一切文学作品都需要读者的理解才能由片段状态最终完成。也就是说,艺术作品的意义来源于主体表现、理解和解释的过程,其意义只有经过诠释才得以实现。艺术作品这一概念从一开始就向观者、读者提出了诠释与理解的要求。

对于艺术的关注贯穿拜厄特批评与创作的始终。小说中的丹尼森一家被称为“艺术家庭”——丈夫罗宾是崇尚马蒂斯风格的画家;妻子黛比原本热衷于版画创作，眼下为了家庭生计供职于商业杂志《妇女场所》；两个孩子成长于父母营造的艺术氛围和相对优渥的生活环境中。家中的清洁工布朗太太看似与全家的艺术环境以及马蒂斯的色彩风格大相径庭，却最终以软性雕塑作品《多种材料的创作》打败了罗宾的画作，登上后者梦寐以求的艺术展台。小说题目本身就给诠释与理解出了一道难题："艺术作品"何所指？是罗宾的基于马蒂斯色彩理论的绘画创作？是布朗太太最终参加艺术展的软性雕塑作品？是花哨的布朗太太本人作为一件行走的艺术品？还是拜厄特书写的这篇小说本身？

《艺术作品》开篇色彩的缺失与想象是展现语言创造力的初次尝试。这幅缺失色彩的马蒂斯画作以绘画诗(ekphrasis)形式展现，即"对视觉再现的文字再现"(Heffernan 3)。史密斯(Mack Smith)指出，后现代语境中的虚构作品采用"艺术创造的方式与理论"进行自我调整，从而与现实主义传统相适应，"以此与创造可能虚构世界的方法形成对比"(20)，他考察了绘画诗运用于虚构作品中的不同形式，绘画诗本身在小说文类中得到了更为广阔的延展空间与更加丰富的可能性。小说开篇描写的是马蒂斯创作于 1947 年的《宁静居所》(Le silence habité des maisons)，不过是印制在高文爵士(Sir Lawrence Gowing)《马蒂斯》一书中的黑白版本。画面上，或许是母亲的人物手托着沉思的下巴，支撑在桌子上；或许是孩子的人物在翻动一本厚厚的白纸书，面前是一个花瓶。人物上方、画布的左上角是一副粉笔画就的模糊图形。拜厄特在故事中引用了高文爵士的评价："画作具有不同寻常的阳刚之气"，"马蒂斯终于能平和地驾驭强烈的冲动了"，画面达到了"只有垂暮的伟大画家才能企及的和谐之美"。(36)[①]《艺术作品》的诠释与理解始于缺失色彩的《宁静居所》的诠释与理解。

首先，黑白画作的视觉性文本核心问题是色彩的缺失。黑白版本向试图视觉化文本的作家提出了挑战：对于马蒂斯而言，色彩就是他的语言；反过来，作家能否以语言为缺失色彩的画作填色？在马蒂斯之前的西方艺术史中，绘画一直重形轻色，即将创作的重心放在画面中物形、轮廓和素描的关系上，色彩作为外形的辅助仅按实物原色填涂即可。现代主义画家马蒂斯打破了传统的观赏期待，只设计色彩鲜明的平面形状与组合，目的是创造出超越时间的天真人物。画家所追求的不再是承担记录的功用，而是表现另一种真实。在缺失了色彩的马蒂斯画作上，人脸变成“两个完全空洞的椭圆，没有特性”(36)，则是对20世纪90年代伦敦社会生活状况的描摹。小说中丹尼森一家人同样缺少清晰的外貌描写，他们只拥有毫无个性可言的模糊脸庞，正如丧失个性化特征的普罗大众。一笔带过的娜塔莎的脸“具有一种空洞而祥和的聪慧”(38)。电视播放着大家都看的动画片，杰米玩着大家都玩的电动火车，娜塔莎听着大家都听的塞满节拍和重击的音乐。在后现代文化语境中缺少原创的概念，只有充满反讽的互文性文本或多声部的杂糅，洗衣机、烘干机、电视机、电动火车、流行音乐交织在一起。“洗衣机发出嗡嗡的滚动声，伴随着水流溅泼的机械的咯咯笑声，穿插着吱吱嘎嘎的音符”，甚至“女妖般的尖叫和洗衣机底座摩擦瓷砖地面而产生的隆隆声。”(37)电视机里“嘟嘟囔囔、唧唧呱呱、嘶声尖叫”，女主持“喋喋不休”，音乐声“鼓声隆隆，……嗒嗒嗒嗒”(38)。人物模糊的面孔与尖厉的噪音形成强烈的反差，更突出了后现代文化语境中社会生活之喧哗、完满意义之缺失。

其次，色彩的缺失暗示着人与人之间冲突的核心，罗宾与布朗太太的冲突正是起源于对于色彩的不同认知。马蒂斯钟情于艺术中色彩的表现力——色彩必须经过沉思、梦想和想象的锤炼。他抛弃了内容，野兽派画家自身的情感在艺术作品中以最具爆发力的形式表达出来；他也抛弃了现代人的经验和理性，让色彩在绘画中发挥到极致，从而表达自身。小说中的罗宾崇尚马蒂斯的色彩观，属于学院派色彩理论的代表人物，强调创作中遵循色彩理论和宗教式的崇高体验。他向布朗太太解释自己的色彩理论、有关色调和互补色的常识、在纯绿色与红色之间出现的神奇黄色，还让后者明白了物神的价值。像马蒂斯与梵高一样，罗宾继承了对于纯色的宗教式激情与兴趣，在空白的空间内绘制相互独立的现实之物，成为新现实主义者，“用幻觉技巧加逼真画出他所看到的世界”(56)，这是他对庸俗作品的另一种诠释。

然而，正如拜厄特“没有把艺术当作宗教——只是碰巧最喜欢而已”(徐蕾 162)，布朗太太强调自然、直觉的力量，回到原始状态和异域风情中找寻灵感。她向黛比阐述个人的色彩理念：“什么橙色和粉红色太刺眼，蓝色和绿色不能并用，紫色和大红也不可以同时出现。要我说，这些色彩都是上帝创造的，上帝又把它们糅合进他所创造的万物中，存在就是合理的”(65)。在她看来，自然创造并混合形成了世界上的一切色彩，因此色彩可以随意搭配。她的原创且看似浮夸风格的艺术作品纯粹是为了展现生活的愉悦而作，而不是供专业的艺术家消遣之用，“做一件东西只不过是表现你的激动或兴奋再自然不过的方式而已”(93)。连黛比都不得不承认她那“用之不竭、恣意潇洒的色彩创造力”(89)。布朗太太成了自由派色彩理论的代表人物，也是拜厄特对于学院派色彩理论反思的代言。

马蒂斯的作品解放了色彩，在色彩的大胆使用上深受梵高的影响。用鲜明色彩表达情绪的梵高曾经以视觉性文本的形式出现在拜厄特的小说《静物》中，他的光影理念、对真实的意识、再现真实的技巧也吸引了拜厄特的关注。在论文《梵高、死亡与夏天》(“Van Gogh, Death and Summer”)中，拜厄特写道：“梵高的作品就是色彩本身”(*Passions* 298)，“作为一种与事物本真状态相关联的方式，梵高对于真实的意识与再现技巧相关”(*Passions* 277)。打动她的是梵高对光线的描绘，以及阳光普照下不带任何修饰的真实世界。艺术是黑暗中的光亮，其意义正在于照亮世界并显现世界，“我们知道自己生活在光线的流动之中，正如生活在空气与声音的流动之中，我们领会其中的一部分，尽己所能寻找其意义。梵高调色板上的颜料像树木与多变的天空一样，就是这种流动的一部分”(*Passions* 300)。没有艺术，世界便无法出场；在拜厄特的故事里，世界随着艺术的登场而显现。失去色彩的画作依赖文本想象性的创造力量，二者之间形成互文本。没有色彩反而可以诱人去“恣意想象”。拜厄特曾强调视觉性文本的运用有助于小说的想象性建构，“在激发了思维意象之后，语言会催生出隐喻与关联”(*Portraits* 31)。梵高也在信件中对自己的工作状态、色彩的选择做出了书写视觉性文本的实践，拜厄特认同阿尔托的评价：“这些信件的珍贵之处正在于对画作的描写，在于它们展现出的权威性、组合与再现的方式”(*Passions* 279)。像语言能力一样，对于色彩的感知能力是人类所特有的，书写令梵高同时成为伟大的作者。文学作品与艺术作品表现出内在的共通性，语言的书写使得它们拥有更为广阔的意义范围。

二、规则的盲目与艺术游戏论

《艺术作品》中的学院派艺术家罗宾对色彩理论侃侃而谈，对学院派艺术规则熟稔于胸，他眼中的布朗太太则对艺术规则一窍不通。秩序对于青睐单一色彩的罗宾而言是理论知识，是其在艺术学院学习的包括马蒂斯色彩理论在内的全部；而对于品味花哨的布朗太太而言，自由并不意味着缺失规则，秩序是自然之秩序。她钟爱彩虹色，把罗宾的各色"物神"按照彩虹的顺序排列，从红到紫，体现了她的自然秩序意识。她的服装布满了藤蔓植物、飞禽鸟兽的装饰，被看作是一件行走的艺术品、一个蜘蛛般人物，一个来自自然世界的"彩色蛛网的编织者"(97)。来自自然世界的布朗太太并未刻意学习、遵循色彩理论或创作原则，而是"盲目遵守"，她不需要关于色彩知识的教育，"她在制造新的有冲击力的视觉效果和排列方面具有惊人的本能"(91)。这更接近维特根斯坦(Ludwig Wittgenstein)在谈论语言游戏时的观点："我们在进行语言游戏时并不知道游戏的规则，我们是在盲目地遵守规则"(128)。只有服从和遵守规则，游戏才能在成员之间顺利进行，"盲目遵守"意味着对于游戏规则的自然习得，正如人们在以母语对话交流时不会刻意关注话语是否符合语法规则。规则本身无法构成艺术作品，只有遵循规则的、包含着各种变化可能性的游戏才具有成为艺术作品的条件。

艺术作品的这种游戏式的存在方式，也要求我们在经验艺术时，采用一种游戏的方式、遵循特定的规则。但这并不意味着经验艺术的不够严肃的方式，在伽达默尔看来，"游戏本身具有一种独特而神圣的严肃性"(伽达默尔 145)。其一是秩序结构的存在，其二是目的的存在，于是，游戏的严肃性得以建构，"游戏活动与严肃的事物之间存在一种特有的本质关系"，并且"使得游戏完全成为游戏的，不是从游戏中生发出来的与严肃的关联，而只是在游戏时的严肃"(伽达默尔 148)。遵循规则秩序、严肃对待游戏，游戏才成为真正的游戏——为观众而进行的再现。观赏则令再现的内容产生意义。伽达默尔将艺术经验和对艺术的阐释称为"照面”,“所有与艺术语言的照面就是与某种未完成的事件的照面,而且这种照面本身就是这种事件的一部分”(伽达默尔 140)。可以说艺术面对我们发生,或者我们发生于艺术之中,来到艺术的对面本身是完成艺术作品不可或缺的一环。

《艺术作品》开篇,拜厄特描写的马蒂斯画作并没有小说人物作为观赏者,他的画作、色彩理论、现代主义风格尽管是贯穿故事始终的元素,却因缺失这种“照面”而未能面对罗宾和黛比发生,罗宾和黛比也未能发生于艺术作品之中。罗宾奉行马蒂斯的色彩理论,但实际上读者并未看到他将其作为再现之内容或原则,小说也没有提及他与马蒂斯画作的直接“照面”。罗宾试图向马蒂斯和梵高那样,在画布上肆意泼洒色彩强烈的颜料,以表达色彩带来的敬畏之感。然而“画作却显得稀薄、无力、荒诞”(61)。他的画作始终处于未完成的状态,被从画廊前来访问的休娜评价为“现代的凡尼斯塔”——虚幻的静物画。

与之相对,布朗太太的软性雕塑作品则在众人的参与中完成了自身的存在。小说详述了观赏者黛比与作品的“照面”,她看到了布朗太太的出人意料和缤纷亮丽,那用之不竭、恣意潇洒的色彩创造力,还感到“一种受到压抑的嫉妒、一种刺激人的叮蜇感”(89)。黛比供职的杂志《妇女场所》艺术评论员写道,布朗太太“具有创造力的智慧使一切显得荒谬却又惊人地美丽”(90)。黛比未能跨越阶级的界线,与来自贫民区的清洁女工成为真正的朋友,并不是出于身份的偏见,而是缺乏对他者命运与生活的想象力。杰米透过电视与作品照面,看到那些“木偶一样”奇特的东西都有一张呆呆傻傻的脸;罗宾看到的只有那条围在被锁囚女人脖子上被他扔掉的领带,以及“那条吸尘器模样的龙和那个被锁住的女人在屏幕上扫过”(94)。尽管只是出于礼节,但全家人都将去亲眼看看布朗太太的雕塑作品。

艺术作品的存在方式是游戏,意味着“在它成为改变经验者的经验中才获得它真正的存在”(伽达默尔 145)。也就是说,艺术作品与自为存在的主体之间的关系不再是相互对峙,艺术经验改变了主体自身。于是,艺术作品的存在方式成为自我理解的描述方式,通过认识个别的审美存在和非连续性的审美体验,主体将获得此在的连续性,“只要我们在世界中与艺术作品接触,并在个别艺术作品中与世界接触,那么这个他物就不会始终是一个我们刹那间陶醉于其中的陌生的宇宙”(伽达默尔 137)。在与艺术作品的短暂的、刹那间的接触中,主体将获得对自身的理解,从非连续性中创造连续性。艺术不仅包括修辞和比喻,也不仅意味着历史解释,艺术也是一种自我理解的方式。在与布朗太太的艺术作品“照面”,以及与“行走的艺术作品”布朗太太本人“照面”过后,黛比想到了刻刀下木头的感觉,重拾自己钟爱的版画创作,创作赢得赞誉的《坏仙子故事集》和《好仙子故事集》插图作品。在那些童话故事原型中,好仙子貌似顶替布朗太太的辛普森太太,而坏仙子则貌似布朗太太本人。尽管罗宾与艺术作品的“照面”被拜厄特一笔带过,但他也最终拥有了全新的创作风格,画出的破坏女神迦梨看上去神似布朗太太,画作中透出新型的色彩运用和一股野性的力量,更接近真正的艺术作品。当罗宾理解艺术并融入创作时,他其实就是在对自身作出解释;同样,为了理解自身,艺术创作者与观赏者也必须去诠释艺术。艺术经验改变了经验它的人,改变了理解的主体。

三、联结的缺失与艺术表现

通讯科技空前发达的时代,找寻共同意义价值的艰难却导致人与人交流愈发困难。《艺术作品》中,丹尼森一家人共居一处,却被隔离在不同楼层各自的空间内,“透出一种有人居住的静谧”(32)。与之呼应,小说中多次出现对于马蒂斯画作《奢华、宁静与愉悦》(Luxury, Calm and Pleasure, 1904 - 1905)的指涉,这幅画作描绘了碧海蓝天下、阳光沙滩上,海边的裸体浴者享受着海滨休闲的惬意,色彩依旧绚烂。马蒂斯尝试的是一种崭新的“点描”画法——仔细的审视无助于欣赏画作的精髓,远观时线条才会在观赏者的脑海中混合起来,形成一种更易理解的形式。小说中,罗宾讲述了这幅画作的纯感官性如何以矛盾的方式成为事物本质的宗教性体验,展现平和的力量。生活与画作透出了静谧、安宁相映成趣。

谢林(Schelling)说,“只有在宁静状态中,整体人体形态和面孔才是灵魂的镜子”(234)，灵魂的镜子折射出灵魂的摹本，镜子作为一种再现的工具，其中之像却随时可能会自我消失。正如罗斯金所批判的英国18世纪晚期和19世纪初兴起的“克劳德镜”，和谐悦目的如画效果不过是对自然的虚假描绘，“没有希望触摸到万事万物所遵循的自然法则”(萧莎81)。人体形态和面孔或许是灵魂的镜子，但与之不同，绘画作为一种表现，通过自我的存在肯定所表现之物而不是通过随时自我消失的摹本去展现物。“绘画的本质特征是绘画的不可替代性，它的不可损害性，它的‘神圣性’”(伽达默尔195)。艺术的表现形式不会随着所表现的事物状态的改变而改变，绘画不以物的存在扬弃自身，而是与之紧密结合。“表现显然不同于摹本，摹本只是原型的抄本，本身不是独立存在和自为存在的，真实性只是在原型，而原型具有一种不依赖其摹本的真实存在。……事物正是通过表现才成为真实的事物。”(洪汉鼎137)也就是说，不论何种艺术形式，表现都意味着独立存在和自为存在的真实之物。马蒂斯的新印象派绘画不同于镜中摹本，而是存在的表现，表达了艺术与存在的统一。“点描”画法强调了画面的理解并非依赖于镜像式的摹本形式，而是经由观赏者的觉知，才能实现整体印象。像观察镜中之像一般近距离审视，则无法形成整体轮廓，也就无从理解画作所表现的存在。拜厄特区分了再现与简单复制：“艺术家必须模仿事物内在的东西，即通过形式、形象以及象征向我们言说的东西，那就是自然精神，……只有这样，艺术家才可能在客体中创造真正自然的东西，最终创造真正人性的东西。”(*Passions* 21)这种“自然的东西”正是通过表现而具有了独立的精神，成为“真正人性的东西”，而不是简单复制的摹本。

从“表现”概念出发，伽达默尔进一步阐明绘画与一般摹本的区别。按照伽达默尔对艺术类型的划分，对马蒂斯画作的文本性描述与马蒂斯画作本身属于两种不同的艺术类别，即“流动性的艺术”与“非流动性的艺术”。前者可以不断再现或上演，比如文学作品、戏剧、音乐；后者可以直接被观众欣赏和认识，例如绘画、雕塑以及一般造型艺术作品。(洪汉鼎135)被赋予了流动性的视觉性文本，在艺术之家表面的奢华、宁静、愉悦之下揭示了人与人联结的缺失。布朗太太最终成为艺术作品的“表现者”和人与人交流的“联结者”，艺术也成为拜厄特破解技术时代困境的密钥。

布朗太太的艺术作品属于雕塑而不是绘画，绘画与雕塑的"表现"又有何不同呢？按照谢林的说法，"雕塑是通过实在的物体对象呈现出自己的理念，……绘画仅仅呈现出纯粹的有机体本身以及对象的本质和纯粹观念"（谢林 247）。与绘画相比，雕塑具有实实在在的形式，同时又呈现出事物的本质和观念。"如果说音乐在整体上是反思或自我意识的艺术，绘画是统摄或感受的艺术，那么雕塑主要是理性或直观的表现。"（谢林 247）雕塑呈现的是一个实体和偶性、原因和作用、可能性和现实性的结合体，表现出关联的各种形式。雕塑与绘画相比更具有象征性意义，呈现的是形式和本质合为一体的艺术形式。同时，雕塑还将其他艺术形式包揽在自身之内，即雕塑自身内的艺术形式是相互独立的。"雕塑尤其适合表现崇高"，即表现"那个在实在宇宙里被直观到的真正宇宙"，"雕塑艺术呈现出生与死的最高程度的结合"（谢林 294 - 295），因为无限者是一切生命的本原，本身就是活生生的，但形式或有限者却是僵死的。

布朗太太的软性雕塑作品《多种材料的创作》由一条龙和一个被锁囚的女子构成，是一个不同材料的结合体。那条龙模样怪异地盘卧着，"令人联想到长着无数黑色闪亮尖足的百脚虫"，下巴昂起，"垂挂着毛料的胡须和用蓬乱的毛发和折断的发夹做成的牙齿"（85 - 86）。那个女子"有一种立体派的外貌，掺和进了以弗所的黛安娜的某些特征"，甚至"还带着一个隐藏在岩石缝隙里的男性人物"（87）。雕塑作品形成了一个统一体，生与死、动与静、男性与女性相逢于其中。与遵循几何规则的绘画相较而言，雕塑的目标是一种全方位的、从而无限的真相。无论怎样的形与色，绘画已经被限定在有限的视角内；反之，如同人类的身体，雕塑的各种形式的结合更似一个有机体的结合，每一件雕塑作品都是一个自足的世界，并不是由有限的法则所规定的。绘画以呈现理念为目标，雕塑则将理念呈现为同时是整个理念和整个事物。"雕塑由此返回到全部艺术和全部理念的源头、全部真理和美的源头，即神性。"（谢林 298）绘画希望人们将其对象看作观念的东西，比如罗宾的色彩理论，比如马蒂斯的野兽派风格；雕塑虽然把它的对象呈现为理念，但同时也把它当作事物，比如布朗太太那些五花八门的材料。

布朗太太的作品出现在艺术展台上，构成了联结的最终隐喻。这暗示了她更重要的角色，即一家人生活的平衡者，或者说是平衡生活的维系者。布朗太太代表了伦敦贫困的移民群体，她的混血身份——圭亚那和爱尔兰血统的杂糅预示着其联结者的作用。其形象"介于蒙娜丽莎和贝宁的铜雕"，有一种"制造的欲望"(91)。那条龙"既是一条龙，但更像是一台吸尘器：毫无生气，令人窒息"(86)，而吸尘器正是她在艺术之家里联结分布在不同楼层空间内家庭成员的象征。她操控着伴有尖厉轰鸣和碾磨声的吸尘器，联结整个三层楼，联结家庭所有成员。经由雕塑作品，布朗太太成为一位联结绘画与雕塑的艺术家，联结流动性艺术与非流动性艺术的"表现者"。

结　语

拜厄特并未对她的小说创作和艺术批评划定严格的界限，她的小说经常成为其批评理性化思维的具体案例，其批评也经常以文学作品作为其澄明艺术理论的场所。对她而言，批评与创作、艺术与语言同等重要，也同为当代作家创作所面临的挑战。尽管拜厄特承认色彩的语言性特征，但她并不似马蒂斯那般，依靠色彩的并置形成强烈的对比，而是将色彩、理论、艺术、现实编织进作为艺术作品的故事之中。"彩色蛛网编织者"布朗太太与"在语言之网下"的拜厄特都将自己与人物命运编织进各自的艺术作品。生活和小说都需要艺术，布朗太太雕塑作品的构成原则——和谐、平衡、同一——也是拜厄特小说创作的原则，她们的作品都将揭示生活的本质。小说中与艺术作品的照面以语言事件的面貌呈现出来，正如开放的现实主义接受多重的、变化的诠释，以及对生活无止境的创造性建构，艺术作品的诠释与理解也不会终止，意义将源源不断地产生。拜厄特以语言的形式创造艺术作品，去触碰隐秘的真理与存在。

注释［Notes］

① 本文中《艺术作品》引文均出自 A. S. Byatt. *The Matisse Stories*. 1993. London：Vintage，1996. 以下仅标明页码。

引用文献【Works Cited】

Byatt, A. S. *Passions of the Mind: Selected Writings*. 1991. London: Vintage, 1993.

---. "Art Work." *The Matisse Stories*. 1993. London: Vintage, 1996. 31 – 86.

---. *Portraits in Fiction*. London: Chatto & Windus Random House, 2001.

Gadamer, Hans-Georg. *Truth and Method*. Trans. Hong Handing. Beijing: The Commercial Press, 2007.

[伽达默尔:《真理与方法》,洪汉鼎译,北京:商务印书馆,2007 年。]

Hadley, Louisa. *The Fiction of A. S. Byatt*. New York: Palgrave Macmillan, 2008.

Heffernan, James. *Museum of Words: The Poetics of Ekphrasis from Homer to Ashbery*. Chicago: U of Chicago P, 1993.

Heidegger, Martin. "The Origin of the Work of Art." Trans. Sun Zhouxing, Wang Qingjie. Beijing: The Commercial Press, 2016.

[海德格尔:《艺术作品的起源》,孙周兴、王庆节译,北京:商务印书馆,2016 年。]

Hong, Handing. *Reading Truth and Method*. Beijing: The Commercial Press, 2018.

[洪汉鼎:《真理与方法解读》,北京:商务印书馆,2018 年。]

Levy, Carolyn, and June Sturrock. "Food and Painting in Two Stories by A. S. Byatt." *Journal of the Short Story in English*. Presses Universitaires d'Angers, Sept. 2011: 27 – 53.

Petit, Laurence. "Inscribing Colors and Coloring Words: A. S. Byatt's 'Art Work' as a 'Verbal Still Life.'" *Critique: Studies in Contemporary Fiction* 49.4, Routledge, July 2008: 395 – 412.

Pokhrel, Arun Kumar. "Re-(En) Visioning 'the Vanishing of the Past': Myth, Art, and Women in A. S. Byatt's 'Medusa's Ankles' and 'Art Work.'" *Women's Studies* 44.3 (2015): 392 – 424.

Schelling, Friedrich Wilhelm Joseph. *The Philosophy of Art*. Trans. Xian Gang. Beijing: Peking UP, 2021.

[谢林:《艺术哲学》,先刚译,北京:北京大学出版社,2021 年。]

Smith, Mack. *Literary Realism and the Ekphrastic Tradition*. Pennsylvania State UP, 1995.

Wittgenstein, Ludwig. *Philosophical Investigations*. Trans. Chen Jiaying. Shanghai: Shanghai People's Publishing House, 2005.

[维特根斯坦:《哲学研究》,陈嘉映译,上海:上海人民出版社,2005 年。]

Xiao, Sha. "Picturesque: A Keyword in Critical Theory." *Foreign Literature* 5 (2019):

71 - 84.

[萧莎:《西方文论关键词——如画》,《外国文学》2019 年第 5 期,第 71 - 84 页。]

Xu, Lei, Byatt. "Myth, History, Language, Reality: An Interview with A. S. Byatt." *Contemporary Foreign Literature* 1 (2013): 175 - 92.

[徐蕾、拜厄特:《神话·历史·语言·现实:A. S. 拜厄特访谈录》,《当代外国文学》2013 年第 1 期,第 175 - 92 页。]

困境突围与女性情谊

——《伊莱莎小姐的厨房手札》的女性主义解读

罗　媛

内容提要：本文从女性主义视角解读英国当代女性作家安娜贝尔·阿布兹的新作《伊莱莎小姐的厨房手札》，指出阿布兹在这部新维多利亚小说中传承“她们自己的文学”传统，融合历史真实与虚构想象，通过来自不同阶层的两位女主人公伊莱莎和安交替叙事，描摹了维多利亚时代不同阶层贫富悬殊巨大、性别不平等的社会历史现实，揭露了维多利亚时代的道德伪善，以安一家为代表的下层穷人的艰难生存境遇，肯定了伊莱莎和安直面生存困境并携手从困境中突围的努力。两位女主人公在十年协作烹饪中缔结了跨阶层友情，并各自与同阶层女性发展姐妹情谊。这些跨阶层或同阶层的女性情谊滋养并赋能伊莱莎和安坚韧地反抗父权暴力、打破维多利亚时代父权社会对女性角色的规定、勇敢追寻具有独立人格的女性自我、大胆探索天赋并建构多维的自我身份，启迪21世纪的当代女性积蓄女性力量、争取性别平权。

关键词：维多利亚时期；女性困境；烹饪；女性情谊

作者简介：罗媛，文学博士，苏州科技大学外国语学院教授，硕士生导师，主要从事当代英国文学研究。

安娜贝尔·阿布兹（Annabel Abbs，1964—　）是近年活跃于英国当代文坛的新锐女作家。她笔触细腻，善于打破历史和虚构的界限，致力探寻文学史上那些独特的女性之声。2016年阿布兹的处女作《乔伊斯女孩》（*The Joyce Girl*）问世，讲述现代主义作家詹姆斯·乔伊斯的女儿露西亚·乔伊斯的故事，在虚构中寻求历史真相，该小说获新人新作奖

(Impress Prize for New Writing),并入围巴斯小说奖(Bath Novel Award)。2018 年阿布兹出版了第二部小说《弗里达:查泰莱夫人的原型》(*Frieda: The Original Lady Chatterley*),力图在史实中探寻 D. H. 劳伦斯曾饱受争议的代表作《查泰莱夫人的情人》所述故事的情感真相。2021 年阿布兹第三部虚构作品《伊莱莎小姐的厨房手札》(*Miss Eliza's English Kitchen: A Novel of Victorian Cookery and Friendship*,以下简称《厨房手札》)在美国问世,入选当年度《好管家》俱乐部精选书目,也是"历史小说协会"的精选书籍。该小说冠名《食物的语言》(*The Language of Food*)于 2022 年在英国出版。中译出版社推出的汉译本于 2022 年出版,是阿布兹的首部中文译作。

《厨房手札》是一部以少量已知事实为蓝本的历史小说,讲述维多利亚时代女诗人兼先锋烹饪作家伊莱莎·阿克顿(Eliza Acton)和她的助手安·柯比的故事。哈德雷(Louise Hadley)等人将所有与维多利亚时代有关的当代小说命名为"新维多利亚小说"(金冰 120),《厨房手札》无疑属于该文类。女主人公伊莱莎·阿克顿是维多利亚历史上的真实人物,所著《当代烹调术》(*Modern Cookery for Private Families*, 1845)曾被誉为"英国有史以来最卓越的烹饪书",30 年内销售逾 12 万册。与《洼地》(*Waterland*, 1983)、《占有》(*Possession*, 1990)等具有后现代自反意识的新维多利亚小说不同,《厨房手札》没有明显的后现代元历史自反意识,也迥异于传统的第三人称现实主义叙事。小说主体部分共 56 章,由伊莱莎和安分别从第一人称视角交替展开叙事,讲述她们十年携手烹饪和撰写《当代烹调术》的经历。来自优渥中产阶级家庭的伊莱莎和下层贫困之家的安尽管出身具有阶级鸿沟,同为女性的她们都是维多利亚时代男权社会边缘化的声音,阿布兹则赋予她们平等的叙述权威,从各自的视角轮流讲述故事。这是阿布兹传承"她们自己的文学"传统[①],融合历史真实与虚构想象,从女性视角再现维多利亚时代不同阶层女性的生存困境以及携手突围之路。

一、伊莱莎和安的生存困境

维多利亚时代是典型的男权社会,“对家庭看得很重,家庭是这个时期道德的基础”(钱乘旦、许洁明 273),中产阶级女性被社会规定的身份是嫁为人妇,成为相夫教子的“家中天使”[②]。伊莱莎小姐在题为“鱼刺”的开篇叙事中呈现了她像鱼刺如鲠在喉的生存窘境。36 岁未婚的她约见伦敦出版商朗文先生,希望出版第二本诗集,诗人伊莱莎显然不符合主流社会所期待的女性社会角色。朗文先生朝她吼道:“写诗不是女人该干的事儿!”(阿布兹 9)。[③]彼时随着印刷出版业迅速发展,不少中产阶级女性尝试文学创作,但是“具有创作性的笔只能掌握在男性手里,早已被父权文化界定为属于男性的特权”(金莉 356)。男性发挥创作天赋赚取名声天经地义,女性写作则受到歧视阻挠。出版商明确表明给他诗歌没用,伊莱莎深受打击,“感到自己内心的精神和胆量都被他挖出来扔掉了……”(10)。出版商提出可以考虑出版一本烹饪书。历史上,伊莱莎确实曾被出版商告知“我们需要一本优秀的烹饪书”(Hardy 133)。在等级森严、讲究体面的维多利亚时期,厨房是佣人的领地,中产阶级女主人、淑女从不踏入厨房,谈何写烹饪书,伊莱莎深感屈辱,觉得伦敦像一个臭气熏天的大战场,根本没有她的立足之地。

伊莱莎委屈地回到位于伊普斯威奇镇的家里,家人也同样内化了父权价值观,弟弟认为她不一定非得要出版诗作,母亲甚至认为淑女寻求出版是亵渎上帝。朗文先生的歧视语也在耳旁回响,伊莱莎倍感压抑,“如果我是一位绅士,他绝不会提出让我写一本烹饪书的轻浮要求。他对我说话的感觉,好像我是个仆人……”(21)。伊莱莎尚未走出诗集出版受挫的沮丧,又不幸遭遇家道中落。父亲企业突然破产,为躲避债务而流落法国加莱,弟弟流落毛里求斯,其余三姐妹就任家庭教师,剩下伊莱莎和母亲相依为命。嫁个富人以拯救家族的重任落到伊莱莎肩上,她该何去何从?

如果说伊莱莎的困境是如何突破维多利亚父权社会对中产阶级女性社会角色的规定而实现自我价值,来自社会底层的乡村女孩安则和家人挣扎在温饱线上。快满 17 岁的安，父亲重度残疾，在战场上失去了一条腿，还是个酒鬼；母亲已疯癫五年，常衣不蔽体游荡在外。索普牧师顾虑教区风尚，要安把母亲送到精神病院。一家人忍饥挨饿以变质的面包、洋葱糊口度日。

维多利亚时代穷人家的女孩需外出干活补贴家用，索普牧师提出安可以去贵夫人家做女佣。出身寒微的安却心怀梦想，对牧师脱口道出“我梦想成为一名厨师”(15)。安的哥哥杰克在伦敦一家绅士俱乐部的大厨房打杂，安渴望成为一名大厨房的厨师。杰克告诉她大厨房有很多漂亮女孩，大厨说他不喜欢相貌平平的厨师。敏锐的安感受到男权社会对女性的歧视，深知自己相貌普通去大厨房工作的机会渺茫，但是她并没有灰心丧气，告诉哥哥，“我想成为一名厨师”，“是的，一个‘相貌平平’的厨师”(29)。妈妈曾教会安读书写字，在她心里播下了怀揣梦想的种子，安挣扎在社会底层，却流露出渴望性别平等、冲破性别束缚的女性独立意识。安必须把妈妈送到精神病院，才有机会出去工作，这让安面临困境，但为了生存安又不得不出去工作，她该何去何从？

二、困境突围与跨阶层女性情谊

维多利亚时代阶级等级森严、人际之间虚伪势利，中上阶层的人们极力维护其阶级地位，即便不幸家道中落，亦虚假地维持体面。[④]伊莱莎父亲破产后，母亲仅留一名女仆迁至有温泉资源的汤布里奇镇，租下“博尔戴克之家”经营家庭旅馆，维持生计。阿克顿夫人对外隐瞒了丈夫破产流落海外的真相，要求家人和仆人都保守秘密。伊莱莎则直面现实并迅速调整心态，重建生活秩序，也正是在重建秩序中她开始建构新的自我身份。

伊莱莎重新思考自己是谁，曾经是谁，能成为谁，她迅速走出“受害者”角色，大胆冲破习俗和性别束缚，打破男人才是经济支柱的传统观念，自立自救，助力家庭度过经济危机，重新思考出版商的烹饪书委托，打算亲自下厨试验撰写食谱，还可为家庭旅馆节省厨师开支。固守等级观念的阿克顿夫人认为女儿当厨子写食谱的想法极不体面，“你可以匿名出版，就像这位‘某女士’一样”(47)。但对伊莱莎来说，署名出版作品昭示了她的身份价值。即便不能如愿出版第二部诗集，能署名出版一本独具特色的烹饪书依然有意义。彼时伦敦充斥着来自海外殖民地的珍稀食材，却少有人懂得烹饪之道，因此出版烹饪书于伊莱莎而言具有一种使命感。她说服母亲允许她雇佣一名洗碗工，经索普牧师推荐，安前来应聘，和伊莱莎发生命运交集。

伊莱莎和安初次相见就打破了主仆等级森严的社会规范。安发现伊莱莎小姐完全不像索普夫人口中高高在上、娇贵高傲的淑女。“她声音轻柔，很温和、亲切，这让我不再紧张。”(52)她亲自给安斟饮料，令安吃惊，“她点头，微笑，她的眼神让我感觉温暖而仁慈。”(54)伊莱莎对这位味觉敏锐、会识字的瘦弱女孩充满好感。伊莱莎对安友好亲切，跨越了主仆间的阶级鸿沟，为她们之间缔结跨阶层的情谊奠定了基础。

安加入“博尔戴克之家”厨房后，伊莱莎开启了烹饪试验，建构烹饪作家身份的奋斗之旅。伊莱莎决定以诗歌般精准优美的文字撰写食谱，而且在烹饪书史上第一次以清单方式列出每道食谱的各种成分。她笔下的食谱诗意盎然，“当我匆忙写下柠檬腌渍的烤牛肝的简短食谱时，我看见了字里行间的诗意……”(75)。她坦言，这是自父亲逃到加莱后，她第一次感到生命有一种目的感，一种成为自己的感觉，创作食谱就像写诗一样滋养着她，“或许我不仅仅是一名‘老处女’”(75)。伊莱莎在食谱撰写中活出了自我价值，对抗彼时“老处女”不被视为完整的人的男权暴力。她意识到正是默默劳作的安带给自己创作灵感，是自己不断前行的动力，“一抬头看见了安。我萌生了另一个奇特的想法：正是她，安，激发了我的创作灵感……她的出现点亮了我的生命……在我看来，她的容颜和举手投足昭示了最微不足道的平凡事物所蕴含的意义”(74)。不断成长的伊莱莎也积极影响着安，给安发挥烹饪天赋的空间，助力安为圆梦成为厨师而努力。她们携手烹饪超出了主仆雇佣的工作关系，发展了跨阶层情谊。伊莱莎关切安的心灵感受，“安，你在这里快乐吗?”(109)安热泪盈眶，坦承还是十年前妈妈问过她是否快乐。伊莱莎给予安母亲般的温暖和关怀，常常一边烹饪一边吟咏诗句，向安示范如何用诗歌探索和表达情感。安收获了久违的快乐，“在温暖的厨房里……多年来我第一次感受到了喜悦”(72)。

伊莱莎建构烹饪作家身份的同时没有放弃诗人身份，坚持写诗并投稿到文学期刊。诗刊编辑希望她匿名发表，或者署以夫姓。伊莱莎感受到“一股生气和愤慨的情绪在我体内燃烧。为什么我写作时必须乔装打扮，蹑手蹑脚？为什么我不能自己露面？我是诗人伊莱莎·阿克顿！”(94)，伊莱莎发出愤怒的呐喊。不同于伍尔夫曾指出的那些囿于男权偏见而匿名出版的女性(伍尔夫 107)，伊莱莎要实名出版诗作，向世人宣告自己的诗人身份！这让人想起英国女权主义先驱玛丽·沃斯通克拉夫特撰写《女权辩护》时的满腔愤怒，无疑伊莱莎传承了其中的女权主义精神(沃斯通克拉夫特 3)。然而维多利亚时代父权文化太根深蒂固，伊莱莎虽然一直在抗争，大龄未婚的她对自我价值还是心存犹疑。

母亲作为维多利亚时代父权价值的维护者，坚信婚姻才能带给伊莱莎尊严、金钱和自由，一直在为女儿物色婚嫁对象，她眼里的大龄未婚女子还不如一块烂泥值钱。面对母亲代理的男权厌女观，伊莱莎亦会自我厌恶，“我知道自己只是个老处女，既可怜也讨人厌，我必须服从你的意志”(123)。当60岁的香料商人阿诺特先生入住旅店，伊莱莎遵照母亲旨意陪他用餐交谈，但是不能暴露自己是诗人，因为“没有一个男人愿意娶一个胸怀雄心的女人”(154)。更不能暴露有私生女儿，不能泄露父亲破产流落海外，而是取悦阿诺特先生，因为“婚姻是以女性的屈从和低下为基础的建构”(吉尔伯特、古芭 396)。阿诺特先生赞赏伊莱莎对烹饪和食物的热情，却在求婚时直言不讳地物化伊莱莎，称她是“阿诺特香料公司的财富”(188)。伊莱莎年轻时曾在法国被恋人背叛而生下私生女，迫于令家族遭奇耻大辱的压力不得不把女儿寄养到已婚的妹妹玛丽家，并承诺放弃抚养权。正是诗歌创作救赎了曾深陷绝望的她，而今36岁的她仍然渴望进入婚姻以剥去屈辱的“老处女”标签，但最终经历挣扎后，主动解除了与阿伦特的婚约而坚守烹饪书撰写工作十年之久。伊莱莎主动解除婚约，颠覆了女性为男性欲望对象、附属男性的“第二性状态”，活出了女性的主体性。

随着伊莱莎活出主体性并实现自我价值，她和安之间的跨阶层的友情也日益深厚，安的精神人格也变得坚韧勇敢。安偶然偷看了伊莱莎的诗集，感受到伊莱莎曾经历的情感创痛，对她解除婚约的决定从不解到逐渐理解，钦佩她追求两性平等的独立精神，从内心希望伊莱莎快乐。安遭住宿客人诬陷被阿克顿夫人解雇后，伊莱莎亲自去请安回来，这是她生平第一次目睹穷人的生存困境，震惊之余是深深的悲悯，伊莱莎至此看清了社会的不公与道德法律的伪善。途径劳工酒馆，工人们冲她唱羞辱老处女的曲调令她错愕，男权暴力弥漫各阶层，这更坚定了她帮助安的决心。安被聘为厨房女佣，伊莱莎发现安如花儿般绽放，是一名合格的厨师与不可或缺的助手。安也越来越有力量反抗男权暴力，安在搭皮匠马车去精神病院探望母亲的路上遭皮匠言语骚扰，她非常坚定地说："我是一名好女孩，不想再听见你那些邪恶的话语"(291)。安意识到自己话语中有伊莱莎的腔调，"干净利落且充满力量，语气坚定且文雅礼貌"(291)。伊莱莎和安在跨阶层友情中相互滋养、共同成长。末章安发挥创意制作"女王布丁"，纪念她在精神病院过世的母亲，同时也献给一直滋养她的伊莱莎。

三、困境突围与同阶层女性情谊

伊莱莎从困境突围的旅程，除了和安缔结跨阶层女性情谊，同阶层女性情谊对她的滋养亦不可小觑，数位女性诗人如同知己密友引领伊莱莎的精神成长，其中诗人 L. E. 兰登对她影响最大。伊莱莎声称"享受赫门兹夫人、豪伊特夫和朱斯伯里小姐的文字带来的愉悦。还有，哦，令人惊叹的是 L. E. 兰登，当我读她的诗句时，我似乎在由文字组成的镜子面前观察自己，仿佛她能洞见我的内心并理解我……"(130)。得知兰登远赴非洲客死他乡，伊莱莎痛彻心扉，默默悼念了这位对她影响甚大的师友。

兰登及几位女诗人在叙事里并不在场，她们的诗作滋养着伊莱莎的心灵，而入住"博尔戴克之家"的犹太女性蒙特菲奥里女士则以在场的方式影响着伊莱莎，激励她大胆探索天赋，勇敢发挥创作潜能。同样热爱烹饪，打算撰写一本犹太烹饪书的蒙女士，和伊莱莎一见如故，伊莱莎备受蒙女士激励，"她洞见了我灵魂深处闪烁的火焰，大胆赞许并给予我鼓励"(265)。蒙女士还鼓励她尝试戏剧创作，"你有戏剧天赋，你端菜上桌时我就看出来了。你思维清晰、措辞优美……我感觉在你整洁的外表下有一颗渴望浪漫的灵魂,对吗?”(266)看见伊莱莎的犹疑,蒙女士又引荐自己开办剧院的朋友凯利小姐,鼓励她写剧本给凯利小姐,“她是我朋友中最勇敢的,她有一个私生女儿,和她住一起,很公开”(266)。凯利这位在职业和生活中都公然挑战父权价值观的独立女性无疑是伊莱莎的榜样。蒙女士离别时叮嘱伊莱莎不要忘记给凯利写信,“她的话就像鸟儿对伴侣的呼唤,我会写的,为了兰登小姐!”(269)。精神的联结不受时空和种族的局限,这些在场和不在场的知识女性引领和激励伊莱莎探索发挥天赋。她们大胆挑战父权,发挥智识潜能,彼此影响激励,成为对抗父权文化的一股强大的女性能量和优秀传统。伊莱莎坦承,“我要为凯利小姐的剧院写一出戏,以此向兰登小姐勇敢无畏的精神致敬”(269)。相互联结的女性情谊让伊莱莎在自我探索、身份建构的路上越来越勇敢无畏,她克服了焦虑,开始创作一部三幕舞台剧。

在多维身份建构中实现自我价值的伊莱莎最终和母亲和解,意识到母亲亦是父权社会的受害者,共情感受母亲的无奈、脆弱、坚韧和深沉的母爱;她也和自己和解,接纳了自己欠缺母性气质的局限,决定把已满12岁的私生女儿继续留在妹妹家成长,烹饪书的版权收入足以保证女儿不依附任何男性而获得经济独立。伊莱莎深思熟虑以“献给英格兰的年轻管家们”作为烹饪书献辞,感召人们打破习俗、阶级、性别、种族藩篱,烹饪健康营养、经济实惠的家常食物,成为英国现代烹饪史上深具影响力的女性。

安的成长也同样受到同阶层姐妹情谊的滋养,她和同住阁楼的女仆哈蒂的关系反映了维多利亚时期女仆间的姐妹友情。当安遭遇客人马丁上校性骚扰,同为受害者的哈蒂,对安的恐惧感同身受,这让安第一次觉得有了朋友而不再孤单。当安再次遭马丁夫妇挑剔和辱骂时,她不再恐惧,而是大胆回击,得到哈蒂的赞赏和肯定。哈蒂教会安如何和道貌岸然的“绅士”周旋,机智地保护自己。同阶层姐妹情谊的滋养让安有力量克服恐惧反抗男权暴力,她愤怒杀死鳗鱼的细节颇有象征内涵,“哈蒂的那番话让我的血液像液态的火焰一样喷涌着。我咬紧牙关,想到了马丁上校,立即把叉子狠狠地插进了鳗鱼的身体……”(108)。安被马丁诬陷遭解雇后,是哈蒂到伊莱莎面前为安据理辩护,指出是这里的主人没有保护好安，伤害了安。哈蒂的正义、勇敢和机智滋养了安，维护了安的正当权益，为她争取了重返厨房工作的机会。安承受母亲在精神病院突然病逝的巨大创伤时，也是哈蒂第一时间给安切实的共情关怀，懂得承受丧母之痛的安最需要回到父亲身边，“明天一早去找你爸爸吧，我帮你干活儿”(316)。同阶层的姐妹情谊让安有勇气和力量直面暴力、安度创痛并坚韧前行。

结 语

阿布兹在这部新维多利亚小说《厨房手札》中，融合历史真实与虚构想象，赋予两位来自维多利亚社会不同阶层的女性平等的叙述权威，交替展开叙事，具有鲜明阶级印记的食物贯穿叙事始终，描摹了维多利亚时代不同阶层贫富悬殊巨大、性别不平等的社会历史现实，揭露了维多利亚时期道德的伪善，以安一家为代表的底层人们的艰难生存境遇，也肯定了伊莱莎和安在快速发展变化的维多利亚男权社会勇敢直面生存困境并携手突围的努力。大龄单身女诗人伊莱莎打破维多利亚时代男权社会对女性“家中天使”角色的规定，冲破习俗偏见，带领赤贫的乡村女孩安开启十年之久的烹饪试验和《当代烹调术》的撰写工作，建构成为厨师、烹饪作家、诗人、剧作家等多重身份。出身寒微的安协助伊莱莎烹饪试验的十年也是她圆梦成为厨师并收获独立人格成长的奋斗之旅，安最终凭厨艺才华和独立成熟的人格跨越阶层、改变命运。两位女主人公携手从困境突围的旅程中，缔结了跨阶层的女性友情，并各自与同阶层女性发展姐妹情谊。这些跨阶层或同阶层的女性情谊滋养并赋能伊莱莎和安坚韧地对抗男权暴力、大胆追寻具有独立人格的女性自我、勇敢探索天赋、建构多维的自我身份，活出了女性主体性并实现自我价值，为21世纪的当代女性积蓄女性力量以争取性别平权带来精神启迪。

注释[Notes]

① 美国女性主义文学批评家伊莱恩·肖瓦尔特(Elaine Schowalter)1977年出版《她们自己的文学：从勃朗特到莱辛的英国女性小说家》(*A Literature of Their Own: British*

Women Novelists From Bronte to Lessing)，从女性主义视角发掘并谱写了英国女性作家自己的文学传统。

② 维多利亚时期，英国诗人考文垂·帕特莫(Coventry Patmore)在1854年出版诗作《家中天使》(*The Angel in the House*)，描写理想的伴侣。"家中天使"成了指代维多利亚时期中产阶级家庭的贤淑妻子的代名词，这些已婚女性全身心打理秩序井然的家庭，为丈夫孩子创造避风港。参见 Cooper, Suzanne Fagence. *The Victorian Woman*. London: V&A Publications, 2001. p. 10.

③ 小说中译本由笔者翻译，下文小说引用只标注页码。

④ 基特森·克拉克(G. Kitson Clark)在《维多利亚时代英国的形成》(*The Making of Victorian England*)里指出，维多利亚社会人们的虚伪势利、故作正经是在一个快速变化发展的社会里人们所承受的压力和挣扎的表征。参见 Clark, G. Kitson. *The Making of Victorian England*. New York: Routledge, 2013. p. 64.

引用文献【Works Cited】

Abbs, Annabel. *Miss Eliza's English Kitchen: A Novel of Victorian Cookery and Friendship*. Trans. Luo Yuan. Beijing: China Translation and Publishing House, 2022.

[安娜贝儿·阿布兹:《伊莱莎小姐的厨房手札》，罗媛译，北京:中译出版社，2022年。]

Gilbert, Sandra M. and Susan Gubar. *The Madwoman in the Attic: The Women Writers and the Nineteenth-Century Literary Imagination*. Trans. Yang Lixin. Shanghai: Shanghai People's Publishing House, 2015.

[桑德拉·吉尔伯特、苏珊·古芭:《阁楼上的疯女人:女性作家与19世纪文学想象》，杨丽馨译，上海:上海人民出版社，2015年。]

Hardy, Sheila. *The Real Mrs Beeton: The Story of Eliza Acton*. Gloucestershire: The History Press, 2011.

Jin, Bing. "The Neo-Victorian Novel." *Foreign Literature* 4 (2022): 119-28.

[金冰:《新维多利亚小说》，《外国文学》2022年第4期，第119-28页。]

Jin, Li. *Literary Women and Women's Literature: The Nineteenth-Century American Women Novelists and Their Works*. Beijing: Foreign Language Teaching and Research Press, 2004.

[金莉:《文学女性与女性文学:19世纪美国女性小说家及作品》，北京:外语教学与研究出版社，2004年。]

Qian, Chengdan, Xu, Jieming. *A General History of Britain*. Shanghai: Shanghai

Academy of Social Sciences Press, 2012.

[钱乘旦、许洁明:《英国通史》,上海:上海社会科学院出版社,2012 年。]

Wollstonecraft, Mary. *Vindication of The Rights of Woman*. Trans. Wang Zheng. Beijing: The Commercial Press, 2017.

[玛丽·沃斯通克拉夫特:《女权辩护》,王蓁译,北京:商务印书馆,2017 年。]

Woolf, Virginia. *On Novels and Novelists*. Trans. Qu Shijing. Shanghai: Shanghai Translation Press, 2009.

[弗吉尼亚·伍尔夫:《论小说与小说家》,瞿世镜译,上海:上海译文出版社,2009 年。]

共同体消泯之见证:《狂热者伊莱》中的大屠杀记忆书写

信慧敏

内容提要:有关纳粹大屠杀的记忆和书写直到20世纪50年代末才逐渐进入美国公众视野。菲利普·罗斯的短篇小说《狂热者伊莱》(1958)作为美国最早的大屠杀文学作品之一,呈现了二战后不久伍登屯社区里大屠杀记忆遗忘与铭记的冲突。本文探究伍登屯犹太人集体失忆背后的心理和社会机制,揭露战后美国犹太人的真实处境。伍登屯犹太人排挤犹太同胞的行为某种程度上重复着大屠杀发生的逻辑,体现了去犹太身份的同一性暴力。主人公伊莱悖谬式疯癫喻示他对犹太身份和大屠杀记忆的重新接纳,也标志着以集体失忆为基础的共同体的解体。同时,罗斯通过戏谑严肃的记忆写作手法来再现缺场,化解了大屠杀小说的再现困境,承担起为大屠杀作见证的责任。

关键词:《狂热者伊莱》;大屠杀记忆;失忆;戏谑严肃;见证

作者简介:信慧敏,文学博士,南京航空航天大学外国语学院副教授,硕士生导师,主要从事当代英美小说研究。

1945年初,艾森豪威尔将军在目睹奥德鲁夫集中营的恐怖场景后建议美国政府选派主流媒体的出版商和编辑前往布痕瓦尔德、博尔根-贝尔森等集中营参观,纳粹暴行陆续见诸美国报纸头条,有关大屠杀的真相得以在美曝光。可吊诡的是,在战后15年间,美国人鲜少公开谈论大屠杀,就连犹太人也极力掩藏自己的族裔身份,以此为题材的文学创作更为罕见。当时最为美国民众熟知的大屠杀文学作品是《安妮日记》(*The Diary of Anne Frank*, 1952),而该书主要记录二战期间犹太少女安妮在后楼两年成长和躲藏经历。这种沉默直到 1961 年的艾希曼审判(the Eichmann Trial)后才逐渐被打破。其后,随着大量视频、幸存者口述的曝光,加上广播和电视等大众媒体的广泛传播,大屠杀开始真正得到美国民众的关注。时至今日,大屠杀俨然成为一个美国的公共事件,不仅是美国犹太人构建其族裔身份不可或缺的部分,记住大屠杀甚至上升为整个美国的道德责任,这个过程就是美国史学家诺维克(Peter Novick)所说的"大屠杀美国化"[①]。

美国犹太作家菲利普·罗斯(Philip Roth, 1933 - 2018)的短篇小说《狂热者伊莱》("Eli, the Fanatic" 1958,以下简称《伊莱》)[②]正是截取"美国 20 世纪 50 年代犹太郊区化生活的片段"(Baumgarten and Gottfried 23)。作为第三代美国犹太移民的罗斯敏锐地捕捉到了当时美国社会中有关大屠杀记忆铭记与遗忘的冲突,并通过文学寓言的方式反讽地呈现大屠杀记忆回归导致社区分裂和解体过程。虽然《伊莱》中没有出现与大屠杀直接相关的字眼,它却被认为是"二战后,美国作家创作的第一个主要关于大屠杀的故事"(Baumgarten and Gottfried 54)。短篇小说刻画了二战后被同化的美国犹太人和新来犹太难民之间遗忘和记忆的冲突。本文将《伊莱》置于美国战后历史语境中,通过呈现伍登屯这一清教徒与犹太人混居社区中上演的铭记与遗忘的对立,探讨美国犹太人对大屠杀记忆压抑—在场—复现的变化过程,以及罗斯如何通过戏谑严肃来突破大屠杀再现困境,并进一步指出作者大屠杀记忆书写的独特性和前瞻性。

一、后创伤表征:伍登屯犹太人的失忆症

《伊莱》中的伍登屯是一个离纽约不远的"现代近郊社区",居民为清教徒和犹太人。为了让大家能和平共处,社区共同约定"放弃某些极端行为,使彼此不感到威胁或冒犯"(196)[③]。从上下文语境推断,这个约定更多是犹太人的自我约束,他们回避和否认犹太身份及相关的犹太习俗或事件以谋求与清教徒的和平共处。在伍登屯,犹太仪式和大屠杀记忆成为社区里的"大象"——一个显在而又被忽视的存在[④]。那么,我们应该如何理解伍登屯的失忆症,它又是如何产生的呢?

伍登屯失忆症是美国犹太人遭遇大屠杀后的集体创伤后应激表征。不同于大屠杀对欧洲人带来直接的身体或精神创伤,对于美国犹太人而言,大屠杀带来的更多是一种间接获得的文化创伤,群体或个体通过聆听代际叙述甚至观看媒体新闻都可受创。二战后不久奥斯威辛这个杀人工厂的诸多细节被披露出来,使美国人目睹受害人惨状和纳粹残暴而受创。可是他们无法完全理解屠杀的暴行,因为这一空前惨剧大大超出了现代人的认知,人们很难相信如此暴戾、有组织的大规模屠杀发生在文明高度发达的德国。这种大屠杀创伤记忆无法被人理解和消化的特征(unassimilated nature)也让受创群体不约而同地选择缩进保护层,进入"潜伏状态"(latency)。如同个体遭受创伤后应激障碍(PTSD),群体也通过否认和压抑行为来忘却创伤,而正是这种忽视和压抑又将伍登屯社区紧密粘合成一个建立在集体遗忘基础上的失忆共同体。

作为记忆对立面存在的遗忘行为,伍登屯的失忆症是由个体主动选择和社会环境压力所迫合力形成的"隐秘合谋"(Ricoeur 448),折射出当时作为个体和群体的犹太人在美国的真实处境。遗忘和压抑族裔身份是早期犹太移民在融入美国主流群体过程中实现自我价值追求"美国梦"的现实需要。一个多世纪以来,美国犹太人扮演着积极参与主流价值建构的社会角色,并一步步融入主流社会。20 世纪 50 年代见证了美国犹太人财富迅速增加,他们渴望搬入郊区与受过高等教育、收入优渥的白人中产阶级为邻,实现了向上流动的"美国梦",而切割自己犹太身份几乎成为必然,因为战后美国郊区严重的同质化倾向迫使人们奉行共同的价值观并排斥异己的进入。美国学者杰克逊(Kenneth T. Jackson)在其城市史研究开山之作《马唐草边疆》(*Crabgrass Frontier*, 1985)中总结了二战后美国郊区的五大特征,其中特别提到郊区"在收入阶层和种族构成方面的同质性"[5]。美国白人中产阶级为了确保社区人口构成稳定和生活环境质量,排斥其他种族(特别是黑人)的进入(孙群郎 333)。这也就合理解释了伍登屯犹太人为了与清教徒和平共处而达成的那份君子协议。在美国这样一个高度种族化的国家,肤色浅的犹太人比其他种族更具生理优势,唯有犹太习俗和过去成为他们跨越种族和阶级隔阂、实现"美国梦"的最大障碍。同时,犹太人也清楚地意识到认同和模仿白人"不仅能让他们有更多向上爬的机会，还让他们尝到不成为举国敌视和仇恨焦点的滋味”(Goldstein 145)。于是，将犹太身份和记忆抛诸脑后似乎成为伍登屯犹太人的最佳选择。

当然，伍登屯犹太人选择性屏蔽和过滤犹太和大屠杀记忆也是当时美国社会反犹主义(Anti-Semitism)大环境下一种自我保护策略。虽然美国的反犹主义比欧洲温和得多，但是歧视犹太人的情况仍时有发生。20世纪20年代至40年代美国反犹主义抬头，并与种族主义纠缠在一起，甚至诞生了许多激进反犹主义团体[6]。这一方面归因于希特勒上台后在欧洲推行仇犹政策的影响；另一方面美国自身正在经历经济大萧条，急需寻找替罪羊来应对和转移国内民众日益增长的不满情绪。美国犹太人和他们不幸的祖先一样担当了替罪羊的角色。伍登屯犹太人很大程度上代表了当时美国犹太人的态度，他们对大屠杀表现出无知和冷漠被大屠杀研究学者李普斯塔特(Deborah Lipstadt)指责为“无可原谅的无知或敌意导致的故意忽视”(Novick 65)。尽管战后美国通过调整移民法吸纳了大量犹太难民，但是移民在美国的新生活仍然困难重重。有大屠杀幸存者曾在回忆录中提到，“[我]们的到来常令人想起那场刚刚过去战争中的犹太受害者，美国犹太人最担心的是[我]们的出现是否会影响他们快速融入白人中产阶级的进程”(Trachtenberg 7)。伍登屯的集体失忆最终由社区的法律条例得以强化，犹太人认为要使自己免受反犹主义的侵害并在美国获得成功，就得去犹太化：像清教徒那样穿着打扮、使用非犹太人的姓名、避免意第绪语口音，并克制自己不去遵守犹太饮食法(马库斯 248)。而这种沉默风气一旦形成，后来者因为害怕被其他社会成员孤立，也要“被迫调整自己，以适应唯一真实的世界——他们现在生活的世界”(哈布瓦赫 90)。于是，整个社区渐渐陷入“沉默的螺旋”(the Spiral of Silence)[7]之中，通过遗忘渐渐向非犹太价值和习俗靠拢，从此伍登屯社区成了马尔克斯(Gabriel Márquez)笔下的马孔多小镇，失忆症如同瘟疫般蔓延，这种状况一直延续到战后以图里夫为首犹太难民的到来。

二、同族相煎:大屠杀记忆在场之反讽

如果不是一群犹太难民(displaced persons)的不期而至,伍登屯犹太人的中产阶级生活仍可以安稳地继续下去,最终被同化为正统美国白人。然而,战后犹太难民图里夫和18名犹太儿童来到伍登屯,同行的还有一名身着黑衣的无名犹太人。他们的到来动摇了建立在失忆和沉默基础上共同体的基石,让原本大家极力忽视的大屠杀和犹太身份成为社区里无法回避的显性在场。不仅如此,难民们犹太身份及其与大屠杀的关联让社区里的"大象"日益膨胀,无时无刻不提醒伍登屯犹太人那被压抑和弃绝的文化创伤记忆的在场,迫使他们面临"压抑的回归"(the return of the repressed),因而招来伍登屯犹太人的不安甚至愤怒。

那么,既然小说中并没有出现大屠杀字眼,犹太难民是如何让大屠杀和犹太身份成为在场的呢?具体而言,作者通过呈现一些具象物体和行为来暗示他们与大屠杀的相关性,这其中包括鞋的意象和易装行为。鞋的意象与大屠杀记忆紧密关联。战时一旦犹太人被送进毒气室,犹太狱工便将那些有价值的东西如鞋、衣服、金牙、假肢分拣出来(Ben-Amos and Weissberg 63)。时至今日,许多大屠杀纪念馆还陈列着从集中营运来成堆的鞋,这些形状各异、大小不一、颜色灰暗的鞋承载着犹太人对大屠杀的惨痛记忆。它们的在场象征着集中营犹太人的离场,并唤起伍登屯犹太人似曾相识、似家非家的暗恐情绪(uncanny)。

此外,无名犹太人的易装行为也标示着大屠杀记忆的在场。服饰不仅能遮蔽身体,还是包含个体和族裔身份的记忆容器。图里夫等难民带的无边小圆帽(yarmulke)和无名犹太人的黑色犹太行头赤裸裸地展示出他们的犹太身份,这是对伍登屯社区法律的严重挑衅。于是,居民们派律师伊莱出面敦促外来者遵守社区条例,特别强调在公众场合的穿着要"符合20世纪美国人的生活品位"(197)。伊莱在多次交涉未果后将自己绿西服打包送给无名犹太人,希望他能换下黑衣以平息这场由犹太身份和大屠杀记忆凸显而引发的事端。伊莱衣服品牌和款式表明它们是正宗美国货,也象征着伍登屯犹太人要无名犹太人用美国身份替换犹太身份的

意图。在大屠杀语境中，脱衣服对犹太人而言还意味着与过去身份的告别。二战期间，抵达集中营的犹太人在经过挑选、剪发和沐浴等程序后，被要求换上统一的条纹服，迫使他们与过去身份告别。因此，当小说中无名犹太人穿上伊莱的绿西装时，并最终"属于这里了"(213)，表明他放弃了犹太信仰(至少从表面来看如此)，被成功纳入社区管理规范之中。这名无名犹太人在小说中没有名字，通篇仅用"他"来指代，并暗示他是"一无所有"的集中营幸存者，曾沦为纳粹的医学实验品。名字往往与身份联系在一起，无名人的无名状态预示着他犹太身份的丧失。不仅如此，他还被伍登屯排除在英语语言系统之外，只能发出凄惨的嚎叫。事实上，"无名人"是大屠杀中一个重要的隐喻，每一个进入集中营里的犹太人都曾是"无名人"，他们的名字在纳粹的现代化运作机制中沦为一串刻在手腕上的数字。

而颇具反讽意味的是，强迫无名犹太人放弃犹太身份的正是他的犹太同胞。面对大屠杀记忆的在场，伍登屯的犹太住户并没有对犹太同胞(特别是儿童)没有表现出丝毫的同情和怜悯，他们反对开设犹太学校，不愿意自己后代与犹太人通婚，甚至想把这些无依无靠的犹太难民赶出社区。换句话说，这些信奉美国常识理性的居民们在用"集体的无情(或麻木)"(210)来保全自己现有的安宁生活。罗斯对伍登屯同族相煎场景的呈现表达了作者对伍登屯犹太人失忆举动的讽刺和批判。细究起来，伍登屯社区对待犹太难民的手段竟与德国纳粹排挤犹太人的方式有着某种相似之处，法律都一定程度上沦为迫害工具。虽然他们一再声称伍登屯是一个"现代化的社区"(232)，可正是在这个现代文明辖制的社区里，他们对刚刚摆脱纳粹魔爪犹太同胞的厌恶感比非犹太人更甚。伍登屯居民把外来犹太人视为异质于共同体外人的做法，体现了一种去犹太身份的同一性暴力。他们企图以现代性的名义，将既定的共同体标准强加于外来犹太人。此时，共同体的价值成为排除异己、推行暴力的遁词。

伍登屯对外来者施暴的工具是现代性最极致体现的法律及其推行者律师伊莱。一般说来，法律是正义和理性的化身，可别忘了法律也曾沦为大屠杀合法化的工具，且它发生在理性传统最盛、法制严密且完备的德国。希特勒正是以保持雅利安民族纯粹性的名义，通过出台法案将犹太人堂而皇之地扫除出合法居民的行列,剥夺他们财产和人身自由并实施有步骤、有计划的种族灭绝,这其中便包括臭名昭著的《纽伦堡法案》(*The Nuremberg Laws*, 1935)。在纳粹法律所宣布的"例外状态"(state of exception)⑧下,犹太人被排除在法律保护之外,沦为无法被献祭并可以被杀死的"赤裸生命"(bare life)⑨。然而,罗斯笔下的战后伍登屯社区也重复着这套逻辑,且还是由犹太人实施的对犹太人的迫害,这让故事极具反讽意味。这些犹太难民偏居社区一隅,与主流社区隔离开来,这被区隔出来的空间因为新来的犹太难民违反了社区条例而宣告进入"例外状态",一个通过新法律来将原有的规范悬置而产生的模糊地带。因此,当伊莱向新来的犹太人宣讲社区法令之时,伍登屯便进入了例外状态。在这里,那些本应得到法律保护的犹太难民不允许开办犹太学校、穿犹太服饰,甚至被要求离开伍登屯,他们的"生命遭到弃置,被缩减为赤裸生命"(吴冠军 45)。因此,伍登屯犹太人对黑衣人服饰的要求已不是简单地对他穿衣规范的宰制,更是对其犹太身份的剥夺,这种与纳粹行为有着惊人的相似,让人不寒而栗。

三、悖谬"疯癫":犹太记忆的回归

在《伊莱》里,伍登屯两个群体处于对过去的遗忘和铭记的对立中。被同化的伍登屯犹太人执着于当下,对过去表现出敌视和反感,而作为外来者的犹太难民则固着于自己的过去传统和苦难,对美国现状充耳不闻。作为传声筒的律师伊莱试图弥合他们之间的分歧和矛盾,却发现自己处于进退两难、孤立无援乃至神经崩溃的境地,"疯癫"正是伊莱面对记忆困境时的症候。

弗洛伊德(Sigmund Freud)在研究中发现,记忆在歇斯底里症(疯癫)发生和治疗过程中起着十分重要的作用,尤其提到个体记忆恢复后的痛苦是促发创伤性歇斯底里症的主要原因,而歇斯底里症的疗愈也有赖于患者对创伤事件的回忆和描述(19－20)。当个体恢复记忆后,他之前的主体性和由恢复记忆重构起来的新主体性之间产生分裂,并引起个体"存在的不安"(ontological insecurity)⑩。主人公伊莱也经历了大屠杀记忆和犹太身份复归和重新认同的过程。伊莱和无名人的三次相遇分别对应他犹太记忆复苏的不同阶段，也见证他一步步走向“疯癫”的过程。伊莱与他年龄相仿的无名犹太人初次相遇时，便被他身上带有的异质性(foreignness)深深吸引。在第二次见面中，伊莱从无名犹太人哀号中听出无法名状的恐怖，还试图模仿并真切感受他钻心痛苦以理解其异质性中所蕴含的深意。与此同时，伊莱开始感到抛却犹太记忆身份之后的虚空，从而陷入被压迫甚至被吞没(engulfment)的焦虑之中。心理学家莱恩(R. D. Laing)认为，个体吞没焦虑源于他对自我稳定性的不确定感，因而害怕与外界的联系会丧失其自主性和统一性，从而置于“被理解(即被掌控、被了解)和被爱，甚至被看见的危险之中”(44)。伊莱的吞没焦虑来自身份虚空感所导致的主体身份的不确定性，这导致他对犹太邻居的关心甚至妻子的爱和理解感到焦躁不安，并开始与他们割裂和分离，以维护自身身份的完整性和确定性。

不仅如此，伊莱开始转向激进的犹太宗教寻求身份确认。无名犹太人是大屠杀记忆的具身化，其身体里留存着集中营记忆。因此，无名犹太人回赠犹太服饰的行为已超越了一般意义上的礼尚往来，更像是来自大屠杀幸存者的邀约。象征犹太身份的黑衣对伊莱有着某种神秘的吸引力，让他生平第一次闻到了“黑色的味道：有一点陈旧、酸腐、古老，却还不至于将其淹没”(214 - 215)，以至于他无法摆脱“陌生人帽子异常沉重分量下，突然袭击肌肉和关节的巨大脆弱感”(215)。最终，伊莱选择将这些衣服套在身上，这也意味着他在重新唤醒并接纳长期压抑的犹太身份和大屠杀记忆，并由此产生自我的分裂，成为“自己的陌生人”。二者的易装举动也使他们的角色戏剧性互换，无名犹太人成为守规矩者，伊莱反而成了他之前所捍卫共同体规范的越界者。

易装后的第三次相逢让他们透过彼此看到了另一个自己(Doppelgänger)，甚至觉得自己“其实是两个人，抑或是同一个人穿了两套衣服”(218)。小说中，他们二者互为镜像，伊莱从无名犹太人身上及看到了自己曾经非常熟悉并努力维护的美国身份，同时又感觉到他者身上所包含的陌生感。这种既熟悉又陌生的暗恐情绪不仅来自服饰带来的身份变化，更是易装后产生的身份困惑甚至恐惧。不过，伊莱最终克服了恐惧,从无名犹太人的动作和脸上痛苦表情中得到启示,满怀欣喜迈向伍登屯。显然,他认为无名犹太人在示意他将犹太身份和记忆外化,让所有伍登屯居民看见。他穿着这席犹太黑衣公然游走于伍登屯的大街小巷,并模仿无名犹太人发出哀号,这无疑是在公然挑衅社区的既有规范,也表达着对犹太人失忆的不满和反抗。

同时,伊莱的游行也是一种记忆的操演(performance),以此将犹太文化记忆内化成个体记忆,他感觉黑衣渐渐渗入皮肤成为身体的一部分,甚至打算将黑衣传给下一代。从伊莱的角度看,犹太记忆的回归是其理性选择的结果。可伍登屯犹太人却将他视为信奉狂热宗教的疯子。此时,伊莱的疯癫成为一个悖谬:"如果你选择疯狂,那你就还没有疯,只有在不是自主选择的时候,你才疯了"(222)。伊莱的越矩行为最终被伍登屯话语体系界定为疯癫,这暗合了许多群体排除异己的策略——"将那些不同的、越矩的,甚至有可能是危险的人标示出来"(Porter 62)。最后,他毫无意外地遭到伍登屯的强力镇压,并可能被长期收容于疯人院内。这正是福柯(Michel Foucault)眼中现代理性的做法:将疯子禁锢在疯人院中,宣布他们的非法性,并制定一套道德和行为规范来压制和管理他们(227-262)。

然而,镇压伊莱并不意味着伍登屯社区的胜利。恰恰相反,伊莱以异乎寻常的热情拥抱激进犹太教让他进入正统犹太哈西德派信徒所追求的迷狂状态,这正是在对抗和挑衅伍登屯的集体失忆和遗忘。伊莱的宗教狂热(或疯癫)与福柯在《疯癫与文明》(*Madness and Civilization*, 1973)里考据的中世纪疯癫有着某些相似之处。在中世纪的闹剧和傻剧里,疯子往往担当"真理的卫士",他们既揭示真相,也对现实中人们的行为进行谴责(29-31)。这样一来,疯子成为智慧的化身,真相从他们的言谈举止中被揭示出来。另外,疯子往往还具有较高的道德感,如塞万提斯《堂吉诃德》(*Don Quixote*, 1605)的同名主人公就是个信奉并维护骑士精神的疯子,他推崇正义的道德准则,试图以一己之力对抗强大的外部力量,闹出不少笑话。可正是他们的智慧和道德感使读者看到了一种纯真和原始的状态,也给他们被毁灭的命运蒙上了一层悲剧色彩。从这个意义上说,伊莱也是一个堂吉诃德式人物。他用疯癫来对抗伍登屯的集体失忆,即使最终没有逃过被囚禁的命运，却成为一个悲剧式的英雄。伊莱之疯更是带着酒神精神的狂欢之举，意在解构以伍登屯犹太人为代表的美国犹太人身份和记忆空心化的状况，并加速了失忆共同体的解体。

四、戏谑严肃：走出大屠杀记忆再现困境

大屠杀文学创作自阿多诺(Theodor Adorno)那句著名的断言"奥斯威辛之后，写诗变得野蛮"(162)便面临着双重再现困境。困境之一是谁能再现大屠杀记忆？法国哲学家南希(Jean-Luc Nancy)指出，大屠杀再现困境在于集中营里那些已悲惨死去的人们无法言说自己的苦难，因为死亡抵抗任何形式的再现(46)。人们即便目睹了集中营的恐怖，也不能用具体形象将其残酷本质完全展现出来，只有死亡才能展示它的全貌。或者说，只有那些经历死亡的人才有可能充分言说集中营的残酷和暴虐，然而他们已经无法发声，这就是大屠杀言说主体的困境。困境二则是该以何种形象和形式来再现大屠杀？在南希看来，集中营的极度恐怖性和神圣性彻底摧毁了再现的可能，因此它"逃避一切美学标准"(33)。因此，南希反向提出了两种需要被禁止的大屠杀再现[11]。南希这里反对的是将大屠杀景观化、符码化的再现，并希望用一个更为开放的"缺场"来超越简单纯粹的在场。

《伊莱》虽没有大屠杀的直接描写甚至未曾出现大屠杀字眼，却与之息息相关，这正是南希所说的缺场。小说中无名犹太人虽然作为伍登屯社区的他者无法言语，他在集中营的那段历史和经历也始终缺场，但是无名犹太人本身的在场却指向600万犹太生命的离场和整个大屠杀事件的缺席。他的失语更喻指大屠杀超越人类语言可及范围的"无法言说性"，即人们已无法找到一种确切的语言来描述这个历史和记忆的"黑洞"(Geddes et al. xii)。正如布朗肖(Maurice Blanchot)所言，在灾难书写当中无法找到一种确定的语言，因为语言"避开一切预示性和禁止性的标记"(24)。作为失忆表征的失语和沉默修辞反而成为"大屠杀小说的核心观念以及关注语言、伦理及抽象问题想象再现的主要方式"(Horowitz 29)。它既可以视为幸存者抵制被命名的努力，也是他者通过沉默发出的

另一种声音。在此,罗斯用失语挑战大屠杀的不可言说性,让真相在嚎叫中显现。小说直到最后也没有交代无名犹太人的身份和遭遇。他究竟是“特遣队”(Sonderkommando)成员、“穆斯林”(der Muselmann)[12]还仅仅是一名幸运的幸存者?他是如何躲过集中营的屠杀并在极其恶劣的条件下存活的?对于这些问题读者不得而知。但透过伊莱的耳朵,读者依然听到无名人那让人“毛骨悚然、心跳骤停且双眼噙泪”的嚎叫(211)以及直达心底的苦难和悲哀,而其中的深意则需要读者通过积极参与阅读来建构。

作为第三代犹太移民罗斯及其主要家庭成员都不曾经历过大屠杀,这使得他既没有大屠杀的直接体验,也不能从上一代那里聆听大屠杀的私人故事,因而不具备大屠杀写作的权威性(authenticity)。因此,他没有选择用极其悲情和写实的方式来再现集中营里的苦难,而采用一种更为间接的方式来展现大屠杀对美国犹太人的影响。可罗斯在小说中对犹太群体戏谑甚至略带嘲讽的描写在当时曾招致一些保守犹太人甚至拉比的非议和指责。他们认为罗斯“忽略了犹太生活的成就”并“创造歪曲正统犹太教基本价值的形象”,甚至将他称为“反犹和自我憎恨”的犹太人(Roth, *Reading Myself and Others* 193)。根据他们的逻辑,展现犹太人的弱点就等于授人以柄,让那些反犹主义者找到了攻击犹太人的理由,这显然忽视了罗斯戏谑写作背后严肃的道德寓意。就此,罗斯在《书写犹太人》(“Writing about Jews”)一文中做出回应,他批评犹太社区“狭隘和不堪一击的善恶观念”(193),并指出虚构文学与真实生活之间的区别。正如罗斯在访谈中所言,“十足的游戏性和极度的严肃性是[他]的好朋友”(Oates 98)。可见,以游戏方式表现严肃主题才是作者的创作初衷。

罗斯的戏谑写作根植于自《圣经》以来就已存在的犹太幽默传统。犹太人几千年来居无定所,有着深深的生存焦虑。幽默对他们而言不仅是自娱自乐,更是一种应对残酷生活现实的自我防御机制,在饱受迫害的犹太人苦苦求生过程中扮演了重要角色。幽默不仅表达人们的反抗情绪,还包含着独特的愤怒和绝望,这也给喜剧增加了一抹悲剧色彩。同为犹太人的弗洛伊德在《诙谐及其与无意识的关系》(*Jokes and Their Relation to the Unconscious*, 1905)中就把幽默视为“一种抵制权威并逃避其压力的手段”(337)。幽默的自我防御性更是被这些身处集中营里的犹太人发挥到极致。正如兰德曼(Salcia Landmann)所说,“犹太人笑话是帮助他们在遭遇任何厄运的情况下都要活下去。这些笑话嘲笑的是犹太人每天必须面对的恐惧。正因为此,最深沉的犹太黑色笑话表达的是一种反抗:我笑故我在。我虽无退路,但我仍然在笑”(徐贲 20)。由此看来,戏谑和幽默能让身处苦难中的犹太人以乐观心态来应对厄运,并给予他们继续活下去的勇气。

因此,罗斯的戏谑幽默书写绝不像一些犹太人指责的那样,出于“自我憎恨”或对大屠杀记忆和犹太身份的不敬。相反,他的游戏书写恰恰承袭了尼采以来“严肃游戏”(Seriousness in Play)(Nietzsche 198)的解构传统,意在反思和打破美国战后集体沉默的状况,并打开关于大屠杀记忆写作之门。它还一定程度上化解了解构主义批评家米勒(J. H. Miller)所提出的大屠杀小说书写的困境[13]。与此同时,《伊莱》的发表打破了美国文坛的大屠杀书写禁忌,也和米勒提出的小说能有效地为灾难做见证的观点相契合。真实性不应成为衡量大屠杀小说价值的唯一标准,任何对奥斯威辛事实的组合、阐释和评判都是对它的见证(Miller 187)。虽然写作大屠杀注定是一个无限接近但又永远无法接近的过程,但作家可以进入这个大屠杀再现的空隙(lacuna),并“质询更确切地说试图聆听这一空隙,这并不会让作家的努力变成徒劳”(Agamben 13)。相反,写作者不能放弃言说的责任,沉默就意味着对受害者的背叛,毕竟集中营里每个人最后的企望是“让世人知道发生了什么,不要忘记,尽管同时你们将永不知晓”(Blanchot 82)。其实,作家坚持大屠杀小说创作行为本身就是在为死难者做见证的施为行为,它见证个体所经历的炼狱般苦难以及“共同体的瓦解、错位和焚尽”(Miller 4),目睹人性善恶之极境,以此承担记住大屠杀的责任。

《伊莱》作为美国文学史上较早的大屠杀写作,成为罗斯采用戏谑方式来言说大屠杀的一次有力尝试。值得一提的是,小说发表于后现代文学兴起之时,作者写作的游戏性一定程度上受到解构主义思潮的影响。“严肃游戏”的书写成为罗斯随后半个世纪文学实践中的一个主要特征,也成为大屠杀记忆书写的重要再现方式之一,被许多同样没有经历过大屠杀的犹太作家和导演所采用[14]。他们避免直接描写大屠杀具体历史过程和场面,而通过寓言式的故事和幽默的笔调来呈现和见证他们不曾亲历的大屠杀。因此,《伊莱》中罗斯的大屠杀写作具有前瞻性,它一定程度上预示了即将要到来的大屠杀文学写作和研究的繁荣,也成就了作者在美国大屠杀文学书写史上的独特地位。从 20 世纪 60 年代后期起,“大屠杀逐渐走向美国犹太人意识的中心”(Novick 170),大屠杀记忆逐渐升格为美国记忆,越来越多的作家开始关注并以之为题材进行文学创作,这其中既有维瑟尔、考辛斯基(Jerzy Kosiński)等亲历者以集中营经历的蓝本创作的回忆录或小说,也有贝娄(Saul Bellow)、斯泰伦(William Styron)、奥兹克(Cynthia Ozick)、福厄等非亲历作家以更为丰富的形式来再现大屠杀,最终促成“大屠杀文学”这一亚文学门类的产生与繁荣。

五、结　语

《伊莱》中的游戏性和严肃性的结合戏剧化地再现了战后美国郊区化过程的犹太人和在纳粹大屠杀中劫后余生的犹太难民之间的矛盾,制造了极大的戏剧张力,也一定程度上奠定了罗斯随后几十年的创作基调。在罗斯随后半个世纪的创作中,这种悲喜结合的风格反复出现,如《波特诺伊的怨诉》(*Portony's Complaint*, 1969)、《萨巴斯剧院》(*Sabbath Theater*, 1995)、《人性的污秽》(*The Human Stain*,2000)等,甚至对美国大屠杀小说创作方式也产生了一定的影响。罗斯用伍登屯的故事来隐射战后很长一段时期内美国犹太人面对大屠杀这一无法理解和消化的创伤之困境和不适感,乃至整个西方世界对待纳粹大屠杀的模糊态度。罗斯悲喜结合的写作蕴含着他对大屠杀再现更深层次的伦理思考和追问,也见证了后大屠杀时代以集体失忆为基石的美国犹太社区解体,承担了他作为犹太作家应当肩负的记忆责任。与此同时,读者在他的带领下也见证了战后不久美国犹太人的生存处境,也能够参与到大屠杀的阐释之中。

注释[Notes]

① 诺维克在《美国生活中的大屠杀》一书中详细地论述了从二战期间到20世纪90年代大屠杀在美国的接受过程，参见 Peter Novick, *The Holocaust in American Life* (1999).

②《狂热者伊莱》最先于1958发表在《评论》(*Commentary*)杂志上，次年收录于罗斯的第一部中短篇小说集《再见吧，哥伦布》(*Goodbye Columbus*, 1959)里。

③ 本文中的引文均出自 Philip Roth, "Eli, The Fanatic," *Novels and Short Stories 1959 - 1962: Goodbye, Columbus & Five Short Stories and Letting Go* (New York: Library of America, 2005)，皆为作者自译，以后引用在正文中随文标注页码。

④ 这里的大象来自英文短语"房间里的大象"(the elephant in the room)，指集体中存在的显而易见、无法被忽视的秘密。虽然人们都意识到它的存在，却仍然选择对它视若无睹并保持集体沉默。泽鲁巴维尔在《房间中的大象》一书中探讨合谋沉默形成的社会化模式及其形成的心理机制，试图寻求打破沉默之道。参见泽鲁巴维尔：《房间中的大象：生活中的沉默和否认》，胡缠译，重庆：重庆大学出版社，2011年。

⑤ 杰克逊总结的郊区五大特征分别是：位于城市边缘、低密度、建筑样式雷同、容易获得以及收入阶层和种族构成的同质性。详见肯尼思·杰克逊：《马唐草边疆》，第401-407页。

⑥ 美国在很长一段时间都是犹太人向往的乐土。二战前犹太人占美国总人口的3.5%，他们操着各种欧洲国家的语言，信仰不同的宗教。然而，对犹太人的仇视在美国也一直存在，不仅有福特(Henry Ford)、考夫林神父(Charles Coughlin)等著名人士屡次发表反犹言论，还有"银衫党"组织的反犹联盟。详见 Barry Trachtenberg, *The United States and the Nazi Holocaust: Race, Refuge, and Remembrance*, 21 - 24.

⑦ 德国学者诺埃勒—尼曼(Elisabeth Noelle-Neamann)发现公众意见的形成和传播过程呈螺旋状结构，即"沉默的螺旋"。公众在表达自己的意见时，会考虑自己的观点是否与公众意见一致。如果观点一致，他们会更多、更大胆地表达和扩散自己的观点，而如果自己观点得不到赞成，他们因为害怕被孤立而陷入沉默，最后呈现赞成的声音会越来越响亮，而失去支持的声音则趋于沉默。参见诺埃勒—尼曼：《沉默的螺旋》，董璐译，北京：北京大学出版社，2013年。

⑧ 例外状态指主权者为了应对某种危机而悬置全部法律秩序，使整个社会进入非正常的紧急状态。在纳粹德国时期，希特勒以法律的名义将原有法律悬置，使国家进入例外状态，集中营便是一个典型的例外状态场域。且在阿甘本看来，集中营作为现代生命政治范本仍然存在于现代社会之中。详见吉奥乔·阿甘本：《神圣人：至高权力与

赤裸生命》,第223-241页。

⑨ 赤裸生命即"神圣人"(Homo Sacer)的生命。当神圣人由于主权者的"至高决断"而进入例外状态,他被逐出被保护的空间而沦为赤裸生命,此时他被排除在世俗法律秩序和神圣法之外,暴露于死亡暴力之中,虽然活着却随时可以被处死。同理,希特勒正是通过一系列法案将犹太人排除在德国法律体系之外,将他们沦为赤裸生命,任何人都可以随意处置他们,而无须承担任何法律责任,并最终导致大屠杀的发生。详见吉奥乔·阿甘本:《神圣人:至高权力与赤裸生命》,第13页,第240-241页。

⑩ 英国心理学家莱恩(R. D. Laing)认为感到存在性不安的个体觉得正常世界的生活威胁到他的生存,使他产生吞没、被内爆或被僵化的焦虑,而无法通过与他人保持正常的联系获得安全感。详见 R. D. Laing, *The Divided Self: An Existential Study in Sanity and Madness*, 39-61.

⑪ 这两种需要被禁止的大屠杀再现为:一是把灭绝犹太人的事实沦为一大堆符号化的在场(或"幻象");二是用一个可感知的形式或形象来清晰描述似乎曾经存在过(其实不存在)的形态。他认为再现不应反映简单纯粹的在场(presence),而更应呈现这种在场之缺场(absence)。详见 Jean-Luc Nancy, *The Ground of the Image*, 33.

⑫ "穆斯林"指集中营里那些放弃了自我生存权利并被同伴所放弃的人。他们眼神空洞,对周围发生的一切漠不关心,成为一具被皮囊所包裹的尸体和空壳。他们介于生与死,人与非人之间,无法被看见,也不能被见证。详见 Giorgio Agamben, *Remnants of Auschwitz: The Witness and the Archive*, 41-86.

⑬ 米勒认为大屠杀小说书写存在双重困境(double bind):一是奥斯维辛内在不可想象和无法言说的困境,它抵抗任何形式的再现;二是小说写作将大屠杀审美化的困境,越成功的小说离奥斯威辛的历史越远,因为它加入更多写作者主观选择和编排。详见 J. H. Miller, *The Conflagration of Community*, 187。

⑭ 年轻一代犹太作家倾向于使用幽默和讽刺方式来书写大屠杀,其中包括作家福厄(Jonathan Safran Foer)、斯皮格尔曼(Art Spiegelman)、夏邦(Michael Chabon)等,还有意大利导演罗伯托·贝尼尼(Roberto Benigni)等。

引用文献【Works Cited】

Adorno, Theodor W. *Can One Live after Auschwitz?: A Philosophical Reader*. Ed. Rolf Tiedemann. Trans. Rodney Livingstone. Stanford: Stanford UP, 2003.

Agamben, Giorgio. *Remnants of Auschwitz: The Witness and the Archive*. Trans. Daniel Heller-Rpazen. New York: Zone Books, 1999.

Baumgarten, Murray, and Barbara Gottfried, eds., *Understanding Philip Roth*.

Columbia: South Carolina UP, 1990.

Ben-Amos, Dan, and Liliane Weissberg, eds., *Cultural Memory and the Construction of Identity*. Detroit: Wayne State UP, 1999.

Blanchot, Maurice. *The Writing of Disaster*. Trans. Ann Smock. Lincoln: Nebraska UP, 1995.

Foucault, Michel. *Folie et Déraison: Histoire de la folie à l'âge classique*. Trans. Liu Beicheng and Yang Yuanying. Shanghai: SDX Joint Publishing Company, 2012.

[福柯:《疯癫与文明》,刘北成、杨远婴译,上海:三联书店,2012年。]

Freud, Sigmund. "Studies on Hysteria." *Selected Works of Sigmund Freud*. Ed. Che Wenbo. Trans. Jin Xingming. Changchun: Changchun Press, 2004.

[弗洛伊德:《癔症研究》,载车文博主编《弗洛伊德全集》,金星明译,长春:长春出版社,2004年。]

---. "The Joke and Its Relation to the Unconscious." *Selected Works of Sigmund Freud*. Ed. Che Wenbo. Trans. Peng Shun and Yang Shaogang. Changchun: Changchun Press, 2004.

[弗洛伊德:《诙谐及其与潜意识的关系》,载车文博主编《弗洛伊德文集》,彭舜、杨韶钢译,长春:长春出版社,2004年。]

Geddes, J., et al. *The Double Binds of Ethics after the Holocaust*. New York: Palgrave Macmillan, 2009.

Goldstein, Eric L. *The Price of Whiteness: Jews, Race, and American Identity*. Princeton: Princeton UP, 2006.

Halbwachs, Maurice. *On Collective Memory*. Trans. Bi Ran and Guo Jinhua. Shanghai: Shanghai People's Press, 2002.

[莫里斯·哈布瓦赫:《论集体记忆》,毕然、郭金华译,上海:上海人民出版社,2002年。]

Horowitz, Sara R. *Voicing the Void: Muteness and Memory in Holocaust Fiction*. Albany: New York UP, 1997.

Jackson, Kenneth. *Crabgrass Frontier: The Suburbanization of the United States*. Trans. Wang Xu. Beijing: The Commercial Press, 2018.

[肯尼斯·杰克逊:《马唐草边疆》,王旭译,北京:商务印书馆,2018年。]

Laing, R. D. *The Divided Self: An Existential Study in Sanity and Madness*. London: Penguin Books, 1965.

Marcus, Jacob Rader. *The American Jew, 1585–1990*. Trans. Yang Bo, Song Lihong and Xu Yanan. Shanghai: Shanghai People's Press, 2004.

[雅各·瑞德·马库斯:《美国犹太人:1585—1990年》,杨波、宋丽宏、徐娅囡译,上海:上海人民出版社,2004年。]

Miller, J. H. *The Conflagration of Community*. Chicago: Chicago UP, 2011.

Nancy, Jean-Luc. *The Ground of the Image*. Trans. Jeff Fort. New York: Fordham UP, 2005.

Nietzsche, Friedrich. *Human, All Too Human*. Trans. R. J. Hollingdale. Cambridge: Cambridge UP, 1996.

Novick, Peter. *The Holocaust in American Life*. New York: Houghton Mifflin, 1999.

Oates, Joyce Carol. "A Conversation with Philip Roth." *Conversations with Philip Roth*. Ed. George J. Searles. Jackson: Mississippi UP, 1992.

Porter, Roy. *Madness: A Brief History*. Oxford: Oxford UP, 2003.

Ricoeur, Paul. *Memory, History, Forgetting*. Trans. Kathleen Blamey and David Pellauer. Chicago: Chicago UP, 2004.

Roth, Philip. *Reading Myself and Others*. London: Vintage, 2007.

Sun, Qunlang. *Research on Suburbanization in American Cities*. Beijing: The Commercial Press, 2005.

[孙群郎:《美国城市郊区化研究》,北京:商务印书馆,2005年。]

Trachtenberg, Barry. *The United States and the Nazi Holocaust: Race, Refuge, and Remembrance*. London: Bloomsbury, 2018.

Wu, Guanjun. "Introduction." *Homo Sacer: Sovereign Power and Bare Life*. By Giorgio Agamben. Trans. Wu Guanjun. Beijing: Central Compilation & Translation Press, 2016.

[吴冠军:《导论》,载吉奥乔·阿甘本著《神圣人:至高权力与赤裸生命》,吴冠军译,北京:中央编译出版社,2016年。]

Xu, Ben. *Cynics and Jokes: Political Humor in Masked Society*. Cambridge: Cambridge UP, 2019.

[徐贲:《犬儒与玩笑:假面社会的政治幽默》,牛津:牛津大学出版社,2019年。]

“甜蜜之家”:《宠儿》的空间解读

赵宏维

内容提要:空间叙事是托妮·莫里森小说创作的重要手段,“甜蜜之家”是莫里森小说《宠儿》空间叙事的重要内容,也是其新奴隶叙事的核心组成部分,渗透着作者的人性关怀和种族意识。“甜蜜之家”呈现了空间、权力和身体之间的种种关系,成为“自我”与“他者”建构的重要场所,其空间机制促使并表现了弱势种族的他者化,为莫里森主要小说的主题和人物命运定下了基调。

关键词:莫里森;《宠儿》;空间;甜蜜之家;身体;他者

作者简介:赵宏维,文学博士,遵义师范学院外国语学院教授,主要从事英美文学研究。

托妮·莫里森是美国黑人文学新奴隶叙事的重要代表之一。新奴隶叙事是非裔美国文学的主要叙事模式,旨在考察美国奴隶制历史和重写19世纪的奴隶叙事。新奴隶叙事主要有三种形式:以第三人称讲述奴隶制的历史小说、以第一人称叙事讲述的奴隶生平故事以及重审奴隶制对后世创伤遗毒的作品。(Rushdy 95)这种分类模式对历史小说和追溯奴隶制之现世影响的小说进行区分。莫里森的小说通过其虚构性使这种划分变得复杂,她的小说无不审视奴隶制对美国黑人生命与生活的持续影响,这种影响使他们处在身份与自我的寻找和建构当中。一如麦肯齐所言,“莫里森每部小说都渗透进美国黑人内心深处的私密空间,探讨奴隶制深刻毒害下他们的内部情感和思想空间”(Mckenzie 229)。莫里森将这种复杂的奴隶叙事与空间叙事相结合,更加充分地实现她小说创作的政治表达,这一点在其代表作《宠儿》一书中表现十分突出。作为《宠儿》

一书空间叙事的核心,“甜蜜之家”向读者呈现了不同种族身份建构的过程,在这里,美国黑人无以实现他们真正的自我,而是成了白人阶级借以定义“自我”的他者。

一、“甜蜜之家”的空间特质

“甜蜜之家”是莫里森小说《宠儿》一书中美国南部一个种植园的名字。种植园是一种非常特殊的空间,它既是自然空间的一部分,又是人类征服自然的结果,尤其是资本扩张的产物,是具有典型特征的异质空间。

“甜蜜之家”是充满生机的自然空间,同时也是社会空间。史密斯说,“自然”既包括外在于人类历史的客体领域和过程,又包括人类社会活动创造的与外部自然并存的人文自然。(Smith 2)外界自然是原始、天赐和自主的,是工业资本主义不断击退的边界,而“甜蜜之家”是人类在征服外界自然的基础上创造的第二自然,是资本主义空间扩张的主要表现和结果。《宠儿》开篇第六页即向读者呈现了“甜蜜之家”的自然景观。小说主人公赛丝在家门口的小溪边洗脚,“突然,‘甜蜜之家’在她眼前铺展开来,广阔无垠。虽然那个农场上没有一片叶子曾让她赞叹,但如今它却以无尽的美丽毫无羞耻地展现在她眼前”(Morrison 6)。赛丝眼前铺展开来的是过去“甜蜜之家”种植的成片的玉米和无花果林。在“甜蜜之家”,这些无花果和玉米会持续不断地给种植园主带来经济利益。种植园的形成本身是对自然的征服,是“西方资本主义,西方理性主义对自然最恶性的行为之一”(Lefebvre 109 - 10)。在空间的生产过程中,社会再生产、重复和社会关系的再生产都被刻意地置于自然再生产、自然和自然时间之上。(Lefebvre 119 - 20)“甜蜜之家”等种植园就是这样的空间,它既有自然属性也有社会属性,因为它涉及了种植园主和奴隶之间的关系。

种植园兼具自然属性和社会属性的特点暗示了它的异质性,是典型的异质空间。福柯在对异质空间进行界定时,提出了异质空间的六大特征,其一是,“异托邦(异质空间)总是预先有一个开、关的体制,开与关都使其成为孤立的和可穿透的空间”(Foucault)。种植园所特有的“圈地”

特点和自成体系的性质，使其成为相对孤立于外界的空间。在《宠儿》里，奴隶主加纳通过“甜蜜之家”这个范围来界定他的奴隶们。例如，黑人在“甜蜜之家”内部被称作“人”，但在外部就不复再是，“跨出那个地盘一步他们就成了人类种族的入侵者”（Morrison 125）。总而言之，“甜蜜之家”是西方资本社会对自然他者化扩张而形成的自然性、社会性和异质性并存的空间。

“甜蜜之家”暗示了深刻的空间政治，其名称和它所指代的真实空间存在着一种反讽关系，其漂亮的名号之下进行的却是颠倒人性的、将黑人他者化的空间实践。莫里森通过她虚构的“甜蜜之家”让我们看到一个一度真实存在的空间，但是小说主人公赛丝关于“甜蜜之家”美丽景色的回忆与真实的“甜蜜之家”形成强烈的对比。如杰赛尔所说，“甜蜜之家”是一个“类乌托邦”的种植园。（Jesser 328）

莫里森笔下的种植园既体现了福柯“异托邦”的特点，也体现他空间理论中的权力政治。福柯的空间理论认为空间与政治、与身体紧密相连。他认为，在现代社会和古代社会之间有一个隐蔽却很重要的区分：现代社会形成了各种各样的机制，这些机制都表现出一个紧闭的空间特征——正是这些空间的封闭性，使监视和规训成为可能。现代社会就是一个空间化了的社会，是一个规训性空间并置的社会，是通过空间来统治和管制的社会。因此可以说，现代社会是一个空间化了的、监狱化了的社会。这个社会监狱营造密闭空间并实施监视，让空间展现自身的规训权力。这个空间自身埋伏着自动而匿名的权力，在这里流动的权力通过空间达到改造和生产个体的效应。（汪民安 104 - 05）

“甜蜜之家”是一个封闭的空间，体现了空间建构的原理，反映了空间建构过程中呈现的空间政治和身体政治。从空间的政治经济原理来说，美国南方种植园是欧洲帝国主义经济扩张的形式，是资本流动的必然结果。这很类似于列斐伏尔所谓的空间生产原理，即空间是资本主义扩张和同质化的结果。同时，空间是社会的产物——每一个社会，每一个生产模式，每个特定的生产关系都会生产出独特的空间。所以，美国的奴隶制种植园也是美国这个特定的、与众不同的资本主义社会的产物。另外，从福柯的政治角度来说，种植园体现了空间的权力机制。这种监狱似的空间是权力实施的手段,它能够有目标地生产一种新的主体类型。权力关系总是直接控制身体,干预它,给它打上标记,训练它,折磨它,强迫它完成某些任务、表现某些仪式和发出某些信号。(福柯,刘北成、杨远婴 27)在"甜蜜之家",这种新的主体类型就是黑人奴隶,他们的生命失去了应有的价值而成为"赤裸的生命"。他们的身体成了被拔去意义、去掉了人性以及"拔去了生命形式和价值"的身体,是"一个纯粹的动物一般的身体",它被"卷进了政治领域",既可以"毫不迟疑地被杀死而毫无牺牲价值",也"可以被权力肆无忌惮地任意处理"。(汪民安 24)

二、"甜蜜之家"对自我和他者的建构

"甜蜜之家"的空间机制及其权力结构通过身体体现出来,在这个空间中,黑人的身体成为权力实施的对象,且成为白人借以定义自我的工具。从历史上来看,身体被用来证明对一些人群的羞辱与抛弃,也是一种表达集体身份和集体抵抗的工具。(Vint 244)在美国历史上,非裔美国人被拒绝了完整的人格,而身体在表现这一点上起到了重要的作用。试图通过身体叙事在读者中产生一种回应是 19 世纪感伤小说的重要形式。莫里森也在她的新奴隶叙事中将身体置于中心的位置。赛丝等黑奴的自然化伴随着他们身体的摧残与掠夺,凸显了 19 世纪奴隶叙事中隐含的内容并对身体加以强调。奴隶制最令人恐惧的就是"身体的盗窃"——蓄意而暴力地将被俘的身体与其原动意志(motive will)和主动欲望(active desire)相分离。莫里森现代主义诗学的抒情风格就是由对人类灵魂、身体和故事之破碎的关注而构成,同时也被这种关注所瓦解。(Dobbs 565 - 566)"甜蜜之家"的运行机制造就了黑人奴隶的他者化,白人奴隶主阶级借助黑人的身体来建构自我。黑人的身体书写着遭受惩罚的历史,镌刻着"他者"的标记。"甜蜜之家"等种植园对身体的控制在不同小说人物身上体现出来,表现为生命被无情地剥夺,如赛丝的母亲;或者身体被刻上白人书写的痕迹,如赛丝背上的"树"、贝比扭曲的臀、宠儿的脖颈和保罗 D 的舌头等。

"甜蜜之家"对黑人的他者化首先表现出较为温和的一面,然而作者

恰恰通过这种相对温柔的描述，深刻地批判了“甜蜜之家”的空间原理，即定义者和被定义者之间的关系。小说呈现了一位开明的奴隶主加纳先生。在肯塔基州的其他白人奴隶主均不把自己的奴隶当人看的时候，加纳则一味地标榜他的民主意识，说他的奴隶们都是“人”，声称他的农场能提供更多的自由，他的奴隶们可以被幸运地称作“甜蜜之家的男人”。(Dobbs 10－11)然而，加纳在如此宣扬的时候，他本身却在禁锢着这些人的身体。他所谓的自由也仅限于“甜蜜之家”，保罗 D 和赛丝他们不经许可不得离开“甜蜜之家”的领地，而且出了这个空间，他们就不再是“人”。在这里，黑人作为“人”是受空间限制的，在一定空间中他们可以是人，在另一个空间里，他们就不是人。所以，加纳通过空间对黑人们的“人性”进行定义，因为他掌握着空间的权力。加纳以一种很独特的方法来拥有他所雇佣的奴隶，他们所获得的人格也掌控在“定义者”的手中。加纳把他们叫作“人”，是因为那样更利于他的目的。实际上，加纳通过对一个族群的命名从而框定他们的生活来取悦自己，正如《柏油娃》中瓦里安邀请森共进晚餐那样，不是因为他真的对黑人有多尊重，而是因为他想借此标明自己的与众不同或者说他“高兴”那么做。(Harris 176)只要加纳愿意，他随时可将“人”的命名收回去。

加纳通过自己的行为显示了白人地位的权威和他们作为真正主体的本质。在“甜蜜之家”的世界里，加纳实施着对“他者”的权力，他实施着命名权，把他的奴隶们取名为“保罗”，并用英语字母对他们进行编号，他们的名字只是个财产代号而已，而他们姓名中的“加纳”一词则表明了他们作为种植园主所属物的事实。这充分证明了保罗们的命运掌握在加纳的手中。加纳等白人阶级主宰着空间权力，决定着黑人是人，抑或不是人。在其他种植园公开把奴隶视作“非人”的时候，“甜蜜之家”的黑人们照例成了“没有牙齿的看家狗，没有长角的公牛和被阉割的工马，他们的嘶叫无法翻译成勇担责任的人类的语言”。(Morrison 125)所以，“甜蜜之家”的奴隶们的身份与外面的奴隶并无两样。

加纳对黑人的定义多少有些含蓄，继加纳之后的“学校教师”则成为公开的定义者，他对黑人身体的操控更为直接。加纳的控制因为其“开明”而带有一定的民主，他对黑人奴隶的管制是隐形和潜在的。加纳死后,"学校教师"对"甜蜜之家"的接管则使黑奴"他者化"的地位更加明显。与加纳虚伪的命名方式不同,"学校教师"的做法公开而且直接,他以更为粗暴的方式彰显其作为命名者和定义者的身份。如果"甜蜜之家"之前是黑奴们想象的乌托邦,那么"学校教师"所实施的便是暴戾的、"驯化的"反乌托邦计划。

"甜蜜之家"赋予白人统治者的空间权力使他们对黑人的身体实施暴力,借此突出他们自我的建构。"学校教师"建构自我的方式是借助空间与知识的权力,对黑人的身体强加暴力。"学校教师"对黑奴的暴戾驯化与他自己的身份形成强烈的悖论。他代表着西方文明,衣着整洁,举止文雅,深受基督文明的浸染;他代表着知识与文化,是一个很投入的学者。"学校教师"掌握着知识,因而掌握着话语的权力。按照福柯的说法,话语由那些掌握着权力与交流工具的人所发明和拥有。那些处于控制地位的人通过决定我们的讨论话题来决定我们的身份。在"甜蜜之家","学校教师"运用自己对知识的掌握和权力,对黑人奴隶实施他者化,把他们作为对象和客体,作为他笔下书写的内容,从而,知识、空间与权力得以在这里融为一体。列斐伏尔说,知识依靠权力的效果得以发挥作用且把权力当作"真实的;换句话说,它让它们保持自己的样子。根本不存在知识和权力之间、理解和暴力之间的冲突"(Lefebvre 358)。在"甜蜜之家"这个相对封闭的空间里,"学校教师"借助知识和权力,通过黑人的身体来建构自己的身份。这一点尤其通过赛丝的身体得以体现。"学校教师"和他的弟子们先是对赛丝的身体部位进行测量,记下相关的数据,比如她头颅的直径是多少,她有多少颗牙齿等;然后,"学校教师"让她的学生把快临产的赛丝按倒在地,像对待奶牛一样"偷"她的奶。他们旨在通过这样的举措找出赛丝身上"人性"与"动物性"之间的差异。"学校教师"显然通过这种方式将赛丝定义为异类,抑或定义为"类人类"的东西,进而通过这些"检验"得出的结果来证明只有他们自己才是真正的"人类"。赛丝被类化为人类征服的自然,她是他们吸取乳汁的乳房也是他们实现其性欲的身体——他们在她身上实现着想象的调整。(Jesser 329)最后,当赛丝向加纳夫人透露了自己的遭遇之后,她遭来"学校教师"及其弟子的毒打,她撕裂的背部留下了永久的疤痕,这些疤痕成了一棵"美丽的稠李树"。对于赛丝来说，起初“学校教师”等人对她身体的测量使她感到不解，随后马厩背后的“偷奶”是对她作为人的最大的玷污，而她背部因鞭笞而留下的伤痕，那棵“稠李树”，则成为她“他者”身份建构的永恒标记。

“甜蜜之家”的奴隶们被定义者定义为“非人”、财产和与自然同等的东西。与赛丝一样，“甜蜜之家的男人们”一样成为定义者成就“自我”的工具。西克索因为不承认自己杀掉一头小猪的行为是“偷”而被关进马厩里，与牛马同宿；保罗 D 被套上马嚼子，他俨然被视为牛马。总之，他们的存在都旨在证明白人阶级作为“人”的身份及其统治地位的合理性。虽然“学校教师”和加纳之间存在风格上的差异，但他们运用的是蓄奴制相同的文法（grammar）。（Morrison 328）赛丝与保罗 D 他们是否被看作人，只是加纳或者“学校教师”一句话的问题。总之，黑人是可以不被看作人的，或者直接不被看作人。同时，在这种定义过程中，女性已理所当然被看作异类，即使在加纳“开明”的话语中，女人也是与牲畜并列的存在。他的男奴们可以为母亲赎回自由，可以拥有马匹和妻子。在这里，女人直接被当作与牛马等其他财产同类的事物。

三、“甜蜜之家”与黑人自我的他者化

白人统治者利用空间权力和黑人身体进行自我定义的过程导致了黑人自我的他者化，他们对自己的身体所遭受的残害从屈服走向接受，而且逐渐丧失对自身作为“人”的自我的肯定。他们对自己“他者”的身份从怀疑走向认同。

如果赛丝之前对“学校教师”把她作为另类进行研究感到不解，对之后的“偷奶”感到羞辱，对后来的鞭笞感到痛苦，那么她离开“甜蜜之家”后的弑婴行为则走向了“非人性”，因为赛丝在杀死女儿的时候，她一方面不愿意女儿再像她那样受到践踏，另一方面她也认为杀死女儿实际上是在毁灭“甜蜜之家”的财产，她实际上是在实行一种报复。也就是说，赛丝已承认自己是财产，也承认自己的孩子是种植园主的财产。而杀害自己孩子的行为虽然在赛丝看来是在实施“保护”，实质上也是丧失人性的行为。从某种意义上说，“甜蜜之家”已成功地将赛丝

建构成不具人性的“非人”。

“他者”身份的成功塑造还体现在“甜蜜之家”的男奴们身上。如果赛丝通过身上的伤痕(她背上的那棵“稠李树”)的诉说来释放心中的痛苦,那么,保罗 D 等“甜蜜之家”的“男人”们经历的“他者”化则是一种“不可言说”的命运,其言语的丧失使他们走向“非人”的境地,而且逐渐走向与这种境地的认同。

在“甜蜜之家”的经历使保罗 D 变成了一个寡言的人,保罗 D 及其伙伴们的失语与他们不可言说的经历有关。加纳因为害怕他的男奴们出去肇事而不许他们擅自出入“甜蜜之家”,也不曾考虑他们的婚配问题。年轻力壮的“甜蜜之家的男人们”只有与牲畜为伴。在这里,人与动物之间的界限已经模糊,保罗 D 他们无形中把牛马当成了自己的同类。他们似乎从主观上靠近“非人类”的动物,而使自己变成了异类,他们在玉米地里与母牛交配来释放性的压力。(Morrison 27)这种羞于启齿的经历对保罗 D 的人生造成了深刻的影响。多年以后,保罗 D 来到蓝石路 124 号,与赛丝团聚了。可灵魂复生的宠儿为了独占她的母亲赛丝,想方设法驱走保罗 D,从而强行与他发生了性关系。这件事使保罗 D 对自己作为“人”的特质开始怀疑,他想“学校教师”把他们定义为“动物”也许是有道理的。(Morrison 126)所以保罗 D 在一定程度上认可自己“不是人”这一事实。当得知赛丝杀死女儿的事时,保罗 D 责问道:“赛丝,你长着两条腿,而不是四条”(Morrison 165);他试图强调赛丝是人,而不是动物,却做出了非人的举动。然而,话音刚落,保罗 D 就惊诧于自己的言语,因为他再次想起年轻时与小牛犊之间的事,并且意识到与赛丝相比,自己更不是“人”。他再一次为自己“非人”的性质做出认同,从而选择了离开赛丝。

在“甜蜜之家”的境遇不仅使保罗们与动物为伍,而且使他们与农场上的牲口争风吃醋。“甜蜜之家”有一只公鸡,名叫“先生”,保罗 D 曾把它从蛋壳里剥出来,看着它长大。到头来“先生”得以在整个农场威风凛凛,处于“王者”的位置。在这里,“先生”比所有黑奴都有尊严,因为即使这只公鸡被杀死了,煮来吃了,它依然被叫作“先生”,而黑奴们只不过是用字母序号标记的财产而已。公鸡与奴隶们同是财产,但在保罗 D 看来,“先生”已获得了准人类的身份。(Harris 182)“先生”是自由的化身和男人的比喻(Harris 181),它在农场上趾高气扬,获取母鸡群体的欢心。保罗 D 离开“甜蜜之家”的时候,“先生”和它的伙伴们在路旁看着他离去,这使他十分恼火,他愤慨于自己没有“先生”那样的自由。他永远不能忘怀的是当他嘴里含着马嚼子双手反捆在背后离开“甜蜜之家”时,“先生”那不可一世的“表情”。

“甜蜜之家”男奴们的他者化导致了他们人格的分裂,他们肉体上与牛马相亲,精神上则与草木为伴,他们的生命已然与人类相去甚远。他们把爱献给了“兄弟”——“甜蜜之家”一棵古老的大树。这棵树与“先生”一样拥有了准人类的身份。保罗 D 在“甜蜜之家”形成了温顺的性格,他通过把感情悄悄地献给这棵树而得以安身。保罗 D 经常和大伙到“兄弟”下面共进午餐。除此之外,他还常常独自一人在树下逗留和栖息,“兄弟”成了他的精神伴侣。多年后倾听着赛丝的故事并抚摸她背上的“树”时,保罗 D 感叹这棵树是如此难看。他觉得“甜蜜之家”的每一棵树都比赛丝的“树”好看,尤其是“兄弟”,因为它附着了保罗 D 太多的情感。他发现自己在厨房里抚摸赛丝背上的“树”时,那幅他“像一个矿工一样扒开矿石探索的铁锻般的图案实际上只不过是一簇难看的疤痕”。(Morrison 21)保罗 D 仍旧认同“兄弟”在他心中的位置以及它是他心灵伴侣的事实。在“甜蜜之家”的经历成为保罗 D 心中持久的记忆,他把它们装进胸口的烟盒里,“直到来到 124 以前,这世上什么也没法把它撬开”。(Morrison 113)

结　语

随着《宠儿》叙事的发展,“甜蜜之家”就像美国历史上的奴隶制种植园那样走向消失,走进历史。赛丝逃走了,其他“甜蜜之家”的男人们也或因为各种原因死了,或疯了,或被卖掉了,“甜蜜之家”变成了废墟。然而,这个给黑人们带来噩梦的农场,就像赛丝记忆中浮现的美丽庄园,在他们心头久久萦绕,给后世黑人的生命与生活带来无尽的创伤。在种植园里的经历成为美国黑人不幸的根源,使黑人在美国社会的“他者”化地位长期存在。在"甜蜜之家",实现了人与自然之间、人与人之间关系的变换,白人与黑人之间实现着主体与他者的定位与建构,其空间机制成为莫里森小说人物悲剧的根源。

引用文献【Works Cited】

Dobbs, Cynthia. "Toni Morrison's *Beloved*: Bodies Returned, Modernism Revisited." *African American Review*; Volume 32, Number 4 (Winter 1998):563 - 78.

Foucault, Michel. "Of Other Spaces, Heterotopias." 〈http://foucault. info/documents/heteroTopia/ foucault. heteroTopia. en. html.〉

Foucault, Michel. Trans. Liu, Beicheng and Yang Yuanying. *Discipline and Punish*. Shanghai: Joint Publishing, 1999.

[福柯著,刘北成、杨远婴译,《规训与惩罚》,上海:三联书店,1999年。]

Harris, Trudier. *Fiction and Folklore: The Novels of Toni Morrison*. Knoxville: University of Tennessee Press, 1991.

Jesser, Nancy. "Violence, Home, and Community in Toni Morrison's *Beloved*." *African American Review*, Vol.33, No. 2 (Summer, 1999):325 - 45.

Lefebvre, Henri. *The Production of Space*. trans. Donald Nicholson-Smith. Malden. Oxford • Carlton: Blackwell Publishing Ltd., 1991.

Mckenzie, Marilyn M. "Spaces for readers: the novels of Toni Morrison." *The Cambridge Companion to the African American Novel*: 221 - 232. Ed. Maryemma Graham. Cambridge: Cambridge UP, 2004.

Morrison, Toni. *Beloved*. New York: Signet, 1991. c. 1987.

Rushdy, Ashraf A. "The Neo-Slave Narrative." *The Cambridge Companion to the African American Novel*: 87 - 105. Ed. Maryemma Graham. Cambridge: Cambridge UP, 2004.

Smith, Neil. *Uneven Development: Nature, Capital and the Production of Space*. Cambridge: Basil Blackwell, Inc. 1984.

Vint, Sherryl. "'Only by Experience': Embodi-ment and the Limitations of Realism in Neo-Slave Narratives". *Science Fiction Studies*, Vol.34(2007): 241 - 61.

Wang, Min'an. *Body, Space and Postmodernity*. Nanjing: Nanjing University Press, 2006.

[汪民安,《身体、空间与后现代性》,南京:南京大学出版社,2006年。]

规训·服从·反抗：浅析《一位非洲修女的日记》中的“模拟”机制

王秀杰

内容提要：霍米·巴巴的“模拟”概念蕴含双重性：一方面，“模拟”是殖民者为了巩固其殖民统治而对殖民地人民进行规训的策略；另一方面，在服从殖民者的规训的同时，被殖民者可能会挪用“模拟”策略对殖民者的权威进行挑战。本文根据巴巴的“模拟”与福柯的“规训”等概念，解读艾丽丝·沃克的短篇小说《一位非洲修女的日记》中的“模拟”所蕴含的双重机制。本文认为，西方殖民者的“模拟”策略显示其殖民非洲的功能性，但非洲修女也通过挪用“模拟”策略反抗西方殖民者的道德秩序和权威话语，并使之成为黑人群体在困境中保存自我的一种方式。

关键词：模拟；规训；服从；反抗

作者简介：王秀杰，文学博士，杭州电子科技大学外国语学院教授，主要从事英美文学研究。

“模拟”(mimicry)一词初现在生物学领域，用以解释某些动物能够针对不同环境变换相应肤色的生活习性。拉康(Jacques Lacan)将“模拟”用来阐释其镜像理论，认为人对外界的一个形象会产生一种与动物拟态相似的想象性俘获。霍米·巴巴(Homi Bhabha)则援引拉康的“模拟”概念作为自己的“模拟”理论支撑，用以阐释西方殖民主义的“模拟”策略：“模拟的效果就是伪装……它不是与背景相协调的问题，而是针对斑驳的背景将自己也涂满斑驳之色的问题——如同人类战争中采用的伪装术”(121)。针对殖民主义关系中的“模拟”，巴巴的阐释逻辑大致如下：一方面，“模拟”是西方殖民者在殖民地采取的一种文化同化策略。它竭力使殖民地人民模仿并内化西方的文化与价值观念,疏远本民族文化,从而巩固殖民权力。但作为外国人的殖民者要代表整个被征服的殖民地,所代表的权力却建立在彼此巨大的差异基础之上。这种企图,在巴巴看来,无疑是使被殖民者与殖民者似而不同:"殖民主义的模拟就是想要得到一个被改造的、可辨的他者的欲望,作为一个差异的主体,他几乎(与殖民者)相同,但又不完全相同"(86)。被殖民者的"可辨的他者"之位,可避免其因同化而对自由、平等、民主等理念的狂热追求,以防引发被殖民者对殖民统治的反抗。

另一方面,殖民者身份的权威性有待自身的他者——被殖民者的反应进行确认。如果被殖民者无意回应,殖民者稳定、权威的身份便会受到挑战。被殖民者"模拟"的结果并非是对那些特性的完全复制或简单再现,而是一种似是而非的"拷贝"。以巴巴之见,这种"拷贝"对殖民者颇具威胁性:"'模拟'在殖民者对被殖民者施行控制或规训的确定性中定位了一处裂缝——为了达到有效,模拟必须不断产生滑脱、过剩、差异,殖民话语的权威因此受到不确定性的打击"(89)。有鉴于此,"模拟"反映出殖民者和被殖民者之间的矛盾关系,浮现为一种双重发声的符号:对殖民者而言,"模拟"是殖民者所施行的一种殖民统治形式;就被殖民者而言,由于"模拟"的权力运作发生在情感与意识形态领域,某种程度上被被殖民的他者"挪用",具有一定的不确定性与反叛性。是故,"'模拟'不仅凝聚殖民权力的主控性和策略性功能",还"对规范化的知识和规训权力发出一种内在的威胁"(86)。

艾丽丝·沃克(Alice Walker)的《一位非洲修女的日记》("The Diary of an African Nun")(以下简称《日记》)充分再现了西方殖民者"模拟"机制的双重性。该篇小说被收录于沃克获得过美国国家艺术奖的第一部短篇小说集《爱情与烦恼》(*Love and Trouble*)中。作为该部小说集中唯一一篇场景远设非洲,主人公又是非洲黑人女性的小说,《日记》以非洲修女为叙事者,讲述作为基督徒的自己对本民族"异教"既疏离又心向往之的矛盾情感。沃克旨在借此揭示所有黑人女性因额外的种族与性别因素而使自我表征相对复杂的心路历程。目前,针对《日记》的批评多以沃克的妇女主义思想为视角,发掘西方男权势力对黑人女性造成的身心伤害。

本文则主要从“模拟”和“规训”等相关概念切入，分析小说中“模拟”机制的双重性，阐明西方殖民者一方面以传播基督教作为“模拟”策略的手段对非洲人民实施规训；另一方面，作为弱势“他者”的非洲修女在“模拟”过程中亦以某种反抗方式对西方殖民主义的权威造成搅扰。此种阐释不仅令我们管窥西方殖民者“模拟”策略所蕴含的权力机制，还能洞察弱势群体在“模拟”过程中为维护民族生存、反抗殖民权力所积淀的智慧，其结果如巴巴所言，“反转或干扰了主导性权力知识之间的政治关系”（Bhabha 33）。

一、“模拟”中的规训与服从

拉美特利（La Mettrie）强调，“肉体是驯顺的，可以被驾驭、使用、改造和改善。他们是权力所能摆布的微缩模型”（转引自福柯，《规训与惩罚》154）。这种“微缩模型”正是“模拟”策略“塑造”被殖民者时所期求的目标，其中的“驾驭”“改造”便是福柯（Michel Focault）所言的规训。在福柯看来，规训是一种将个人既视为操练对象又视为操练工具的权力的特殊技术。就殖民历史而言，殖民者不仅要求被规训的被殖民者在“做什么”方面都要符合殖民者的愿望，还将其变成一种强烈的征服关系。对被殖民者空间的隔断与分配便是殖民者常见的规训方式：“它（规训）根据尽可能严密地划分时间、空间和活动进行编码，使人们有可能对人体的运作加以控制，不断征服人体的各种力量，并强加给这些力量以一种驯顺——一种功利关系”（《规训与惩罚》156）。在《日记》中，规训非洲修女的空间是由美国人在非洲小镇所建立的美国教会学校，其中的“窗”将非洲修女与其“异教”同胞隔离为内外两个世界，呈现基督教与非洲“异教”之间的张力。

传播基督教是西方殖民者在殖民地实施“模拟”策略的主要方式。非洲修女便出生在“一个被美国传教士‘教化了’的小村庄，自幼在美国教会学校上学。每当遇到他人，尤其是教我的修女和牧师，我都用英语说声‘早上好’”（*Diary* 113）。由于长期接受教会学校的教育规训，非洲修女不仅接受了英语这一西方文化的规训工具，更渴望日后成为修女，过上与西方传教士同样“庄严高贵的生活”(114)。非洲修女最终如愿以偿，并被告知“嫁给”了基督，成了“基督的妻子”(113)。

福柯指出：“(规训)这种机制使人变得更顺从，或者因为更顺从而变得更有用”(《规训与惩罚》156)。诚如福柯所言，非洲修女对教会学校的规训全盘顺从：“教袍永不脱身，总洗冷水澡，冬天亦然；梳着剪短的教士发型，并遮盖严实。指甲要干净齐整”，“所有的生活就是居住在这里”(114)。非洲修女的叙事表明，教会学校这些仪式化的规训生产出非洲修女机械驯顺的女性身体，缺少对空间的自我支配力与精神上的自我意志性。然而，这些规训并非通过强制，而是经由权力的内在化使之自动地施于修女自身，如福柯对全景式监狱的描述：“不需要武器、肉体的暴力和物质上的禁止，只需一个凝视，一个监督的凝视，每个人就会在这一凝视的重压下变得卑微，就会使他成为自身的监视者”(《规训与惩罚》227)。在《日记》中，“凝视”非洲修女的除了教会学校严苛的规训制度，还有虽然物理缺场却神权在场的“丈夫”——基督。因此，《日记》多次再现非洲修女窗边静待“丈夫”基督，日落时分铺床备寝的场景。即便窗外的“异教”同胞“鼓乐声声，闻到烤肉的浓香，还能感到节日圣歌的韵律”，非洲修女依然遵训守规，“每晚七点恭顺上床”，或“唱着自己的圣歌与之对抗”(114)。可见，美国教会学校对非洲修女的“有效”教化，如巴巴所言，在非洲“既建立了一种模拟的方式，又建立了一种权威和秩序的模式”(Bhabha 107)。

毋庸置疑，相对于基督教沉闷的圣歌，非洲鼓乐更加铿锵有力。但已被“教化”的非洲修女却对此做出有失客观的评断：“我的圣歌不像他们的那样古旧”(115)。这一认同西方的“我”与疏离本民族同胞的“他们”构成了非洲修女自我确认的二元对立组，德里达将其界定为“暴力的等级秩序，两个术语中的一个统治另一个”(Derrida 21)。从整个叙事语境来审度非洲修女对同胞们的称谓，不难看出，她已将自己纳入西方阵营，把非洲同胞视为与自己对立的他者，“古旧”一词更反映出非洲修女对本民族文化的否定。非洲修女的此种嬗变被法农(Frantz Fanon)归结为西方列国对非洲人民进行殖民统治的结果。他在《黑皮肤，白面具》(*Black Skins, White Masks*)中指出，这种统治“导致黑人在灵魂深处产生无可排解的自卑情结和痛苦。被扭曲的黑人心灵使其成为没有文化地位、没有心性陶冶，也没有自主和民族自尊的所谓原始野人”(Fanon 116)。法农的论述印证了西方殖民者“模拟”策略的目标及其对被殖者所造成的身心伤害。在《日记》中，基督教圣歌和美国教会学校在非洲的物理在场以及非洲修女如此驯顺于殖民者加诸她的意识塑形，表征了殖民主义权力话语叙述的能力与“模拟”策略的功效，最终使非洲修女的自我存在刻上了被殖民的烙印，成为法农所言的“黑皮肤、白面具”的“模拟人”。

作为“模拟”主体的非洲修女虽然成为传教士中的一员，被称为“非洲姐妹”，但她从未也永远无法达到西方殖民者的“标准”。在小说中，非洲修女屡次称上帝为“父亲”和“主人”，认同上帝的权威身份以及基督的“丈夫”角色。但在这一等级秩序中，非洲修女的自我形象并未因其与上帝的关系得以提升，而其“他者”的种族与性别却与西方教会学校既定的尊严和救赎标准相冲突。在所谓的与殖民者共属的“人类大家庭”中，非洲修女的经历证实了殖民主义话语的虚伪性：在由美国人建立的“白天做教室，日落为宾馆”的教会学校中，非洲修女不过是一位驯顺的“侍从”，为她的西方游客“上帝”提供干净的寝具。在这一“神圣”与“世俗”兼具的混杂性空间，非洲修女“根植于本土”和“魔幻色彩”的异质性一直被游客“观看”，成为西方游客的另一种“景观”：“色眯眯地看着”，“瞥着”，甚至被视为“一件原始艺术品”(113)。在福柯看来，“‘被看’与权力的运作相关，并因此以那种方式被区别和分类，当看到‘野蛮人’或‘原始人’时更是如此”(转引自霍尔 195)。非洲修女的“被看”凸显了这种不平等的征服与被征服的权力关系，强化了关于西方“科学的”“文明的”帝国优越性话语。因此，即便非洲修女文明有加，成为西方传教士中的一员，她的“原始”与“黑人性”仍是其格外“被看”的根源。所有的西方游客皆对其修女身份“眼含质疑：如此年轻、如此美丽，——做了修女?”(113)这一质疑之寓意不言自明：身为“性欲旺盛”的“原始野人”(Fanon 116)，非洲修女竟然献身于戒律森严的基督教传教事业，这一事实，按原文所言，被西方游客理解为“是文明与反异教主义的化身，是胜利观念的果实”(113)。有鉴于此，非洲修女的“原始”与“黑人性”如莫里森(Toni Morrison)《宠儿》(*Beloved*)中塞斯后背上的“树”，成为其身份中无法抹杀的印痕，成为其“模拟”过程中既被肯定又被否定的差异性存在。这种存在将非洲修女的“人”之主体物化为"被看见"的客体,再次揭示殖民语境下的"模拟"策略无论采取何种手段来规训被殖民者,被殖民者无论怎样卑躬屈膝地承受,殖民者和被殖民者之间的差异无法消除。因为,西方殖民者"模拟"策略的真正目的不是为了平等共存,而是在殖民地的"一种权力与欲望的投射"(Bhabha 112)。

二、"模拟"中的反抗机制

福柯认为,在权力的征服与规训过程中,"一方驯服另一方,另一方也会对之反抗和抵制"(《规训与惩罚》23)。在论及西方殖民主义的"模拟"策略时,巴巴所见略同:殖民主义的"模拟"策略有时会起到适得其反的效果,"被殖民者有时会挪用殖民者用来规训他们的知识和权力进行不同程度的反抗,构成了殖民权力和知识难以把握的,也是最有效的策略之一"(85)。《日记》中的非洲修女虽然深受西方价值观的影响,但内心却对西方文明话语渐生质疑,不仅对其内容质疑,其自身的不确定性所隐含的反叛意义同样不容小觑。

非洲修女在《日记》中描述:当窗外"黑色的躯体"围着"创造之火"尽情狂欢时,非洲修女"渴望置身于围火而坐的人群中,感受令面颊潮热的爱的气息和双腿间爱的滋味!"此时的非洲修女与小说初始时恭顺的她判若两人,她那被禁锢的自我开始被民族"异教"的激情撼动,并开始对自己渴盼的"丈夫"基督心生怨言:"我要等多久才能把你从天上吸引下来?你这个不懂且永远也不会跳舞的苍白爱人!我穿着与你肤色同样的衣服,躬身为仆且属于你。难道你还不下来接我?或者,难道你比你那位从未露面的父亲更缺少激情?"(115)此刻,非洲修女终于意识到,自己所向往的西方传教士的那种"子孙满堂""高贵庄严"的生活不过是一种假象,因为他们"本不能生孩子"(113)。若此,只要非洲修女仍然恪守圣约,只要她仍将孕育生命的能力寄予自己的"苍白爱人"基督,她就无法拥有自己的后代。这样,非洲同胞充满盛宴与狂欢的"异教"与令非洲修女身心齐陷"荒芜之境"的西方基督教形成对立(115)。但非洲"异教"与西方教会的对立不是以暴力的方式冲击后者,而是以盛宴、爱欲、狂欢等被基督教禁忌的形式对其象征物巧妙讥讽,从而"使权威严肃的基督教相对化"(凌建侯 236)。

如世俗婚姻中夫妻双方彼此精神上的疏离,缺失爱与忠贞的基础,非洲修女对民族"异教"的本能渴望便是她对此时信仰的精神背信。她形同虚设的"婚姻"、被钳制的欲望以及一无子嗣的结局令其对精神上的"丈夫"产生怀疑,最终借助对一位黑人少女的实体描述进行了一次精神"偷欢":"她的双臂伸向天空,眼神却专注于恋人。她的恋人与其共舞,舞步在加速。所有人都看到女孩双膝酥软,都从自己的性器中感到女孩舞动的大腿在松开……彻夜都在重复着生命之舞与创造的欲火。终于破晓时分,传来婴儿的啼声"(116)。

非洲修女如此的精神"偷欢"是对其信仰禁忌的僭越,亦是对信仰权威的严峻挑战。或许还可以说,非洲修女在其虔信与背信之间建构了一种悖论性对话:一方面,非洲修女禁锢自身,疏离本民族文化;另一方面,她又反思自己为此所付出的代价。她在跨越种族、文化、时空的精神"婚姻"中挣扎于渴望/压制和恪守/背信等二元对立之间,这种不确定性某种程度上搅扰了西方主流权威话语,影射出非洲"异教"文化对西方权威文化进行渗透或反转的潜力。

此外,当非洲修女审视自己虚无的传教士身份时,她开始将个体的信仰与民族使命并联。换言之,非洲修女从自己枯竭的生命力中反思民族与文化的存亡。非洲修女认为,民族得以生存的唯一机会是沉默,是服从,是继续与白人上帝建立一个"无果"的联盟:

> 我必须沉默,尽管我的心伴着急促的鼓声跳动……为保证我的人民在这世界的生命,我必须进入倒下的人群中,教会他们如何死亡。我会永远帮助压制鼓声。我会将其舞蹈变为敬奉虚无天空的祷词,将他们的爱人变成死者,每年春天将他们的婴儿窒息,变成未唱的圣歌。正是以此种方式,未享受过爱情、子嗣和希望的西方之妻在向一个模仿的民族宣告着一个文明宗教的快乐。(118)

表面看来,非洲修女的身体与文化悲剧被其反讽性的屈服进一步强化。我们甚至以为,作为以压制、消弭"异教"为使命的基督教传教士的一员,非洲修女在为自己背离民族自我进行狡辩,以界定自己工作的"正义性"。

但悖论的是,如此压制鼓声、变舞蹈为祷词、窒息婴儿等诸多为西方殖民者“助纣为虐”的行径对拯救民族何益?一个“未享受过爱情、子嗣和希望的西方之妻”,又有何“快乐”可宣?这些貌似错乱荒谬的话语逻辑背后到底隐藏着何种深意?非洲修女在袒露内心对“异教”的神往之后为何又转向对殖民者规训的服从?巴特勒(Judith Butler)认为,“一个人只有通过服从于一种权力,一种意味着根本的依赖的服从,才可占据这种自主权的形象”(71)。据此推之,非洲修女的被迫“服从”正是她为了“占据”拯救民族的“自主权”而采取的权宜之计,是一种被“乔装”的反抗。毕竟,西方殖民主义“模拟”策略的真实目的被其“拯救人类”的高尚名义遮蔽,非洲修女只有“模拟”成驯顺的传教士,才会有机会洞察殖民者的“教化”动机,并以本民族恶作剧者的反语之计揭开殖民者“模拟”策略的虚伪面纱。巴巴将此种“伪装”与智诡的“服从”称为“狡猾的谦卑”(Sly Civility)(131)。这是殖民地人民经常采用的一种以弱胜强的策略。巴巴指出:“这种抵制所造成的不确定性改变了殖民叙事的要令本身。曾在恭顺秩序下采用的表述此刻进入了殖民能指”(141)。就非洲修女恭顺的反语而言,在殖民主义强势话语的“监视”下,弱势的非洲修女被剥夺了言说真实的机会,只能在强势语境中进行话语的差异性游戏,以反话正说的形式反射话语背后的真实。巴巴将这种“恭顺”下的语言游戏视为一种“投射”(projection):“投射从不是满足自我的预言,从不是‘替罪羊’式的幻想(‘scapegoat fantasy’)……投射迫使人们对主人言说,但其永远不能生产出以忏悔式要求为中心的那种‘爱’或‘真实’的效果”(142)。同理,非洲修女的反语表达绝非在向西方殖民者表白自己的“爱”与“真实”,而是以机巧的反说形式侵入主导性话语,令其内在的“恨”生产出“背信”的重复想象,从而瓦解了非洲修女表层“服从”话语的“真实”。可以说,正是通过这种“狡猾”的“服从”,非洲修女才获取自我的主体立场,对殖民主义话语进行游戏性反击,以法农之言,这是“披上了白人意识的伪装,他者的身份给了她生存的价值”(204)。

综上可知,以基督教为工具的西方“模拟”策略不仅具有压制性,还具有生产性,它在规训和教化非洲修女身心的同时也令其生产出反抗性的自我意识。非洲修女仍在其窗内的规训空间眺望窗外的“异教”世界,通过自己的目光与外界联结，更通过日记的形式对西方主流文本和话语进行“模拟”式书写，建构出灵动的黑人女性话语，再次将反叛性视野投向了“权力之眼”。

三、黑人女性话语的建构

福柯认为，“话语是文化生活的所有形式和范畴”(《知识考古学》228)。影响和控制话语运动的最根本因素是权力，两者相辅相成、此消彼长：“话语可能同时既是权力的工具和后果，又是障碍、阻力、抵抗和一个相反战略的出发点”(《性经验史》75)。按照福柯的观点，话语因为权力的参与而复杂多变，所有不同的话语都处于流动和对抗状态。可见，话语是权力的一种形式，有主流话语，就有边缘话语，那些主宰社会机构的组织与实践的统治话语总处于被挑战的过程中。话语的这种不稳定性使边缘话语拥有了对主流话语抵抗和改变的空间。在《日记》中，非洲修女便通过“模拟”基督教及男性文本的模式建构出黑人女性话语，言说“我”之“难言之隐”，使其黑人女性话语成为“阻碍和抵抗相反战略的出发点”(《性经验史》133)。

首先，如《日记》篇名所示，读者期待阅读的文本是日记，而实际阅读中却发现它只是一个“游戏”日记或自传体等文类概念的叙事声音，形式看似与这些文类无关。小说通篇既无日记中应有的个人实事记录，也无具体的日期标注，但小说中的第一人称叙事者“我”以及颇具私密性的叙事基调契合日记的私隐性特质。在叙事结构上，非洲修女既是文本的叙事者又是文本人物，从两个维度描绘自己迂回曲折的思想历程：从空间维度上，文本叙事从非洲修女所生存的外部世界——教会学校转入其矛盾的内心世界——对基督教信仰的含混心态，再回到民族“异教”的现实境遇这一外部世界。从主题叙事上，整体叙事进程表现为一种反向运动，从基督教对非洲修女的规训转向非洲修女对民族“异教”的向往，最终似乎又回归基督教信仰的立场。这一叙事结构貌似奥古斯汀(Saint Augustine)的宗教自传体文本《忏悔录》(*Confession*)。奥古斯汀的《忏悔录》主要阐释他的精神危机以及如何通过确认自己的基督徒身份与宗教职务而进行自我疗愈的过程。与此相似,非洲修女亦在对基督教信仰的身体恪守与精神背信之间自我“坦白”,但有别于奥古斯汀,非洲修女的叙事摒弃男性书写中的线性、理性与逻辑性布局,代之以非线性、断裂性叙事:小说的开篇为“我们的教会学校坐落在可爱的乌干达山脚下,它也是游客的栖身之所”。这一开篇句式令人生奇,因为它更似一篇备忘录,由一位传教士以集体型叙事描述某一团体的生活境况。表征集体型叙事声音的“我们”以及“可爱的”“栖身之所”等描述性用词引发读者的阅读期待,尤其是非洲修女如此风轻云淡地将精神教化之所“教会学校”与世俗享乐空间“宾馆”并置描述,讽喻西方殖民者对非洲人民进行“教化”的动机所在。然而自第二段起直至小说结尾,个人型叙事者“我”突兀出现,叙事基调也随之逆转,阻断了读者的阅读进程。第二段以游客对非洲修女的质疑开始:“所有来这里的游客都眼含质疑:为什么你——如此年轻,如此美丽——做了修女?”非洲修女对此质疑的描述同样趋向反讽,她将所谓的“原始”语言“魅力十足”(Charmant)与“文明”语言“原始艺术品”“文明、反异教的化身”(113)混合运用(113)。这一语言上的原始与现代并用、非洲修女物理上的“人”与西方人眼中的“物”之重合,模糊了既定的二元分界。之后,叙事者“我”将叙事时间转回过去,引领读者从非洲修女的现实返回到童年的西式教育,再将叙事拉回到非洲修女的现实世界。这样,读者随着非洲修女穿行于过去与现在、内在与外在的时空之旅中,在断裂的叙事碎片中重构非洲修女的思想轨迹。这种错乱孤立的叙事碎片犹如梦中呓语,具化为非洲修女游移、含混、感性的精神存在,挑战逻辑、理性的男性话语模式。由此可见,沃克试图在《日记》中找到某种混合型叙事方式,并在文本中加入省缺形式,凸显非洲修女黑人女性叙事声音中复杂灵活的动态机制。

此外,小说中的叙事者“我”名姓皆无,既是个性的“我”,又代表共性的“每人”。这种多元的“我”为非洲修女在叙事过程中能够自由转换叙事声音提供了充分的空间,使我们在文本中“听见”非洲修女与上帝和西方传教士的对白,甚至“听见”非洲修女的喃喃自语。这种公开与隐秘性交织的叙事声音如巴赫金(Mikhail Bakhtin)所言,是“一个人开始逐渐懂得自己的语言这一过程”(365)。非洲修女借助这种貌似公开的私人化声音无疑是一种反叛性表现，一种自我消抹声音的姿态。该种叙事声音与18世纪主流文学中外在的自我消声叙事姿态相似，非洲修女只有通过此种“装饰”才得以“公开”“坦白”内心的真实，以兰瑟(Susan S. Lanser)之见，“既建构了一种私下讲故事的叙事结构，让黑人女性能够堂而皇之地……讲述她的故事，同时又使用一种异故事的叙述声音赋予……叙事权威，以面对那些种族和自然性别成分都十分复杂的公众读者群”(234)。换言之，非洲修女借助个人化叙事获取了个人叙事权力，而多元化的“我”又提升了叙事的可信度，规避了基督教权威话语的“监控”。这样，非洲修女日记体的私隐性叙事声音在自传体叙事模式的“面具”掩盖下不仅将自己写入主导性话语，还获得了敞开心扉、言说内心的机会。而在文本结尾，非洲修女也未像奥古斯汀那样与宗教和解，她的转回更富冲突意识，揭穿了西方殖民者“模拟”策略的真相。因此，非洲修女成功地将曾经属于欧洲人、白人、上等人的叙事传统与文类进行了“差异性”修正，在主导性话语的秩序内为其黑人女性话语赢得了言说真实的权力。

值得注意的是，非洲修女还在叙事中将民族“异教”元素融入基督教话语，把自己对“异教”的“世俗”欲望注入基督教的教旨，令基督教话语“面目全非”，“创造了新的对抗性话语(counter discourse)的可能性”(《性经验史》133)。

非洲修女亦在自己的话语中悄然反转了西方传统话语中的词意，尤其颠覆了种族与宗教语境中黑白两色的寓意：“身裹白色(教袍)，如凭窗可见的群山”(113)。此处的白色与“裹尸”(shrouded)一词搭配象征死亡，而冰雪覆盖下的黑色山体和黑色同胞却喻示内蕴的丰饶与生命活力：“我们看到的群山是黑色的，是积雪将它包裹成白色。春天，山上炙热的黑土融化了覆盖它的冰雪……群山土壤肥沃，物产丰硕”。非洲修女的话语影射“黑色”同胞们丰盈的生活，而自己却“身裹白色”，永远无法像窗外少女那样享受“狂欢”的爱欲和天伦之乐。在非洲修女看来，“贫瘠无后也是一种死亡”。由此，非洲修女巧妙地将基督教与西方话语中象征纯洁和喜乐的白色转义为桎梏、死亡、贫瘠无后，而原本喻指死亡和末日的黑色却表征肥沃、活力与生命，犹如物产丰富的黑土，亦如已婚的同胞，“在亲吻着他们的孩子”(113－14)。这样，非洲修女借助强势话语的“外衣”，建构出颠覆性的黑人女性话语，彰显“异教”文化的潜力所在。

“一个女人说出自己生活的隐秘会怎样呢？世界将被撕裂开”（转引自兰瑟 161）。非洲修女在小说结尾与此和鸣：“讲述实情将意味着毁灭，将再被遗忘千年”（114）。非洲修女揭示出言说真实对女性，尤其对黑人女性的灭顶之灾。为了在强势话语中获得言说“隐秘”的可能，非洲修女只能从形式、内容、语词等各个方面“伪装”，以一位“未享受过爱情、后代和希望的西方之妻”的“模拟人”身份，“向一个模仿的民族宣告文明宗教的快乐”（118）。而这一“模仿民族”的“快乐”面具所遮蔽的“恨”无疑是非洲修女对西方殖民权威话语的真实表达。

沃克曾言，黑人女性“通过接受白人基督教并将其转化为尊贵之物来凝聚力量”（*In Search of Our Mothers' Garden* 24）。非洲修女显然未能如此，而是通过“模拟”与修正，将基督教改装为强势语境内言说隐秘的媒介，并使非洲“异教”中被否认的知识话语嵌入西方主导性话语中，从而将西方主流话语变成被差异扰乱的客体，凸显被规训客体的不可判定性。为此，非洲修女之黑人、女性的差异性诠释不仅为其本人赢得生存空间，还消解了西方主流话语的绝对权威。有鉴于此，非洲修女并非如某些学者所言的被动屈服，事实上，她为读者再现了西方殖民者的“模拟”策略所蕴含的双重机制，即，“模拟”策略对殖民地民族文化的破坏性与“模拟”作为被殖民者用来维系民族生存之策略的可能性。这一矛盾性本身便是弱势群体对西方殖民者“模拟”动机的搅扰与反抗。

引用文献【Works Cited】

Bakhtin, Mikhail. *The Dialogic Imagination*. Ed. Michael Holquist. Trans. Caryl Emerson and Miahael Holquist. Austin: U of Texas P, 1981.

Bhabha, Homi. *The Location of Culture*. London: Routledge, 1994.

Butler, Judith. *The Psychic Life of Power: Theories in Subjection*. Trans. Zhang Sheng. Nanjing: Jiangsu People's Press, 2009.

［巴特勒：《权力的精神生活：服从的理论》，张生译，南京：江苏人民出版社，2009 年。］

Derrida, J. *Stance*. Chicago: Chicago UP, 1972.

Fanon, Frantz. *Black Skin, White Masks*. Manchester: Manchester UP, 2005.

Foucault, Michel. *Discipline and Punishment*. Trans. Liu Beicheng, et al. Beijing: SDX Joint Publishing Company, 1999.

[福柯:《规训与惩罚》,刘北成等译,北京:三联书店,1999 年。]

---. *The History of Sexuality*. Trans. She Biping. Shanghai: Shanghai People's Press, 2002.

[福柯:《性经验史》,佘碧平译,上海:上海人民出版社,2002 年。]

---. *The Archaeology of Knowledge*. Trans. Xie Qiang, et al. Beijing: SDX Joint Publishing Company, 1998.

[福柯:《知识考古学》,谢强等译,北京:三联书店,1998 年。]

Hall, Stuart, ed. *Representation: Cultural Representations and Signifying Practices*. Trans. Xu Liang, et al. Beijing: The Commercial Press, 2003.

[霍尔编:《表征:文化表征与意指实践》,徐亮等译,北京:商务印书馆,2003 年。]

Lanser, Susan Sniader. *Fictions of Authority*. Trans. Huang Bikang. Beijing: Peking UP, 2002.

[兰瑟:《虚构的权威》,黄必康译,北京:北京大学出版社,2002 年。]

Ling,Jianhou. *Bakhtin's Philosophical Ideas and Textual Analysis*. Beijing: Peking UP, 2007.

[凌建侯:《巴赫金哲学思想与文本分析法》,北京:北京大学出版社,2007 年。]

Walker, Alice."The Diary of an African Nun." *Love & Trouble*. New York: Harcourt, 1973: 113-18.

---. *In Search of Our Mothers' Garden: Womanist Prose*. New York: Harcourt, 1983.

论《三兄弟》中母爱的在场、缺场与回归

郭瑞萍

内容提要：当代英国作家彼得·阿克罗伊德在小说叙事艺术方面不拘一格，为每部小说精心设计最佳叙事模式，让形式和内容相得益彰。在他的近作《三兄弟》中，除引入巧合、闪回、梦境和魔幻现实主义等诸多叙事手法外，作者还有意采用先单线、后复线的结构模式讲述三位主人公的不同命运。作者对小说叙事艺术的精心设计不仅展示出作者的叙事天赋，而且蕴含着其构建幸福家园的美好愿望，这体现在小说对三兄弟与家园之间关系的描写中，并主要通过母亲的在场、缺场与回归而表征。

关键词：阿克罗伊德；《三兄弟》；母爱；在场与缺场；回归

作者简介：郭瑞萍，文学博士，河北科技大学外国语学院教授，主要从事英美文学研究。

当代英国作家彼得·阿克罗伊德（Peter Ackroyd，1949—　）被称为"英国小说大师"。自20世纪80年代以来他已发表17部小说，并始终书写伦敦，表现出强烈的家园意识，《三兄弟》（*Three Brothers*，2013）也是如此。捷克学者佩特·查鲁普斯基（Petr Chalupsky）曾说："这部小说也是作者整体伦敦书写作品中的一部。"（Chalupsky 35）

《三兄弟》出版后，虽然在国内还少见评论文章，但在西方学界赢得众多好评。马克·桑德森（Mark Sanderson）说："这部关于三个伦敦人物传记的小说是一部夸张而精妙的杰作……是另一种自传，是一部集传记、鬼故事和暗杀于一体的书……是阿克罗伊德风格之典范。"（Sanderson）彼得·卡蒂（Peter Carty）认为这部小说"语言简单，但优美而有深度。这种风格，很适合表现小说的深厚寓意"（Carty）。本文认为，该小说不仅是叙

事形式和内容完美糅合的典范，在某种意义上也是作者的一部自传，因为三兄弟的故事可被视为作者将个人故事一分为三的结果，每一位主人公身上都有作者的影子，例如大哥的编辑身份、二哥的同性恋身份和在剑桥大学的学习经历、三弟对母爱和家园的渴望和追寻，这些元素都是作者个人生活经历的投射，事实上，这也是作者创作小说人物的一个重要手段。

有学者曾说："无论是从叙事形式还是从创作主题来看，英国小说在21世纪的发展都可以用'交融中的创新'来形容"（尚必武 134），这也适合评价阿克罗伊德的《三兄弟》。作者不仅运用巧合、闪回、梦境、自传、日记、信件和魔幻现实主义等诸多叙事手法，而且还有意采用先综述、后复线的结构模式，并能适时采用传记和小说叙事艺术之长，实现了交融中的创新。

一、母爱在场：家园完整与快乐童年

阿克罗伊德曾说，他的"每部小说都是一个新的开始"（Ackroyd 381）。诚如作者所言，在创作中，他不拘一格，善于为每部小说精心设计最佳叙事模式，巧妙地让形式和内容相得益彰，因此，虽然他的多数小说都书写伦敦，但叙事风格各具特色。他往往能依据作品的特点和内在需求，认真"选择素材，并把这些素材安排成一个审美整体，精心处理不同人物和情节在整个叙述中的关系"（Puckett 123 - 24）。例如，在小说的开篇，作者对全家人进行概述，因为这时三兄弟都和父母一起生活在一个完整的家中，享受天真、快乐的童年生活。从第二章开始作者将叙事线分为三条，既平行又相互交织，表征着三兄弟既相互分离又时而相遇。

为使读者全面了解三兄弟，作者主要采用了全知叙述视角，让叙述者处于故事之外，无所不知，"可从任何角度来观察事件，可以透视任何人物的内心活动，也可以偶尔借用人物的内视角或佯装旁观者"（申丹 95）。同时，作者善于根据不同章节内容采用不同叙事手法，例如在第一章，阿克罗伊德为小说设计了一个迷人的开头。戴维·洛奇曾说："小说的开始是一个入门界限，它把我们居住的真实世界和小说家想象出来的世界区隔开来，就像俗话说的，它'把我们拉了进去'。"（Lodge 5）洛奇认为，小说开始的方式是千变万化的，然而只有好的小说的开头句才能一下子让读者“上钩”(5)。据此，《三兄弟》的开头可谓是好小说的开头，因为阿克罗伊德采用了巧合的叙事手法，让小说的开头像一个童话故事，很容易使读者“上钩”。例如，他写道：

> 20世纪中叶，在伦敦卡姆登区住着三兄弟；他们是三个小男孩，年龄相差一岁。然而，他们的关系不同寻常。他们在同一时间、同一个月的同一天出生，确切地说，是在5月8日中午。这种可能性微乎其微，甚至令人难以置信，但是事实的确如此。当地报纸曾记录下这一巧合，第三个儿子出生后，汉韦家这三个男孩引起诸多想象(Ackroyd 1)。

这样的开头会让读者对三兄弟的命运充满兴趣和好奇，渴望继续读下去，了解他们的未来命运。接下来，阿克罗伊德让读者了解到，童年时期的三兄弟有共同的兴趣和爱好，常一起玩各种游戏，关系很亲密。他们一起在伦敦长大，“虽然从未曾见过山峰或瀑布，但在他们熟悉的环境中，生活得自由而快乐”(Ackroyd 3)。然而，在哈利(Harry)10岁，丹尼尔(Daniel)9岁，和萨姆(Sam)8岁那年，母亲离家出走。这时作者才用插叙的方式让读者接下来了解到，父亲菲利普在二战期间曾做过军队弹药员，战争结束后来到伦敦，梦想成为一名作家，便去索霍区(Soho)寻找机会和希望，然而没有成功。当领取的部队津贴所剩不多时，他不得不到附近一家酒店做招待。后来，与在一家蛋糕店工作的女孩莎莉·帕利瑟(Sally Pallise)相识并同居。菲利普因和酒店同事吵架被辞退，莎莉怀孕后，两人便匆匆结婚。婚后菲利普又先后找到做守夜人和长途汽车司机的工作，同时他们也申请到卡姆登区地方政府出租的公寓，正是三兄弟都出生和长大的地方。

母亲出走使父亲变得沉默寡言，且由于工作原因很少能和三个儿子在一起，三兄弟只能相依为命。上小学后，三兄弟之间的关系开始发生微妙变化。哈利活泼，结交了自己的朋友。丹尼尔严肃、深沉，常喜欢和同学探讨深奥的问题。萨姆内向，更乐意独处。后来，随着年龄的增长，三兄弟之间变得越加不同和疏远。哈利开始为校足球队踢足球，“他喜欢带球运球、巧妙传球和突然射门的快感，享受在足球世界中所彰显的力量”(Ackroyd 10)。在此方面，哈利和两个弟弟截然不同，因此，他们之间的关系逐渐疏远。丹尼尔天生爱读书，有远大抱负，把生活看作是一系列必须跨越的跨栏(Ackroyd 10)，因此，每天晚上坐在餐桌旁写作业。萨姆经常独处，尽管他不知道“忧郁”这个词，但已开始体验它的含义。

阿克罗伊德所精心安排的开篇，不仅开门见山地就把读者拉入书里的世界，而且还让读者对三兄弟的性情、家庭背景和生长环境有所了解，这样“可以使读者对人物有一个总体把握，可以为人物在以后的情节事件中的种种活动与表现寻找到某种根源”(谭君强 170)，为后来的情节发展做好铺垫和埋下伏笔。

二、母爱缺场：家园破裂与生死离别

母亲的缺场让一个充满神话般的家园丧失了朴素的幸福和完美，因此，从第二章开始，作者采用三条线交替讲述三兄弟的故事。阿克罗伊德善于将传记和小说叙事手法融合，曾说：“我认为我的小说和传记没有区别，因为它们都是讲故事。”(Ackroyd 384)因此，如果将《三兄弟》中的章节分类与合并，就会发现描写哈利和丹尼尔的故事犹如是两个人物简传，因为它们“相对完整地描述了一个人的生活，包括试图阐述其性格、气质和社会环境，以及这个人的活动和经历”(Abrams 25)。具体而言，在第2,5,8,11,14,17,20等七章中，作者主要讲述哈利的故事。中学毕业后，哈利无意再上学，打算找一份工作，因为“他活跃、坚定而精力充沛，渴望尽早融入社会”(Ackroyd 11)。于是，他在地方报社“卡姆登军号”(*Camden Bugle*)面试通过后做了一名通信员。他积极向上，充满活力，深受编辑乔治·布拉德韦尔(George Bradwell)的赞扬。一天傍晚，在递送完最后一份稿件回去的途中，他跟踪并制服了一位想在“忧伤女神”(Our Lady of Sorrows)教堂纵火的男人。第二天，当哈利向编辑布拉德韦尔生动地描述他如何制服那位纵火犯后，布拉德韦尔极为赏识他的敏锐、胆识与叙事天赋，并立刻将哈利晋升为记者。成为记者后哈利奔走于各个场所，有机会接触到各类人。一次，他偶然结识了曾在法院工作的一位老书记员皮博迪先生(Mr. Peabody),并通过他了解到当年他母亲离家出走的真相是因为“拉客卖淫触犯了公共道德罪,地方法院判了她三个月监禁”(Ackroyd 19)。这一发现使哈利倍感羞辱,因此,他趁父亲不在时悄悄离开家,在报社附近租了一间小屋。后来,他在一家咖啡馆与在一家银行做打字员的女孩希尔达(Hilda)相识、相恋和同居。一天,他在《晨报记事》(*Morning Chronicle*)上偶然看见一则由该报赞助的青年作家创作比赛公告,要求参赛者撰写一个本地人物简传。哈利立刻想到他曾在教堂制服的那位纵火犯,为此他又专门采访了他,了解到关于他的更多故事。三周后,《晨报记事》刊登了他的《西蒙 · 西姆》(*Simon Sim*)。随后,他收到一封信,让他亲自到《晨报记事》办公处领取一张 25 英镑的支票作为奖金。他认为这是他一直以来梦想在《晨报记事》谋得一位记者职位的天赐良机。因此,他有备而去,果然得到《晨报记事》副编辑约翰 · 艾斯丘(John Askew)的赏识,即刻成为《晨报记事》记者。接下来,因为他表现出色,并且掌握了商界、政界以及新闻界等一些要人之间的秘密交易,得到《晨报记事》的老板马丁 · 弗拉克斯曼(Sir Martin Flaxman)的关注和器重。然而,这时的哈利已被心中的欲望之火所支配,开始向权威屈服,甚至不择手段。虽然他发现开发商亚瑟 · 拉普特(Asher Ruppta)和住房部的科马克 · 韦伯(Cormac Webb)之间的行贿受贿行为,但在老板的施压下,放弃了揭发他们,相反,却替他们隐瞒真相。后来,为了能与老板的女儿吉尼维尔(Guinevere)结婚,他抛弃了曾与他共患难并帮助他走向成功之路的女友希尔达。婚后,为了晋升,在老板病危期间他与岳母保持乱伦关系。然而,当受到岳母威胁时,他竟然用电话线将其勒死,最终,无路可走,投河自尽。

第 3,6,9,12,15,18,21 等七章讲述的是丹尼尔的故事。和大哥一样,丹尼尔也以家为耻辱,在放学后乘公交车回家时经常提前三站下车,因为不想让同学知道他家住址。中学毕业考入剑桥大学后,他便迫不及待地搬进学校住,说话小心翼翼,唯恐别人会听出他的伦敦口音。更让他不安的是他的同性恋身份,他曾先后和两个男人来往密切。在剑桥获得博士学位后,他被正式聘为英语系研究员和导师。由于表现突出,得到当时一些作家、评论家、出版商和电视台的关注和赏识。随着在文学界地位和关注度的提升，同性恋身份让丹尼尔背负着极大心理压力，因此，他想与男妓斯巴克勒（Sparkler）断绝来往，竭力疏远和回避他，然而，斯巴克勒对他纠缠不休。在大哥哈利跳河自尽的那天中午，当看到斯巴克勒赤身裸体地出现在他所住的剑桥宿舍楼下向他挑衅时，丹尼尔在极度惊恐之下气绝身亡。

阿克罗伊德在创作传记时曾说，他善于将目光聚焦在珍贵而独特的人类个体上，因为透过典型个体可以了解整个人类社会。《三兄弟》也隐含着作者对个体和整个人类社会的考问。哈利和丹尼尔的悲剧既源于20世纪60年代的伦敦社会，也源于两兄弟内心深处的阴霾。对金钱和地位的盲目崇拜，对成功的曲解，以及缺乏对社会清醒而深刻的认识与理性判断，致使他们无法获得身份和空间认同感，导致人格扭曲，为追求浮华与名利放弃了本该珍爱的家人与家园。相反，两兄弟都以家为耻辱，哈利为了和老板女儿结婚，无情地抛弃女友，谎称自己是孤儿。丹尼尔也为家境感到自卑，去剑桥上学后，放假后也不回家。例如，他曾在日记中表明对家的厌恶：

> 今天我走了五英里。离这个地方越远，我越高兴。事实上，我脸上已露出微笑。显然我不应该属于这里，有时我真想大声喊出来。我不想成为水晶街或卡姆登镇的一部分。我讨厌在街上遇见人。我像个战俘一样，时刻计划逃跑。这里的人太粗俗，没有教养。天啊，他们那些无聊的想法让我恶心。他们活着有什么意义？哎，但愿我能逃离这里所有的人。（Ackroyd 30）

虽然两兄弟都是社会精英，可悲的是，他们都试图抹去自己的自然身份和过去。然而，他们并没有找到想要的生活。事实上，正是哈利和丹尼尔对家的不适和逃离，才导致了他们无根的漂泊感。哈利虽然后来和老板女儿结婚后搬进了豪宅，在地理位置上从边缘进入中心，但是，在精神层面，他更加孤独，甚至害怕。他和妻子的疏离、冷漠，和岳母的相互利用和乱伦关系，始终让他滞留在中心的边缘，即使和她们在一起，他也只是一个“他者”或“闯入者”。同样，丹尼尔也一直在寻找属于自己的理想空间，想在文学界赢得声誉，但因同性恋身份，又感觉自己是个“异类”，认为这种感情是“不正常、不健康、应该避免的”（Tyson 319）。因此，他同样找不到真正的自我身份认同和归属感，最终身心崩溃。

如果说母亲的缺席使汉韦一家丧失了朴素的幸福和完美，那么哈利和丹尼尔的逃离使汉韦一家在物质层面上彻底破裂。

三、母爱回归：家园重建与爱和希望

与两位哥哥不同的是，萨姆拥有自我身份和社会阶层认同感，正直、善良、有爱心，能包容他人，因此，阿克罗伊德将构建生态家园的愿望寄托在萨姆身上，让萨姆成为联系家与家人的桥梁。

首先，萨姆是物质家园的守候者。卡姆登区是三兄弟出生和度过童年的地方，承载着全家人的共同生活和故事，也承载着三兄弟的自然身份和过去。阿克罗伊德对卡姆登区的描写蕴含着作者深厚的家园情结，“其开篇对 20 世纪中期破败的伦敦西北部的描写取材于阿克罗伊德本人在东埃克顿地方政府出租的公寓中成长的历程”（Thomson）。作为“家园”的正面意象，“大多数人会将想象联结到童年时自己诞生的家屋，并体验到生活在其中的幸福感、安全感、宁静感和圆整感”（龙迪勇 19－20）。然而，哈利和丹尼尔都将其视为贫穷和耻辱的象征，最终选择远离。两位哥哥离家后，萨姆依然留守在家园，和父亲相依为命，直到父亲去世，因此，在阿克罗伊德的笔下，三个兄弟中只有萨姆是家园的守候者和象征。

其次，萨姆是母爱的追寻者。如果说《三兄弟》中讲述哈利和丹尼尔的章节像是两部传记的话，那么描写萨姆的第 4，7，10，13，16，19，22 等七个章节更像是一部成长小说，因为作者“通过描写主人公从童年到成年的成长过程中的各种人生经历和精神危机，讲述了主人公所经历的思想和性格的发展，对自己身份和角色的再认识”（Abrams 229）。萨姆也经历了从痛苦、失落、迷茫到成熟、自信的心路历程。中学毕业后，萨姆到本地一家超市工作，负责为顾客打包。一天，当他正站在收银台旁时，认出排在队尾的一名中年女顾客竟是失踪 10 年的母亲。在他因发现母亲而分神之际，一位男顾客不耐烦地向他大吼，萨姆因一时冲动打了那人而被解雇，母亲也再次消失。萨姆单纯、善良、有同情心，失去工作后到伦敦各处游走时，经常帮助一位在公园里遇到的流浪汉，还定时到“忧伤女神”教堂帮助修女们做一些杂活。一次，他在教堂附近又偶然发现母亲，并暗暗跟随。在跟踪母亲时他心情特别愉快，“被某种本能的、强烈的情感所吸引。当发现母亲目视前方，陷入沉思时，萨姆似乎能体会到她焦虑不安，想走近她，安慰她”（Ackroyd 87）。在接下来的第三天，他终于鼓起勇气和母亲相认。此后，“他每周按时来见她，享受一壶茶，欣赏蓝色花瓶里的鲜花，聆听母亲的声音，得到莫大的放松和安慰”（Ackroyd 90）。母爱不仅让萨姆有了归属感，而且也让他体会到生活的温情和诗意，母亲的声音让他感觉平静、安全。在萨姆和母亲相认两周后，父亲为他找到一份做守夜人的工作，使萨姆有机会结识在同一栋楼办公的开发商亚瑟·拉普特（Asher Ruppta），并随后到他公司上班。后来，当拉普特被他大哥哈利的老板马丁·弗拉克斯曼暗杀后萨姆才得知，早年他母亲离家出走后曾与拉普特同居，并为他生下儿子安德鲁（Andrew）。根据拉普特的遗嘱，由萨姆的母亲先替安德鲁接管公司，因此，母亲成为萨姆的老板，并让他一起经营家业。

另外，萨姆是精神家园的构建者。在小说中，阿克罗伊德有意让萨姆与两位哥哥形成精神联系与回应。不难发现，如果按照小说的自然章节来读，三条叙事线在形式上构成错综复杂的时空交叉网。同时，阿克罗伊德还通过运用巧合的叙事手法，让三兄弟间形成神秘联系与回应。迈克尔·帕拉斯科斯（Michael Paraskos）曾指出：“作为一种文学手段，巧合是作者在小说中的在场，像古希腊神一样控制着所有事件。”（Paraskos）诚然，阿克罗伊德在作品中多次运用巧合和魔幻现实主义叙事技巧，大胆打破叙事时空局限性，“使文学作品取得空间艺术的效果”（龙迪勇 8）。例如，在第二章，当哈利在图书馆查阅到母亲当年出走秘密后感到焦虑不安时，此刻，“远在别处的两个弟弟丹尼尔和萨姆也感觉一阵恐慌”（Ackroyd 19）。在第三章中，丹尼尔和哈利偶然相遇，萨姆虽然当时正在家里睡觉，但当两个哥哥谈到他时，萨姆却大叫一声回应。在第 20 章结尾，作者描写哈利跳河自尽前的情境时写道：“当他靠近河上的栏杆时，他想知道萨姆和丹尼尔此刻正在做什么。”（Ackroyd 232）。在接下来的章节中，作者回答了哈利死前的疑问：

> 大哥哈利跳河自尽的当天，丹尼尔感到一段时间以来从未有过的精神焕发。那天上午他在10点钟和正午分别有指导学生的任务。当指导完第一位学生后，他听到楼下传来上周他回剑桥途中听到的斯巴克勒的敲鼓声，顿时极度惊恐，几乎失去知觉。他痛苦而艰难地走到窗前，看到斯巴克勒赤身裸体地站在楼下的草地上，用右手拍击着小鼓，仰着头，看到丹尼尔后，发出一声尖叫。此时，丹尼尔意识到，再也无法将同性恋身份隐瞒，吓得踉跄后退，倒在一个旧皮椅上。当第二名学生来接受指导时，发现丹尼尔已绝气身亡。(Ackroyd 238)

同时，在两个哥哥死去的当晚，萨姆梦到“三兄弟坐在一个黑暗、一望无际的空间里；然后他们像云朵一样开始消散，最后化为黑暗的一部分”(Ackroyd 243)。

此外，作者还通过小说中其他人物让三兄弟间接形成联系。例如，马丁·弗拉克斯曼既是哈利的老板和岳父，又和萨姆有交集。斯巴克勒与哈利的岳父和二弟丹尼尔皆有同性恋关系，同时又和哈利的妻子和萨姆熟悉。可见，巧合的精心构思，与小说开头形成呼应，是作者为三兄弟构建精神家园的努力。

事实上，萨姆的角色不仅是连结所有家人的纽带，而且还是伦敦过去、现在和未来的见证者，阿克罗伊德采用非自然叙事手法阐明了这一观点，通过“建构不寻常或不可能的虚构世界”(理查森 155)，让萨姆看到一个个神迹：

> 当石柱升到几英尺高的空中时，萨姆大吃一惊；他发现，当石柱在空中盘旋时，竟然从中长出几根石头肋拱和柱子，几道拱门和线脚，变成了一个错综复杂的神殿或石屋。他好像能听到锤击、敲击和施工的声音。随后神殿消失在空中，只剩下石柱在空中盘旋，最后下降并恢复到原来的位置。所有这些好像发生在瞬间，又好像是经历了几个世纪。(Ackroyd 46)

见到此景，萨姆莫名其妙，想找个地方静下来思考，于是，便来到“忧伤女神”教堂。当他问女神像为什么会看到“神迹”时，却吃惊地发现神像竟然活了，“把手指放在嘴唇上，同情地看着萨姆”(Ackroyd 47)。这种魔幻现实主义叙事手法“虽然在本质上是神话性的，而不是摹仿性的，但以现实眼光来看却颇具几分现实主义的效果”(斯科尔斯 186)。伊恩·瓦特(Ian Watt)认为,有的现实主义者和自然主义者会忘记“对现实的准确记录不一定会创作出真实或具有持久文学价值的作品”(Watt 32)。阿克罗伊德虽然运用了虚构和想象,但丝毫没有削弱小说的现实主义成分。相反,它在拓展叙事空间的同时,也丰满了萨姆的形象,更好地展示出生活的复杂性,体现出作家努力构建现代神话的愿望。正如有学者曾说,在作品中“超自然现象之所以频频出现,根源在于魔幻现实主义作家们相信世间万物皆有生命”(唐伟胜 90)。阿克罗伊德在创作中也始终坚信,万物皆有灵。

阿克罗伊德在小说结尾对萨姆的描写用意颇深。作者采用书信体形式,让萨姆收到“忧伤女神”教堂寄来的一封信,内容是:“亲爱的萨姆,我们对您之前为我们所做的工作感到由衷满意,期待您随时回来”(Ackroyd 244)。同时,萨姆说出的“等待”和“希望”(244)两个词也意味深长,可以让读者“用一种希望而不是绝望的感觉来读完故事,尽管说没有这种希望,故事将是不可读的有点夸张,但是这种夸张会使这部小说既具有悲剧特质又可以让我们对人物的未来充满希望”(Phelan 77)。亚里士多德曾说:“所有人的成败都取决于他们的行动。”(Aristotle 319)三兄弟的不同命运在一定程度上也取决于他们的行动。萨姆的正直、善良和包容既是决定其命运的关键因素,也是构建生态家园和人类共同体的核心元素,因此,作者在讲述萨姆的故事时,采用的是开放式结尾,将生态家园的构建寄托在萨姆身上。

结　语

由于阿克罗伊德本人自小缺乏父爱,被母亲和外祖母养大,因此他在小说中塑造了多位幼年失去母爱或父爱的人物形象,例如《英国音乐》中的蒂莫西失去母亲后父亲也把他送往外祖母家生活,《迪博士的房屋》中的马修在童年时和父母的关系冷漠而疏远,《丹·莱诺和莱姆豪斯的魔鬼》中的伊丽莎白自小也缺乏母爱,且根本不知道父亲是谁。作者在小说中对这些缺乏爱的家庭的描写是作者个人生活经历的艺术再现,蕴含着作者的重要创作动机。因此阿克罗伊德的小说之所以充满魅力，既因其复杂多变的叙事手法，又因其丰厚的内涵和深远意义，《三兄弟》也是如此。对他而言，“叙事技巧本身不是目的，而是为达到某种目的所使用的方法”（Martin 152）。帕拉斯科斯曾说：“阿克罗伊德从未忘记，小说的主要目的不是炫耀作者对文学理论的巧妙运用，而是为了讲述一个伟大的故事，这是他写《三兄弟》的目的。”（Paraskos）可以说，《三兄弟》既是 20 世纪 60 年代伦敦社会生活的象征和缩影，又是阿克罗伊德本人对人生感悟和思考的结果，融入了他个人的生活体验和经历，承载了个人与家庭、个人与社会、自我与他者的多重关系，蕴含着作者对人性的思考、对成功的反思、对构建生态家园和理想共同体的渴望，以及对人类诗意生存的憧憬、诉求甚至呐喊。因此，其意蕴已超越了故事时间和空间本身，既书写过去，又指涉当今，引发人们对个人身份、梦想和家园的哲理深思，对整个人类未来生存境遇的历史思考。

引用文献【Works Cited】

Abrams, M.H. and Geoffrey Galt Harpham. *A Glossary of Literary Terms*. Beijing: Foreign Language Teaching and Research, 2010.

Ackroyd, Peter. *The Collection*. London: Random, 2002.

---. *Three Brothers*. London: Chatto & Windus, 2013.

Aristotle. *Introductory Readings*. Trans. Terence Irwin and Gail Fine. Indianapolis: Hackett Publishing Company, 1996.

Carty, Peter. "*Three Brothers* by Peter Ackroyd, Review." 4 October, 2013.

〈https://www.independent.co.uk/arts-entertainment/books/reviews/book-review-three-brothers-by-peter-ackroyd-8857364.html〉

Chalupský, Petr. "Where Everything is Connected to Everything Else and Anything is Possible: London in Peter Ackroyd's Three Brothers." *The Literary London Journal* v. 11.2(2014): 35.

Lodge, David. *The Art of Fiction*. Shanghai: Shanghai Translation Publishing House, 2010.

［戴维·洛奇：《小说的艺术》，上海：上海译文出版社，2010 年。］

Long, Diyong. *A Study of Spatial Narrative*. Beijing: SDX Joint Publishing Press, 2015.

[龙迪勇:《空间叙事学》,北京:生活·读书·新知三联书店,2015年。]

Martin, Wallace. *Recent Theories of Narrative*. Beijing: Peking UP, 2006.

Phelan, James. *Experiencing Fiction: Judgments, Progressions, and the Rhetorical Theory of Narrative*. Columbus: Ohio State UP, 2007.

Puckett, Kent. *Narrative Theory: A Critical Introduction*. Cambridge: Cambridge UP, 2016.

Paraskos, Michael. "What a coincidence Peter Ackroyd convincingly stretches the truth in *Three Brothers*." 12 October, 2013. 〈https://www.spectator.co.uk/2013/10/three-brothers-by-peter-ackroyd-review/〉

Richardson, Brian. "Unnatural Narratology: An Overview." Trans. Wang Changcai. *English Studies* 9 (2019): 154-64.

[布莱恩·理查森:《非自然叙述学概要》,王长才译,《英语研究》2019年第9期,第154-64页。]

Sanderson, Mark. "*Three Brothers* by Peter Ackroyd, Review." 1 October, 2013. 〈https://www.telegraph.co.uk/culture/books/fictionreviews/10334154/Three-Brothers-by-Peter-Ackroyd-review.html〉

Scholes, Robert and James Phelan. *The Nature of Narrative*, Trans. Yu Lei. Nanjing: Nanjing UP, 2015.

[罗伯特·斯科尔斯、詹姆斯·费伦等:《叙事的本质》,于雷译,南京:南京大学出版社,2015年。]

Shang, Biwu. "Innovation through Intersection: Approaching 21st-Century British Fiction." *Contemporary Foreign Literature* 2(2015): 132-39.

[尚必武:《交融中的创新:21世纪英国小说创作论》,《当代外国文学》2015年第2期,第132-39页。]

Shen Dan. *Western Narratology: Classical and Postclassical*. Beijing: Peking UP, 2010.

[申丹:《西方叙事学:经典与后经典》,北京:北京大学出版社,2010年。]

Tan, Junqiang. *Introduction to Narratology: From Classical Narratology to Postclassical Narratology*. Beijing: High Education Press, 2014.

[谭君强:《叙事学导论:从经典叙事学到后经典叙事学》,北京:高等教育出版社,2014年。]

Tang, Weisheng. "Magical Realism in the Post-Anthropocentric Era: Tokarczuk's Magical Narrative and Their Characteristics." *Contemporary Foreign Literature* 2 (2022): 87-94.

[唐伟胜:《后人类中心时代的魔幻现实主义:论托卡尔丘克的魔幻叙事特质》,《当代外国文学》2022 年第 2 期,第 87 - 94 页。]

Thomson, Ian. "*Three Brothers* by Peter Ackroyd, Review." 1 November, 2013. 〈https://www.ft.com/content/0ccc18f0-3fd6-11e3-a890-00144feabdc0〉

Tyson, Lois. *Critical Theory Today: A User-Friendly Guide*. New York: Taylor & Francis Group, 2006.

Watt, Ian. *The Rise of the Novel*. Berkeley: U of California P, 1959.

异变的身体与入侵的机器

——论品钦小说《V.》中的后人类想象

蒋 怡

内容提要：托马斯·品钦的首部长篇小说《V.》聚焦于19世纪末以来人与技术物之间的界线不断发生松动与游移的状况，以双重时空体的叙事架构拼合起一幅西方社会里人类身体不断被无生命物侵蚀的末世论图景。本文分析该小说中身体与技术的交互界面，指出技术对身体的重构存在着双重逻辑：它一方面增补身体的功能，促进人体的自我延伸，另一方面又暴力地肢解身体，实现技术物对身体的解构。小说人物积极寻求技术介入身体的行为隐含着技术权力意志的内在控制欲望，不仅是后现代种种复杂关系的具体体现，也与法西斯主义意识形态存在着隐秘的亲缘性，技术改造身体的操作实践最终指向了后人类时代里身体的终结与技术的统治，展现了品钦对当代技术文化发展的深刻反思。

关键词：身体；技术；交互界面；假体植入；后人类；品钦

作者简介：蒋怡，文学博士，江南大学外国语学院副教授，主要从事当代英美小说研究。

美国当代作家托马斯·品钦（Thomas Pynchon，1937— ）的首部长篇小说《V.》出版于1963年，全书采用双重时空体的叙事架构，一条叙事线围绕着普洛费恩及“全病帮”（由一群画家、爵士乐音乐家等波希米亚风格的艺术家组成的团体）在20世纪50年代纽约城里醉生梦死的颓废生活而展开，另一条线则循着斯坦西尔在想象中回溯历史、执着地寻找神秘的V.女士而延伸。小说用跳跃的叙事节奏和散乱的时空编排，为19世纪末至20世纪50年代期间的每一个十年都绘制了一帧生动的剪影，呈现出历史想象与现实描摹的交错与比照。尤为值得注意的是,"无生命物"(inanimate)一词在整部小说中出现多达60次左右,"无生命物与人类生命体之间的冲突与对抗"这一题旨被作家置于故事的前景,成了游走在小说碎片化叙事中的一条若隐若现的线索。塔内(Tony Tanner)曾指出,无生命物的无处不在有助于强化品钦惯用的"熵"(entropy)主题,渲染出"熵增的进程导致整个环境全是耗竭、消亡、人性灭绝的迹象"的末世论氛围(158)。赫曼(Luc Herman)发现,故事里有生命物与无生命物的冲突和亚当斯(Henry Adams)在19世纪末的著名譬喻"贞洁女与发动机"之间存在类比关系,小说旨在刻画的是"肯定生命的积极力量"与"否定生命的消极力量"之间的历史博弈(24)。另有研究者认为,"无生命物帝国的平稳推进"实际上构成了品钦在表征"人类危机"方面独到的艺术贡献,作家似乎在说,真正威胁到人类的"是无生命物而非高科技,是无生命物侵入人体而非炸弹等外在武器"(Cooley 315, Greif 230)。由于无生命物在技术的辅助下侵入人类身体已是当下控制论时代的常见现象,故本文尝试将《V.》放置在后人类(posthuman)的文化语境下加以考察,通过拆解与剖析小说里人类身体与技术物的具体交互过程,以求窥得品钦对待技术发展的复杂态度。

技术物介入身体以代替缺失部位的假体植入现象(prosthesis)自19世纪起引发了西方社会的普遍关注。塞尔泽(Mark Seltzer)曾指出,从19世纪末开始,有生命物与无生命物、自然物与技术物之间游移与模糊的界线成了聚焦美国人文化想象的一个母题,谓之"美国的身体-机器情结"(3)。到了品钦创作《V.》的冷战年代,技术与身体的关系又进展到了一个全新的阶段:它们频繁地产生种种摩擦与冲突,技术侵入身体的内部,取代其中的一些器官,谋求与身体发生无缝的接合。此种身体越界新秩序的确立,与维纳(Norbert Wiener)的控制论(cybernetics)有着分不开的联系。控制论的核心理念是将人类看成与机器无异的处理信息的实体,于是人与机器之间长久以来的主客体关系遭到了改写,二者因信息的交流与反馈而形成一种"面对面交流的状态",称为交互界面(interface; Heim 77),从而导致人类身体的边界被进一步模糊乃至全面打破。人造的、非自然的机器部件与自然的肉身身体的共联共通,使得人类沿着进化轴继续演变为后人类，人机结合体也即赛博格（cyborg）成为当代社会的一个流行文化符号。在海尔斯（N. Katherine Hayles）看来，后人类时代的一个重要观念是“生物基质的具身性（embodiment）只是历史的偶然，并非生命的必然形式”；换言之，人们可以用智能机器改造身体，实现身体功能的优化（2－3）。然而，技术入侵身体并非一劳永逸的单向过程，而是一系列涉及联结、融合、驱斥等的动态互动过程，从中折射出的复杂的社会文化问题值得我们细细审思。本文通过分析《V.》中身体与技术的交互界面，试图说明小说中技术对身体的重构存在着双重逻辑：它一方面增补身体的功能，促进人体的自我延伸，另一方面又暴力地肢解身体，实现技术物对身体的解构。品钦笔下积极寻求技术介入身体的行为隐含着技术权力意志的内在控制欲望，不仅是后现代种种复杂关系的具体体现，也与法西斯主义意识形态存在着隐秘的亲缘性，技术改造身体的操作实践最终指向了后人类时代里身体的终结与技术的统治，展现了作家对当代技术文化的深刻反思。

延伸的身体：技术狂想曲与法西斯美学

在精神分析师弗洛伊德（Sigmund Freud）看来，人与外物的关系可以理解为一种延伸的关系，人类通过衣物、房屋、工具等，在为自身谋得生存可能性的同时，还放大了身体的能力，延伸了身体能够触及并控制的领域（90）。人类利用外物延伸自我，在发明和设计技术时，不断地“复制人类有机体的功能和结构”，这一趋势自19世纪以来变得尤为明显，故康吉扬（Georges Canguilhem）提出，所有技术在本质上都是生物技术（bio-technology；qtd. in Braidotti 215）。可以说，人类作为技术的使用者和发明者，拥有超越自然身体设定的能力，这其实从一开始就预示着我们必然会从向外的环境改造与工具利用发展为向内的身体完善。在后人类的语境里，“人类的身体形式不再对自我的期望构成障碍，身体变成可以修复与完善的器具，可以一点一点地用人工制品来替换”（Grosz 149）。小说《V.》的双线叙事中穿插了人物利用技术主动谋求身体新形式的情节线，呈现了人类身体被逐渐打开的过程及其种种丰富的后人类形态，技术入侵身体的现象构成了作家思考20世纪上半叶技术发展与政治文化的切入点。

在《V.》中50年代的纽约城里，应用技术不断地重新塑造身体，身体变成了可塑的实体，其边界被全面打开。由于在人类身体的所有器官中，要属牙齿最接近于无机物，牙齿被认为是"居于坚硬的与柔软的有机物之间的边界区域"(Sussman and Joseph 623)，最易于用人工制品替换。品钦在小说的多处细节中着眼于牙齿，反讽性地将50年代的牙科修复学/整容术(prosthetics)与世纪初的精神分析学做对比，称如今的人们把牙医当成告解神父，痴迷于将牙齿换成"每一颗都是用一种不同的稀有金属制成"的假牙(*V.* 162)。如果说奉假牙为瑰宝是这一时代的隐性症候群，那么"全病帮"成员弗格斯·米克索利迪亚(Fergus Mixolydian)的赛博格身体就是该种病症的显性体现，他将感应电极植入自己的身体，用一个巧妙的睡眠开关"接收来自前臂皮下的两个电极的信号"(52)，以此把身体与电视机相连，弗格斯变成了电视机的延伸部分。值得注意的是，品钦有意让弗格斯拥有混杂的身份定位——他是一个爱尔兰裔亚美尼亚犹太人，就连他的姓名也颇具杂糅性，由"一个苏格兰名字和杂糅模式的姓氏"组成，在象征意义上指向"所有的普通人"(Harder 75; Grant 31)。弗格斯这一人物形象跨越种族与国籍的范畴，成为50年代时代精神的典范，小说借此强化了身体异变与重塑的后人类题旨。

《V.》的多条情节线中出现了赛博格意象，这些接受技术改造后延伸的身体绝不仅仅是单纯的技术态身体，它们凝结着复杂的后现代关系，是性别权力、种族政治、文化意识形态等共同作用的结果。小说里的蕾切尔生于纽约长岛一个相当封闭的中上阶层社区，社会留给像她这样的女性的发展空间并不大，她仿佛是被困的拉庞泽尔(Rapunzel)(Pynchon, *V.* 19)，拥有不完整的女性身体，这里的"不完整"并非指精神分析学意义上的被阉割，而是文化现实意义上的不自由。蕾切尔有一辆名爵车，她将之视为心中所爱，要与这位"机器新郎"永远在一起(22)。麦克卢汉(Marshall McLuhan)曾指出，汽车是现代社会近乎神圣的物品，它"强于任何一匹马，是人类的延伸，把人从骑手变成超人"，大众文化里的汽车也往往被性别化，是"男性生殖力与力量的象征"(146)，发动机发出的轰隆隆声响就是男性阳刚气质的体现。蕾切尔的名爵车带着她自由地去往任何地方，她也在想象中完成了一场场与汽车新郎的人机交媾。小说在描述蕾切尔和名爵车的互动时，使用了一些充满情色意味与性诱惑的字词，比如她称呼车为“你这匹俊美的大种马，我喜欢抚摸你”，她在夜里“爬上了车，仰坐在驾驶位上，喉部敞露在夏夜的星空下……左手像灰白色的蛇一样伸出去抚弄变速杆”(Pynchon, *V.* 22,23)。名爵车不仅体现了蕾切尔“对控制的欲望”，也是她的“欲望和猎奇心的对象”(Braidotti 215)。通过将机器拟人化，将技术他者色情化为性替代品，小说就把蕾切尔与名爵车的人机交互过程转换为隐喻层面上自我的丧失与边界的崩塌，变成“权力与欢愉、性及其后果”相互纠缠的后人类场景(Halberstam and Livingston 3)。

除了蕾切尔的性别身体以外，埃斯特的犹太身体同样也是不完整的身体。与美国上等白人的镰刀鼻相比，埃斯特身为犹太人的鹰钩鼻是残缺的，她想要“爱尔兰人那样的鼻尖上翘的鼻子”(Pynchon, *V.* 106)，所以接受了舍恩梅克的整容手术。躺在手术台上的埃斯特宛如“一块石头”，接近于无情感的“物的状态”(109)，小说运用三四页的篇幅，重点刻画工作中的“专业雕塑师”舍恩梅克如何重新塑造埃斯特的身体形态。埃斯特改造身体的行为本质上是“消费行为的一种延伸”(奥尼尔 136)，她无力承担做整容手术所需的一笔不小的开支，只能由蕾切尔垫付。她要的鼻子“与电影、广告和杂志插图所确立的理想的鼻子相一致”(Pynchon, *V.* 106)，想要“纠正她所感知到的身体的文化缺陷”(Lunceford 8)，所以整场整容手术揭示的是资本主义、消费社会与身体技术对女性气质的联合操控，它们如何界定残缺的身体，如何凸显这些身体固有的缺陷，又是如何诱使女性按照统一的主流标准改造自己的身体，维持一种由社会文化所建构的理想身体。埃斯特经过整容手术后的鼻子，虽然尖挺上翘，却显得异常怪异，它犹如本雅明(Walter Benjamin)笔下机械复制时代的艺术品一样丧失了原先的神圣价值，变成了消费的对象，技术操控和复制的对象。埃斯特技术化的身体在将假体吸收进肉身的同时，展现了资本与技术是如何把少数族裔的女性身体塑造成某种特定的形象，这种后人类的美的概念由文化意识形态尤其是白人主导的文化审美所决定。

相比于蕾切尔和埃斯特，V. 女士更沉迷于把身体器官变成可替换的零部件，享受身体版图上的技术狂欢。斯坦西尔搜寻着 V. 女士的蛛丝马迹，看似杂乱无章的历史叙事由一根线索串联了起来：V. 女士身体形态的逐渐机械化。1898 年，V. 目瞪口呆地看着博戈-夏弗兹伯里“缝在肌肉里的微型电开关”，听着他有关“人性应当摧毁”的言论（Pynchon，*V.* 81）；1919 年，V. 憧憬用假肢替换自然的脚，“看看我可爱的鞋子，我真想把整个脚都变成那样，一个用琥珀和金子制作的脚，有着也许用凹雕而不是浅浮雕的静脉。……要是有一个姑娘能有，嘿，排成一条美丽的彩虹或装满一橱的不同色彩、不同尺寸、不同形状的脚”（542）；1922 年，V. 安装了时钟眼珠，“表面覆盖着一层精密的几乎是极细微的裂纹组成的网，里面是制作精巧的齿轮、发条和棘轮构成的钟表，用一把金钥匙上发条”（255）；1944 年，V. 的身体可以全方位拆解，“她的手臂和乳房可以拆下来；她腿上的皮肤可以剥去，露出银子细工透雕的精巧的下层结构……杂色丝绸的肠子、色彩鲜艳的气球肺、一颗洛可可式的心”（381）。对 V. 女士而言，肉身已经过时，她化身为身体内部空间的设计师操控着自己的身体，将身体变为技术的殖民地，不停地用金属部件优化器官，测试身体的潜力与限度。双脚换成各种材质的假肢，于是肉身器官可以像时尚饰品那样随意变换；金属时钟替换眼珠，让时间变得可以操控，从而死亡也可以抵消或抵挡。V. 女士因为无边界的身体而感到极度狂喜和自我膨胀，她变成了弗洛伊德所说的“假体之神”（prosthetic god；42），生发出无所不能、让身体超越物理时空限制的幻想。

V. 女士积极寻求技术介入身体，展示了超越身体限制、走向全能不朽的欲望与冲动，这种未来主义审美与法西斯主义有着隐秘的亲缘性。意大利艺术家马里内蒂（F. T. Marinetti）曾在 1909 年公开宣称，欧洲已踏上没落之路，需要用结合“现代技术、能量和暴力的全新艺术”来让它重现辉煌，这一未来主义的美学理念后来在“宣传和支持亲法西斯的核心价值观和理念方面发挥了重要的作用”（Bowler 784）。V. 女士对“技术充满了天真且热情的着迷”，她“努力用技术美学重新创造自然身体和人性”，是未来主义艺术关于“机械美”（Mechanical Beauty）学说的完美践行者

(785,775)。通过将身体与技术物相结合,她感受到自己"对强大力量的控制,而此种控制亦能用于控制他人"(Springer 305)。事实上,随着V.女士一步步将身体技术化,小说散乱的叙事中另有一条暗流在涌动,那便是法西斯主义在欧洲大陆的兴起,小说将两条情节线并置交错,提示身体赛博格化与法西斯意识形态的暗中勾连:V.在1913年与民族统一主义者过从甚密,1919年成为了墨索里尼的特工,1920年与邓南遮在阜姆共度圣诞节,1922年在西南非与有纳粹倾向的人打交道。品钦有意将V.表征为"法西斯的时代精神"(Cowart 18),她追求身体优化和技术超验,成为墨索里尼的拥趸;她崇尚无边界的扩张和创造身体新形式以促进人类进化,这又与纳粹德国的人类进化论、优等民族和优生学理念如出一辙。因此,虽然读者没有看到V.与墨索里尼和希特勒有直接接触,但是她对绝对秩序的控制意愿和对个人身体借由技术实现崇高越界的欲望表明了她对法西斯意识形态的认同。

与此同时,法西斯主义不只是政治和历史学术语,它还是一个心理学概念。也就是说,正如福柯(Michel Foucault)所指出的,除了发动种族清洗、崇尚暴力狂欢的历史法西斯主义之外,法西斯主义还隐藏在我们每个人的身上,"它存在于我们的思维中还有日常行为里,它使我们热爱权力,幻想拥有那统治和剥削我们的东西"(xiii)。此种微观政治的法西斯主义(micro-political fascism; Guattari 155)深深地根植于人们的欲望生产过程,它看似来自外部,其实其力量来源于每个人的内心欲望。从20世纪上半叶的V.女士,到50年代的蕾切尔、埃斯特、弗格斯等人,小说勾勒出技术入侵身体从战时欧洲到战后美国的时空变迁,暗示技术权力意志的内在控制欲望极有可能是法西斯主义的一个隐秘变体,法西斯意识形态在历史流变中存活了下来,并在当代社会中找到了温和的表达形式,所以二战的极权主义思想并未远离我们,它以全新的面目隐藏在后工业社会的技术开发中——将身体器官当作时尚装饰品,将技术视为权力和控制的工具,无限制地拥抱技术以加快它对人类身体和心智的改变,"沉迷于无限权力和离身不朽的后人类幻想"(Hayles 5),这必将为人类社会带来大屠杀般的毁灭性恶果。

被拆解的身体:技术的反噬与人性的危机

V. 女士积极寻求“后自然的身体”,作为崇尚极端的技术乐观派,她相信技术会带来更优越的身体形式,这种自我极度膨胀与扩张的欲望与法西斯政治对权力和控制的饥渴有着微妙的联系,小说以此隐射战后社会的技术发展,批判了技术进步论的意识形态。需要注意的是,技术物介入人类身体是一种双向的操作,就在人主动利用技术扩张自我、成为“不能触及的区域的主人”(Grosz 148)时,技术也会反作用于人的身体。接受喉癌手术后的弗洛伊德曾发自肺腑地写道:“人类带上所有的假体器官时确实样貌壮观,但这些器官并不长在他的身上,所以时不时会给他带来麻烦”(42),技术在创造便利的同时也会给人类招致麻烦,这一矛盾是人们长期以来对技术既着迷又恐惧的根本成因。侵入身体的技术物想要成为身体的构成部分却又无法实现,反过来伤害了身体原先的基质,延伸自我的同时导致了自我的截除。换句话说,延伸肢体的技术物并非单纯地增补或替代身体毁损和缺失的部位,它“重新构建与支撑起身体,改变身体的限度,既延伸又环绕其边界,使得身体变成了延伸物的副产品,变成了人造物”(Wigley 8 - 9)。《V.》中技术延伸身体的实践同样表现出上述的双重逻辑,V. 女士和普洛费恩对技术持有截然不同的态度,但不管是积极寻求还是顽强抵制技术的介入,技术同样地解构了他们的身体,使得身体走向终结,人之为人的根基被动摇,小说由此为技术高度发达的后人类社会拉响了警报。

V. 女士不断地将技术物引入身体,但谋求身体与技术的亲密结合无异于自杀式行为,因为身体一旦开启,就开始迈向它的终点。V. 女士的最终结局是在二战期间的马耳他岛上被一群孩子肢解,孩子们取走她脐眼处的蓝宝石和“虹膜如钟面的假眼”,当“由套环和槽沟扣呈一个组件”的拖鞋和假足被拆下来时,她并未注意到,只是在看到拆下来的部件时流下了眼泪,她的身体“散架”了(Pynchon, *V.* 380, 381)。假体植入深刻地改变了 V. 女士原先的身体,不仅在于金属部件出现在她的身体中,还在于它们重新建构与支撑起她的身体,使得身体与技术物、原物与仿真品之间不再有区别。小说的叙述者想象，要是 V. 没有在马耳他走向人生终点的话，她肯定变成了彻头彻尾的伺服机制：她的“皮肤鲜亮夺目，有着某种新塑料的润红的光彩；双眼都是玻璃的，但现在会有光电管，用银的电极与用最纯的铜丝制成的光神经相连接，通向制作成极为精密的二极管矩阵的脑子。螺线管继电器将是她的神经节，伺服制动器驱动她完美无缺的尼龙四肢，水液流由一个白金心泵通过丁酸酯的静脉盒动脉运送”(*V.* 457)。当身体变成金属部件的组合和配对，成为自己的仿真品时，我们不禁要问，我们面对的还是带有假体植入的身体吗？显然，身体自身已变成假体，身体已经消失。但是品钦似乎走得更远，前文提到的“散架”(come apart)一词形象地说明，即使金属部件并没有替换 V. 女士的每一个器官，她拥有的也不再是带有假体植入的身体，而是一具假体。身体一旦打开，技术物开始介入，身体就走向了它的终结。鲍德里亚(Jean Baudrillard)曾说过：“当假体被引入至身体的深层部位，当假体完全被身体吸收，渗透到身体那不知名的微分子内核中，当假体强令身体将其当作自身的原初模型……致使每一具身体现在不过是假体的恒定复制品：那时候就意味着身体的终结、身体历史的终结、身体变化的终结。”(119)如果说癌症就是“基础细胞完全不顾有机体的规则而无限复制增生”的话，那么 V. 女士在利用技术介入身体时，也是罔顾器官之间的有机联系，盲目地替换成更高级的金属部件，结果只能是“癌细胞的转移”、身体的终结与散架(120，119)。德勒兹(Gilles Deleuze)曾借用阿尔托(Antonin Artaud)的“无器官的身体”(bodies without organs)，来形容“没有组织原则的不稳固的身体”(汪民安 6)，这一概念强调身体处于成型与变型的过程，是灵活流动可变的。相较之下，品钦透过 V. 女士展现的更像是“无身体的器官”(organs without bodies)，具有自主性的器官不受羁绊地任意漂浮，它们不服从于同一个目标，相互之间的连接和组合不具有意义，身体散架或者说连接断开时主体也没有感觉。因此，在现实与隐喻的双重意义上，技术物的介入暴力地肢解了 V. 女士的自然身体，使其成为零部件的随意重组，身体变成了人工制品。

假体植入 V. 女士的身体后，身体为了配合金属器官而变成器官的聚合体并最终散架，意味着后人类时代里身体的终结。另一方面，尽管技术物并未真实地介入普洛费恩的身体，其操作实践也威胁着清空他的能动性，能动性取消后的个体与机器之间的界限变得模糊，小说由此而拷问人之为人的本质。福特（Henry Ford）在其自传中曾讲述汽车生产流水线是如何把复杂的工序降解为简单的推拉抽抖，以至于在工厂里的近万份工作中，只有十分之一需要身强力壮的男人去做，有三分之一可以由缺胳膊少腿的人做。工序被拆解成零碎的简单动作后，"对工人的身体进行了隐喻上的肢解和重组，使它们配合机器"（Jain 34），跟随着机器的节奏进行生产活动，工人的能动性被彻底清空，转变为驯服的"机器零部件"。在这种社会背景下，个体很容易产生"关于自我控制、自治能力明显丧失的强烈的焦虑感"，梅利（Timothy Melley）称之为"能动性的恐慌"，认为这种焦虑感普遍存在于战后技术高速发展的时代（8）。小说里的普洛费恩与 V. 女士相比，对待技术的态度显得悲观得多，他以自然身体的名义抵制技术物的入侵，流露出能动性恐慌的时代焦虑。叙述者称普洛费恩是个大傻瓜蛋（schlemihl），在意第绪语里，schlemihl 的意思是"无法与无生命物体共处的人"，他笨手笨脚，动不动就被无生命物割伤了手弄瘸了腿，他害怕被无生命物侵扰，无法理解达科对机械枪的迷恋，蕾切尔和名爵车的关系更是让他费解，他悲观地觉得"有朝一日会有一个全电子器件的女人……她的任何毛病可以在维修手册里查到，模数的概念：手指的重量、心的温度、嘴巴的尺寸超出了可容忍的范围？那把它们拆下更换就行"（Pynchon，*V.* 427）。但是，普洛费恩在对人与技术物之间界限保持警惕和恐惧的同时，自己却变得越来越机械，他听任物品的摆布，仿佛人形溜溜球一般机械地来回移动，无意义的自动行为与机械反应之间不再有区别。因此，假如说 V. 女士利用假体技术超越人类的生物学处境、成了"超人类"（transhuman）的话，那么普洛费恩则因为过于害怕技术而丧失了身为人的相当一部分能力，沦为"次人类"（subhuman）。普洛费恩虽然保持着未被技术"污染"的自然身体，但心中隐藏着对身体自毁的极大恐惧，他很担心人体器官会散架，自己的"手臂、大腿、海绵脑和时钟心"（35）会散落一地。被技术物团团围困的普洛费恩面临着自我控制能力被清空的危险，人与技术物的关系发生了极大的逆转。

在普洛费恩的身上，有生命物与无生命物的区别日渐模糊，"我们是谁”的本体论信念(Graham 1)遭到撼动,小说的技术母题借由他与人造人形体的正面交锋,最终指向了高科技社会里人类被技术统治的必然命运,强化了灾难性的技术前景。普洛费恩在纽约一家科研机构里当巡夜人,那儿虽名为“人体研究所”,发生的一幕幕却无时不在挑战生为人类的最后底线。普洛费恩遇见了两具弗兰肯斯坦式的人造人形体,施罗德(SHROUD)是用活人的骨骼做成的,用来模拟人体对辐射粒子的吸收能力,肖克(SHOCK)则是用来研究事故运动的人形体,“肌肉由泡沫聚乙烯塑成,皮肤由乙烯基塑料制成,头发是假发套,眼睛用美容塑料做的,牙齿是今日美国19%的人所戴的那种假牙”(*V.* 311)。两具人造人形体位于主体与他者之间的阈限空间,既是他者又不是他者。首先,他们并不具备绝对的他异性,他们的构造模拟着人类的器官结构和生理机制,是普洛费恩的技术替身(technological double)与拟象,普洛费恩与他们对话时仿佛是在与镜像或内心的自我交谈。然而,人造人形体又是超越原件的拟象,是无情地扰乱普洛费恩身为人类的根基的怪物。鲍德里亚曾指出,“严格来讲,替身并非假体,它是想象的产物,是幽灵或镜像般的存在……替身像狡猾的死神那般纠缠着主体……当替身显现时,当它变得可见时,就意味着死亡即将来临”(113),普洛费恩与施罗德的对话正是充满着这般灾难与毁灭即将来临的末世论基调:

> “你什么意思,说终有一天我们会像你和肖克?你的意思是死亡?”
>
> 我是死的吗?如果我是,那么我就是那个意思。
>
> “如果你不是,那么你又是什么?”
>
> 与你们差不多。你们都来日不多了。(Pynchon, *V.* 307)

与此同时,两具人形体又存在于客体世界中,他们“作为主体的他者一直纠缠着主体,使得主体在成为他自己的同时又从来不像他自己”(Baudrillard 113)。普洛费恩面对他们时,接受着来自客体世界的折返性目光,学着以外部的眼光来审视自己。来自技术他者的凝视为人类纠正自身视线的盲区,普洛费恩仿佛看到了人类的命运走向:

普洛费恩，还记得在纽约州埃尔迈拉市外南面的14号公路上的情况吗？……数以英亩计的废旧汽车，叠成十辆那么高，一层层都生锈了。汽车的墓地。要是我会死，我的墓地就将是那副模样。

“我希望你会如此。瞧你，伪装成人的模样。你应当被当作废物丢弃。不是烧掉或火化。”

当然，像人那样。诺，你可记得战后在纽伦堡的军事审讯？可记得奥斯威辛的照片？数以千计的犹太人的尸体像那些破损的车体一样层层垒叠。大傻瓜蛋：这已经开始了。（V. 321-22）

普洛费恩称人造人形体应该像废弃物一样被处理掉，施罗德提醒他，人与机器之间根本不存在区别。小说用废弃的汽车与犹太人的身体做类比，以“创伤现实主义的审美方式”（Rothberg 9）重现大屠杀的现场，唤醒大屠杀的悲惨记忆，将技术灾难视觉化和具象化，帮助读者想象后人类社会的灾难性前景。如同犹太大屠杀的集中营批量毁灭人类一样，现代的技术发展也在带领人类走向大规模的灾难和无生命的物性。因此，在品钦笔下的冷战年代，技术早已不再是理性精神所允诺的解放未来的途径或条件，而是有关灾难即临之恐惧的新型的促成媒介和表达方式。

结　语

对于生活在战后五六十年代的美国人而言，核战争是个随时会发生的恐怖场景。品钦在回忆创作文学的初衷时曾写道：核弹是冷战年代里的集体噩梦，人们“整日活在纯粹的常规恐惧中”，如何应付那“缓慢升级的无助感和恐惧感”呢，你要么“什么也别想”，要么“被它逼疯”，而介于这两种极端做法之间的是尝试写小说，因为写小说会“偶尔带我们偏转去一个更五彩斑斓的时空”（*Slow* 18-19）。普遍存在的核恐惧是形构品钦文学创作的一个重要语境，《V.》的叙事时空试图涵盖从19世纪末到20世纪50年代的整个西方世界，作家在狂乱的历史洪流之下察觉到一股清晰的时代趋势：身体技术是悬停在当代社会上空的另一颗核弹，它的发展正引领人类走向危机四伏的后人类世界。小说通过展现赛博格身体的多种样态，着力表现技术与身体交互时存在的矛盾特质：技术在延伸身体、扩大身体能力的同时会解构身体，使身体沦为随时散架的人造聚合体。如今，前有阿尔法狗战胜人类象棋选手，后有基因编辑婴儿引起舆论的轩然大波，更有突飞猛进的虚拟现实技术时刻提醒着我们，后人类时代已经降临在我们的身边。而品钦在半个多世纪以前描述的技术与身体的交互过程，早已以戏剧性的方式告诉我们，积极谋求技术侵入身体的行为不仅负载着复杂的后现代关系和政治文化意识形态，而且会从根本上撼动人之为人的基础，使得身体和人性走向终结。

引用文献【Works Cited】

Baudrillard, Jean. *The Transparency of Evil: Essays on Extreme Phenomena*. Trans. James Benedict. London: Verso, 1993.

Bowler, Anne. "Politics as Art: Italian Futurism and Fascism." *Theory and Society* 20.6 (1991): 763-94.

Braidotti, Rosi. *Metamorphoses: Towards a Materialist Theory of Becoming*. Cambridge: Polity, 2002.

Cooley, Ronald W. "The Hothouse or the Street: Imperialism and Narrative in Pynchon's *V*." *Modern Fiction Studies* 39.2 (1993): 307-25.

Cowart, David. *Thomas Pynchon: The Art of Allusion*. Carbondale: Southern Illinois UP, 1980.

Foucault, Michel. "Preface." *Anti-Oedipus: Capitalism and Schizophrenia*. Gilles Deleuze and Felix Guattari. Trans. Robert Hurley and Mark Seem. Minneapolis: U of Minnesota P, 1983. xi-xiv.

Freud, Sigmund. *Civilization and Its Discontent*. Trans. James Strachey. New York: W. W. Norton, 1962.

Graham, Elaine L. *Representations of the Post/human: Monsters, Aliens and Others in Popular Culture*. Manchester: Manchester UP, 2002.

Grant, James K. *A Companion to* V. Athens: U of Georgia P, 2001.

Greif, Mark. *The Age of the Crisis of Man: Thought and Fiction in America, 1933-1973*. Princeton: Princeton UP, 2015.

Grosz, Elizabeth. *Time Travels: Feminism, Nature, Power*. Sydney: Allen & Unwin, 2005.

Guattari, Felix. *Chaosophy: Texts and Interviews 1972-1977*. Trans. David L. Sweet,

Jarred Becker and Taylor Adkins. Los Angeles: Semitext(e), 2007.

Halberstam, Judith, and Ira Livingston. "Introduction: Posthuman Bodies." *Posthuman Bodies*. Eds. Judith Halberstam and Ira Livingston. Bloomington: Indiana UP, 1995. 1 - 20.

Harder, Kelsie B. "Names in Thomas Pynchon's *V*." *Literary Onomastics Studies* 5 (1978): 64 - 80.

Hayles, N. Katherine. *How We Became Posthuman: Virtual Bodies in Cybernetics, Literature, and Informatics*. Chicago: U of Chicago P, 1999.

Heim, Michael. *The Metaphysics of Virtual Reality*. Oxford: Oxford UP, 1993.

Herman, Luc. "Early Pynchon." *The Cambridge Companion to Thomas Pynchon*. Eds. Inger H. Dalsgaard, Luc Herman and Brian McHale. Cambridge: Cambridge UP, 2012. 19 - 29.

Jain, Sarah. "The Prosthetic Imagination: Enabling and Disabling the Prosthesis Trope." *Science, Technology and Human Values* 24 (1999): 31 - 54.

Lunceford, Brett. "Posthuman Visions: Creating the Technologized Body." *Explorations in Media Ecology* 11.1 (2012): 7 - 25.

McLuhan, Marshall. *The Mechanical Bride: Folklore of Industrial Man*. Trans. He Daokuan. Beijing: China Renmin UP, 2004.

[马歇尔·麦克卢汉:《机器新娘:工业人的民俗》,何道宽译,北京:中国人民大学出版社,2004 年。]

Melley, Timothy. *Empire of Conspiracy: The Culture of Paranoia in Postwar America*. Ithaca: Cornell UP, 2000.

O'Neill, John. *Five Bodies: The Human Shape of Modern Society*. Trans. Zhang Xuchun. Shenyang: Chun Feng Literature Publishing House, 1999.

[约翰·奥尼尔:《身体形态——现代社会的五种身体》,张旭春译,沈阳:春风文艺出版社,1999 年。]

Pynchon, Thomas. *Slow Learner*. New York: Vintage, 1995.

---. *V*. New York: Harper Perennial, 2005.

Rothberg, Michael. *Traumatic Realism: The Demands of Holocaust Representation*. Minneapolis: U of Minnesota P, 2000.

Seltzer, Mark. *Bodies and Machines*. New York: Routledge, 1992.

Springer, Claudia. "The Pleasure of the Interface." *Screen* 32.3 (1991): 303 - 23.

Sussman, Herbert, and Gerhard Joseph. "Prefiguring the Posthuman: Dickens and

Prosthesis." *Victorian Literature and Culture* 32.2 (2004): 617 - 28.

Tanner, Tony. *City of Words: American Fiction, 1950 - 1970*. New York: Harper, 1971.

Wang, Min'an. "Introduction." *Cultural Politics of Body*. Ed. Wang Min'an. Kaifeng: Henan UP, 2008.

[汪民安:《导言》,汪民安编《身体的文化政治学》,开封:河南大学出版社,2008 年。]

Wigley, Mark. "Prosthetic Theory: The Disciplining of Architecture." *Assemblage* 15 (1991): 7 - 29.

从书名"坠落的人"看《坠落的人》中的死亡书写

顾舜若

内容提要：美国作家唐·德里罗的《坠落的人》从"坠落的人"这一书名展开，从人的"坠落"、坠落的"人"和"坠落"的进行时三个层面对死亡进行了书写。这种多层面的死亡书写不再局限于创伤叙事，而是反拨了官方的"9·11"话语，通过重新解读死亡的意义，反思一切都在坠落的后"9·11"世界里人的生存境况。

关键词：唐·德里罗；《坠落的人》；死亡书写

作者简介：顾舜若，文学博士，南京大学出版社编辑，主要从事英美文学研究。

在主流媒体的"过度消费"下，"9·11"事件已经成为一种空洞的景观，其中"恐怖与死亡的意义"几乎被"抽空"。针对这种官方叙事，唐·德里罗在事件发生后不久即提出"反叙事"的必要性，《在未来的废墟里》(2001)一文即可看作他关于"9·11"事件的反叙事的初步尝试，而2007年出版的小说《坠落的人》(以下简称《坠》)则在此基础上走得更远。学界对这种反叙事的"创伤与记忆"方面颇有关注。[①] 而德里罗的用意其实更深一层：他所言的反叙事要捕捉的，是人们面对死亡时具有的"先于政治、历史和宗教的原始恐怖"("In the Ruins")。可以说，他的反叙事深深根植于他对死亡的思考中。早在"9·11"事件之前，德里罗就说过："如果写作是思考经过提炼浓缩的形式，那么提炼得最浓缩的写作，也许就会终结为关于死亡的思索。"(转引自朱叶 8)

德里罗对死亡的思索与马丁·海德格尔的哲学理念有诸多相通之

处。[②]他与海德格尔一样都很关注死亡，并将死亡视作认知意义和本体论意义上的根基。而且，德里罗笔下的人物常以艺术视角理解死亡，这与海德格尔认为艺术能建构新的认知领域的观念也十分相似。因此，海德格尔的哲学为深入理解德里罗的死亡书写提供了一个恰当的角度。基于此，本文认为，《坠》中的反叙事毋宁说是围绕"坠落的人"这一书名展开的对死亡的书写：人的"坠落"隐含双层结构，以人的本真的向死存在对抗非本真的向死存在；坠落的"人"体现人的回归，以人的有限存在对抗虚幻的无限性；而"坠落"的进行时又从艺术的角度提供对死亡的新体验。德里罗赋予"坠落的人"多层含义与内在张力，在媒体话语泛滥的后"9・11"背景下重新解读死亡的意义，使这部小说不再囿于创伤书写，而是如同《剑桥美国文学史》第七卷撰写者在评价德里罗的《白噪音》时所说，把"存在主义、政治事务和个人主张融为一体"(518)，反思当代社会中人的生存境况。

一、人的"坠落"：本真的向死存在对抗非本真的向死存在

《坠落的人》的书名取自摄影师理查德・德鲁(Richard Drew)在"9・11"现场抓拍的照片。在小说中，"坠落"一词最直接的指涉就是该照片中男子死亡前的自由落体，以及作者虚构的行为艺术家戴维・雅尼阿克所表演的坠落行为。无论是在现实世界还是在虚构小说里，这种坠落都引起了轰动。德鲁的照片刊登在《纽约时报》和不少其他报纸上后引起人们的反感并被查禁，其他拍摄"9・11""跳楼者"的照片也遭审查(Apitzsch 97)。在小说中，雅尼阿克也因其"涉嫌阻碍交通并且造成有害——或者在生理上令人反感的——状态"(《坠》244)而遭警方拘捕。

人的"坠落"为何引起公众的反感？因为"坠落"在小说中的内涵并不单一，而是包含着对死亡的双层结构的书写：在可见的"坠落"(falling)背后还有一种不可见的"坠落"，亦即沉沦着的向死存在，或非本真的向死存在。在《存在与时间》(以下简称《存》)中，海德格尔对"沉沦"有过阐释：这是人们"日常存在的一种基本方式"，"多半有消失在常人的公众意见中这一特性"(203－204)。在日常状态中，人总是已脱离自己"本真的"存在而

落入“非本真状态”，即“沉沦于‘世界’”（falling prey to the “world”）[③]（《存》204）。而人只要生存着就“实际上总已经死着”，也就是“总已经在一种向死存在中存在着”，所以人的日常存在归根到底便是非本真的向死存在：“作为沉沦着的存在……在死面前的一种持续的逃遁。”（《存》292）这种非本真的沉沦着的向死存在颇为恰当地概括了小说中不可见的“坠落”。主人公基思的妻子丽昂看到雅尼阿克的讣告时就想到基思曾说过：“人们每天都死去……这并不是什么新闻。”（《坠》239）基思的话里暗含了几层意思：“人们”（they）[④]不是特定的什么人，等于没有人；把死亡与新闻相提并论，是把死亡当作日常事件之一；否定死亡之“新”的漠然语气意味着无须畏惧“有人死”这样的事。正如海德格尔所述，在公众意见中，死亡被“作为熟知的、世内摆到眼前的事件来照面”并保持在“不触目状态中”；“有人死了”的“有人”就是“无此人”；公众对“人总有一死这件‘事实’漠然处之”（《存》290－92）。基思便沉沦于小说中隐含的公众意见中，“准备说出别人总是说的话”（《坠》148）。

在当代社会，这种非本真的向死存在与主流媒体对人们生活的渗透和操纵是分不开的。重大的历史事件——从越南战争到海湾战争到“9·11”事件——无一不暴露在新闻镜头下，暴力与死亡早已和广告一样成为家常便饭（Dewey 351）。德里罗认为，媒体的盛行使人们对死亡变得麻木，也导致人们丧失了“本真的自我”（Ibid）。在小说中，基思夫妇观看“9·11”事件录像时的对话讽刺性地揭示出习惯了死亡镜头的观众的心理。作为“9·11”事件的亲历者，基思说道：“它看上去仍然像是发生了意外……现在过了这么长时间，我站在这里，距离这么遥远，完全置身事外，依然觉得它是一次意外事故。”丽昂回答：“因为它肯定是的。”（《坠》146）类似的情节也出现在德里罗的另一部小说《地下世界》中——一起命案的录像被重复播放，作者借叙述者之口说道：

> ……录像带在此结束……要么是因为某个核心权威——警方、地区检察官或者电视台——断定，你不能看到其余的东西……它存在……为人们提供娱乐……（157－158）

媒体使公众与死亡保持一种安全距离，死亡“显现为某种电影现实……被投影到了……屏幕上”（齐泽克 25），因而录像观看者的恐惧是娱乐性而非原始的。在媒体的影响下，人们愈发把本己的向死存在对“自己掩蔽起来”，把“死亡改铸成日常摆到他人那里的死亡事件”，以此确保自己还“活着”（《存》292）。

在《坠》中，西方人普遍的非本真的向死存在以“恐怖分子”的视角展现出来：

> 这里的人用水浇灌草坪，大嚼快餐。……他们……应该对自己留恋生活的做法感到羞耻，他们不过每天遛狗而已。想一想吧，狗儿刨着土，草坪上喷淋器嗞嗞地响。……我们愿意去死，他们可不愿意。（187，193）

可以看到，人们投入到浇草坪、吃快餐、遛狗这样的日常生活中，最终是为了暂时逃避死亡。而“恐怖分子”的想法虽有偏颇，却在海德格尔关于非本真的向死存在的论述中得到了某种程度上的印证：人们通常把死亡看作“暂时尚未”发生的事，从而投身于“当下还可以通达、可以操劳的事务”，这种“紧迫性”使人们避免“‘无所作为地想死’这种羁绊”（《存》296）。正如丽昂在人流中见到丈夫与儿子时所想：“紧迫的生活使他们神情愉快。”（《坠》184）

正是在人们非本真的向死存在这一不可见的“坠落”的背景下，书中和照片中可见的“坠落”才显得格格不入，令人“反感”。在比喻意义上，这种可见的“坠落”可以被诠释为本真的向死存在。雅尼阿克表演的坠落就是最显著的例子。海德格尔认为，本真的向死存在“先行”（anticipation）揭露人沉沦于世的情况，异于常人闪避死亡的态度，使人存在于作为“自己存在的可能性”之中和“向死的自由之中”（《存》305－06）。说到底就是要人对死亡持有本真的认识：死亡是人“最本己的、无所关联的、确知的，而作为其本身则不确定的、不可逾越的可能性”（《存》297）。在小说中，丽昂两次遇到雅尼阿克的坠落表演。第一次是在“9·11”事件十天后：丽昂在中央车站先看到的是“通常的秩序”，“上班族行色匆匆”，但是“突然”就“有一样东西吸引了她的视线”——“一名男子悬荡在那里”（《坠》

33－34)。无独有偶，“9·11”事件三十六天后，她再次遇到雅尼阿克的表演：“他仿佛从地底下冒了出来。”(《坠》172)这里的关键在于雅尼阿克出现的方式：突如其来。他的表演“事先没有通知”，也“不是为了让人拍摄的”，所以目睹其“坠落”的观众都是“偶然在场”(《坠》240－241)。不同于《地下世界》里被重复播放的死亡录像，雅尼阿克的“坠落”对观众而言具有不可确定性：无法预知其发生的时间地点和持续长度。虽然是表演，其坠落却在很大程度上再现了德鲁所拍照片中真实的坠落场景，揭露出被常人掩盖的死亡特性：“死随时随刻都是可能的。”(《存》296)这就把“9·11”事件中生死的无常延伸至一般场合。而正因为是表演，雅尼阿克的坠落又体现出本真向死存在的另一个关键方面：使死亡“作为可能性成形”，而非“实现”死亡(《存》300)。丽昂描述道：“坠落并不是最糟糕的部分。……飞速落下产生的摇摆让他倒立在空中，距离人行道二十英尺。……最糟糕的是静止本身。”(《坠》181－182)可以看到，表演(而非真实死亡)所特有的“静止于离地面(死亡)二十英尺处”使得将至未至的可能性具象化了，象征了“一个身躯转瞬即逝的最后气息”(《坠》34)。悬于空中的雅尼阿克迟迟不坠落，导致人们长时间等待，并担心安全带是否会出问题(《坠》177)。值得注意的是“二十英尺”和“转瞬即逝”之间的张力：其距离和时间越是有限，人们就越是通过其有限“先行到”死亡的“可能性中去”，“这种可能性‘越来越大’”且“不知有度”，“意味着无度地不可能生存的可能性”(《存》301)。

然而，雅尼阿克的坠落不能简单理解为传统意义上的表演，它体现出了死亡的个体性和我属性。丽昂这样形容他的坠落：

> 他的脸上有一种空白感，然而却显得深沉，一种迷茫的注视。因为他最终做的事情？因为他是否最终明白什么？她觉得，他注视的裸露空间肯定是他自己——而不是别人——坠落的恐怖情景。……
>
> 列车轰隆隆地驶来，他转过头，望着它(望着烈火中自己的死亡)，接着回过头来，纵身一跃。(《坠》181)

作者通过丽昂的视角强调，在雅尼阿克的坠落表演中，死亡完全是属于他自己的，而非像沉沦着的向死存在那样把死亡视作降临到他人头上的事件。如海德格尔所言："只要死亡'存在'，它依其本质就向来是我自己的死亡。"(《存》276)在德里罗的小说《人体艺术家》中，查普曼称哈克特的人体表演是"关于你和我的痛苦"，"成为我们个人的体验"，表现着"当我们没有排练过我们是谁的时候的我们"(108)。同样，正因为雅尼阿克先行到自己死亡的可能性中去(望着自己的死亡)，不受媒体话语的干涉，他的坠落才具有个体性的意义。在他的表演中，坠落的不再是抽象的随便什么人，而是确切的个体："一个落到我们中间的躯体。"(《坠》35)个体性的表演取消了安全距离，造成冲击力，使观众感同身受，恰如丽昂所感受到的："距离太近，思考太深，个人色彩太浓。"(《坠》176)在 1987 年的一次采访中，德里罗表示，他在表演与人们对死亡的畏惧中看到一种关联，演员似在告诉观众如何掩蔽对死亡的确知(Rothstein 21)。这种表演与死亡的关联在《坠》中再次出现。不同的是，雅尼阿克的坠落不是掩蔽人们对死亡的确知，而是把本真的向死存在展现在人们面前。某种程度上，雅尼阿克的坠落可以看作哈克特人体表演的尾声，无关国家形象和宏大意义(《人体艺术家》108)。

在《坠》中，本真与非本真的向死存在常常被并置，形成强烈反差。丽昂第二次遇到雅尼阿克的坠落表演时想到，列车经过时，乘客"会受到巨大冲击，从幻想中，从正在阅读的报纸中，从目瞪口呆地对着手机讲话的行为中震醒"(《坠》178)。在丽昂的这一想象中，雅尼阿克所展现的本真的向死存在(可见的坠落)与常人非本真的向死存在(不可见的坠落)被并置到一处。海德格尔指出，在非本真的向死存在中，日常活动(如小说中提及的幻想、阅读和打电话等行为)"把切近日常的放眼可见的诸种紧迫性与可能性堆到死亡的不确定性前面来"(《存》296)。而在上述小说的并置中，日常紧迫性与死亡的不确定性被倒置了。作为最本己的可能性的死亡使人从日常的"沉沦状态中超拔出来"，使人"震惊不已"(段德智 241)。后来，丽昂还捕捉到更富戏剧性的一幕：一个衣衫褴褛的人站在倒挂在空中的雅尼阿克的正下方，可以说两人占据同一位置。前者是习惯了日常生活节奏的人之一。对于此人及其他观众来说，雅尼阿克的坠落"具有可怕的公开性"(《坠》34 - 35)，因为在沉沦着的向死存在中，死亡

“被看作给社会带来不便，甚而至于看作公众应加防范的不智之事”(《存》291)。为了使死亡变得可以应付，人们往往把死亡带来的威胁转化为从日常事务中产生的威胁(Hoffman 207)。而雅尼阿克的坠落却把人们沉沦于其中的日常事务打断了，使人们防范与逃避的企图之徒劳公开化了，因此显得突兀与不合时宜。

需要指出的是，可见与不可见的坠落形成的反差不仅针对小说人物，对读者来说也是如此。小说虽名为“坠落的人”，但书名中的“坠落”最直接的指涉只在少数几章中出现，雅尼阿克的名字更是在小说最后一部分才被提及。小说主体部分着墨于主人公的日常生活，读者对于可见的坠落也和书中人物一样猝不及防。

二、坠落的“人”：人的有限存在对抗虚幻的无限性

在小说后半部分，丽昂再次遇到雅尼阿克的表演时，书中出现了两句简短的话：“有人坠落了。坠落的人。”(Someone falling. Falling man.)(《坠》178)从原文看，叙述重心从有人“坠落”这一事件转移到被坠落状态限定的“人”身上，而“人”(man)并没有大写，可见突出的并非雅尼阿克的身份，而是“人”本身。可以说，该小说对“坠落”的把捉是为了在后“9·11”背景下突出被“坠落”(向死存在)所限定的人，这在书名的定语结构“坠落的人”中可以更明显地看到。如前文论述，小说中的死亡书写以人的“坠落”为关键隐喻，其双层结构将可见的坠落(本真的向死存在)置于不可见的坠落(非本真的向死存在)之上，既揭示了后者又烘托了前者。而对可见的坠落的彰显又使该小说的死亡书写进入另一个层面：直指死亡的“坠落”影射了作为有限存在的“人”的回归，反拨了当代西方社会对人类有限性所持的敌视态度。

在论述死亡时，海德格尔指出，死亡作为人“最本己的可能性是由有限性规定的”(《存》303)。也就是说，人的向死存在标志了一种有限性的存在。特里·伊格尔顿也说，人之为人的根本是其“终有一死的人体”(175，149)。在《坠》中，作为有限存在的“人”具体体现为在空间与时间两种维度上坠落的躯体。

首先是作为在空间维度上向下坠落的躯体而成为有限存在的“人”。书中在提及照片上坠落的男子之后有这样的描述：

> 自由落体是物体(body)在没有降落伞这类形成阻力的装置的情况下在大气中的坠落运动。它是物体的理想坠落运动，仅仅受到地球引力场的作用。……
>
> 她点了一下鼠标，出现了那张照片。……这是物体的理想自由落体运动。(《坠》242)

可以看到，这里描述的坠落的人与官方叙事中的“无辜受害者”相去甚远。作者采取的是几乎不带感情色彩的中性化描写，似乎只是在介绍自由落体这一物理现象。其中 body 一词虽然译为“物体”，其实更侧重“人体”之意，但作者没有指明。然而，恰恰是这种看似淡化“人”的描述凸显了人作为“人”的存在。海德格尔指出，“人作为终有一死者成其本质”，而“人存在，也就是作为终有一死者在大地[5]上存在”(《演讲与论文集》206，154)。也就是说，人之为人的根本，一是其终有一死性，二是作为其向死存在之基底的大地。上述描述再现的正是人的这种原始存在，即作为躯体的有限存在，没有人造装置保护，完全暴露在大地引力的作用下。所以，在空间维度上向下坠落的躯体可以被解读为回归大地的终有一死的人。

在很大程度上，向下坠落的人回应了美国小说家面对“9·11”事件时不能回避的问题：“‘我们’在世贸中心倒塌后应该如何看待这个世界和生活本身？”(但汉松 67)如果进一步问，为什么“9·11”事件后需要重新看待世界和生活本身，就会看到这个问题实际上是对一种“倒转”的追问。这种倒转体现在小说对德鲁所拍照片的描摹中：“那名男子脑袋朝下，身后是塔楼。……巨大的线条刺破天际，垂直的支柱形成条纹。”(《坠》242)这里捕捉的是塔楼倒塌前垂直方向上的对立：向大地坠落的人与向天空伸展的塔楼。某种意义上，向天空伸展的世贸塔楼象征了现代科技征服空间的企图(DeLillo, “In the Ruins”)，是位于“世界之巅”的“通天塔”，“伸手可及上帝的居所”(王炎 53)。然而，随着现代科技背离大地，不断向天空伸展，人作为有限存在的身份却面临威胁。汉娜·阿伦特曾说：

> 人类心智被高举到超出地球的重力作用领域，得以从宇宙的某一点上俯瞰地球。这也是现代科学所取得的最高荣耀，同时，也是它最令人困扰的成就。……只有当载人飞船被送往太空时……人类才实现了对空间的征服。……所有（人）能找到的就是那个为了撬动地球而存在的阿基米德点，但是一旦他抵达了这个点，并获得了对他的地球居所的绝对权力之后，他将需要一个新的阿基米德点，如此以至无穷。换句话说，人只可能迷失在无限宇宙当中，因为那个唯一真正的阿基米德点将是宇宙背后的绝对虚空。……如果真的到达这一点的话，人的身份……将被彻底摧毁。（253，256，260，262）

阿伦特此处论及的现代科技对宇宙空间的征服，是《坠》中的塔楼刺破天际的线条（soaring lines）的延伸。或者说，象征着先进技术的塔楼实则指向无限虚空中的阿基米德点，亦即人对决定其向死存在的大地的背离，以及人作为有限存在的身份的缺失。德里罗 1983 年发表的短篇小说《第三次世界大战中的人情味》⑥（“Human Moments in World War III”）便是对上述科技发展的极致情况的思考与回应。小说中的宇航员处于毫无人情味的太空侦察拦截机中，然而值得注意的是，主人公伏尔默仍然感受到大地的内在节奏，而且小说最后写道，一切皆集于“那个活生生的躯体”（that living body）（DeLillo，*Angel* 28，44）。在这里，德里罗对 body 一词也是模糊处理，既可以指终有一死的人体，也可以指决定人的向死存在的大地本身。小说开头写道，大地是“终有一死的人的居所”（DeLillo *Angel* 25），这与海德格尔对大地的理解几乎如出一辙。在之后出版的小说《白噪音》中，德里罗借主人公杰克之口更明确地说道：“我感觉到……双腿沉重得如同整个大地在牵拉着——这是大地最本质和最有力的判决：物体下落定理。”（248）从《第三次世界大战中的人情味》到《白噪音》再到《坠落的人》，德里罗其实在进行一种寓言式的死亡书写：如果说伏尔默的回望是终有一死之人回归大地的开端，那么世贸塔楼前下坠的人体就是这种回归的延续。所以，坠落的人虽然指向“归零地”，却并非局限于“9·11”事件。面对阿伦特式的对科技所指向的虚幻无限性的焦虑，德里罗似以有限存在的人回归大地的可能性做出回应。

在《坠》中，人在空间上向下坠落而回归其有限存在的同时，也在时间维度上体现为向其终结坠落的躯体。如论者所说，在该小说中，躯体在两种力的作用下坠落,一是空间维度上的重力,二是不断流逝的时间(Boxall 180)。随着时间流逝而坠落的躯体就是"会生老病死的""血肉之躯"(伊格尔顿 178,174)。人作为在时间维度上坠落的躯体,始终在经历衰退与死亡的过程:死亡作为人的"终结存在,存在在这一存在者向其终结的存在之中"(《存》297)。血肉之躯在时间维度上的坠落(衰退与死亡)在小说中多有体现。丽昂这样描述母亲妮娜生命的最后阶段:"身体慢慢衰弱……正在缓慢地滑入幽灵生命状态……身体萎缩了。"(《坠》256)"衰弱""滑入"和"萎缩"表现了时间对人体的侵蚀,或者人体在时间中坠落的过程,这一过程"不可更改……回不了头"(鲍曼 34)。基思的父亲也有如此感受:"一个在时光编结的甜蜜例行活动中的男人……活在他自己真实的皮肤里。"(《坠》138 - 39)这种在时光行进中显现出"脆弱与限度"的躯体在时间维度上标记了人的有限存在。

如果说在空间维度上向下坠落的躯体是对现代科技征服空间的回应,那么在时间维度上向其终结坠落的躯体可以说是对当代西方社会所追求的无限度未来的反拨。德里罗指出,在以美国为首的当代西方社会,人们永远都生活在未来,没有记忆,没有限度("In the Ruins")。在小说中,妮娜的情人马丁把双子塔楼称作"财富和权力的幻象"(《坠》124)。在这样的幻象里,人没有真正的未来,"未来只是现在的无穷重复"(伊格尔顿 177)。在塔楼工作的鲁姆齐仿佛是"终身瘫痪的病人,生下来就这样……生命的日日夜夜都在椅子上度过"(《坠》264)。而"9·11"事件之后,基思在赌场的生活也是他在塔楼倒塌前工作时日的变形:牌局无限重复,没有历史和回忆,"没有日子和时间概念"(《坠》245,251)。人在这种无限度的幻象中"变为一种自我操控的机械,就像一个外形像人的机器人……完全处于严格的可控状态"(《坠》246)。伊格尔顿指出,在对"限度"充满敌意的美国文化里,使人意识到自己局限性的恰是其血肉之躯,所以死亡被看作一种"绝对失败",在美国始终不受欢迎(178,174)。也是在这样的意义上,小说中在时间维度上坠落的躯体象征了作为有限存在的人的回归,把人"从幻觉中,如果不是从毁灭中……救赎了出来"(伊格尔顿 174)。

三、“坠落”的进行时：以艺术之思接近死亡

不论是“有人坠落”(Someone falling)对人的向死存在之影射，还是“坠落的人”(Falling man)对作为有限存在的人的回归之体现，都基于“坠落”的进行时(falling)。这一形式并非对德鲁所拍照片标题的简单借用，而是出于艺术层面的考虑：动态的坠落与定格的坠落结合在一起，既是对瞬间的捕捉，又是一种持续的未完成状态，不同于表示已完成状态的 fall 或者 fallen。“坠落”的进行时赋予该小说的死亡书写新的层面：以非客观化的艺术之思去接近死亡，保持“对于神秘的虚怀敞开”(孙周兴)，在艺术之中求真。如果说《在未来的废墟里》是对再现性语言之终结的思考，那么《坠》便以艺术视角打开了意象与语言的新领域(Apitzsch 94, 96)。

首先，“坠落”的进行时同时象征了关于死亡的艺术中可道说与不可道说的层面，并将艺术具有的宁静具象化了。小说的反叙事以出人意料的审美意象——雅尼阿克的坠落表演和乔治·莫兰迪的静物画——取代了官方“9·11”叙事中的创伤画面(Apitzsch 94)。在小说中，雅尼阿克的坠落形成“失去的空间，死亡的空间”(《坠》177)。这种关于死亡的行为艺术，在莫兰迪的静物画中得到映照：“它让人向内，向下，向里……全都与死亡有关⑦……作为一个人，一个终有一死的人。”(《坠》118)在《林中路》(以下简称《林》)中，海德格尔认为，艺术是真理亦即“存在者之无蔽状态”的发生：“一个民族的世界历史性地展开出来，而大地作为锁闭者得到了保存”，这两个可道说与不可道说的层面处于争执中，相互冲突却又相互依存(61－62,35)。很大程度上，在该小说关于死亡的艺术中可以看到后“9·11”背景下人的存在之无蔽的发生：后“9·11”世界得以开启的同时，作为终有一死之人存在基础的大地也得到了保存。而“坠落”的进行时同时象征了这争执的两个层面。

“坠落”的进行时可以看作定格的“坠落”。这种定格的“坠落”是对“恐怖时代”的历史性记录(《坠》240)。虽然雅尼阿克表演的时间与所在地并不确定，却捕捉了德鲁所拍照片上“一名特定男子从世贸中心北楼坠落的”一瞬间，而这包含着“一个身躯转瞬即逝的最后气息”的一瞬间，开

启了“9·11”当天“到处都弥漫着死亡的气息”的世界(《坠》241,34,26)。不同于“无法提供哪怕半点语境”的主流媒体“空洞的”“9·11”叙事(但汉松 68),这种定格的“坠落”象征着后“9·11”世界的历史性的展开。指向“我们中间”的坠落“具有可怕的公开性”(《坠》34-35),道说着特定语境下的死亡:这次恐怖与死亡不是发生在遥远的边缘地区,而是在“这里,在文明世界的中心地带”(鲍曼 18-19)。另一方面,定格的“坠落”象征着关于死亡的艺术中“不可展开的”“自行锁闭”的大地层面,倾向于把自行公开的历史性的世界“扣留在”(《林》33,35)一种与死亡相联系的“无法言表的神秘感”(《坠》13)中。比如,在目睹雅尼阿克坠落的“静止本身”,即定格的“坠落”时,丽昂觉得“那是另外一个层面的存在,无法触及”,所以即便与他距离很近,也无法与之交谈(《坠》183)。这一层面的存在“高高在上”,是人们“不曾见过的东西”(《坠》4,35)。这种神秘也体现在妮娜静物画般的临终状态中:“几乎发不出可以称作字眼的声音……非常美丽,超脱尘俗”(《坠》229,256)。这让人联想到德里罗接受采访时所说的:也许存在一种不可道说的语言,是语言的一种更纯洁的形式和语言的极限,也许只有在人临死时才会使用或听见(LeClair 8)。某种意义上,小说中时常出现的神秘感似在回应德里罗关于语言极限与死亡的假设,隐含着终有一死之人向下坠落至大地前一瞬不可道说的状态。因此,所谓“高高在上”并非真的“在上”,而是在“坠落”向下进入大地的自行锁闭中,拒绝日常语言与思维的解释。正如德里罗在《天秤星座》中对另一坠落场景的描绘:“他是个戴面具的正在下落的陌生人……在这特殊时刻看到大地使他向真理靠近了一步。”(117)。

“坠落”的进行时又可看作动态的持续的“坠落”。丽昂在莫兰迪的静物画中看到双子塔楼,在作为“最终的静物画”的德鲁拍摄的照片(Sozalan 47)中看到塔楼于正在坠落的人身后“随即倒塌”(《坠》242)。如果把两者结合起来便会发现,让人“向下”的静物画包含着动态的持续的“坠落”。这种“坠落”象征着关于死亡的艺术中的一种“决断”:旧的观念与秩序得以悬置,人们得以进入一个新的认知领域(英伍德 128)。这里,持续的“坠落”既指旧秩序正在离去,又指人们正在进入新的世界。在坠落的人模糊了“明暗两种线条”之分界的构图中(《坠》242),持续的“坠落”

象征着处于失语状态的后“9·11”世界的开启。随着世贸塔楼的倒塌，官方叙事终结于一片废墟(DeLillo, “In the Ruins”)，日常词汇及其意义也“迷失在落尘中”，“一切都在坠落”(《坠》110,269)。有学者如此描述世贸塔楼的倒塌：“下城像被拔掉两颗门牙……似漏风的嘴巴咕哝着含混的句子。”(王炎 53)这种旧秩序正在淡去的失语状态意味着美国“清白无辜”的时代已经终结，人们开始以新的方式看待问题(Sozalan 12)。丽昂认为，即便马丁是“恐怖分子”，他也是“我们中的一员”(《坠》213)。类似地，德里罗的短篇小说《巴德-迈恩霍夫》(“Baader-Meinhof”)中的女主人公在观看描画“恐怖分子”的组图时，也感受到人的无助，并认为“恐怖分子”并非不可原谅(*Angel* 109)。这种打破了“我/他”对立的认知领域某种程度上也映照着丽昂感受到的死亡：旧观念中“令人沮丧的战果”被“亲近感和自在感”取代(《坠》255)。这种死亡预示着一个后“9·11”世界：“一切事情都以这种之后加以衡量。”(《坠》148)

在《坠》有关死亡的艺术中，“坠落”总是意味着一种内含运动的静止。这不同于人们熟悉的稳定的静止概念(Apitzsch 102)，而更应解读为海德格尔所说的“宁静”：“自立”的艺术作品“那种自身持守的紧密一体的宁静”，在这种宁静中，艺术中相冲突的层面达到平衡与统一(《林》34)。因此，“坠落”的进行时不仅象征了关于死亡的艺术中相互争执的层面，也象征了这种争执所处的宁静本身。正如“坠落”的进行时暗含着静中有动的状态，有关死亡的艺术所具有的宁静也“包含着运动”(《林》34)。在这种艺术中，“画面的布局透视并不固定”(《坠》52)，与人们惯有的客观化思维模式大相径庭。在当代西方社会，人们惯于用这种思维模式去理解事物，对“9·11”事件的理解也是如此：“统计数据表格、企业报告、建筑蓝图、恐怖主义者的流程图。”(《坠》149)因此，不论是作为“最终的静物画”的德鲁拍摄的照片，还是作为静物画变体的雅尼阿克的坠落表演，都可看作“存在于其自身”(《坠》121)的艺术，是以自身持守的宁静对人们惯常思维模式的颠覆。

其次，在坠落表演及静物画等关于死亡的审美意象之外，德里罗又把“坠落”的进行时变为一种叙事手法，使整部小说展开为一种死亡空间。《白噪音》主人公就“情节/阴谋”(plot)一词的双关与死亡的关联发表过如下看法：

> 一切阴谋都会走向死亡，这是阴谋的特性。政治阴谋、恐怖主义阴谋、爱情阴谋、叙事的情节谋划、儿童游戏中的计谋，概莫能外。每一次我们策划阴谋时，我们就一步一步接近死亡……阴谋策划者和阴谋的对象都无法逃避。（德里罗 27）

这在一定程度上诠释了《坠》中的情节安排："9·11"事件之后，纽约人的日常生活与"恐怖分子"策划阴谋这两条故事主线交叉进行，最后在飞机撞楼即阴谋完成时汇合。学者认为，该小说的书名既表示"9·11"事件中遇难者向其死亡的坠落，也表示小说人物在后"9·11"世界中经历的比喻意义上的坠落（Sozalan 1）。而从上述情节安排来看，这些坠落都指向最终的死亡。而且在故事发展中也可以看到其他走向死亡的坠落：妮娜向其生命终结坠落，老年性痴呆症患者甚至整个后"9·11"美国社会向变相的死亡即遗忘坠落（但汉松 68）。更有意思的是，小说是以"恐怖分子"的袭击开头，也就是从死亡开始又走回死亡，从头至尾都在坠落，于是小说在情节发展上成为闭合的死亡空间。

然而德里罗却将故事线索交错并置，在主线外还穿插了很多次要的线索。于是，常常一个场景里发生的事件并没有结束，另一个场景中的事件便开始了。比如，第一章描写基思在"9·11"事件当天离开袭击现场，第二章却转而叙述别的事，直到第三章最后一部分才又回到第一章的叙事情节。而且在很多场景中并没有传统意义上的情节发展，而是停留在对看似无关紧要的事物的描写上，似乎作者并不在意接下来会发生什么。如果说作者像策划阴谋一样使故事人物及读者在该小说的死亡空间里向死亡坠落，那么这种坠落是在慢节奏中进行的。有学者把雅尼阿克的坠落表演与该小说的叙事手法联系起来：雅尼阿克坠落的静止状态是一种人为的停顿，而这种停顿在叙事中就表现为对情节发展的减速，或者说类似于一幅"文学的静物画"（Apitzsch 100，96）。因此，不妨把这种情节上的减速看作"坠落"的进行时表现出来的一个方面："坠落"的慢动作。小说阿尔茨海默病患者之一罗斯琳使用的语言很形象地展现了这种慢节奏的坠落过程："离别，正在离别，将要离别，最后的离别，将要离别。"（《坠》

168)小说中缓慢的叙事节奏就像罗斯琳使用的各种“构词上的屈折变化”,象征了“一种保护,一种对抗终极裸露状态的尝试”(同上)。而就像从“最后的离别”又退回“将要离别”,“坠落”的进行时所喻指的叙事手法又包含着另一层意思:以无限的“坠落”实现对最终死亡的悬置。比如,雅尼阿克“计划中的最后一次坠落”并没有实现,作者以突降法使其死于“自然原因”(《坠》240 - 241)。而且,基思在小说最后看到的是一件衬衣的坠落,不同于人的坠落,这是一种“失重”状态,与雅尼阿克的自然死亡一样,都意味着坠落终点的缺失(Boxall 182)。

某种程度上,以“坠落”的进行时为叙事手法展开的死亡空间体现了后“9・11”背景下作家的责任。德里罗曾借小说人物之口表示,“恐怖分子”已经占据了作家的位置(Apitzsch 94)。在《在未来的废墟里》中,他又写道,后“9・11”世界的叙事掌握在“恐怖分子”手中,他们诉诸暴力与死亡,以求减缓人们趋向“白热化未来”的步伐,使“过去”得以回归。而在《坠》的死亡空间里,世界在慢动作的“坠落”中,而不是暴力下,减缓了步子。这种闭合的死亡空间,即以死亡开始至死亡结束的循环叙事结构又使故事人物及读者避免退回“正常的生活”[8],因为正是这种生活导致了“9・11”事件的发生(Leps 200)。不同于贝克特式的放逐与退却(Boxall 177),德里罗以“无限坠落”开启死亡空间,其实是要以清晰的句子从“9・11”事件之后语言的灰烬中重新建构世界(Apitzsch 107)。

结　语

早在“9・11”事件发生之前,德里罗就指出,尽管科学在延长人们的生命,但当今的美国社会时刻被死亡的阴影所笼罩(Rothstein 24)。在“9・11”事件之后,他又反思道,西方社会视科技为命运与真理,“恐怖分子”却恰恰借科技的致死性来回击西方社会(“In the Ruins”)。而在《坠落的人》的死亡书写中,德里罗一方面试图摆脱官方“9・11”叙事的桎梏,一方面以海德格尔式的存在之思对当代社会的死亡阴影做出回应,字里行间仿佛可以听见:

但哪里有危险，

哪里也生救渡。（海德格尔，《演讲与论文集》35－36）

注释[Notes]

① 例如但汉松的《"'9·11'"小说的两种叙事维度：——以〈坠落的人〉和〈转吧，这伟大的世界〉为例》。

② 关于德里罗与海德格尔的相似之处，已有学者做过详细论述。例如，德里罗与海德格尔都在天主教家庭长大，早期对宗教深感兴趣，之后却转向哲学或文学；都很关注时间经验（人在其向死存在中无法逃离时间）对人们生存之隐秘的揭示；都把语言与人的存在相关联。参见 Cornel Bonca, "Being, Time, and Death in DeLillo's *The Body Artist*", *Pacific Coast Philology*, 37 (2002), p. 60。

③ 本文中《存在与时间》的相关英译均参见 Martin Heidegger, *Being and Time*, trans. Joan Stambaugh, Albany: State University of New York Press, 2010。

④ 本文中《坠落的人》的相关英文原文均参见 Don DeLillo, *Falling Man*, New York: Scribner, 2008。

⑤ 海德格尔所言的"大地"作为人存在的基础，虽不完全等同于地球在科学意义上的概念，却并没有脱离之，在当前语境下并不影响对小说的阐释。

⑥ 该短篇小说的译文参考了杨仁敬的译本（《外国文学》，2003 年第 4 期，第 8－13 页）。

⑦ 原文是"It's all about mortality"，中译本将"mortality"一词误看成"morality"，故错译为"全都与道德有关"。

⑧ "9·11"事件之后，人们开始从创伤中恢复过来，慢慢重回生活的正常轨道，但就在丽昂决定恢复"9·11"之前的生活方式的时候，下一章叙事突然回转至"恐怖分子"策划阴谋的故事线索，又把故事人物和读者拉回飞机撞楼那天，与小说开头形成叙事回路，造成一种持续的威胁与不安全感，阻碍人们退回正常生活。

引用文献【Works Cited】

Apitzsch, Julia. "The Art of Terror—The Terror of Art: DeLillo's Still Life of 9/11, Giorgio Morandi, Gerhard Richter, and Performance Art." Eds. Peter Schneck and Philipp Schweighauser. *Terrorism, Media, Ethics of Fiction: Transatlantic Perspectives on Don DeLillo*. New York: The Continuum International Publishing Group, 2010. 93－108.

Arendt, Hannah. *Between Past and Future*. Trans. Wang Yinli and Zhang Lili.

Nanjing: Yilin Press, 2012.
[汉娜·阿伦特:《过去与未来之间》,王寅丽、张立立译,南京:译林出版社,2012 年。]
Bauman,Zygmunt. *Liquid Fear*. Trans. Gu Lei, Yang Chao, et al. Nanjing: Jiangsu People's Publishing House, 2012.
[齐格蒙特·鲍曼:《流动的恐惧》,谷蕾、杨超等译,南京:江苏人民出版社,2012 年。]
Bercovitch, Sacvan, ed. *Cambridge History of American Literature*, Vol.7. Trans. Sun Hong, et al. Beijing: Central Compilation & Translation Press, 2005.
[萨克文·伯科维奇主编:《剑桥美国文学史(第七卷)》,孙宏等译,北京:中央编译出版社,2005 年。]
Boxall, Peter. "*Slow Man*, *Dangling Man*, *Falling Man*: DeLillo and the Ethics of Fiction." Eds. Peter Schneck and Philipp Schweighauser. *Terrorism, Media, Ethics of Fiction: Transatlantic Perspectives on Don DeLillo*, New York: The Continuum International Publishing Group, 2010. 173 - 83.
Eagleton, Terry. *After Theory*. Trans. Shang Zheng. Beijing: The Commercial Press, 2009.
[特里·伊格尔顿:《理论之后》,商正译,北京:商务印书馆,2009 年。]
Dan,Hansong. "Two Narrative Dimensions in '9/11' Novels: *Falling Man* and *Let the Great World Spin*." *Contemporary Foreign Literature* 2 (2011): 66 - 73.
[但汉松:《““9·11””小说的两种叙事维度:——以〈坠落的人〉和〈转吧,这伟大的世界〉为例》,《当代外国文学》,2011 年第 2 期,第 66 - 73 页。]
DeLillo, Don. *Falling Man*. Trans. Yan Zhongzhi. Nanjing: Yilin Press, 2010.
[唐·德里罗:《坠落的人》,严忠志译,南京:译林出版社,2010 年。]
---. "In the Ruins of the Future: Reflections on Terror and Loss in the Shadow of September." 〈http://history. jburroughs. org/cfront/us45/readings/DeLillo. pdf, 2013 - 02 - 24〉
---. *Libra*. Trans. Han Zhonghua. Nanjing: Yilin Press, 2013.
[---:《天秤星座》,韩忠华译,南京:译林出版社,2013 年。]
---. *The Angel Esmeralda: Nine Stories*. New York: Scribner, 2011.
---. *The Body Artist*. Trans. Wen Min. Hangzhou: Zhejiang Literature & Art Publishing House, 2012.
[---:《人体艺术家》,文敏译,杭州:浙江文艺出版社,2012 年。]
---. *Underworld*. Trans. Yan Zhongzhi. Nanjing: Yilin Press, 2013.
[---:《地下世界》,严忠志译,南京:译林出版社,2013 年。]

---. *White Noise*. Trans. Zhu Ye. Nanjing: Yilin Press, 2002.

[---:《白噪音》,朱叶译,南京:译林出版社,2002 年。]

Dewey, Joseph. "DonDeLillo." Ed. Jay Parini. *The Oxford Encyclopedia of American Literature*, Vol. 1. Shanghai: Shanghai Foreign Language Education Press, 2011. 350 - 358.

Duan, Dezhi. *Western Philosophy of Death*. Beijing: Peking UP, 2006.

[段德智:《西方死亡哲学》,北京:北京大学出版社,2006 年。]

Heidegger, Martin. *Being and Time*. Trans. Chen Jiaying and Wang Qingjie. Beijing: SDX Joint Publishing Company, 2006.

[马丁·海德格尔:《存在与时间》,陈嘉映、王庆节译,北京:生活·读书·新知三联书店, 2006 年。]

---. *Off the Beaten Track*. Trans. Sun Zhouxing. Shanghai: Shanghai Translation Publishing House, 2004.

[---:《林中路》,孙周兴译,上海:上海译文出版社,2004 年。]

---. *Vorträge und Aufsätze*. Trans. Sun Zhouxing. Beijing: SDX Joint Publishing Company, 2005.

[---:《演讲与论文集》,孙周兴译,北京:生活·读书·新知三联书店,2005 年。]

Hoffman, Piotr. "Death, Time, History: Division II of *Being and Time*." Ed. Charles B. Guignon. *The Cambridge Companion to Heidegger*. Beijing: SDX Joint Publishing Company, 2006. 195 - 214.

Inwood, Michael. *Heidegger*. Trans. Liu Huawen. Nanjing: Yilin Press, 2009.

[迈克尔·英伍德:《海德格尔》,刘华文译,南京:译林出版社,2009 年。]

LeClair, Thomas. "An Interview with Don DeLillo." Ed. Thomas DePietro. *Conversations with Don DeLillo*. Jackson: UP of Mississippi, 2005. 3 - 15.

Leps, Marie-Christine. "*Falling Man*: Performing Fiction." Eds. Peter Schneck and Philipp Schweighauser. *Terrorism, Media, Ethics of Fiction: Transatlantic Perspectives on Don DeLillo*. New York: Continuum International Publishing Group, 2010. 184 - 203.

Rothstein, Mervyn. "A Novelist Faces His Themes on New Ground." Ed. Thomas DePietro. *Conversations with Don DeLillo*. Jackson: UP of Mississippi, 2005. 20 - 24.

Sozalan, Ozden. *The American Nightmare: Don DeLillo's* Falling Man *and Cormac McCarthy's* The Road. Bloomington: AuthorHouse, 2011.

Sun, Zhouxing. "How Is Non-objective Thought and Speech Possible? On Heidegger's Phenomenology." 〈http://www.aisixiang.com/data/22650.html, 2013-02-24〉

[孙周兴:《一种非对象性的思与言是如何可能的?——海德格尔现象学的一条路线》。〈http://www.aisixiang.com/data/22650.html, 2013-02-24.〉]

Wang, Yan. "A Reading of Urban Space: Manhattan Landscape and Cultural Identity." *Reading* 10 (2012): 46-56.

[王炎:《阅读城市空间——曼哈顿景观与文化身份》,《读书》,2012年第10期,第46-56页。]

Zhu, Ye. "The Book of Death in Postmodern America (Preface)." *White Noise*. Don DeLillo. Nanjing: Yilin Press, 2002.

[朱叶:《美国后现代社会的'死亡之书'(译序)》,见唐·德里罗著《白噪音》,南京:译林出版社,2002年。]

Žižek, Slavoj. *Looking Awry: An Introduction to Jacques Lacan through Popular Culture*. Trans. Ji Guangmao. Hangzhou: Zhejiang UP, 2011.

[斯拉沃热·齐泽克:《斜目而视:透过通俗文化看拉康》,季广茂译,杭州:浙江大学出版社,2011年。]

论《终结的感觉》的记忆叙事伦理

陈　博

内容提要：当代英国作家朱利安·巴恩斯的《终结的感觉》以片段记忆为叙事的内容与形式，运用异质性重复的叙事技巧呈现片段记忆的动态运作进程。在记忆叙事者的动态化记忆叙事中，小说不仅以不可靠叙事反映了记忆的认知谬误与其固有的建构特质，而且以叙事行为本身构成了主人公托尼的伦理性言说，构成他消解相关记忆之所说、在记忆反复的编码与再编码中不断裸露自我、趋近他者的履责行为。

关键词：朱利安·巴恩斯；《终结的感觉》；片段记忆；言说；叙事伦理

作者简介：陈博，文学博士，南京航空航天大学外国语学院副教授，主要从事当代英国小说研究。

2011年，英国作家朱利安·巴恩斯（Julian Barnes，1946—　）凭借《终结的感觉》（*The Sense of an Ending*）以众望所归之态摘得曼布克奖桂冠。这部小说堪称巴恩斯三十余年创作的集大成者：叙事者托尼·韦伯斯特的成长经历仿佛作者处女作《伦敦郊区》（*Metroland*，1980）主人公的翻版；小说的记忆观也与巴恩斯名作《福楼拜的鹦鹉》（*Flaubert's Parrot*，1983）与《10½章世界史》（*A History of the World in 10½ Chapters*，1989）中的历史观遥相呼应。在叙事者对年少时代挚友艾德里安与女友维罗妮卡的故人故事回顾中，记忆既是叙事的载体，亦是叙事的对象，是小说毋庸置疑的核心主题。针对《终结的感觉》中的记忆叙事，近年来国内研究者或剖析记忆主体于“人性”与“兽性”本能间做出的伦理选择；或探讨记忆不可靠书写中的自我认知困境；或对比分析此部小说的记忆不可靠叙事与作者其他小说中的新历史主义史观。然而，相关研究鲜有关注到小说中显著的片段化动态记忆叙事特征，而与之相关的记忆叙事伦理意蕴也未能得到深入探讨。有鉴于此，本文的分析从小说叙事者托尼叙事中较为显著的片段记忆形式出发，提出小说通过异质性重复叙事呈现了片段记忆的动态环节。这种叙事方式一方面展现认知谬误、反映记忆固有的建构特质，另一方面承载了记忆者在叙事中不断打破主体自我封闭、面向他者进行言说的伦理履责行为。

一、片段记忆的重复叙事

在《终结的感觉》中，记忆叙事以片段记忆（episodic memory）的拼贴为基本组织形式，其中重要的记忆片段在小说开篇就由叙事者托尼罗列而出：

> — 一只手的手腕内侧，闪闪发光；
>
> — 笑呵呵地把滚烫的平底锅抛进了水槽里，湿漉漉的水槽上顿时蒸汽升腾；
>
> — 一扇上了锁的门后，冰冷已久的浴水；
>
> — 一团团镜子环绕水池出水孔，然后从高楼的下水道一泻而下；
>
> — 一条河莫名其妙地逆流而上，奔涌跃腾；在六束追逐的手电筒光线照射下波光粼粼；
>
> — 另一条河，宽阔而灰暗，一阵狂风搅乱了水面，掩盖了河的流向。(3)[①]

片段记忆在认知心理学中被视为一种不同于语义记忆（semantic memory）的记忆形态。加拿大认知心理学家托尔文（Endel Tulving）指出语义记忆记录事实与概念，而片段记忆则以事件记录为单位，关注“获取及储存特定时间发生事件及情境的相关信息，以及事件之间的时空关系”（“Episodic” 385）。研究者在认知心理学和临床医学实验中发现，两种记忆形态间虽偶尔互相转换，但内涵运行机制具有本质差异。语义记忆一经形成就相对稳定，而片段记忆则变动性较大。小说中的记忆叙事常以事件为单位串联起故事发展，所以其中大量涉及的记忆形态往往就是片段记忆。

在《终结的感觉》的片段记忆呈现中，同一记忆片段往往被多次提及，且每次提及均有所差异，这就形成了针对同一片段记忆的异质性重复叙事。异质性重复叙事（repeating narrative）由叙事学家热奈特所定义，指多次讲述只发生过一次的事件，且每次讲述的内容不尽相同（Genette 113 - 15）。这一叙事技巧的运用使得片段记忆的诸多环节得以呈现。通常而言，完整的记忆进程往往包括记忆、存储与提取三大环节，而由于片段记忆相对较不稳定，其记忆进程的复杂性也由是大增。为此，托尔文提出了更为详尽的运作模型。

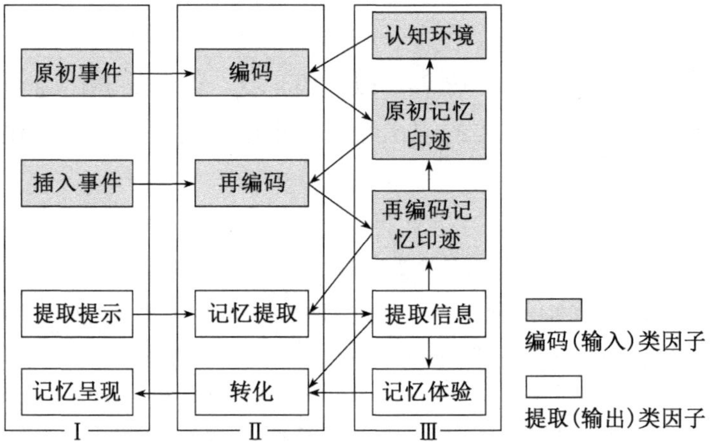

General Abstract Processing System of Episodic Memory[②]

依据片段记忆运作普适模型（GAPS）是小说《终结的感觉》进行记忆重构的主要手段，即通过对同段片段记忆的反复提及，描摹出记忆编码与提取之间的细化环节。小说中托尼的记忆叙事分两部分展开。第一部分以倒叙为主，序幕是托尼在退休后的某一时间点 T_2 叙述自青少年时 T_1 时间点起发生的“记忆体验”经过“转化”过程形成的“记忆呈现”，以“学校是那一切开始的地方，所以我得简要地重提那几件演化成趣闻的事情，回溯某些模糊的记忆”（4）。T_1 中包含大量的记忆编码过程，紧跟其后的是多个原初事件的发生。T_2 的叙事行为本身即构成了记忆提取。小说第二部分的叙事时间与故事时间均始于托尼退休后的某个时间点 T_3，此时赋闲家中的托尼意外收到了维罗妮卡母亲福特太太的遗嘱。这一事件开启了托尼对从前记忆呈现的纠错过程。随着故事顺叙进展，相关片段记忆反复遭到提取与再编码，托尼也不断刷新这些片段记忆的记忆痕迹。

我们以具体片段记忆为例细读，可以更清晰地观察到片段记忆的动态运作过程。以小说开篇提及的“笑呵呵地把滚烫的平底锅抛进了水槽里，湿漉漉的水槽上顿时蒸汽升腾”(3)为例，这段描述所对应的原初事件为托尼首次做客维罗妮卡家时与福特太太的短暂会面。原初事件发生时记忆编码的重要要素为“认知环境”，指记忆者记忆编码时受之前其他记忆痕迹影响所持有的情感等状态。在这一事件中，此前托尼在与维罗妮卡的相处中向来自觉身处弱势，“每当我们碰面时，我就会被一种只能称为预备罪恶感的感觉所笼罩：总是料想她会说些或是做些让我感到愧疚的事情”(50)，加之首次在女友家过夜，他难免紧张与尴尬。托尼鼓起勇气主动与福特太太搭讪，却意外得到答复“不要总让维罗妮卡占你便宜”(36)。由于这一回答实际暗合了托尼对维罗妮卡长期积累的反感，所以尽管他也合理地怀疑“是否该对这一干涉我们关系的行为感到生气”(36)，却最终选择将福特太太的这句话编码为“她看起来还挺喜欢我”，记住了她的“随意”与“哈哈大笑”(37)，对她留下了性格坦率随性的记忆印迹。与之相应的，他目睹福特太太将鸡蛋打入锅中，随后把油锅扔入水槽的细节，这构成了托尼记忆这一事件时的聚焦因素。聚焦因素对记忆编码极为重要，它往往会转变为记忆提取过程的“提取提示”，此后油锅扔入水槽的画面便多次成为托尼启动这一片段记忆再编码的提示：

> —她另有暗示：我及早脱身是明智的选择，并送我最美好的祝愿…… 一个无忧无虑、生气勃勃的女人，不小心打破了一个鸡蛋，又给我另外煎了一个，并且告诉我再也不要受她女儿的气。(51)
>
> —甚至她母亲也告诫我提防她。(125)
>
> —福特太太把散裂的熟鸡蛋扔进垃圾桶，脸色担忧—为了那鸡蛋，而不是我。(145)
>
> —想到了一个女人无忧无虑、粗心大意地煎鸡蛋，其中一个碎在了平底锅里也不在意。(193)

上文所引用的四次再编码中，前两次随着托尼与维罗妮卡不断关系恶化，他加深了福特太太对他怀有善意的记忆印迹。第三、四次再编码发生在

小说进入第二部分 T_3时间后，此时托尼渐渐发现了有关福特太太的另类真相，原来在维罗妮卡与艾德里安交往后，福特太太与艾德里安偷情并怀孕产子，此后不久艾德里安在宿舍自杀身亡。得知此事的托尼开始重新审视自己与福特太太相遇的片段记忆。受到插入事件的影响，他记起了福特太太在发现煎蛋失败后颇为担忧，她煎蛋的状态也从“生气勃勃”转为了“粗心大意”与“不在意”，这一描绘显然更契合一位与女儿男友偷情的女性形象。从善意到不经意与粗心大意，这一形象的转变折射出托尼在插入事件与认知环境等因素影响下，对同一事件不断编码、提取与再编码的动态过程。

二、认知谬误的不可靠叙事

在片段记忆动态化叙事的基础上，异质性“重复叙事”同时也使得记忆不可靠叙事得以实现。美国叙事学家理查森(Brian Richardson)针对异质重复叙事提出，这一叙事技巧的使用极易导致消解叙事现象的发生。在消解叙事中，“叙事者否定了其之前所做出的叙事中的重要部分”(168)，使得所叙内容显得前后矛盾，从而在不同程度上影响了所表征事件的稳定性，使得整个完整的故事中“因果关联变得令人怀疑，剩下的只能是种种元素本身，其彼此之间的关联消失”(168)。正是这样的消解效应使得托尼整个记忆叙事中本就薄弱的记忆因果关系进一步受到削弱，而托尼记忆叙事整体的可靠性也由此遭到了解构。

于是，托尼的记忆叙事构成了典型的不可靠叙事，这一叙事的不可靠特性实属巴恩斯刻意为之。他在小说中借人物之口言明，“不可靠记忆与不充分的材料相遇所产生的确定性就是历史”(20)。托尼的不可靠记忆叙事基本为错误报道与错误评价，如上文所提的初遇福特太太事件记忆叙事中，他将福特太太对油锅入水的心态报道为得意扬扬，此为错误报道；而他将“不要总让维罗妮卡占你便宜”一句话解读为全然的正义之举，此为错误评价。这些均反映了这一人物的认知局限。另一方面，托尼的不可靠记忆叙事实属人之常情。如有评论家所言，托尼并非是纳博科夫笔下的亨伯特般的不可靠叙事者，他的不可靠“源自我们所有人身上都具有的叙事的不可靠性"(Deresiewicz)。作为小说的主人公,托尼这一英国中产阶级小人物实在平凡得乏善可陈,他既没有跌宕起伏的人生,也没有值得称道的英雄事迹。也正是因此,他本人的普通平凡意味着其记忆叙事具备普适意义,"并不是不可靠的记忆导致不可靠的叙述,而是不可靠的叙述显露了记忆运作的特征"(刘智欢等 49)。

托尼的记忆不可靠叙事折射了记忆认知谬误的常在性。近年来的心理学研究已证实,认知谬误的发生实属记忆运作的常态。根据认知谬误出现的记忆环节与类型,哈佛大学心理系主任夏克特教授(Daniel Schachter)归纳出健忘、分心、空白、错认、暗示、偏颇与纠缠七种谬误类型。据此考察托尼的记忆叙事,我们不难发现其中大量涉及了遗忘、暗示与偏颇这几类认知谬误。遗忘指记忆信息的内容随着时间而不断流失,托尼在记忆中遗忘了维罗妮卡对他的种种善意举动,也忘记了自己曾经对维罗妮卡与艾德里安发出诅咒的行为,这些均属常见的谬误类型。另一种常出现在托尼记忆叙事中的记忆谬误是暗示,暗示性记忆谬误在片段记忆中尤其容易发生。如上文提及的托尼对福特太太的评价转变,之所以从正面的善意变作了相对负面的"无忧无虑""粗心大意"与"不在意",其主要原因正是在于插入事件的发生让他受到的暗示。除了遗忘与暗示外,托尼的记忆叙事中还表现出了大量的偏颇型记忆认知谬误。偏颇谬误又可分为若干情形,而其中的"唯我型"偏颇对托尼的记忆叙事尤为适用。夏克特指出,唯我型偏颇极易发生于情侣关系与消极性事件中(189－91)。托尼在分手后对维罗妮卡的描绘总是将她形容得咄咄逼人,以向他施压为乐。受此种思维模式的影响,他怀疑维罗妮卡之所以在他留宿她家的第二天早晨并未等他起床,是存心要置他于尴尬的境地,与家人一道等着看他出丑。如此偏颇的形成自然并非偶然与随机。如夏克特所言,通过偏颇人们得以将失败归因于自我之外的力量(192)。如托尼对维罗妮卡态度与动机的扭曲,使他得以在自己的记忆中对两人的关系失败免责。归根结底,通过对记忆中事实的偏颇编码,"我们深入地坚持我们自己独特的世界观"(190)。

遗忘、暗示与偏颇这些记忆谬误之所以产生,追根究底源自记忆固有的建构特质。时至今日,记忆的建构说已经取代记忆的"再现说",成为当今记忆研究的主流认知。传统认为,记忆忠实地储存了所记内容,理想情况下提取记忆时可以忠实再现记忆编码时的记忆内容。这一传承多年的再现观于 20 世纪初遭到挑战。英国认知心理学家巴特莱特(Frederic Bartlett)通过观察受试者经过不同时间间隔后做出的故事复述,发现了大量记忆者主动的建构痕迹(16,205,213)。由此,他进一步提出记忆者复述中的构念(construction)服务于契合其固有图式并达成适合结局的需求(309)。

将记忆认知谬误的产生原因诉诸构建合适结局的本能,就不难理解《终结的感觉》之命名缘由。小说书名恰与英国文评家科默德(Frank Kermode)的文评名作《结尾的意义》(*The Sense of an Ending*, 1967)同名,巴恩斯籍此向科默德表达致敬之意。如有学者指出,两者间的链接在于巴恩斯小说中"记忆将叙事者对现在的感知、对过去的回忆以及对未来的期待纳入一个始于'滴'结束于'答'的时间结构中"(毛卫强 121)。这一"滴答"的时间结构是科默德为人生历程所提出的比喻,"滴是我们在形式上表示开端的词,答表示结尾。我们说它们不同。而他们的不同有赖于某种特殊的中段"(44 - 45),"滴答"为人生带来了进程感,使得处于中间的人们相信他们正在驶向某种结尾。人们习惯于这种具有结尾感的叙事模式,因为这一追求行为与人类确立自己生存意义的本能密切相关,"位于中间的人总是要费大力气构想一个有结尾的圆满模式,这样才好与开头及中段形成舒适和和谐的关系"(17)。以托尼记忆叙事为代表的不可靠记忆叙事源自人们追求意义的本能,对"滴答"时间结构中"答"之圆满的期盼。

三、动态叙事的伦理言说

片段记忆的动态化叙事凸显了记忆的不可靠叙事与认知谬误,进而形成对记忆叙事人托尼本人记忆乃至身份建构的消解。然而,解构只是理解托尼记忆叙事的一个层面,如果将考察的焦点从托尼的所叙内容转向他的叙述行为本身,可以发现记忆叙事这一行为同时也构成了托尼作为主体面向他者的伦理性"言说"(Saying)。

> 言说是法国哲学家列维纳斯“他者”伦理理论的核心概念，在他后期的理论中占有极为重要的地位。它强调了语言与伦理的关系，是自我向他者履责的本质方式。列维纳斯写道：言说是这样一个真相：在脸孔之前，我不能仅仅凝视它，我得回应它。言说是招呼他人的方式，而招呼他人就已经是回应他。当某人在场时，我难以保持沉默，这一困难的源头在于这种言说所特有的特质，与所说无关。必须得说些什么，无论是下雨还是好天气，去说，去回应他就是回答他。（*Ethics and Infinity* 87 - 88）

在列维纳斯的他者伦理中，自我与绝对他者这对伦理关系被视为超越了认识本体论的形而上哲学。言说是由自我朝向他者的趋近，而自我没有选择是否趋近的权力。这一不平等性就是伦理关系的核心。言说与“所说”(Said)相对。列维纳斯提出，相对于伦理性的言说，所说是本体论的，“在所说的语言中，一切被传送到我们面前”（*Otherwise* 6）。换言之，所说在逻各斯中心主义的引领下通过理性同化周遭事物并据为己有。因此，所说是自我的场域，它将他者同化为另一种他我的存在；而言说则与之相对地开启通向他者之路，它指向别样于存在的超越性他者。正因如此，所说与言说分别具备了静态与动态的性质。所说是静态的。如列维纳斯所言，在西方文化一贯的思维模式中充斥了“所说对言说的控制”（*Otherwise* 5），将其挤压至从属位置（*Otherwise* 6）。相对于静态性的所说，言说是动态的，它试图逃离语言的禁锢并必须解除与还原所说的秩序，因此它的第一要务就是解构。无论是巴恩斯对片段记忆的凸显，还是他对记忆者不可靠叙事与认知谬误的呈现，均是在消解记忆书写中所说的自足世界，达成言说的解构面向。

言说同时也是伦理的。它必须在解构时同时达成主体的袒露与走出自我，从而朝向他者履行伦理责任。如列维纳斯所言，主体在言说之中临近他者，并通过“对自己危险的揭露与真诚打破内向性，放弃所有的遮掩，向创伤裸露其脆弱性”（*Otherwise* 48）。在通过言说对他者的回应中，主体得以负担起向他者的伦理责任。这一过程中最为重要的是姿态，而非内容，“不在于它的信息内容，而在于它面向对话者”（*Ethics and Infinity* 42）。而正是言说中的主体裸露自我以朝向他者的姿态，使它与为解构而解构之间产生了本质区别，因为它起于解构，意在履责。

如此不断走出自我、趋近他者的伦理诉求在托尼的记忆叙事中清晰可辨。小说伊始，托尼在与周遭诸人的关系中明显采取了自我封闭的防御姿态。他多次以自我保护的生存本能来解释自己性格中的内向与被动(45,83)，在与包括律师与妻女在内的周遭诸人的相处中，他总是小心翼翼地避免亲密关系，自嘲为“从固执己见中寻找慰藉的男人”(115)。而他人对他的看法也印证了他的画地为牢。维罗妮卡评价他只相信自己愿意相信的事情(41)；前妻玛格丽特也讽刺他若是能正视过去，那就反倒不是他了(101)。在这一自我封闭的状态下，托尼形成了对诸多记忆中他者的刻板认知，如维罗妮卡就是咄咄逼人、锱铢必较，艾德里安在他看来则始终聪明优雅，即便自杀也是因为“他拥有自杀时所需要的全身心的勇气”(114)。如赫尔姆斯所总结，托尼在小说第一部分的叙事中表现出了自我辩解与安慰的伦理模式，并将其运用于他与维罗妮卡、艾德里安及维罗妮卡父母兄长的互动中(Holmes 32)。

随着小说的进展，他时隔三十年后重新开始审视曾经的自我，“想到自己先前的形象：易怒，善妒，邪恶”(127)，远非他从前所坚信的那般羞涩与无辜。以与维罗妮卡的恋情为例，他想起了维罗妮卡与他在宿舍里翩翩起舞的美妙场景，她轻盈起舞、身姿曼妙(147)；想起了他在两人关系中的懦弱与胆小(151)，还想起了两人手牵手坐在河边观看“赛文潮”的美好经历(153)。他发现，在两人的交往中他并非一直像他单方面想象的那样受到维罗妮卡的屈尊以待。维罗妮卡极有可能也在两人的关系中做出了大量的牺牲与付出，并也许受到更大的伤害。自接到福特太太的遗嘱开始，托尼渐渐地走出了自己所说世界的封闭，意识到自己性格的不足，“我们以为自己很有担当，其实我们十分懦弱。我们所谓的务实，充其量不过是逃避，绝非直面”(121)。而对他人，托尼在意识到自己不足的同时，向着以维罗妮卡与艾德里安这两个生命中曾经的重要他者为代表的“他者们”越来越袒露自我的言说，态度一变再变。

另一方面，由于他者不可被化规至自我的场域，托尼只能不断趋近与朝向维罗妮卡、艾德里安与福特太太这些记忆中的他者，而始终无法真正掌握他们。如列维纳斯所称，他者是自我必须言说的对象，然而这种言说并不以掌握他者为最终目的。存在者对他者的追求“不源自需求之缺乏，也不源自美好失落之回忆”(*Totality and Infinity* 62),他者始终处于超越存在者的高位(*Totality and Infinity* 39)。以维罗妮卡为例,她在托尼的叙事中反复被称为“神秘的女人”(100、102、120)。在托尼试图接近维罗妮卡的过程中,他曾一度觉得自己似乎对维罗妮卡旧情重燃,产生了破镜重圆的渴望,这一激情让他重新找到了生活的平衡与满足感。他随即对维罗妮卡展开追求,极力试图重新与她建立亲密关系。然而他的追求遭到了维罗妮卡的拒绝,他被反复告知“你就是不明白”(130,163,186)。他一再试图了解她,但是也不断地理解错误,最终只得放弃并彻底接受了她的他异性。如此直至小说终了,看似托尼明白了往事的真相,但事实上维罗妮卡与艾德里安仍为他留下了许多谜团。例如,维罗妮卡始终称托尼还是不明白,是托尼不了解艾德里安、福特太太与弱智儿之间的关系,还是指托尼不了解自己在三人关系中所起到的责任?艾德里安日记中对几人关系的描述究竟何意?是否托尼在艾德里安的自杀悲剧中负有致命责任?这些问题均仍有解读空间。小说结尾时,托尼最终意识到:“有累积。有责任。还有动荡不安。浩大的动荡不安”(193),他面对诸多谜团决定不再执着于掌握记忆细节的真相,放弃了自己的“掌握”欲望,以开放的姿态接受他者的难解与未知。

结　语

记忆是人类赖以建构自我身份的重要认知活动。在自传回忆录《无所畏惧》(*Nothing to be Frightened of*)中,巴恩斯对记忆现象如是评价:人们对往事的回忆饱含着想象的真实(238)。之所以存在“想象”,是因为记忆中充斥着主观建构的痕迹,而之所以“真实”,则源自记忆者的想象暴露了其所欲追寻的意义。在《终结的感觉》中,巴恩斯的“想象的真实”记忆观在托尼的叙事行为中得到了集中体现。在对多个片段记忆的异质性重复叙事中,托尼的记忆叙事一方面揭露不可靠叙事中的种种认知谬误,将过去已然成型的整体性印象之“所说”还原为开放式“言说”,另一方面使得使他得以作为个体通过完成对我执的突破,转而面向对生命中多个他者的伦理责任。通过片段记忆的动态言说,小说的记忆书写将对记忆的考察视角由静态的记忆内容转向动态的记忆言说行为，将记忆的主题意涵从认知域转向伦理域，承载了作者对记忆的深层伦理反思。

注释［Notes］

① 这六段概述分别对应了托尼的六段片段记忆，包括：与好友艾德里安、亚历克斯与科林以反戴手表为友情标识，初见维罗妮卡母亲福特太太，得知艾德里安自杀，第一次在维罗妮卡家中过夜，观看赛文河涨潮，以及与维罗妮卡共赏泰晤士河。

② 整个 GAPS 模型将完整的记忆流程分为编码与提取两大进程，其中的十三因子分属三类：第Ⅰ类为可被观察到的记忆实存，如原初事件；第Ⅱ类为构想而出的内在机制，如编码；第Ⅲ类则是认知心理状态，如认知环境。

引用文献【Works Cited】

Barnes, Julian. *Nothing to Be Frightened Of*. London: Jonathan Cape, 2008.

---. *The Sense of an Ending*. Trans. Guo Guoliang. Nanjing: Yilin Press, 2012.

［朱利安·巴恩斯：《终结的感觉》，郭国良译，南京：译林出版社，2012 年。］

Bartlett, Frederic. *Remembering: A Study in Experimental and Social Psychology*. Trans. Li Wei. Hangzhou: Zhejiang Education Press, 1998.

［弗雷德里克·巴特莱特：《记忆：一个实验的与社会的心理学研究》，黎炜译，杭州：浙江教育出版社，1998 年］。

Deresiewicz, William. "That Is So! That Is So!" *New Republic* 15 Mar. 2015: 28 - 31.

Genette, Gérard. *Narrative Discourse*. Trans. Jane E. Lewin. Ithaca: Cornell UP, 1988.

Holmes, Frederick M. "Divided Narratives, Unreliable Narrators, and *The Sense of an Ending*: Julian Barnes, Frank Kermode, and Ford Madox Ford." *Papers on Language and Literature* 1 (2015): 27 - 50.

Kermode, Frank. *The Sense of an Ending*. New York: Oxford UP, 2000.

Levinas, Emmanuel. *Totality and Infinity*. Trans. Alphonso Lingis. The Hague: Martinus Nijhoff Publishers. 1979.

---. *Otherwise than Being: Or, Beyond Essence*. Trans. Richard Cohen. Pittsburg: Duquensne UP, 1985.

---. *Ethics and Infinity, Conversations with Philippe Nemo*. Trans. Richard Cohen. Pittsburgh: Duquesne UP, 1985.

Liu, Zhihuan, and Yang Jincai. "The Writing of Memory in Julian Barnes's *The Sense of an Ending*." *Journal of Hunan University of Science & Technology* 6 (2016): 48 - 52.

［刘智欢、杨金才：《论〈终结的感觉〉中的记忆书写特征》，《湖南科技大学学报》2016 年第 6 期，第 48 - 52 页。］

Mao, Weiqiang. "Fictional Paradigms and Critique of Morality: A Study of Julian Barnes's *The Sense of an Ending*." *Foreign Literature Studies* 6 (2012): 119 - 26.

［毛卫强：《小说范式与道德批判：评朱利安·巴恩斯的〈结局的意义〉》，《外国文学研究》2012 年第 6 期，第 119 - 26 页。］

Phelan, James. *Living to Tell about It*. Ithaca and London: Cornell UP, 2005.

Richardson, Brian. "Denarration in Fiction: Erasing the Story in Beckett and Others." *Narrative* 9(2001): 168 - 75.

Schacter, Daniel L. *The Seven Sins of Memory: How the Mind Forgets and Remembers*. Trans. Li Anlong. Beijing: China Social Science Publishing House, 2003.

［丹尼尔·夏克特：《记忆的七宗罪》，李安龙译，北京：中国社会科学出版社，2003 年。］

Tulving, Endel. "Episodic and Semantic Memory." *Organization of Memory*. New York: Academic Press, 1972.

---. *Elements of Episodic Memory*. Oxford: Oxford UP. 1983.

《英格兰与其他故事》中的地方与英格兰性

宁　静

内容提要：短篇小说集《英格兰与其他故事》围绕地方与英格兰性的关系这一主题，通过对蕴藏于英格兰地方的暴力创伤历史记忆的书写，解构了英格兰绿色、安宁的“乡村神话”和宏大历史叙事；通过讲述包括少数族裔在内的少数群体地方迁移的故事，用英格兰的差异多元现实解构了同质化的英格兰性。斯威夫特在阈限空间中找到当代英格兰性的典型地理，并用“普遍的人文主义”的文学叙事为英格兰人寻找新的归属感。

关键词：地方；英格兰性；乡村；阈限空间；普遍的人文主义

作者简介：宁静，文学博士，安徽工业大学外国语学院副教授，主要从事当代英国文学研究。

英国当代著名小说家斯威夫特（Graham Swift，1949—　）新作、短篇小说集《英格兰与其他故事》（*England and Other Stories*，2014）是他自创作《水之乡》（1983）以来的七部长篇小说、一部随笔集之后，时隔三十余年向短篇小说形式的一次回归。与上一部短篇小说集《学游泳与其他故事》（1982）相比，新作分量更重，题材更为丰富多样，笔力也更加大胆矫健。作品扉页引用了斯特恩（Laurence Sterne）《项狄传》中的一句话：“天哪，我的母亲说，这个故事讲的都是什么？”纵观全书，一个答案无疑是英格兰。正如斯威夫特在最近的一次访谈中所说，（故事集中）“每一个故事完全可以单独来读，但我希望它们能够形成一个整体，而这个整体的本质已由书名所提示”（Swift，“Graham Swift on Englishness”）。

作为“英格兰生活的编年史家”，（Scholes）斯威夫特对英格兰这一地方和英格兰性的关注由来已久。他承认自己对英格兰风景怀有真诚的热爱，并且无论他对自己的国家有多么不满，他始终认为自己祖国的土地本身是好的，称这种强烈而原始的感情为“土地之爱”(Swift, *Making an Elephant* 302)。《水之乡》里东安格利亚的芬斯沼泽地、《从此以后》(1992)和《但愿你在这里》(2011)的西部乡村德文郡、《杯酒留痕》(1996)中的“英格兰花园”肯特郡等，无一不是这种“土地之爱”的明证。在回答“您是否觉得一直在写作中考虑做英格兰人意味着什么”这一问题时，他说：

> 这从来不是一个有意识的目的，但是，我的写作反映了我的国家和属于这个国家意味着什么。……另一方面，尽管我对我的国家的外表有一种真挚的热爱，我还是喜欢走出去看它，仿佛带着陌生人的眼光。……显然，当“土地”和“乡村”与国家的观念混为一谈，被用来“以国家之名”行事的时候，我的小说是持复杂而质疑的态度的。(Swift, “Graham Swift on Englishness”)

这说明，尽管他承认自己对英格兰地方的本能热爱，却有意识地与民族主义感情和宏大叙事保持批判的距离。他一直强调“地方是路径，是通往普遍性的入口”，他的书“或许是关于英格兰的，但可能主要是关于我们每个人都占据的内在领土的。除了人的身体界限，这片领土没有边界”(同上)。也就是说，他是通过写英格兰人来写普遍的人，通过写英格兰性来写普遍人性的。斯威夫特对英格兰性的理解既包含又超越了英格兰的地方特性，体现了普世的人文关怀。

一、地方与英格兰性

英格兰性(Englishness)，顾名思义是指英格兰的民族性格和身份。很长时间以来，英格兰性缺乏一个准确的定义，这与英格兰人长期的帝国缔造者、历史胜利者身份有关。英格兰性被掩盖在帝国的光芒之下，甚至与英帝国性等同。这一切在 20 世纪，尤其是两次世界大战以后，随着帝国的衰亡而改变：前殖民地的独立，英联邦政府的权力下放以及以苏格兰为代表的少数民族独立运动的发展，加入欧盟导致的主权部分丧失，美国等世界大国的崛起，全球化背景下移民的涌入等，深刻改变了英国的国内外状况和英格兰人的心态。20 世纪 80 年代以来，重新寻找和定义英格兰性成为众多英格兰人的选择，也成为学术界，包括文学评论界的热门话题。

其实英格兰性虽然缺乏准确定义，却有一个明确的指代——英格兰这一地方本身。很多人认为，正是英格兰本土风景的神秘和独特性，给英格兰人带来民族认同感。福特(Ford Madox Ford)有一句经典名言："整个盎格鲁-撒克逊人都不是种族的问题，而仅仅是地方的问题，地方与精神，精神是环境的产物。"(转引自 Baucom 3)斯克鲁顿(Roger Scruton)在《英格兰：一曲挽歌》中提出，英格兰人没有现代国家意义上的民族身份，因为他们的身份是由"与英格兰这个地方的个人关系"形成的，是由"家的体验"造成的，这个地方因为这种个人关系而"具有神秘色彩"(15)。阿克罗伊德(Peter Ackroyd)在《阿尔比恩——英格兰想象力的起源》一书结尾写道：(英格兰文化)"最强大的冲动见于我所说的地方精神中，意思是一个地方可以对所有在其中生活的人产生影响和引导的作用。……地方精神可以被用来包括整个民族本身。"(464)

在所有蕴含着英格兰性的地点中，最有代表性、影响最广泛的当属英格兰"美好的绿地(green and pleasant land)"了。这一表述最早见于英国诗人布莱克(William Blake)1804 年的诗作《耶路撒冷》。[①]"美好的绿地"无疑是指英格兰乡村的美好田园风光，因此这一特性又被称为"乡村神话"——"自工业革命以来，常常存在于生活在城市的家庭中的对英格兰乡村的深深眷恋和渴望"(Taylor)。"神话"一词暗示，用对乡村的向往表征英格兰性是一种文化的建构，而非内在、本质的属性。安德森(Benedict Anderson)对民族下过著名的定义："它是一种想象的政治共同体。"(6)霍布斯鲍姆强调民族建立过程中人为因素的重要性，认为民族主义早于民族的建立，而不是相反。(10)据伯布里克的研究，田园风光崇拜起源于古代，在奥古斯都时代的罗马蔚然成风，在文艺复兴时期的英格兰受贵族阶层的推崇而重现生机，工业革命开始后更是作为工业革命弊病的解药，被英格兰社会得益于工业革命的新兴中产阶级所追捧。它在文学艺术领域，尤其是风景画中得到展现和发展，却往往刻意抹杀了画面中不尽如人意的部分(如下层阶级的贫苦生活等),成为中产阶级趣味的反映。(Berberich 209-11)一直以来,乡村神话在文化(文学影视作品、音乐、广告和旅游产业,等等)中发挥着巨大作用,深深影响着英格兰人的民族认同。而这一"想象和理想化的风景"(Berberich 213)作为一种刻板印象,其背后所隐藏的不稳定因素和权力斗争也越来越多地被人们所理解和认识。

二、地方记忆与英格兰的暴力创伤历史

斯威夫特说:"在'美好的绿地'下面不深的地方,掩盖着一定情感或身体的暴力因素。我想这样的暴力因素有很多。"(Swift, "Graham Swift on Englishness")斯威夫特笔下的暴力主要指的是战争。战争是英格兰历史的重要部分,也是"民族身份的基石"(Rau 208)。作为曾经的大英帝国的核心,英格兰民族走向辉煌的历史伴随着一次次战争的洗礼。20世纪,英国参加了两次世界大战,二战期间,伦敦等城市还遭到轰炸,给人们带来巨大灾难,留下深重阴影。每年距离11月11日最近的那个星期天,在英联邦国家,尤其是英国,都会举行盛大的荣军纪念日。人们佩戴红色的虞美人,用花环、诗歌、默哀等形式缅怀在两次世界大战及其他冲突中阵亡的士兵。

战争是斯威夫特作品由来已久的主题。"他的小说中,几乎没有主要人物未以某种方式受到20世纪战争,尤其是第二次世界大战的影响。"(Malcolm 21)新作故事集中,《血液学》涉及1648年英国革命,《战争条款》与1805年英法海战有关,《她是唯一的一个吗?》《约克郡》和《卡明斯基夫人》讲的是20世纪的两次世界大战的故事,《螺旋形意面》事关最近的阿富汗战争。不同历史时期的不同战争故事,勾勒出相对完整的英格兰战争史。不仅如此,他还把公共领域的战争暴力与私人领域的家庭和性暴力并置,显示两者的同源性。男性在战场上所遭受的身体伤害和心理创伤,往往会转嫁和延续到后方的女性身上,而这些在由民族主义和男权主义主导的官方历史中鲜有叙述。通过对暴力创伤历史的书写,他揭示了"美好的绿地"所代表的和平、安宁的英格兰外表下面蕴藏着的未被

讲述的创伤记忆,解构了宏大历史叙事。而英格兰人只有开始讲述,才能找到走出创伤的途径。

故事集中,大多数英格兰人对待暴力创伤的态度都是沉默和回避。作为战争幸存者的男男女女都用恭敬的沉默纪念死者,而对自己所经历的一切绝口不提。如《约克郡》开篇所言:

> 没有人说话,没有人说任何话。他们谈论无法回答的逝者,他们佩戴虞美人站在四周,但这些活着的人,他们闭着嘴,继续生活。无论如何,难道这不是对逝者最好的感谢方式吗?你是这样做的,每个人都是这样做的。(113)

《她是唯一的一个吗?》中的一战铁道兵阿尔伯特"从来没提过他的弹壳震惊"(167),妻子莉莉只能从他从战场回来后的异样中察觉他的变化。《约克郡》中的二战空军上士拉瑞也从不谈论他的那些执行任务的夜晚,妻子黛西只能从他战后很长一段时间的梦魇中猜测他的创伤。他们对待性暴力创伤与对待战争创伤的方式如出一辙。《约克郡》中,面对女儿艾蒂对拉瑞的性暴力指控和"受了创伤"(119)的控诉,黛西的第一反应是不相信。静夜独卧,她却不由想起自己深埋心底的相似经历。对创伤的讳言是帝国和战争经历赋予英格兰人坚忍自尊性格的表现,也取决于创伤本身难以理解、模糊不定的特性。卡露丝认为创伤经验体现于它"持续不断地按原样返回"与"知道甚至看见过程中的延迟或不完整"之间的悖论,(Caruth 5)也就是创伤体验的直接性与创伤理解的滞后性并存的情况。

暴力创伤给英格兰"美好的绿地"打上阴影,使它们成为创伤记忆储藏的地点,因为压抑而失去记忆的地方。华兹华斯评论家和大屠杀研究者哈特曼坦言:"在我的大部分作品中,都隐含着对地方及其记忆和身份(个体而非集体的)的思考。"(Caruth & Hartman 645)他认为,

> 华兹华斯的独特性部分来自他把地方变成记忆-地方:时间之点,这些地点处于时间意识之中,并创造了时间意识。也就是说,反思的时刻从各个维度被引入。还有康复。康复若要有效有益,必须和地方相连。……在大屠杀之后,在进入机械复制的时代之后,记忆的地方、华兹华斯式记忆的地方失落了。(同上)

对创伤的压抑和逃避使英格兰和平、安宁的地方成为失去记忆的黑暗、恐怖意象。就像《卡明斯基夫人》中的卡明斯基夫人把波兰这个二战中受德国入侵的国家当成了与自己的创伤记忆和死亡等同的地方一样，《约克郡》中黛西也习惯了把约克郡这个拉瑞所在的空军驻扎地当成“一切恐怖事物的代名词”(121)。《螺旋形意面》中，男主人公最后一次与在阿富汗当兵的儿子道格通话的地点——他应儿子要求买螺旋形意面的超市货架边——成了他不忍再次靠近的地方。

随着帝国的解体和女权主义运动的发展，直面、讲述暴力创伤的历史成了越来越多英格兰人的选择，这意味着进入创伤的黑暗中心，这也是化解创伤的前提。创伤研究表明，讲述是创伤复原的重要步骤。它把没有词语、以意象存在的创伤记忆转化，整合进幸存者的生活故事，不仅包括对创伤意象的具体描述，也包含对创伤事件的理解和思考，对信仰体系的重建等。(Herman 173 – 78)《约克郡》中，艾蒂选择在当事人年逾古稀之际打破沉默，讲出真相，希望获得迟到的公正。小说集中的其他战争故事，也无不是斯威夫特借叙述者之口对英格兰民族暴力创伤历史的讲述和对宏大历史叙事的解构。

三、地方迁徙与英格兰的差异多元现实

地方不仅以记忆的承载者身份与英格兰性的历史维度相连，也影响和体现着英格兰性的现实维度。霍尔在论及族裔散居语境下的文化身份时说：

> 文化身份不仅是“是什么”的问题，也是“成为什么”的问题。它既属于过去，也属于未来。它不是已经存在的事物，超越了地方、时间、历史和文化。文化身份有其来处，有其历史。但是，正像一切历史性的存在一样，他们也在不断变化之中。他们远远不是永远固定于本质主义的过去，而是受到历史、文化和权力的持续“嬉戏”的影响。(Hall 225)

文化身份不是本质主义的属性，而是受到历史、文化、权力的影响而

不断变化、建构的。英格兰乡村神话作为英格兰性的文化表征，在吸引移民来英方面发挥了重大作用。在后帝国、全球化的时代，随着越来越多不同族裔、地域、阶层的英格兰人的交融共处，英格兰乡村神话所表征的符合白人中产阶级男性趣味的同质化英格兰性逐渐改变，英格兰社会呈现差异多元的现实。以族裔为例，英国国家统计局数据显示，2011 年出生在英国之外的人占英格兰和威尔士总居民的 13.4 %(7 500 万)，1951 年这个数字是 4.3%(1 900 万)，而这个增长有一半是在 2001 年以后发生的；六十年来移民对英格兰和威尔士人口增长的贡献接近半数(45%)。(Non-UK Born Population)新世纪以来，多元文化趋势在英格兰，尤其是大都市伦敦表现得愈加明显。

这种变化也在斯威夫特的作品中得以呈现。此前，因为作品人物多为英格兰中产阶级白人男性，背景多位于英格兰城郊或偏僻的乡村，他曾被质疑“世界观狭隘保守，不愿接触女性主义议题和当代社会的多元文化现实”(Craps & Swift 650)。虽然在访谈中斯威夫特援引自己的创作理念为自己辩解，[②]在《英格兰与其他故事》这部新作中，他更加自觉地突破了这种限制，不同族裔、地域、阶层、性别和性取向、宗教信仰的英格兰人成为故事的主角，如：《卡明斯基夫人》《拯救灵魂的恩典》肯定了以波兰裔和印度裔为代表的少数族裔在英国二战中的贡献牺牲；《霍利和波利》讲述了一位爱尔兰移民、天主教徒在伦敦找到工作和同性真爱的故事；《英格兰》是两个来自不同族裔和地域的英格兰人相遇互助的故事。

其中《拯救灵魂的恩典》较为典型。它用一对父子、两代印度移民成为英格兰人的故事，凸显了英格兰作为一种权力—知识话语和记忆的载体在身份认同中的独特作用。“风景不再是一种专门的自然现象，而是一处被历史塑造的场所。我们对环绕着我们的风景的阅读总是结合着继承的记忆确凿的信息、个人的以及民族的政治。”(怀特海德 58)作为英国殖民地的子民，二战期间，在很多印度青年为反对英国而战的时候，主人公兰吉特选择为英国而战，并来到英格兰乡村多塞特的一个军营：

实际上我爸爸不敢相信他的运气。他从小就崇拜英格兰的一切。他说英语，非常流利，不是意大利语。他身处英格兰乡村，在春天——茅草小屋、报春花、风铃

草，他只从书上读到的一切。他甚至弄了辆自行车，沿着乡间小道呼呼地骑。(87)

兰吉特的心理反映了英格兰乡村的文化感召力在他的民族身份认同中起到的作用。更重要的是他在这片土地上的经历、情感和记忆：他的战争和负伤经历，他奇迹般地保住性命和双腿，收获了英国姑娘罗斯的爱情，让他觉得"现在他的家在英格兰"(91)。二战后，印度独立，他也对自己的民族身份做出新的选择。如果说兰吉特仍然需要在英格兰人和印度人两种身份之间斗争和选择，那么兰吉特在英国出生的儿子谢医生则可以宣称："我和你一样是英国人了。"(85)。谢医生在成长中仍然要与族裔歧视做斗争，他一直用父亲的那些被截肢却露出灿烂笑容的白人战友的照片，鼓励自己积极面对人生中的"不利境地"(89)，终于成为一名心脏科医生和高级咨询师，并把自己的故事讲给他的病人听。他想说明的是，族裔歧视不过是每个人生活中会遇到的许多困境中的一种，这从侧面反映了英格兰的差异多元现实。

斯威夫特这样概括他心目中当代英格兰的差异多元图景：

尽管物理乡土的一些特征还继续保留，毫无疑问英格兰这些年来已经变得越来越不那么同质化和容易定义了。我的25个故事证明了这一点。可以说，它们都是"英格兰的片段"，但同样可以说它们都是不同的英格兰。我希望，它们诚实而不乏同情地反映出，英格兰是一个混合体——一些故事人物的根在英格兰之外：亚洲、加勒比海、塞浦路斯、波兰、爱尔兰。同时它们也反映出这一事实，英格兰面积虽小，本身却是多种多样的——汉普郡与约克郡不同，甚至对它自己也很陌生。("Graham Swift on Englishness")

四、阈限空间与英格兰的人文主义故事讲述

斯威夫特从地方视角出发，不仅解构了英格兰的光荣历史和同质现实，也探讨了本质主义的英格兰性解体之后英格兰人如何寻找归属感的问题。关于《水之乡》，英吉尔滨写道："……斯威夫特的想象力最终被吸引到那种阈限空间，其中英格兰消解于无形。"(Ingelbien 40)她认为，这

种对英格兰的解构具有积极意义，它“含有超越对英格兰身份的否定的含义”，实际上是“普遍的人文主义”(44 - 45)。的确，斯威夫特坦言对阈限空间的偏爱，称他的全部小说世界几乎都是“熟悉转化为陌生，实在屈服于虚幻，现在融合进过去，稳固与安全变得不定和迷惘”的世界(Swift, *Making an Elephant* 300)。如《水之乡》中的水之乡是充满内在矛盾性的英格兰历史的隐喻；《杯酒留痕》和《但愿你在这里》的旅行目的地都是海边，象征着“超越了‘狭隘的’英格兰性，与‘广阔世界’紧密相连，流动、变化，永恒变革与更新的民族主义”(Rogers 184)。这里的阈限空间可以理解为巴巴所言的第三空间，“文化差异的表达中产生的时刻和过程”(Bhabha 2)。文学叙事也正是这样的阈限空间，具有消解种种二元对立和本质主义的英格兰性，重构差异、流动、变化的英格兰性的独特能力。斯威夫特强调每一个个体的“历史性隔绝”，以及想象与叙事在跨越这种隔绝，“把我们带出我们通常且有时是狭隘地居住的地方”的独特作用(Swift, *Making an Elephant* 308 - 09)。可见，他最为看重的地方不是英格兰，而是每一个个体的内在精神空间，相比英格兰性，他更关注普遍的人性。在他看来，个体之间的移情想象、关爱互助，即超越集体身份认同的“普遍的人文主义”是重构当代英格兰性的关键，也是小说这一艺术形式存在的理由。

新作故事集的标题故事、压轴之作《英格兰》正是以阈限空间为背景，对英格兰故事的人文主义讲述。它从一个偏居一隅的白人中产阶级男性，海岸警卫队员肯恩·布莱克的视角出发，以他与来自北方的黑人喜剧巡回演员强尼·杜赫斯特的偶遇故事，表现了传统的英格兰与陌生的英格兰相遇，并与之产生认同的过程。故事的发生地是英格兰西南部的埃克斯穆尔。像水之乡一样，它也是陆地与海洋之间的阈限空间：一面是“大片的荒野”，另一面是“大海”(257)。埃克斯穆尔这一空间的阈限性还体现在它虽然地处偏远乡村，却俨然成为伦敦富人休闲娱乐的场所，而在英格兰殖民历史上，它也曾是通往东方的必经之路。强尼的黑皮肤，他那交替使用的英格兰北方口音和加勒比海口音，以及两种声音背后的玩笑口气都让肯恩感到十分“陌生”(259)。他们共同完成了一件一个人无法完成的事情——把强尼为给鹿让路而陷进深沟的车抬出来后，获得了短暂的交谈与互相了解的机会。当肯恩为强尼的即兴笑话而激赏、大笑时，他们也在那一刻跨越族裔、地域、职业等界限，重新认识了对方，达成理解与默契。他们产生认同的基础正是强尼的表演所沟通的普遍的人性。这次相遇给肯恩的最大启示就是英格兰的“广阔”与“奇异”：“他知道自己对这片土地的了解，这片他常常背对着的土地，这片埃克斯穆尔之外奇异而广阔的空间。事实是，他知道得非常少。再次停车的时候，他想，自己真的对这片土地一无所知。”(274)

虽然在《英格兰》中，肯恩自觉没有讲故事的能力，决定把他与强尼的奇遇埋藏心底，但是在新作故事集中，斯威夫特却发挥他的讲故事技巧，讲述了25个精彩纷呈，平淡中见奇崛的故事，显示出文学叙事在经受暴力创伤历史，面对差异多元现实，以及重构当代英格兰性中能够起到的独特作用。不同的故事采用了不同的叙事方式、叙事者和叙事声音，以更好地为主题服务。如《血液学》假借历史人物，血液学家威廉姆·哈维之口，以言辞古雅的信件形式，表达了对英国革命时期激进的社会氛围的反对和对人心、个体等人文主义思想的尊重和强调。再如《卡明斯基夫人》，全篇以一个因摔跤而神志不清的高龄老太太与医护人员的有趣对话揭示了二战后一家波兰裔英格兰人的悲惨遭遇，老太太重复而令人困惑的话语契合了创伤事件给人物的持续影响。故事集延续了斯威夫特一直以来对小人物的关注，表现了日常生活中的诗意、哲理、恐怖、惊奇，等等。故事集里不乏性取向异常、道德失范的人物，故事的讲述却又往往显示了这些异常人的可理解、正常之处，体现了人文主义的价值取向。

斯威夫特提醒读者，“《英格兰与其他故事》这一标题的一个反讽或隐含意义就是英格兰本身或许是一个‘故事’，一个编造的想法，在它之外现实是很不相同也很难确定的。(Swift, “Graham Swift on Englishness”)”这表明，他与众多当代民族身份和文化地理学者不谋而合，认为民族身份和民族地理是一种语言等再现手段的建构，充满不确定性、矛盾性和混杂性。作为一个小说家，他又在解构了本质主义的英格兰地方和英格兰性之后，在阈限空间中找到当代英格兰性的典型地理，并用“普遍的人文主义”的文学叙事为英格兰人寻找新的归属感。

注释[Notes]

① 原诗译文如下:“这些脚是否曾在古代/走过英格兰的绿色山冈? /是否上帝的神圣羔羊/曾出现在英格兰的愉快草场? //上帝面上的光/是否照穿过我们山上的阴云/是否这里建立过耶路撒冷/在撒旦的黑暗工厂当中? // 给我闪亮的金弓/给我欲望的箭/给我矛,啊,让云铺开/给我战车放火焰! / 我将不停这心灵之战/也不让我的剑休息/直到我们把耶路撒冷/建立在英格兰美好的绿地。”见王佐良主编《英国诗选》第204-05页。这首诗提到了《圣经》中的传说,即耶稣基督曾在年轻无闻时驻足英格兰。一般认为,布莱克借此表达面对工业革命(“撒旦的黑暗工厂”)带来的巨变,保护英格兰的美好绿地,在此重建耶路撒冷,亦即人间天堂的愿望。该诗在一战中由哈勃特·派瑞谱曲,成为流传甚广的歌曲,起到极大地鼓舞士气的作用,并在日后成为英格兰的非官方国歌。参见〈http://en.wikipedia.org/wiki/And_did_those_feet_in_ancient_time〉。

② 如针对人物社会属性范围狭窄的批评,他称人物的社会标记是“第二位的”,重要的是每一个个体之间的差异。关于他小说的英格兰地方背景,他说地方性是通往普遍性的钥匙,他的目标是发现熟悉、普通事物中的奇异之处。(Craps & Swift)

引用文献【Works Cited】

Ackroyd, Peter. *Albion: The Origins of the English Imagination*. New York: Anchor, 2004.

Anderson, Benedict. *Imagined Communities: Reflections on the Origin and Spread of Nationalism*. Rev. ed. London: Verso, 1983.

Baucom, Ian. *Out of Place: Englishness, Empire and the Locations of Identity*. New Jersey: Princeton UP, 1999.

Berberich, Christine. "This Green and Pleasant Land: Cultural Constructions of Englishness." *Landscape and Englishness*. Ed. Robert Burden and Stephan Kohl. Amsterdam: Rodopi, 2006. 207-24.

Bhabha, Homi K. *The Location of Culture*. London: Routledge, 1994.

Caruth, Cathy, ed. *Trauma: Explorations in Memory*. Baltimore: Johns Hopkins UP, 1995.

Caruth, Cathy, and Geoffrey Hartman. "An Interview with Geoffrey Hartman." *Studies in Romanticism* 35.4 (1996): 630-52.

Craps, Stef, and Graham Swift. "An Interview with Graham Swift." *Contemporary*

Literature 50.4 (2009): 637 - 61.

Hall, Stuart. "Cultural Identity and Diaspora." *Identity: Community, Culture, Difference*. Ed. Johnathan Rutherford. London: Lawrence, 1990. 223 - 37.

Herman, Judith Lewis. *Trauma and Recovery*. New York: Basic, 1992.

Hobsbawm, Eric. *Nation and Nationalism since 1780*. Trans. Li Jinmei, Shanghai: Shanghai People's Publishing House, 2000.

[霍布斯鲍姆:《民族与民族主义》,李金梅译,上海:上海人民出版社,2000 年。]

Ingelbien, Raphael. "'England and Nowhere:' Contestations of Englishness in Philip Larkin and Graham Swift."*English* 48 (1999): 33 - 48.

Malcolm, David. *Understanding Graham Swift*. Columbia: U of South Carolina P,2003.

"Non-UK Born Population of England and Wales Quadrupled between 1951 and 2011." The Office for National Statistics. Dec. 2013. 〈https://www.ons.gov.uk/peoplepopulationandcommunity/populationandmigration/internationalmigration/articles/immigrationpatternsofnonukbornpopulationsinenglandandwalesin2011/2013 - 12 - 17〉.

Rau, Petra. "The War in Contemporary Fiction." *The Cambridge Companion to the Literature of World War II*. Ed. Marina Mackay. Cambridge: CUP, 2009. 207 - 19.

Rogers, David. "Postscript: Englishness in Transition: Swift, Faulkner and an Outsider's Staunch Belief." *The Revision of Englishness*. Ed. David Rogers and John McLeod. Manchester: Manchester UP, 2004. 169 - 84.

Scholes, Lucy. "Graham Swift's Affectionate Chronicle of Everyday Lives." *The Guardian* Aug. 3, 2014; Dec.9, 2014. 〈http://www.theguardian.com/books/2014/aug/03/england-other-stories-review-graham-swift-affectionate-chronicle-everyday-lives〉.

Scruton, Roger. *England: An Elegy*. London: Continuum International, 2000.

Swift, Graham. *England and Other Stories*. London: Simon & Schuster, 2014.

---. "Graham Swift on Englishness, Abandoning Short stories, and Why Words Aren't Important." W&G Foyle. Nov. 19, 2014. 〈http://www.foyles.co.uk/Public/Biblio/AuthorDetails.aspx? authorld =85311〉.

---. *Making an Elephant: Writing from Within*. London: Picador, 2009.

Taylor, Isabel. "Exploring Englishness, Part I: The Rural Myth." Dec. 9, 2014.

〈http：// www. zyworld. com/albionmagazineonline/featuresl. html〉.

Wang，Zuoliang，ed. *An Anthology of English Verse*. Shanghai：Shanghai Translation Publishing House，1988.

[王佐良:《英国诗选》,上海:上海译文出版社,1988。]

Whitehead，Anne. *Trauma Fiction*. Trans. Li Min，Kaifeng：Henan UP，2000.

[怀特海德:《创伤小说》,李敏译,开封:河南大学出版社,2011。]

巴塞尔姆的白雪公主：“阁楼上的疯女人”与游戏之美

韦　虹

内容提要：作为后现代女性想象文学和白雪公主文化当中的一个典范及热点，巴塞尔姆的《白雪公主》实质上通过对女主人公的长发、美人痣和中国元素等能指细节进行放大特写，将她改造为颇具时代特色的“阁楼上的疯女人”。这一叙事框架隐含多重作家“腹语”和德勒兹与加塔利所谓的“超话语”，使从开篇起就脱离童话原型的小说文本在反映六七十年代美国社会女权运动思潮的同时，充满东方主义视阈下孤独异化的后现代游戏之美。

关键词：巴塞尔姆；白雪公主；阁楼上的疯女人；后现代游戏

作者简介：韦虹，文学博士，安徽师范大学外国语学院教授，主要从事20世纪英美文学研究。

许多读者可能都不知道，1812年出版的《格林童话》所记载的《白雪公主》是由多个难以溯源线索组合而成的一个“交叉横断面”（Fischer 35）。其中内容前后经过了七版修改，最终才在历经数百年的风雨之后，从当初一个名不见经传的民间传说，逐渐演变为世界流行的儿童文学作品。该童话故事在时尚潮流飞速更迭变幻的20世纪形成特定文化潮流，则得益于现代科技的应用和发展，尤其与极大依靠浪漫绘画和音乐艺术的电影制作密切相关。从1937年瓦尔特·迪士尼成功创作了第一部长达80分钟的动画片《白雪公主》问世至今，好莱坞和世界多国影视公司以该童话故事为脚本，制作了数十部可列入G级[①]的家庭教育影片。这些影片在表达人们对白雪公主所代表美好事物的向往和对王后所象征凶残丑恶鞭挞的同时，还讴歌了人类善良宽容和博爱纯洁等高尚品德，并最终向观众及读者释放出人人应当努力遵守社会道德规范和正义终将战胜邪恶等主题寓意。

根据白雪公主的故事来自民间而非官方和精英，其故事内容不仅综合性地传递了人类的知识信仰和价值观、社会习俗与禁忌等，而且担负向大众提供消费娱乐及教导启发等多重功能，该童话显然又构成通俗的"大众文化"(赵一凡等 23 - 33)。从这一视角上来看，美国作家唐纳德·巴塞尔姆(1931 - 1989)创作的后现代佳作《白雪公主》(1967)，英国作家安吉拉·卡特(1940 - 1992)的《雪孩儿》(1979)，以及罗伯特·库弗(1932—　)的《石楠玫瑰》(1996)等，均以白雪公主为"文化资本"，为该人物故事演变为世界流行文化热点乃至现代人性意识的"中心"(Domini 95)做出了贡献。

但与此同时，巴塞尔姆的《白雪公主》与其他重构"睡美人"传说或反拨童话经典的后现代女性想象文学却又差异极大。用巴塞尔姆在 1964 年评价经典重构时的原话来概括的话，《白雪公主》与众不同之处在于，它的创作艺术是作家不断投入自己声音的一种"腹语术"(Barthelme, *After Joyce* 42)②，为读者提供了更多相互交流和参与社会实践的空间。似乎也正是为了展示这种"腹语术"，该小说多次对与篇名同名女主人公的长发、美人痣和中国元素等能指细节进行了放大特写。这种叙事格局使小说文本从开篇起就快速脱离对童话原型的依赖，不断发挥德勒兹和加塔利在《千高原》中所谓"超话语"特有的超线性和非实体作用(123)。而被全盘改造的白雪公主则在失去其高贵纯洁的传统女性美之后，成为一个颇具时代特色的美国版"阁楼上的疯女人"。在诸多中国元素的伴随下，该小说在反映 20 世纪六七十年代美国社会女权运动思潮的同时，最终为读者带来了东方主义视阈下孤独异化的后现代游戏之美。

长发中的"腹语"——"阁楼上的疯女人"

桑德拉·吉尔伯特和苏珊·古芭根据历史学和考古学等领域的发现，在她们颇具影响的《阁楼上的疯女人》中指出，种种证据表明，女性从旧石器时代以来,就"努力地想通过精心梳理的发式、各种装饰和化妆术来强调其永恒的类属,而不是尘世性的个性特征"(19)。文学作品描写爱美女性精心梳理头发的案例数不胜数,例如其中就有英国作家威廉·戈尔丁创作于1955年的《继承者》。该小说通过描写生活在新石器时代的新人女性维瓦妮即便在海上风暴中痛失幼子,却仍然没有丢掉她日常随身携带的"骨梳"(137-138),虚构想象了精心梳理的长发从远古时期开始就是女性美所推崇的一个标志。

然而,并非所有女性都会精心梳理自己的长发。在许多西方文学和绘画艺术作品中,遭遇各异且背负毒妇、巫婆或祸水骂名的疯女人所必不可少的一个专属特征就是拥有凌乱而飘逸的长发。希腊神话里杀死孩子来报复丈夫的普洛克涅与美狄亚,莎士比亚笔下的奥菲丽娅,夏洛特·勃朗特塑造的伯莎·梅森等都是没有精心梳理自己长发的疯女人。在《西风颂》里,雪莱甚至巧借被强劲西风卷入高空的树枝,想象了酒神狂暴女祭司头上四散飞舞的蓬勃发丝。在《世俗的经典:传奇故事结构研究》中,弗莱也提到了像特洛伊公主卡珊德拉那样念叨预言的"疯女人"(6)。而美杜莎及其姐妹被称为蛇发女妖,以及莎士比亚在《麦克白》中虚构三个女巫长着令人情不自禁联想到头发的古怪胡须等则揭示,反常女性的头发不但凌乱飘逸,而且会怪异吓人。

巴塞尔姆显然也注意到了女性的头发。他曾徜徉于六十年代的纽约曼哈顿街头,并看到过一些"头发蓬乱、兴高采烈而又果断坚定"的妇女手拿反战标语,或者正在散发政治集会的宣传单(Fischer 44)。他的《白雪公主》叙述女主人公多次把自己的长发从窗口放下去,首要目的是要"吓一吓庸俗之辈"(*SW* 43),似乎既有曼哈顿街头反战女权主义者的浮光掠影,又通过对该人物放下长发的重复特写,将其纳入反常女性的行列。

但嫁接了《莴苣姑娘》部分故事情节的白雪公主多次放下长发,却不仅没有收到任何"王子"的回馈,反而不得不开始以一系列越来越慵懒邋遢的怪异行为表达对男性控制物质世界的愤怒,说明小说虽然为白雪公主配置了一个六七十年代的美国社会语境,并表现出作家视具有"碎片化"和"自指性"特质的拼贴手法为"20世纪的核心艺术创作原则"(Ladyga 1),但它却又在戏仿童话故事的基础上,屡屡外在表现白雪公主放下长发举动中的疯癫怪异,最终将该人物改造为一个"阁楼上的疯女人"。

小说描写白雪公主在放下长发之前,开始以自由诗体写出一首足足四页纸长的诗歌,挪动郁金香、百合花及火焰草的摆放位置,从写诗的人往往以诗言志,以及三种鲜花分别具有时尚、女性纯洁和强烈愿望等传统象征意义,暗示了白雪公主对生活现状的极大不满及其疯癫的起因。而她不再继续穿原先深受七个男人欣赏的紧身裤,并令他们痛恨不已地改穿笨重难看的志愿军军裤,不仅揭示她厌倦了每天为这七个男人切洋葱、煮面条或腌牛排及整理内衣的无聊生活,还表明她在内心当中开始极端排斥装扮或者修饰自己,更不愿意再为这些男人带来任何视觉快感。

面对白雪公主以诗咏志的郁闷举动和家居习惯及外在服装的极大改变,目光敏锐的男人们虽然有所察觉,但却仍然无动于衷地痴迷于她的嘴唇、面孔线条和体态,并试图穷追不舍地盘问出她和其他男性单独相处时的细节,甚至埋怨她将他们从"简单的资产阶级"变成了"复杂的资产阶级"(*SW* 46)。这些小说情节说明,15 次戏称白雪公主为"horsewife"的七个男人从未将该人物看作与他们一样平等而完整的人。在他们眼里,原本高贵的白雪公主没有独立自主的个人情感和思想,她被简单地物化分割为嘴唇、面孔和体态,与支撑上述七个男人物质生活的刷墙刷子及桶等劳动工具没有区别。或者说,她不仅不是传统上受到男性为延续家族血脉而呵护的"家中天使",而是恰恰相反,她被贬低降格为天天做无聊家务的女佣,以及被迫与周围男性滥交的浪荡女。白雪公主成为七个男人看似不经意日常玩笑中的"horsewife",恰如其分地说明她此时只能像"马"等家畜一样,遭受身为主人的七个男人不断地驯化和引导,以便养成默许服从和隐忍包容的品性,来满足男人们的生活和生理需求。

小说描写七个男人越来越后悔将白雪公主从林子里带回来,认为每日为他们操劳不休的白雪公主给他们带来了困惑和苦难,并因无处发泄愤怒和沮丧而跑出去打一条狗等(*SW* 79),均在外在暴露他们对觉醒了的白雪公主极度憎恶的同时,隐晦地表达了他们迫切希望她恢复以往面貌的内心期盼。他们的老大比尔甚至在小说一开始,就以不愿去众人与白雪公主做爱的淋浴室,更无法忍受有人触碰他,摆明了他对白雪公主产生巨变后的强烈反感态度。

小说中诸多隐喻厌女症的故事情节和人物肢体语言充满传统男性对女性美的虚空幻想,其实质是击碎了作为童话原型的白雪公主深受众人爱怜的经典图像,将她转变为一幅幅尽供男性观看和荒唐想象的动感视图。其必然结果是把该人物转变为一个一无所是的浪荡女人及叛逆分子,与她试图保持自身的“元图像”,即“为了认识自身而展示自身图像”(米歇尔 38)的个人愿景尖锐对立冲突。白雪公主多次放下长发因此是一种异化反叛的举动,表明她已从男性视觉话语暴力中清醒过来,认识到自己是被迫为七个男人提供服务的囚徒,而她生活其中的荒唐淫乱环境则是剥夺她独立自主生活乐趣和自由交往社会权力的阁楼和监狱,让她失去了宝贵的自我空间和时间。

而七个男人认为,白雪公主开始写诗,且她的长诗宛如一节“巨大的破车厢”(*SW* 33),横亘在她和他们之间,实质上与该人物放下长发的情节一样,表达了白雪公主试图平衡自我迷失在传统理性及现代生活逻辑之间的生存策略,以及她即将停止徘徊游移的决心。但该人物写诗和放下长发异常举动中的内涵极为不同。其中最大的不同之处就在于,写诗不仅颠覆童话人物原型在大众心目中无知恬静的传统形象,而且预构了白雪公主将依靠所学文化知识来奋起改造自我和世界的荒诞开端。人物故事为此在转化为一个对童话原型荒诞不经嘲讽的同时,将小说文本转变为一场囚禁美人和观察她在疯癫中异化反叛的游戏。

作为身体的一部分,头发虽然早已由力士参孙等神话人物证实为一种“生命力的载体”,既能够发挥保护作用,又象征邪恶和欲望,并因标志古代社会等级与职业而被赋予渴望独立自由等现代喻义[③](Biedermann 161)。但白雪公主的长发在表达上述喻义之外,还因其黑如乌木般的特殊光泽,传递出西方文化中的黑色所特有的死亡和绝望等隐晦寓意。在黑色长发所隐喻的通向堕落和死亡道路上,七个男人的日子越来越不平静,受到诱惑的保罗也开始产生对白雪公主的猥琐偷窥欲望,并终因误饮了嫉妒的简给白雪公主准备的毒酒而惨死,霍格甚至为了得到白雪公主而打磨“短剑、长刀、大砍刀和匕首”(*SW* 80)等。这些情节均释放出危险不祥的信号,使白雪公主及其长发为小说文本的想象空间生产出一种蕴藏极大未知风险的"美杜莎效果"(米歇尔 68)。它们既解构了童话原型中的美好大团圆结局,又暗示当代男女之间的日常冲突和纷扰不可避免的一个根本原因在于,在男性主导的清规戒律之下,男性职责和权利被高度主人化,而白雪公主所代表的女性却只能一再陷入自身职责被高度具体化,而其权利地位却被极端边缘化的困境。

巴塞尔姆曾指出,自己不是试图以作品来净化社会的托尔斯泰,也不是期待建立某种体制来改良世界的马克思主义者,而仅仅是想通过文学创作来反思现实等(Donald & Brans 125 - 26)。小说中隐喻白雪公主最终疯癫反常的长发及其人物言行均表现了上述作家"腹语"。第一人称集体叙事者"我们"叙述白雪公主在保罗被戏仿王后的简毒死之后,仍然固执地往他的墓地扔菊花,则看似加剧了该人物的反常和疯癫,将其升格为男性眼中无法理喻的偏执疯子,却实质上宣告内心彻底崩溃的白雪公主在万般无奈之下被迫无助而又凄凉地升级自身的异化反叛,并最终从顺从和服务男性的美丽天使堕落为令人头痛不已的疯癫魔鬼。

美人痣中的"腹语"——展现男性话语同谋的图示法

在《白雪公主》一开始,第一人称集体叙事者就采用错位拼贴的艺术手法,将读者的视线聚焦在位于白雪公主的"胸、腹、膝盖、脚踝、颈项和臀部"六个部位的美人痣上。这六颗位置特殊的美人痣和白雪公主原型"皮肤洁白如雪"之间相互矛盾的语义逻辑既开门见山地暗示叙事者的叙述不可靠,又一针见血地为文本奠定了一种意味深长的视觉评价基调,将以小矮人为原型的七个男人④对白雪公主透视镜式的凝视转换为指涉其视觉暴力同谋的无声话语。

由六个圆点组成的视觉直线从白雪公主的前胸延伸到后背直到脚踝,则为小说开启了以男性话语为主导中心的视觉暴力机制,并借助频繁聚焦这七个男人观看白雪公主身体时的视觉着眼点,为文本隐含性别冲突的隐晦话语提供了一个将"抽象概念具体化"(Bacchilega 10)的起点。其中原因在于,这六颗美人痣所构成的并非一张平面线性视图,它们之间彼此脱节的体位关系也不可能仅凭一条简单的平面直线就能够连接锁定。

在七个男人的视觉暴力机制中,首要而又核心的“抽象概念”是他们看似无意识而实质上却高度自觉统一的同谋暴力主人心态。因为从医学角度来说,痣是人们因遗传或环境因素而生成的皮肤表层色变,堪称瑕疵或缺陷。而小说中的七个男人却武断地实施“戴着欣赏面具”的凝视暴力(Nealon 128),将白雪公主身体上体现生理缺陷的痣看作其美的标志。叙事者对这六颗美人痣非线性脱节的叙述因此不仅关联白雪公主身体的敏感部位,而且在七个男人对她的视觉想象中排成一条直线,既为人物故事增添了男性对女性凝视所特有的无声暴力和霸权色彩,又说明白雪公主并非拥有独立自主权的个体。她整日忙碌着服务这七个男人,但却不知道在这些人物心目中,她早已丧失个人隐私等基本权利,成为供他们碎片化想象和低俗娱乐的女性身体器官合成物。

有评论家指出,由六颗美人痣构成的直线图是内含色情寓意的“图形模式”和“反讽能指”(Kusnír 37),在小说一开始就为读者构建出颇有深度的“审美距离”(Nealon 127)。但它们同时又是展现男性话语同谋的图示法,是七个男人对白雪公主的个人隐私进行公开而放肆物化与图示化的结果。这条直线不但戳破和嘲讽了白雪公主纯洁美丽的童话原型面具,颠覆其传统美人属性,而且通过暗示七个男人的视觉暴力已霸道地渗入和穿越厨房、浴室及卧室等日常生活空间,将白雪公主贬低为丑陋败坏的女性个体和社会道德堕落之源。

其次,与其他人物相比,白雪公主的六颗美人痣还形成了“一张看不见的碎片化身体地图”(Fischer 41),以隐晦的图示话语揭示了七个男人对白雪公主身体的判断性评价,其作用与童话原型中隐喻不在场国王权威的魔镜旗鼓相当。而七个男人后来坚决反对白雪公主身穿宽松拖拉的志愿军军裤,以及对她拒绝为他们做饭发出抱怨指责,则与六颗美人痣构成的直线如影随形,恰如童话中以魔镜为传声筒的国王在“谁最美”的评价领域里所发挥的权威主导作用。

作为男性权威的“一种体现”(Bacchilega 16),排成一条直线的六颗美人痣在表达七个男人对白雪公主的身体充满欲望的视觉评价同时,还因为白雪公主的巨变打破了这七个男人的懒散惯习和期待在浴室里与她发生关系的美梦,叠加了他们伤感怀旧的视觉同谋。而当异化反叛的白雪公主故意穿上看似邋遢的志愿军军裤,将七个男人观看其身体敏感部位的企图变成无法企及的奢望时,小说以倒叙方式描绘的六颗美人痣实质上发生了图像转向,使转化为视觉文本的人物故事在表达七个男人对自身过去"简单资产阶级"生活方式留恋不已的同时,借机抒发了他们对陷入"复杂资产阶级"(46)困境充满感伤的情怀。

而七个男人往往意见一致和常常一起外出刷墙,则使小说中出现四次的劳动号子"HEIGH - HO"成为佐证其男性视觉话语同谋的一个核心抽象概念。前三次"HEIGH - HO"分别发生在七个男人叙述父亲教给他们劣质婴儿食品配方,以及表现他们行动一致的上床歌和每周一次集体去逛窑子的时刻。小说最后一页以醒目的"HEIGH - HO"收尾则既是实现文本首尾呼应衔接的一个点睛之笔,也为小说的开局和结尾架构出一个人物话语及其所指密切相关的叙事框架,使被重复多次的劳动号子始终指向男性话语的同谋关系。

这四个铿锵洪亮的"HEIGH - HO"显然来自迪士尼动画电影里一首包含"英雄们出发去寻找/一种新原则"等歌词的插曲(Fischer 46),并与世界范围内的劳动人民在工业文明之前普遍使用的体力劳动号子极不相同。因为它们除了表达七个男人为了保证行动一致而遵循着某种简单惯例,其本身还是一种情感描述语,在不同场合代表不同的同谋关系,传递着七个男人在劳动生产和日常生活当中充满偏执好恶的情感信息。相比之下,白雪公主内心所经历的苦痛挣扎却被"HEIGH - HO"弱化和过滤了,她脑海中对生活现状的不满和为之所掀起的惊涛骇浪均被遮蔽,而她因自我身份地位被图像化贬低降格所感受到的屈辱和压抑则被完全忽略。

在1982年春天的一场采访中,巴塞尔姆虽然否认自身可能受到其艺术家和建筑师父亲的影响而具有某种"超强视感",但他却坦陈——《白雪公主》中的男性人物其实都认为人数众多的女性犹如植物一般,具有"可替代性"(Donald & Jo Brans 122)。由此可见,作为渲染上述作家"腹语"的一个载体,贯穿小说全文的劳动号子"HEIGH - HO"是一个语义内涵丰富的声音话语,它在将七个男人戏仿为迪士尼动画电影中的七个小矮人同时,强调他们已在照看大桶和洗刷楼房的劳动中形成了稳定的合作伙伴关系,并必然会将这种关系不自觉地挪移到建立对白雪公主不谋而合的同谋中去。

霍格和保罗的观淫癖情节则在重现被七个男人多次操演的同谋话语基础上,重申了上述作家“腹语”。这个情节的特殊之处在于强调不喜欢霍格的保罗过去从未把白雪公主看作女人,而一心想彻底摆脱保罗的霍格则戏称他为“假和尚”。但为了观看脱下大衣、衬衫及胸罩站在窗前的白雪公主,一向不和的霍格与保罗却最终在相互推搡、激烈争吵甚至谩骂之后迅速摒弃前嫌,相互用手臂搭着肩膀观看白雪公主(*SW* 78)。二者令人不可思议的勾肩搭背举动演绎了一场极具讽刺意味的男性视觉话语同谋,揭示即便是在毫无劳动合作基础甚至彼此交恶的前提条件下,男性在面对女性身体图像诱惑的时候,仍然可能形成临时性的“我们”关系,而代表女性的白雪公主则始终是被这些男性他者化的“她”。

小说描写七个男人将白雪公主的六颗美人痣想象为一条直线,以及聚焦男性观淫癖恶习等,实质上是对五十年代美国男人的集合式缩影。用美国作家布莱在《上帝之肋:男人的真实旅程》中的话来说,这个时代的美国男性上班起早贪黑,干活尽职尽责,颇为赏识女人的身体,却不懂她们的内心(3)。而22岁的白雪公主在小说中阅读《现代妇女:特权与责任》等书籍,并在1966年才成立的公立社区学校比弗学院学习社会学、音乐、文学和心理学等课程,说明她是陷入自身情感矛盾和社会及家庭角色困惑的20世纪六七十年代年轻女性。

巴塞尔姆曾表示,《白雪公主》中的许多故事情节以“性别怨恨”为主题,反映和预言了20世纪六七十年代的女权运动(Donald & Jo Brans 123)。为此,小说描写白雪公主对照料七个男人的生活深感无聊,以及拒绝霍格等均是对20世纪六七十年代美国社会现实的碎片拼贴化写照,表现出当时“男人越说不,女人越说是”的时代风尚(布莱 4)。而厌倦了白雪公主的比尔开始蹒跚走路,保罗也不停地追问自己“下一步做什么”,以及二者“牺牲品般”的死亡(Bacchilega 14),则影射20世纪60年代的美国男性在经历越战的暴虐之后,对男性气质和属性充满迷惘,更困惑于“自己是否真的知道一个成年男人究竟是什么样子”(布莱 4)。小说的第一人称集体叙事者叙述白雪公主多次放下长发，并最终放弃在几乎静止停滞的状态中等待遥遥无期的“王子”，甚至开始主动出发去寻找“新原则”（*SW* 94），则似乎不仅为女性指出了一条通向未来的发展道路，而且升华了文本主题，使小说成为一个向读者提供“重新看世界途径”（Nealon 125）的媒介。

中国元素里的“超话语”——东方主义霸权逻辑下的危险他者

如果说，巴塞尔姆的《白雪公主》将童话原型主人公改造为“阁楼上的疯女人”是西方父权中心文化逻辑的一种表达方式，为文本带来了孤独异化的后现代游戏之美，那么，碎片化中国元素多次唐突意外地出现则在一定程度上将文本置于东方主义视阈之下，增添了小说的审美维度。其中既传递着欧美社会在冷战时期的意识形态信息，又为远离故事情节之外的中国元素贴上了女性和现实的标签，极大地凸显了文本以“碎片反映现实焦虑”（Bowyer 1）的游戏逻辑。

在上述游戏逻辑主导下，不可靠叙事者对中国形象的叙述扩展了文本虚构所产生的非虚构性，从而将“中国蔬菜”“中国餐馆的茶”“百花齐放”[⑤]等断层插叙从虚构推向现实。这些标志性元素在将廉价劣质的美国日常生活物品中国化的同时，借助叙事者毫无诚信生产意图，但却恣意对中国食品和饮品进行歪曲性品头论足，将中国人的餐饮爱好及中国五六十年代的文艺工作方针等纳入了文本的消费对象，甚至露骨地以“就是不喜欢你们的世界”（*SW* 37），表达了当时西方人对中国人的普遍误解和歧视。

具有现实背景的中国元素为此在小说中形成了德勒兹和加塔利所谓的“超话语”，其语义增殖作用大大超越了作家架构在白雪公主的长发和美人痣中的“腹语”，促使有关修饰性碎片有机地拼贴或串联出文本隐含的焦虑与恐惧等主题寓意。德勒兹和加塔利在《千高原》中指出，“超话语”包含着某种超线性，其核心表现为不再具有固定线性秩序的平面，其实质是构建向“非实体化转化”的“抽象客体”（123）。作为“超话语”，志愿军军裤等中国元素超线性构建的“抽象客体”显然能够在不同读者内心中引发不同的逻辑关联和语篇想象。它们一方面成为作家颠覆甜蜜完美的“糖精”版童话故事原型(Fischer 44)的一个游戏契机,让读者从中管窥和领悟艺术虚构和现实生活之间的巨大差距。另一方面,在屡屡越界的叙事者所营造的文本语境下,这些中国元素里的“超话语”强化了叙事者充满东方主义霸权话语中冷嘲热讽的言外所指之意。

小说开篇以白雪公主的“黑美人”形象戏仿童话原型人物的肌肤“洁白如雪”,首先暗示她并非当时占美国绝大多数人口比例的白人一员,并将以身体线条之美成为男性人物凝视和窥探的他者。其次,叙述者在整部小说中只关注白雪公主女性身体的敏感部位,却病态化描写她思考问题或者写诗等智力活动,甚至完全忽略了她的“脑袋”,也使该人物故事只能成为“一种托词和借口”(Ladyga 5),发挥衬托男性威武雄壮和指向女性懦弱疯癫的作用。而七个男人多次戏称白雪公主为“horsewife”,则似乎使该人物与萨义德在《东方学》里提到的一条从东方延伸到西方,并且包括“骡、马、象、牛”四种动物的“虚拟控制链”(56)相关联,说明该人物还是男人眼中类似骡马等可供他们随意控制奴役的低级动物。

用萨义德的话来说,小说对白雪公主向东方转向的塑形实质上将其转变为东方化的一个“想象地域”(61 - 62),并借此反讽了男性人物通过“HEIGH - HO”等话语展示的“西方力量”(56)。这与叙事者带着鄙夷眼光看待中国元素里存在的所谓“东方缺陷”(56)不仅没有大相径庭,而且充满同质的敌意和荒谬。二者的一个重要不同之处仅仅在于,白雪公主的遭遇在体现美国社会的时代潮流和性别文化冲突的同时,强调了女性为建构自我身份和探索人性尊严所做出的不懈努力。

有评论家指出,“血统”是巴塞尔姆小说中的“一个核心元素”(Fischer 44)。但白雪公主认为霍格的血统不好而拒绝他,并坚持要把自己留给一个“王子”,实质上以具有生物学内涵的血统论提出了人应当无比高尚还是卑微低贱的传统话题。这种叙事格局的转换既强调了白雪公主对男性视觉暴力和无情改造的异化反抗,又将她与不肯接受西方的中国元素里所隐含的国家民族文化差异密切关联,为小说完成形式语境上的男性视觉暴力话语和反暴力话语冲突增添了民族和国家情感色彩。其中建立在血统差异上的人种问题和国家利益与民族矛盾等隐晦信息,均反映了以叙事者为代表的 20 世纪六七十年代美国民众对中国的惶恐焦虑症。

在小说文本的后现代虚构语境中，未成年的孩子身穿美国陆军军服躲在街道上吸毒，以及象征危险和死亡的“黑色灰尘”（*SW* 15）在他们周围飘落下来，则在影射六十年代的反文化运动对青年一代巨大负面影响的同时，强化了中国元素里隐含的危机感。在诸多中国意象所隐喻的他者元素伴随下，该小说进一步扩大了解构经典童话原型的游戏空间。它不仅为读者提供了一种“多元世界观”，使其中传播的现实景象更好地表达了作家对美国社会现实的“感悟力”（Kusnír 48），而且以小说主人公在开放式结尾出发去寻找象征希望的“新原则”，为文本打开了一扇通向新生命空间的乐观进步之门。

结　语

尽管巴塞尔姆笔下的白雪公主既不美丽纯洁也不高贵典雅，而是一个迷惘堕落的反叛天使和寻觅探索女权道路的消费主义者，从头到脚散发着意欲稀释自我甚至重构价值传统和道德体系的气息，但作家创作却仍然在极大推动世界白雪公主文化发展的同时，在其中孕育出对美好未来的新希望。在对白雪公主乌木般的长发、美人痣和中国元素等细节进行放大特写的叙事框架下，小说文本借助对童话原型人物的戏仿、非线性脱节叙述及错位拼贴等艺术创作手法，产生了与童话故事原型之间差距明显的分离和断裂。而第一人称集体叙事者叙述被图像化的女主人公进行异化反叛，以及在中国元素里隐晦地附加内涵丰富的游戏逻辑，则增强了作品反讽后现代美国社会在经济文化和军事等领域过度膨胀的虚构效果，并一再强化其东方主义霸权焦虑的载体功能。这种文本架构充满作家“腹语”和德勒兹与加塔利所谓的“超话语”，最终使其自身成为批判上世纪六七十年代西方社会思潮和人们颓废精神面貌的一部佳作。

注释[Notes]

① 即普遍级或老少皆宜的家庭电影。《白雪公主与七个小矮人》是此类电影中为人们津津乐道的一部。见袁明主编《美国文化与社会十五讲》,北京:北京大学出版社,2015年,第265页。

② 巴塞尔姆在讨论爱尔兰著名作家乔伊斯等作家创作时,提出了这一概念。其实,他自身的创作又何尝没有运用这样的“腹语术”呢?虽然巴塞尔姆的创作艺术不在A. S. Byatt等所讨论实践“腹语术”的当代英国作家之列,但其艺术创作显然确有其实。参见徐蕾著《当代英国历史小说与“腹语术”——兼评A. S. 拜厄特〈论历史与故事〉》,《当代外国文学》2016年第3期,第66-73页。

③ 例如,在日耳曼文化中,长发是出身自由的标志,奴隶和罪犯则必须削发,特殊种姓和职业甚至有专门发式(Biedermann 161)。

④ 巴塞尔姆曾指出,这七个男人并非小矮人,而是男性的统称。参见Donald Barthelme and Jo Brans. “Embracing the World: An Interview with Donald Barthelme”, *Southwest Review* 67.2 (Spring 1982): 124.

⑤ 参见*SW*第11、13、24、52等页。

引用文献【Works Cited】

Bacchilega, Cristina. “Cracking the Mirror Three Re-Visions of Snow White.” *Boundary 2* 15.3-16.1 (Spring-Autumn 1988): 1-25.

Barthelme, Donald. “After Joyce.” *Mississippi Review* 21.1/2 (Spring 1993): 41-44.

---. *Snow White*. New York: Simon and Schuster, 1967.

Barthelme, Donald & Jo Brans. “Embracing the World: An Interview with Donald Barthelme.” *Southwest Review* Vol.67, No. 2 (Spring 1982): 121-37.

Biedermann, Hans, translated by James Hulbert. *Dictionary of Symbolism*. New York, Oxford: Facts on File, Inc., 1992.

Bly, Robert. *Iron John: A Book about Men*. Trans. Tian Guoli and Lu Wenge. Chongqing: Chongqing Publishing House, 2013.

[罗伯特·布莱:《上帝之肋:男人的真实旅程》,田国力、卢文戈译,重庆:重庆出版社,2013年。]

Bowyer, Surya. “The Visible Aspects of Things: Towards a Synchronic Reading of Donald Barthelme.” *European Journal of American Studies* 13-2 (Spring 2018): 1-13.

Deleuze, Gilles and Félix Guattari. *Capitalisme et Schizophrenie 2. Mille Plateaux*. Trans. Jiang Yuhui. Shanghai: Shanghai Bookstore Publishing House, 2010.

[吉尔·德勒兹,菲利克斯·伽塔利:《资本主义与精神分裂(卷2):千高原》,姜宇辉译,上海:上海书店出版社,2010年。]

Domini, John. "Donald Barthelme: The Modernist Uprising." *Southwest Review* 75.1 (Winter 1990): 95 - 112.

Fischer, Meredith. "Snow White Wars: Adapting Animation in Donald Barthelme's *Snow White*." *Literature/Film Quarterly* 44.1 (2016): 34 - 47.

Ladyga, Zuzanna. "Fatigue, Indolence and the there is, or, the Temporal logic of collage in Donal Barthelme's Snow White." *European Journal of American Studies* 5.3 (2010): 1 - 18. 〈http://journals.openedition.org/ejas/8732.〉

Kusnír, Jaroslav. "Subversion of myths: high and low cultures in Donald Barthelme's *Snow White* and Robert Coover's *Briar Rose*." *European Journal of American Culture* 23.1 (2004): 31 - 49. 〈doi: 10.1386/ejac.23.1.31/0.〉

Mitchell, W.J.T. *Picture Theory: Essays on Verbal and Visual Representation*. Trans. Chen Yongguo and Hu Wenzheng. Beijing: Beijing UP, 1995.

[W.J.T.米歇尔:《图像理论》,陈永国、胡文征译,北京:北京大学出版社,2006年。]

Nealon, Jeffrey T. "Disastrous Aesthetics: Irony, Ethics, and Gender in Barthelme's *Snow White*." *Twentieth Century Literature* 51.2 (Summer 2005): 123 - 41.

Said, Edward W. *Orientalism*. Trans. Wang Yugen. Beijing: SDX Joint Publishing Company, 1999.

[爱德华·W·萨义德:《东方学》,王宇根译,北京:生活·读书·新知三联书店,1999年。]

Zhao, Yifan et al. eds. *Keywords in Critical Theory*. Beijing: Foreign Language Teaching and Research Press, 2006.

[赵一凡等主编:《西方文论关键词》,北京:外语教学与研究出版社,2006年。]

暮年之歌：论德里罗新作《寂静》的晚期风格特征

汤晓敏

内容提要：《寂静》是美国当代著名作家唐·德里罗的最新作品，小说以2022年"超级碗"比赛当天电力系统发生故障、现代设备失效、技术世界一片"寂静"为故事背景，描写高度依赖技术的日常生活以及五位小说人物对当代社会的观察和反思。作为作家耄耋之年的总结性作品，《寂静》体现德里罗文学创作的晚期风格，表现在小说对早期作品的历史延续性，对新世纪美国现实的应变性书写，以及突破时代限制、推进艺术形式创新的引领性。德里罗在《寂静》中不仅"收缩"既有文本元素，打造多元素综合体，而且突破时代框架，彰显具有晚期特色的新风格，以开阔的批判视野和不断自我更新的驱动力诉说晚年艺术家对美国、对人类、对文学的观察与反思。

关键词：《寂静》；唐·德里罗；晚期风格

作者简介：汤晓敏，文学博士，合肥工业大学外国语学院讲师，主要从事当代英语小说研究。

2020年3月，美国纽约因新冠疫情封城前夕，美国当代著名作家唐·德里罗(Don DeLillo, 1936—　)完成小说《寂静》(*The Silence*)，并于当年10月出版。小说讲述2022年"超级碗"比赛当天电力系统发生故障，上百万观众不得不面对突然熄灭的电视屏幕，整个曼哈顿街道空荡荡，技术世界一片"寂静"。小说问世后，评论家称赞小说的艺术价值和强烈的批判性，查尔斯(Ron Charles)称"小说是大胆的、挑衅的、极致的，德里罗抓住我们时代愈演愈烈的恐惧"；卡瓦德洛(Jesse Kavadlo)主张这是德里罗"第一部正好契合美国民众现状的小说"，小说的叙述方式以及人与人之间的交流形式与贝克特的《等待戈多》有异曲同工之处。马基斯(David Marchese)提出小说简洁的文字风格和机智阴暗的叙述语调体现了某种"晚期风格"(late style)，并称小说可能是德里罗文学创作的"总结性作品"。《纽约时报》评论员戈尔(Michael Gora)也将小说营造的"奇怪的、未被打断的寂静氛围"描述为德里罗的"晚期风格"。虽然马基斯和戈尔都提及"晚期风格"这一概念，但是二人并未就此展开系统的文本分析，也未对小说的晚期风格和晚期性进行详尽的论述。

事实上，早在《身体艺术家》(*The Body Artist*, 2001)问世后，就有学者陆续观察到新世纪以来德里罗在创作风格上的转变。赫布雷希特(Stefan Herbrechter)称这种风格为"后人类主义"(15－16)，科弗(Erik Cofer)称之为"后-后现代主义变体"(462)；维吉恩(Henry Veggian)首次提出以"晚期风格"描述德里罗新世纪的创作风格(78)；博克斯维尔(Peter Boxall)以德里罗作品中时间观的变化为例，说明德里罗晚期作品展现的文化"晚期症状"(682)；夏普(Matthew Shipe)分析《欧米伽点》(*Point Omega*)的叙事特征以及政治寓意，认为小说在"设计和风格"上的"晚期"抓住了当代美国生活的暴力和不确定性(21)。从已有研究来看，德里罗晚期作品的独特性以及晚期风格已经成为目前的研究重点，但研究切入点相对分散，缺少清晰的研究框架。

"晚期风格"通常指艺术家创作生涯晚期的作品风格，在20世纪成为一种独特的风格类型。学界对晚期风格的研究历史并不长，最初是19世纪浪漫主义者们提出晚期风格这一概念，随后形成了以阿多诺(Theodore Adorno)、萨义德(Edward Said)为代表的两条研究路径。阿多诺以贝多芬晚期作品为例，关注个体艺术家对时代内在冲突的演绎，认为晚期风格与资本主义本身的晚期性或病态性密切相关，萨义德在此基础上论证晚期风格与艺术家生理状态的关系。此后的晚期风格研究大都延续两位理论家的研究方法，在不同领域对晚期风格进行较为翔实的研讨。基于当前晚期风格的研究成果以及德里罗新世纪创作的风格转向，本文总结德里罗新世纪作品在技法和主题上的晚期风格特征，以此作为小说《寂静》的阐释框架，讨论并论证德里罗的晚期风格。德里罗的晚期风格的三大特征分别为延续性、应变性以及引领性：小说中有大量可识别的自我引用以及德里罗以往作品的多种元素，这种拼贴式的综合凸显小说的延续性；小说对当代美国社会即时经验和未来前景进行批判性书写，既契合当代美国现状，又记录不断变化的历史语境；德里罗在小说中重申创作诗学和作家的社会职责，推动小说艺术形式向新阶段前进，回归文学之为文学的本质特征，体现了一种引领意识。

一、建构还是解构？

《寂静》是德里罗的第十八部作品，也是他创作生涯的延伸，小说的晚期风格特征首先体现在历史延续性上。德里罗在这部小说中延续早前作品的多个重要意象，综合书写多种文本元素，其中包括大量的自我引用和元素混合，这些拼贴式综合在新的文本语境下被赋予了新的意蕴，通过解构既有象征意义而实现了再建构，凸显出德里罗晚期作品的创新性。

熟悉德里罗作品的读者会发现《寂静》的篇幅虽短小，却包含大量的"自我引用"，熟悉的意象在新的文本语境中被赋予更加复杂和深刻的意蕴。巴特(Roland Barthes)曾提出，风格本质上就是列举引用的过程，"以此寄托某些回忆，作为一种文化的遗产，而非表述的遗产"(9)，故而引用是形成风格的重要途径。萨义德认为艺术家在晚期作品中常会对早前作品进行回顾和模仿，他称之为"自我引用"("Interview"286)，并且视之为晚期风格的重要特征。值得注意的是，这种"自我引用"是艺术家对自己以往风格的模仿，也是对既定风格的解构和再建构，换言之，它并不是简单的重复和复制，而是经由作家主观处理，在双重意义上对已有风格的模仿和颠覆。《寂静》的开篇场景发生在飞机机舱内，其中吉姆专注于座位上方的电子屏幕，这与德里罗 1977 年的小说《玩家们》(*Players*)的开篇场景十分相似，两部小说都以小说人物在飞机舱中沉迷于屏幕开始整部小说，但是同样的场景却传递了具有时代印迹的不同意蕴。德里罗早期作品的主人公大都处在类似的封闭空间中，他们远离喧嚣的公共空间，在独处的小屋中探寻存在的真理。在《寂静》中，封闭机舱内的吉姆放弃思考，只是盯着座位上方的电子屏幕，无意识地大声重复屏幕上显示的飞行速度和飞行高度，虽然他意识到自己“该闭眼休息了”，但是“电子播报和数字不停地涌入脑中”(DeLillo 7)。另一方面，机舱内人的语言“只是某些自动程序功能”，乘客们放空自己，“沉浸在单一不变的发动机的呼啸声之中”(7)，乘客们放空自己，“沉浸在单一不变的发动机的呼啸声之中”(14)。虽然德里罗在《寂静》中延续封闭空间这一经典意象，但是他赋予这一意象以新的文本语境，他以长途飞机轰隆隆的呼啸声为例说明现代设备发出的噪音已经淹没人类“思考和说话的声音”(14)，从而赋予经典意象以新的文本语境，揭示现代人以丧失独立空间和独立思考能力为代价换取现代技术的便利。

萨义德强调具有晚期风格的作品会对现存进行“令人震惊的，甚至灾难性”的评论(萨义德 18)，艺术家在晚期作品中可能以续写或改写早前作品的方式来强化晚期风格“由于年老和放逐所带来的保证”(148)。科弗将德里罗晚期作品中的意象改写解读为德里罗对早前作品的“修正”和“变体”(459 - 70)。在《寂静》中，德里罗改写或者修正了他在早前小说描写的美国生活，续写美国经典意象背后的新现实。小说另一场景发生在波士顿的一间公寓中，退休物理学教授黛安娜和丈夫马科斯以及她的学生马丁等待观看“超级碗”比赛。德里罗本人是球类比赛的忠实观众，他的多部小说都以球类比赛为背景展开叙述，其中最为人所知的是 1997 年的《地下世界》(*Underworld*)。在这部小说中，德里罗以 1951 年巨人队戏剧性的本垒打影射苏联爆炸的原子弹，认为这个“震惊世界的一击/巨响”标志美苏冷战揭开序幕。另外，在德里罗笔下，球类比赛是含义丰富的美国文化象征物，在《新毛主席画像》(*Mao II*, 1991)中，球类比赛代表“一种万众一心和无法转译的传奇”(8)，观众围绕比赛形成超越阶级、种族和年龄的共同体。与以上小说不同，德里罗在《寂静》中刻画的球类比赛深受资本主义消费体系的控制，曾经的共同体和文化历史内涵已经消散，球场上激烈交锋的不是球员而是争奇斗艳的赞助商和广告条幅，甚至代替球员成为比赛的主角。小说人物马科斯挂念赌球的结果，想象自己正在观看比赛直播，模仿评论员和教练们的言语，大声重复商业广告的广告词和赞助商名称。马科斯对棒球比赛的痴迷已经转变为对商业广告的痴迷，而电力的突然中断则激发马科斯的想象力，使得他完全成为商品广告本身,融入屏幕成为比赛的一部分。另一方面,马丁戏谑美国民众对球类比赛的过度想象。虽然德里罗在早前作品中提及球类比赛的丰富内涵,如在《球门区》(*End Zone*, 1972)中将球类比赛比喻为一场战争游戏,以球队的训练影射极权统治和世界战争;但是,在马丁看来,如今的球类比赛只不过是每年都会发生的"老旧的仪式",那些追踪拍摄的无人机和低空飞过的喷气机已经让这种仪式不再具有神圣感和仪式感;而"将足球与战争进行相似性对比早就过时了",因为"战争是另一种事物,发生在别处"(18)。球类比赛的内涵在《寂静》中有了很大的转变,可能是德里罗晚年对早期创作的戏谑和纠正,这种戏谑和纠正的背后是德里罗对新世纪美国社会文化语境的犀利观察和反思,体现德里罗晚期作品的突破与创新。

小说中诸如此类的自我引用和元素混合还有许多,如吉姆夫妇经历的飞机紧急迫降曾在《白噪音》(*White Noise*, 1985)中出现,又如马丁痴迷于研究爱因斯坦《相对论》手稿,这与《拉塔纳之星》(*Ratner's Star*)的设定十分相似。但重要意象和基本设定的相似并不意味着德里罗创作风格保持不变,通过与早前作品展开对话,德里罗解构甚至推翻已有创作主题,在自我模仿和自我戏谑中揭示新世纪新现实,体现出对自己已有风格的延伸和拓展。

二、应变还是不变?

一般情况下,晚期作品会表现出有别于稍早时期作品的风格变化,这可能体现在作品的技法上,也可能表现在作品的社会批判力度之上。小说《寂静》成书于 2020 年 3 月份,恰值美国纽约城封城前夕,小说中波士顿街道空无一人的末世场面似乎契合新冠疫情影响下的美国现状。《纽约时报》评论家科恩(Joshua Cohen)提出,德里罗坚持描写美国当代文化,不仅告知我们现实是怎样的,而且将当代文化对人的影响进行戏剧化的演绎。德里罗在《寂静》中再现美国当代社会的即时经验,刻画民众高度依赖技术的日常生活,反思人类生存的时代问题,展望人类文明延续的可能路径。这既体现了德里罗创作风格的连贯性,也是德里罗晚期作品的应变性之所在。

阿多诺认为晚期风格并不等同于晚期作品[①]，真正具有晚期风格的作品不仅能够体现艺术家晚年的个人主体性，而且能展现艺术家对所处时代“晚期性”和“病态性”的批判(218)。对于德里罗而言，如何刻画变化的社会现实以及潜藏其中的重大问题是其晚期作品的核心要义，而21世纪以来民众高度依赖技术所带来的危害正是德里罗着力揭示的时代“晚期性”和“病态性”。小说中，等待观看“超级碗”比赛的人们突然发现所有电子屏幕都熄灭了，马科斯三人感到不解，他们不停点击遥控器和电源开关，“一脸困惑，感觉被科学、技术和常识抛弃了”(29)。德里罗描写现代技术缺席的日常生活与哈罗德·品特(Harold Pinter)的荒诞喜剧有着相似之处：这些主人公们已经习惯在电子设备中寻找生活的意义，当电子设备失效时，有人想象电视机中可能播放的内容，有人虚构技术崩溃的阴谋论，他们甚至不知道“如何安静地坐着”(31)。所有监控系统、脸部识别设备、现代交通设备都失效了，没有电子设备提供身份来源，“我们不知道自己是谁，也找不到认识自己的方法”(61)。现代技术设备失灵后，技术世界安静了，人们的生活似乎也只剩下一片空无。黛安娜疑惑“那些活在手机里的人怎么样了”(52)，德里罗以空荡荡的波士顿街道回答这个问题：“技术越先进，人类越脆弱。”(61)丢失了现代技术似乎就丢失了日常生活最关键的地方，技术世界的突然沉默也带走了人们言语和思考的能力，整个世界一片“寂静”。

然而，德里罗不仅旨在揭示高度依赖技术带来的危害，他更加关心人类如何重拾自我、如何确认生活的意义。面对技术崩溃，小说人物的态度各不相同，却分别指向事关人类存在的重要问题。马丁曾是物理学家黛安娜的学生，他随身携带《爱因斯坦1912年相对论手稿》，代表信奉理性和逻辑思维的科学家群体。马丁反思人类技术所带来的影响，他列举历史上造成大量伤亡的灾难事件，发现这其中绝大多数都与人类开发研制的技术密切相关，在他看来，过度依赖技术设备的人们“正在被僵尸化”“我们变得如此愚蠢”(84)，实际上成为技术的奴仆。不同于马科斯等人的惊恐，马丁称电力系统崩溃是人类的第三次世界大战，标志着人类文明的又一次重要转折，是检视人类现有生活的契机。马丁提出这样的问题，

"我们的现实是不是(现代设备)临时拼凑出来的"(67)? 现代社会的电子屏幕演绎甚至创造某种生活,并为每个人描摹了某种脸谱,看着屏幕中自己的镜像,马丁已认不出自己,怀疑镜中的脸是否是自己的脸,因为诸如"粒子监控,圆顶科学,双向验证,网络追踪"等晦涩的科技术语包围着个人的生活(115),镜面背后似乎还有另一双眼睛注视着自己。面对马丁对真实世界的质疑,黛安娜则强调个人的能动性,她认为虽然技术已经模糊了现实与虚构的界限,但是人们"仍在倾听","这才是最重要的"(52)。马丁也回应道,无论现代技术带来怎样的便利或灾祸,"我们要做的是认清我们的现状","无论外界发生怎样的动荡,我们仍然是人类,是代表一个文明的人类碎片"(90)。

与代表纯理性和科学的马丁不同,黛安娜的丈夫马科斯是信奉资本的赌徒,他以情感冲动为生活准则,热烈拥抱现代科技,充分享受资本运作带来的富足生活。当技术世界沉寂下来,现代人失去了所有与外界沟通的虚拟手段,人们不再"从早到晚"只盯着自己的手机,不再"对匆匆而过的人视而不见"(99)后,马科斯很快接受现状,他打开公寓大门,走上繁忙的街头,加入拥挤的人群,与他人合作解决问题,寻找生命的意义。马科斯的这一举动也体现出德里罗对后技术时代人类文明延续的展望,即依靠群体的力量度过这些灾难。小说结尾处马丁宣称"世界整体是强大的,而个人是脆弱的"(115),个人在技术荒野中可能无足轻重,但是人类作为群体生物却具有强大的力量,后技术荒野时代需要依赖群体力量维持人类文明的火花。小说中,电子设备的缺席反而让人们感受到某种解脱,他们重拾对外界、对他人的好奇,拥抱彼此,共同度过这个"不可思议的大范围失眠之夜"(78)。对此,黛安娜问道,"这是不是标志着世界文明的衰落?"(35)在德里罗看来,这不是人类文明的衰落,而是另一种全新文明的开始,一种回归本真、回归人类群体价值的全新开始。

从高度依赖技术到电子设备失效,从依靠虚拟设备沟通到加入群体取暖,德里罗以电力系统的突然崩溃为切入点,放大人类过于依赖技术背后的问题,勾勒现代技术缺席的背景下对存在和人类文明的思考,展望后技术荒野时代人类文明延续的可能途径。

三、引领还是回归？

从语义上来看，“晚期”一词暗示一种巅峰过后依旧保持活跃的姿态，艺术家年岁的增长可能激发创造力，“增加顿悟和形而上超越的可能性”(Broch 23)，甚至摆脱时代附加的影响，“在独处中尽情享受蓬勃的创造力”(Neumann 104)。作为20世纪后现代主义文学的代表人物之一，德里罗作品中的现代性和后现代性一直是学界关注的焦点之一，其作品的后现代技法也是研究热点。但是，不同于早前有意追求文学技法创新，耄耋之年的德里罗已进入“从心所欲”的创作阶段，能够突破个人创作风格和时代背景的限制，以爆发姿态呈现“主体性之力”(阿多诺 249)。在小说《寂静》中，德里罗以一次灾难事件为例，说明叙述能为读者提供一个“真正思考、铭记这一事件的机会”，重申21世纪文学创作的社会意义和道德指向，回归文学创作的本心。

小说的五位叙述者各有特点，除了上文的黛安娜等三人，另外一对夫妇吉姆和泰莎经历了惊心动魄的飞机事故，九死一生的两人到达波士顿公寓后向朋友讲述事故发生的过程以及自己的感受。吉姆描绘事故发生时机舱内的混乱情形，他很庆幸能作为叙述者重述这一事件，因为“叙述”这一行为给予他“真正思考、铭记这一事件的机会”(107－08)，这也呼应了德里罗对新世纪美国作家创作职责的论述。在《未来的废墟》(“In the Ruins of Future”, 2001)一文中，德里罗想象一位作家站在双子大厦废墟前想象““9·11””事件发生的过程，并提出事件在发生的那一瞬间即成为永恒，任何类比和比喻都无力重塑事件，但是“流淌不息的语言并没有消失”“事件也许拒绝任何比较的基座，并以此宣告它的独特性”，但是“作家试着用回忆、关怀以及意义填充哀号的空间”(39)。在当今时代，技术高度发达，人们遗忘的速度也在加快，当一切结束，“没人会记得发生过什么”(DeLillo 111)，因此，作家对事件的讲述和书写则变得尤为重要。德里罗以吉姆的讲述为例，强调作家书写的重要意义，这不仅体现在作家借助书写帮助人们记录历史，为人们的回顾和反思提供平台；更重要的是，叙述能让叙述者以旁观者的角度重新经历事件，借助这种讲述，倾听者也能参与并且分担事件的重压。

晚期风格艺术家们拥有一个共同的特点，即他们通常能够借助所处时代有限的媒介形式，“推动艺术形式向另一个阶段前进”（McMullan 38）。如果说吉姆寄托了德里罗对新世纪作家创作的殷殷期盼，那么小说人物泰莎则演绎了德里罗艺术创作的新诗学，代表德里罗回归创作本心的倾向。泰莎是诗人和艺术家，她与德里罗有着相似的创作习惯，两人都喜欢在笔记本中记录日常生活中的点滴，这可能是一行诗，也可能是某段记忆碎片、某个想法。与德里罗一样，泰莎家中存有多年来记录艺术创作的草稿，即使在长途飞行中，她也保持记录所思所想的习惯（巧合的是，德里罗在采访中透露小说源于他在长途飞行中记录下的只言片语）。当电力中断，技术崩溃，作家的敏感让泰莎意识到这是必然会发生的灾难事件，“病毒，瘟疫，机场出口冗长的队伍，戴着口罩的人，空无一人的城市街道”（88），这些画面仍然停留在人们的记忆中。泰莎向自己发问，也向读者发问：“接下来还会发生什么？”（88）这一疑问同样适用于当前的文学创作，后现代主义后“还会发生什么”？泰莎随后又自答道，“我们必须采取行动”，而不是喋喋不休地哀悼，因为这是“认识自我重要性的时刻”，作家不会停留在原地，而是不断思考、反思，“去触摸、去感受、去撕咬、去咀嚼”（113）。泰莎的思想转变可以理解为 21 世纪一批晚年作家在作品中展现的“晚期性”，这里的“晚期性”体现在 20 世纪既有文学范式的耗尽和衰老，也体现在这一批作家对西方现代性的厌倦，这些作家希望借这种转变表达“深刻的文化老年感与无与伦比的文化新奇感之间的冲突和张力”（Boxall 681）。面对这种冲突和张力，德里罗呼吁 21 世纪的作家保持初心，继续记录现实，认识世界，认识自我，这是他为下一代作家留下的馈赠，也是他将继续履行作家创作职责的宣言。

从《身体艺术家》开始，德里罗的作品展现出有别于早前作品的晚期风格特点，最新小说《寂静》的晚期风格表现德里罗在技法和主题上的晚期性。具体来说，作者“收缩”并解构既有文本元素，建构具有晚期风格的创作技法；作者刻画并反思变化的社会文化对民众的影响，突显晚期作品的社会批判意义；放大晚年赋予的“放逐”之力，突破既往风格的限制，重回文学之为文学的初心。不管是“收缩”还是“外溢”既有风格元素，德里罗的晚期作品体现出强烈的晚期性特征，并且形成具有时代特色的晚期风格。

注释[Notes]

① 阿多诺以贝多芬晚期作品《庄严弥撒曲》为例，提出这部作品“在贝多芬其他作品之外自成一格，此作与其余作品，甚至晚期作品，几乎没有任何关联——形式上、主题上、特点上都没有”(249)，而这部作品并没有体现作曲家对时代的批判，因而不具备“晚期性”，是不具晚期风格的晚期作品。

引用文献【Works Cited】

Adorno, Theodor. *Beethoven: Philosophy of Music*. Trans. Peng Huaidong. Taibei: Linking Publishing Co., LTD. 2009.

[阿多诺:《贝多芬:阿多诺的音乐哲学》，彭淮栋译，台北:联经出版事业股份有限公司，2009 年。]

Barthes, Roland. "Style and its Image." *Literary Style: A Symposium*. Seymour Chatman, ed., London: Oxford UP, 1971:3 - 10.

Boxall, Peter. "Late: Fictional Time in the Twenty-First Century." *Contemporary Literature*, 53.4 (2012): 681 - 712.

Broch, Hermann. "The Style of the Mythical Age." *On The Iliad*. Trans. May McCarthy. New York: Pantheon, 1947. 7 - 33.

Charles, Ron. "Don DeLillo's *The Silence* is an Absurdist look at our Technology Dependence." *The Washington Post*, Oct. 13, 2020.

Cofer, Erik. "Owning the End of the World: *Zero K* and DeLillo's Post-postmodern Mutation." *Critique: Studies in Contemporary Fiction*, 59.4 (2018): 459 - 70.

Cohen, Joshua. "In Don DeLillo's New Novel, Technology is Dead. Civilization Might be, too." *The New York Times*, Oct. 20, 2020.

DeLillo, Don. *Mao II*. London: Vintage, 1992.

---. *The Silence: A Novel*, New York: Scribner, 2020.

---. "In the Ruins of the Future." *Harper's Magazine*, Dec. 2001. 33 - 40.

Gorra, Michael. "The Sense of an Ending." *The New York Review of Books*, Dec. 3, 2020.

Herbrechter, Stephen. "Posthuman/ist Literature? Don DeLillo's *Point Omega* and

Zero K." *Open Library Humanities* 6.2(2020)：1－25.

Kavadlo, Jesse. "For Don DeLillo, The Silence is Deafening." *Pop Matters*, Sept. 30, 2020.

Marchese, David. "We All Live in Don DeLillo's World. He's confused by it." *The New York Times*, Oct. 11, 2020.

McMullan, Gordon. "The 'Strangeness' of George Oppen: Criticism, Modernity, and the Conditions of Late Style." *Late Style and its Discontents*. Eds. Gordon McMullan & Sam Smiles. Oxford: Oxford UP, 2016. 31－47.

Neumann, Erich. "Art and Time." *Art and the Creative Unconscious: Four Essays*. Trans. Ralph Manheim. Princeton: Princeton UP, 1959. 81－134.

Said, Edward W. "An Interview with Edward W. Said." *Conrad in the Twenty-First Century: Contemporary Approaches and Perspectives*. Eds. Carola M. Kaplan, Peter Lancelot Mallios, and Andrea White. New York: Routledge, 2005. 283－303.

---. *On Late Style: Music and Literature Against the Grain*. Trans. Yan Jia, Beijing: SDX Joint Publishing, 2009.

[爱德华·萨义德：《论晚期风格——反本质的音乐与文学》，阎嘉译，北京：三联书店，2009年。]

Shipe, Matthew. "War as Haiku: The Politics of Don DeLillo's Late Style." *Orbit: Writing around Pynchon*, 4.2 (2016)：1－23.

Veggian, Henry. *Understanding Don DeLillo*. South Carolina: U of South Carolina P, 2015.

“不会是凶兆，可是也不像是好兆”：《麦克白》中女巫的预言

刘　洋

内容提要：本文将流传在早期现代英格兰和苏格兰的预言视作政治话语，并以此作为《麦克白》的社会语境，考察莎士比亚对预言的描写和应用：莎士比亚有意地改换了霍林希德《编年史》中三位女预言者的身份，使之恶魔化；并且，他突出描写了预言措辞之“模棱两可”的特性，籍此引导麦克白走向堕落和灭亡。本文认为，《麦克白》不能被简单地理解为一部对詹姆斯一世的逢迎或颠覆之作，它实则暗含了不同立场之间的复杂对抗和冲突，体现了其所处时代的动荡与焦虑；女巫和预言等元素也使莎士比亚得以有效推进剧情，塑造人物与构建环境。

关键词：《麦克白》；预言；女巫；詹姆斯一世

作者简介：刘洋，文学博士，南京大学外国语学院助理研究员，主要从事早期现代英国文学研究和现实主义文学研究。

《麦克白》一剧究竟表达了莎士比亚对新任国王詹姆斯一世怎样的态度？这一直以来是学界争论的焦点。有批评者认为《麦克白》是一部迎合官方政治立场的作品。例如，亨利·尼尔·保罗直截了当地指出：“整部剧是为赞美詹姆斯一世而作的宫廷剧……这一点现已是毋庸置疑的事实。”(1)与此同时，越来越多的学者也注意和发掘了该剧的激进潜质，以及隐藏在表面情节之下的与官方话语相悖的潜文本：《麦克白》的结局展现的并非是重获安宁、四海升平的苏格兰王国，权力无法有效地遏制反叛，反而平叛者最终也会成为反叛者(Mullaney 116－34)；继任的国王马尔康“境界不高”，无法与其父邓肯相提并论(Kastan 95)；全剧充斥着“阴

郁而又光明”(foul and fair)(莎士比亚 121)[①] 的杂糅和矛盾，并没有一个统一的基调(28－29)；在现实中，火药阴谋(Gunpowder Plot)过后的伦敦也并没有立即恢复稳定，而是陷入恐惧、怀疑和焦虑的阴霾中(Coddon 488)。[②]

《麦克白》与詹姆斯一世有直接联系的情节在第四幕第一场：批评者普遍认为，女巫召唤出的第八位持镜的国王是詹姆斯一世，其镜中“拿着两重的宝球、三头的御杖”(《麦》165)的后代指涉其合并英格兰、苏格兰两国、统一不列颠岛的意图。然而，女巫这一身份不得不令人生疑。在该剧故事的来源霍林希德(Holinshed)的《编年史》中，向麦克白道出预言的是“三位身着奇装异服的女人”，“似是来自精灵世界的生物”(Leggatt 21)；而且，在《编年史》1577 年版的插画中，三位女人穿着华贵，显然不是当时人们印象中衣衫褴褛、班柯口中形容怪异的女巫(Kenney 32－37)。莎士比亚为何要将预言者的身份改换为女巫？若预言者的身份是恶魔的仆人，则预言内容的合法性和正统性或许要大打折扣。因此，对该问题的解答或可澄清《麦克白》一剧中潜藏的对君主的态度。

对此，本文作出的一个基本判断是：预知未来的能力无法用现代科学解释，或许是迷信；但作为一种文体的“预言”，其产生有可以被分析理解的社会政治条件，它是各方政治势力竞争的手段和武器，也是社会与政治势力角逐的话语场域(Risden et al 5)[③]，这一点在斯图亚特王朝早期尤为明显。鉴于詹姆斯一世时期严格的审查制度，莎士比亚不太可能公然在戏剧中以如此明显的方式影射或讽刺国王；但同时，他对预言出自恶魔和女巫的描写又表明他并未完全照搬官方话语，而是有所取舍和变更。戏剧不是立场分明的政治宣言，矛盾和复义本就是其魅力的来源(Hawkins 157－58)。据此，本文重返十六、十七世纪之交的历史现场，试图还原《麦克白》一剧所处的以预言为中心的历史语境和“文化之网”(Geertz 16)[④]，以探讨莎士比亚如何借助《麦克白》中对预言的描写，再现复杂的话语体系之间的对抗，并同时使得该剧不可避免地多义与含混。

一

在伊丽莎白一世统治末期和斯图亚特王朝早期，预言成了不同政治话语之间角逐的载体。应该注意到，预言是动荡的政治环境的产物，这在英格兰(甚至整个不列颠岛)历史的多个关键节点处反复得到了验证。根据蒙默思的杰弗里所著《不列颠列王纪》(以下简称《列王纪》)的记载，不列颠作为一个岛国的起源即来自一则预言。布鲁图斯(Brutus)带领特洛伊后人西航寻定居之地。路遇一岛，见女神黛安娜祠，遂行祭拜礼。是夜，布鲁图斯寝祠外，梦中闻女神语："布鲁图斯：高卢以西，/茫茫沧海，有彼瀛洲；/水中竦峙，巨人曾住。/废弛已久，今盼新主。/乘风而驶，永为汝治。"(20)其后，布鲁图斯一行启程西寻，果然见到了预言中四面环海的岛屿。于是他定居此地，并以自己的名字将之命名为"不列颠"(Britain)。由此，这则起源故事成为后世政治力量竞相争夺统治合法性的来源。

詹姆斯一世及其支持者注意到了预言的效力，并对之善加利用，以进行政治宣传。这主要体现在詹姆斯一世继承英格兰王位，及他随后提议在法律上统一不列颠王国这两件相互关联的政治事件中。1602 年前后，伊丽莎白一世健康不断恶化，由于她并无子嗣，英格兰王位的继承人问题成了这一年人们讨论的热点话题。其中不乏对英格兰前途的隐忧：继承者究竟是信奉新教的苏格兰国王詹姆斯六世，还是信奉天主教徒的西班牙公主，这直接关系到国家是否会再次陷入内乱和宗教迫害之中。在回顾这段历史时，钦定版《圣经》的《致国王书》一章写道："乌云笼罩着大地，人们深感前路迷茫。"(Pollard A2)[5]英格兰将何去何从，在很多人看来或许要取决于上帝或上天的旨意，但体现此旨意的预言是可以被阐释或操控的，这一点可以在约翰·哈灵顿爵士(Sir John Harington)的《论王位继承人》(*The Tract of the Succession of the Crown*，1602)一书中得到证实。

或许是由于女王曾下令禁止在公共场合讨论王位继承问题(Scott-Warren 154)，该书并未被出版过，只是以手稿形式呈送给了牛津大学校长、后来的约克大主教托比亚斯·马修(Tobias Matthew)，直至 1880 年才被洛克斯伯格俱乐部(Roxburghe Club)发现并出版。该书旁征博引，力求观点客观准确，其主要内容是分别对新教徒、清教徒和天主教徒进行劝说，希望他们认可詹姆斯一世作为英格兰王位继承人的合法身份。在逻辑论证之外，该书还穿插了几则预言。在第一章，有一则预言写道：“当火麻(Hempe)被种下又长出来，/英格兰将不再有国王。/人们认为HEMPE指的是五位君王名字的首字母，亨利[八世]、爱德华[六世]、玛丽[一世、英格兰女王]、菲利普[二世、西班牙国王、玛丽之夫]、伊丽莎白[一世]。”[⑥]哈灵顿本人也注意到，这则预言太过隐晦，指称不详，不同立场的人可以根据其“倾向”(humour)作出不同的阐释：“有人认为王国会再次被一分为七，或成为七国联合政府，有人认为我们会像低地国家一样划州而治，还有人担心西班牙国王带兵入侵，王国因此会被置于总督的统治之下，如那不勒斯、西西里和西印地(即北美洲)那样。”(*Succession* 17–18)但哈灵顿认为，若要“不动乱、不流血地实现这则预言”，“最有可能也最皆大欢喜的方式”是英格兰和苏格兰两国合并，苏格兰国王詹姆斯六世继位，不列颠岛统一，他因此呼吁，“让英格兰不再有国王吧，这样不列颠就可以迎来一个子孙繁盛的王室的神圣、和平的统治”(*Succession* 18)。

在《论王位继承人》结语部分，为了说服更容易相信预言的天主教徒，哈灵顿又讲述了两则预言。这两则预言由威尔士语写就，哈灵顿在朋友的协助下将其译为英语，并整理成诗歌的形式。关于第一则预言，哈灵顿概括如下：“这则预言的年岁比我曾祖父还要老，它讲的是：1. 一个在摇篮中加冕的婴儿；2. 身上有狮子胎记；3. 他将会找回真正的十字架；4. 他将会统一布鲁图斯的岛国；5. 从此以后带领国家长盛不衰。”(*Succession* 120–21)其后附有威尔士语原文。威尔士语一方面增添了预言的权威性，因为威尔士语的语源古不列颠语正是布鲁图斯的后人、不列颠的古国王和古预言者使用的语言，另一方面也为预言增加了几分含混性和神秘的色彩，而阐释的权威则由翻译者哈灵顿掌握。“在摇篮中加冕”“身上有狮子胎记”的“婴儿”在他看来指的是詹姆斯六世：该君主生于1566年，1567年加冕；托比亚斯·马修在旁注中也证实：“据说苏格兰国王身上有一块形似狮子的胎记。”(*Succession* 121)另一则预言更加古老，流传于亨利八世统治的时期。但在哈灵顿看来，这则预言实则指涉的是苏格兰国王及其后代。预言如下："耶稣保佑我们合法、正直的八世君王，/在悲伤的时刻过后，将会有一位/身上流淌着多种高贵血液的国王。/九世将会继承大统，免受妨害。/注意在我们的领地将发生的事：/因为邻居国家的汇合/无饥荒之虞，有良友为伴/英格兰在这一年将会有满仓的小麦。"(*Succession* 122)哈灵顿称："这位国王是谁、有什么样的血统、具体是哪一年、九位或第九位继承人指的是谁，这些问题我交由上帝神秘的意志、在合适的时间彰显于世。"(*Succession* 122)虽如此，但哈灵顿认为含有"多种高贵的血液""九世""邻居国家的汇合"等敏感词汇的预言指涉的是苏格兰国王，这已经表明了他的阐释的倾向性。《论王位继承人》从未出版，其影响力难以考证，但它至少在某种程度上改变了受书人托比亚斯·马修的看法：马修的旁注表明，他确实受到了预言的暗示，也的确在1603年前后转而成为詹姆斯六世的支持者(Scott-Warren 160)。

詹姆斯六世在继承英格兰王位之后成为英格兰和苏格兰两国的国王，并意图进一步在实质上统一两国。在他的政治宣传中，火麻、狮子和威尔士(或古不列颠)这些与预言相关的元素多次出现。培根在《论预言》一文中也提到了火麻的预言：他听闻此预言时还是"孩童，而伊丽莎白女王正值青春年华"[7]。培根记叙的预言虽言辞略有不同，但大意也是五位君王统治结束之后，英格兰将陷入大乱。培根带着事后之见写道，"感谢上帝，这预言只是在名号上实现了：因为当今国王的尊号，已不仅是英格兰王，而是不列颠王。"(*Essayes* 113)在另一本关于预言的著作《苏格兰、英格兰、法兰西部分地区和丹麦的全部预言》中，这则预言被表述得更加明晰，倾向性更加明确："当火麻来了又去了/英格兰和苏格兰将合二为一。"(Anonymous sig. A3)以哈灵顿和培根的记述为佐证可以看出，"合二为一"的说法显然是对源预言的改写。该书由"国王的印刷商"罗伯特·瓦尔德格雷夫于1603年出版，此后曾多次再版，被认为是一部"政治宣传之作"，是"赋予(詹姆斯一世)合法性的工具"(Moranski 167 - 68)。除火麻预言之外，书中另一则预言写道："狮子将成为万物之主/法国的夫人将诞下一子/带领不列颠开拓海疆/此子乃是布鲁斯的后人。"(sig. B)这里的"狮子"一词很容易让人联想到詹姆斯一世身上的狮子胎记，并进一步想到他本人。据蒂利亚德所述，在早期现代英格兰的"存在之链"中，狮子是动物中的王者，在人类世界对应的则是国王（Tillyard 29 - 30）。“法国的夫人”指的是詹姆斯一世的母亲、苏格兰玛丽女王，其过世的丈夫是法国国王弗朗索瓦二世。“布鲁斯”指的是苏格兰国王罗伯特一世。

古代预言极适于被阐释、改写并纳入詹姆斯一世及其支持者的政治话语体系之中。一方面，预言可以佐证两国合并是上帝的旨意，这与詹姆斯一世鼓吹的君权神授思想一脉相承。詹姆斯本人在1604年10月的《关于不列颠国王的尊号的宣言》中称，两国合并是“上帝以其旨意赋予我本人的福祉。”（95）许多支持两国合并的论著也以“天意”作为论证的要点[8]。另一方面，古预言的主题——不列颠王归来——与詹姆斯一世的合并一统一提议相契合。预言不断呼唤不列颠国王归来，或许是由于古不列颠人在最后一任国王卡德拉瓦德（Cadallawader）治下，内有饥荒瘟疫之忧，外来撒克逊人侵略之患，流亡海外，复国无望，只得寄希望于未来。詹姆斯一世英格兰大统之后提出的统一不列颠的计划[9]与不列颠王国王重现这一主题不谋而合。因此，对詹姆斯等人而言，社会中有丰富的相关预言资源供其挖掘和利用[10]。例如，1604年，威廉·哈伯特（William Harbert）所著的长诗《卡德瓦拉德的预言》（*A Prophesie of Cadwallader*）追述不列颠最后一位国王如何听信天使的预言，放弃不列颠岛以待后人复国；并且在诗人看来詹姆斯一世便是预言中即将复不列颠之国的后人（sig. B2）。同年出版的一份詹姆斯一世的族谱则将其祖先追溯到布鲁图斯和达德拉瓦德本人，这或许是为了呼应詹姆斯在这一年改尊号为不列颠王[11]。综合以上原因，在斯图亚特王朝早期，预言被官方用作了政治宣传的话语，这一点深植于此时期的社会意识之中。

二

预言的合法性来源是上帝，这一点看似是毋庸置疑的。在詹姆斯一世继位近十年前，威廉·克威尔（William Covell）曾为预言下过一个定义：“预言（divination）是对即将发生的事件的预告，其表现形式不一，有人为的，亦有天然的……上帝自证，只有他自己才知道即将发生之事，并由其所愿，通过其预言家和使徒彰显于世。”（sig. B）[12]究其词源，神圣一词的动词形式(to divine)正是“预言”的意思。预言是詹姆斯一世进行政治宣传的手段。1605年8月27日，牛津大学圣约翰学院的教师马修·格温投其所好，排演了一出与预言有关的短剧以欢迎到访的詹姆斯一世，该剧两年后出版，并无标题，正文之前写道：“在城墙北门外的圣约翰学院，似从森林中出现的三个女预言者(Sibyllae)向国王致敬。”⑬其后便是三位女预言者轮流向詹姆斯一世说道：“声闻四海的国王：据传，讲预言的姐妹曾向您的族群许下了永世不灭的统治。班柯成了高贵的洛哈伯领主。但她们又向班柯预言，螽斯延庆，子孙王位永续，愿他从宫中往丛林的途中喜悦欢欣。我们三个今天向您唱诵同样的命运。”(*Vertumnus* H3)三人分别代表英格兰、苏格兰、爱尔兰、法兰西以及“曾分裂的不列颠”向“高贵的不列颠、爱尔兰和法兰西君主”致敬。为表明来意，三人继而解释道：“我们不为杀戮、战争、焦虑和疯狂而来：相反，我们从神的旨意中得到灵感……他[圣约翰]，耶稣的先驱，让我们在此迎接上帝的宠儿，迎候他从此路过，去往基督教堂学院。”(*Vertumnus* H3)⑭

班柯与女预言者的故事最早出自1527年赫克特·波伊斯(Hector Boece)所著的苏格兰史，其后被收入霍林希德编著的《编年史》。在《编年史》中，无论是原文还是插图，预言者的身份都并非是女巫。然而，莎士比亚在《麦克白》中有意颠倒了格温的短剧中的三位预言者的身份，使其伴随着“战争、焦虑和疯狂”而来。在该剧的开头，第一位女巫问道：“何时姊妹再相逢”，而她得到的回答是：“且等烽烟静四陲，败军高奏凯歌回。”(《麦》117)第一幕第三场，三人再次相会之时，一位女巫“刚杀了猪来”(《麦》120)，另一位则带来了“一个在归途覆舟殒命的舵工的拇指。”(《麦》120)三人的相会之地是伴随着雷电的荒原，并且据记载，演出《麦克白》的剧场内充斥着爆竹的硝烟臭味(Harris 486)；而相反的，格温剧中的三位女预言者“似从林中出现”，并且在现实中，该剧上演的舞台也确有一座常春藤搭就的凉棚，似乎是为了营造“精灵世界”(Paul 20)的气氛。

由是观之，预言者的身份是问题的关键。上文提到的威廉·克威尔在《政治预言》(*Polimanteia*)一书中为预言下完定义之后，话锋一转，开始论证预言如何被恶魔利用以诓骗世人。“现在，撒旦想成为上帝的模仿者（从而妨害这个世界，并且利用人对即将发生之事的天然好奇，把人们淹没在无法忍受的迷信之中），他已经虚伪地、以造成伤害为目的地篡夺了预言的权威。”（*Polimanteia* sig. B）恶魔的动机，是对人类的永久的恨（perpetual hate against mankind），其成功的凭借是其“力量、狡诈和机巧”，其目的是“毁灭统治阶级、改换国家”（*Polimanteia* sig. B）。克威尔认为，恶魔在智识上是高于人类的，他很清楚“统治阶级的状况、统治时间的长短以及毁灭它的敌人是谁”（*Polimanteia* sig. B2），只不过他向人类传达的是具有欺骗性的信息。紧接着克威尔以亚历山大大帝为例继续论证：“当亚历山大大帝询问德尔斐的神谕之时，皮媞娅回答他，亚历山大你永远不会被击败。然后为了证实这一预言，她向亚历山大展示了各种迹象、奇景还有虚假的幻想以及他军队前进的方向……她用含糊不清的梦境在他的脑海中种下了虚幻的希望”（*Polimanteia* sig. B3）。对这则故事，克威尔评论道：“撒旦的诱惑正是诸如此类（of that sort），它们为我们许下了欢欣喜悦，但还没等到我们高兴，绝望和永久的折磨就接踵而至。”（*Polimanteia* sig. B3）女巫向麦克白做出的预言也是如此：通过向他致敬“万福，麦克白，未来的君王”，她们也“在他的脑海中种下了虚幻的希望。”（*Polimanteia* sig. B3）并且在第四幕，三位女巫也同样地召唤出了一连串幽灵或幻想，并向麦克白许下了类似的预言：“没有一个妇人所生下的人可以伤害麦克白”（《麦》163），“麦克白永远不会被人打败，除非有一天勃南的树林会冲着他向邓西嫩高山移动”（《麦》164）。“不会被打败”几已成了一种戏剧反讽——了解克威尔之著作或亚历山大大帝之故事的观众必已熟知这句话不过是恶魔骗人的伎俩而已。

不仅是女预言者，甚至连古代预言者的身份都遭到了有识之士的质疑。据记载，梅林的母亲与耶稣·基督的母亲一样身为处女而怀孕。但两者的不同之处在于：耶稣确凿无疑是上帝之子，而梅林的父亲是否是恶魔却有争议。1588 年，约翰·哈维在反对预言的专著中写道：“我们该如何理解这些从著名的卡马森的安布罗斯·梅林口中传出来的这些奇思妙想的预言；它们难道不是像其他的预言一样狡诈、充满欺骗性？它们难道不是明显地带有梅林的母亲般的欺骗性——她主动向沃蒂根国王发誓从没有跟凡人发生过肉体关系？就好像她儿子的父亲真的是某个半神，或化身为人的神灵，或恶灵(Incubus)；就好像他们也真的没有进行肉体交配，或者采取了何种奇怪诡异的方式，我不得而知。”(51)[15]哈维认为，所谓“没有发生过肉体关系”只不过是“掩人耳目的障眼法”(glozing blindation)(*Prophesies* 52)，其目的是“向国王暗示她儿子的不同寻常，同时掩盖自己的羞耻和不贞洁—她一直宣称自己是个处女”(*Prophesies* 52)。在哈维看来，梅林的父亲是“不虔敬的、野兽般的、从地狱而来的”。在引用梅林的一则警告英格兰的拉丁文预言之前，哈维语带鄙夷地称它“散发着那个粗鄙、未开化的时代的味道”(*Prophesies* 49)；在评论这则预言时，他又写道：“他的这些骗人又精巧的创作，或恶魔般的把戏哪有一点上帝的痕迹；用这些把戏，他或者他身体里的恶魔欺骗、迷惑了不如他机智的人……哪个摒弃迷信、不盲目相信的理智的人会不明白呢?”(*Prophesies* 52)

应该注意到，格温的短剧中的“女预言者”(sibyl)本也是充满争议的人物——她们声明自己不为恶意而来已经从侧面说明了这一点。究其词源，sibyl 出自希腊语：在伊欧里斯方言中 sioi 指神，bule 指劝告，两者组成的合成词即是 sibyl 的词源，含“神谕”之意(Malay 5)。女预言者疯狂、非理性的形象出自维吉尔的《埃涅阿斯纪》：库迈的西比尔在向埃涅阿斯预言之前，突然间“脸色和表情大变，头发披散了下来，胸口起伏不定，她的心像发疯一样狂野地搏动着，她的形体也比以前高大了，她说话的声音不类凡人，因为神已经靠近她，她的心灵里已充满了神力”(维吉尔 140)。此处的描写并无半分与恶魔的联系，但神灵附身这一桥段极易使人联想到流行于中世纪和文艺复兴时期的恶魔附体说，这也为阐释女预言者的身份提供了更多可能性[16]。著名的女巫质疑者雷金纳德·斯科特在论及女预言者(Sibylia)时称其为恶魔的伴侣(127)。乔治·吉福德在《关于女巫与巫术的对话》一书中如此描述女预言者：“恶魔让异教徒相信她们是女神，使他们怀着敬神之心崇敬她们，”但归根结底，她们不过是女巫而已(sig. E4v)。在莎士比亚的《亨利六世(上)》中，奥尔良庶子介绍贞德时称：“我领来了一位圣女，上帝向她显圣，派她来解这令人生厌的围困。她有极深奥的预言能力，比古罗马的九名女预言家(Sibyls)还强。她能洞察过去，预示未来。”(13)此时的贞德还是一位具有预言能力的“圣女”

(holy maid),甚至能力超过了"女预言家",但在该剧第五幕第三场,她出卖"灵魂和身体"以求诸恶魔帮助的场景彻底暴露了她的"邪恶"性质。这也许可以说明,从《亨利六世(上)》到《麦克白》,莎士比亚对女预言者的身份没有改变[17]。

关于格温的短剧与《麦克白》之间的关系,学界看法不一。亨利·尼尔·保罗认为,莎士比亚很有可能亲眼目睹或通过朋友了解到了这一短剧的上演,并由此了解到了国王的喜好,从而将三个女预言者的桥段挪用到了《麦克白》中以献给国王(15－24)。的确,在献给君主的剧作中加入预言以表奉承并非是格温和莎士比亚的首创,在两人之前已有先例:1575年,在肯尼沃斯城堡门前,迎候的女预言者(Sibylla)向女王致敬,并预言战争不起,四海升平;其后在伍德斯托克镇,同样的戏码再次上演:女预言者(Sibilla)在剧末直接向女王致辞,预言人民富足、政府公正、贵族正直(Malay 59－60)。但为什么预言者是女巫,保罗却语焉不详。与他持不同看法的彼得·C·赫曼(Peter C. Herman)注意到,将预言者的身份改换为女巫"污染"(taint)了詹姆斯一世从班柯继承来的血统,从而也污染了他的政治宣传话语(218)。然而在现实中,莎士比亚(或其所在的剧团)未必敢于冒险在剧中"污染"詹姆斯一世的血统——1604年,讲述高里伯爵意图刺杀詹姆斯国王的《高里》一剧(国王剧团所作)被禁止上演,因而这很难让人相信该剧团会再次以身试法对国王不敬(Chambers 328)。如此看来,两种立场鲜明的看法均有缺陷,据此做出的阐释也有过度简化之嫌。

究竟该怎样理解《麦克白》(或任何文本)与其所处时代的政治话语之间的关系?特里·伊格尔顿(Terry Eagleton)曾提出过一个关于文本与意识形态关系的思考范式:"意识形态存在于文本之前;但文本的意识形态以意识形态本身不能预料的方式定义、操作和组成了此意识形态。我们所称的'文本的意识形态'的产生并没有前在形式(pre-existence):它就是文本本身…一个文本或许会承认其某些部分对前在意识形态的依赖,却坚称在除此之外的部分具有完全的自主性。"(80－81)这种自主性也得到了莎士比亚研究者的关注,并成了诸多评论的理论基础。如,史蒂文·马拉尼(Steven Mullaney)从文艺复兴时期伦敦的剧场聚集区

(Liberty)出发,认为莎士比亚的剧作与其剧场一样,处于政治和城市的边缘地带(26 - 59);斯蒂芬·格林布拉特(Stephen Greenblatt)则断定,对其所处时代的规范,莎士比亚采取了继拥护又颠覆的态度,从而产生了一种"未曾预料、自相矛盾的美"(15)。在论《麦克白》与女巫的文章中,格林布拉特认为该剧表现出了莎士比亚的机会主义(opportunism)倾向——他既非相信女巫存在的宗教裁判者(inquisitor),也非不相信其存在的怀疑论者(skeptic),他对女巫的描写完全出于剧场的需要(29)。

本文循相似的思路,认为《麦克白》一剧在介入詹姆斯一世的祖先班柯的预言故事的同时,也参与到了另一个话语场中,即流传在英格兰的预言的来源并非是上帝,而是恶魔。在此类驳斥预言之合法性、意图证明预言出自恶魔的论述的背后,大致有两种动机:一是诉诸理性,摒弃迷信,"粗鄙、未开化"等词语体现了作者对自己的理智的自信,例如,哈灵顿爵士虽然用预言以佐证自己的政治观点,但他在引用预言之前也反复提到"更有智慧的人对它[预言]是完全嗤之以鼻的"(*Succession*: 17)[18];二是对抗某种意识形态,例如,哈维的主要目的是反对流行于1588年之前的英格兰即将在与西班牙的大战中失败的预言(*Prophesies* 87 - 88)。但莎士比亚描写恶魔的预言的动机却不像这般容易分辨。从上文论述可以看出,非此即彼的思路和框架不足以解释《麦克白》表达的对官方政治话语的态度:一方面,该剧重演了詹姆斯一世祖先班柯的故事,在某种程度上如其同时代的哈灵顿爵士等一道显明了詹姆斯一世继位等乃是天意;但另一方面,它又将预言者的身份该换为女巫和恶魔,使得显明的天意不再纯粹,神圣(divine)与邪恶(diabolic)的边界也不再明晰。

三

莎士比亚对政治预言的态度带有一种含混和模糊性,难以断定他究竟认为政治预言是神圣还是邪恶的,也难以辨明他究竟是意在支持还是反对詹姆斯一世。或许,"《麦克白》一剧究竟表达了莎士比亚对新任国王詹姆斯一世怎样态度"本身就是一个伪命题:如上文所述,莎士比亚的戏剧并非是立场鲜明的政治宣言,其情节设计和人物描写原应是为剧作而非政治服务的。但莎士比亚的剧中世界与现实世界也并非是完全割裂。《麦克白》诞生时的不列颠岛正处于动荡起伏之中：国王和议会成员险在爆炸中遇难的阴霾还笼罩着伦敦城；詹姆斯一世统一两国的提议和对王权的专制主义主张引发了各方激烈的辩论；并且，恶魔在人间的代理人女巫也在困扰着整个世界。从这个角度看，剧作者创造出的充斥着矛盾的剧中世界正是其所处时代的焦虑不安的体现。

“模棱两可”(equivocation)是麦克白在发现被骗后对恶魔的谎言的痛斥。在第四幕第一场，女巫召唤出的幽灵向麦克白许诺：“你可以把人类的力量付之一笑，因为没有一个妇人所生下的人可以伤害麦克白”(《麦》163)，并且，“麦克白永远不会被人打败，除非有一天勃南的树林会冲着他向邓西嫩高山移动”(《麦》164)。对此，麦克白认为是“幸运的预兆”(《麦》164)，因为“那是决不会有的事。”(《麦》164)但到了第五幕，麦克白猛然发现原来勃南的森林果然会移动(马尔康下令士兵举树枝以隐匿实力)，他的死敌麦克德夫也确非妇人所“生”——“麦克德夫是没有足月就从他母亲的腹中剖出来的”(《麦》188)。其实，女巫在初会之时向麦克白致敬的预言也是模棱两可的。“万福，麦克白，未来的君王！”这句话让麦克白大惑不解，反复思考以求索：“假如它是凶兆，为什么用一开头就应验的预言保证我未来的成功呢？……假如它是吉兆，为什么那句话会在我脑中引起可怖的印象，使我毛发悚然，使我的心全然失去常态，噗噗地跳个不住呢？”(《麦》124)正是因为这句话含义模糊，指向不明，才使其具有了被操演的可能。

詹姆斯·夏皮洛注意到，在《麦克白》之前，莎士比亚只使用过一次“模棱两可”这个词(178)。莎士比亚在该剧中如此凸显“模棱两可”的作用，原因之一或许是为了迎合潮流、在剧中加入时事元素。1606 年春，在对火药阴谋余党的清算过程中，《论模棱两可》(“A Treatise of Equivocation”)一文的手稿被发现，其中详细记载了天主教徒在遭迫害和审问之时，如何心中默念实话，而在话语中或手势上欺骗审问官，该文作者并不认为这是欺骗，因为他们的手段巧妙而隐晦，或使用模棱两可的词语，或选择性地隐藏事实，或把一句话只说一半，把关键的另一半留在心中，在作者看来，这是被上帝允许的语言技巧，但在审判者看来，这是赤裸裸的欺骗和伪证(perjury)(181－182)[19]。在《麦克白》的第一幕第四场，邓肯感慨道："世上还没有一种方法，可以从一个人的脸上探察他的居心；他是我所曾经绝对信任的一个人。"(《麦》125)这里对人的表面与内心不符的怀疑，隐隐中似乎是在暗指现实中的信任危机。邓肯此言中的"他"是刚刚被镇压的前任考特爵士，但他没想到自己一语成谶，竟无意中又预言了后来新任考特爵士(麦克白)的反叛。麦克德夫和马尔康在英格兰王宫前的对话也充满了模棱两可和从中透露出的彼此不信任。马尔康虽然看似直抒胸臆地建议，"让我们找一处没有人踪的树荫，在那里把我们胸中的悲哀痛痛快快地哭个干净吧"(《麦》169)。但紧接着开始了对麦克德夫的试探，通过假意坦白自己人性中的污点，来辨明麦克德夫之忠奸。这或许是对现实世界中由《论模棱两可》造成的信任危机的一次生动的舞台再现[20]。另一处影射1606年前后的政治事件的情节发生在第二幕第三场。象征地狱里的管门人的门房抱怨道："敲，敲！凭着还有一个魔鬼的名字，是谁在那儿？哼，一定是什么讲起来暧昧含糊的家伙…可是他那条暧昧含糊的舌头却不能把他送上天堂去。"(《麦》138)评论者普遍认为这里的"讲起来暧昧含糊的家伙"指的正是在法庭上依模棱两可之法作伪证的火药阴谋主谋之一亨利·加尼特(Henry Garnet)(Shakespeare 185)。

莎士比亚在《麦克白》中对"模棱两可"的挪用是完全出自剧情发展和人物塑造的需要——或者换句话说，完全为了剧作的需要[21]。莎士比亚有可能在修辞学著作中得到了戏剧构作上的启发。乔治·普登汉姆在《英文诗歌的艺术》中认为，"说话或写作的时候含含糊糊，并且其含义可以有两种解释"的行为或做法是一种恶习(345)。在普登汉姆看来，这种邪恶的预言使用方式与预言具有紧密的联系："古时候的假预言家常用这种含含糊糊的话语，如德尔斐的神谕或女预言者的预言，它们是这些时候的宗教人士编造的，来骗迷信的人们，并用虚假的希望或恐惧妨害他们的大脑。"(346)不仅仅是古希腊和罗马，其身处的英格兰也受到了模棱两可的预言的侵害："实际上我们所有的不列颠和撒克逊预言都是诸如此类，即无论如何解释它们都说得通，并且在头脑简单的人看来都可信，并且在这些盲目的预言的促使之下，多次暴动和叛乱应运而生……它们受某些押韵的预言的鼓动，这些预言除了叛乱者的理解外，还可以有其他两三种解释方式。"(346)"无论如何解释它们都说得通"尤使人联想到前文提到的约翰·哈灵顿爵士以及火麻的预言。普登汉姆的论述极其清楚地表明了预言的不可信，以及其与挑动反叛之间的联系。的确，含义模糊的预言在该剧中促使了麦克白(以及麦克白夫人)采取一系列行动，并推动了剧情的发展。"万福，麦克白，未来的君王"这句话毫无半点对他将如何当上君王的明示，却在麦克白和其夫人心中种下了弑君之企图的种子。麦克白感觉到的是隐隐的不安，"为什么那句话会在我脑中引起可怖的印象，使我毛发悚然，使我的心全然失去常态，噗噗地跳个不住呢"，并"偶然浮起了杀人的妄念"(《麦》124)。与之相对的，麦克白夫人在收到信件后却几乎瞬间下定了决心，认定麦克白想要当国王必须"玩弄机诈"(《麦》127)。篡位之后的麦克白逐渐抛却了犹疑，开始果断地主动采取行动。而他行动的指南则正是女巫的预言。他又想到了女巫对班柯道说的话"比麦克白低微，可是你的地位在他之上"，"你虽然不是君王，你的子孙将要君临一国"(《麦》122)。对此，麦克白的阐释是必须杀掉班柯和其子以求江山稳固。在第四幕第一场之后，麦克白又错误理解了女巫模棱两可的预言，分别进行了一次行动和一次"非行动"：杀掉麦克德夫的家眷；以为得到了预言的保证，自此可以高枕无忧。但他没有想到的是，"没有一个夫人所生下的人可以伤害麦克白"以及"除非有一天勃南的树林会冲着他向邓西嫩高山移动"并非是一种"切实的保证"(《麦》163)，而是精准地道出了他覆灭的两个条件。麦克白越来越依赖预言以采取行动，同时也愈来愈临近堕落和毁灭的结局。因其模棱两可的语言特点，女巫所有预言的含义都无法得到确证，只有自证。

除社会环境之外，《麦克白》所反映的物理环境也是混乱、不安定的。在该剧之前的涉及女巫的剧作中，莎士比亚从未对此多着笔墨进行描写，也未向观众解释该如何想象女巫出现时的实际境况——但《麦克白》不同。在该剧中，莎士比亚不仅仅描绘了女巫的相貌穿着、行为举止、谋划企图，还特别关注了与其相伴而来的异常环境。在麦克白即将与女巫相遇之前，他感叹道："我从来没有见过这样阴郁(foul)而又光明(fair)的日子。"(《麦》121)剑桥版《麦克白》对这句话的注解采用了黑斯廷斯·艾尔温(Hastings Elwin)在1853年提出的观点，认为它指的是"气象上引人不悦，军事上大获成功”(127)。此版本之前的剑桥版注解者约翰·多佛·威尔森也表明了同样的看法，但他援引的《魔鬼学》(*Daemonologie*)中写道，恶魔可以“通过将空气聚拢到一处以使她们[女巫]周围的空气变浓、变昏暗，人们的肉眼则无法看清”(102)。既如此，若果恶魔和女巫可以小范围(“她们周围”)操纵天气的话，则光明和阴郁有可能均指天气，从而表现出天气异常、阴晴莫测、波谲云诡，烘托本剧“模棱两可”的气氛。究竟天气是好是坏，这是麦克白甫登场之时就面临的困惑。2015年阿登版《麦克白》也认为“光明”和“阴郁”的关系不易分清。注解者引用帕尔弗里和斯特恩的论述，认为这一行台词表现出了“令人疑惑的神话故事氛围、对立面之间的消解以及感官的紊乱(‘我从来*没有*见过’)”，使得麦克白的认知功能受到了迷惑(140)。“光明”和“阴郁”均作天气解，也使本剧的其他几处天气描写更易解释得通。在女巫退场之后，班柯注意到：“土地上有泡沫……她们消失到什么地方去了?”(《麦》122)麦克白紧接着说道：“消失在空气之中，好像是有形体的东西，却像呼吸一样融化在风里了。”(《麦》122)这里表现得不仅仅是“阴郁”和“光明”、好和坏之间的杂糅，还有构成宇宙的基本元素之间的混乱：本该是坚实的土地，却产出了泡沫；看似是人形的肉体，却消逝在了风中。并且，空气也因为女巫的存在而变成了人类的威胁：“愿她们所乘驾的空气都化为毒雾。”(《麦》165)进一步讲，《麦克白》中宇宙间的秩序被彻底扰乱了，泾渭分明的元素之间界限被打破，“生存之链”也被打断——第二幕第四场老翁口中的鸱鸮僭越而杀猛鹰便是一处证明。并且，女巫使得生死、神魔、男女之间的边界也变得含糊不清，班柯惊叹道：“不像是地上的居民，可是却在地上出现? 你们是活人吗? …你们应当是女人，可是你们的胡须却使我不敢相信你们是女人。”(《麦》121)[22]

克莉斯汀·普尔(Kristen Poole)曾指出，在女巫与奇迹频繁出现的时代，人们认知中的空间应该是变动不居，而非稳定不变的(8)。女巫这一身份为莎士比亚的戏剧创作引入了一层新的维度，使其能够在空间的层面表现世界的动荡。应该注意到，女巫有操控自然元素的能力，并且与天气、环境之间的本就有紧密联系，这一点可以在此时期的诸多魔鬼学著作中得到证实。詹姆斯一世的《魔鬼学》中写道：“女巫可以在空气中掀起风暴，或在海上，或在陆上，尽管不是在所有的地方，只是在上帝允许她们作乱的特殊地点和区域之内。”(46)詹姆斯一世作出如此论断，或许与其亲身经历有关：1591 年出版的《苏格兰新闻》详细记载了以艾格尼丝・汤普森为首的女巫如何作法以使詹姆斯一世在去往丹麦的航船上险遇风暴。“此事甚奇，但确有其事，因其他船皆一帆风顺，唯有国王所乘之船遇到逆风。”(17)值得注意的是，托马斯曾指出英格兰的女巫鲜有扰乱天气的行为，操控天气的女巫多出现于苏格兰及其他北方地区[23]，正如《魔鬼学》所言，魔鬼和女巫常侵扰“世界上的荒凉地区”，如苏格兰北部的奥克尼和设得兰群岛，以及拉普兰和芬兰(69)。16 世纪的瑞典教士奥劳斯・马格努斯所著《北方民族事略》记录了北方地区的巫术迷信：位于最北边的芬兰及拉普兰地区对女巫迷信极盛，“就好像波斯的查拉图斯特拉亲自向他们传授了这一门该受诅咒的学问”(172)。马格努斯特别注意到了巫师和术士操纵元素以改变自然秩序的能力：“从前芬兰人有诸多异教妄想，其一是向因风向不顺而滞留海岸的商人卖风。”(173)[24]托马斯・纳什也在《夜之恐怖》中记录了类似卖风的传说(19 - 20)。纳什书中的关键主题“夜晚”是一种模糊环境：“关于夜，诗人之述备矣：它是关怀的护士、是绝望的母亲、是地狱的女儿。”(2)这三个形容夜的身份截然不同，又同时存在，并且都是女性。《麦克白》中也在夜和女巫之间建立起了联系：麦克白称女巫们为“神秘的幽冥的夜游的妖婆子”(《麦》162)。与午夜有关的睡眠也变得不再清白。它原本应是“疲劳者的沐浴，受伤的心灵的油膏，大自然的最丰盛的菜肴”—用纳什的话说，是“提供关怀的护士”[25]—但却被麦克白“杀害了”，甚至连麦克白夫人也患上了梦游的怪病，在半睡半醒中挣扎。此时的睡眠和夜晚对两人来说，正转化成了绝望和地狱的化身。

从上文分析可以看出，在政治意义之外，“模棱两可”的预言使得莎士比亚得以有效构建出《麦克白》的剧中世界：其剧情因预言而得以向前推进，其人物互相猜忌，其物理环境也多阴晴不定、黑白颠倒，而其主要人物麦克白也由于“模棱两可”而一步步走向毁灭。

结 语

早在1879年,已有学者认识到并提出剧作者"之艺术正体现在对当下的观点、习俗和癖好的再现上—即高举镜鉴以反映时代。"(Spalding 2)《麦克白》之"镜"中反射出的是1606年前后,英格兰和苏格兰两国合并的政治纷争、新国王上台的势力斗争、刺杀国王阴谋过后的恐怖阴云等等困扰着不列颠岛的种种难题,围绕这些难题产生的论著、小册、诗歌、预言等成了《麦克白》诞生的话语场。由政治争端、刺杀阴谋(Ward 185)[26]和女巫侵扰造成的不安正是此时期社会的普遍情绪。也正是吸收了这种社会能量,才使得莎士比亚创作出了"阴郁"又"光明"的《麦克白》。从某种程度上说,《麦克白》本身就是一部"模棱两可"的剧作:其刻画的人物互相猜疑、正邪难辨,其描写的环境风云叵测、阴晴不定,其传达的政治立场和态度相应的也具有模棱两可的特点。正如评论者所言,一部剧不能与一部论著相提并论,因其没有唯一的、权威的正确解读方式(Moschovakis 48)。或者换句话说,模棱两可的态度或许正是莎士比亚的本意。莎士比亚敏锐地捕捉了弥漫在社会中的复杂情绪,并将之引入剧场。

"不会是凶兆,可是也不像是好兆"(《麦》124)—麦克白自言自语中的这句话是对该剧中预言最恰切的概括。莎士比亚所处的早期现代时期正处于由蒙昧迷信向科学启蒙过渡的阶段,因而有识之士对于预言的态度也有"模棱两可"的特点:哈灵顿爵士虽不断声称预言难以尽信,但也引用了预言以论证詹姆斯一世统治的合法性(*Succession* 17);培根在列举预言欺骗世人的三个手段的同时,也"感谢上帝"让国王登基的预言终得实现(*Essayes* 113);法国的蒙田也坦陈自己固然对预言不以为然,但也难免会被非理性因素左右(14)。预言处于理性和非理性、成熟与非成熟的边缘地带—或许这也正是为什么以上三人在论及预言时不约而同地提到了孩童时代的道听途说,或是貌似孩童的预言者,甚至在《麦克白》一剧中,莎士比亚也安排"流血之小儿"和"戴王冠之小儿"出场,作为女巫召唤出的讲预言的幽灵。预言原应是高于人类的全知的存在为处于迷茫中的人们指出的一条明路,这也是为什么世界上的几个主要宗教多尊其创教祖师或教中大贤为“预言者”或“先知”。然而，历史行进至中世纪和现代早期，预言的神圣属性变得愈加模糊，其政治宣传的世俗意义变得愈加凸显，指明道路的作用也变得愈加不可靠，甚至有时会对轻信预言的人作出反噬（Mullaney 119）。因此，在《麦克白》一剧中，正是预言和女巫本身“模棱两可”的特点使莎士比亚得以有效推进剧情、塑造人物、构建环境，而莎士比亚对女巫之预言的描写体现了其对国王及官方政治话语的模棱两可的态度，反映了其所处时代的动荡与焦虑。

注释[Notes]

① 威廉·莎士比亚《麦克白》，收入威廉·莎士比亚《莎士比亚全集》（第六卷），朱生豪译，译林出版社，2016 年，第 121 页。后文出自同一著作的引文，将随文标出该著名称简称“《麦》”和引文出处页码，不再另注。

② 详见 Karin S. Coddon, “‘Unreal Mockery’: Unreason and the Problem of Spectacle in *Macbeth*”, in *ELH*, 56.3 (1989), 488. 麦克尔·霍金斯甚至在文章中逐条批驳了保罗的观点，以论证《麦克白》并非是奉承国王之作（详见 Michael Hawkins, “History, Politics and *Macbeth*”, in John Russell Brown, ed., *Focus on Macbeth*, London: Routledge, 2005, 186–87）。

③ 详见 Edward L. Risden et al., “Introduction: Prophecy as Political Discourse”, in Edward L. Risden et al., eds., *Prophet Margins: The Medieval Vatic Impulse and Social Stability*, New York: Peter Lang, 2004, 5. 1911 年，鲁伯特·泰勒首次提出并阐释了“政治预言”这一概念，即“任何试图预告即将发生的政治事件的文字或口头表述”（Rupert Taylor, *The Political Prophecy in England*, New York: Columbia University Press, 1911, 2）。近一个世纪以来，该领域的研究成果甚微；但近年来，预言与政治的关系逐渐得到了学界的关注（详见 Victoria Flood, *Prophecy, Politics and Place in Medieval England: From Geoffrey of Monmouth to Thomas of Erceldoune*, Cambridge: D. S. Brewer, 2016, 2）。

④ “文化之网”出自格尔茨的《文化阐释：文选》一书。格尔茨写道：“我相信马克思·韦伯之所言，人类是一种悬挂在自己编织的意义之网中的动物。我认为文化就是这些网，因而对文化的分析不应该是寻找定律的实验科学，而是寻找意义的阐释科学。”（Clifford Geertz, *The Interpretation of Cultures: Selected Essays*, New York: Basic Books, 1973, 16.）关于格林布拉特对格尔茨的推演和应用，详见 Catherine Gallagher and Stephen Greenblatt, *Practicing New Historicism*, Chicago: University of Chicago Press, 2000, 23－47。"社会能量"这一概念似乎与"文化之网"有理论上的相通之处(详见 Stephen Greenblatt, *Shakespearean Negotiations*: *The Circulation of Social Energy in Renaissance England*, Berkeley: University of California Press, 1988, 6)。亚瑟·F·金尼在神经学和计算机技术的启示下提出的"超文本"似乎也是对这一概念的继续阐发:"超文本重塑了我们理解文本的方式。它讲文本视为链接节点(lexias)的重构";同时,超文本的概念也蕴含着克里斯蒂娃提出的文本间性、巴赫金提出的复调、福柯提出的权力之网等之意(详见 Arthur F. Kinney, *Lies Like Truth*: *Macbeth and the Cultural Moment*, Detroit: Wayne State University Press, 2001, 34)。

⑤ Alfred W. Pollard, ed., *The Holy Bible*: *A Facsimile in a Reduced Size of the Authorized Version Published in the Year* 1611, New York: Oxford University Press, 1911, A2. 詹姆斯一世的支持者、后来的诺维奇主教约瑟夫·霍尔在《国王的预言》一书中写道,若信奉天主教的西班牙公主继位,他将献身殉道:"等待着殉道的火焰,/ 我已看到火刑架立了起来。/专横的罗马的婊子,/她骑在七头的怪兽身上,/用金色的酒杯痛饮圣徒的鲜血,/流淌下的血滴沾染了无辜的大地。"(Joseph Hall, *The Kings Prophecie*: *or Weeping Joy*, London: Printed by T. C., 1603, sig. A4)在霍尔的预想中,天主教徒统治之下的血腥和英格兰惨淡的前景可见一斑。

⑥ John Harington, *A Tract on the Succession to the Crown*, London: Roxburghe Club, 1880, 17. 后文出自同一著作的引文,将随文标出该著名称简称"*Succession*"和引文出处页码,不再另注。

⑦ Sir Francis Bacon, *The Essayes or Counsels*, *Civill and Morall*, Oxford: Clarendon Press, 1985, 113. 后文出自同一著作的引文,将随文标出该著名称简称"*Essayes*"和引文出处页码,不再另注。

⑧ James F. Larkin and Paul L. Hughes, ed., *The Stuart Royal Proclamations*, vol. 1, Oxford: Oxford University Press, 1973, 95. 又如,约翰·索恩伯里以以色列国和犹大国为喻,认为"上帝借其预言者之口,确在起初引领他们(以犹两国),还有我们(英苏两国)建立起似脐带般的联系,甚至是友爱的牵绊"(John Thornborough, *The Ioiefull and Blessed Reuniting the Two Mighty & Famous Kingdomes*, *England & Scotland into Their Ancient Name of Great Brittaine*, Printed at Oxford, 1605, sig. A)。此外,同为新教国家的英格兰、苏格兰两国应在上帝的天意指引之下合并,这也是支持者论证的要点。约翰·戈登写道:"考察历史我们可以发现,英格兰与苏格兰在同一个君主的统治之下合并,早已被神圣的旨意预见到,将要在我们的时代实现"(John Gordon, *England and Scotlands Happinesse*: *In being reduced to unitie of*

Religion, *under our invincible Monarke King James*, London: V. S. for William Aspley, 1604, sig. B3)，以此对抗“异教”的教皇势力。

⑨ 詹姆斯一世首次发表《英格兰和苏格兰统一宣言》是在1603年5月19日(详见 James F. Larkin and Paul L. Hughes, ed., *The Stuart Royal Proclamations*, vol. 1, 18 - 19)，但他的提议最终没能实现，因而1603年的两国统一只是“王朝、皇室和个人”意义上的“王冠统一”(Union of the Crowns)(详见 Brian P. Levack, *The Formation of the British State*: *England*, *Scotland and the Union*, 1603 - 1707, Oxford: Clarendon Press, 1987, 4)。

⑩ 基思·托马斯认为，预言为古今之间建立了联系，表现了当今发生之事早已被古人预见到，因此使激进的社会变革显得不那么激进。详见 Keith Thomas, *Religion and the Decline of Magic*, New York: Scribner, 1971, 423. 这或许可以解释詹姆斯一世及其支持者为什么要在提议两国合并之际求诸古预言进行政治宣传。

⑪ 该族谱题目为:《高贵伟大、上帝护佑的君主詹姆斯，大不列颠等国王，其祖先为诺亚，后血统传至不列颠岛的第一位居住者布鲁图斯;从布鲁图斯又传至不列颠的最后一个国王卡德瓦拉德;从此以后又历经种种传至国王陛下:本书揭示国王陛下如何从上述卡德瓦拉德处继承了不列颠王国以及南北威尔士公国的统治权》(详见 George Owen Harry, *The Genealogy of the High and Mighty Monarch*, *James*, London: Imprinted by Simon Stafford, 1604)。

⑫ William Covell, *Polimanteia*, Cambridge: John Legate, Printer to the University of Cambridge, 1595, sig. B. 后文出自同一著作的引文，将随文标出该著名称和引文出处页码，不再另注。

⑬ Matthew Gwinne, *Vertumnus Sive Annus Recurrens*: *Printed 1607*; *Tres Sibyllae*: *Printed 1607*, ed. Cizek Alexander, New York: G. Olms, 1983, H3. 后文出自同一著作的引文，将随文标出该著名称简称“*Vertumnus*”和引文出处页码，不再另注。

⑭ Ibid. H3. 牛津大学为了招待到访的国王，除此短剧之外，还在基督教堂学院内为他排演了三出剧目。但据记载，詹姆斯一世对后三部剧不甚满意，唯独对此短剧青睐有加，这再次证明了詹姆斯一世对赞美他的预言(panegyric prophecy)的喜爱(详见 *Vertumnus*: H3)。

⑮ John Harvey, *A Discoursive Probleme Concerning Prophesies*, London: Printed by John Jackson, 1588, 51. 后文出自同一著作的引文，将随文标出该著名称简称“*Prophesies*”和引文出处页码，不再另注。

⑯ 维吉尔的作品流行于文艺复兴时期的英格兰，是诸多作者重要的引用来源。上文提到的约瑟夫·霍尔就认为，詹姆斯一世继位应验了维吉尔《牧歌·第四首》中的预言

"黄金时代再临"(*redeunt Saturnia regna*)(详见 Joseph Hall, *The Kings Prophecie: or Weeping Joy*, London: Printed by T. C., 1603, sig. A7)。

⑰ 或许莎士比亚对所有的预言都持连贯的怀疑和厌恶态度。阴谋家理查三世在登场的第一段独白中谋划道:"我已经设下圈套,做好了险恶的安排,要用令人迷糊的预言、诽谤和幻梦(drunken prophecies, libels and dreams)挑拨得克莱伦斯哥哥跟国王反目成仇。"(威廉·莎士比亚《理查三世》,收入威廉·莎士比亚《莎士比亚全集》第三卷,朱生豪译,译林出版社,2016 年,第 276 页。)"令人迷糊得预言、诽谤和幻梦"几个词体现了莎士比亚对预言的态度。

⑱ 培根的《论预言》一文的出发点也是批判预言"都是假话",以及散布预言的危险性(see *Essayes*: 113)。但有学者注意到,培根对预言也并非彻底地反对和不信,因为在谈到设计国王地火麻的预言时说道"感谢上帝,这则预言只是在国王的尊号上实现了"。(详见 Howard Dobin, *Merlin's Disciples: Prophecy, Poetry and Power in Renaissance England*. Stanford: Stanford University Press, 1990, 132 - 133)这也体现了预言中的政治因素:有利于国王的预言必定出自上帝,不利于国家的预言则都是骗人的假话。

⑲ 详见 James Shapiro, *1606: Shakespeare and the Year of Lear*, 181 - 182. 在该文的手稿中,*A Treatise of Equivocation* 这一题目后被横线划掉。为指称方便,本文仍以此题目相称。

⑳ 该手稿被发现的几年后,"模棱两可"对社会信用造成的危害逐渐显露,有法官评论道:"此邪法不除,则国将不国;一旦它在人民心中扎根,则短时间内信任、诚实、信用将荡然无存……公民社会将土崩瓦解"(Quoted in James Shapiro, *1606: Shakespeare and the Year of Lear*, 182)。

㉑ 还应指出的是,莎士比亚有意无意地在《麦克白》一剧中使用了大量的歧义或双关词语。肯尼斯·缪尔曾对这些词语进行过梳理,并有两个论断值得注意:其一,双关词语在莎士比亚之后的戏剧中被局限于喜剧,因而在非喜剧体裁中使用双关是早期现代戏剧的语言一个重要特点;其二,使用双关极大地丰富了戏剧的体验,更适合表达复杂的人类情感,将其局限于喜剧之中是一个巨大的缺陷(详见 Kenneth Muir, *The Singularity of Shakespeare and Other Essays*, Liverpool: Liverpool University Press, 1977, 20 - 37)。这或许可以侧面说明莎士比亚在该剧中有意识地对含混多义和模棱两可进行了操演。

㉒ 斯图亚特·克拉克认为,巫术是对正常世界秩序的完全颠倒(详见 Stuart Clark, *Thinking with Demons: The Idea of Witchcraft in Early Modern Europe*, Oxford: Clarendon Press, 1997, 13)。这或许用来为班柯的疑问做注脚:正常世界中的人是性

别分明的，而女巫/巫觋的世界性别倒错、男女难辨。

㉓ 保罗曾注意到，詹姆斯一世在南下入主英格兰之后开始对女巫存在的真伪产生疑虑，集中体现在他曾多次主持审讯，并当场揭穿假扮女巫者的骗人伎俩（详见 Henry N. Paul, *The Royal Play of Macbeth: When, why and how it was written by Shakespeare*, 75 - 89）。他（保罗还是詹姆斯一世）对此的解释多从该君主的英格兰廷臣的影响、该君主本人的思想转变等入手，但本文笔者认为，天气或许在其中也扮演了重要角色：从天气波动剧烈的北方苏格兰到气候相对缓和的南方英格兰，詹姆斯一世开始怀疑女巫是否真的有能力控制自然，怀疑风暴等异常天气是否真的是女巫之所为，并进一步怀疑其存在的真伪。

㉔ Olaus Magnus, *A Description of the Northern Peoples*, vol. I, 173. 玛丽·弗洛伊德-威尔森指出，麦克白口中的女巫"放出狂风"的能力出自"卖风"的传说，并认为在此之前并未有学者发现两者之间的联系（详见 Mary Floyd-Wilson, "English Epicures and Scottish Witches", in *Shakespeare Quarterly*, 64.2, 2006, 149）。

㉕ 麦克白"杀害了"睡眠或许是因为良心难安，这一点可以在《夜之恐怖》中得到证实："夜晚中令人恐怖的事物正与我们的罪孽一样多。夜晚是恶魔的黑皮书，在书中他记录着我们所有的罪行。"纳什在书中以被关押在地牢的犯人为例，说明人在黑暗之中会回想起曾经做过的错事，并心生恐惧，而"忧郁乃梦之母，乃所有夜晚中所有令人恐惧之事之母"（详见 Thomas Nashe, *The Terrors of the Night, or a Discourse of Apparitions*, 1 - 16）。由此看来，对早期现代戏剧观众而言，麦克白夫人梦游很有可能是由于忧郁。

㉖ 伊恩·沃德将火药阴谋类比为困扰着当代世界的恐怖主义，并认为"简言之，加内特就是 17 世纪早期英格兰的奥萨马·本·拉登"（详见 Ian Ward, "Terrorists and Equivocators", in Paul Raffield and Gary Watt, eds., *Shakespeare and the Law*, Portland: Hart Publishing, 2008, 185）。

引用文献【Works Cited】

Anonymous. *The Whole Prophesie of Scotland, England & some part of France, and Denmark*. Robert Waldegrave, 1603.

Bacon, Francis. *The Essayes or Counsels, Civill and Morall*. Oxford: Clarendon Press, 1985.

Chambers, E. K. *The Elizabethan Stage*, vol. 1. Oxford: Clarendon Press, 2009.

Clark, Stuart. *Thinking with Demons: The Idea of Witchcraft in Early Modern Europe*. Oxford: Clarendon Press, 1997.

Coddon, Karin S. "'Unreal Mockery': Unreason and the Problem of Spectacle in *Macbeth*." *ELH* 56.3 (1989): 488.

Covell, William. *Polimanteia*. Cambridge: John Legate, Printer to the University of Cambridge, 1595.

Eagleton, Terry. *Criticism and Ideology: A Study in Marxist Literary Theory*. Thetford: Lowe and Brydone Printers Limited, 1976.

Geertz, Clifford. *The Interpretation of Cultures: Selected Essays*. New York: Basic Books, 1973.

Geoffrey of Monmouth. *The History of the Kings of Britain*. Trans. Neil Wright. Woodbridge: Boydell, 2007.

Gifford, George. *A Dialogue Concerning Witches and Witchcraftes*. London: John Windet for Tobie Cooke and Mihil Hart, 1593.

Greenblatt, Stephen. *Shakespearean Negotiations: The Circulation of Social Energy in Renaissance England*. Berkeley: University of California Press, 1988.

---. "Shakespeare Bewitched." *Shakespeare and Cultural Traditions*. Ed. Tetsuo Kishi. Newark: University of Delaware Press, 1994. 29.

Gwinne, Matthew. *Vertumnus Sive Annus Recurrens: Printed* 1607; *Tres Sibyllae: Printed* 1607. Ed. Cizek Alexander. New York: G. Olms, 1983. H3.

Harbert, William. *A Prophesie of Cadwallader*. London: T. Creede for R. Jackson, 1604.

Harington, John. *A Tract on the Succession to the Crown*. London: Roxburghe Club, 1880.

Harris, Johnathan Gil. "The Smell of *Macbeth*." *Shakespeare Quarterly* 58. 4 (2007): 486.

Harry, George Owen. *The Genealogy of the High and Mighty Monarch, James*. London: Imprinted by Simon Stafford, 1604.

Harvey, John. *A Discoursive Probleme Concerning Prophesies*. London: Printed by John Jackson, 1588.

Hawkins, Michael. "History, Politics and *Macbeth*." *Focus on Macbeth*. Ed. John Russel Brown. London: Routledge, 2005. 157 - 158.

Herman, Peter C. "Macbeth: Absolutism, the Ancient Constitution, and theAporia of Politics." *The Law in Shakespeare*. Ed. Cosntance Jordan and Karen Cunningham. New York: Palgrave Macmillan, 2010. 218.

James I, King of England, 1566－1625. *King James, the First, Daemonologie (1597): Newes from Scotland, Declaring the Damnable Life and Death of Doctor Fian, a Notable Sorcerer Who Was Burned at Edenbrough in January Last (1591)*. New York: John Lane; E. P. Dutton, 1924.

Karen. R. Moranski. “The Son Who Will Rule ‘All Bretaine to the sey’: The Whole Prophecie and *the Union of Crown*.” *Prophet Margins: The Medieval Vatic Impulse and Social Stability*. Ed. Edward L. Risden et al. New York: Peter Lang, 2004. 167－168.

Kastan, David. *Shakespeare and the Shapes of Time*. London: Macmillan, 1982.

Kenney, Arthur F. “Scottish History, the Union of the Crowns and the Issue of Right Rule: the Case of Shakespeare's Macbeth.” *Renaissance Culture in Context: Theory and Practice*. Ed. Jean R. Brink and William F. Gentrup. Brookfield: Ashgate, 1993. 32－37.

Larkin, James F. and Paul L. Hughes, eds. *The Stuart Royal Proclamations*, vol. 1. Oxford: Oxford University Press, 1973.

Leggatt, Alexander. *William Shakespeare's Macbeth: A Sourcebook*. London: Routledge, 2006.

Magnus, Olaus. *A Description of the Northern Peoples*, vol. I. Ed. P. G. Foote. London: The Hakluyt Society, 1996.

Malay, Jessica L. *Prophecy and Sibylline Imagery in the Renaissance: Shakespeare′s Sibyls*. London: Routledge, 2010.

Michel de Montaigne. *Essays*. Trans. M. A. Screech. London: Penguin Classics, 2003.

Moschovakis, Nick. “Introduction.” *Macbeth: New Critical Essays*. Ed. Nick Moschovakis. London: Routledge, 2008.

Mullaney, Steven. *The Place of the Stage: License, Play, and Power in Renaissance England*. Chicago: The University of Chicago Press, 1988.

Nashe, Thomas. *The Terrors of the Night, or a Discourse of Apparitions*. London: Penguin Little Black Classics, 2015.

Paul, Henry N. *The Royal Play of Macbeth: When, Why and How It Was Written by Shakespeare*. New York: The Macmillan Company, 1950.

Pollard, Alfred W. ed. *The Holy Bible: A Facsimile in a Reduced Size of the Authorized Version Published in the Year 1611*. New York: Oxford University Press, 1911.

Poole, Kristen. *Supernatural Environments in Shakespeare's England: Spaces of*

Demonism, Divinity, and Drama. Cambridge: Cambridge University Press, 2011.

Puttenham, George. *The Art of English Poesy*. Eds. Frank Whigham and Wayne A. Rebhorn. Ithaca: Cornell University Press, 2007.

Rebecca, Lemon. "Scaffolds of Treason in 'Macbeth.'" *Theatre Journal* 54.1 (2002): 28 - 29.

Scot, Reginald. *The Discouerie of Witchcraft*. London: Printed by Henry Denham, 1584.

Scott-Warren, Jason. *Sir John Harington and the Book as Gift*. Oxford: Oxford University Press, 2001.

Shakespeare, William. *Macbeth*. Eds. Sandra Clark and Pamela Mason. London: Bloomsbury, 2015.

---. *Macbeth: Updated Edition*. Ed. A. R. Braunmuller. Cambridge: Cambridge University Press, 2008.

---. *Macbeth*. Ed. John Dover Wilson. Cambridge: Cambridge University Press, 1951.

---. *The First Part of Henry the Sixth*. *William Shakespeare*. Trans. Zhu Shenghao. Nanjing: Yilin Press, 2016.

[威廉·莎士比亚:《亨利六世(上)》,威廉·莎士比亚《莎士比亚全集》(第三卷),朱生豪译,南京:译林出版社,2016 年。]

---. *William Shakespeare*. Trans. Zhu Shenghao. Nanjing: Yilin Press, 2016.

[威廉·莎士比亚:《莎士比亚全集》,朱生豪译,南京:译林出版社,2016 年。]

Shapiro, James. *1606: Shakespeare and the Year of Lear*. London: Faber & Faber, 2016.

Spalding, Thomas Alfred. *Elizabethan Demonology*. London: Chatto and Windus, 1880.

Tillyard, E. M. W. *The Elizabethan World Picture*. London: Chatto & Windus, 1943.

Virgil. *The Aeneid*. Trans. Yang Zhouhan. Beijing: People's Literature Publishing House, 2000.

[维吉尔:《埃涅阿斯纪》,杨周翰译,北京:人民文学出版社,2000 年。]

Ward, Ian. "Terrorists and Equivocators." *Shakespeare and the Law*. Eds. Paul Raffield and Gary Watt. Portland: Hart Publishing, 2008.

后　记

进入21世纪，中国的外国文学研究蓬勃发展，在各方面都取得了丰硕的成果。2015年，《中国语境下的英语文学研究》文集出版，选编中青年学者在新世纪的英语文学研究论文，以聚焦外国文学研究的重要议题、突出中国学者主体意识为学术取向，不仅体现了论文作者的博学与智慧，更蕴含了他们对中国语境的现实观照。经过近十年的发展，我们国家的英语文学研究与时俱进，不断取得新的学术成果，成为中国特色哲学社会科学话语体系建构的重要组成部分。由此，我们在导师王守仁教授的鼓励和指导下，以"中国语境下的英语文学研究新进展"为题，选编中青年学者近年来的优秀论文，汇集出版，以期展现这一领域研究发展的风貌。王老师欣然为文集作序，不仅总结了英语文学研究作为国别文学研究的特点，更指出中国的英语文学研究者在新时代促进中外文明交流互鉴过程中的重要责任。这对于中青年学者既是学术的引领，更是治学的鞭策，激励我们在中国语境下的英语文学研究领域不断进取，以创新的研究成果为构建中国特色外国文学知识体系做出贡献。

文集的出版要感谢各位同行学友在百忙中拨冗赐稿。蒋怡老师作为副主编，协助我完成文集的统稿等工作。南京大学出版社外语编辑部董颖主任在文集的编辑过程中提出了很好的建议，在此一并致谢。

何宁

2024年11月于南京